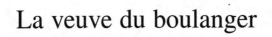

La veuve du boulanger

## Du même auteur

**Romans**
*Adèle et Amélie*, 1990
*Les bouquets de noces*, 1995
*Un purgatoire*, 1996
*Marie Mousseau, 1937-1957*, 1997
*Et Mathilde chantait*, 1999
*La maison des regrets*, 2003
*Par un si beau matin*, 2005
*La paroissienne*, 2007
*M. et Mme Jean-Baptiste Rouet*, 2008
*Quatre jours de pluie*, 2010
*Le jardin du docteur Des Oeillets*, 2011
*Les Délaissées*, 2012

**La Trilogie**
*L'ermite*, 1998
*Pauline Pinchaud, servante*, 2000
*Le rejeton*, 2001

**Récits**
*Un journaliste à Hollywood*, 1987 (épuisé)
*Les parapluies du diable*, 1993

**Recueils de billets**
*Au fil des sentiments*, vol. 1, 1985
*Pour un peu d'espoir*, vol. 2, 1986
*Les chemins de la vie*, vol. 3, 1989
*Le partage du cœur*, vol. 4, 1992
*Au gré des émotions*, vol. 5, 1998
*Les sentiers du bonheur*, vol. 6, 2003

**Roman traduit en anglais**
*The Bridal Bouquets* (*Les bouquets de noces*), 1995

**En format poche (collection « 10/10 »)**
*La paroissienne*, 2010
*Un purgatoire*, 2010
*Et Mathilde chantait*, 2011
*Les parapluies du diable*, 2011
*Marie Mousseau, 1937-1957*, 2012
*Par un si beau matin*, 2012
*Quatre jours de pluie*, 2012
*La Maison des regrets*, 2013

# Denis Monette

# La veuve du boulanger

roman

Les Éditions
**LOGIQUES**
Une société de Québecor Média

Catalogage avant publication de Bibliothèque et Archives nationales du Québec et Bibliothèque et Archives Canada

Monette, Denis
   La veuve du boulanger
   ISBN 978-2-89644-025-2
   I. Titre.

PS8576.O454V48 2014          C843'.54          C2014-941815-9
PS9576.O454V48 2014

Édition : JEAN BARIL
Direction littéraire : NADINE LAUZON
Révision linguistique : MICHÈLE CONSTANTINEAU
Correction d'épreuves : NICOLE HENRI
Couverture : GASTON DUGAS
Mise en pages : GENEVIÈVE POIRIER
Photo de l'auteur : GUY BEAUPRÉ

Cet ouvrage est une œuvre de fiction, toute ressemblance avec des personnes ou des faits réels n'est que pure coïncidence.

**Remerciements**
Nous reconnaissons l'aide financière du gouvernement du Canada par l'entremise du Fonds du livre du Canada pour nos activités d'édition.
Nous remercions la Société de développement des entreprises culturelles du Québec (SODEC) du soutien accordé à notre programme de publication.
Gouvernement du Québec – Programme de crédit d'impôt pour l'édition de livres – gestion SODEC.

Les Éditions Logiques
Groupe Librex inc.
Une société de Québecor Média
La Tourelle
1055, boul. René-Lévesque Est
Bureau 300
Montréal (Québec) H2L 4S5
Tél. : 514 849-5259
Téléc. : 514 849-1388
www.edlogiques.com

Dépôt légal – Bibliothèque et Archives nationales du Québec et Bibliothèque et Archives Canada, 2014

ISBN : 978-2-89644-025-2

**Distribution au Canada**
Messageries ADP inc.
2315, rue de la Province
Longueuil (Québec) J4G 1G4
Tél. : 450 640-1234
Sans frais : 1 800 771-3022
www.messageries-adp.com

**Diffusion hors Canada**
Interforum
Immeuble Paryseine
3, allée de la Seine
F-94854 Ivry-sur-Seine Cedex
Tél. : 33 (0) 1 49 59 10 10
www.interforum.fr

*À mes futurs arrière-petits-enfants.*

# PROLOGUE

Samedi 9 juillet 1955, il faisait beau à Montréal, comme un peu partout à travers le Canada. À huit heures trente pile, monsieur Bigras mettait la clef dans la porte de son salon de barbier, rue Sainte-Catherine à l'angle de la rue Saint-André, au sous-sol d'un immeuble où il occupait un local depuis vingt ans, sinon plus. Ti-Père Allaire le suivait de près, il voulait être le premier sur sa chaise pour son presque «rase bol» tous les deux mois. Un petit salon peu garni, deux chaises professionnelles, dont l'une louée à Fred qui allait arriver vers midi, comme de coutume. Deux lavabos, une salle de toilette, six chaises d'attente, et une machine à boules dans un coin pour les habitués qui en dépendaient et qui pouvaient gagner cinq dollars tout au plus avec un cinq en ligne dans plusieurs sens, comme au bingo. Une machine qui ne rapportait à Bigras qu'un léger pourcentage des gains, mais néanmoins suffisant pour payer la femme de ménage une fois tous les quinze jours. À peine avait-il promené le rasoir sur les quelques poils de Ti-Père, qu'un bel homme dans la trentaine, vêtu d'un complet avec chemise et cravate, faisait son entrée :

— Tiens ! Si c'est pas l'avocat qui s'amène ! Viens pas me dire que t'as encore besoin de mes services avec tous les salons huppés que tu peux fréquenter ?

— Fidèle à vous comme l'est mon père, monsieur Bigras. D'ailleurs, il me prie de vous saluer de sa part. Je ne suis pas un régulier comme lui, vous le savez, mais lorsque je suis dans le coin...

— Où t'en vas-tu, habillé comme une carte de mode un samedi matin ? Aux noces ?

— Non, et j'avoue que j'ai chaud avec le complet sur le dos, mais j'ai un client à rencontrer et ça semble urgent. Je vais enlever au moins le veston pour éviter d'avoir des cheveux dessus, même si j'ai seulement besoin d'une petite trime autour des oreilles et un peu dans le cou. Pour être propre, pas plus. J'aime pas avoir les cheveux trop longs, ça fait négligé.

— J'ai tout compris, pis t'en fais pas pour ta chemise, j'vais bien te la brosser, y'aura pas un poil dessus. J'aurais fait pareil avec le veston...

— Je n'en doute pas, monsieur Bigras, mais juste au cas... En attendant, je vais parcourir un dossier pendant que vous allez finir avec monsieur.

— Ti-Père avec ses quatre poils, ça va pas me prendre plus que cinq minutes ! J'lui rase la nuque pis j'le revois dans deux mois ! Pas vrai, monsieur Allaire ?

Le vieux se contenta de sourire de ses dents jaunes et croches quand, au même moment, dans l'embrasure de la porte, Nicolas put apercevoir la plus remarquable femme qui soit. Joli sourire, chandail rose à manches courtes qui lui moulait la poitrine, jupe blanche évasée retenue d'un ceinturon rose, bas de soie, sandales blanches à talons hauts sans courroies… Bien tournée, mince et svelte, les cheveux châtains et longs retombant sur ses épaules, yeux noisette, lèvres roses, elle n'eut pas le temps de dire un mot que le barbier s'écria :

— Ben, pour d'la belle visite à matin, j'suis gâté ! Deux belles personnes en même temps !

— Je voulais juste vous dire bonjour, monsieur Bigras, je reviendrai vous jaser sur l'heure du dîner, lundi ou mardi. Il faut que je me sauve, les retards sont peu appréciés au travail.

— Alors, vas-y, ma belle, c'est pas le temps de perdre ta job, ta mère serait pas contente. En passant, elle va bien ? Ta sœur aussi ?

— Oui, tout le monde va bien, on causera de tout ça lundi, vous avez de la clientèle et moi, il me reste dix minutes pour me rendre au magasin. Bonne journée !

— À toi aussi, et n'oublie pas de revenir, ça m'fait toujours plaisir.

L'avocat, subjugué par l'incroyable beauté de la jeune femme, avait tenté de lui adresser un sourire, mais c'était à peine si elle lui avait jeté un coup d'œil. Sans doute intimidée par l'allure vestimentaire de Nicolas Delval, un samedi matin. Dès qu'elle fut sortie du salon, l'avocat déposa son dossier sur ses genoux et demanda au barbier :

— Ça vient d'où, une pareille beauté, monsieur Bigras ? Tombée du ciel ?

— C'est vrai qu'elle est belle, la p'tite veuve. Des yeux à faire pâmer les hommes… Un beau brin de fille !

— Vous avez dit veuve ? J'ai bien compris ?

— Oui, c'est la veuve du boulanger… Depuis cinq ans, maintenant.

— Qu'est-il donc arrivé ?

— Une longue histoire. Pas vrai, Ti-Père ?

— Oui, ça pourrait prendre une journée pour vous la raconter. Va vous falloir revenir.

Nicolas allait s'enquérir davantage de la superbe inconnue lorsqu'un autre client, ventru cette fois, entra pour dire à Ernest Bigras :

— Bon ! Juste un autre client avant moi ? J'attends !

— Ben, t'auras pas l'choix, Roméo. Chez le barbier, ça s'passe comme ça, premier arrivé, premier servi. Tiens, c'est fait, Ti-Père ! C'est à ton tour, « monsieur l'avocat ».

— Ne me gênez pas, vous, appelez-moi par mon prénom comme dans le temps. Savez-vous que ça fait quinze ans que je viens ici assez régulièrement ?

— Oui, c'est ton père qui t'avait emmené. Lui, je le connais depuis longtemps, je l'avais rencontré à l'hôpital pendant que ton grand-père se mourait, pis mon père à moi, aussi. On avait passé des jours à les veiller, nos paternels, puis ils étaient partis presque en même temps. On n'était pas du même rang, ton père pis moi. Un avocat comme lui pis un barbier comme moi, ça pas étudié ensemble. Mais il était venu faire son tour au salon pas longtemps après et il m'avait adopté pour ses cheveux comme pour sa barbe. Tu connais la suite, non ? Un régulier depuis, et toi de temps en temps, quand tu passes dans le quartier.

— J'aimerais venir plus souvent, mais je voyage, je plaide à l'extérieur aussi. Mon père, à la retraite maintenant, a toutes ses journées libres, lui.

— Oui, pis j'pense qu'y s'ennuie parce que, quand y vient ici, y veut plus partir. Y vient même manger au *snack bar* avec moi. Deux personnalités, ton père : une pour chez vous, une autre pour ici. Mais il a pris sa retraite trop jeune, moi, j'aime mieux attendre encore, j'veux pas passer mes journées à m'tourner les pouces. J'suis pas un liseur comme ton père, j'ai pas beaucoup de passe-temps, sauf aller aux vues au cinéma Champlain, pas loin, quand ma femme veut bien, et c'est pas fréquent. Mais, tu sais, ce fichu Paul-Henri ! Ton père ! J'ai pas encore réussi à lui faire boire une bière ! Juste du cognac pour lui, et pas le moins cher… Pas beaucoup cependant, un ou deux p'tits verres, à cause de ses ulcères.

— Oui, pas toujours en forme, le paternel. Le docteur lui interdit tout ce qui est acide, l'alcool aussi, mais son p'tit cognac le matin et à l'occasion, pas question de s'en priver, il dit que c'est un tonique.

— Ben là, regarde dans le miroir, ça t'convient ce p'tit balayage que j't'ai fait ?

— C'est parfait, monsieur Bigras ! Vous avez le ciseau précis.

Nicolas se leva, tourna le dos au gros monsieur qui se levait pour prendre sa place, et murmura au barbier :

— Dites-moi, est-ce que je peux vous appeler ce midi ?

— Bien sûr ! À propos de quoi ?

— À propos de la jeune femme, de la petite veuve, comme vous l'appelez.

— Dis-moi pas qu'elle t'intéresse, Nicolas ? C'est pas tout à fait de ta classe… Pour être belle, oui, mais pour l'instruction…

— Juste une question avant que je parte, est-ce qu'elle a des enfants ?

— Non, aucun. En cinq ans de mariage, le bon Dieu leur en a pas donné. À moins que l'boulanger, par rapport aux capacités… Ou elle… Non, faut pas calomnier, ce serait pas catholique.

— Bon, je vous téléphone vers midi et dix pour un petit interrogatoire, pas plus.

— Comme en procès ! s'esclaffa le barbier. Pas sûr de répondre à toutes tes questions, moi ! ajouta-t-il en riant.

# CHAPITRE 1

Ernest Bigras venait à peine de terminer d'avaler un premier sandwich dans le *back store* de son salon, lorsque le téléphone sonna. Il répondit après deux coups, le temps de déposer sa tasse de café :

— Oui, allô ?

— Monsieur Bigras ? C'est Nicolas ! Je vous dérange ?

— Non, monsieur l'avocat, j'ai presque fini de manger et quand Fred, qui travaille à temps partiel à cause de ses rhumatismes, a fini avec ses clients, il s'occupe aussi des miens qui sont trop pressés pour revenir plus tard. Moi, le samedi midi, je décompresse... Qu'on m'attende ou qu'on prenne l'autre chaise ! Y'a ben assez du vendredi soir où je termine après neuf heures. Toujours debout, c'est pas bon pour les mollets, ça donne des crampes, pis des varices aux chevilles. *Enough* le dévouement ! À mon âge, j'peux m'permettre d'être indépendant.

— Et comment donc !

— Ça s'est bien passé ta rencontre avec ton client ?

— Oui, un type qui a besoin de mes services pour actionner un entrepreneur qui l'a escroqué lors de rénovations à son commerce. Une affaire de rien ! Mais je prends toutes les causes, moi. Mon père ne travaillait qu'à la Cour, lui, et en poursuite. Moi, je défends tout le monde ou presque. Avocat de père en fils, mais pas de la même toge.

— Je vois. Donc, tu m'appelles pour la petite, hein ? Tu y tiens vraiment, Nicolas ? J'te l'répète, elle est pas de ton rang.

— Qu'importe ! Elle est si belle ! J'ai encore son apparition dans la tête ! Ça été court, mais j'ai eu le temps de bien la voir et j'ai aussi aimé le son de sa voix… Quelle femme splendide !

— J'suis d'accord avec toi, mais si c'est juste pour la séduire pis la laisser tomber après, moi, j'marche pas. C'est une bonne fille, tu sais, j'voudrais pas qu'elle ait de la peine… J'connais sa famille, son père travaillait pour moi de son vivant, quand il était en chômage.

— Ah oui ? Il était barbier, lui aussi ?

— Non, y faisait le ménage. Y travaillait dans la construction mais, dans les temps morts, je l'aidais à mettre du pain sur la table… Les jobs *on the side* étaient rares, tu sais. La mère est une brave femme, et la petite sœur, je la connais un peu moins, mais je l'ai vue grandir. Elle est dans la vingtaine sûrement, mais disons que depuis la mort du père, je visite moins la famille. C'est ma femme qui me rapporte ce qui se passe chez madame Huette.

— Huette ? C'est leur nom de famille ? Assez cocasse, non ?

— Ben pourquoi ? Pas pire que Bigras ! Y'a d'autres Huette, aussi… Pas dans Westmount où tu habites, mais dans les quartiers populaires.

— Bien voyons, une huette, c'est un oiseau nocturne rapace. Pas trop flatteur ! s'exclama-t-il en riant.

— Pas drôle Nicolas ! Ça vient de la France, ce nom-là. Dans les 1789 ou 90, j'pense… Si tu t'en moques, c'est assez pour qu'elle sorte pas avec toi !

— Je plaisantais, je ne me moque pas, ça m'étonne tout simplement, je ne connais personne de ce nom-là. Ça vient sans doute des sans-culottes… De vrais vautours, ceux-là ! Mais, passons… Pas pire que Delval, finalement, que nul ne connaît, mais c'est plus nobiliaire.

— Nobi… quoi ?

— Ah ! Oublions ça, monsieur Bigras, elle est si jolie cette jeune femme…

— Remarque que c'est pas l'nom actuel de la p'tite veuve, elle porte encore celui de son défunt mari : madame Auguste Mirette.

— Mirette ? Très québécois, celui-là. Pas tous des colonisés à ce que je vois… Quoique lors du temps de la Nouvelle-France… Décidément, les noms finissant en «ette» semblent vouloir se relayer sur ses cartes d'identité. Huette, Mirette… Bon, passons encore une fois ! Pour ce qui est de la séduire, ne vous en faites pas, monsieur Bigras, mais si elle est libre et si elle veut bien me rencontrer, ça pourrait peut-être aller plus loin. J'ai eu un sérieux coup de foudre, vous savez…

— Toi, Nicolas ? À ton âge ? Avec toutes les femmes que tu as rencontrées ? Allons…

— Ce qui ne veut rien dire, il faut savoir trouver… Est-elle seulement libre ?

— Libre, je l'sais pas, belle comme a l'est… Mais j'lui connais pas d'histoire de cœur depuis la mort de son mari.

— Dites-moi au moins son prénom et son âge, monsieur Bigras.

— Ben, comme je te l'disais, c'est la veuve de Ti-Gus Mirette. Ti-Gus pour Auguste. Son nom actuel devant la loi, mais son nom de fille est Gervaise Huette.

— Quoi ? Vous pouvez répéter son prénom ?

— Je parle trop vite, c'est ça, hein ? Gervaise ! Gervaise Huette, fille de feu Horace Huette. Son père est mort la même année que son mari. Elle l'a pas eue facile, la pauvre veuve ! Deux deuils en même temps ou presque. Faudrait la ménager…

— Ne craignez rien, j'y compte bien. Et son âge, vous le connaissez ?

— Si mon calcul est bon, Gervaise doit avoir vingt-sept ans maintenant. Elle s'est mariée très jeune, à dix-sept ans je crois, et elle a été mariée cinq ans seulement, et comme elle est veuve depuis cinq ans… Quand on sait compter ! Je sais qu'on l'a fêtée dernièrement, elle est du mois de juin. Donc oui, vingt-sept ans à moins que je me trompe d'un an sur le mariage, mais ça me surprendrait, on avait été invités, ma femme et moi.

— Son mari, qu'est-ce qu'il faisait dans la vie ?

— Ti-Gus Mirette ? Boulanger ! Il était le seul dans tout le quartier !

— Il faisait son propre pain ?

— Ben non, voyons !

— Donc, c'était juste un livreur de pain.

— Non, c'était le boulanger ! Il avait le camion de la boulangerie Pom, il passait de porte en porte… Coudon ! Un laitier, ça fait-tu son lait ?

— Heu… non, mais ce sont des livreurs dans les deux cas, si on se rapporte au dictionnaire.

— Commence pas avec ça, toi ! J'ai assez eu d'ton père ! Imagine ce que ça va être avec Gervaise qui n'a fait que sa petite école ! Tu vois ? J'avais raison quand j'te disais qu'elle…

Nicolas s'empressa de l'interrompre pour lui dire calmement :

— Ne vous fâchez pas, monsieur Bigras, je plaisantais, ce n'était pas sérieux, ça ne change vraiment rien, croyez-moi. Donc, la petite dame est la veuve du boulanger du quartier, si je vous suis bien.

— C'est ça ! Pas dur à comprendre, pourtant.

— Comment est-il décédé, son mari ?

— Ah ! Pauvre gars ! Une fin tragique… Laisse-moi commencer par le commencement, si tu veux bien.

— Allez-y, je vous écoute.

— Bien, le père de Gervaise, Horace Huette, menuisier l'été, chômeur l'hiver, avait construit sa maison de ses mains. Avec du bois usagé acheté par-ci, par-là, pis des briques qu'un gros bonnet lui avait données. Mais, comme j'te l'disais, y travaillait pas douze mois sur douze, le père Huette. Des fois, l'hiver, y venait balayer mon salon deux fois par jour pour quelques piastres par semaine. Y lavait même des planchers dans des immeubles pour nourrir sa femme et ses filles. Ça roulait pas sur l'or, c'te famille-là ! Or, quand Gervaise a eu dix-sept ans, pour aider son père, elle a marié Ti-Gus Mirette, le boulanger, après trois mois de fréquentation. Un brave gars, ce Mirette, un vieux garçon de trente ans qui héritait de la plus belle fille de la paroisse. Tout un cadeau pour lui, car, quoique costaud et athlétique, il n'était pas beau garçon, le pauvre. Le nez épaté, la lèvre trop épaisse, les yeux bruns trop renfoncés, mais la petite, qui n'avait eu qu'un seul petit chum à l'école, ne s'arrêta pas à ces détails lorsqu'il lui proposa le mariage. Un homme à elle ! Un gars gentil qui allait aider son père et vivre sous leur toit. Un homme avec une bonne job pour les sortir de la misère. Jusque-là, il avait vécu en chambre chez une petite vieille de la paroisse. Alors, imagine, une famille d'un seul coup ! Parce qu'y avait pas de parenté, le boulanger. Seul dans la vie, bon travaillant, plein d'énergie… Donc, un p'tit mariage tôt le matin, un lunch chez monsieur Huette et un voyage de noces à Saint-Donat, dans une auberge qui appartenait à la fille d'une cliente à Ti-Gus. Ça lui avait pas coûté cher… Trois jours plus tard, ils étaient de retour dans la maison familiale. Une maison d'un seul étage, mais de sept pièces. Ils avaient donc leur chambre au fond, là où madame Huette faisait sa couture. Un genre de pièce à débarras que Gervaise avait décorée avec soin, d'autant plus que Ti-Gus Mirette avait acheté un *set* de chambre neuf d'un marchand d'la rue Ontario. Pas riche, quelques cennes à la banque, un bas de laine chez lui, il se tirait assez bien d'affaire. Ils s'étaient mariés en février, pas chaud pour le voyage, mais…

— Juste une question, si vous le permettez : elle n'a qu'une sœur, la petite veuve ? Et vous m'avez dit que sa mère vivait encore ?

— C'est exact, elle vit avec ses filles, la mère, et Gervaise n'a qu'une sœur, Rita, baquaise, celle-là, et pas belle comme Gervaise. La face ronde de sa mère, le nez plat, les jambes lourdes et le fessier bien engraissé. Ça, c'est quand je l'ai vue la dernière fois, ça doit faire deux ans, mais elle doit pas être plus jolie maintenant. Gervaise ressemble à son père qui était un très bel homme, lui. Du beau monde chez les Huette ! Le père de Gervaise était plus beau que son propre mari, Dieu ait leur âme, mais il en était ainsi.

— Gervaise vit donc avec sa mère et sa sœur ? J'ai bien compris ?

— Oui, à moins que sa sœur ait sacré l'camp, mais ça m'surprendrait avec l'argent qu'elle fait comme étiqueteuse dans une *shop* d'habits pour hommes de la rue Beaudry. Remarque qu'elle a peut-être trouvé un homme, mais c'est Gervaise qui peut répondre à ça, je l'ai perdue un peu de vue, la grosse Rita. À ce que j'sache, c'est Gervaise qui les fait vivre avec son salaire pas trop élevé dans les cosmétiques à la pharmacie Montréal. Par contre, quand son mari est mort, elle a hérité de ses assurances, et quand Horace a crevé d'une crise du cœur, madame Huette a aussi empoché les assurances de son mari. Ça leur a au moins rendu la maison claire. Quand y reste juste à payer les taxes… Mais ça mange, ce monde-là, et c'est Gervaise qui leur bourre la panse. Quatre beignes de suite pour la Rita, ça la gêne pas, après deux assiettes de viande et de patates pilées, selon ma femme. Tiens ! Y faudrait bien que je lui demande à soir si elle a sacré l'camp, Rita, ou si elle est encore là. Ma femme pis Berthe Huette, la mère, ça s'parle régulièrement au téléphone. C'est moi qui questionne pas. Pauvre Gervaise, y doit pas lui en rester épais sur sa paye, mais elle trouve le moyen de s'habiller. Toujours du beau linge ! Elle doit profiter des ventes à rabais de Dupuis Frères. Et elle a du cœur au ventre, celle-là ! Jamais elle laisserait sa mère pis sa sœur dans la misère…

— Elle ne travaille pas, Rita ?

— Oui, j'viens de te l'dire, m'écoutes-tu, au moins ? Dans une *shop* de linge pour hommes ! Mais à maigre salaire. Juste assez pour ses cornets à deux boules qu'elle s'achète chaque soir, comme dit ma femme !

Ernest Bigras avait éclaté de rire au bout du fil et Nicolas, le sentant près de raccrocher, reprit la conversation avant qu'il s'en écarte :

— Je m'excuse de vous faire répéter, je n'avais pas porté attention, je n'ai que la belle veuve en tête… Mais vous ne m'avez pas encore dit comment il était mort, le boulanger.

— Non, c'est vrai, je l'oubliais. Ti-Gus Mirette est mort sur le coup, en faisant une chute d'une couverture d'un édifice de cinq étages, jusque sur le ciment. Il aidait son beau-père qui avait une job à terminer dans les gouttières. C'était en début de mai, rien pour amortir la chute. Il s'était même pas attaché pis comme le toit était un peu en pente… Une imprudence qui lui a coûté la vie. Trop téméraire, ce costaud-là !

— Quel choc pour sa femme… Pauvre type !

— Oui, tout un choc, parce que Gervaise l'aimait beaucoup, son homme. Il la gâtait, il lui donnait tout ce qu'elle voulait. Le journal du quartier en a parlé en masse de la mort de Ti-Gus. Ses funérailles ont attiré toute la paroisse, que veux-tu, c'était notre boulanger. Pis on l'a enterré dans le lot des Huette au cimetière. Y'avait encore d'la place pour lui pis pour bien d'autres… La preuve, c'est dans le même trou que son beau-père est allé le rejoindre quelques mois plus tard. Quelle histoire ! Deux morts en si peu d'temps… Pauvre Gervaise !

— Dites-moi, monsieur Bigras, jolie comme elle l'est, la jeune veuve a dû être courtisée depuis tout ce temps-là ? Elle a dû sortir avec d'autres ?

— Ben, pas à ma connaissance. Pour être courtisée, elle l'est, mais j'pense qu'elle reste fidèle à la mémoire de son Ti-Gus.

— C'est bien beau, mais ça fait quand même cinq ans…

— Écoute, si elle a eu un chum ou deux, elle m'en a pas parlé. J'suis pas de la famille, j'étais juste le barbier de son père. Pis moi, comme j'te l'disais, j'questionne pas.

— Votre discrétion vous honore, mais comment pourrais-je la rencontrer, cette jolie veuve ? Vous accepteriez de m'aider ?

— Heu… j'sais pas, Nicolas, j'ai pas l'habitude de me mêler…

— Juste pour une fois, monsieur Bigras. Seulement lui parler de votre client, l'avocat qui l'a vue…

— Tu penses que parce que t'es un avocat, ça va la faire tomber à terre ?

— Peut-être pas, mais ça peut aider, on ne sait jamais. Il y a peut-être la différence d'âge, cependant…

— Ben non, j't'ai dit que Ti-Gus avait treize ans de plus qu'elle ! Mais telle que je la connais, ça va pas l'impressionner ce que tu fais dans la vie. Elle était très fière d'être la femme du boulanger, la belle Gervaise. Tout le monde la connaissait et la respectait dans la paroisse, à cause de lui.

— Elle habite où ?

— Sur la rue Ontario, pas loin d'ici, mais demande-moi pas son adresse, je l'ai pas.

— Non, non, mais comme je l'ai entendue vous dire qu'elle reviendrait vous voir lundi ou mardi prochain, vous pourriez lui glisser un mot pour moi ? Venant de vous…

— Viens pas m'dire qu'avec ton apparence pis ta profession, t'as pas d'filles dans ta vie, Nicolas Delval !

— J'en ai eu une ou deux, monsieur Bigras, mais ça n'a pas duré, Je n'aime pas qu'on m'impose des filles comme tentent de le faire mes sœurs. La dernière en lice était la fille du médecin de mon père. C'est lui qui avait insisté cette fois et ça n'a rien donné, j'ai refusé de la rencontrer.

— Tu vois ? Une fille de médecin ! Tu penses que ton père serait content de t'voir arriver avec la veuve d'un boulanger ? Tu vas t'mettre les pieds dans les plats, mon gars !

— Je m'en sortirai bien, vous verrez ! À mon âge…

— Oui, à ton âge… Mais reste à savoir si elle peut être intéressée, la belle Gervaise. Elle est pas du genre à tomber dans les pommes pour un homme !

— Rien ne m'empêche d'essayer… Avec votre aide, bien entendu.

— Ben là, faut que j'te laisse, Nicolas, j'suis à la veille de reprendre ma chaise… J'avale ma dernière bouchée.

— Je m'excuse, je vous ai empêché de manger, je n'aurais pas dû vous retenir si longtemps.

— T'en fais pas, j'ai eu le temps d'avaler mon deuxième sandwich pis ma pointe de tarte aux raisins en te parlant.

C'est pas poli de parler la bouche pleine, mais j'avais faim, tu comprends…

— Vous avez suffisamment mangé, au moins ?

— T'en fais pas, j'suis plein comme un boudin ! Pis là, faut que j'raccroche, Nicolas, parce que Fred va pas moisir longtemps ici. Ses clients sont sans doute tous partis.

— Allez, je ne vous retiens pas plus et merci de m'avoir accordé tout ce temps. Je peux vous laisser mon numéro de téléphone ?

— Oui, fais vite, j'ai un crayon pis un bout de papier à ma portée.

L'avocat donna ses coordonnées au barbier et, laissant échapper un soupir, il ajouta avant de terminer :

— Qui sait, peut-être que c'est à vous que je devrai…

Monsieur Bigras l'interrompit pour lui dire :

— Va pas plus loin, mon gars, attends au moins d'la rencontrer, pis ça, c'est si elle se montre intéressée. Bon, salut, là !

Il avait raccroché et Nicolas, le récepteur encore à la main, revoyait de mémoire le doux visage, la taille fine, la généreuse poitrine et les jambes superbes… de la très jolie veuve !


Nicolas était rentré chez lui en plein milieu de l'après-midi. Il songeait encore à Gervaise, cette femme si belle qui lui avait chaviré le cœur. Lui qui n'avait éprouvé de coup de foudre pour aucune fille jusqu'à ce jour. Comment se faisait-il que cette jeune femme à la voix si douce le troublait à ce point ? C'était à n'y rien comprendre… Une simple passade ? Non, il avait sérieusement envie de la revoir, même si elle n'était pas de «son monde» selon le barbier. Nicolas Delval, aussi établi fût-il, vivait encore dans la demeure familiale de la rue Victoria, à Westmount, l'un des quartiers les plus cossus de Montréal. Avec ses parents et Imelda, une domestique nourrie, blanchie, qui occupait une chambre avec salle de bain et cuisinette au sous-sol. Ce qui faisait le bonheur de la vieille servante qui avait tous ses gages à elle. Cette vaste maison en rangée de la rue Victoria était collée, à gauche, sur celle de sa sœur Charlotte, et à droite, sur celle de son autre sœur, Josiane. Avec ces trois maisons à deux étages et à hauts plafonds, on pouvait dire que les Delval occupaient une bonne partie de la rue. Encore chez ses parents à trente-cinq ans ? Et pourquoi pas ? Choyé à outrance par son père et sa mère, libre de ses allées et venues, gâté par ses sœurs de chaque côté, il était traité comme un roi, ce Nicolas ! Et ce, depuis sa tendre enfance puisque ses sœurs, plus âgées que lui, avaient maintenant quarante et quarante-deux ans révolus. Charlotte était veuve depuis quelques années, son défunt mari, Jules Claveau, un ingénieur civil, avait succombé à une grave infection rénale qui s'était répandue jusqu'au pancréas. Esseulée depuis son départ, elle n'avait laissé aucun homme entrer dans sa vie. Donc, seule côté corps, mais pas tout à fait côté cœur, puisque son fils de vingt ans, Jean-René, étudiant en droit pour suivre les traces des Delval, habitait avec elle. Josiane, de son côté, mal mariée, était séparée de Paul, un comptable agréé, depuis près de cinq ans. Très à l'aise cependant, elle vivait avec sa fille de douze ans, Nadine, une petite peste pour laquelle son père versait une forte pension alimentaire. Il n'y avait que des avocats chez les Delval. De père en fils depuis trois générations. Et de renom, puisque le grand-père Delval, avocat réputé en France comme ici, avait fait sa marque en plaidant pour la Couronne, les causes les plus en vue de l'époque. C'est lui qui, en grattant la cenne, avait amassé une fortune qu'il avait léguée à son fils unique Paul-Henri, après sa mort. Et ce dernier, plus d'affaires que son père, quoique dépensier comme sa défunte mère, avait tout de même fait de bons placements et acheté les trois maisons d'un seul coup, alors qu'il pratiquait encore le droit. À leurs mariages respectifs, ses deux filles héritèrent tour à tour de l'une des deux maisons adjacentes, laissant le paternel avec celle du centre qu'il allait léguer à Nicolas après sa mort. Comme la grand-mère avait suivi son « gratteux de mari » dans l'au-delà, Paul-Henri Delval était donc devenu le doyen de cette respectable famille, appuyé de son épouse Marcelle, une fille de ministre très à l'aise qu'il avait épousée dès qu'il l'avait rencontrée. Nicolas, dont les frais étaient réduits, puisqu'il n'avait rien à payer au quotidien, dépensait son argent en voyages et en voitures. Il avait vu Paris, New York, Londres, Tokyo, Zurich, Moscou… Bref, les villes les plus importantes des pays les plus connus de la planète. Il voyageait la plupart du temps seul, parfois avec un collègue du Barreau ou un ami occasionnel. Son plus récent voyage remontait à l'année dernière, alors qu'il avait invité pour la première fois son neveu, Jean-René, à visiter la Belgique avec lui. Surprenant tout de même qu'un homme de son calibre, aussi séduisant qu'un acteur, s'éprenne soudainement de la veuve d'un boulanger d'un quartier populaire. Là où il s'était rendu au volant de sa flamboyante Lincoln Continental noire, que tous les jeunes de l'est de la ville avaient admirée en la voyant passer. Mais, inconscient de

27

son charme et encore moins de son opulence, il n'était pas du genre à courir les filles et à passer des nuits endiablées avec elles. Non, Nicolas Delval cherchait depuis toujours « la perle rare » avec laquelle il allait vivre un grand amour. Et son cœur lui disait que la très jolie jeune femme, aperçue chez Bigras, était peut-être celle qui comblerait sa vie, si seulement elle acceptait de sortir avec lui.

La fin de semaine s'écoula et, le lundi, aucune nouvelle de monsieur Bigras. En Cour, après un vibrant plaidoyer, Nicolas s'inquiétait déjà. Le soir venu, il était certain que la belle avait refusé de le rencontrer. Quelle déception! Ce qui n'était pourtant pas le cas, Gervaise n'était tout simplement pas allée chez le barbier de son défunt père ce matin-là. Mais, le mardi, alors que Bigras ouvrait son salon, elle avait surgi de nulle part pour lui dire:

— Bonjour, monsieur Bigras! Vous avez un peu de temps pour causer?

— Tiens, Gervaise! J't'ai pas vue arriver, mais entre donc, je vais t'préparer un bon café dans mon *back store*.

— Non, pas nécessaire pour moi, j'ai déjà déjeuné.

— Alors, prends la chaise rembourrée en arrière, et mets-toi à l'aise. Si un client arrive, j'le ferai attendre.

— Pas question! Le travail avant le plaisir. Si quelqu'un arrive, je reviendrai, c'est aussi simple que ça.

— Comment vont ta mère et ta sœur?

— Assez bien… Ma mère se plaint encore de ses maux de ventre, mais le docteur ne trouve rien. Quant à Rita, elle travaille encore à la *shop* et passe ses soirées à lire des romans à vingt-cinq cennes, en mangeant des chips et du chocolat.

— Donc, pas encore mariée, celle-là…

— Bien non, voyons ! Qui donc va s'intéresser à elle ? Négligée et pas mal lourde… Oh ! je ne devrais pas dire ça, je m'en excuse, je n'aime pas parler contre elle, mais ce n'est pas demain la veille qu'elle va partir de la maison, croyez-moi !

— T'as pas à t'excuser, Gervaise. Elle pis toi, c'est le jour et la nuit. Pas méchante pour autant, grasse ou pas, elle pourrait quand même trouver un homme si elle s'en donnait la peine.

— Pour ça, elle en trouve ! Au travail ! Mariés pour la plupart ! Vous saisissez ? Heureusement, elle n'en ramène aucun à la maison, ça ferait mourir maman. Si elle savait ce que fait Rita quand elle lui dit qu'elle s'en va au cinéma, elle en égrènerait des chapelets, la mère !

Elle s'était esclaffée et Bigras n'avait pas pu s'empêcher d'en faire autant.

— C'est pas correct de parler d'elle comme ça, mais que voulez-vous, c'est ce qui se passe et je ne vous cache rien. Pas à vous qui êtes souvent comme un père pour moi.

— Voyons, Gervaise, j'ai pas de mérite, on parle de temps en temps…

— Oui, je sais, mais si j'avais des ennuis, je suis certaine que je pourrais vous les confier et que vous m'aideriez. Avec le cœur que vous avez…

— Pour ça, oui ! Au moindre pépin, tu viens me voir, ma fille, j'serai toujours là pour toi !

Au même moment la cloche de la porte tinta, un tout jeune homme venait d'entrer :

— Bon, un client ! Je me sauve monsieur Bigras, on se reparlera.

— Presse-toi pas, c'est pas un client, c'est Danny, le p'tit blond du quatrième étage, l'apprenti bijoutier. Il vient chaque jour vider ses poches dans la machine à boules !

— Faut quand même pas que j'abuse de mon temps… À la pharmacie, on nous guette chaque matin.

— Oui, j'sais, mais écoute Gervaise, tu dînes où, à midi ?

— Bien, au travail, j'ai apporté mon lunch, on a une cuisinette en bas. Pourquoi ?

— Ça t'dirait de venir le manger ici avec moi ? Comme j'ferme de midi à une heure, on pourrait parler sans être dérangés.

— Heu… oui, à vous voir l'air, ça semble important…

— Rien de grave, mais j'ai en effet quelque chose d'assez urgent à te parler. Quelque chose de sérieux te concernant.

— Moi ? Bien là, vous piquez ma curiosité ! Alors, c'est entendu, je vais revenir avec mon sac à lunch. Pis, important ou pas, ça me fera plaisir de partager votre heure de dîner. Rien qui a trait à votre état de santé, au moins ?

— Non, non, j'suis en pleine forme ! Pis j't'empoisonnerais pas la vie avec mes maladies ! T'as assez de ta mère avec ses crampes ! Pis là, sauve-toi, parce que cette fois, le bonhomme qui descend, c'est vraiment un client, celui-là !

Gervaise était satisfaite de son avant-midi, elle avait vendu passablement de produits de beauté pour un mardi, et sa gérante l'en avait félicitée. Pressant maintenant le pas avec son lunch dans son sac à main, elle se rendit chez le barbier qui s'apprêtait à fermer boutique pour l'heure du dîner :

— Viens, entre vite avant qu'un autre client se montre le bout du nez !

Gervaise se dirigea vers l'arrière-boutique et, prenant une chaise, elle déballa son lunch sur la table. Monsieur Bigras avait déjà fait bouillir l'eau pour le café et réchauffé, sur l'un des ronds du petit poêle, le spaghetti que sa femme lui avait préparé. Ils mangèrent, parlèrent de tout et de rien jusqu'à la fin de leur repas et, voyant que Gervaise s'essuyait les lèvres avec un *kleenex*, il la regarda et lui dit :

— Bon, comme je t'ai demandé de venir ici, c'est pas pour rien dire. On m'a chargé d'une commission pour toi, même si je voulais pas, j'ai presque refusé. Mais, après coup... Bon, voilà ! Tu t'rappelles du client que j'avais ici, samedi ? Celui qui attendait pendant que j'coupais les cheveux de Ti-Père ? Le bel homme au complet beige ?

— Heu... vaguement ! J'ai à peine eu le temps de vous dire deux mots, monsieur Bigras. Mais je me souviens qu'il y avait un client qui attendait pour vous. Un homme bien habillé, c'est ce qui m'a frappée.

— Bon, ben, c'est de lui que je veux te parler.

— Ah oui ? À quel propos ?

— Ben, figure-toi donc, ma belle Gervaise, que ce client, un avocat renommé, a eu un *kick* sur toi dès qu'il t'a aperçue. Pas juste un *kick* en passant, quasiment un coup de foudre ! Depuis ce moment, il m'appelle constamment, il me demande des renseignements sur toi... Bref, il aimerait te rencontrer si tu acceptes.

— Mais, je ne le connais pas, monsieur Bigras ! Il ne sait rien de moi...

— T'en fais pas, je lui ai tout dit, il est bien affranchi, il sait que tu es veuve, il sait où tu travailles… Et ce n'est pas de n'importe qui que je te parle, Gervaise, Nicolas Delval est un avocat. Comme son père ! Il est célibataire, il a trente-cinq ans et il est très bel homme… Ça, t'as dû l'remarquer, non ?

— Pas vraiment, je l'ai à peine regardé, j'étais pressée… Puis je le voyais de profil, j'étais face à Ti-Père sur votre chaise.

— Ben, lui, il t'a vue de face pis de profil, de tous les angles, et il est chaviré. C'est la première fois que j'vois Nicolas avoir un coup de foudre !

— N'exagérez pas, tout de même ! Il m'a vue deux minutes seulement…

— Je n'exagère rien, Gervaise, c'est lui qui me le répète. Il aimerait sortir avec toi et il m'a demandé de t'approcher, parce que ça l'gênait d'aller t'en faire la proposition à ton comptoir. Écoute, si ça t'intéresse, t'as rien à perdre. Une rencontre, ça n'engage à rien et si c'est pas ton genre, tu lui dis et ça finit là !

— Je ne sors avec personne, vous le savez, j'ai encore l'image de Ti-Gus dans la tête. Je l'aimais tellement…

— Oui, j'sais, mais tu peux pas passer ta vie à pleurer un mort ! Y'en a qui sont vivants, Gervaise ! Pis à ton âge, tu peux refaire ta vie… On ne sait jamais, mais entre toi pis moi, un avocat, c'est un bon parti.

— Vous êtes rendu loin, vous… Un parti ! Comme si j'en cherchais un !

— T'as raison et tu as le dernier mot, c'est à toi de décider. Si ça t'intéresse pas, j'vas lui dire pis on n'en reparlera plus. Moi, jouer les entremetteurs, c'est pas mon fort. Tu m'connais, non ? J'ai l'habitude de me mêler d'mes affaires, mais Nicolas pis son père qui viennent encore ici, c'est généreux d'leur part.

— Pourquoi ? Vous êtes un très bon barbier !

— Oui, j'sais bien… Pour le quartier, du moins. Mais ces gens-là habitent Westmount, pas le Faubourg à m'lasse, tu comprends ? Ils ont des salons maudilement plus beaux que l'mien dans leur quartier. Pis des barbiers plus jeunes, plus compétents…

— Arrêtez de vous diminuer ! S'ils viennent ici, c'est parce que vous les servez bien, monsieur Bigras. C'est vous qui leur faites une faveur !

— Bon, passons, pis si ça t'intéresse pas, dis-moi-le vite pour clore le sujet.

— Bien, heu… je ne sais pas… Je me demande comment un avocat comme lui peut s'intéresser à une fille comme moi… Je n'ai pas d'instruction, je ne suis pas de son milieu… Ça me rendrait très mal à l'aise de le rencontrer, je ne saurais pas de quoi discuter. Et lui, avec toutes ses études… J'ai bien peur que non…

— Mais je sens que tu hésites, Gervaise. Tu pourrais au moins te donner une chance. Tu t'exprimes très bien, tu n'as pas à en douter…

— Oui, je parle bien, parce qu'il le faut pour travailler avec le public, mais j'ai juste une neuvième année… Un avocat, pensez-y, monsieur Bigras ! C'est loin de mon petit emploi, ça ! Il pourrait trouver une secrétaire d'un grand bureau, une infirmière, une fille plus éduquée…

— Arrête, Gervaise ! Cherche pas pour lui, c'est toi qui l'intéresses, pas les autres ! Écoute, je réchauffe ton café et tu finis ton *cupcake*. Après, tu m'donneras ta réponse et on va bâcler tout ça !

Gervaise se tut le temps d'avaler son Black Beauty qu'elle avait développé et, lorsque Bigras revint avec la cafetière, elle lui dit :

— Vous semblez me le recommander, cet homme-là ! Je me trompe ou pas ?

— Ben, je te l'impose pas, mais c'est vrai que je te conseille d'essayer. Nicolas est un maudit bon gars. Pas prétentieux pour deux cennes, pis beau comme ça se peut pas. Comme j'te disais tantôt, t'as rien à perdre à passer une soirée avec lui. T'as même pas à en parler à personne d'autre au cas où y t'plairait pas, mais j'en doute. Il a une Lincoln Continental…

— Ça, ça ne m'impressionne pas, monsieur Bigras, et vous le savez. L'argent, les voitures, le luxe, je ne suis pas le genre de fille à courir après ça. Ma petite vie me suffit bien… J'ai un bon emploi, la maison est payée, on manque de rien, vous savez.

— Oui, je sais, et c'est peut-être ce qui va lui plaire, parce que j'imagine que bien des filles tournent autour de lui à cause de son argent. Des profiteuses, y'en a partout ! Alors, qu'est-ce que j'lui dis ? Parce qu'y faut que j'lui donne une réponse, j'peux pas l'laisser attendre indéfiniment. C'est oui ou c'est non ?

— Bien, comme la demande vient de vous, je veux bien accepter de le rencontrer, mais juste un souper quelque part. Pas dans le quartier, je n'ai pas l'intention de me faire voir. Rita a le nez fourré partout !

— Oui, la demande vient de moi, mais ça t'oblige en rien, et la décision de sortir avec lui ou non viendra juste de toi. Un p'tit repas quelque part ? J'suis certain que Nicolas aimera l'idée, ça va même l'arranger… Au cas où ce serait d'son côté que ça marche pas. Mais, ça, j'en doute, y'a vraiment flanché pour toi. Y t'a vue une seule fois et ça lui a chaviré l'cœur !

— Allons, monsieur Bigras, vous en rajoutez, vous aimez plaisanter parfois, je vous connais…

— Non, c'est peut-être pas les mots qu'il a employés, Gervaise, mais ça revient au même. Alors, on s'arrange comment pour la première rencontre ?

— Le mieux serait qu'il m'appelle à la pharmacie, mais dans mon heure de dîner. Je ne veux pas qu'il appelle à la maison… Et même à la pharmacie, c'est risqué, on pourrait entendre et si la gérante est encore là…

— Pourquoi pas ici, Gervaise ? Tu pourrais revenir demain ou après-demain, quand il pourra t'appeler, et tu pourras lui parler sans problème en t'servant du téléphone du *back store,* celui qu'tu vois juste au mur. Je m'en irai en avant, je serai discret. Si tu veux, je peux lui demander d'appeler après cinq heures, juste après ton travail, le temps de te rendre ici. Moi, je serai encore en train de trimer ou de raser des têtes, je ferme à six heures. Le temps de prendre le rendez-vous et tu pourras rentrer souper chez toi. C'est pas une bonne idée, ça ?

— Vous pensez à tout, à ce que je vois ! Oui, c'est une bonne idée ! Alors, parlez-lui, arrangez le jour et l'heure et je viendrai prendre l'appel ici. Mais là, faut que je retourne au travail, ma gérante va me chercher si j'arrive deux minutes en retard. Elle est bien fine, mais elle est *rough* sur les principes. Merci pour le café et tout le dérangement. Vraiment, j'en suis encore troublée…

— De quoi ?

— De la demande de ce client. Un avocat ! Pensez-y un peu… Avec une fille comme moi !

— Arrête-moi ça tout de suite, recommence pas, pis sauve-toi, Gervaise, t'as juste cinq minutes pour te rendre à ton comptoir !

La jeune femme quitta le salon et, pressant le pas encore une fois pour éviter une remontrance, elle se demandait ce que ce Nicolas attendait d'elle. Une aventure seulement ? C'était possible, mais elle préférait ne pas y penser… Tout de même, pensa-t-elle, un avocat, ce n'était pas à négliger… Ne serait-ce que pour une seule rencontre, elle se sentait tout de même privilégiée.

Avant de mettre la clef dans la porte de son commerce le soir même, Bigras s'empressa de joindre Nicolas. Il avait deux numéros pour le faire, celui de son bureau et celui de sa résidence où la bonne à tout faire prenait les messages. Il composa le premier numéro et, par une chance inouïe, Nicolas répondit.

— Tiens ! Encore à ton bureau toi ? Bigras à l'appareil.

— Monsieur Bigras ! Quelle coïncidence ! La secrétaire est partie et j'allais vous appeler avant de rentrer chez moi ! Je commençais à me décourager…

— Écoute, je n'y suis pour rien, Gervaise n'est pas venue hier, je n'l'ai donc vue que ce matin et elle est revenue dîner avec moi à midi.

— Et puis ? risqua l'avocat, déjà inquiet de la réponse.

— Et puis ? Ça va marcher, mon grand ! Elle accepte de te rencontrer, mais ça ne s'est pas fait en criant « ciseau », l'outil préféré des barbiers ! J'ai joué à l'avocat et j'ai plaidé longuement, mon ami ! répondit-il en riant.

— Elle accepte ? Quelle joie ! Où ? Quand ?

— Aie ! Prends pas le mors aux dents ! Elle semble intéressée à souper avec toi quelque part, un endroit discret, pas dans son quartier. Mais pour fixer un rendez-vous, il te faudra la rappeler ici après son travail et l'inviter de vive voix.

— N'importe quand ! Demain soir, si possible.

— C'est vite, ça, Nicolas… Attends un jour ou deux, ne t'montre pas si empressé, ça t'servira pas. Je vais la rejoindre demain et si ça marche pour elle, tu pourras l'appeler jeudi soir après cinq heures. Qu'en penses-tu ?

— Ce serait idéal, je pourrais l'inviter pour un soir de la fin de semaine. Vous disiez qu'elle avait hésité ?

— Un peu, elle se rappelait pas tout à fait de toi. De t'avoir aperçu, oui, mais pas plus. Je lui ai tout dit ce que je savais sur toi et elle a fini par accepter parce qu'elle a confiance en moi. T'as besoin de ne pas m'décevoir, Nicolas, sinon j'en parle à ton père ! répliqua le barbier, avec un ricanement dans la voix.

— Ne vous en faites pas, monsieur Bigras, je suis un gars sérieux et si elle est telle que je l'imagine, je vais sortir de table complètement amoureux.

— Bon, ça va, laisse-moi te rappeler demain et, si j'te rejoins pas, je laisserai un message te disant oui ou non pour le coup de fil, à la secrétaire de ton étude.

— Parfait, ce sera plus discret et je comprendrai. Et si c'est oui, je serai à mon téléphone dès jeudi soir. Ah ! ce que vous me faites plaisir, monsieur Bigras ! Vous venez de faire ma journée ! Je ne vous retiens pas, je sais que votre femme vous attend pour souper, et merci infiniment de tout ce que vous faites pour moi.

— C'est d'bon cœur, Nicolas ! Pis, tu vas t'rendre compte, prends ma parole, que c'est toute une femme, Gervaise Huette, je veux dire la veuve Mirette. Une femme avec une tête sur les épaules ! Salut, mon gars !

Ils avaient raccroché et Nicolas laissa échapper un soupir de soulagement. Il allait enfin connaître celle qui lui était tombée tout droit du ciel. Il en rêvait depuis… Il voulait la rencontrer, avoir ses yeux dans les siens, humer ses lèvres roses… Il était rentré à la maison de si bonne humeur, ce soir-là, que sa mère se demandait s'il n'avait pas gagné un million avec un procès. Le mettant au pied du mur après le souper, alors qu'il sifflait en se rasant, elle lui avait demandé tout bas, à l'insu de son mari :

— Dis donc, mon garçon, as-tu eu la visite de la reine d'Angleterre à ton bureau, toi ?

— Non, mieux que ça, maman ! s'écria-t-il.

— Quoi donc ?

— J'suis en amour !

Les choses allaient se bousculer et, tel que prévu, Nicolas avait reçu un appel de monsieur Bigras qui lui disait « oui » comme réponse à sa question. Un bref message que la secrétaire avait trouvé étrange. Le jeudi soir, comme convenu, Nicolas composait nerveusement le numéro de téléphone du barbier. À l'autre bout, Gervaise, peu confortable sur une chaise droite en face du téléphone mural, répondit au deuxième coup de sonnerie, pour ne pas avoir l'air trop empressée :

— Oui, allô ?

— Madame Mirette ? Ici Nicolas Delval. Vous attendiez mon appel, je crois…

— Bonsoir, monsieur Delval. En effet, monsieur Bigras m'a parlé de vous et de votre intérêt à me rencontrer. Ce que j'accepte...

— Vous m'en voyez ravi, madame... Heu, j'oublie les noms de famille facilement, pardonnez-moi. Vous savez, au bout d'un fil...

— Soyez à l'aise et appelez-moi Gervaise, ce sera moins compliqué. Et je me servirai de Nicolas pour vous désigner. Ça vous va ?

— Absolument ! Dites, pour garder le plus de conversation possible pour notre rencontre, dites-moi seulement ce qui vous conviendrait pour un premier rendez-vous.

— Bien, samedi soir, si cela vous arrange, bien entendu, je pourrais vous attendre à la porte de Dupuis Frères vers sept heures.

— Très bon endroit ! Facile d'accès, j'y serai, ma voiture est longue et noire, vous la reconnaîtrez et je sortirai pour vous ouvrir la portière, évidemment.

— Bon, alors, c'est convenu, je serai là à l'heure prévue et je suis très ponctuelle, je ne vous ferai pas attendre. Au plaisir de vous rencontrer, Nicolas.

— Vous n'avez rien d'autre à me demander ou à exiger ?

— Non, pas vraiment, sauf de préciser que je n'aime pas les mets chinois !

— Entendu, ça tombe bien, moi non plus ! Je connais d'excellents restaurants français et italiens dans l'ouest de la ville.

— À votre choix, je ne suis pas difficile, vous verrez.

— Alors, à samedi, Gervaise, et merci d'accepter le rendez-vous. Je suis anxieux de vous connaître davantage. Monsieur Bigras m'a tellement parlé de vous.

— En bien, évidemment… Il est si indulgent, ce monsieur Bigras. Mais je n'ai pas que des qualités…

— N'allez pas plus loin ! Nous découvrirons tout ce que nous ne savons pas l'un de l'autre, ensemble.

— Alors, bonne fin de soirée et à samedi, Nicolas.

— Merci et portez-vous bien. Saluez monsieur Bigras de ma part.

— Je le ferai avec joie. Au revoir et à bientôt.

Et Gervaise raccrocha de peur que la conversation s'éternise et que ni l'un ni l'autre ne sache quand et comment l'interrompre.

Ravie de la distinction de ce Nicolas Delval, elle avait été, par contre, surprise du fait qu'il lui avait dit : « … pour un premier rendez-vous. » Comme s'il était certain qu'il y allait en avoir d'autres. Assez sûr de lui, ce monsieur, pensa-t-elle, mais elle était quand même heureuse d'avoir accepté. Ce qui allait la changer de ses soirées du samedi avec Rita devant la télévision ou au cinéma Champlain pour un programme double avec sa mère. Nicolas, de son côté, avait été subjugué par ce simple bout de conversation. Elle avait une voix douce, feutrée, sensuelle… Et elle s'exprimait très bien. Que demander de plus pour l'instant ? Il allait de découverte en découverte… en plus de la trouver superbe.

Le samedi, après avoir légèrement mangé à cause du souper qui venait, Gervaise s'était vêtue élégamment, cette fois. Comme il était avocat et qu'il désirait l'emmener dans un restaurant sans doute huppé, elle avait choisi un léger tailleur chocolat avec une blouse de soie beige sous le veston. Habituée au maquillage, elle avait opté pour celui du soir qu'elle conseillait à ses clientes. Les yeux passablement maquillés, mais les lèvres moins rouges, moins grasses qu'avec une double application. Elle avait même choisi une teinte orangée qui allait à merveille avec son ensemble. Souliers fermés à talons hauts beiges, petit sac à main de la même couleur, elle était allée chez la coiffeuse se faire onduler les cheveux à la façon de Paulette Goddard, une vedette de cinéma à qui on la comparait. La voyant bien « crêtée », Rita, l'observant, s'écria :

— Tiens ! La grande sœur qui sort avec quelqu'un à soir !

Madame Huette, qui avait aussi deviné que Gervaise avait un rendez-vous, répliqua :

— Mêle-toi pas d'ça, Rita ! Ça t'regarde pas ! Gervaise est assez vieille pour savoir c'qu'elle a à faire.

— Ça m'dérange pas ! Sauf que c'est pas souvent qu'elle accepte une invitation, elle a pas rencontré de gars depuis longtemps.

— Bien, cette fois, j'ai accepté, Rita, lui répondit l'aînée. Je sors avec un type qui m'a été présenté par monsieur Bigras. Et une soirée n'engage à rien. Alors, pas un mot de plus, comme dit maman.

— J'm'en sacre avec qui tu sors, mais habillée comme ça, tu t'en vas sûrement pas au parc Belmont ! T'as l'air d'une secrétaire privée !

Gervaise ne répondit pas, ça n'en valait pas la peine. Rita, à peine sortie de table, avait déjà son sac de chips *Duchess* sur le sofa, avec une bière d'épinette tout près !

41

Elle attendait que Radio-Canada présente le film du samedi soir. Elle espérait que ce soit un drame policier, elle adorait les histoires de meurtre avec Richard Widmark ou les films d'horreur avec Vincent Price. Mais elle fut plus que désappointée de se retrouver devant un film français avec Renée Saint-Cyr. Regardant le générique et le début, elle s'écria :

— *Shit !* Pas un film d'amour ! De la France, en plus ! Non, moi j'prends ma sacoche pis j'm'en vas au Théâtre Amherst, on présente trois films pour le prix d'un. Viens-tu, sa mère ?

— Non, Rita, trois films, c'est trop long ! Vas-y toute seule, moi j'vais lire *La Patrie* pis *Le Petit Journal.* J'en ai pour la soirée avec ça.

Sans faire de bruit, Gervaise était sortie et, empruntant la rue Sainte-Catherine à pied pour se rendre chez Dupuis, elle s'était fait siffler et flirter par des gars en auto qui passaient dans le quartier. Ce qui lui arrivait souvent. Tellement… qu'elle n'en faisait plus de cas ! Elle avait même dit à une amie qui marchait avec elle un certain soir : *C'est quand on ne me sifflera plus que ça va m'inquiéter !* Et toutes les deux avaient pouffé de rire. Mais ce soir-là, très grande dame dans sa tenue vestimentaire, elle s'était tenue un peu à l'écart des portes principales du magasin, mais elle n'eut pas à attendre deux minutes, la voiture noire tournait le coin. Nicolas en descendit, lui ouvrit la portière, la laissa prendre place, reprit le volant et lui dit, finalement :

— Heureux de vous voir ! Vous êtes magnifique !

Rougissant quelque peu, elle avait répondu :

— Merci, contente de vous rencontrer, moi aussi. Votre voiture est très belle. C'est quelle marque déjà ? Monsieur Bigras me l'a dit, mais, je ne m'en souviens pas…

— Une Lincoln Continental… Je viens de l'acheter il y a quelques mois.

— Je ne m'y connais pas en automobiles, on n'en a jamais eu dans la famille, mais j'avoue qu'elle est très confortable.

Le silence se fit et Nicolas, conduisant prudemment, ne se lassait pas de la regarder de profil quand il en avait l'occasion. Dieu qu'elle sentait bon ! Ah ! ce qu'elle était belle ! Une apparition, une fois de plus, avec une allure distinguée dans ce tailleur qui la moulait fort bien. Ils causèrent quelque peu de la pluie et du beau temps, de la canicule qui s'était dissipée et, empruntant une rue de l'ouest de la ville, il immobilisa sa voiture à deux pas d'un restaurant italien que Gervaise ne connaissait pas. Bref, elle ne connaissait presque rien de l'ouest de la ville, à part Eaton et Simpson, des magasins où elle se rendait parfois, rien de plus.

Il la fit entrer et le placier, qui connaissait bien l'avocat, les dirigea vers une table pour deux près d'une fenêtre aux rideaux blancs transparents :

— Vous aimez les mets italiens, au moins ?

— Absolument ! Ce sont mes préférés !

Ils parcoururent le menu et Gervaise opta pour une salade maison accompagnée d'une escalope de veau citronnée. Nicolas choisit aussi la salade et commanda des raviolis nappés d'une sauce napolitaine. Aucun apéritif, elle avait refusé. Il commanda tout de même un bon vin italien que le serveur versa avec modération dans le verre de madame. Et

ils trinquèrent ensemble à cette rencontre qui allait être...
déterminante.

— Vous aimez votre travail, Gervaise ?

— Oui, on m'a confié le comptoir des cosmétiques. La
gérante est affable et ma clientèle est fidèle. J'y suis depuis
cinq ans maintenant.

— Une clientèle canadienne-française, j'imagine...

— Non, on a aussi des Anglaises qui viennent de loin,
parce que le choix est plus grand chez nous qu'ailleurs...

— Vous parlez l'anglais ?

— Bien sûr ! Pas tout à fait à la perfection, mais
presque. Je l'ai appris en regardant des films américains
en anglais seulement. Et, à l'école, j'avais une amie du nom
de Brenda Marcil qui m'apprenait la langue de sa mère.
Disons que je suis assez bilingue pour travailler n'importe
où, maintenant.

— Vous avez étudié où, Gervaise ?

— Cartes sur table, je ne vous cacherai rien, je n'ai fait
que ma petite école, j'ai un diplôme de neuvième année,
pas plus. J'aurais aimé poursuivre, mais c'est une longue
histoire. Et comme monsieur Bigras vous l'a sûrement dit,
je me suis mariée très jeune...

— Vous n'avez pas à vous justifier, l'instruction, ce
n'est que dans la tête, l'éducation, c'est dans le cœur. Vous
vous exprimez à merveille, vous ne parlez pas comme certaines personnes de...

— Dites-le, Nicolas ! De l'est ? Non, je ne parle pas
comme ma mère et ma sœur, Rita, je me suis appliquée à
parler un bon français, mais je ne juge personne. J'ai des
clientes...

Il l'interrompit en posant sa main sur son avant-bras :

— Je ne juge personne, moi non plus, je constate seulement la différence. J'espère ne pas vous avoir offensée par ce propos…

— Non, Nicolas, pas du tout. Mais comme vous êtes d'un autre milieu, avocat en plus, il faut tout de même que je m'explique. Nous n'avons pas grandi aux mêmes endroits, vous et moi.

Il se contenta de sourire, avala quelques bouchées, et la regarda soulever son verre sur pied avec élégance. Dieu qu'elle était belle ! Des yeux noisette à rendre fou ! Un corps de déesse sous le veston détaché de son tailleur à la mode. Il pouvait deviner sa poitrine à travers la blouse de soie beige et ça le chavirait. Elle avait les doigts minces et longs comme ceux des musiciennes, les ongles polis, elle portait un bracelet garni de perles et n'avait, pour tout autre bijou, qu'une grappe de perles à chaque lobe d'oreilles. Des boucles qui allaient de pair avec le bracelet.

— Vous avez été heureuse avec votre mari ?

— Oui, très heureuse, je l'aimais beaucoup…

Il l'avait attristée avec ce souvenir, il s'en était rendu compte et avait vite bifurqué pour lui demander :

— Et vous n'avez personne dans votre vie, pas même un ami… régulier ?

— Non, personne, vous êtes le premier homme avec lequel j'accepte de sortir, Nicolas.

— Pourtant, si jeune, si jolie…

— Les invitations étaient là, mais je les refusais. Je n'avais pas terminé mon deuil. Je crois que c'est maintenant fait… Excusez-moi, cependant, si je suis maladroite dans mes discours, c'est la première fois que je suis en tête-à-tête avec un homme depuis…

Il l'interrompit encore pour la rassurer :

— Vous êtes une femme dépareillée, Gervaise, vous êtes distinguée, très jolie, bien éduquée… Que demander de plus ?

Mal à l'aise, elle s'empressa de détourner la conversation sur lui, en lui demandant :

— Et si vous me parliez de vous, maintenant ?

— Moi ? Je n'ai pas grand-chose à dire, je suis avocat, je vis avec mes parents, j'ai deux sœurs, un neveu, une nièce…

— Oui, je sais tout ça ou presque, monsieur Bigras m'a beaucoup parlé de votre famille… Mais, comment se fait-il qu'un homme de votre âge et de votre situation soit resté célibataire ?

— Bien simple, je n'ai pas encore rencontré l'âme sœur. Non pas que je sois difficile, mais on ne se marie pas que pour plaire à la famille, n'est-ce pas ? J'ai eu quelques fréquentations, mais rien qui m'ait mené jusqu'au mariage. Alors, voilà, encore libre à mon âge… avancé !

Elle éclata de rire et il put se rendre compte de ses dents blanches et bien alignées. Tout était superbe chez elle ! De la tête aux pieds ! Et sa façon de croiser les jambes la rendait encore plus féminine. Épris, plus accroché qu'il ne l'avait été à première vue la semaine précédente, il sentait que son cœur lui commandait de la revoir. Ils terminèrent le repas par une salade de fruits frais, un thé pour elle, un café pour lui et, après deux heures et plus à se dévoiler l'un à l'autre à cette table, ils se levèrent enfin et il la ramena cette fois jusqu'à la porte de sa demeure. Par un coin de rideau, madame Huette avait aperçu la voiture et le très bel homme qui en était sorti pour ouvrir la portière à Gervaise. Elle était restée estomaquée ! On aurait dit un millionnaire ! Ce qui n'était pas loin d'être le cas. Sur le chemin du retour, il lui avait néanmoins demandé :

— Croyez-vous qu'on puisse se revoir, Gervaise ? Un autre souper à un autre endroit, la semaine prochaine ?

Elle avait hésité, un peu intimidée à l'idée de le fréquenter, pour ensuite lui répondre :

— Si ça vous convient, pourquoi pas ? Je vous laisse mon numéro de téléphone. Je suis chez moi chaque soir, jamais bien loin.

— Comptez sur moi pour vous rappeler et merci de cette charmante soirée.

Il lui avait serré le bout des doigts alors qu'il aurait souhaité la prendre dans ses bras et l'embrasser. Elle était descendue, lui avait offert son plus gracieux sourire, et il avait attendu qu'elle entre par cette porte verte d'une maison désuète. Mais, que lui importait où elle vivait, il en était amoureux, il n'avait plus qu'elle dans le cœur et dans la tête. Elle, de son côté, était rentrée quelque peu perturbée. Cet homme lui plaisait. Il était beau, intelligent, bien vêtu et fort distingué. Ils n'avaient pas encore appris à se connaître entièrement, mais elle sentait que cela viendrait. Bien sûr qu'elle espérait le revoir, elle aussi. Sans être entichée de lui comme il pouvait l'être d'elle, elle sentait une certaine flamme attiser son cœur resté froid trop longtemps. Elle pouvait donc s'avouer qu'elle avait apprécié les moments passés avec lui et qu'elle avait aussi aimé le genre d'homme qu'il était, même s'ils s'étaient vouvoyés toute la soirée.

# CHAPITRE 2

J uillet poursuivait sa générosité de beaux jours ensoleillés et Nicolas, sans le dire à sa mère, entretenait
d'heure en heure de forts sentiments pour celle, qu'en
silence, il aimait. Il avait hâte de la revoir, il désirait
toutefois que ce soit simple entre eux, qu'elle soit à l'aise,
qu'elle ne le sente pas au-dessus d'elle à cause de son statut
d'avocat et de sa famille bourgeoise. Gervaise, de son côté,
avait travaillé ferme à son comptoir de cosmétiques, afin de
rehausser les ventes comparativement à celles de l'an dernier à la même période. Elle offrait aux clientes ses parfums
dernier cri, tout comme ses crèmes à main qui venaient tout
juste d'arriver d'Europe. Avec cet intérêt pour le rayon dont
elle s'occupait, elle n'avait guère eu le temps de penser à
Nicolas, même si elle appréhendait avec joie le prochain
rendez-vous, histoire de voir si l'harmonie se maintiendrait
entre eux. Sa mère avait tenté de la questionner, mais elle
lui avait répondu :

— Pas tout de suite maman, je dois le revoir. Je te parlerai de lui si ça devient sérieux, pas avant.

Et à Rita, qui elle aussi insistait, elle avait répliqué :

— Ce n'est qu'un chum pour le moment, donne-moi le temps de le connaître au moins ! Ce qui avait laissé la sœu-rette bouche bée, parce que, pour une fois, Gervaise avait utilisé un ton ferme avec elle. Le vendredi soir, néanmoins, le téléphone sonna chez les Huette, et c'est Rita qui répondit. Constatant que c'était « le chum » de sa sœur qui rappliquait, elle lui avait dit en guise de politesse : *Une minute !*, quand il avait demandé à parler à Gervaise. Ce qui avait fait sourciller l'aînée qui lui avait dit en plaçant sa main sur le récepteur :

— Si tu n'es pas capable de répondre mieux que ça, ne réponds pas ! On ne dit pas, une minute, on dit : un moment, s'il vous plaît.

Rita avait haussé les épaules et était retournée au salon écaler ses *peanuts Planters* dans un bol de plastique. Ger-vaise avait pris l'appel, avait causé assez discrètement avec Nicolas pour que sa mère ne l'entende pas, et avait accepté la sortie qu'il lui proposait pour le lendemain soir. Cette fois, il allait venir la prendre à la maison, mais elle lui avait demandé de ne pas descendre de la voiture, qu'elle serait prête à monter à bord dès qu'il arriverait. En somme, Ger-vaise ne voulait pas que Nicolas entre chez elle ce soir-là et qu'il se retrouve devant sa sœur, attriquée comme la chienne à Jacques, et devant sa mère qui, dans son *duster*, bigoudis sur la tête, se préparait pour le lendemain, alors qu'elle se mettrait sur son trente-et-un pour aller à la messe.

Il était arrivé à l'heure convenue et Gervaise, toute pim-pante, l'attendait sur le trottoir en face de sa maison. Il était sorti pour lui ouvrir la portière, et madame Huette et Rita, cachées derrière le rideau du salon, l'avaient entrouvert d'un coin pour apercevoir le *chum* de Gervaise. Madame Huette, fort impressionnée par l'allure du monsieur ainsi que par sa voiture, avait dit à Rita :

— Quel bel homme ! T'as vu son char ? Aie ! c'est pas un tout nu, ce gars-là !

Et la fille de renchérir :

— Ouais… c'est vrai qu'y est pas mal beau, y'a un p'tit quelque chose de l'acteur George Nader. A prend pas n'importe qui, la sœur, a choisit ! Ben, tant mieux pour elle, c'est pas à moi qu'ça arriverait, une chance pareille !

Madame Huette n'avait rien répliqué, se contentant en elle-même d'approuver les derniers mots de sa plus jeune. Nicolas avait pesé sur l'accélérateur et emprunté la rue Sainte-Catherine pour se diriger vers l'ouest, une fois de plus. Mais il n'avait pu s'empêcher de s'extasier devant la beauté de sa compagne. Gervaise avait enfilé un chandail blanc moulant à manches trois-quarts, et une jupe ajustée noire et satinée. À ses lobes d'oreilles, de gros anneaux de gitane s'harmonisaient avec ses yeux maquillés foncés et ses lèvres pourpres. Les cheveux descendant aux épaules, elle portait au poignet un bracelet plaqué or antique, et s'était chaussée de sandales blanches à talons fins et hauts : le genre de femme que tous les hommes regardent quand ils en croisent une. Nicolas se disait intérieurement que sa famille n'approuverait sûrement pas une telle tenue vestimentaire mais, en ce qui le concernait, il la trouvait magnifique et il ne put s'empêcher de le lui dire, pour ensuite lui demander :

— Vous avez eu une grosse journée à la pharmacie aujourd'hui ?

— Passablement, mais moins que la semaine dernière, plusieurs clientes sont déjà parties en vacances.

— Ce soir, je vous invite dans un restaurant français, ça vous va ?

— Bien sûr, Nicolas, n'importe où… Vous connaissez les beaux endroits mieux que moi.

Il stationna non loin du restaurant en question et, lui ouvrant la portière, il se rendit compte, avec fierté, que les passants la regardaient comme s'il s'était agi d'une vedette de cinéma. Ils entrèrent dans l'établissement en question et le patron, apercevant Nicolas, lui dit :

— Votre table est prête, maître Delval.

Puis, regardant Gervaise, il avait ajouté :

— J'espère que vous vous plairez ici, mademoiselle. Nous allons tout mettre en œuvre pour que vous soyez satisfaite.

Elle avait souri, l'avait remercié du bout des lèvres et, intimidée par cet accueil solennel, elle avait suivi « maître Delval » à sa table du coin où d'épaisses tentures de velours vert dissimulaient la moitié des cloisons des fenêtres. On leur tendit le menu et, y jetant un coup d'œil, Gervaise commanda le foie de veau à l'échalote avec légumes, et une salade du chef pour ouvrir le repas. Nicolas, pour sa part, opta pour les rognons à la moutarde, avec la même salade que sa compagne. Elle avait refusé l'apéritif qu'il lui offrait et, sans plus attendre, il commanda un bordeaux rouge de qualité qu'elle saurait certainement apprécier. Le repas commandé, le vin déjà versé, ils trinquèrent à leur deuxième rencontre et Nicolas, sans prendre de détour, lui demanda tout bas :

— Vous accepteriez qu'on se tutoie, Gervaise ? Ça ferait plus intime et, de toute façon, tôt ou tard, nous allons en arriver à cette familiarité.

— Avec plaisir, Nicolas. J'y pensais, moi aussi…

— D'autant plus, ajouta Nicolas, que nous allons maintenant sortir ensemble régulièrement, si tu le veux bien. J'ai une forte attirance pour toi, je crois avoir enfin trouvé celle que je cherchais…

— Vraiment ? Tu en es sûr ? lui dit-elle en riant. Je ne suis pas toujours facile…

— Allons donc, tu es une soie, je le sais et je le sens. Monsieur Bigras m'a tellement parlé en bien de toi, ne le fais pas mentir…

Elle sourit et répondit :

— C'est vrai que je suis facile à vivre et à côtoyer, il est rare que je m'emporte. J'ai un assez bon caractère, mais je ne suis pas parfaite pour autant, j'ai des défauts que tu sauras découvrir…

— Et que nous corrigerons ensemble, ma chère ! lui avait-il rétorqué avec le sourire.

Une réplique qui avait quelque peu intrigué Gervaise…

— Et toi, rien à corriger de ton côté ?

— Non, c'est déjà fait, je travaille sur moi depuis des années. À trente-cinq ans, je crois être d'une espèce améliorée.

Un autre sourire de part et d'autre et le repas arriva. À un moment donné, la regardant, il lui murmura :

— Dieu que tu es belle ! Et libre en plus ! Un cadeau du Ciel…

— Allons, n'exagère pas, je suis bien ordinaire. Je suis fière de ma personne, c'est vrai, mais c'est mon emploi qui me le commande. Au réveil, le matin, je ne suis pas tout à fait la même, ajouta-t-elle en riant de bon cœur.

— Belle le soir, belle le matin, j'en suis certain. Alors, tu acceptes qu'on se fréquente sérieusement à présent ? Nous pourrons planifier d'autres sorties que les restaurants. Il y a le cinéma, les concerts, le théâtre, les voyages...

Elle avait sursauté. À part le cinéma, tout le reste était pour elle en terrain inconnu. Elle n'était allée nulle part en voyage sauf à Old Orchard avec Ti-Gus, durant leurs années de mariage. Les concerts classiques, elle n'y connaissait rien, le théâtre, encore moins.

— Heu... oui, j'aime aussi les tours d'automobile à la campagne, le parc Lafontaine, le Musée de cire...

— Dans ce cas, tu me feras découvrir tout ce que je n'ai pas vu et, moi, je t'apprendrai à aimer l'opéra, les concerts et le théâtre. Tu n'as jamais vu *Carmen* à la télévision ?

— Heu... non, pas encore, répondit-elle, ne sachant pas s'il parlait de théâtre ou d'opéra. Tu vas avoir à m'apprendre beaucoup de choses, Nicolas, je te le répète, je ne suis pas de ton monde, il te faudra être indulgent...

— Je n'aurai pas à l'être, nous ferons tout ensemble, on s'apprendra des choses mutuellement, si tu le veux bien. Sais-tu que je t'aime, toi ?

Elle avait rougi, elle avait déposé sa cuiller dans la soucoupe tellement l'aveu l'avait saisie.

— Non, mais si tu le dis... N'est-ce pas un peu tôt ? On se connaît à peine.

— Je te connais suffisamment pour être sûr de mes sentiments, Gervaise. Je t'aime depuis le premier jour.

Elle ne sut que répondre. Éberluée, elle le regardait et ne trouvait pas les mots.

— Et toi, tu m'aimes un peu ?

— Heu… bien sûr, puisque je suis ici avec toi. Évidemment…

— Mais tu n'oses pas en faire l'aveu.

— Non, je vais attendre un autre moment puisque tu viens de précipiter les choses. La prochaine fois, peut-être ?

— J'attendrai, Gervaise, en espérant ne pas m'être fait d'illusions.

Elle avait mis sa main sur la sienne pour lui dire :

— Mais non, voyons…

Comme on le fait d'un enfant qu'on rassure. Ils avaient terminé le repas depuis longtemps, ils avaient parlé de tout et de rien, mais beaucoup plus de rien. Elle ne l'avait pas questionné sur sa famille et il n'était pas revenu sur la sienne. Ils quittèrent le restaurant, arpentèrent un peu la rue Stanley pour y regarder quelques vitrines et il la ramena dans sa voiture jusque devant sa porte. Sentant que sa mère allait encore écornifler, elle lui avait demandé :

— Tu veux bien te rendre au coin de la rue et te stationner juste derrière le camion blanc qu'on voit d'ici ? Ce sera plus discret pour se quitter.

Il avait obéi et, immobilisé à l'endroit désigné, il l'avait tout doucement attirée vers lui sans qu'elle résiste. Puis, la main dans la sienne, il avait approché sa bouche de ses lèvres vermeilles et l'avait embrassée sans qu'elle s'y oppose. Elle lui avait même rendu son baiser avec ardeur, ce qui l'avait incité à recommencer… Et, avant de s'en dégager délicatement, elle lui avait murmuré :

— Je t'aime aussi, Nicolas. Tu voulais cet aveu ? Le voilà !

Envoûté, il lui caressa la joue, lui baisa la main, voulut l'attirer encore, mais elle résista en lui disant :

— Pas trop en pleine rue, Nicolas, il y a des passants et ta luxueuse voiture attire les regards. On est dans l'est de la ville ici, ne l'oublie pas. Ramène-moi maintenant.

Il fit le tour de la rue, s'immobilisa devant sa maison, et elle refusa qu'il descende lui ouvrir la portière. Elle sortit d'elle-même après l'avoir remercié de la soirée et se dirigea vers le perron éclairé d'un jet de lumière. Et elle entra tout doucement, non sans avoir remarqué, en souriant, une ombre à la fenêtre. Celle de sa mère.

Gervaise et Nicolas formaient maintenant un couple d'amoureux qui se fréquentait régulièrement. Depuis presque six mois, à raison de deux fois par semaine, le mardi et le samedi. Elle avait fini par l'inviter chez elle et le présenter à sa mère et à sa sœur. Non sans avoir averti Nicolas à quoi s'attendre, évidemment. Madame Huette s'était bien vêtue pour la circonstance, mais Rita, fidèle à elle-même, avait gardé sa blouse froissée et sa jupe noire avec une tache à la hauteur des fesses. Elle avait eu, au moins, la décence de troquer ses pantoufles contre des souliers à talons plats. Rien de plus ! Le « chum riche » de sa sœur n'allait pas s'intéresser à elle de toute façon, pensa-t-elle. Néanmoins, impressionnées par la présence de l'avocat, toutes deux étaient restées timides. Madame Huette, gauche de nature, l'avait invité à passer à la cuisine, alors que Gervaise lui disait : *Non, maman, au salon*. Nicolas, voyant l'effet qu'il produisait sur elles, souriait. Les réactions du menu peuple devant la bourgeoisie l'avaient toujours amusé. Les présentations faites, madame Huette offrit une tasse de thé au visiteur, ce qu'il refusa poliment. Rita, qui n'avait encore rien dit, avait ajouté :

— On a des beignes au miel aussi ! Pis des biscuits Dad's aux raisins !

Il la remercia d'un sourire et Gervaise, mal à l'aise, dit à sa mère :

— Nous ne restons pas plus longtemps, maman, nous allons au théâtre, Nicolas et moi.

— Pas de problème… Maintenant qu'on connaît monsieur l'avocat.

Nicolas s'empressa de suivre Gervaise et, dès la porte refermée derrière eux, Rita s'exclama :

— Chions donc ! Le théâtre ! Gervaise déteste ça, elle aime juste les films américains. Elle fait sa fraîche parce qu'elle sort avec un avocat ! Elle avait quasiment le nez en l'air !

— Parle pas comme ça, Rita ! Ta sœur a trouvé un bon parti et elle le mérite ! Depuis le temps qu'elle nous fait vivre !

— J'rapporte aussi ma paye, sa mère ! Pis j't'en donne la moitié !

— Oui, mais ça fait pas longtemps… En tout cas, j'suis contente pour elle ! Un homme distingué… Pis beau, à part ça !

— Ça dépend des goûts… Pas laid, mais pas mon genre. Trop constipé, trop précieux ! Moi, j'les aime mieux…

— Baraqués pis mariés, Rita ! J'le connais ton genre !

— Ça m'regarde, sa mère ! Pis là, j'en ai assez d't'entendre comparer, j'm'en vas aux vues ! Avec un baraqué comme tu dis, pis pas marié, celui-là ! J'sors avec le gros Mailloux !

— Pas lui ? Sainte misère, Rita ! Y'est plein d'boutons pis y'a mauvaise réputation. Un planteur de quilles ! Pas même d'instruction, une quatrième année ! Sa mère est commune ! Pis…

Madame Huette ne put aller plus loin, Rita avait claqué la porte derrière elle pour aller rejoindre celui que sa mère démolissait encore, par le *screen* d'un châssis ouvert, de sa bave de commère.

Nicolas, au volant de sa voiture, pensait intérieurement qu'il lui fallait sortir Gervaise de cette maison infâme. Quel milieu que le sien ! Quelle famille ! La mère, quasi édentée, et Rita qui dégageait une odeur de « non lavée ». Il fallait absolument que sa « princesse » s'élève au-dessus de cette masse qui le répugnait. Elle était trop belle pour appartenir à cette basse classe qu'était la sienne. Il l'imaginait dans les bras de Ti-Gus… Comment avait-elle pu faire pour se glisser dans le lit de ce grotesque personnage sans frémir ? Il avait vu la photo de leur mariage sur le buffet de madame Huette et il avait trouvé le boulanger hideux. Constatant toutefois que Gervaise était mal à l'aise de cette visite chez elle, il l'avait rassurée :

— Ne t'en fais pas, ma chérie, ta mère est une bonne personne. Elle a fait son possible pour bien m'accueillir.

— Tout de même… J'ai senti que tu étais indisposé…

— Pas du tout ! Gêné avec Rita parce qu'elle me dévisageait, mais pas mal à l'aise pour autant, Gervaise. J'ai des clients qui font partie de ce monde-là… Je veux dire, du même quartier, reprit-il. L'important, c'est d'avoir le cœur sur la main, renchérit-il.

Ils arrivèrent au théâtre où l'on présentait *La Dame aux camélias,* d'Alexandre Dumas fils, une pièce que Gervaise apprécia, même si elle ne connaissait rien de l'histoire de Marguerite Gautier ni de l'auteur. Ils allèrent ensuite manger dans un restaurant italien et elle se contenta d'une escalope de veau avec légumes ; les pâtes, ça faisait engraisser. Puis, il la ramena à la maison non sans l'avoir embrassée tendrement. Il adorait l'embrasser. Ses lèvres dégageaient le parfum des roses et sa langue était si douce. Elle aussi avait un faible pour ses baisers. Nicolas embrassait si bien, son étreinte était si virile. C'était certes mieux qu'avec Ti-Gus, pensait-elle, n'ayant eu aucune autre fréquentation depuis son veuvage. Lorsqu'elle levait les yeux sur lui après un long baiser, il était coutume pour l'avocat de lui dire :

— Si tu savais comme je t'aime…

Un aveu auquel elle répondait souvent par :

— Je t'aime aussi, Nicolas…

En ajoutant, pour la première fois, ce soir-là :

— Éperdument !


Quelques jours avant les Fêtes, alors qu'ils étaient allés au cinéma Palace voir le film *The Court Martial Of Billy Mitchell,* avec Gary Cooper, elle lui avait demandé sur le chemin du retour :

— Est-ce que je vais finir par rencontrer ta famille, Nicolas ?

Quelque peu mal à l'aise, il lui avait répondu :

— Pas pour l'instant, ma mère ne va pas bien. Attendons après le jour de l'An, si tu le veux bien. Je choisirai le moment...

Gervaise avait trouvé étrange que Nicolas retarde ainsi les présentations à cause de sa mère souffrante. Il y avait tout de même ses sœurs qui habitaient de chaque côté. Pourquoi ce délai ? Elle n'osait se questionner de peur d'en découvrir la réponse.

Pour Noël, il l'avait invitée dans une auberge des Laurentides, où il avait réservé la plus jolie chambre de l'endroit. C'était la première fois que Gervaise découchait, mais, comme elle avait été mariée, il aurait été ridicule de jouer les vierges offensées. Elle accepta donc l'invitation, sachant que, tôt ou tard... Ils n'étaient tout de même plus des enfants ! Sur les lieux, ils avaient déposé leurs minces bagages dans la chambre, pour ensuite descendre à la salle à manger qui donnait vue sur des montagnes enneigées. Ce qui était fascinant ! Gervaise avait remonté ses cheveux en chignon et endossé une robe de velours d'un vert feuillage sur laquelle elle avait ajouté un ras-de-cou nacré qui faisait ressortir son teint, légèrement bronzé par un savant maquillage. Très élégants tous les deux, ils avaient commandé le filet mignon arrosé de prunes confites et accompagné de petites pommes de terre au four. Un excellent Brouilly choisi par Nicolas se versait déjà dans les verres et les mots d'amour fusaient d'un fauteuil à l'autre. À la fin du repas, Nicolas s'était excusé pour se rendre à la salle de toilette et, au retour, un monsieur passablement âgé qui dînait avec son épouse l'avait arrêté du bras pour lui dire :

— Votre dame est très belle, monsieur, elle rehausse l'endroit par sa présence.

Fier comme un paon, il le remercia vivement et s'apprêta à reprendre le pas lorsque la femme du gentilhomme lui dit :

— Vous êtes très séduisant, vous aussi ! Le saviez-vous ?

Plus que gêné, cette fois, il la remercia de bon cœur et se dirigea vers Gervaise à qui il déclara en s'assoyant :

— Nous sommes, paraît-il, le plus beau couple de la salle à manger.

La jeune femme, qui avait vu la scène de loin, se contenta de sourire pendant que Nicolas, amoureux fou de sa compagne, ajouta :

— Pour ce qui est de toi, le brave homme avait raison. Tu es si belle, si somptueuse, si…

Et elle lui avait mis l'index sur la bouche pour éviter qu'il déverse tous les adjectifs qui pendaient au bout de sa langue. Ils remontèrent à la chambre vers dix heures et Gervaise, la première, se gâta d'un bon bain chaud aux perles de vanille, pour ensuite sortir de la salle de bain enveloppée d'un peignoir de satin rose dont elle n'avait pas enfilé les manches. Pressé de la découvrir, Nicolas prit une douche en vitesse et revint vers elle, couvert seulement d'une grande serviette de ratine beige. Ce qui avait permis à Gervaise d'apprécier sa poitrine velue, ses bras musclés, ses jambes droites et son sourire… déjà vainqueur ! Puis, tous deux étendus sur le lit presque défait, il avait pris plaisir à lui dénouer les cheveux pour qu'ils retombent sur ses épaules avant de défaire le ceinturon de son peignoir et apercevoir les seins fermes et le corps superbe, extraordinaire, de celle qu'il convoitait. Il l'avait imaginée bien tournée et affriolante, mais jamais aussi sublime qu'elle l'était. Enflammé, attiré, il laissa choir sa serviette de bain sur le drap et Gervaise découvrit, en érection sur elle, le membre raide qui la désirait. L'étreinte, les baisers passionnés, les touchers discrets… puis indiscrets, et l'union des corps de ces deux êtres plus que parfaits fut de toute beauté. Parce que, tendre, Nicolas ne l'avait pas brusquée, et parce qu'amoureuse, Gervaise avait fait durer le plaisir. Ils s'étaient aimés comme de véritables amants, et à plus d'une reprise en cette nuit de décembre. Lui sur elle, elle sous lui, et vice versa au gré de la cadence des draps. Nicolas, quoique averti, n'avait jamais fait l'amour avec une telle ardeur. Et Gervaise, veuve et depuis trop longtemps esseulée, l'avait aimé avec la fougue de ses vingt-sept ans. Une nuit divine, féerique, inoubliable pour l'un comme pour l'autre. Nicolas en était fou ! Il l'aimait à en perdre la raison ! Et Gervaise, repue, à demi endormie, venait de comprendre qu'une relation sexuelle, débordante d'amour et de sensualité, était ce qu'elle venait de vivre en une seule nuit avec Nicolas. Et non comme cela s'était échelonné sur presque cinq ans avec feu… Auguste Mirette.

L'An nouveau s'était levé, 1955 avait cédé sa place à 1956, et Nicolas avait fait visiter, le jour suivant, le quartier huppé de Westmount à Gervaise. Les rues Greene, Sherbrooke, Murray Hill, et combien d'autres, lui semblaient d'un monde venu d'ailleurs. C'était calme, c'était propre, les maisons étaient belles, mais sans le dire à celui qu'elle

aimait, elle trouvait que le quartier était « mort » ou « ago-
nisant ». C'est à peine si elle avait vu quelques passants
et un enfant ou deux sur les trottoirs. Loin de l'effervec-
cence constante de son quartier et des rues animées de
l'est, Westmount lui apparaissait comme un cimetière, mais
polie, elle s'efforça de lui dire que c'était joli. Ils étaient
passés devant les trois maisons familiales de la rue Victoria, mais sans s'arrêter. Elle n'avait vu que rapidement
les façades alignées des trois résidences à briques grises,
qui ressemblaient à des couvents. Dieu qu'elle avait hâte
de retrouver sa rue Ontario et de voir les enfants du quartier descendre des pentes sur leurs traîneaux, ainsi que de
vieilles personnes en train de jacasser comme des pies sur
les parvis des églises. Mais, regardant Nicolas qui lui souriait tendrement, elle se disait que « son monde à lui » allait
peut-être devenir le sien, si... Et elle fermait les yeux de
crainte et de joie, sur le plaisir ou la peine, de ce qui pourrait survenir.

1956, l'année où tant de choses allaient se produire,
sans qu'on n'en sache rien encore. En janvier, on annonçait
les fiançailles de l'actrice Grace Kelly avec le prince Rainier de Monaco et, en mai, un avion en feu allait s'écraser
sur un couvent près d'Ottawa, faisant quinze morts. Ce
qui attrista Gervaise qui connaissait depuis peu l'une des
victimes, cousine d'une cliente de son comptoir. Mais ce
qu'elle s'était empressée de faire, en ce début d'année,
avait été de rendre visite à monsieur Bigras, afin de lui
dire où elle en était, grâce à lui, avec Nicolas. Le barbier,
enchanté de sa conversation avec elle, lui prédisait un bel

avenir avec l'avocat, si ce qu'il prévoyait se concrétisait. Songeuse, elle avait ajouté en sucrant son café :

— Une chose m'intrigue, monsieur Bigras, il ne m'a pas encore présentée à sa famille.

— Ah non ? C'est curieux… A-t-il rencontré ta mère, lui ?

— Oui, il est venu à la maison, mais une seule fois, Rita était là, il a semblé apprécier la connaître ainsi que ma mère, mais il n'a pas voulu revenir depuis. Il me disait que ça risquait de devenir trop familier.

— Ouais… Je ne sais pas trop quoi penser ni quoi te répondre… Il veut sans doute passer son temps juste avec toi, Gervaise. Il est peut-être possessif…

— Possible, mais de là à ne pas connaître son père ni sa mère… Je me demande même s'ils savent qu'il sort avec moi.

Bien sûr que les parents de Nicolas savaient que leur fils avait maintenant une fille dans sa vie, ses deux sœurs aussi. Mais la nouvelle avait été mal accueillie quand il leur avait dit que celle qu'il aimait était veuve, sans enfant, et qu'elle habitait l'est de la ville, sur la rue Ontario. Son père, fronçant les sourcils lui avait dit :

— Pas tout à fait de ton rang, cette femme-là, mon garçon. Et tu l'as connue par le barbier ? Je l'aime bien, Bigras, mais de là à le fréquenter… Pas de notre classe, ces gens-là, Nicolas. Tu ferais mieux de chercher ailleurs…

— Mais c'est elle que j'aime, papa, attends de la voir !

— Je n'y tiens pas, ta mère non plus ! N'est-ce pas, Marcelle ?

— Heu… non, mais il serait sans doute poli de la recevoir une fois, si Nicolas le désire. Ça n'engage à rien…

— Non, pas question ! Elle va croire que nous l'accueillons à bras ouverts ! Non, pas de veuve de l'est dans notre maison, Nicolas. Avec ta profession et ta renommée, tu devrais mettre un terme à cette fréquentation qui ne t'apportera rien de bon.

— Maman ! Fais-lui comprendre que la recevoir... Et puis, je te le répète, je l'aime, papa ! Ce n'est pas qu'une passade, je l'aime éperdument, cette femme !

Paul-Henri Delval avait tourné les talons pour ne pas en entendre davantage. Nicolas, resté seul avec sa mère, tenta de la gagner à sa cause, mais elle lui répondit calmement :

— L'amour, ça s'éteint, Nicolas... C'est triste après... Si au moins tu acceptais de rencontrer la fille du médecin de ton père...

Constatant qu'il perdait son temps, Nicolas sortit en claquant brusquement la porte. Assez fort pour que ses parents comprennent qu'ils n'allaient pas lui dire quoi faire et qui fréquenter... à trente-cinq ans !

Inquiète de la tournure des événements, madame Delval avait demandé à ses filles, Charlotte et Josiane, de s'en mêler, de parler à leur frère, de lui faire comprendre que cette femme n'était pas pour lui. Il s'agissait de trouver l'occasion et, un soir que les deux filles se trouvaient à la maison paternelle alors que le père était absent, l'une d'elles fit signe à sa mère de s'éclipser et de les laisser seules avec Nicolas qui s'apprêtait à partir sous peu. Sans perdre de temps, l'aînée l'attaqua de plein fouet :

— Il paraît que tu fréquentes une veuve, Nicolas ?

— Non, Charlotte, pas seulement une veuve, une femme libre, tout simplement.

— Mais elle a quand même été mariée, non ?

— Bien sûr, puisqu'elle est veuve ! lui répondit-il ironiquement.

Ce qui avait fait rire Jean-René, le neveu, dissimulé au fond de la pièce. Retrouvant son calme après la moquerie, Nicolas reprit :

— Elle a été mariée à un boulanger qui est mort tragiquement. Et elle n'a pas d'enfant ! Autre chose ?

Voyant qu'il sourcillait déjà, Josiane prit la relève :

— Ne prends pas ce ton, on questionne, pas plus. On s'intéresse à toi…

— Alors, pour résumer, pour tout vous dire et ménager votre salive, elle est veuve depuis cinq ans déjà, et elle n'a que vingt-sept ans. Une femme simple, sans prétention et belle à faire damner un saint. Elle vit encore avec sa mère et sa sœur plus jeune qu'elle. Elle travaille au rayon des cosmétiques d'une pharmacie, elle gagne bien sa vie, et je l'ai rencontrée par l'entremise de monsieur Bigras, le barbier de papa. Est-ce suffisant ?

— Comment s'appelle cette femme si dépareillée ? insista Charlotte.

— Vous saurez son nom quand je reviendrai vous la présenter. D'ici là, plus de questions, je n'ai rien à ajouter.

— Une dernière, s'il te plaît ! clama Charlotte. Est-ce sérieux ou juste…

Il l'avait interrompue pour relancer, en appuyant sur le terme :

— Non, ce n'est pas « juste » ce que tu penses ! Il est fort probable qu'avec le temps cette beauté devienne ma femme.

Estomaquées, les deux sœurs retinrent leur souffle un moment et Josiane, la voix tremblante, baragouina :

— Tu n'y penses pas, Nicolas… La, la… veuve d'un boulanger… Toi, un avocat réputé… Raisonne un peu ! Fréquente-la si tu veux, mais ne t'arrange pas pour… pour nous déshonorer. Papa en mourrait !

Puis, retrouvant son aplomb, elle ajouta :

— Est-ce possible ? Une fille de l'est de la ville dans notre famille ! Ne fais pas en sorte d'être renié par nous tous, Nicolas ! Nous sommes de la bourgeoisie…

— Bien oui ! Et puis après ? Elle en fera partie, elle aussi ! Je n'ai pas de plaidoyer à vous livrer, celle que j'aime n'est pas au banc des accusés. Quant à être renié, faites-le donc maintenant, je ferai ensuite ma vie comme je l'entends.

Jean-René, le fils de Charlotte, qui avait écouté la conversation discrètement, se leva pour s'exclamer :

— Bien dit, mon oncle ! Chacun sa vie ! Chacun ses amours !

Charlotte regarda son fils d'un air maussade et Josiane, ahurie, humiliée par les propos de son frère et de son neveu, ajouta pour se ressaisir :

— Bien… on a hâte de la voir, ta beauté ! Pour le temps que ça va durer…

— Peut-être plus longtemps que pour toi, Josiane. Tu t'es séparée avant même de t'habituer à ton comptable agréé. Avec une enfant à partager en plus ! Mal placée pour mettre le nez dans mon histoire d'amour, toi ! Quant à toi, Charlotte…

— Non, arrête, ne va pas plus loin ! lui cria l'aînée. Fais ce que tu voudras, mais ne t'attends pas à ce que nous la recevions avec des révérences, ta petite vendeuse de produits de beauté.

Choqué par l'interpellation, Nicolas ne put s'empêcher d'avoir le dernier mot en disant à Charlotte :

— Tu m'as interrompu parce que tu craignais que j'aborde ta très mauvaise relation avec ton mari avant sa mort, n'est-ce pas ? Devant Jean-René ! Il est pourtant assez grand pour savoir que, sans son décès, c'était la porte qui l'attendait. Pas vrai, la grande sœur ? Alors, pas un mot de plus sur celle que j'aime et avertissez papa et maman d'en faire autant. Est-ce assez clair ?

Nicolas avait souri et entrouvert la porte pour sortir lorsque Josiane, dans sa colère, lui cria :

— Enfant gâté ! Prince de la famille ! Ce n'est pas parce que tu gagnes quelques procès que tu m'impressionnes, tu sais !

Charlotte, pompée par sa sœur, allait renchérir, lorsque son fils l'en empêcha :

— Maman ! C'est assez ! Ça ne nous regarde pas ce que fait oncle Nicolas. Et si cette femme lui plaît, c'est qu'elle doit être bien de sa personne et fort aimable. Depuis le temps qu'il la cherche…

Les deux sœurs avaient regardé Jean-René avec des dards dans les yeux, sans rien répliquer toutefois. Mais il était indéniable que l'élue du cœur de leur frère n'allait pas être la bienvenue dans le clan Delval. Avant même d'être connue de la famille, Gervaise en était déjà exclue.

À la Saint-Valentin, Nicolas avait invité Gervaise dans un chic restaurant où l'on pouvait danser sur une piste disposée à cet effet. Il lui avait retiré son manteau de drap en arrivant et lui avait murmuré :

— Un jour, tu ne seras plus transie de froid. Les manteaux de fourrure, ça existe…

Elle avait souri pour lui répondre :

— Pas pour moi, mon chéri, pour les riches !

Il n'avait rien ajouté, voyant qu'elle n'avait pas saisi l'allusion, et ils mangèrent copieusement tout en buvant un ou deux verres de vin rouge que Nicolas avait choisi. Il la regardait, elle était superbe ! Les cheveux ondulés, les yeux maquillés, les lèvres roses comme il les aimait, un chandail rose moulant sa poitrine, rehaussé d'un long sautoir de perles, une jupe ample d'un rose plus prononcé, des souliers à talons hauts noirs pour se marier à son ceinturon et, à son annulaire, une jolie bague avec une perle solitaire. Un cadeau de son défunt mari, sans doute, puisque Gervaise ne portait plus son alliance. Elle était belle et printanière… en plein cœur de l'hiver ! Comme si les roses poussaient en février ! Après le repas et avant le dessert, il l'avait invitée à danser :

— Je danse très peu, Nicolas, je n'ai pas l'habitude…

— Moi non plus, ça tombe bien, mais je crois que dans un *slow,* on n'a pas à faire d'efforts. Le seul fait de te sentir contre moi…

Ils s'étaient levés et avaient dansé sur *My Funny Valentine,* une chanson de circonstance. Il l'avait serrée contre lui, ils étaient presque restés sur place, immobiles dans les bras l'un de l'autre, avec quelques pas par-ci, par-là. Elle était si bien dans ses bras à humer l'eau de toilette de son cou. Lui, de son côté, se noyait dans le *Fleurs de Rocaille* de Caron qu'elle portait si bien et dont il adorait la fragrance. Déposant un baiser sur sa joue, il lui avait murmuré à l'oreille :

— Quand nous serons de retour à la table, j'ai quelque chose à te demander.

Étonnée, elle lui avait répondu :

— Après ce *slow*, nous irons nous asseoir, je ne me sens pas à la hauteur des autres. Heureusement qu'emprisonnée dans tes bras, ça ne paraît pas…, ajouta-t-elle en déposant ses lèvres rosées dans l'encolure de sa chemise blanche.

Après les dernières notes du trio musical, ils regagnèrent leur table et, tout en prenant le café, Nicolas versa quelques gouttes de Tia Maria dans la tasse de sa bien-aimée, ce qu'elle ne détesta pas. Puis, sortant un calepin et un stylo de sa poche, il lui dit :

— J'ai quelque chose de très personnel te concernant à te demander. Il est possible que ça ne te plaise pas, mais c'est si important pour moi.

Surprise, elle but une gorgée et répliqua :

— Alors, vas-y, je t'écoute, mon chéri.

— Dis-moi, Gervaise, quels sont les autres prénoms de ta naissance inscrits sur ton baptistaire ?

— Quelle drôle de question ! Attends, j'ai été baptisée Marie, Catherine, Gervaise Huette. Pourquoi ?

— Qui est Catherine dont tu portes le prénom ?

— Ma marraine. Une sœur de mon père que je ne vois presque plus.

— Et pourquoi t'avoir appelée Gervaise ?

— C'est le prénom de ma grand-mère paternelle, une coutume dans la famille. Rita, elle, porte le nom de ma grand-mère maternelle.

— Dis-moi, quel est le nom de fille complet de ta mère ?

— Bien voyons, pourquoi toutes ces questions, Nicolas ?

— Ne t'en fais pas, je te le dirai dans pas plus de cinq minutes si je trouve…

— Bien, ma mère a été baptisée Marie, Georgette, Berthe Boisseau.

Il sourit et demanda :

— Boisseau, c'est bien son nom de jeune fille ?

— Oui, pourquoi ?

— M'aimes-tu assez pour me faire plaisir, mon amour ? M'aimes-tu assez pour accepter ce que je vais te demander ?

— Bien, demande toujours… Je verrai si je t'aime assez pour ça ! ajouta-t-elle en riant de bon cœur.

— Alors, ma chérie, à partir de ce soir, si tu le veux bien, tu seras Catherine Boisseau, pour moi comme pour ma famille.

Elle était restée bouche bée. Ne comprenant pas où il voulait en venir, elle croyait qu'il plaisantait, qu'il s'amusait à ses dépens et se permit d'en sourire.

— Je suis très sérieux, Catherine, je te demande de modifier ton nom si tu le veux bien. Catherine Boisseau a tellement de classe…

Dans un éclair, la jeune femme venait de comprendre. Il lui demandait de modifier son nom pour sa famille, parce que ce matronyme avait plus de classe, qu'il était plus digne de son milieu. Il préférait Boisseau à Huette ou Mirette, et Catherine à Gervaise… Elle fronça les sourcils…

— Je regrette, Nicolas, mais si mon nom ne te plaît pas…

— Écoute-moi bien… Gervaise, ça fait vieux, ça fait démodé… Ça me fait presque penser à gerboise.

— Qu'est-ce que c'est ?

— Une gerboise, c'est un mammifère rongeur, une sorte de souris, si tu préfères, qui creuse des terriers… Rien d'élégant, comme tu peux voir.

— Mais personne n'a jamais fait un tel lien entre mon prénom et celui de cette souris. Tu n'aimes pas mon prénom, n'est-ce pas ?

— Non, pas vraiment, et maintenant que je sais que tu portes aussi celui de Catherine, je suis aux anges.

— Et pourquoi changer le nom de famille ? De toute façon, je suis madame Mirette selon la loi…

— Je sais, mais Boisseau fait quand même partie de ta famille. Penses-y un peu… Catherine Boisseau, c'est tellement sophistiqué.

— Tu me demandes ça pour me présenter à ta famille, n'est-ce pas ?

— Pour être franc, oui. Je ne veux utiliser ni Huette ni Mirette, et comme Boisseau est aussi dans tes racines et dans tes veines… Dis-moi oui, ma chérie, ne me déçois pas…

Elle était songeuse. Elle savait que dans « son milieu », ce nouveau nom serait plus « honorable » que Gervaise Mirette, veuve de… Elle hésitait et se demandait quoi lui répondre… Elle soupira pour finalement lui dire :

— Alors, tu ne m'aimes pas assez pour m'accepter telle que je suis, avec les noms qui m'ont été donnés !

— Gervaise ! Pour la dernière fois, il ne s'agit pas de ça, je t'aime, je suis fou de toi, mais ça rehausserait tellement ta présence avec un nom comme celui-là. Pas un nom inventé, il est de ta famille !

— On me connaît partout comme Gervaise, Nicolas ! Je ne peux quand même pas changer de prénom du jour au lendemain ! Tous mes papiers sont faits de la sorte…

— Je n'insiste pas pour changer quoi que ce soit, je te demande juste d'être Catherine Boisseau chez moi jusqu'à ce que le prénom, lui, soit changé par la loi. C'est si facile, laisse-moi ça entre les mains, je suis avocat.

— Je vais être tellement mêlée, Nicolas…

— Bien non, tu vas vite t'y habituer. Et puis, comme dans quelque temps tu porteras le nom de Delval, tu n'auras plus qu'à assumer le prénom de Catherine seulement. Imagine ! Madame Catherine Delval ! C'est beau, non ?

Elle avait failli s'évanouir. Il venait de la demander en mariage d'une si étrange façon. Était-ce Dieu possible ? Le regardant, elle insista :

— Tu veux dire que toi et moi…

— Nous allons nous marier, si tu acceptes, ma chérie. Dans quelques mois et à l'insu de tous. À mon âge, je n'ai plus de temps à perdre et je t'aime assez pour faire de toi la femme la plus heureuse qui soit. Tu acceptes de m'épouser, Catherine ?

Il avait déjà piétiné le prénom Gervaise du pied. Elle était devenue Catherine au gré d'un café avec de la Tia Maria ajoutée. Sidérée, subjuguée, follement éprise de lui, elle avait inconsciemment oublié l'affront qu'il lui faisait en bannissant son prénom, pour lui répondre :

— Bien sûr que j'accepte de t'épouser, Nicolas ! Mais pourquoi à l'insu de tous ? Tes parents vont vouloir être présents… Ma mère aussi…

— Écoute, chérie, tu as déjà été mariée, qu'importe donc que tu te remaries dans l'intimité. Quant à moi, je ne tiens pas à un mariage avec la famille. Pas à mon âge ! Ce n'est pas la noce que je veux, c'est toi. Je vais tout planifier, Catherine, ce sera merveilleux.

Elle était fort déboussolée d'être devenue Catherine si promptement et, chaque fois qu'il prononçait ce nouveau prénom, elle avait l'impression qu'il s'adressait à une autre. Elle aurait souhaité le rappeler à l'ordre, mais après une demande en mariage...

— Quand vais-je rencontrer ta famille, Nicolas ?

— Dans une quinzaine de jours, mon amour. En début de mars alors que mon père sera à la maison.

Redoutant quelque peu ce moment qui l'angoissait, et voulant le repousser, elle répliqua :

— Pourquoi ne pas attendre au mois de mai, c'est si joli avec les bourgeons...

— Non, le plus tôt possible, ma chérie, parce qu'en mai nous nous marierons, toi et moi.

Elle n'en croyait pas ses oreilles. Elle était entrée dans ce restaurant pour un souper intime de la Saint-Valentin et, deux heures plus tard, elle avait changé de nom et elle était presque mariée. Inconcevable ! Mais il était vrai qu'à leur âge et, qu'elle, avec son statut de veuve... Le plus tôt serait le mieux, elle l'aimait tellement. Mais elle redoutait sa famille. Ce seul changement de nom pour leur plaire... Dans quel monde allait-elle tomber ? Elle sentait en son for intérieur qu'elle ne serait pas très bien accueillie... Elle avait un peu peur... Mais Nicolas était tellement sûr de lui et ne lui avait-il pas avoué que c'était lui qui n'aimait pas le prénom Gervaise qui lui faisait penser à un rongeur dont elle avait déjà oublié le nom ? Mais pourquoi Boisseau ? Était-ce vraiment plus bourgeois que Huette ou Mirette ? Heureusement que sa mère avait porté ce nom, car Nicolas aurait sûrement eu plus de difficulté à trouver mieux parmi tous les noms plébéiens de son quartier.

Quinze jours plus tard, un samedi soir frisquet, Nicolas était allé quérir « Catherine » chez elle. Au bout du fil, pour ne pas dérouter sa mère, il avait demandé à parler à Gervaise. Mais pour lui, il n'était plus question qu'il l'appelle par ce prénom qu'il avait détesté dès que Bigras l'avait prononcé. Sachant qu'elle allait chez les Delval pour y être jugée, Gervaise alias Catherine s'était vêtue d'un tailleur noir avec blouse de soie blanche sous la veste. Les cheveux remontés en chignon, elle portait de délicates boucles d'oreilles ovales noires encerclées d'argent, qui épousaient la broche qu'elle avait épinglée sur le revers du col de son tailleur. Un sac à main de cuir, des souliers noirs à talons hauts dans un sac et son manteau d'hiver d'un ton violet qu'elle retirerait aussitôt entrée. À son annulaire gauche, une simple bague plaquée argent avec une pierre onyx au centre. Plus distinguée que cela, plus conservatrice, ça ne se pouvait pas. Et, en la voyant, Nicolas était tombé des nues. Elle était si belle en femme du monde, si élégante, si décente… Il lui avait dit en lui embrassant la joue dès qu'elle monta dans la voiture :

— Tu as tout compris, Catherine !

Ils arrivèrent dans l'ouest en peu de temps et Nicolas stationna dans l'entrée de la maison de ses parents où se trouvait déjà une voiture de luxe européenne qu'elle n'avait jamais vue dans son quartier. Ils descendirent, se dirigèrent vers la porte d'entrée et, au moment de sonner, Nicolas sentit la main de Catherine qui tremblait dans la sienne :

— J'ai si peur, Nicolas… Je suis si mal à l'aise… je ne saurai pas quoi dire…

— Ne t'en fais pas, la rassura-t-il, je serai là et, après trente minutes, le temps d'une tasse de thé, nous partirons pour ne revenir qu'une fois mariés. Fais comme si de rien n'était et évite de répondre aux questions pièges de mes sœurs.

Imelda vint ouvrir, salua monsieur Nicolas et offrit un très beau sourire à la dame qui l'accompagnait, tout en lui retirant son manteau qu'elle déposa sur un cintre. Puis, Nicolas libéra sa bien-aimée de ses bottillons pour ensuite se pencher et la chausser de ses souliers. Regardant Imelda, Nicolas lui demanda :

— Mon père et ma mère sont là ?

— Oui, monsieur, tout le monde est au salon. Il ne manque que Nadine qui est restée chez elle avec une gardienne, elle a un rhume, elle tousse beaucoup et ça aurait ennuyé votre père.

Nicolas entraîna Catherine au salon et cette dernière resta figée devant toutes ces personnes qui la dévisageaient. Personne n'avait encore osé bouger et Nicolas, précédant sa belle jusqu'à son père, força ce dernier à se lever de son siège :

— Papa, je te présente Catherine Boisseau. Catherine, mon père, Paul-Henri Delval.

— Enchanté monsieur Delval, Nicolas m'a beaucoup parlé de vous, lui dit-elle avec un très gracieux sourire.

Lui, resté de marbre, répondit en acceptant la main tendue de la jeune femme :

— Enchanté, madame.

Rien de plus et sans le moindre sourire. Madame Delval, qui s'était levée à son tour, accueillit la visiteuse par un : *Heureuse de vous connaître,* auquel elle avait ajouté un léger sourire. Pour ce qui était de mesdames ses sœurs, elles ne se levèrent même pas de leur fauteuil et tendirent chacune une main moite, en disant tour à tour : *Bonsoir, madame.* Mais, Jean-René, le dernier à être présenté, s'était levé et après avoir saisi fermement la main de Catherine dans la sienne, lui avait dit chaleureusement :

— Je suis heureux de vous connaître. Vous êtes encore plus belle que mon oncle vous avait décrite. Soyez la bienvenue !

Et ce, avec un sourire à réduire la tension que ressentait la nouvelle venue. Gervaise sentait qu'elle venait de se faire un allié en la personne de ce très beau jeune homme, neveu de Nicolas.

— Merci de votre accueil, monsieur. C'est vraiment gentil de votre part.

— Ne m'appelez pas monsieur. Pas à mon âge ! Je suis Jean-René, personne d'autre. Je peux vous offrir un apéro, un verre de vin blanc ?

— Jean-René ! C'est à papa de faire ça ! Nous sommes chez lui, ici !

Charlotte avait réagi sans le moindre sourire. Avec un visage de marbre. Et Josiane, quoique plus jolie que sa sœur, n'était guère plus aimable. Catherine accepta un doigt de porto que vint lui présenter, sur un plateau, nulle autre que la servante. Très mal à l'aise dans ce fauteuil trop grand pour elle, elle savait au moins comment croiser les jambes, ce qui lui valut un regard admiratif de la part du neveu. Monsieur Delval ouvrit la conversation en lui demandant tout bonnement :

— Vous connaissez bien monsieur Bigras, à ce qu'on m'a dit ?

— Oui, il était un ami de mon défunt père et il est resté attaché à notre famille. Un homme que nous aimons beaucoup.

Marcelle Delval, influencée par son mari, enchaîna avec :

— Vous n'êtes pas d'une famille nombreuse, je crois…

— Non, je n'ai que ma mère et une sœur plus jeune que moi.

— Et vous êtes veuve ! de lancer brusquement Josiane.

— Oui, madame, depuis cinq ans. Après cinq ans de mariage. Mon mari a perdu la vie dans un accident tragique dont je préfère ne pas parler.

— Et sans enfant durant tout ce temps ?

— Non, le Ciel ne l'a pas voulu… Peut-être étais-je trop jeune…

— Ah, madame ! Surtout pas ! Il y en a qui ont des enfants à quinze ans ! Surtout dans les quartiers défavorisés ! rétorqua Charlotte.

Nicolas avait sourcillé et, ne voulant pas que « sa Catherine » soit davantage importunée, il se chargea de la conversation en leur parlant du dernier procès qu'il venait de gagner et du prochain qu'il aurait à plaider. Puis, avant que ses sœurs puissent placer un mot, il questionna Jean-René sur ses études, sur ses amours… Ce dernier, riant de bon cœur, lui avait répondu qu'il n'avait pas encore trouvé, qu'il n'avait que l'université dans la tête, etc. Tout pour que «Catherine Boisseau» ne soit pas la proie des malveillances de Charlotte appuyées par celles de Josiane. Et «Catherine», tel qu'entendu avec Nicolas, n'avait en aucun temps questionné les deux femmes ni ses parents. Elle s'était contentée de répondre. Après l'apéro, alors que madame Delval demandait à Imelda d'apporter quelques crudités, Nicolas se leva et leur annonça que la visite était terminée, qu'ils s'en allaient tous deux voir au théâtre une pièce de Sacha Guitry :

— Ah! vous aimez le théâtre? lui demanda Josiane, sans perdre de temps.

— Oui, de plus en plus, c'est Nicolas qui me l'a fait découvrir. J'ai adoré *La Dame aux camélias*... Ce soir, nous allons voir... Qu'est-ce au juste, Nicolas?

— *Palsambleu*! Que personne de ma famille n'a encore vu, n'est-ce pas, Charlotte?

— Heu... non, je préfère l'opéra. Vous aimez l'opéra, madame Boisseau?

— Bien sûr, *Carmen* de Bizet que nous avons vu à la télévision est mon favori, on a tous nos préférences, non?

Avant qu'elle s'emmêle dans une question plus ardue, Nicolas lui tendit son bras, la forçant ainsi à se lever de son fauteuil et, après avoir serré la main de monsieur et de madame Delval, elle salua d'un signe de la tête les deux sœurs pour sortir de la pièce avec son futur. Jean-René les raccompagna jusqu'à la porte et, pendant qu'Imelda remettait le manteau de madame, le neveu avait chuchoté à l'oreille de Nicolas :

— Elle est superbe! Prends-en soin, mon oncle! Et au diable ma mère et ma tante!

Il avait ensuite donné la main à «Catherine» qui lui avait offert son plus chaleureux sourire. De retour à la voiture, la jeune femme, la tête renversée sur le haut du siège, put enfin dire à son «fiancé»:

— Le pire est passé! Dieu que j'ai eu chaud! Ai-je bien fait ça, Nicolas?

— Tu as été parfaite! Éblouissante même! Je crois que tu n'es pas indifférente à ma mère... Quant aux autres, fallait s'y attendre. Mon père est buté pour l'instant, mais devant l'amour que nous avons l'un pour l'autre, il finira par céder. On verra bien! Pour ce qui est de mes sœurs, n'y pense même pas, elles sont déjà jalouses de toi!

— Elles vont me détester encore plus avec les compliments et les regards admiratifs de la part de ton neveu.

— Jean-René est un garçon charmant. Je savais qu'il allait être emballé, il est comme moi, il aime les jolies femmes. Et tu les as bien eues avec tes quelques notions sur le théâtre et l'opéra. Une chance que tu as sorti *Carmen*, ma chérie, parce que si elle t'avait parlé de Puccini, tu aurais été un peu plus mal prise...

— Pas tant que ça, Nicolas. J'ai lu dans le dictionnaire que ton Puccini avait composé *La Bohème*... Je m'en serais sortie.

Il éclata d'un franc rire pour ensuite lui demander:

— Comme ça, tu t'instruis avec *Le Petit Larousse*?

— Pourquoi pas? Tant qu'à écouter de l'opéra avec toi sur disque, mieux vaut que je les connaisse. En ce moment, j'étudie le cahier de *La Traviata* de Verdi. En voilà un que j'aimerais voir à la télévision un jour!

Il l'embrassa langoureusement et ils roulèrent lentement jusque chez elle. Le théâtre n'avait été qu'un prétexte et, après un stress aussi ardu, il était impératif que la jeune femme s'en remette en sautant dans ses pantoufles. Ils causèrent longuement dans la voiture devant la porte de la maison de la rue Ontario et Nicolas, dans un élan de passion, lui avoua :

— J'ai choisi le jour et l'endroit pour notre mariage. Ce sera le samedi 12 mai, très tôt le matin, dans une petite chapelle en banlieue, pas très loin. Tout est réservé. Deux témoins seront sur place. Des collègues à moi.

— Quoi ? Pas même ma mère et tes parents ?

— Non, personne, Catherine, et quand nous reviendrons les voir, nous serons mari et femme. J'ai si hâte à ce jour, mon amour…

Elle était perplexe, elle trouvait que le mariage allait être vite bâclé de cette façon, mais elle n'insista pas. Elle avait tout de même été mariée avec panache et banquet une première fois… Elle songeait encore, mais, le regardant, elle lui sourit et répondit :

— Comme tu voudras, mon chéri, l'important, c'est de devenir ta femme.

Il la serra dans ses bras et, la retenant contre lui, il lui murmura presque :

— Une seule chose qui ne te plaira sans doute pas, Catherine…

— Ah ! quoi donc ?

— C'est qu'après le mariage, pendant deux ou trois mois, il nous faudra vivre chez mes parents.

Le mois de mai allait être douillet. Déjà, les oiseaux babillaient dans les nids et les bourgeons s'ouvraient dans les branches des lilas et des arbustes aux fleurs printanières. Gervaise alias Catherine avait gardé le silence sur le mariage qui venait. Autant pour sa mère et sa sœur que pour monsieur Bigras qu'elle visitait de moins en moins. Nicolas, de son côté, avait tout planifié, sauf la demande à ses parents d'habiter sous leur toit. Ce qu'il ferait lorsqu'il serait en voyage de noces. Et s'ils refusaient, il louerait un luxueux appartement en attendant de faire l'acquisition d'une maison. La fin de semaine précédant leur union, alors qu'ils mangeaient au restaurant italien que Nicolas aimait tant, la jeune femme semblait songeuse. Inquiet, il lui demanda :

— Qu'est-ce que tu as ? Tu n'as pas l'air heureuse ? Tu ne remets pas notre mariage en question, j'espère ?

— Mais non, Nicolas, j'ai hâte d'être ta femme, de porter ton nom, de partager ta vie. Tout va, sauf un détail avec lequel je suis incapable de composer.

— Quoi donc ?

— Le changement de mon prénom. Je ne m'y fais pas, Nicolas… Ça fait vingt-sept ans que je porte le prénom de ma grand-mère que j'adorais et le nom de mon père que je respectais, tout comme celui de mon mari, par la suite. Je suis incapable de me mettre en tête que…

Voyant ses yeux embués, il l'interrompit en lui mettant la main sur l'avant-bras pour lui dire :

— Ne t'en fais pas, garde Gervaise, on ne changera rien… Pour ce qui est de Boisseau, on n'en parlera même pas puisque tu seras madame Delval très bientôt.

— Mais, tu m'as présentée à ta famille comme Catherine, pas Gervaise…

— Laisse-moi cela, je corrigerai le tir, je leur expliquerai les deux prénoms avec un pseudo trait d'union et tu ne seras que Gervaise. Ne t'en fais pas, mon amour, ne laisse pas ce détail entraver le bonheur que tu ressens. Je n'avais encore fait aucune démarche en ce sens… Rassure-toi.

— Mais, tu n'aimes pas mon prénom, Nicolas. Tu me l'as dit… Il ressemble à celui d'un mammifère, d'une souris, je ne sais plus quoi…

— Oublie tout ça, ma chérie, je m'en excuse, je ne veux voir aucun chagrin dans tes jolis yeux. Et, qui sait, peut-être n'es-tu pas entichée de mon prénom, toi aussi ?

— En effet, il n'est pas trop courant… Je préfère Jacques, André, Jean… des prénoms plus populaires, mais je me suis habituée à Nicolas, et jamais je ne te demanderais…

— Touché ! J'ai compris, on a un prénom choisi par d'autres et il faut le respecter. Il est faux de dire que je n'aime pas ton prénom. Ce n'est pas parce que Catherine est plus douillet que Gervaise est moins joli. Je m'étais fait à ton prénom et je vais m'y faire davantage. Finalement, il n'est pas si mal que ça et madame Gervaise Delval, ça sonne assez bien, tu ne trouves pas ?

Comme il venait de changer d'idée, Gervaise n'osa pas insister davantage. En ce qui la concernait, Gervaise était le prénom qu'elle portait, celui sous lequel on la connaissait à la pharmacie, celui que tous les gens de son quartier utilisaient quand ils parlaient d'elle, celui que Ti-Gus avait aimé… Celui de sa grand-mère qu'elle avait aimée, tandis que sa marraine, la tante Catherine, la vilaine… Donc, sujet clos et, se souvenant soudainement de son emploi régulier, elle demanda à Nicolas.

— Écoute, j'ai demandé à mon patron une semaine de vacances pour aller quelque part avec toi et il me l'a accordée.

— Non, pas une semaine, Gervaise, c'est ta démission qu'il faut donner ! Une Delval ne travaille pas à l'extérieur, voyons ! Je suis capable de te faire vivre, ça s'est toujours passé de cette façon dans ma famille. Dis-leur dès lundi que c'est fini, ils auront assez d'une semaine pour trouver une remplaçante. Et tu termines le jeudi, il te faut garder deux jours pour les préparatifs.

— Non, je préfère terminer le vendredi pour ne pas éveiller les soupçons chez moi. Mes vêtements pour la cérémonie, ceux pour notre voyage, tout sera à la pharmacie et nous n'aurons qu'à les prendre le matin même. Je me changerai même dans l'arrière-boutique de la pharmacie, ma gérante ne me refusera pas ce service. Je lui chuchoterai à l'oreille dès lundi que je me remarie secrètement.

— À ta guise, je te fais confiance. En autant que nous soyons unis le 12 mai, c'est tout ce que je demande. Ce sera une surprise pour tous quand ils seront devant le fait accompli. Pas un mot à personne avant. Bouche cousue, ma chérie, et j'en ferai autant.

Le vendredi suivant, heureuse d'être redevenue Gervaise en si peu de temps, la mariée du lendemain était passée chez Dupuis Frères afin de prendre sa toilette pour le mariage et la confier à sa gérante. Le jour précédent, elle avait déposé en dessous de son comptoir un gros sac en toile contenant les autres vêtements dont elle aurait besoin pour leur voyage. Le pharmacien avait accepté sa démission sans trop lui en demander la raison et la gérante, peu contente de perdre une si bonne vendeuse, se réjouissait quand même de la chance de Gervaise d'épouser un avocat. Ce qui était plutôt rare pour une fille de l'est de la ville. Mais Gervaise, si belle, si douce… Oui, tout était possible pour elle. Le 12 au matin, levée tôt, prétextant quelques courses à faire, elle avait quitté sa mère en lui disant qu'elle la rappellerait plus tard, et sortit pendant que Rita, qui avait bamboché la veille, dormait encore. D'un pas alerte, elle se dirigea vers la pharmacie où sa gérante l'attendait pour l'aider à s'habiller avant que les portes s'ouvrent pour la clientèle. Gervaise s'était coiffée elle-même après avoir pris un bain. Les cheveux libres avec les bouts en ailes d'oiseau comme ceux de Paulette Goddard dans son dernier film. Pour la circonstance, elle avait acheté un tailleur beige et une blouse de soie d'un brun café. Puis des souliers bruns en cuir d'Italie avec le sac à main de même qualité. Et, pour une fois, elle porterait un chapeau. Un petit caluron brun avec une courte voilette qui lui descendait sur le front. Sa gérante avait épinglé sur le corsage de sa veste beige, deux fleurs de soie, une beige et l'autre chocolat, pour faire ressortir l'ensemble. Bien maquillée, elle était magnifique dans cette tenue de femme du monde. Vers neuf heures moins quart, Nicolas stationna devant la pharmacie et, entrant rapidement pour prendre les effets de sa future femme, il s'écria en l'apercevant :

— Dieu que tu es belle ! Et quel ensemble ! Tu as un goût sans pareil ! N'est-ce pas, madame ?

La gérante à qui il s'adressait l'avait approuvé pour ensuite remarquer que lui-même était d'une élégance à n'en pas douter. Complet brun uni, chemise blanche, cravate de soie à motifs bruns et beiges, boutons de manchettes en or, montre Longines au poignet, bague en or surmontée d'un œil de tigre à la main droite, il n'aurait plus qu'à enfiler le jonc du marié dans l'annulaire de sa main gauche. Ils quittèrent en vitesse et, au volant de sa Lincoln lavée et cirée par le garagiste, Nicolas emprunta le pont Jacques-Cartier pour se diriger vers Longueuil et quelques milles plus loin, où une chapelle discrète, adjacente à une grosse église, était à peine visible. Sur les lieux, deux avocats, collègues de Nicolas, les attendaient dans des complets impeccables. Le jeune prêtre, un ami de collège de Nicolas, les accueillit avec un large sourire et, trente minutes plus tard, aux sons de l'orgue joué par une dame aux cheveux gris, Gervaise Huette-Mirette sortait de la chapelle au bras de son mari, en tant que madame Nicolas Delval ! Devant Dieu et les hommes ! Elle était si heureuse, si belle avec ce sourire qui illuminait ses traits, que les collègues avouèrent à Nicolas qu'ils n'avaient jamais vu de plus jolie femme que la sienne. Le temps de les remercier et ils partirent dans une autre direction, pendant que Gervaise admirait, à son doigt, la bague en or sertie d'un diamant d'un carat et le jonc ciselé qui l'entourait. Nicolas portait un jonc jumeau du sien et les tourtereaux, muets de joie, se contentaient d'échanger des sourires.

— Nous allons où maintenant, mon chéri ?

— Pas trop loin et j'en suis désolé, car j'ai des causes à plaider à partir du 21 mai… Que dirais-tu de sept ou huit jours dans une très belle auberge de Stowe, aux États-Unis ? Elle m'a été recommandée par le plus vieux de nos témoins, maître Jarry.

— N'importe où, voyons ! Nous aurions même pu remettre à plus tard…

— Non, ma femme adorée, maintenant, c'est déjà réservé, ajouta-t-il en riant. J'ai tellement hâte de te serrer dans mes bras ce soir en tant qu'épouse… As-tu vu comme on te regardait à la pharmacie ? Plus belle que toi…

— Arrête, Nicolas, trop c'est trop. Je suis bien de ma personne, je le sais, mais pas au point où tu en parles. Des jolies femmes, j'en voyais chaque jour à mon comptoir. Somptueuses et…

— Non, aucune ne t'arrive à la cheville, mon amour. Dis, tu aimes ta bague, Gervaise ?

— Elle est magnifique ! Mais pourquoi une telle dépense ? Un si gros diamant ! Une simple alliance aurait suffi…

— Je ne fais que commencer à te choyer, ma femme. Tu n'as encore rien vu ! Je te traiterai comme une reine !

— Nicolas ! Cesse ! Ça me gêne ! Contente-toi de m'aimer, le reste a si peu d'importance…

— Si tu savais comme je t'aime ! Voilà pourquoi je m'emporte. Je me sens comme un gamin à qui l'on vient d'offrir un ange !

— Ah, Nicolas ! Ça suffit ! Je suis une femme toute simple, j'aime bien les compliments, mais pas les exagérations. Tu as raison, tu es encore un petit garçon ! Dis-moi maintenant, quand donc vas-tu avertir tes parents de notre mariage déjà célébré ?

— Ce soir, ma chérie, et tu en feras autant avec ta mère. Ensuite, ce sera le bonheur à deux pour une semaine. Que nous deux, Gervaise !

L'auberge était charmante et la chambre somptueuse avec son grand lit, ses fauteuils rembourrés, et l'espace pour le déjeuner à deux. Pas trop occupée en ce temps de l'année, deux ou trois couples et deux vieilles dames, sans doute parentes, qui logeaient au rez-de-chaussée. À l'étage où Nicolas avait choisi «sa suite», il y avait même un foyer situé dans la petite salle de lecture, mais qu'on n'allumerait pas aujourd'hui, le printemps était doux, la froidure derrière lui. Nicolas avait demandé à sa jeune épouse d'enlever les fleurs qui ornaient son tailleur, il ne tenait pas à ce qu'on sache qu'ils étaient de nouveaux mariés. Il avait réservé au nom de Monsieur et Madame Nicolas Delval, comme un couple uni depuis long-temps. Gervaise se pliait à toutes ses exigences, trop heureuse d'être à son bras, et ravie de l'entendre prononcer son prénom sans sourciller maintenant. Ils commandèrent un repas à la chambre, trop exténués pour descendre en salle le premier soir. Puis, vers sept heures, il demanda à Gervaise d'appeler sa mère alors qu'il irait prendre un digestif au bar de l'auberge. Seule avec le téléphone à sa portée, elle demanda à être mise en communication avec le numéro de sa mère qui répondit au premier coup de l'appel :

— Maman? C'est Gervaise!

— Veux-tu ben m'dire où t'es passée? Ça fait des heures que j'te cherche partout!

— Bien, tu n'auras pu à le faire, je suis dans une auberge avec Nicolas, on s'est mariés ce matin. On est en voyage de noces aux États-Unis.

La mère, stupéfaite au bout du fil, lui cria :

— Quoi? Tu l'as marié sans nous en parler? Sans même nous inviter? As-tu honte de nous autres, Gervaise?

— Calme-toi, maman, personne n'était là, pas même sa famille qui n'en sait rien encore. On a fait célébrer notre mariage dans une chapelle avec seulement deux témoins, des amis de Nicolas. Un mariage intime, parce que je suis veuve, maman.

— N'empêche que nous aurions pu être invitées, ta sœur pis moi ? On est ta seule parenté... Pis là, tu vas habiter où quand vous allez revenir ?

— Je ne sais pas encore, mentit-elle, mais je t'en reparlerai. Tu devrais être contente pour moi, je suis la femme d'un avocat, maman, pas d'un guenilloux ! C'est toute une chance...

— J'veux ben l'croire, mais qu'est-ce qu'on va devenir, Rita pis moi ? On n'a pas d'argent, Gervaise, on n'est pas capables de faire marcher la maison juste à deux ! Ta sœur à une paye de crève-faim à la manufacture, pis après sa pension payée, elle dépense tout l'reste...

— T'as pas à t'inquiéter, on va t'aider, Nicolas et moi. Vous allez être encore plus gâtées qu'avant. Ça ne te plaît pas de voir ta fille heureuse, maman ?

— Heu... oui, ben sûr, tu le mérites, t'as un cœur d'or... Ben sûr que j'suis contente pour toi, Gervaise, pis comme tu me rassures sur mon sort, j'espère que vous allez venir nous voir souvent.

— Ne t'inquiète pas, maman, tu ne perdras pas ta fille de vue pour autant.

Au même moment, Rita faisait irruption dans la maison et, voyant que sa mère avait les joues rouges, résultat de sa couperose quand elle était nerveuse, elle lui demanda :

— Qu'est-ce qu'y s'passe ! T'as l'air tout à l'envers, sa mère !

Madame Huette boucha le récepteur de sa main potelée pour dire à sa fille :

— Gervaise est mariée, Rita ! Son avocat pis elle sont en voyage de noces ! Elle est devenue madame Delval ! Aie ! toute une grimpette !

— Ben, ça parle au diable ! Mariés ! Pis nous autres, pas invitées ! Des torchons, les Huette ?

— Ben non, c'est correct, J't'expliquerai... Ben, j'vais raccrocher, Gervaise, sinon ça va vous coûter une beurrée... Un longue distance entre les États pis icitte, c'est pas donné.

— Très bien, maman, et je t'appellerai dès que je reviendrai. En attendant, tu peux répandre la bonne nouvelle dans le quartier.

Gervaise avait raccroché, tout s'était bien passé de son côté, elle n'en avait pas douté une seule minute. Du moment que Berthe était assurée de bien manger et de payer ses taxes et son chauffage, rien ne semblait la déranger. Sauf que Gervaise avait senti que sa mère était fière de voir que sa plus vieille était maintenant la femme d'un avocat. Ce qui était plus « honorable » que celle d'un... boulanger ! Ce qu'elle allait dire aux commères du quartier, maintenant qu'elle était la « belle-mère en titre » d'un avocat réputé.

Nicolas était revenu du bar, Gervaise l'avait rassuré, elle l'avait même fait rire avec la réaction de Rita. C'était maintenant à son tour d'affronter sa famille. Gentiment, il demanda à sa femme de descendre lire dans la salle de séjour où un reste de feu crépitait. Gervaise ne se fit pas prier et le laissa à son tour annoncer la nouvelle à son père.

Non sans redouter sa forte colère. Nicolas composa, sa mère répondit et, doucereusement, il lui demanda :

— Dis, maman, papa est là ?

— Oui, Nicolas, il est tout près, tu veux lui parler ?

— Si c'est possible, mais juste avant, maman, garde ton calme, ne réagis pas devant lui, mais j'aimerais t'annoncer que depuis ce matin, je suis un homme marié.

Figée sur place, ne sachant comment se comporter, Marcelle Delval se contenta de tendre le récepteur à son mari en lui disant tout simplement : *C'est pour toi.*

Paul-Henri, sans demander qui l'appelait, s'empara du récepteur pour dire d'un ton grognon :

— Oui, allô, j'écoute.

— Papa, c'est Nicolas, tout va bien ce soir ?

— Bien sûr, comment pourrait-il en être autrement ? Et pourquoi me téléphoner, n'es-tu pas à la veille de rentrer ?

— Non papa, parce que depuis ce matin je suis un homme marié.

Monsieur Delval, fortement secoué par la nouvelle, regarda sa femme d'un air renfrogné :

— Quoi ? Qu'est-ce que tu as dit ? Marié ? Pas avec elle !

— Oui, papa, j'ai épousé Catherine-Gervaise, la jeune veuve, ce matin. Nous sommes actuellement en voyage de noces dans une auberge. Je suis un homme comblé…

— Comment as-tu pu, Nicolas ? Comment as-tu pu me faire ça ? Marié avec cette… Sans nous en parler ? Te rends-tu compte de ce que tu as fait, mon fils ? Ta mère va s'effondrer…

— Je viens de le lui dire, papa, et ma femme est digne de mon rang et du nom que je porte. N'as-tu pas épousé celle que tu aimais, jadis ?

— Ta mère était d'une bonne famille, Nicolas, pas d'une…

— Je t'arrête ! Maman était peut-être d'une famille plus aisée que celle de Catherine-Gervaise, mais son père, ministre ou pas, était un ivrogne que tu détestais. Tu as applaudi quand on t'a annoncé sa mort. Alors, ne fais plus de comparaisons. J'aime ma femme et je la soutiendrai contre tous.

— Sa famille était présente ?

— Non, papa, personne. Nous nous sommes mariés dans la plus stricte intimité avec deux témoins, deux avocats que tu connais. Dans une petite chapelle de banlieue… Mais le mariage est prononcé et, que tu le veuilles ou non, ma femme est ta belle-fille, maintenant. Une Delval au même titre que les autres de la famille. La seule madame Delval depuis maman puisque mes sœurs portent les noms de leur mari. De plus, comme je t'ai au bout du fil, j'aimerais te demander la permission d'habiter avec ma femme sous votre toit jusqu'à ce que nous nous installions ailleurs. Dans la suite réservée aux invités quand tu acceptes de recevoir.

— Non, Nicolas, je ne veux pas de cette femme sous mon toit. Est-ce assez clair ?

Marcelle Delval, qui avait saisi la demande par la réponse de son mari, s'était écriée :

— Paul-Henri ! Pour l'amour ! C'est à ton fils unique que tu parles !

Brusqué par sa femme, l'avocat retraité s'était repris et avait dit à son fils qu'au fond il aimait bien :

— Écoute, Nicolas, je ne veux pas te perdre, je ne tiens pas à ce qu'elle nous enlève notre fils, je veux bien accepter cette concession, mais je ne veux pas de ta femme à notre table.

— Dans ce cas-là, papa, oublie ma demande, je louerai un luxueux appartement jusqu'à ce que je fasse l'acquisition d'une maison.

— Voyons donc ! Notre maison sera la tienne ! Ne fais pas ça, ce serait gaspiller ton argent. Je retire mes paroles, viens vivre ici avec ta femme, nous ferons ce que nous pourrons pour nous en accommoder, mon fils. Mais ne nous demande pas l'impossible. Ta femme dont j'oublie le nom est une intruse…

— Non, la future mère des enfants que nous aurons, papa, pas une intruse. Et son prénom est Gervaise.

— C'est drôle, il me semble que tu nous l'as présentée autrement. Ça te dit quelque chose, Gervaise, Marcelle ? C'est son nom !

Madame Delval avait hoché de la tête comme dans une non-souvenance et Nicolas avait enchaîné :

— C'est Catherine-Gervaise, mais pour ne pas compliquer les choses avec un nom composé, on a opté pour celui qu'elle porte le plus souvent, Gervaise. Alors, je te quitte sur ces mots…

— Oui, fais-le avant que je m'emporte de nouveau… Quand j'y pense… Moi qui rêvais d'un grand mariage au Ritz pour toi et te voilà marié dans l'intimité avec une veuve à peine rencontrée…

— Salut bien, papa, et à bientôt, trancha Nicolas en refermant la ligne, sans même attendre une réplique.

Puis, il était allé retrouver Gervaise dans le *lobby* de l'auberge. Nerveuse, elle le regardait avec des yeux inquiets. Il lui prit la main et lui déclara :

— Je l'ai avisé, il sait, ma mère aussi.

— Comment ont-ils réagi, Nicolas ? On s'est promis de ne rien se cacher.

— Alors, pas très bien, je te l'avoue, mon père surtout, mais à la fin de la conversation, il a fini par accepter qu'on aille vivre sous son toit pour un certain temps. Je lui ai dit que s'il refusait, je louerais un appartement. Et de peur de me perdre… tu comprends ?

Oui, elle comprenait, mais, intérieurement, elle aurait souhaité qu'il refuse carrément et qu'ils se retrouvent tous deux dans un bel appartement, loin de cette rue funèbre et de ses habitants. Mais, faisant contre mauvaise fortune bon cœur, elle avait dit à son mari :

— Advienne que pourra, Nicolas. En autant qu'ils ne me méprisent pas trop…

Nicolas ne lui avait pas tout dit, même s'il prônait la franchise entre eux. Il ne lui avait pas rapporté que son père ne la voulait pas à sa table, qu'elle était une intruse et plus encore. Pas tellement pour lui mentir… que pour ne pas la faire souffrir. Il savait que Gervaise était sensible et qu'elle aurait mal réagi à de telles invectives. Il préférait que les choses s'arrangent d'elles-mêmes et que sa mère, plus indulgente, tente de faire comprendre à Paul-Henri que le bonheur de leur fils lui était primordial. Néanmoins, trente minutes plus tard, alors qu'elle téléphonait chez Charlotte pour lui faire part de la nouvelle, cette dernière, sidérée, s'était écriée :

— Ah ! La salope ! Elle a fini par l'accrocher au bout de son hameçon ! La garce ! Et elle va vivre dans notre maison, maman ? Celle qui nous a vu grandir, Josiane et moi ? Je ne trouve pas les mots… Quel salaud que ce frère damné ! Épouser une veuve, une quasi-traînée…

— Charlotte ! Tout de même ! Un peu de respect ! scanda sa mère.

Dix minutes plus tard, s'emparant du téléphone, Charlotte annonçait le mariage de Nicolas à Josiane avec toute la véhémence qu'elle pouvait y mettre. La plus jeune des sœurs, scandalisée, humiliée, s'était écriée :

— Ne viens pas me dire qu'il a marié cette fille de rien ? Sa Catherine de la rue Ontario ?

— Non, c'est Gervaise qu'elle s'appelle, pas Catherine !

— Tu vois, elle nous a même menti sur son prénom ? Et elle va vivre à côté de nous ? La gueuse ! Elle ne sait pas à quoi s'attendre, elle ! Si elle croit qu'on devient une Delval parce qu'on épouse un avocat, elle se met un doigt dans l'œil ! Excuse mon vocabulaire, Charlotte, mais je suis enragée ! Jamais je n'aurais cru que mon frère, ce petit enfant gâté pourri, puisse se payer ainsi notre tête. Et papa qui le reprend dans sa maison avec sa… sa gonzesse ! Ah non ! comme on dit, elle n'est pas sortie du bois, la veuve du boulanger ! J'en ai déjà les poings serrés !

# CHAPITRE 3

L a semaine leur avait paru bien courte. Gervaise aurait souhaité que le temps s'arrête afin de poursuivre son conte de fées dans cette auberge de Stowe. Hélas, toute bonne chose a une fin et la nouvelle mariée appréhendait d'avoir à entrer dans la maison de la rue Victoria pour… y vivre ! Quel supplice ! Juste à y penser, elle en avait les larmes aux yeux. Ils s'étaient aimés follement à trois reprises au cours de ce voyage de noces. Dans l'insouciance la plus totale. Ce qu'elle ne s'imaginait pas pouvoir refaire dans la maison de son beau-père où la déprime semblait habiter les murs. Heureusement, il y aurait son cher mari qu'elle adorait, qu'elle admirait et auquel elle obéissait telle une couventine. Parce qu'il était « le mâle » du couple qu'ils formaient, qu'il saurait la protéger et, qu'en tant qu'avocat, il saurait la défendre si ses beaux-parents ou ses belles-sœurs lui rendaient la vie trop difficile. Mais elle craignait ses absences de la maison, ses plaidoyers à n'en plus finir au tribunal, ses longues journées à l'attendre pour se sentir en sécurité. Peut-être se trompait-elle ? Qui sait si sa belle-mère n'allait pas être charmante avec elle ? Et si son beau-père, revenu à de meilleurs sentiments, n'allait pas lui rendre la vie agréable ? Mais elle en doutait… Le bal était trop mal parti pour que les pas de danse s'accordent. Qu'allait-elle donc faire, seule entre ces murs ? Elle regrettait presque de ne pas avoir gardé son poste à la pharmacie. Elle revoyait en images son comptoir, ses produits de beauté, sa clientèle, son quartier, la maison délabrée de la rue Ontario, et un grand soupir venait refermer le livre de ses vagues pensées. Parce qu'elle ne reverrait rien de tout cela ou presque. Rêveuse, la mine triste, elle faisait ses valises alors que Nicolas était déjà en train de régler la note pour ensuite aller chercher la voiture dans le stationnement. Le garçon de l'auberge descendit les bagages de madame, dont sa jolie toilette de mariée dans une housse, et elle le suivit non sans avoir jeté un dernier regard sur la chambre qui avait abrité les plus beaux moments de ses nuits de rêve.

Nicolas, sourire aux lèvres, décontracté dans sa tenue, lui ouvrit la portière de la voiture en lui disant : *Prenez place, madame Delval, c'est le bonheur qui vous attend !*

Il plaisantait tout en croyant à ses dires alors qu'elle, de son côté, avait envie de pleurer. Non parce qu'elle regrettait de s'être mariée à l'homme qu'elle aimait et qui se promettait de la choyer, mais parce que la face de carême de son beau-père, les sourires hypocrites de sa belle-mère et les visages imprégnés de haine de Charlotte et de Josiane l'attendaient. Avec tout le mépris qu'ils ressentiraient pour elle, dès qu'elle mettrait les pieds dans cette maison terne. Ce qui avait tôt fait d'effacer les peut-être qu'ils… de ses précédentes pensées. Nicolas ne lui avait rien mentionné des reproches de son père, mais Gervaise se doutait bien qu'on ne déroulerait pas le tapis rouge pour elle. À moins d'y poser des clous pour mieux lui transpercer le cœur.

*Le bonheur qui nous attend?* À peine étaient-ils entrés rue Victoria que madame avait embrassé son fils et souri à Gervaise, sans lui faire la moindre accolade cependant. Ce qui était passablement froid comme accueil de la part de sa belle-mère. Monsieur Delval pour sa part était resté dans son bureau niché au fond de la maison, à ranger des papiers inutiles, sans bouger d'un pouce pour venir au-devant des nouveaux mariés. Imelda s'était chargée des bagages de Gervaise et l'avait précédée à l'étage afin de lui indiquer ses appartements. Nicolas était allé saluer son père qui lui avait dit poliment :

— Fais encore comme chez toi, mon fils, tu as toujours ta place ici.

Ce à quoi Nicolas avait répliqué :

— Mais je ne reviens pas seul, papa.

Le vieux avait levé la tête pour lui répondre :

— Oui, je sais, et elle sera aussi chez elle.

Pour ensuite faire mine de continuer à travailler, ce qui permit à Nicolas de le quitter et de monter à la chambre où Gervaise, assise sur le lit, se demandait ce qu'elle faisait dans cette maison sans âme. Nicolas la regarda, se pencha et lui murmura à l'oreille :

— Ne t'en fais pas, ma chérie, ça va aller, tu verras. Le temps de t'habituer…

Un peu avant l'heure du souper, elle descendit avec son mari et, voyant sa belle-mère affairée aux chaudrons, elle lui dit :

— Je pourrais vous aider, madame Delval, je cuisine assez bien…

— Non, pas la peine, j'ai préparé le poisson poché que Nicolas aime tant. Et s'il y en a pour trois, il y en a pour quatre. De toute façon, quand ce n'est pas moi qui cuisine, c'est Imelda qui prépare les repas selon mes instructions.

— Mais, je pourrais au moins cuisiner les plats de Nicolas et les miens…

— Non, pas ici, Gervaise ! Ça ne se passe pas comme ça chez les Delval. Nous avons des règles bien établies.

Nicolas interrompit sa mère pour ajouter à l'intention de sa femme :

— Auxquelles tu t'habitueras, ma chérie.

Une semaine s'écoula ainsi. Nicolas partait le matin, rentrait le soir, et soupait avec ses parents et sa femme en discutant de procès avec son père. Gervaise trouvait pénible de partager cette table avec un beau-père qui l'ignorait et une belle-mère qui, malgré sa courtoisie et quelques sourires, n'échangeait sur aucun sujet avec elle. Et ces repas qui se succédaient sans qu'on lui demande son avis, sans s'informer si elle aimait le foie de veau ou les cœurs de poulet. Il lui était arrivé de laisser son assiette presque pleine sur la table parce qu'elle avait eu dédain d'un poisson gris à peine cuit qu'Imelda avait préparé. Et personne ne s'en était inquiété. Pas même Nicolas qui en avait simplement déduit qu'elle n'était pas en appétit. Gervaise ne s'attendait certes pas à un menu comme dans un restaurant, mais à une simple interrogation de la part de madame Delval sur ce qu'elle désirait manger. Mais non ! Le repas arrivait et c'était la surprise la plus totale. La jeune femme n'était pas difficile mais, à l'instar de tous, il lui arrivait de ne pas avoir envie de manger de poisson ou de veau certains soirs où elle aurait apprécié un vol-au-vent au poulet. Mais comment le leur faire savoir, alors qu'elle se sentait de plus en plus de trop sous leur toit ? Cette atmosphère insupportable rendait ses journées interminables. Réfugiée la plupart du temps dans ses appartements, elle lisait en écoutant de la musique. Non pas les arias d'opéra et les disques de musique de chambre de son mari, mais ceux qu'elle avait apportés de chez elle et qu'elle faisait tourner en sourdine pour ne pas déranger ses beaux-parents. C'était ainsi qu'elle pouvait quelque peu se distraire. Avec les derniers succès de Pat Boone ou la musique légère de Mantovani. Quand Nicolas rentrait, elle rangeait son petit univers musical dans un tiroir et écoutait avec lui le bulletin de nouvelles à la télévision. Une existence morne, certains jours déprimante, mais Gervaise aimait tellement son mari que le sacrifice s'élevait au-delà de la déception.

Ses nuits avec Nicolas étaient divines. Il lui faisait l'amour avec de plus en plus de vigueur et elle se donnait à lui avec de plus en plus d'ardeur. Il n'avait de cesse de lui dire qu'elle avait un corps de déesse, des seins à faire pâmer d'envie les actrices et un visage si beau que les peintres de jadis en auraient été éblouis. Elle sentait que son mari l'adorait. De corps, d'abord, puis de cœur après. Car il aimait la contempler en silence beaucoup plus souvent que de s'informer de sa journée. Comme si Gervaise était sa poupée avant d'être sa femme. Quand elle osait, du bout des lèvres, se plaindre de son ennui durant ses absences, il la rassurait en lui conseillant d'aller s'acheter des robes, des bijoux, des souliers, des dessous aguichants, alors qu'elle aurait préféré qu'il lui dise : *Ne t'en fais pas, nous allons faire un voyage à deux prochainement...* Mais ses nuits torrides à raison de deux à trois fois par semaine étaient la plus belle partie de sa vie de couple. Certains jours, elle téléphonait à sa mère, elle lui promettait d'aller la voir, en ajoutant toutefois que c'était froid dehors, que c'était loin, qu'elle n'avait pas de voiture, pas encore de permis de conduire...

Un certain soir, alors qu'elle regardait un film français ennuyant avec Nicolas, elle lui avait dit :

— J'aimerais suivre des cours de conduite. Qu'en penses-tu ?

— Non, Gervaise, je n'aime pas voir les femmes au volant des voitures. Ça fait grossier, ça manque de classe.

— Voyons ! Ta sœur Charlotte conduit, elle ?

— Parce qu'elle n'a pas de mari, qu'elle est plus âgée et qu'elle véhicule Josiane dans ses déplacements. Toi, tu as un époux, je te conduis partout, nous sortons ensemble... De toute façon, dès qu'il sera majeur, c'est Jean-René qui conduira la voiture de ma sœur.

— J'aimerais visiter ma mère, parfois, aller dans l'est de la ville, retourner voir ma gérante, me distraire un peu...

— Fais-le, Gervaise ! Rien ni personne ne t'en empêche !

— Mais c'est si loin, c'est encore frais le soir, les autobus sont lents...

— Qui te parle de prendre l'autobus ? Tu es madame Nicolas Delval, la femme d'un avocat ! Prends un taxi ! N'utilise que les taxis, voyons ! Comme ma mère le fait fréquemment ! J'ai les moyens ! Cesse de vivre comme avant ! Corrige ton tir, ma femme !

Durant ce temps, de leurs demeures respectives, Charlotte et Josiane se parlaient au bout du fil chaque jour. Elles causaient aussi avec leur mère, mais elles n'osaient encore traverser chez elle de peur de tomber sur « l'intrigante » qui s'y était installée avec leur frère. Madame Delval mère allait donc chez Josiane l'après-midi et celle-ci en profitait pour s'enquérir de sa belle-sœur :

— Pas trop difficile ? Pas trop bec fin, la Gervaise ? Elle mange ce que tu prépares sans rechigner, maman ?

— Oui, mais elle mange peu, elle veut garder sa ligne.

— Comme si tu étais pour la faire engraisser ?

— Non, non, Josiane, c'est son droit, elle a sa fierté. Et cessez de la vilipender sans cesse, Charlotte et toi ! Elle n'est pas vilaine, elle semble avoir bon cœur et ton frère en est follement épris !

— Bien oui ! Pour son corps, maman ! Comme tous les hommes !

— Non, pour son cœur aussi. Gervaise semble être une bonne personne.

— Comment le sais-tu ? Elle ne te parle même pas !

— C'est plutôt moi qui garde mes distances pour ne pas déplaire à ton père. Parfois, j'aurais envie de me rapprocher d'elle, mais il est toujours aux aguets. De plus, je ne veux pas me familiariser, ça pourrait m'être défavorable…

— Oui, tiens-toi loin d'elle ! Moi, ce genre d'arriviste qui épouse un homme pour son argent ! Et papa n'a pas tort de la surveiller de près, parce qu'elle a trahi sa confiance !

— Non, Josiane, c'est parce que ton père a le même caractère de chien que Charlotte ! Et c'est elle qui te monte la tête tout le temps ! Nicolas a épousé Gervaise, ils s'aiment et c'est maintenant une Delval. Quoi que vous fassiez, elle est de la famille maintenant. Alors, inutile de vous époumoner à la descendre sans arrêt. Ignorez-la si vous ne l'aimez pas, mais ravalez votre salive. C'est péché de calomnier ainsi une personne qui n'a pas encore fauté. *Que celle qui est sans péché...*

— On le connaît ce proverbe, maman ! N'empêche que Nicolas ne s'est pas servi de sa tête en épousant une veuve de l'est de la ville, alors que les filles de la haute société étaient à ses pieds. Quel imbécile !

— Josiane ! C'est de ton frère que tu parles ! Ne deviens pas mesquine comme Charlotte, tu devras t'en confesser !

— De quoi ? De ne pas l'aimer, cette fille de rien ?

— De rien ? Elle va à la messe chaque dimanche. Ce que vous ne faites pas, ta sœur et toi. Pas même dévotes ! Ah ! mon Dieu...

— Maman, s'il te plaît, ne deviens pas un roi Salomon pour elle !

— Remarque que c'est plus honorable que d'être des Hérode comme ta sœur et toi ! Je ne vous ai pourtant pas élevées comme ça ! Regarde comme Jean-René est gentil, lui ! En voilà un qui n'a rien hérité de sa mère ! Dieu merci !

Parlant de lui, le fils de Charlotte s'était manifesté en se rendant un certain après-midi chez ses grands-parents. Après avoir salué son grand-père et lui avoir dit qu'il était en congé, il embrassa sa grand-mère pour ensuite lui demander :

— Gervaise est sortie ou dans son univers ?

— Non, elle est en haut... Mais je me demande s'il est de mise que tu l'appelles par son prénom. Elle est ta tante, Jean-René, Nicolas n'aimerait peut-être pas...

— Voyons, grand-mère, elle n'a que vingt-sept ans ! Dans la vingtaine comme moi ! Elle n'a pas l'âge de tante Josiane, je ne vois pas comment je pourrais être aussi cérémonieux... Je peux monter la voir ?

— Non, il ne serait pas poli de surgir ainsi dans ses appartements. Laisse Imelda la prévenir de ta visite et, selon sa disponibilité...

La servante s'empressa de se rendre à l'étage où Gervaise lisait en écoutant des valses de Strauss. Apprenant que Jean-René désirait la voir, elle pria Imelda de l'inviter à monter et se leva pour replacer une mèche rebelle. Dès que le jeune homme apparut, elle lui offrit son plus beau sourire ainsi qu'un fauteuil en face d'elle :

— Heureuse de te revoir, Jean-René.

— Moi aussi, ma... Dites, je ne sais pas comment vous appeler...

— Tu m'appelles par mon prénom, voyons, et tu me tutoies, nous sommes de la même génération.

— Bien, pas tout à fait, et si vous le permettez, je vais garder le vous en ce qui vous concerne, je ne voudrais pas que mon cher oncle en soit vexé...

— Non, ton cher oncle ne dira rien, je lui expliquerai. Je serais plus à l'aise si tu me tutoyais, j'aurais l'impression d'avoir beaucoup plus un ami que simplement un neveu par alliance.

— Bien, si tu insistes, Gervaise, je ne demande pas mieux, mais je te demanderais d'aviser oncle Nicolas que cette demande vient de toi. Lui, je l'appelle encore oncle Nicolas, parce qu'il en est ainsi dans la famille et qu'il est beaucoup plus âgé que moi. Ma mère m'a élevé de cette façon... Je me demande ce qu'elle dira quand elle apprendra qu'on se tutoie.

— Tu n'as pas à le lui dire, Jean-René. À presque vingt et un ans...

— Oui, je sais ce que tu veux dire, mais tu ne connais pas encore les Delval, Gervaise. Un peu snobinards sur les bords...

Il éclata de rire, elle en fit autant, et s'enquérant de ses études, il lui répondit où il en était, comment les choses allaient. Elle le regardait; il était vraiment beau ce jeune homme-là. Autant que Nicolas avait dû l'être à son âge. Pas de petite amie en règle? Non, aucune selon le jeune homme, les études avant, l'amour après:

— Et j'ai bien le temps, avait-il ajouté, regarde à l'âge que se marie Nicolas! C'est peut-être ce qui m'attend et c'est tant mieux! Les femmes un peu plus mûres sont plus intéressantes que les filles de mon âge.

Elle avait souri, ils avaient dégusté une liqueur douce ensemble, ils avaient parlé littérature, musique... Elle ne connaissait pas les auteurs dont il faisait mention, mais elle lui demanda gentiment de lui en suggérer quelques-uns, voyant qu'il regardait la couverture du roman de Magali qu'elle lisait. La sentant mal à l'aise, il lui avait dit :

— Tu n'as pas à te sentir diminuée, ce que tu lis est aussi très bien. Les auteurs populaires sont les plus lus en France comme ici, tandis que les autres, plus littéraires, dorment bien souvent sur les tablettes. J'ai lu aussi Guy des Cars et d'autres du même genre, et ça m'a bien intéressé. Là, je lis *La mer à boire* de Michel de Saint-Pierre, parce que ça fait partie d'un cours aux études, mais je ne peux pas dire que j'en raffole… J'aime bien Rimbaud chez les poètes, mais il est évident qu'on nous force à lire les poètes enfargés dans leurs rimes ! Maudites études ! On ne fait pas ce qu'on veut, tu sais !

Il éclata de rire encore une fois et elle le trouva tout à fait charmant. Il lui parla de musique, il aimait Mozart et Salieri, deux de la même époque, quoi ! Mais il savait qui étaient Tony Bennett et Peggy Lee, dont les succès tournaient à la radio. Un jeune homme de son temps ! Un garçon admirable, plaisant, intéressant, qui lui avait dit avant de prendre congé d'elle :

— Il faudrait bien qu'on aille au cinéma ensemble, Gervaise, quand j'aurai un autre après-midi de congé. J'aime les films américains, Bogart est mon acteur préféré, et chez les Français, j'aime bien Gabin, Pierre Brasseur, Gérard Philipe…

— Que des acteurs, Jean-René ? Aucune actrice ?

— Oui oui, aussi… Barbara Stanwyck est excellente et, en France, Martine Carol, Brigitte Bardot… sont très séduisantes.

— Coquin ! Parce qu'elles sont belles, tout simplement ?

— Heu… non, mais, ça n'enlève rien à leur talent ! ajouta-t-il en riant de bon cœur.

Il avait pris congé d'elle et elle s'était retrouvée apaisée ce jour-là. Enfin un membre de la famille qui serait un allié ! Le fils de sa pire ennemie, selon elle. Lorsque Nicolas rentra et qu'elle lui parla de sa visite inattendue, il fronça d'abord les sourcils, se demandant ce que son neveu était venu foutre dans la tête de sa femme. Il n'était pas tout à fait d'accord avec le tutoiement qu'elle lui avait permis, mais il n'insista pas, se disant qu'il était peut-être temps de passer un peu outre aux coutumes familiales. Mais lorsque Jean-René fit part à sa mère des qualités et de l'entrain de Gervaise avec qui il avait longuement causé, elle s'emporta :

— Comment as-tu pu te rapprocher d'elle alors que nous la fuyons comme la peste ? Une tante de son espèce…

— Pas une tante, maman, je l'appelle Gervaise et on se tutoie.

— Quoi ? Tu as osé être impoli avec la femme de ton oncle ?

— Sur sa demande, maman ! On a presque le même âge, elle et moi !

— Tu es fou ou quoi ? C'est une femme ! Une veuve de surcroît ! Tu n'es qu'un enfant…

— Non, on est tous les deux dans la vingtaine. Tu as tendance à oublier que j'avance en âge, moi aussi. Presque vingt et un ans…

— Je te défends de la revoir, de t'approcher d'elle. C'est une opportuniste ! Une arriviste ! Une…

— Tu ne me défends plus rien maman, est-ce clair ? Je n'ai plus d'ordres de cette nature à recevoir de toi ! Fini le temps où je rampais ! Je suis un adulte maintenant !

— Jean-René ! Si seulement ton défunt père t'entendait…, larmoya-t-elle.

— Il m'entend, maman, et il est d'accord avec moi. Et il serait fort aimable avec elle, lui ! De toute façon, tante Gervaise, Gervaise tout court, vous ou tu, pas d'importance ! On va même aller au cinéma ensemble lorsque je serai en congé. Elle partage mes goûts, même en musique. Et je t'avoue que je n'aurai pas honte de rentrer dans un cinéma avec elle. Plus belle qu'elle…

— Jean-René ! Pour l'amour du ciel !

Un matin de la fin de mai, alors que le temps était doux et que Nicolas lui avait dit qu'il ne rentrerait pas pour souper à cause d'un client à rencontrer en soirée, Gervaise en profita pour aller passer la journée avec sa mère. Sans avertir madame Delval de son départ ni lui dire qu'elle ne reviendrait pas pour le repas du soir. Sa belle-mère ne lui demandait rien ? Alors, pourquoi l'aviser de ce qui ne la regardait pas ? Sautant dans un taxi, Gervaise se fit conduire sur la rue Ontario et, aussitôt descendue de la voiture, sonna à la porte de la maison familiale. Madame Huette s'empressa d'ouvrir et de l'accueillir par ces mots :

— Enfin ! Il était temps que tu visites ta mère, toi ! Un peu plus, pis tu faisais plus partie d'la famille !

— C'était pas volontaire, maman ! Il fallait que je m'habitue à ma belle-famille, on s'est parlé souvent au téléphone… Tu sais, s'accoutumer à un autre genre de vie, ça ne se fait pas du jour au lendemain !

— C'est fait, maintenant ?

— Non, pas tout à fait. Ça peut aller, mais pas comme je le voudrais.

— Ben, prends une chaise, j'te sers du thé, pis tu m'en parles.

Installée à la table de la cuisine, l'endroit préféré de madame Huette, Gervaise avala une gorgée avant d'avouer à sa mère :

— Avec mon mari, ça va à merveille. Nicolas est un ange ! Il m'aime et ne me refuse rien.

— Ça, j'en doute pas, mais sa famille, c'est autre chose, non ?

— Ils sont courtois avec moi, mais distants. Le père ne m'adresse jamais la parole et la mère me sourit, mais ne converse pas. Quant à ses deux sœurs, je ne les ai pas encore vues, elles ne viennent pas de peur de me croiser. Et elles ne m'ont pas invitée chez elles, bien entendu. Inutile de te dire que je ne me sens pas trop bien accueillie par les Delval.

— C't'idée aussi, d'aller vivre avec eux ! Ton mari fait assez d'argent pour louer un bel appartement ou acheter une maison. Une vie à deux, ça s'fait à deux, Gervaise, pas à quatre !

— T'oublies que ça s'est passé comme ça avec Ti-Gus, maman. Rappelle-toi, nous étions cinq sous le même toit !

— C'était pas pareil, voyons ! T'avais juste dix-sept ans ! Pis Mirette, boulanger du quartier, faisait pas un gros salaire ! C'était en restant tous ensemble qu'on a pu survivre dans c'temps-là ! Mais lui, l'avocat, c'est pas l'argent qui manque ! Pis, à trente-cinq ans, vivre encore chez ses parents... Avec sa femme en plus ! J'comprends pas !

— Nicolas m'a dit que c'était juste pour un bout de temps, maman.

— Ouais… Pas sûre de ça, moi ! Son père pis sa mère, ça semble être important pour lui. Qui vivra verra, Gervaise… En autant qu'tu sois pas trop malheureuse, qu'y t'font pas la vie trop dure…

— J'oubliais de te dire que j'ai un bon allié en la personne de son neveu, Jean-René. Il étudie à l'université, il a vingt ans, il va être avocat lui aussi, il est fin comme ça ne se peut pas, et il m'estime beaucoup.

— Ben, ça en fera un pour prendre ta défense si jamais t'as des troubles avec la famille.

— Maman ! Nicolas est là ! Il m'aime et je l'adore ! Pas besoin du neveu, j'ai un mari en or !

— Des fois, l'or, ça s'encrasse aussi, ma p'tite fille… Mais j'lui accorde le bénéfice du doute, même si j'sais qu'y viendra pas souvent icitte, ton mari !

— Il viendra, t'en fais pas, il t'apprécie…

— Ouais… Reste à voir, Gervaise. On n'est pas des gens de l'ouest, nous autres. Tu sais, c'monde-là…

— Bon, changeons de sujet, si tu veux bien. Comment va Rita, ces temps-ci ?

— Rien de changé ! Toujours sa même job avec un salaire à même pas être capable de mettre cinquante cennes dans son cochon en plâtre ! Ses chips, ses chocolats pis ses vues au Théâtre Champlain !

— Rien de sérieux de son côté ? Je parle d'un homme…

— Ben non ! Qui en voudrait ? Après le gros Mailloux, elle en a pas eu d'autres. Elle découche des fois par besoin naturel, mais demande-moi pas avec qui a baisse ses culottes ! J'dis rien, j'l'endure, c'est mieux que d'être seule. De toute façon, veux, veux pas, ça va être mon bâton d'vieillesse, celle-là !

— Et toi, maman ? La santé ?

— Rien de nouveau, j'ai encore mes maux de ventre, mais le docteur me dit que c'est c'que j'mange qui m'donne des crampes. Une chance que j'pète assez souvent, parce que si ça bloquait, j'en souffrirais un coup su'l bol de toilette !

— Arrête de manger mal comme ça, sa mère ! Les bines en boîte, les pinottes salées, les bâtons au fromage, ça constipe ces choses-là ! Mange des fruits, achète des pruneaux !

— Non non, laisse-moi faire ! Tu vas pas m'changer à mon âge ! R'garde c'que j't'ai fait pour souper ! Des œufs dans'sauce blanche avec des patates pilées ! T'aimes encore ça, j'espère ? C'est sûrement pas chez ta belle-mère que tu manges ça ! Pour dessert, j't'ai fait d'la pouding au tapioca ! Ça t'va ?

Quelque vingt minutes après ce bavardage, Rita rentrait de son travail. Apercevant Gervaise, elle s'écria :

— Tiens ! La femme de l'avocat qui nous visite ! En quel honneur ?

— Commence pas avec ton sarcasme, Rita, sinon je repars !

— Ben non, j'disais ça comme ça. Reste ! On t'voit pas souvent ! Monsieur Bigras me demandait justement de tes nouvelles hier, pis j'lui ai dit que j'en avais pas !

— La prochaine fois, dis-lui que tout va bien et que Nicolas lui envoie ses salutations.

— Bigras, c'est pas un fou, y va savoir que c'est pas vrai, voyons ! Y m'a dit que le père pis le fils Delval sont pas allés se faire couper les cheveux par lui depuis un bon bout d'temps !

— Ça, je n'y peux rien, mais dis-lui que lorsque je reviendrai, je vais m'arranger pour aller le visiter.

— J'vais l'faire, pis ça, ça va lui faire plaisir, parce que dans l'fond, c'est de tes nouvelles à toi qu'y veut avoir, le barbier, pas de ton mari pis de ton beau-père, y'a l'air à les avoir dans l'c… J'me r'tiens, faut pas que j'parle mal, mais moi, quand c'est pas d'not monde…

Elles mangèrent toutes les trois ensemble et, après avoir jacassé comme des pies, Gervaise appela un taxi. Rita l'embrassa sur la joue en lui disant qu'elle sentait bon, un compliment que l'aînée ne pouvait pas lui retourner, et madame Huette, au moment où Gervaise sortait, lui murmura à l'oreille :

— Demande à ton mari d'être un peu plus lousse avec nous autres. Ce qu'y nous donne, c'est pas assez. Tout augmente, le pain, le lait, le beurre… Un dix piastres de plus par mois, ça ferait pas d'tort !

— Maman ! Il n'est quand même pas obligé…

— Non, mais toi tu l'es ! Pis, comme son argent, c'est ton argent, t'es quand même capable de lui parler dans l'tuyau de l'oreille, Gervaise !

Le mois de juin s'amena avec son printemps en pleine force avant de faire place à l'été et, comme les anniversaires de naissance du jeune couple tombaient le 14 juin pour Nicolas, et le 18 juin pour Gervaise, les tourtereaux avaient décidé d'aller fêter les deux événements le samedi 16, à une table fort coûteuse de l'hôtel Ritz-Carlton. Sans inviter personne d'autre, juste eux seuls, avec l'amour qu'ils ressentaient fortement l'un pour l'autre. Ils étaient donc tous deux natifs du signe des Gémeaux, mais à part la gérante de la pharmacie qui s'intéressait à l'astrologie, l'influence des astres ne dérangeait personne à ce moment-là. Surtout pas Nicolas qui clamait que les cartes du ciel, la voyance et les lignes de la main n'étaient que des sornettes. Madame Huette, pourtant, se rendait régulièrement chez une voisine pour se faire tirer aux cartes, ce qui avait fait rire l'avocat qui s'était écrié que cette mode vulgaire n'était que pour les gens du menu peuple. Ce qui avait choqué Gervaise, parce que « ce lot » incluait sa mère, sa sœur et sa gérante. Le couple était arrivé au Ritz-Carlton à l'heure de la réservation et, après avoir laissé la voiture à un garçon, ils s'approchèrent de la porte d'entrée que le portier leur ouvrit avec des révérences. Pour obtenir un pourboire que Nicolas lui donna... généreusement ! On n'arrivait tout de même pas à cet endroit dans une Lincoln, avec une superbe femme à son bras, pour passer inaperçu. Pas quand on était... avocat ! Gervaise était en beauté ce soir-là. Vêtue d'une robe verte à rayures verticales jaunes, ceinturon à la taille, crinoline sous le pan évasif, sandales noires à talons hauts sur ses bas de soie, coiffure habilement remontée en chignon, pendants d'oreilles en nacre de perle qui se balançaient à ses lobes, bracelet s'y appareillant, alliances avec gros diamant à la bague, jonc de perles cultivées à l'auriculaire de la main droite et parfumée de son *Fleurs de Rocailles* enivrant, tous les regards étaient posés sur elle. Ce qui flattait Nicolas qui, d'un pas assuré, la suivait dans un élégant complet noir avec chemise blanche, boutons de manchettes avec onyx et diamants, montre en or au poignet, cravate de soie avec motifs floraux, souliers suédés impeccables… Bref, tout ce qu'il fallait pour qu'ils attirent l'attention : un bel homme, une très jolie femme, une table bien montée, le panache, l'élégance… Personne n'aurait pu croire que cette jeune beauté d'une distinction démesurée était une veuve d'un boulanger de la rue Ontario, dans l'est de la ville. Ils commandèrent le bœuf bourguignon, les entrées recommandées par la maison, et Nicolas, qui n'aimait pas le champagne, opta pour un Châteauneuf-du-Pape que Gervaise n'avait encore jamais goûté. Une soirée comme ne pouvait l'imaginer celle qui s'ennuyait dans ce monde peu fait pour elle. Du moins, à la maison de la rue Victoria. Ils s'offrirent mutuellement des vœux d'anniversaire, elle lui remit une carte qu'elle avait achetée chez Eaton ainsi qu'un petit colis qu'elle cachait dans son sac à main. Il l'ouvrit et put y découvrir d'autres boutons de manchettes, plaqués or cette fois, avec l'initiale N sur chacun. Des boutons qu'il n'allait jamais porter parce qu'il trouvait de basse classe d'afficher ainsi les initiales de son prénom en public. Il la remercia toutefois et, appelant le garçon de table à la fin du repas, il lui murmura quelque chose à l'oreille que Gervaise n'entendit pas. Quelques minutes plus tard, le serveur revenait avec une grosse boîte cartonnée d'argent, enrubannée d'une immense boucle rose pour la retenir fermée. Fort surprise et surtout gênée de se faire offrir un cadeau publiquement, Gervaise déballa tout de même le colis le plus discrètement possible, pour y découvrir une magnifique étole de vison nouée au centre d'un gros bouton de la même fourrure. Une étole de femme riche ! Elle n'en croyait pas ses yeux ! Et, pour être plus en vue dans cette salle à manger, Nicolas insista pour qu'elle la pose sur ses épaules afin d'en voir l'effet. Et «l'effet» que cela causerait sur ses voisins de table, évidemment! Quelques dames âgées la félicitèrent alors que leurs maris lui souriaient. Nicolas, heureux du résultat de son présent, s'adressa à une dame aux cheveux gris pour lui dire afin qu'on l'entende d'assez loin:

— C'est son anniversaire! Et nous sommes mariés depuis peu!

Ce qui leur valut des applaudissements de l'assistance la plus près de leur table, alors que Gervaise, mal à l'aise, timide, les joues rouges, aurait souhaité se cacher la figure sous la nappe! Très beau cadeau de la part de son mari, certes, mais elle sentait de plus en plus que Nicolas, fier comme un paon, l'exhibait aux yeux des gens. Comme un trophée de chasse! Pour se donner fière prestance, pour qu'on l'admire, lui, autant qu'elle. Condescendant, mais séduisant, il avait réussi ce soir-là, avec son sourire enjôleur et son regard provocateur, à faire rêver quelques dames ou demoiselles du Ritz. Gervaise, de nature humble, aurait peut-être préféré célébrer dans un petit restaurant, en tête-à-tête, ce beau moment de leur vie, mais il n'en était pas ainsi avec l'avocat. Un Delval de surcroît, pour qui le faste et le faire-valoir étaient d'une importance capitale.

Lorsque le jour de fête de Gervaise arriva, le 18 juin, aucun signe ou presque de la part de sa belle-famille. Seule madame Delval avait eu l'amabilité de lui dire le matin: *Bonne fête, Gervaise.* Rien de plus, cependant. Puis, en après-midi, Jean-René lui avait téléphoné de l'université pour lui offrir ses vœux. Quelle délicatesse de sa part ! Ses belles-sœurs ? Il fallait s'y attendre, pas un mot, pas un geste de leur part. Pourtant, quelques jours plus tôt, lors de la fête de Nicolas, elles avaient traversé en fin d'après-midi pour lui offrir des cadeaux et l'embrasser. Et, au souper, madame Delval avait déposé un gâteau d'anniversaire sur la table. Sans chandelles toutefois, ça aurait fait trop populo. Mais le 18 juin, rien de spécial sur la table pour Gervaise, pas même une rose à côté de son assiette. Ce qui ne dérangea pas Nicolas qui revivait dans sa tête l'engouement des gens devant l'étole de vison lors de leur souper d'apparat. En matinée toutefois, madame Huette avait téléphoné à Gervaise pour lui offrir ses vœux de fête et ajouter qu'elle avait un cadeau pour elle quand elle la verrait. Rita s'empara ensuite du récepteur pour lui dire qu'elle lui avait posté une carte rue Victoria, et qu'elle avait, pour elle, une boîte de chocolats. Des petits riens, mais de grand cœur. Ce qui plaisait davantage à Gervaise que les extravagances de son mari pour épater… les autres ! Et un an de plus s'était ajouté sur leurs têtes en ce mois de fin de printemps, début d'été. Nicolas avait maintenant trente-six ans et Gervaise, plus belle que jamais, c'était vrai, en était à ses vingt-huit ans.

Juillet, ses jours ensoleillés, et Nicolas planifiait des vacances avec sa femme quelque part dans le Sud. Gervaise se demandait bien pourquoi ils iraient au soleil alors que c'était l'été ici, mais Nicolas lui chuchota qu'une belle croisière jusqu'aux Bahamas serait plus digne de leur rang. Il entrevoyait pouvoir partir vers le début d'août, temps où les procès faisaient relâche au palais de justice. D'ici là, il travaillerait chaque jour, accumulant même les clients et clientes qui n'avaient que des réclamations à faire pour les uns, ou des maris à déposséder de leurs biens quand un couple se séparait légalement. Toujours enfermée dans cette maison grise et austère, Gervaise se rendait de plus en plus souvent chez sa mère. Cette dernière lui avait remis le jupon rouge qu'elle lui avait acheté pour sa fête, tout en lui faisant souffler des bougies sur un gâteau au caramel acheté de l'épicier pour l'occasion, que Rita mangea avec appétit les jours suivants. Elle avait pu aller visiter sa gérante avec qui elle s'était entretenue de son bonheur avec Nicolas, alors que cette dernière se plaignait de n'avoir pu trouver une autre vendeuse aussi bonne qu'elle depuis son départ. Gervaise, tel que promis, s'était ensuite rendue chez monsieur Bigras, le barbier, afin de partager un petit lunch avec lui. Enchanté de la retrouver, il lui avait demandé :

— Toujours heureuse avec ton mari, Gervaise ?

— Oui, Nicolas est un homme épatant, monsieur Bigras, et c'est grâce à vous…

— Non non, l'interrompit-il, je ne veux pas faire partie de l'histoire au cas où un jour…

— Au cas où ça ne marcherait plus entre lui et moi ? Il m'adore, monsieur Bigras ! Il décrocherait la lune pour moi !

— Tant mieux, Gervaise, parce que moi, les princes charmants… Non pas que Nicolas n'est pas un bon gars, c'est la façon dont son père l'a élevé qui m'inquiète. Il l'a fait pareil à lui… Au fait, tu t'entends bien avec ton beau-père ?

— Heu… plus ou moins, il me parle à peine, il m'ignore la plupart du temps… Quand il m'adresse la parole, c'est pour me dire qu'il va pleuvoir ou faire beau selon la météo.

Je sens qu'il ne m'aime pas, mais que puis-je faire ? Je ne suis quand même pas pour me mettre à genoux devant lui !

— Non, surtout pas ! Le vieux snoreau ! Il ne vient même plus ici pour ses cheveux, il m'en veut, j'sais pas pourquoi…

— Bien, voyons donc, c'est vous qui m'avez présentée à Nicolas ! Il en tient sûrement compte et c'est sans doute pour ça qu'il ne vient plus se faire couper les cheveux ici ! Il va chez le barbier de la rue Sherbrooke, Nicolas aussi. Ce que son père fait…

— Oui, lui aussi le fait. Il en a toujours été ainsi, Gervaise ! Et ça ne me dérange pas qu'ils aient changé de salon, j'attends pas après eux autres pour vivre, j'ai des clients à tour de bras !

— Je n'en doute pas, mais Nicolas devrait vous être plus reconnaissant…

— Non, il me doit rien, Gervaise. Je t'ai juste présentée à lui, c'est quand même toi qui l'as choisi… En autant qu'tu sois heureuse… Parce que si c'était pas l'cas, il entendrait parler d'moi, le fils à papa !

— Monsieur Bigras ! Ne l'appelez pas comme ça ! Nicolas n'est pas toujours d'accord avec son père…

— Pas d'accord de temps en temps, c'est possible, mais d'la même branche d'arbre ! Ils sont dans le même bateau au Barreau. Sauf que le père poursuit pis que le fils défend… Mais, dans l'fond, ils sont pareils ! Le nez en l'air, c'est de famille chez les Delval. Pis ses sœurs, elles ?

— N'en parlons pas, monsieur Bigras, c'est vous que je suis venue voir. Parlez-moi de votre femme. Elle se porte bien ?

— Heu... oui. Avec ses rhumatismes quand c'est trop humide, mais ça va. Elle téléphone encore à ta mère, elles se parlent de temps à autre.

— Alors, tant mieux! Bon, il est déjà une heure, les clients vont arriver, j'entends des pas dans l'escalier.

Bigras étira le cou pour regarder qui descendait et répondit à Gervaise qui était sur le point de partir:

— C'est l'apprenti bijoutier du quatrième étage. La machine à boule l'attire encore. Il devrait pourtant ménager, il s'est fiancé à Noël, il m'a même invité avec ma femme. Une belle soirée, ça s'est passé chez les parents de sa future dans le nord de la ville. Du ben bon monde! Un beau *party*! Ma femme leur a acheté une couverte de laine chez Dupuis,

— Fiancé déjà? Il a l'air d'un p'tit gars!

— Il a dix-huit ans, c'est l'âge, Gervaise. Pas gros, pas grand, mais intelligent. Pis sa future est d'un an plus vieille que lui. Un beau p'tit couple, y sortent ensemble depuis trois ans.

— Donc, il n'en a pas connu d'autres avant...

— Non. En espérant que ça ne lui arrive pas après! Y'a une serveuse dodue qui le flirte sans arrêt au restaurant Crystal. Pour l'instant, c'est les machines à boules, mais un coup marié, le goût des boules...

Il éclata d'un rire franc, alors que Gervaise, étonnée, souriait:

— Monsieur Bigras! Si votre femme vous entendait!

— Je sais que j'peux faire des farces comme ça avec toi, Gervaise, on s'connaît depuis si longtemps. J't'ai pas choquée, au moins?

— Bien non, c'est tout simplement drôle. Bon, là, faut vraiment que je me sauve, j'ai des courses à faire chez Dupuis avec ma mère.

— Alors, vas-y, Gervaise, et salue ton mari de ma part. Répète-lui rien de c'que j't'ai dit, juste une salutation, pas plus.

Gervaise promit, sortit de l'arrière-boutique, passa devant le fiancé de la machine à boules qui lui offrit un sourire et monta le petit escalier pour regagner la rue Sainte-Catherine. Aussitôt Gervaise sortie, le fiancé se tourna vers Bigras pour lui dire :

— Pas mal belle, cette fille-là ! Vous la connaissez, le père ?

— Oui, je la connais, pis c'est pas une fille, c'est une femme mariée. Pis toi, t'as besoin d'être fidèle à ta future femme. Une si bonne fille ! Les autres, astheure que t'es fiancé, tu les vois pas, t'en parles même pas ! Compris, mon p'tit verrat ?

Gervaise aimait profiter des belles journées ensoleillées de juillet pour sortir, aller prendre l'air, se promener dans les rues avoisinantes du quartier. Chaque fois ou presque, elle croisait une jeune femme qui promenait son petit caniche blanc et qui, un après-midi, lui offrit un sourire. Comme elle était de l'autre côté de la rue, Gervaise n'avait pas eu l'occasion de causer avec elle ni de faire sa connaissance, mais en ce matin ensoleillé, la jeune inconnue avait traversé la rue pour venir au-devant d'elle et lui dire :

— Je vous vois chaque jour, il est temps que je vienne vous saluer.

— Remarquez que c'était peut-être à moi de m'avancer, vous êtes si occupée avec votre petit chien qui a le pas rapide. Au fait, quel est son nom ?

— Il s'appelle Moka, il a trois ans, il est tannant et il me domine le petit sacripant ! lança la jeune femme en riant.

Pour ensuite ajouter :

— Au fait, je me présente, je suis Jacqueline De Querres et j'habite juste au coin avec ma mère, la dernière maison de pierres de l'autre côté de la rue.

— Alors, à mon tour de me présenter, je suis madame Nicolas Delval, Gervaise de mon prénom, et nous habitons...

— Oui, je sais où, ma mère connaît l'une de vos belles-sœurs, elle lui a enseigné à l'école privée où les enfants se rendaient.

— Ah oui ? Laquelle des deux ?

— La plus jeune, je crois, mais j'oublie son prénom. De toute façon, aussi bien vous le dire, votre belle-sœur ne salue pas ma mère quand elle la croise. Comme si elle ne la connaissait plus...

— Ce qui ne me surprend pas... Je suis nouvellement mariée, je connais à peine mes belles-sœurs, je les découvre seulement. Mais, dites-moi, vous êtes madame ou mademoiselle ?

— Mademoiselle De Querres, je ne suis pas mariée. Et vous pouvez m'appeler Jacqueline, ce sera moins compliqué. Vous n'avez pas remarqué que je boitais ?

— Oui, mais si légèrement...

— C'est une conséquence d'un début de polio lorsque j'étais jeune. Ma jambe droite est restée plus petite que la gauche, ce qui fait que je boite et c'est pourquoi je porte le pantalon, jamais la robe.

— Je suis désolée pour vous mais, honnêtement, votre handicap très minime ne paraît pas du tout. Je suis certaine…

— Ne tentez pas d'être secourable, madame Delval, je connais mes limites et c'est pourquoi je vais rester célibataire.

Gervaise était confuse. Elle trouvait regrettable que cette jeune personne, agréable à l'œil et très intéressante, soit sans amour dans sa vie. Comme si sa séquelle de début de polio était une raison pour qu'on l'ignore. Lui souriant, elle lui demanda :

— Vous ne travaillez pas ?

— Oui, mais à la maison, je donne des leçons de piano. J'ai quatre élèves qui viennent chaque semaine. Rien pour devenir riche, mais comme ce n'est pas un gagne-pain… Ma mère a enseigné au primaire jusqu'à l'âge de soixante ans, elle en a maintenant dix de plus. Inutile de vous dire que je suis fille unique et qu'elle m'a eue vraiment sur le tard. Elle avait tout près de quarante ans.

— Je peux vous demander votre âge, Jacqueline ?

— Bien sûr, j'aurai trente ans en septembre. Pas jeune, n'est-ce pas ?

— Pas vieille non plus, vous n'avez que deux ans de plus que moi, je viens de fêter mes vingt-huit ans.

— Tiens ! de la même génération ou presque ! s'exclama Jacqueline en riant.

— Écoutez, je ne voudrais pas vous retarder, je sens que votre petit chien me regarde de travers. Il veut marcher, celui-là ! Est-ce bien un mâle ?

— Absolument ! Une femelle n'aurait pas la tête aussi dure ! Mais je l'aime bien quand même ! Il jappe pour un rien, il nous énerve parfois, mais ma mère le gâte beaucoup.

— Et votre père ?

— Papa est décédé lorsque j'avais seize ans. Une embolie pulmonaire. Il a été gérant de banque dans ce quartier pendant un bon nombre d'années. Il s'apprêtait à se retirer quand la mort l'a emporté. Il me manque encore, nous étions si près l'un de l'autre. Et vous, vous venez d'où, madame Delval ?

— Appelez-moi Gervaise, je serai plus à l'aise. Je viens de l'est de la ville. Nous avons une maison, rue Ontario, où ma mère et ma sœur habitent encore.

— Est-ce loin de Dupuis Frères ?

— Non, c'est à quelques coins de rue. Pourquoi ?

— Parce que je m'y rends souvent avec ma mère. Je trouve davantage ce qui me convient côté vêtements chez Dupuis que chez Eaton ou Simpson. Et ma mère, devenue très économe depuis qu'elle est sans mari, trouve que les prix sont plus bas qu'ailleurs chez Dupuis. Qui sait si on ne s'est pas croisées sans se connaître ?

Jacqueline avait ri de bon cœur et Gervaise avait approuvé. Au moment de se quitter, la jeune femme qui avait envie de promener son petit chien impatient demanda à cette nouvelle connaissance :

— Ça vous plairait de venir nous visiter, de rencontrer ma mère, de prendre le thé avec nous un certain après-midi ?

— Avec plaisir, je m'ennuie dans ce quartier où je ne connais personne, je ne travaille pas, cela va de soi, et rencontrer des gens est ce qui me manque le plus. Bien sûr que j'accepterais, Jacqueline ! Je vous inviterais bien chez moi, mais avec mes beaux-parents qui sont là à longueur de journée…

— Non, n'en dites pas plus, c'est chez moi que vous viendrez ! Vous allez voir, ma mère est très discrète, elle ne va pas nous embêter. Et depuis le temps que je cherche à nouer une amitié avec quelqu'un de mon âge… Vous acceptez qu'on devienne amies, Gervaise ? Vous vous ennuyez, moi aussi, alors…

— J'en suis ravie, c'est un cadeau du Ciel que de vous avoir rencontrée, Jacqueline. Je me demandais vraiment comment allaient s'écouler les longues journées d'été lorsque mon mari serait à son travail.

— Il est avocat comme son père, n'est-ce pas ?

— Oui, et les heures sont longues quand il n'est pas là. Les plaidoyers sont interminables et ses rencontres avec d'éventuels clients après les heures… J'aurais dû m'en douter, mais quand… Oublions tout ça, vous voulez bien ? Moka va finir par me détester !

Jacqueline éclata de rire une fois de plus et reprit sa promenade avec son caniche pendant que Gervaise, restée seule, la regarda retraverser la rue et remarqua, cette fois, que la jeune femme était vraiment boiteuse. Il suffisait d'y porter attention… Mais, là où elle avait été plus que charitable, c'était d'avoir omis de compléter sa phrase quand elle lui avait dit : *mais quand…* Elle allait lui dire : *mais quand on est en amour…* et elle s'était arrêtée à temps, réalisant soudainement que Jacqueline, dans son état, avait peu de chance d'être amoureuse de qui que ce soit. Tout compte fait, cependant, Gervaise venait de se faire une amie qui allait certes meubler sa solitude. Une jeune femme de son âge qui semblait distinguée et qui riait de bon cœur. Ce qui la changerait des faces de carême de la famille Delval, excluant Jean-René, évidemment.

Le soir même, après le souper, elle avait dit à Nicolas :

— J'ai croisé une charmante jeune femme sur la rue et nous allons devenir des amies.

— Voyons, Gervaise ! Tu ne lui as parlé que quelques minutes !

— Oui, mais assez longtemps pour me rendre compte que nous avons des affinités. De plus, elle est de mon âge, la trentaine à peine… Elle a un petit caniche blanc, elle boite, des séquelles d'une paralysie infantile.

— Je sais de qui tu parles, je la vois lorsque je quitte la maison le matin, elle promène son chien. Mais je ne sais pas qui elle est…

— Mademoiselle De Querres, Jacqueline de son prénom. Elle et sa mère habitent au coin de la rue, la dernière maison de l'autre côté. Son père était banquier, sa mère, institutrice. Elle a même enseigné à Josiane à la fin de son primaire. Ton père n'a pas connu son père ?

— Oh ! j'en douterais, mes parents ne parlent à personne sur la rue. Mon père déteste la familiarité avec les voisins. Et comme ils habitent plus loin… Plus j'y pense, plus son nom me dit quelque chose. Son père gérait une succursale de la Banque d'Épargne dans l'arrondissement, alors que papa a toujours fait affaire avec une institution bancaire anglaise. De toute façon, si cette jeune femme peut te distraire, ça me semble de bonne compagnie. Ils ont sûrement de la classe pour habiter notre quartier et posséder leur maison. Ils sont sans doute très à l'aise aussi.

— Ça, je n'en sais rien, peut-être l'héritage du paternel à son décès… Jacqueline enseigne le piano, mais ce n'est qu'un passe-temps. Alors, ça ne t'ennuie pas que je me fasse une amie ? Les journées sont si longues à t'attendre ici.

— Une amie de la sorte, non, ça ne me dérange pas, Gervaise. C'est beaucoup mieux que ta gérante ! Et si jamais tu veux l'inviter ici…

— Je vais d'abord commencer par accepter leur invitation. Ensuite, si tu veux bien, on l'invitera dans nos appartements pour un thé ou un café lors d'un après-midi de fin de semaine.

Le lendemain, causant avec sa sœur Josiane au bout du fil, Nicolas lui demanda si elle se souvenait de madame De Querres, l'une des institutrices à l'école privée qu'elle fréquentait. Sans se poser de question, Josiane lui répondit :

— Oui, je m'en souviens, elle habite au coin de la rue avec sa fille infirme. Mais j'évite de la saluer quand je la vois, parce que je ne l'aimais pas lors de mes études au primaire.

— Pourquoi ?

— Parce qu'elle était sévère, qu'elle défendait aux filles de porter du rouge à lèvres et qu'elle ne se mêlait pas de ses affaires !

— Une école privée, Josiane ! C'était sans doute les consignes de l'établissement.

— Qu'importe ! Je ne lui ai jamais aimé la face, à la De Querres ! Et j'ai jamais parlé de sa boiteuse de fille ! Charlotte et moi, on n'a besoin de personne… Mais pourquoi me parles-tu de ces gens-là, Nicolas ?

— Parce que Gervaise a rencontré Jacqueline sur la rue et qu'elles sont vite devenues des amies. Elle a même invité ma femme chez elle…

— Bien, qu'elle y aille ! Ça va nous en dé… Je ne vais pas plus loin, ça va te blesser, mais qu'elle y aille, chez la Jacqueline De Querres, ta femme ! Qui se ressemble s'assemble !

— Ma femme n'est pas handicapée à ce que je sache, Josiane.

— Non, elle marche droit, c'est dans sa tête que c'est tout croche !

Furieux, indigné, Nicolas avait raccroché au nez de sa sœur, en se jurant bien de ne plus la considérer, Delval ou pas, pour avoir dénigré ainsi la femme qu'il adorait.

Trois semaines plus tard, Gervaise était invitée chez les De Querres, ce qu'elle s'empressa d'accepter. Vêtue sobrement, moins maquillée, tailleur de lin vert pâle, blouse de coton beige, souliers fermés de cuir beige, sac à main de même teinte, perles aux lobes d'oreilles, cheveux au vent bien brossés, elle sonnait à la porte de la maison du coin et c'est Jacqueline qui vint ouvrir, la priant d'entrer. Cette dernière, plus à l'aise chez elle, ne portait qu'un pantalon marine et une blouse blanche. Madame De Querres, plus conventionnelle, avait endossé une jolie robe à fleurs et noué ses cheveux gris en un chignon tressé. Présentations faites, ce furent les questions d'usage auxquelles Gervaise répondit avec tact. La mère de son amie ne semblait avoir aucune réticence envers les gens de l'est de la ville et, parlant de sa profession, elle lui avoua qu'à ses débuts, alors qu'elle commençait dans l'enseignement, elle avait été affectée à une école du Faubourg à m'lasse où elle avait appris à lire aux petites filles du quartier. Elle posa quelques questions discrètes à Gervaise sur sa famille, pas davantage. Aucune sur son mari ou sa belle-famille dont elle évita de parler. Puis, après le thé et les biscuits au sucre qu'elle lui avait offerts, elle la laissa en tête à tête avec Jacqueline qui lui fit visiter sa salle de musique où elle enseignait, ainsi qu'un boudoir où elle avait des étagères remplies de disques, une bibliothèque pleine de livres, des magazines américains et français sur une table et, sur un mur, deux photos de Clark Gable dans *Autant en emporte le vent,* à côté de tableaux et de gravures estivales.

— C'est très joli chez toi, Jacqueline… Oh ! excusez le tutoiement !

— Non, je t'en prie, Gervaise, je vais en faire autant. Si on est pour devenir des amies, aussi bien commencer tout de suite. Le vous, c'est pour les strictes connaissances, et toi, je te sens déjà de ma famille.

Gervaise était ravie. Une pure inconnue qui l'accueillait comme une amie intime sans même la connaître encore. Quel bonheur à côté des méchancetés de ses belles-sœurs qui la vilipendaient à tour de rôle. *Déjà de ma famille,* avait dit Jacqueline, alors que pour les Delval, mariée au fils ou pas, elle restait encore une pure étrangère. Elles causèrent de tout et de rien pour mieux apprendre à se connaître. Jacqueline savait déjà comment Gervaise avait rencontré Nicolas et « l'invitée », de son côté, savait que Jacqueline n'avait eu qu'un seul ami de cœur lorsqu'elle avait quinze ans et qu'elle l'avait perdu lorsqu'il avait déménagé en Ontario. Le seul qui aurait pu l'aimer en dépit de son handicap, mais, comme elle le disait :

— Nous étions si jeunes, le temps aurait pu le faire changer d'idée… Remarque qu'il n'était pas un Clark Gable, ajouta-t-elle en riant.

— C'est ton genre d'homme, Jacqueline ?

— Oui, moi… les hommes à moustache avec des yeux crasses comme les siens !

Elle éclata encore de rire et poursuivit :

— J'ai vu ce film trois fois. Pour le revoir, lui, pas le film !

Gervaise avait souri et, timidement, lui demanda :

— Tu te déplaces en taxi lorsque tu te rends au cinéma ?

— Non, ma mère vient me reconduire et me reprendre à la fin du film. Elle conduit encore, tu sais ! Quel bonheur d'avoir une voiture ! Il m'arrive de me rendre aussi au cinéma York pas trop loin d'ici. On y présente de bons films. Tu aimes le cinéma, Gervaise ?

— Beaucoup, mais mon mari n'est pas ouvert à tous mes goûts. Son neveu, Jean-René, m'a promis de m'inviter, mais je doute que sa mère le laisse faire. Il a vingt ans, mais accompagner sa tante au cinéma… Ça pourrait être mal vu.

— Alors, nous irons ensemble, si tu veux bien. J'aime les films américains, un peu moins les films français, mais quand il y en a un avec Henri Vidal… Pas mal beau, celui-là aussi ! Même sans moustache ! Tu as des acteurs préférés, Gervaise ?

— Heu, pas vraiment, Gregory Peck peut-être… Chez les actrices, Joan Crawford… mais je n'ai pas de goûts particuliers, pas même pour les films. J'aime découvrir et, parfois, ceux qui reçoivent les plus mauvaises critiques sont les meilleurs.

— Oui, tu as bien raison. Moi, ces littéraires de *La Presse*... Ils ne louangent que les Français et, en anglais, ils sont arrêtés sur Charles Laughton parce qu'il vient d'Angleterre. Du snobisme, tout ça !

— Je vois que tu aimes aussi la musique ?

— Oui, chez les compositeurs, Chopin, Mozart et Brahms, ceux que j'apprends à mes élèves. Mais j'écoute aussi les succès de l'heure et j'en achète assez souvent. Patti Page et Perry Como me font rêver. J'aime les voix douces.

— Et tu lis beaucoup ?

— Moins qu'avant, mais j'ai lu les classiques qu'on nous imposait à l'école. Balzac, Zola, Victor Hugo... On a tous passé par là ! Maintenant, je lis davantage les romanciers et j'aime beaucoup Guy des Cars, même si je le trouve misogyne au possible. Il y a tellement d'action dans ses romans... Tous les livres que tu vois ici sont ceux de ma mère, elle les a presque tous lus. Elle adore Gustave Flaubert, elle a lu *Madame Bovary* trois fois et nous sommes allées voir le film qu'on en a fait avec Jennifer Jones au moins quatre fois. Faut dire que c'était excellent. Tu l'as vu, Gervaise ?

— Heu... non, j'allais plutôt voir les films du temps présent, mais qu'importe, nous irons où tu voudras. On fouillera dans *La Presse* et on choisira.

— Ton mari n'a aucune objection à ce que tu aies une amie ?

— Absolument pas ! Il te connaît de vue, à cause de tes promenades avec Moka... Au fait, où donc est-il ce garnement ?

— Maman le garde en bas pour ne pas qu'il nous dérange. Tu ne l'entends pas japper, Gervaise ? Il me cherche, il est mécontent.

— Oui, je l'entends… Fais-le monter, voyons, il faut qu'il s'habitue à moi si je suis pour revenir te voir. Et tu viendras aussi nous visiter…

— Oh non ! Je n'oserais pas, tu es mariée, tu n'es pas seule, Gervaise.

— Nicolas sera ravi de faire ta connaissance… Et, en passant, la prochaine fois que ta mère et toi irez chez Dupuis, laisse-le-moi savoir, je me ferai un plaisir d'y aller avec vous si ça ne dérange pas. Je suis tellement habituée dans ce quartier…

La conversation se poursuivit jusqu'à ce que Gervaise, regardant sa montre, avoue à sa copine :

— Il faut que je parte, Jacqueline, mon mari va rentrer plus tôt ce soir ; je dois aller chez son dentiste avec lui. Il a une peur bleue des injections !

Elles éclatèrent de rire et se promirent de se revoir dès que possible. À son arrivée chez elle, Gervaise semblait épanouie et sa belle-mère le remarqua sans pour autant la questionner. Elle avait enfin une amie dans ce quartier qui lui semblait un cimetière. Une amie à qui confier ses joies et ses peines. Une amie qui partagerait ses confidences et de qui elle écouterait les siennes. Car, de son côté, Jacqueline De Querres était plus qu'heureuse de dire à sa mère après le départ de Gervaise :

— Elle est merveilleuse, maman ! Je remercie le Ciel de l'avoir rencontrée. Nous allons passer de bons moments ensemble.

— Oui, elle semble bien, cette jeune femme. Et elle est très jolie. Elle a de belles manières et je suis heureuse d'apprendre que vous pourrez sortir ensemble. Ça m'évitera de te suivre dans certains cinémas pour certains films…

— Oui maman, c'est elle qui viendra avec moi désormais. Elle aime les films américains, elle aime aussi les chanteurs populaires des États-Unis… Nous allons bien nous entendre !

Charlotte et Josiane, insultées du fait que Gervaise commence à prendre plus de place au sein de la famille et de la paroisse, décidèrent de lui être nuisibles de toutes les façons possibles. Un certain après-midi de septembre, Charlotte avait téléphoné au bureau de leur médecin de famille pour dire à la secrétaire du docteur Plante :

— Écoutez-moi bien, mademoiselle, ici Charlotte Claveau de la famille Delval. Si une personne du nom de Gervaise Delval vous appelait pour un rendez-vous, vous n'avez plus de place et le docteur ne prend pas de nouvelles clientes. Est-ce entendu ?

— Mais, madame Claveau, il faudrait d'abord que j'en parle au docteur Plante, c'est lui qui décide…

— Non, c'est vous qui répondez et qui prenez les rendez-vous ! Le docteur Plante n'a pas à chercher à savoir…

— Mais qui est cette dame dont vous me parlez ?

— La femme de mon frère, Nicolas, une nuisance, une patiente qui ne vous occasionnerait que des ennuis. Elle n'a pas toute sa tête !

— Dans ce cas-là, je comprends mieux la situation, mais sans l'accord du docteur Plante…

— Écoutez-moi bien, vous ! Le docteur serait-il inté-ressé à perdre tous les membres de ma famille pour une cliente qui lui serait néfaste ? Si vous n'obtempérez pas à ma demande, c'est ce qui va se produire. Mes parents ainsi que ma sœur, moi et nos enfants, nous irons consulter ail-leurs. Est-ce assez clair ?

— Heu… oui, je m'arrangerai pour lui dire que les semaines sont chargées et, à force de répéter, elle va sans doute comprendre…

— Non, vous lui dites que le docteur ne prend plus de nou-velles clientes, un point, c'est tout !

— C'est bon, ne vous emportez pas, madame Claveau. Comme toute la famille semble vous appuyer dans cette démarche…

— Oui, toute la famille et nos connaissances en plus !

— Vous m'avez dit Gervaise Delval, en ce qui concerne la dame ?

— Oui, et ne l'oubliez pas ! De toute façon, avec un prénom pareil, vous ne risquez pas d'en avoir deux au bout du fil, non ?

Et c'est ainsi qu'à son insu, Gervaise avait été décriée presque partout par l'aînée des sœurs de Nicolas. Chez le doc-teur, le dentiste, le salon de coiffure, tous les endroits où se ren-dait la famille. Fière d'elle, l'écume encore au coin des lèvres, Charlotte avait ensuite téléphoné à Josiane pour lui dire d'un ton ferme :

— C'est fait ! Je l'ai barrée partout !

Ne se souciant guère d'elles, Gervaise consacrait les trois quarts de son temps à son amie Jacqueline qu'elle avait éga-lement invitée chez elle. Nicolas l'avait trouvée charmante et l'avait encouragée à divertir sa femme pendant qu'il travaillait sans relâche. Il l'avait trouvée distinguée, bien éduquée et, après son départ, avait dit à sa douce moitié :

— Avec elle dans les parages, tu n'auras plus besoin de Rita.

Abasourdie, étonnée même, elle lui avait répondu :

— Voyons ! C'est ma sœur ! Ça ne se compare pas ! Une sœur, ce n'est pas qu'une amie. Et même si je ne la vois pas souvent, Rita restera toujours dans mon cœur.

Il n'avait rien répliqué, se contentant de lire les nouvelles judiciaires de *La Presse.* Quelques jours plus tard, Jacqueline et Gervaise allaient voir ensemble, au cinéma York, le film *I'll Cry Tomorrow,* avec Susan Hayward. Sensibles l'une comme l'autre, elles avaient utilisé leur mouchoir plusieurs fois et, assises ensuite sur les banquettes d'un restaurant pour un café, elles avaient discuté longuement du film qui relatait l'histoire touchante de la chanteuse Lillian Roth. En novembre, Nicolas se permit une semaine de vacances et emmena Gervaise à New York où elle fut éblouie par l'Empire State Building, les gratte-ciel à n'en plus finir, le magasin Macy's où elle acheta des vêtements coûteux et les soirées au théâtre avec son mari dans les premières rangées. Elle n'en croyait pas ses yeux ! La petite fille de la rue Ontario avait Broadway à ses pieds avec des productions dans lesquelles des vedettes de cinéma étaient en chair et en os devant elle. Et que dire de l'hôtel luxueux où ils logeaient ? Tout pour la faire rêver ! Et Nicolas, le cœur rempli d'orgueil, s'emballait dès qu'un homme se cassait le cou pour regarder passer sa femme dans le *lobby* de l'hôtel. Parce que, pour lui, Gervaise était la plus belle créature que New York recevait entre ses murs, à ce moment-là. Ils revinrent épuisés mais charmés par ce court voyage qu'ils venaient d'effectuer. Elle avait rapporté des souvenirs pour sa mère et Rita, ainsi qu'un foulard de soie imprimé pour Jacqueline qui l'enviait d'avoir vu tant de belles choses à la fois. Pour sa belle-mère, rien, et pour les autres, n'en parlons pas, sauf qu'elle avait eu le temps de choisir un bibelot représentant un étudiant affairé, qu'elle avait remis à Jean-René.

Décembre se montra le bout du nez et Nicolas, toujours amoureux fou de sa sculpturale épouse, lui avait commandé un vison qui allait mettre de la bave d'envie aux lèvres de ses sœurs. Un vison qu'il allait lui remettre après la messe de minuit, au réveillon de ses parents, devant la famille réunie. Pour sa part, Gervaise n'attendit pas ce jour pour offrir son cadeau à son mari. Trop heureuse de le faire en tête à tête, elle s'était rapprochée de lui alors qu'il lisait sur le divan, puis, l'enlaçant amoureusement, elle l'embrassa sur la joue pour ensuite lui murmurer à l'oreille d'une voix à peine audible :

— Je suis enceinte, Nicolas.

# CHAPITRE 4

Gervaise était restée figée sur le divan. À l'annonce de sa grossesse, Nicolas n'avait pas réagi, pas bougé d'un pouce. Puis, se levant, il arpenta la pièce en la regardant et elle en profita pour lui dire :

— C'est comme si tu n'étais pas content... Ça te déçoit, Nicolas ?

— Non, au contraire, mais je croyais que tu ne pouvais pas... Finalement, c'était ton mari qui était impuissant et non toi qui étais stérile.

— J'imagine que c'est le cas, j'ai été la première surprise de me retrouver enceinte. Puis, je me suis dit qu'un autre Delval...

— Oui, je comprends, mais n'est-ce pas un peu tôt, Gervaise ? Nous aurions pu attendre un an ou deux...

— Sans doute, mais qui aurait pu prédire ? Moi, je suis fort heureuse de la nouvelle, mais ça ne semble pas ton cas.

— Non, ce n'est pas ça.

— C'est quoi, alors ? Je te ferai remarquer que tu n'as pas sauté de joie. Un peu plus et tu fronçais les sourcils… Tu n'aimes pas les enfants, Nicolas ?

— Non, heu… je ne sais pas, je n'en ai pas et ceux de notre famille sont grands maintenant. Mais qui donc t'a appris la nouvelle ?

— Le docteur de mon quartier après un test qu'il m'a fait passer. Je n'avais plus mes règles, je me demandais ce qui m'arrivait, je m'inquiétais, mais jamais je ne me serais doutée que…

— Pourquoi ne pas avoir consulté le docteur Plante, notre médecin de famille ?

— Parce que sa secrétaire m'a dit qu'il ne prenait pas de nouvelles clientes.

— Tu lui as dit que tu étais madame Nicolas Delval ?

— Bien sûr, mais ça n'a rien changé, elle m'a refusé le rendez-vous.

— Voyons donc, nous sommes des clients privilégiés pour lui… Ce n'est pas possible, elle n'a pas dû saisir ton nom…

— Nicolas ! Tout de même ! Je parle assez clairement ! Vérifie de ton côté, tu verras ! Et puis, je ne viens pas de t'annoncer que je m'en vais en cure d'amaigrissement, je suis enceinte, j'attends notre enfant, Nicolas ! Ça ne te réjouit pas plus que cela ?

— Oui, c'est bien, et je vais l'accueillir avec joie. C'est l'étonnement qui m'a causé cet effet. Je croyais tellement que tu étais incapable d'avoir des enfants.

— Et ça t'arrangeait ? Tu n'en voulais pas ?

— Non, non, mais je respectais le fait. Je t'ai épousée parce que je t'aimais, Gervaise, je ne t'ai pas demandé ton bilan de santé. Rien n'avait plus d'importance à mes yeux que de t'avoir auprès de moi à tout jamais.

Et par ces beaux mots, il venait de la reconquérir. La jeune femme, heureuse de l'aveu, oubliait déjà que son mari n'avait pas accueilli la nouvelle de sa grossesse avec joie. Loin de là ! Et Nicolas, mal à l'aise, mais la serrant dans ses bras, lui avait murmuré :

— N'en parlons à personne pour l'instant, ma chérie. Laissons passer le temps des Fêtes et, ensuite, nous en ferons l'annonce officielle.

Elle agréa à sa demande tout en se promettant bien de l'annoncer à sa mère. Nicolas, de son côté, espérait peut-être que le docteur de sa femme se soit trompé ou que quelques semaines de plus la délivreraient de ce qui risquait de lui faire perdre… sa ligne ! Toutefois, malgré son amère déception, il téléphona au bureau du docteur Plante où, après s'être identifié, il apostropha la secrétaire :

— Vous avez refusé un rendez-vous à ma femme ? En quel honneur ?

— Heu… je m'excuse, monsieur Delval, mais l'horaire du docteur Plante est si chargé…

— Je n'en doute pas, mais jamais assez pour refuser un membre de notre famille à son bureau. Mon épouse de surcroît ! Laissez-moi lui parler…

— C'est qu'il est en consultation actuellement…

— Alors, demandez-lui de me rappeler avant son prochain patient, il faut absolument que je lui parle.

— Si c'est pour le rendez-vous, ça ne changera rien.

— C'est ce que vous croyez ? Nous allons bien voir !

Mal prise, inquiète de perdre son emploi si le docteur apprenait ce qui s'était passé, la réceptionniste avoua à Nicolas :

— Monsieur Delval, le docteur ne sait pas que j'ai refusé le rendez-vous que votre épouse me demandait. Je l'ai fait de moi-même...

— De quel droit ? Qui êtes-vous pour décider de quoi que ce soit ?

Il allait vertement s'emporter lorsque la secrétaire l'interrompit d'une voix tremblante :

— Monsieur Delval, j'ai refusé votre femme sur les ordres de votre sœur, Charlotte, qui m'a menacée de ne plus revenir...

— Charlotte ? Elle a osé faire ça ? Et vous avez obtempéré sans en parler au docteur Plante ?

— Je vous en prie, je suis si mal à l'aise, ne me faites pas perdre mon emploi, n'en parlez pas au docteur... Votre sœur m'a interdit de le consulter sous la menace que le docteur Plante allait perdre toute la famille, vous inclus. Je ne voulais pas faire ce qu'elle me demandait, mais à force de menaces...

— Écoutez, vous mériteriez que je vous dénonce au docteur Plante, mais je vais vous épargner. Toutefois, vous me donnez un rendez-vous pour mon épouse dès demain. C'est urgent ! Est-ce assez clair ?

— Oui, monsieur Delval. Est-ce que dix heures du matin lui conviendrait ?

— Absolument, et préparez-vous à ouvrir un nouveau dossier au nom de Gervaise Delval. Pour ce qui est de ma sœur, je vais lui parler de ce pas !

— Elle va me rappeler, fulminer, m'invectiver…

— Ce qui est moins dramatique que de perdre son emploi, vous ne trouvez pas ?

Bouche bée, la secrétaire remercia l'avocat de sa compréhension et raccrocha en s'épongeant le front. Quelques minutes plus tard, Nicolas téléphonait à Charlotte qui, dès qu'elle reconnut sa voix, lui demanda :

— Tiens ! mon p'tit frère ! Comment vas-tu ?

— Écoute, Charlotte, ne sois pas mièvre avec moi, tu as été odieuse envers ma femme. Tu as fait en sorte qu'elle ne consulte pas le docteur Plante. Pas mal salope, ça ! Impardonnable ! As-tu encore toute ta tête ?

— Nicolas, je…

— Non, ne t'explique pas et n'essaie pas de te disculper, j'ai parlé à la secrétaire du docteur qui m'a tout avoué. Gervaise aura un rendez-vous dès demain et mets-toi bien dans la tête que ma femme est une Delval tout comme Josiane et toi. Une autre manigance de la sorte et je te sors de ma vie à tout jamais, la grande sœur ! Est-ce compris ?

— Elle n'est pas de la famille !

— Ah non ? Alors moi non plus, Charlotte ! Je n'annulerai pas la rencontre du souper des Fêtes, mais après, nos relations seront éteintes. Je ne veux plus t'avoir dans ma vie !

— Nicolas ! Tu vas faire mourir papa…

— Et toi, tu vas rendre ma femme folle avec tes machinations. Et que Josiane se le tienne aussi pour dit ! Vous avez beaucoup plus besoin de moi que j'ai besoin de vous deux ! Alors, un autre coup bas envers Gervaise et c'est la fin de notre lien, Charlotte. Est-ce possible ? Tenter d'éliminer ma femme de nos relations, le bureau du docteur inclus. Qu'est-ce qu'elle vous a donc fait pour la détester de la sorte ?

— Ne me fais pas parler, ça va juste envenimer les choses. Nous ne sommes pas les seules, Josiane et moi, papa et maman…

Pour ne pas en entendre davantage, sachant très bien ce qui allait suivre, Nicolas avait raccroché au nez de l'aînée qui, transpirant de rage, s'était empressée d'appeler Josiane pour lui dire :

— Nicolas l'a débarrée de chez le docteur ! Puis, il m'a menacée, insultée, ainsi que toi, Josiane ! Mais s'il pense que sa vache de femme est sortie du bois avec moi pour autant, il se trompe, le p'tit frère !

Nicolas, sans raconter à Gervaise pourquoi elle avait été refusée chez le docteur Plante, plaida un malentendu et l'avisa de son rendez-vous du lendemain. Elle reçut cette confirmation comme un privilège accordé aux Delval parce que Nicolas avait appelé lui-même. Puis, à l'insu de son mari et de ses beaux-parents, elle avait téléphoné à sa mère pour lui dire après quelques mots de convenance :

— J'ai une nouvelle pour toi, maman. J'attends un enfant.

— Quoi ? T'es en famille, Gervaise ? Comment ça s'fait ? T'as jamais été capable d'avoir d'enfant avec Ti-Gus !

— C'était sans doute lui qui ne pouvait pas en faire, maman. Il n'a jamais consulté, moi non plus dans l'temps, nous aurions dû… Avec Nicolas, c'est autre chose… J'attends un petit, j'ai passé le test avec succès.

— Pas sûre de ça, les tests, moi, c'est nouveau, c'est pas approuvé par la médecine… Pas encore à c'que j'sache.

— Probable ou pas, je n'ai plus mes règles et j'ai déjà des nausées. Ça ne trompe pas, ça, maman ! D'ailleurs j'ai vu le docteur Filiatrault et c'est lui qui m'a guidée pour avoir la certitude de ma grossesse.

— Dans cas-là, c'est différent, y connaît son affaire, not' docteur ! Non, t'as raison, des maux de cœur, ça trompe pas et j'suis bien contente pour toi ! Dis-moi pas que j'vais être grand-mère ! Ah ! que j'vais l'gâter, ce bébé-là ! Fille ou gars, ça va m'rendre aussi heureuse, Gervaise ! Attends que Rita apprenne ça… Nicolas est content ?

— Heu… oui, un peu étonné. Il me croyait stérile…

— Mais ç'a dû le faire sauter de joie, non ?

— Bien, pas tant que ça… Ça l'a pris par surprise, il aurait préféré attendre un an ou deux… Mais comment faire ? Je ne savais même pas que j'étais fertile ! Demain, je vais rencontrer le docteur Plante, le médecin de famille des Delval.

— T'aurais pu continuer avec le docteur Filiatrault de not' quartier, c'est lui qui m'a accouchée deux fois.

— Oui, je sais, je l'ai vu pour le test, mais pour me suivre, je préfère le docteur Plante, il est plus jeune, plus à l'affût des dernières découvertes dans le domaine de la maternité.

— Voyons donc, accoucher d'un p'tit, c'est pas sorcier, Gervaise ! J'pourrais l'faire moi-même si tes eaux crevaient ici !

— On n'en est pas encore là, sa mère. Annonce la bonne nouvelle à Rita, mais demande-lui de garder ça pour elle jusqu'à ce que je sois certaine que c'est bien une grossesse et non juste un retard causé par les énervements.

— Qu'est-ce qui t'énerve, Gervaise ? Pas ta belle-famille, j'espère ?

Elle n'avait pas répondu pour ne pas dire à sa mère que la famille de son mari était la cause de plusieurs de ses angoisses et de son stress constant. Elle avait préféré détourner la conversation, changer de sujet brusquement, pour ensuite la quitter en lui promettant d'aller la visiter dès qu'elle aurait une minute à elle durant la période des Fêtes.

Le 24 décembre arriva chez les Delval comme dans toutes les familles du Québec, du Canada, et des chrétiens de la Terre entière. Gervaise avait consulté le docteur Plante et il n'y avait aucun doute, elle était bel et bien enceinte. Ce qui ne paraissait pas encore, cependant, et qui permit à la jeune femme de se vêtir d'une robe noire évasée enjolivée de cristaux argentés. Bien coiffée, talons hauts, bijoux exclusifs rapportés de son voyage à New York avec Nicolas, elle avait tout mis en œuvre pour en mettre plein la vue à ses deux hypocrites belles-sœurs. Il était entendu qu'on n'annoncerait pas la venue d'un enfant au réveillon de Noël, qu'on réserverait plutôt la nouvelle pour le souper du jour de l'An. C'est Nicolas qui en avait décidé ainsi. Non pas pour être contraignant envers Gervaise qui aurait aimé l'annoncer officiellement, mais pour ne pas que la venue d'un enfant l'emporte sur l'effet du manteau de vison beige qu'il allait offrir à sa femme devant toute la famille. Elle s'était interrogée, mais avait acquiescé. Depuis quelques jours, Nicolas semblait mieux prendre le fait qu'il allait être père en 1957.

Ils avaient pris un verre, avaient avalé copieusement les bouchées commandées chez un traiteur, et lorsque vint le temps des cadeaux, Nicolas les laissa s'échanger des présents sans intervenir pour le moment. En arrivant, Jean-René s'était exclamé en apercevant Gervaise :

— Dieu que tu es belle ! Oncle Nicolas, tu as la plus jolie femme du monde pour toi. Ah ! si seulement je l'avais rencontrée avant toi…

Nicolas, présomptueux comme de coutume, avait souri de l'aimable compliment du neveu, alors que Gervaise en rougissait. De tels propos devant ses belles-sœurs ! Jean-René ne savait donc pas qu'en étant aussi éloquent, Gervaise allait en payer la note les jours suivants ? Charlotte et Josiane n'avaient rien dit, mais elles avaient fulminé et échangé un regard qui était loin d'être bienveillant. On commença par offrir des cadeaux aux parents, des bijoux pour Marcelle, un porte-cigarettes plaqué or pour Paul-Henri, les doyens de la fête. Nicolas, de son côté, avait acheté un foulard de soie blanc pour son père et un blouson de pur coton garni de fleurs pour sa mère. Un cadeau de chez Ogilvy que Gervaise avait choisi elle-même, sans pour autant s'en vanter à sa belle-mère qui en était ravie. Les deux sœurs s'échangèrent des présents, offrirent des spiritueux à Nicolas et des gants à Jean-René. Sans oublier Nadine que tous comblèrent de présents, étant la plus jeune de la famille. Rien pour Gervaise. Moins que rien ! Ni de la part de sa belle-mère ni de ses belles-sœurs ! Ce qui ne choqua pas Nicolas avec ce qu'il leur réservait. À la fin des échanges, alors que Gervaise remettait une chemise importée d'Italie à son mari, ce dernier s'empressa de monter à l'étage et de redescendre avec une immense boîte emballée de papier de Noël rouge et blanc, qu'il présenta à Gervaise. Cette dernière, intimidée, l'ouvrit pour en sortir le plus magnifique manteau de vison qu'une femme pouvait souhaiter. Charlotte et Josiane avaient toutes deux la bouche ouverte, incapables de prononcer un mot ou même de respirer. Pour sa part, madame Delval avait simplement dit : *Il est très beau,* alors que le paternel, lui, n'avait jeté qu'un coup d'œil furtif sur le présent. En lui-même, cependant, il trouvait que son fils choyait un peu trop son épouse. Une femme du peuple que Nicolas tentait de transformer en dame de qualité. Gervaise, plus timide que jamais, avait peine à tenir le manteau dans ses mains. Son mari, fier de son coup, insista pour qu'elle le porte et qu'elle se pavane au salon, mais Gervaise, très mal à l'aise, lui avait répondu :

— Je ne suis pas un mannequin… Je l'essaierai demain.

Nicolas insista tellement qu'elle finit par l'endosser devant tout le monde sans pour autant parader. Coincée de gêne dans le manteau, les pieds par en dedans, elle osait à peine regarder les autres pour ne pas ressentir leur mépris. Nicolas insista pour qu'elle fasse le tour de la pièce, elle allait refuser une fois de plus lorsque Jean-René intervint :

— Juste quelques pas, Gervaise. Il te va à merveille.

À ces mots, elle prit de l'assurance, marcha quelque peu, puis, tel un mannequin, elle entrouvrit le manteau et, le retenant ouvert d'une main, elle appuya l'autre sur sa hanche. Au point que ses belles-sœurs, étonnées, affichèrent un rictus amer devant cette aisance. Nicolas, fier d'elle et de son aplomb, lui redit à l'instar de son neveu :

— Il te va à merveille, il était fait pour toi, Gervaise. Je suis content qu'il te plaise.

Et c'est ainsi que se termina la remise des cadeaux en ce soir où on pouvait entendre des cantiques de Noël en sourdine. Gervaise, contente de son sort, avait dit à Nicolas :

— J'aimerais aller à la messe de dix heures demain matin.

Le jeune avocat, gonflé et pédant à la fois, lui avait répondu :

— Bien sûr, ma chérie, j'irai avec toi.

Jean-René, saisissant la réponse de son oncle, lui avait demandé :

— Puis-je vous accompagner ?

Ce qui avait permis à Charlotte de répliquer à l'endroit de son fils :

— Depuis quand vas-tu à la messe, toi ? Tu es si peu pratiquant !

Il n'avait rien rétorqué, il voulait être avec eux, avec «elle» surtout, et entrer à l'église à son bras afin de voir tous les regards se poser sur Gervaise. Esthète autant que son oncle, le neveu !

De retour dans leurs demeures respectives, les deux sœurs s'étaient téléphonées pour se dire :

— Ça se peut-tu, la gâter comme ça ? clama l'aînée. Un vison plus cher que le mien ! On aurait dit qu'il n'y avait qu'elle au salon, la garce ! Et, as-tu vu l'air de papa ? Ça paraît qu'il ne peut pas la souffrir, la fausse duchesse !

— Oui, il ne l'aime pas et moi non plus ! Et elle a même osé parader avec son vison comme si elle était Audrey Morris ! Nicolas est en train d'en faire une prétentieuse !

Elle, une veuve de boulanger de la rue Ontario! Penses-y, Charlotte, c'est pas des farces d'avoir ça dans la famille! d'ajouter Josiane méchamment.

Madame Huette avait été ravie d'apprendre que sa fille avait reçu un manteau de vison de son mari pour Noël. Elle lui avait demandé de venir le leur montrer, mais Gervaise avait répliqué;

— Non, je ne veux pas arriver dans le voisinage comme une femme riche de l'ouest de la ville. Je veux qu'on m'aime comme je suis, femme d'avocat ou pas. Je porterai mon manteau de drap.

Rita, qui secondait sa mère dans son emphase et qui avait l'oreille collée à l'appareil, avait dit à Gervaise en prenant à son tour le récepteur:

— Ben, c'est pas moi qui m'empêcherais d'arriver comme une reine pis d'faire chier le quartier! Pour une fois qu'y en a une du coin qui s'élève au-dessus d'la potée, j'vois pas pourquoi tu t'priverais de t'manifester!

Gervaise avait sourcillé à l'écoute de son langage quasi ordurier et lui avait répondu qu'elle tenait à rester l'amie des gens de son quartier et non «l'enviée» comme sa sœur le lui suggérait. Elles avaient convenu toutes les trois de se rencontrer le 28 décembre pour le souper. Madame Huette lui avait dit qu'elle ferait un bon rôti de veau et qu'elle avait encore des tourtières qu'elle gardait au froid, dehors, dans une vieille glacière. Elle conjura Gervaise de venir avec son mari en lui disant:

— Ç'a pas de bon sens, Gervaise! Il ne s'est pas montré la face ici depuis que vous êtes mariés! Les voisins vont finir par croire que vous êtes séparés!

— Peut-être qu'on n'est pas assez bien pour lui, l'avocat ?
cria Rita, plantée derrière sa mère.

— Non, Nicolas va venir, il vous aime bien, il ne me
refuse rien, mais il faudrait changer de menu, sa mère,
les tourtières et le rôti de veau, ce n'est pas son fort. Fais
donc un bon *roast beef* à la place, avec une bonne soupe
aux légumes pour commencer. Ça va plus entrer dans ses
goûts. Demande à Rita d'aller acheter un pain croûté et,
pour dessert, des pâtisseries françaises de chez Maxime.

— Viarge ! C'est cher tout ça ! Me prends-tu pour une
millionnaire ? lui rétorqua sa mère.

— Maman, achète et je te rembourserai les factures. Ne
t'en fais pas avec l'argent… J'apporterai le porto, le vin et
le digestif. Il est temps d'impressionner un peu mon mari.
Ce n'est pas parce qu'on vit dans l'est qu'on ne peut pas
servir des mets qui rehaussent un peu la table. Il y a bien
assez de ta vaisselle qui n'est pas formidable… Plusieurs
de tes assiettes sont écorchées…

— Ben, s'il faut le recevoir avec de la porcelaine de
Chine, celui-là !

— Non, pas nécessairement, mais ne serait-ce que pour
Rita et toi, magasinez un peu. Il y a des ventes à n'en plus
finir chez Dupuis dans le rayon de la vaisselle. Non, oublie
ce que je viens de te dire, inutile de te déranger, je m'en
charge.

— Comme tu voudras, Gervaise, mais j't'avais
demandé de parler à ton mari d'une augmentation d'mon
allocation. Tu l'as pas encore fait ?

— Non, pas encore maman, ça me gêne. Il ne faudrait tout de même pas que Nicolas te voie comme une

mendiante. Déjà qu'il te remet une somme chaque mois sans y être obligé…

— J'veux ben l'croire, mais on va pas ch… Non, je me reprends, on n'arrive pas toujours à joindre les deux bouts avec son montant.

— Que Rita fasse un peu plus sa part, maman ! Qu'elle se prive de sorties de temps en temps et qu'elle prenne en charge le compte d'électricité. Juste ça, et tu arriverais déjà mieux avec ce que te donne Nicolas.

— Pas sûre moi ! Il faut que je m'habille, il faut que j'aille chez le faiseur de dentiers, le mien est tellement lousse dans ma bouche que j'me mords la langue souvent. J'ai des besoins, tu sais !

Sentant que Rita n'était plus derrière sa mère, Gervaise en profita pour ajouter à son endroit :

— Un peu moins de sorties au Champlain pour ses vues, un peu moins de restaurants, un peu moins de boîtes de chocolats et je suis certaine, maman, que Rita pourrait subvenir un peu plus à tes besoins, comme tu dis. Elle ne débourse rien…

— Ah ! laisse faire, pis arrivez pas trop tard le soir du 28, on annonce d'la neige, ça risque d'être glissant. En passant, on a un cadeau pour toi, pis un pour lui. Malgré tout ce que tu reproches à ta sœur, elle a pensé à vous deux c't'année dans ses achats.

Gervaise avait eu du mal à convaincre Nicolas de venir souper chez elle comme convenu avec sa mère. Il avait d'abord carrément refusé, puis riposté. Mais elle avait insisté :

— Fais un effort, mon chéri. Une fois par année, ça ne devrait pas te faire mourir. Si tu m'aimes comme tu le dis, si je suis la femme de ta vie, n'oublie pas que c'est grâce à ma mère. C'est elle qui m'a mise au monde, Nicolas, je ne suis pas tombée du ciel.

Touché, il l'avait prise dans ses bras pour ensuite lui répondre :

— Oui, c'est vrai, c'est à elle et à ton défunt père que je dois d'avoir la plus belle femme qui soit dans ma vie. Elle aurait pu faire deux Rita ! Mais, heureusement pour moi, elle a fait une princesse, ensuite, un crapaud !

— Nicolas ! ne parle pas comme ça ! Rita n'a pas demandé à naître comme elle est.

— Elle n'est pas née comme ça, Gervaise, elle l'est devenue. Avec sa caisse de Coke qui lui donne des boutons, pis ses chocolats et ses chips qui lui gonflent le ventre et les fesses. Pour ce qui est de son gros buste, il faudrait peut-être regarder de plus près les mains rudes des *bums* qui la tripotent !

— Nicolas ! arrête ! C'est odieux de parler de la sorte ! Ne deviens pas comme tes sœurs en déblatérant ainsi contre la mienne. Il y a bien assez d'elles qui me massacrent sans cesse, même si je suis à tes yeux quasi parfaite. Alors, dis oui pour le souper chez maman avec Rita, et nous reviendrons assez tôt si ça ne te plaît pas. Ma mère cuisine bien…

— Je n'en doute pas, Gervaise. Ça va, j'irai avec toi, mais pourquoi ne pas inviter monsieur Bigras et son épouse à se joindre à nous ? Cela me donnerait l'occasion de le réconcilier un peu avec les Delval. Je sais que mon père n'est plus dans ses bonnes grâces, mais qu'importe, nous lui devons une part de notre bonheur…

— Excellente idée, mais à ce compte, il faudrait garnir davantage la table, avoir des entrées autres que la soupe…

— Dis à ta mère de tout acheter et que je payerai l'addition. Demande-lui le numéro de Bigras à la maison afin de l'inviter toi-même. Il sera plus enclin à se joindre à nous si la demande vient de toi.

— Tu vois ? Tu penses à tout, mon chéri. Et si monsieur Bigras vient avec sa femme, Rita parlera sûrement un peu mieux. Du moins, elle fera un effort… Je me charge de tout, Nicolas.

En réglant tout ou presque pour le souper chez sa mère, Gervaise en profita pour téléphoner à son amie Jacqueline, afin de lui annoncer la bonne nouvelle. Cette dernière, qui était entre deux leçons de piano à donner ce jour-là, lui répondit :

— Ah ! si tu savais comme je suis contente pour toi ! Un enfant va sûrement te rapprocher de tes beaux-parents. Mais, ne m'avais-tu pas dit dans tes confidences que tu ne pouvais pas…

— Oui et je t'arrête, je t'ai avoué ce que je croyais aussi, mais il s'avère que c'était mon défunt mari qui était impuissant. Je viens d'en avoir la preuve avec cette agréable surprise.

— Ton mari se réjouit à l'idée de devenir père, Gervaise ?

— Si on veut, mais sans trop d'enthousiasme. Nicolas s'attendait si peu à ce que je tombe enceinte. Et je ne sais pas à quel niveau se situe sa fibre paternelle.

— En autant que toi, tu en sois heureuse.

— Oui, bien sûr, ce petit être va changer ma vie. Et, dès les Fêtes passées, je vais commencer à influencer Nicolas pour un déménagement. Je désire que nous soyons chez nous lorsque le bébé viendra. Tu comprends?

— Et comment donc! On n'élève pas son enfant sous le toit de ses beaux-parents. Vous avez besoin de votre intimité pour ça. Une vie à trois comme chez la plupart des couples.

— Je ne te le fais pas dire, mais je vais attendre d'être certaine de mon coup avant d'avoir des exigences. Ma grossesse commence à peine. Je te demanderais de ne pas en parler à ta mère pour l'instant, Jacqueline. Personne n'est au courant encore dans la famille et s'il fallait que ça s'ébruite…

— Rien à craindre, maman ne fréquente pas les Delval, les filles ne lui parlent même pas.

— Non, mais s'il fallait qu'elle s'échappe en le disant au pharmacien ou à une autre dame qui, elle, connaît peut-être les sœurs de Nicolas…

— Sois rassurée, Gervaise, je n'en parlerai à personne, ce sera entre toi et moi seulement. Mais je te félicite, je sens que ce bébé va t'apporter beaucoup de bonheur. Quelle chance tu as!

— Oui, le bon Dieu m'aime pour me récompenser ainsi. J'en suis encore étonnée… Ça relève du miracle pour moi! Imagine! Après cinq ans de mariage avec un premier mari et un an ou presque avec le deuxième, voilà que le Ciel me comble! J'espère que tout va bien se passer… C'est au souper du jour de l'An qu'on va l'annoncer à la famille de Nicolas. Je redoute la réaction de mes belles-sœurs, mais tant pis, je m'arrangerai pour que ça devienne le dernier de mes soucis.

— Encore une fois, tous mes compliments, Gervaise ! Je suis si fière pour toi ! Je vais maintenant te quitter, car ma deuxième élève est en train d'enlever son manteau avec l'aide de ma mère.

— Alors, vas-y, ne la fais pas attendre et, à un de ces jours, Jacqueline. On trouvera bien le moyen de se revoir en janvier.

— C'est promis ! Assuré d'avance ! Heureuse année et bonne chance !

Le 28 décembre arriva et Gervaise et Nicolas, munis de plusieurs colis, étaient en route pour la rue Ontario où madame Huette et ses invités les attendaient. Il neigeait un peu, rien de dramatique pour les routes. Accueillis chaleureusement par la mère et la sœur de Gervaise, ils eurent le plaisir de retrouver, au salon, Ernest Bigras et son épouse Lucienne. L'échange de poignée de main entre les hommes, les accolades entre les femmes, et tout ce beau monde s'apprêtait à boire un verre de porto Bonaventure que Gervaise avait acheté. Le porto que buvait Ti-Gus de son vivant. Ils trinquèrent à la nouvelle année qui venait et Gervaise en profita pour offrir à sa mère un cadeau que celle-ci déballa en se doutant bien du contenu tellement il était lourd. C'était, en effet, un superbe service de vaisselle de huit couverts avec bordure dorée, acheté à bon prix chez Dupuis Frères. Un ensemble gracieux d'assiettes de diverses grandeurs et de tasses que madame Huette allait vite rincer et placer sur sa table pas encore dressée. Pour Rita, Gervaise avait fait l'achat d'un pull noir avec les manches en simili cuir, ce qui convenait parfaitement à sa personnalité. De leur côté, les Huette mère et fille avaient offert un bracelet et des boucles d'oreilles en argent à Gervaise, ainsi qu'une cravate à pois pour Nicolas. Une cravate choisie avec soin et, qu'à la grande surprise de Gervaise, il allait porter pour aller travailler. Enfin, tous assis à la table, Nicolas déboucha la bouteille de vin, un côtes-du-rhône de bonne qualité, que tous apprécièrent, sauf monsieur Bigras qui avait préféré une bière avec le repas que madame Huette lui servait. Son épouse, Lucienne, fort gentille et assez bien éduquée, s'exprimait dans un bon français que Nicolas apprécia, étant son voisin de table. C'est d'ailleurs avec elle qu'il conversa le plus longuement pour ne pas avoir à causer avec sa belle-mère ou Rita qui, elles, s'entretenaient avec Gervaise et le barbier. Nicolas, bien vêtu comme d'habitude, s'attira les compliments de monsieur Bigras qui avait eu la décence de ne pas lui parler de son père jusqu'à maintenant. Gervaise, pour ne pas embarrasser qui que ce soit, avait avantagé sa jolie poitrine d'un pull noir à col roulé, sur lequel pendait un gros médaillon plaqué or représentant des vagues de la mer. Une jupe ajustée de teinte rouge et un ceinturon noir et rouge complétaient sa toilette. Rien d'extravagant, mais de bonne griffe. Un ensemble qui venait de chez Ogilvy, on pouvait s'en douter. Rita qui, malgré tout, enviait ce que portait son aînée, avait décidé d'enfiler sa robe fleurie jaune et bleue achetée récemment dans une *pawn shop* de la rue Craig. Une robe pour les femmes de l'âge de sa mère, non pour une jeune personne. Mais à quoi s'attendre de mieux de sa part? Aucun bijou, seule sa montre Timex complétait sa toilette des Fêtes. Madame Huette était fort présentable dans une robe de taffetas beige rehaussée d'un collier de perles. Madame Bigras, très conservatrice, portait un tailleur noir avec une épinglette en forme de feuille au vent sur le revers gauche du veston, et son mari avait opté pour le complet et la cravate. Bref, tous s'étaient donné la peine d'être bien mis et bien coiffés pour la circonstance. Rita avait cependant oublié de retirer une bobépine de sa crinière, ce que sa mère lui fit remarquer discrètement. Il était vrai que madame Huette cuisinait bien. Le repas était succulent et les doigts de dame et mille-feuilles de la pâtisserie furent savourés. Tous apprécièrent la crème de menthe verte en guise de digestif, et le café *Chase & Sanborn* coula enfin dans les tasses. Monsieur Bigras, quelque peu dérangé par les bières ingurgitées, avait finalement dit à Nicolas :

— Ton père me tient tête, il n'est jamais revenu m'voir. Y m'en veut et j'me doute un peu pourquoi… Drôle de bonhomme !

— Il ne vous en veut pas, voyons, il va tout simplement au salon pas très loin de la maison. Ses jambes le font souffrir…

— Ne l'cache pas, Nicolas, tu sais très bien pourquoi y m'parle plus, mais j'm'en fiche ! En autant qu'vous soyez heureux tous les deux. Y paraît qu'un p'tit est en chemin ?

Ce fut le silence total. Madame Huette, indiscrète comme de coutume, s'était ouvert la trappe à Lucienne Bigras qui l'avait répété à son mari. Gervaise, mal à l'aise, se tourna vers Nicolas pour lui éviter une riposte, et répondit rapidement à sa place :

— Oui, monsieur Bigras ! Et on attend l'événement avec joie ! On n'a pas encore la certitude, mais c'est tout comme… Et moi qui ne pensais jamais être mère…

— Tu vois, Gervaise ? C'est Ti-Gus qui avait un problème et pas toi ! s'exclama le barbier que sa femme fit enfin taire en lui pressant l'avant-bras.

Gervaise ne releva pas l'aveu de la part du barbier et tous décidèrent de retourner au salon. Toutefois, à peine étaient-ils assis en rond sur les divans dépareillés que Rita demanda à Gervaise devant tout le monde :

— C'est-tu moi qui vas être la marraine ?

La future mère, mal à l'aise, ne savait quoi répondre. Elle n'avait pas encore pensé au baptême, c'était si loin dans sa tête tout ça... Se tournant vers sa mère, elle déclara :

— Nous verrons, nous n'en sommes pas encore là, n'est-ce pas, maman ? Nicolas a aussi de la parenté proche de son côté...

— Ben voyons donc ! rétorqua Rita, y t'aiment pas, y t'en font arracher, pis toi, tu peux pas les sentir ! Dis-moi pas qu'tu vas les prendre au lieu d'moi ?

— Rita, je t'en prie, change de sujet ! clama Gervaise d'un ton ferme.

Pour ensuite ajouter, regardant madame Bigras en souriant :

— Qui sait, c'est peut-être vous qu'on choisira, madame ? Nicolas aura son mot à dire dans tout ça !

— Ben voyons, Gervaise, madame Bigras est une pure étrangère !

— Nous plaisantons, maman, nous n'avons rien planifié, crois-moi.

— Tu pourrais peut-être la prendre comme porteuse, mais comme marraine, ta mère devrait passer avant tout l'monde !

— Bon, c'est assez, passons à autre chose, murmura Gervaise. Votre santé va bien, monsieur Bigras ?

— Oui, assez bien, je travaille encore six jours par semaine.

— Le p'tit blond de la machine à boules descend encore les marches ?

— Ah ! celui-là ! Parle-moi pas de lui, le p'tit sacripant ! Y s'marie au mois de mai et on l'a vu la semaine passée au cinéma avec une petite blonde, une patineuse de fantaisie ! Ça promet, non ?

— Qui donc est ce garçon dont vous parlez ? demanda Nicolas.

— Oh ! c'est entre monsieur Bigras et moi, Nicolas, je ne le connais même pas. On en parle parce que c'est drôle ce qui s'passe avec lui.

— Et comment ! Il est apprenti bijoutier, y joue aux cartes avec les autres employés, y ramasse pas mal d'argent, y'en met en masse dans la machine à boules, pis y sort avec d'autres filles pendant que sa fiancée l'attend. Une fille que je connais, une charmante personne. Et dire que même les femmes mariées lui courent après !

— Pas une raison pour être infidèle ! lança Lucienne à son mari. Elles ne lui tordent pas le bras ! Il n'a qu'à refuser leurs avances !

— Voyons, ma femme, c'est un homme ! Tous pareils ! Un homme ne refuse pas les propositions d'une femme. Pas vrai, Nicolas ?

L'avocat, gêné par la situation, allait se prononcer lorsque madame Bigras continua auprès de son mari :

— Ce qui veut dire que si une femme te faisait un sourire invitant, tu la suivrais ? Tu fais partie de ces hommes-là, Ernest ?

— Ben non, voyons, on s'amuse, on plaisante, répondit le barbier, en lançant un clin d'œil à Nicolas.

Puis, alors que l'avocat commençait à regarder sa montre, monsieur Bigras eut la maladresse de demander à madame Huette :

— Pis vous, vot'santé, ça s'replace ou pas ?

— Ben, c'est stable, j'prends c'que le docteur me donne, mais ça m'empêche pas d'avoir des crampes. C'est gênant c'te maladie-là, parce qu'y faut que j'me lève sans arrêt !

— Pour quoi faire ? insista Bigras.

— Ben, pour aller péter à la toilette au lieu d'le faire en public. Ça part tout seul si j'attends trop longtemps. J'voudrais bien…

Mais elle s'était arrêtée, car Nicolas s'était levé pour interrompre le vulgaire sujet et dire à sa femme :

— Il faut partir, Gervaise, je plaide demain matin. C'est mon dernier procès de l'année, mais il faut que je sois là assez tôt.

Ils se rhabillèrent, saluèrent tout le monde et Nicolas, malgré lui, encaissa un bec de sa belle-mère sur la joue et un autre presque sur la bouche de sa repoussante belle-sœur. Ils saluèrent les Bigras et reprirent la route qui les ramènerait à la maison. Le sentant muet, Gervaise lui demanda :

— Tu as aimé ta soirée, mon chéri ?

— Oui, en partie, quoique Bigras boit un peu trop à mon goût…

— Bien voyons, c'est le temps des Fêtes… Il lâche un peu son fou… Mais, tu ne m'avais pas dit que tu allais plaider demain ?

— Non, je n'y vais pas, je suis en congé, tout est fermé.

— Alors pourquoi avoir invoqué cette excuse pour nous en aller ?

— Parce que j'avais peur que ta mère, partie comme elle l'était, en arrive à nous dire combien de fois elle avait pété dans sa journée !

Au Premier de l'an, Gervaise changea de calendrier. Puis, devant le miroir de sa grande commode, elle appliqua son maquillage avec soin. Réveillé un peu plus tard, Nicolas avait pris sa douche et endossé son complet beige avec cravate brune pour le souper qui se déroulerait en bas, dans quelques heures. Après un bref déjeuner qu'il avait préparé et monté en haut pour que sa femme n'ait pas à descendre, il lui dit en la regardant utiliser son mascara :

— Dieu que tu es belle ! Même en te levant, Gervaise ! Et dire que cette beauté n'est qu'à moi !

Elle lui sourit, l'embrassa et lui répondit :

— Tu es vraiment trop entiché, toi ! Je suis bien ordinaire. Pas laide, mais pas du genre à faire pâmer les hommes. Il n'y a que toi pour me voir au-dessus de ce que je suis réellement.

Il l'embrassa dans le cou et lui répliqua :

— Si c'est ce que tu crois, tant mieux, tu ne verras que moi en regardant autour de toi. Tu n'apercevras jamais les autres qui te dévorent du regard et ça m'arrange, crois-moi !

Ils s'aimaient comme au premier jour. Ils avaient, une fois de plus, passé une nuit divine dans ce grand lit à balda-quin. Il l'avait honorée avec toute la chaleur qu'elle lui ins-pirait, et elle s'était laissée prendre comme une chatte sans repousser le matou une seule fois. Et ce, même si elle n'était pas aussi sexuelle qu'il pouvait l'être. Elle l'aimait follement, donc elle ne lui refusait rien. Surtout pas son corps lorsqu'il l'empoignait fermement de ses mains viriles.

Jean-René était arrivé le premier afin d'avoir l'occasion de s'entretenir avec eux sans la présence de sa mère. Il leur parla de l'année qui venait du côté des études, mais ne put s'empêcher de dire à Gervaise devant son mari : *Tu es magnifique dans cette robe !* Gervaise avait choisi dans son placard une robe bustier ajustée de dentelle beige qui dévoilait le début de ses seins malgré le boléro qui recouvrait ses épaules et ses bras. Une toilette qui s'harmonisait au complet de son mari. Une robe qui la moulait à merveille et sur laquelle elle avait laissé pendre un long sautoir plaqué or avec une poire sertie d'un œil de tigre, au bout de la chaîne. De jolies boucles d'oreilles se mariaient au bijou si bien choisi. Des escarpins de satin brun, des bagues aux doigts, dont son diamant d'un carat, une coiffure digne de Paulette Goddard, et elle était prête pour le souper d'apparat. Elle remercia Jean-René de son compliment, sans se rendre compte que le neveu de son mari la regardait comme s'il en était épris. Nicolas, toutefois, se doutait bien que le fils de sa sœur avait une attirance pour sa femme et, intérieurement, s'en amusait. Ça lui plaisait de constater que Gervaise dérangeait beaucoup d'hommes, dont son neveu de vingt ans. Orgueilleux, fier d'être son mari, il aimait qu'on la regarde telle une figurine de collection, mais il n'aurait pas fallu que quiconque s'en approche trop. Charmé par les attentions, mais jaloux et possessif quand il devinait un peu trop les intentions.

Jean-René était redescendu afin d'attendre que la parenté se manifeste et son grand-père l'occupa en lui parlant de sa future profession d'avocat. Josiane arriva la première avec sa peste, Nadine, que son cousin ne pouvait pas souffrir. Très endimanchée, la fillette de douze ans semblait se prendre pour la *Dorothy* du film *The Wizard of Oz*. Josiane, grassette, vêtue d'une robe bleue sans attrait, avait au cou trois rangs de perles grises comme en portaient les grand-mères. Elle n'avait guère de goût pour se vêtir, et pas davantage pour sa coiffure qui ne l'avantageait pas. Cheveux trop courts, toupet carré sur le front, rouge à lèvres trop voyant, elle était caricaturale, la tante Josiane que Jean-René regardait en souriant. Enfin Charlotte se présenta, ayant pris soin d'enfiler son vison cette fois, et remit à sa mère des sucreries qu'elle avait achetées pour ajouter un peu d'ambiance sur la table. Plus élégante que sa cadette, elle portait un tailleur marine avec une blouse de soie blanche sous le veston. Un deux-pièces de qualité d'un magasin de l'ouest, on ne pouvait en douter. Elle entrouvrit le veston afin qu'on puisse apercevoir, sur son blouson, la torsade en or avec l'effigie de la reine Nefertiti, qui pendait à la hauteur de sa poitrine. Sans omettre ses bagues à diamant et ses bracelets avec breloques, dont l'un en or avec des entrefilets d'argent entre les mailles. Coiffure plus élégante que celle de sa sœur, plus bouffante, elle avait plus d'allure que Josiane, et Jean-René, détaillant sa mère de la tête aux pieds, l'avait trouvée bien habillée. Madame Delval, toute de vert vêtue, coiffée dernier cri, avait fière allure elle aussi. Toutefois, lorsque Gervaise descendit l'escalier et que les yeux se posèrent sur elle, on aurait pu distinguer les dards dans ceux de ses belles-sœurs si on s'était tourné vers elles. Gervaise, si jeune, si belle, si élégante… Et Nicolas qui lui tenait le coude de sa main droite pour qu'elle ne trébuche pas comme le faisait le prince Rainier pour Grace Kelly au temps de leurs fréquentations. Elle avait souri à tout le monde et seule sa belle-mère l'avait accueillie avec un brin de chaleur. Mais Nadine, la regardant, lui avait dit :

— Tante Gervaise, tu ressembles à une actrice. Je ne me rappelle plus de son nom… Tu t'en souviens, maman, dans le film où…

Josiane, l'apostrophant, lui avait répondu froidement :

— Ne dis pas de sottises de la sorte, contente-toi de bien te tenir, Nadine, et abstiens-toi de parler si c'est pour dire des banalités.

Ce qui avait fait sourire Jean-René à qui la petite cousine, à l'insu des invités, avait tiré la langue. Comme s'il était de son âge ! On servit l'apéro et Gervaise le refusa, préférant le verre de jus de fruits que lui suggérait son neveu. Puis, tous passèrent à table.

Personne n'avait encore adressé la parole à « la veuve » comme on l'appelait encore. Pas même son beau-père qui avait pourtant remarqué son élégance et sa grande beauté en ce soir du Nouvel An. Madame Delval avait placé Nicolas et Gervaise en face de Charlotte et Jean-René, de façon à éviter les contacts avec Josiane et sa fille qui se trouvaient à la droite de Nicolas. Elle avait pris place au bout de la table, près de Gervaise, et installé son mari à l'autre bout, plus loin du couple, moins en vue à la table. Sans être entichée de sa bru, madame Delval ne tenait pas à ce qu'elle soit mal à l'aise tout au long du repas. Peu aimable, mais quand même charitable, la belle-mère. Imelda, qui allait avoir congé ce jour-là, avait dressé la table et organisé les plats venant d'un traiteur selon les indications de madame Delval. De façon à ce que personne n'ait à se lever pour se servir, les plats étant divisés pour convenir aux deux extrémités de la table. Les vins blancs et rouges étaient également disposés pour être à la portée des hommes qui seraient sans doute les serveurs de ces dames. On allait à peine commencer à se servir lorsque Nicolas se leva et, regardant son père, puis sa mère, fixa ensuite Charlotte en face de lui, pour ensuite prendre la parole :

— En ce début d'année, j'ai une annonce officielle à vous faire.

Tous s'arrêtèrent un moment pour le regarder et l'entendre affirmer :

— Gervaise est enceinte. Nous allons être parents cette année. Un autre petit-enfant à choyer pour vous, maman, papa.

On aurait pu entendre une mouche voler. Gervaise, embarrassée, ne savait trop où regarder. Redoutant ce silence, Nicolas avait enchaîné avec :

— Il serait de bon aloi de lever nos verres à cet événement.

Madame Delval prit son verre, Jean-René aussi, le père, par politesse, les imita, Charlotte, juste devant Nicolas ne put que lever aussi le sien, mais Josiane s'en dispensa. Le regard dans le vide, elle ne trinqua pas à la nouvelle qu'elle trouvait dérangeante. Madame Delval, souriant à son fils, lui dit :

— Je crois que tu seras un bon père, mon fils. Tu en as l'étoffe.

Sans un mot de félicitations à l'endroit de Gervaise. De la part de personne, sauf de Jean-René qui, levant son verre en direction de Gervaise, lui prédit :

— Ce sera le plus bel enfant du monde, j'en suis certain !

Monsieur Delval n'avait pas bronché ou presque, mais même éloignée de lui à la table, Gervaise avait pu l'entendre marmonner à Josiane : *Il ne manquait plus que ça !* sur un ton désapprobateur. Charlotte, évitant de la regarder, se contentait de remplir son assiette, et la jeune Nadine, tentant de s'exprimer, en fut empêchée par sa mère qui lui serrait le bras. Donc rien ou presque, sauf que madame Delval, s'adressant encore à son fils, lui demanda :

— Je croyais que Gervaise ne pouvait pas...

Il l'interrompit brusquement pour lui répondre :

— Pourquoi ne t'adresses-tu pas à elle, maman ? Elle est juste à côté de toi ! Elle n'est pas de marbre, ma femme, elle est vivante, elle attend notre enfant !

Sentant que le ton montait, Gervaise se leva promptement et quitta la pièce après avoir dit à son mari, pour être entendue de tous :

— Je ne me sens pas bien, je monte, excuse-moi.

Resté seul à table, Nicolas, furieux, se mit à apostropher sa famille :

— Comment pouvez-vous être aussi odieux ? Je vous annonce ce qui est une grande joie pour Gervaise et moi, et vous accueillez la nouvelle comme s'il s'agissait d'un banal fait divers.

— Nous ne nous attendions pas à cela, murmura Charlotte.

— Qu'importe ! Est-ce si difficile de lui sourire, de la féliciter, de lui dire quelques mots chaleureux ? Personne ne l'a fait, sauf Jean-René, brièvement, pour réparer l'offense ! Il en est ainsi depuis que nous habitons cette maison ! C'est honteux, papa !

— Je vous ai offert mon toit, Nicolas, pas ma courtoisie envers elle.

— Elle ? C'est de ma femme dont tu parles, papa ! La future mère de mon enfant ! Comment peux-tu être aussi froid à l'idée de devenir grand-père encore une…

Le paternel l'avait interrompu pour lui lancer :

— À mon âge, ce genre d'événement me laisse indifférent. Et davantage s'il s'agit de ta femme ! C'est toi qui l'as choisie, pas nous ! Aussi bien te le dire…

— Non, arrête, Paul-Henri ! s'écria sa femme. Nicolas a raison, tu aurais pu être plus complaisant pour une fois.

— Pas juste lui, maman, toi aussi ! Tu ne l'as pas encouragée, pas même félicitée. Vous êtes tous contre elle, toi la première, maman ! Tu lui souris à l'occasion, tu lui parles des rafales de neige ou des froids de l'hiver, mais quand donc l'as-tu invitée à sortir avec toi, à aller magasiner ou assister à une pièce de théâtre ? Pas une seule fois, maman ! Comme si celle qui vivait en haut n'était qu'une pensionnaire dans cette maison ! C'est honteux d'agir de la sorte !

— Écoute bien, le frère ! lui lança Josiane. Moi, ta femme, je ne veux rien savoir d'elle. Tu l'as mariée sans nous en parler, tu nous l'as imposée, alors arrange-toi avec tes troubles et ne t'attends pas à ce qu'on soit porté vers elle parce que tu l'as faufilée dans la famille. Tu l'as installée dans cette maison sachant que personne n'avait envie de la recevoir. Et tu nous as tous humiliés en unissant ta vie à une veuve de boulanger d'un quartier malfamé ! Est-ce assez clair ?

— Tante Josiane ! C'est de très mauvaise foi ce que vous dites là !

— Ne te mêle pas de ça, fiston ! lui lança Charlotte.

Nicolas, avalant d'un trait le fond de son verre, les regarda tour à tour pour ensuite leur dire :

— Vous me faites tous pitié ! Quelle famille empesée que la mienne ! Toi le premier, papa ! Bigras n'est pas fier...

— Je te défends de me parler sur ce ton, mon fils, et encore moins d'amener le barbier dans nos conversations. Bigras, c'est de l'étoffe de ta femme, pas de la nôtre !

Puis, se tournant vers Josiane, il lui demanda poliment :

— Tu peux me passer un croûton de pain ? Et un doigt de beurre ?

Sentant la moutarde lui monter au nez, Nicolas se releva pour reculer sa chaise de ses jambes, en faire le tour et dire à Josiane en la pointant du doigt :

— Toi, si je ne me retenais pas...

Pour ensuite ajouter en regardant tous les autres :

— Puisque vous pensez comme ça, ce bébé Delval qui va naître, vous ne le connaîtrez pas. Nous allons le garder jalousement pour nous, Gervaise et moi. Il y a une limite ! Serait-il préférable que nous quittions ce toit, papa ?

— Non seulement préférable, mais souhaitable, Nicolas.

Le jeune avocat était monté rejoindre sa femme qui, les yeux tournés vers la fenêtre, pleurait en silence. S'en approchant, il l'entoura de ses bras pour lui dire avec douceur :

— Ne t'en fais pas, chérie, je ne les laisserai pas nous meurtrir davantage.

Se tournant vers lui, elle le fixa et, d'un regard implorant, lui dit :

— Il faut déménager Nicolas, je les ai entendus du haut de l'escalier, il faut nous en aller ailleurs, avoir notre chez-soi... La vie est devenue infernale pour moi ici.

— Oui, je sais, ça ne peut pas continuer ainsi, tu ne mérites pas un tel sort, mon adorée. Je vais chercher, je vais trouver et nous allons partir dès que possible.

— Le plus tôt sera le mieux. Pourquoi ne pas acheter une maison ? Ou, du moins, louer un appartement ? Il y a de belles demeures en construction dans le quartier Rosemont.

— Non, pas là, j'ai l'œil sur la maison de madame Drew, elle est gravement malade, elle mettra tout en vente bientôt.

— Où habite-t-elle ?

— Ici, dans notre quartier, sur la rue Greene, juste à côté.

— Non, Nicolas, pas juste à côté, pas dans ce quartier qui me rend malade. Je veux m'éloigner le plus loin possible de ta famille.

— Écoute, quand nous serons dans notre maison, où qu'elle soit, nous serons déjà loin d'eux... J'ai mes attaches dans Westmount, mes habitudes de vie, ma clientèle... Il y a aussi la maison de monsieur Wood qui risque d'être en vente d'ici peu. Donne-moi au moins une chance, Gervaise, ne me fais pas commettre de faux pas.

— Et où est la demeure de ce monsieur Wood, Nicolas ?

— Bien, à quelques pas d'ici, mais du côté nord de la rue Victoria. À trois maisons de celle-ci.

— C'est pire encore, voyons ! Je les verrai chaque jour, je ressentirai leur mépris chaque fois que je sortirai… Non, Nicolas, plus loin, je t'en supplie, change de quartier.

— Tu serais pourtant tout près de ton amie Jacqueline…

— Je serai près d'elle où que j'aille, l'emplacement n'est pas un obstacle à l'amitié. Je t'en prie, Nicolas, pense à notre enfant, à ma joie de le sortir en toute liberté sans risquer d'être épiée. Emmène-moi très loin de ta famille, éloigne-moi le plus possible de leurs méchancetés. Si tu m'aimes, fais-le pour moi, mon chéri, sinon, fais-le pour l'enfant que je porte.

Il la regardait, elle avait les yeux embués et, avec une adoration sans bornes, il lui murmura au creux de l'oreille :

— Je ferai tout ce que je peux pour que tu sois heureuse, Gervaise, je t'aime tant… Donne-moi juste le temps de chercher ailleurs et de trouver, tu veux bien ?

— Oui, mais fais en sorte que ça se produise avant le printemps, Nicolas. Je ne me vois pas passer l'hiver entre ces murs avec un bébé en chemin. J'ai trop d'amour-propre pour continuer à vivre de la sorte. Fais vite, mon amour…

Il sentait qu'elle tremblait. Non de froid, mais d'effroi. Comme une petite fille qui demande à être protégée des monstres qui l'entourent. Elle le suppliait du regard comme une enfant… Une main sur le cœur, l'autre sur le ventre.

Le soir venu, après le départ des membres de sa famille, madame Delval débarrassa la table de quelques restes, gardant le plus gros de la tâche pour Imelda le lendemain. Regardant le sapin qui ne scintillait plus, elle était déçue du gâchis de son souper de la nouvelle année. Se rendant au boudoir où lisait son mari, elle prit place en face de lui pour lui dire :

— Il faut que cela cesse, Paul-Henri, on ne peut pas traiter indéfiniment la femme de notre fils comme si elle était une intruse.

— Mais elle l'est, ma femme, personne ne l'a invitée à vivre ici.

— Paul-Henri, c'est l'épouse de notre fils, la mère de notre futur petit-enfant ! Il faut quand même être plus indulgent. En agissant comme nous le faisons tous, c'est Nicolas qui en souffre aussi.

— Lui ? Notre enfant gâté ? Il n'avait qu'à ne pas épouser cette fille de rien, Marcelle ! Un Delval ne s'associe pas à une fille de basse classe et veuve, de surcroît, d'un boulanger de la populace. Je n'ai pas élevé mon fils unique pour qu'il nous fasse des enfants avec un sang pareil dans les veines. Qu'il déménage avec elle, qu'il fasse sa vie avec elle, moi, je ne peux tolérer une telle indignité sans réagir. Il ne nous apporte que le déshonneur, ton fils, Marcelle. Aucune raison d'être fier de lui, quand je la vois, elle ! Je ne leur veux aucun mal, mais plus vite ils seront partis…

— Tu as aussi des racines qui ne sont pas élitistes, mon mari, pense à ton grand-père, pense à ta grand-mère maternelle. Et ça n'a pas fait de toi un vaurien, tu es devenu un célèbre avocat. Il faudrait quand même être plus conciliant, cesser de la traiter comme la dernière venue. On n'a pas à l'aimer, on n'a pas à se prosterner devant elle, mais elle attend un enfant, Paul-Henri. Elle va être mère comme je l'ai été...

— Non, pas comme toi, tu ne venais pas d'un quartier avilissant, toi. Tu n'avais pas été mariée quand je t'ai épousée, tu n'étais pas maquillée comme une fille de joie. Ne te compare surtout pas à elle, Marcelle.

— Je parlais de maternité, pas de l'art du paraître...

— La maternité, chez les Delval, c'est comme celle de Charlotte et celle de Josiane. Nous avons déjà un petit-fils et une petite-fille dont nous pouvons être fiers.

— Oui, je te l'accorde, mais je te ferai remarquer que Jean-René a le caractère de son père, Nadine aussi, même si cette dernière a de très vilaines manières. Pour ce qui est de nos filles, Paul-Henri, l'une a fini par faire mourir son mari à force de l'agresser verbalement, et l'autre a demandé le divorce quand il l'a enfin quittée. Belles références, on s'entend ? Et aucun de nos petits-enfants n'est un Delval. Celui de Nicolas et Gervaise sera le premier à porter ton nom. As-tu pensé à cela, mon mari ?

— Oui, j'y ai pensé, et ce qui me désole et me choque, c'est que ce premier Delval, ce soit une plébéienne qui le porte !

# CHAPITRE 5

Nicolas n'avait pas tenu sa promesse. L'hiver s'était écoulé et Gervaise était encore captive sous le toit de ses beaux-parents. Entre-temps, la maison de madame Drew de la rue Greene avait été vendue, de même que celle de monsieur Wood au bout de la rue Victoria. Gervaise avait pensé que Nicolas avait laissé passer les offres afin de la changer de quartier, mais après tout ce temps, la raison devait être tout autre. Peu en forme, malade plus souvent qu'à son tour avec sa grossesse qui était pénible, elle avait pris son mal en patience. Lorsqu'elle se sentait mieux, certains jours, elle se rendait chez Jacqueline afin de souper avec elle et sa mère, puis passer la soirée à causer avec sa seule véritable amie. De plus, elle téléphonait à sa mère tous les deux jours pour prendre de ses nouvelles et lui donner des siennes, et cette dernière lui avait dit en février : *T'es encore là, Gervaise ? Y t'sortira donc jamais de cette maudite maison ?* Et elle n'avait pas su quoi répondre. C'était à se demander si Nicolas n'avait pas peur des responsabilités. Peut-être craignait-il de s'endetter avec un achat à long terme alors qu'il ne lui en coûtait rien sous le toit paternel ? Si tel était le cas, où donc était sa fierté ? Son père lui avait dit qu'il était souhaitable qu'il déménage, qu'il parte avec sa femme. Gervaise n'avait pas osé revenir sur le sujet, sentant que son mari traversait un mauvais moment. Il avait perdu deux causes au palais de justice et un contrat avec une grosse entreprise lui avait été résilié. Donc, inutile pour Gervaise de se plaindre de son sort, alors que Nicolas avait peine à se remettre de ses propres déboires. Sa belle-mère, un peu plus affable depuis les Fêtes, demandait parfois à la future maman comment elle se portait et si le docteur Plante la suivait de près. Elle lui faisait préparer des repas individuels par Imelda, pour qu'elle digère mieux. Les poissons blancs étaient souvent au menu. Mais pas plus. Madame Delval ne la priait jamais de descendre au salon où son mari se trouvait et ne l'invitait pas aux concerts et aux opéras occasionnels auxquels elle assistait. Nicolas l'avait emmenée une fois voir une œuvre de Verdi, mais ils avaient dû quitter avant la fin du deuxième acte, Gervaise avait eu des nausées. Depuis, il préférait qu'elle reste bien sagement à la maison et qu'elle se repose selon les conseils de son médecin.

Jacqueline l'avait invitée une ou deux fois au cinéma en plein après-midi et Gervaise l'avait accompagnée sans ressentir aucun malaise. Sans doute moins nerveuse avec elle qu'avec son mari qui lui demandait toutes les cinq minutes si elle se sentait bien. Au point qu'elle finissait par se sentir… malade ! Jacqueline se rendait aussi chez elle où madame Delval l'accueillait poliment et, avec Gervaise, dans ses appartements, elles parlaient des dernières tendances de la mode, des films qu'on allait présenter au Palace, au Princess ou au Lœws, où elles se rendaient en taxi. En plus du programme double du cinéma York qui n'était pas intéressant depuis un certain temps. Jacqueline, sans s'en rendre compte, lui remontait le moral. Un après-midi en sa compagnie et Gervaise se sentait mieux. Elles avaient planifié d'aller visiter les chutes Niagara ensemble, mais l'état incertain de la future mère avait contrecarré le projet. Elles étaient près l'une de l'autre, elles étaient devenues inséparables, ce qui plaisait à Nicolas qui pouvait se consacrer davantage à ses procès durant ce temps. Mais l'hiver était long, sa grossesse l'épuisait, et lorsqu'elle se retrouvait seule avec ses beaux-parents, elle déprimait dans ses appartements. Elle avait beau écouter les disques du chanteur Mario Lanza et l'album de l'orchestre de Guy Lombardo, sa mélancolie subsistait. Sa mère lui téléphonait sans cesse, ce qui la stressait davantage. Parce que ses conversations avec elle étaient futiles. Surtout quand madame Huette lui parlait de Rita, de ses sorties dans les boîtes de nuit avec le gros Mailloux qu'elle haïssait tant. Mais elle était ravie de lui dire que sa sœur avait vu en spectacle dans un club très chic de l'ouest, nul autre que le célèbre Sammy Davis Jr. qui allait ensuite céder sa place à l'actrice et chanteuse Dorothy Lamour, si elle acceptait de revenir une seconde fois au même endroit. Ce qui n'intéressait nullement Gervaise qui ne fréquentait pas les boîtes de nuit. Pas même avec Ti-Gus au temps de son premier mariage ; elle n'aimait pas l'ambiance de ces endroits enfumés. Elle n'y était allée qu'une fois avec une amie pour voir Georges Guétary en personne, et elle en était ressortie mal en point à cause du peu d'air pur qu'elle avait pu respirer. Gervaise ne fumait pas, Ti-Gus non plus, sa mère s'en abstenait, seule Rita fumait à l'occasion quand elle avait de l'argent pour s'acheter un paquet de cigarettes. Gervaise trouvait même difficile de sentir le tabac d'en haut chez les Delval, quand son beau-père fumait en bas au salon. Surtout dans son état actuel. Mais, comme elle n'était pas chez elle...

À la fin du mois de mars, un mercredi où elle devait se rendre chez Jacqueline pour dîner avec elle, Gervaise avait senti un mal soudain qui la retint à la maison. Elle avait cependant averti madame Delval de son départ et cette dernière, la croyant déjà partie, reçut ses filles, Charlotte et Josiane, pour un léger dîner en famille. Les deux sœurs arrivèrent gelées, même si elles habitaient juste à côté :

— Sale hiver ! s'était écriée Josiane. Si seulement ça peut finir !

Puis, retirant son manteau et son foulard pendant que Charlotte en faisait autant, elle s'exclama à sa mère :

— Comme ça, la belle-sœur est partie chez la boiteuse !

— Josiane ! Sois un peu plus charitable, lui reprocha sa mère. Jacqueline De Querres n'a pas demandé à avoir cette maladie quand elle était jeune. Ça aurait aussi bien pu vous arriver, c'était une épidémie ou presque, à ce moment-là.

— Bon, disons que je me rétracte, les De Querres sont de bonnes personnes. Bien éduquées, du moins ! Tandis que l'autre...

Ajoutant ce bout de phrase, elle avait désigné l'escalier pour que sa mère comprenne bien qu'elle parlait de Gervaise. Elles se rendirent à la salle à manger où Imelda avait tout servi et Charlotte, après avoir embrassé son père, demanda à sa mère :

— Pas trop plaignarde, la belle-sœur, avec sa grossesse ?

— Non, elle est plus que raisonnable, mais ça ne semble pas facile pour elle. Elle voit le docteur Plante assez souvent.

— J'en reviens pas encore ! s'écria Josiane. Enceinte de mon frère ! Quand j'y pense ! Un petit ou une petite Delval venant d'elle !

— C'est ce que je disais à ta mère, Josiane, de renchérir le père. Une femme sans instruction, sans culture, une veuve d'un quartier populaire. Je me demande même si elle a terminé sa neuvième année.

— Sûrement pas, papa ! Elle s'efforce de bien parler, mais les occasions sont fréquentes où elle s'échappe pour nous sortir un terme qui vient de sa mère.

— D'ailleurs, le progrès qu'elle a fait, c'est à cause de Nicolas. C'est lui qui lui apprend à mieux s'exprimer, ajouta Charlotte, mais il n'en fera pas une duchesse pour autant !

Les deux sœurs pouffèrent de rire et leur mère les regarda en sourcillant.

— Tu sais, Charlotte, j'en veux au bon Dieu d'être venu chercher son boulanger ! d'ajouter Josiane. Sans ce bête accident, elle serait encore avec lui, pas dans nos jambes, pas dans notre famille. Et Nicolas aurait sans doute jeté son dévolu sur la fille d'un médecin ou d'un ministre. Quelle injustice !

— Josiane, pour l'amour, arrête de parler contre elle et mange un peu. Tu devrais te voir quand tu es mécontente, tes deux rides de réflexion entre tes yeux s'accentuent. Souris un peu, parle d'autre chose… Nadine va bien ?

— Oui, oui, mais elle est de plus en plus exigeante, la petite ! Si ça continue, je vais demander à son père de la prendre avec lui et de l'élever un peu. Il a sa part à faire, lui aussi.

— Oui, quoique ta rupture vient de toi, ma fille, non de lui.

— Marcelle ! Ne reviens pas sur ce sujet, de lancer le paternel. Et en ce qui concerne Gervaise, les filles ont raison, on n'avait pas besoin de ça dans notre maison. C'est incroyable ! Un avocat appelé à devenir le meilleur de sa génération aux prises avec une femme dont il va finir par avoir honte. Il l'admire parce qu'il la trouve belle, mais vous verrez, avec le temps, elle va flétrir, sa catin !

— Paul-Henri ! Pas ce terme, je t'en prie ! Gervaise est une bonne personne. Les catins font la rue, ce qui n'est pas son cas !

— Qu'as-tu donc à la défendre comme ça, maman ? demanda Josiane. Tu as viré ton capot de bord ?

— Non, pas tout à fait, mais elle va être mère, elle porte notre petit-enfant. Et elle porte aussi notre nom, Josiane. Ne serait-ce que pour Nicolas, il faut être indulgent, ce que je tente de faire.

— Bien, deviens indulgente sans nous, maman, parce que la belle-sœur, on l'a pas mal loin, Charlotte et moi. Une intruse ! Une femme qui n'a cherché qu'un homme avec un titre et de l'argent... Et comment se fait-il qu'ils soient encore ici ? Ils ne devaient pas partir avant le printemps ?

— Oui, Josiane, répondit le père, mais Nicolas m'a demandé un sursis jusqu'à ce que sa femme accouche. Il ne veut pas lui imposer un déménagement dans son état. Si seulement ton frère avait été assez intelligent pour ne pas faire d'enfant…

— Ce n'est pas de sa faute, papa, répliqua Charlotte, elle lui avait dit être incapable d'en avoir. Cinq ans avec son boulanger et jamais enceinte… C'était lui l'impuissant des deux et elle le savait, mais elle ne l'a pas avoué à Nicolas. Avec un enfant en plus, ça solidifie davantage son lien avec son mari. Elle nous a tous bien eus ! Vous n'avez donc rien compris ?

— Non, je n'avais pas pensé à ça ! Mais tu vois clair, la grande sœur. Bien sûr que c'est ce qui est arrivé ! Une profiteuse et une lèche-bottes en plus ! Si seulement le frère s'ouvrait les yeux !

Gervaise, qui avait tout entendu du haut de l'escalier, descendit les marches à pas feutrés et, surgissant dans la salle à manger, elle leur cria :

— Vous n'avez pas honte ? J'ai tout entendu ! Vos insultes comme votre mépris ! Non, je ne savais pas que mon défunt mari était impuissant et non je n'ai pas planifié le fait d'avoir un enfant de Nicolas. Vous me pensiez sortie, n'est-ce pas ? J'imagine ce que ça doit être quand je ne suis pas là ! Vous êtes des belles-sœurs ignobles toutes les deux et vous, monsieur Delval, indigne du respect que vous porte encore votre fils.

— Comment osez-vous ? Je suis le maître…

— Oui, de cette maison, mais pas de ma vie, renchérit Gervaise, en l'interrompant impoliment. Vous êtes aussi monstrueux que vos filles. Quant à vous, madame Delval, j'ai plus d'indulgence, je sens une part de bonté envers moi, mais je me demande pourquoi vous n'avez pas arrêté vos filles à les entendre me calomnier de la sorte. J'espère qu'elles iront s'en confesser…

— Désolée, Gervaise, mais nous ne pratiquons pas, ma sœur et moi, de lui répondre froidement Josiane. C'est plutôt toi qui devrais te confesser d'avoir abusé d'un homme aussi vulnérable que mon frère en le séduisant de tes charmes. Si Dieu a une balance à la main, je suis certaine que ça doit peser un peu plus lourd de ton côté dans le poids des péchés !

— Assez ! s'écria madame Delval.

Puis, se tournant vers Gervaise, elle lui dit :

— J'ai tenté de les rappeler à l'ordre, vous n'étiez pas là pour saisir mes regards de reproches… Mais je m'excuse pour tout ce qui a été dit à cette table. En mon nom et en celui de mon mari.

— Non, pas moi ! Je ne regrette pas…

— Tais-toi, Paul-Henri ! Tu en as déjà trop dit ! Et si tu persistes, tu perdras l'admiration de ton fils ! Quant à vous deux, mes filles, rhabillez-vous, le dîner est terminé. J'ai aussi mes limites !

Pendant que Marcelle Delval remettait de l'ambiance dans l'accalmie après la tempête, Gervaise était remontée tout doucement, non sans avoir entendu ce que sa belle-mère reprochait à son mari et ses filles. Enfin ! Un peu de son côté, cette femme qui semblait respecter le fait qu'elle allait être mère. Elle se réfugia dans sa chambre et pleura tout en tremblant de rage. Que d'injures de la part de ses belles-sœurs ! Surtout de Josiane qui la dépeignait avec des mots grossiers. Que de frustrations chez elles pour en venir à la détester de la sorte ! Et que dire du beau-père qui, dans sa fausse dignité, les soutenait de son mépris. Un père indigne d'un fils qui n'avait pas la moindre méchanceté envers lui. Jaloux de Nicolas parce qu'il était en voie de le surpasser comme avocat ? C'était possible ! Tout n'était axé que sur les affaires et le mérite dans cette famille ! Même Jean-René avait dit à Gervaise un certain soir :

— Tu vas voir, quand je serai reçu avocat, c'est moi qui ferai le plus d'argent. Il faut absolument que je dépasse mon grand-père et Nicolas dans la profession. C'est un défi, une ambition...

Par cet aveu, il était descendu d'un cran dans le cœur de Gervaise qui reconnaissait en lui cette malsaine concurrence des Delval qu'elle n'appréciait pas.

Nicolas était entré assez tôt ce soir-là et, voyant que Gervaise était encore en haut, il s'apprêtait à monter, lorsque sa mère le retint au pied de l'escalier pour lui murmurer quelque peu ce qui s'était passé lors du dîner. Avisé, Nicolas monta et aperçut Gervaise au boudoir, les deux pieds sur un tabouret, un gros oreiller appuyé sur son ventre :

— Qu'est-ce que tu as, ma chérie ? Ça ne va pas ?

— Oh ! un malaise, des étourdissements, de l'angoisse, Nicolas.

— J'imagine que c'est à cause de mes sœurs... Ma mère m'a un peu prévenu de ce qui était arrivé.

— Elles ont été immondes, Nicolas ! Ton père aussi ! Il m'a traitée de catin et tes sœurs m'ont accusée de t'avoir séduit pour ton argent ! Et...

Il l'avait interrompue :

— Ne va pas plus loin, mon amour, ferme les yeux, fais la sourde oreille, ça n'en vaut pas la peine.

— La sourde oreille sur tout ce que j'ai entendu ? Voyons, Nicolas ! On m'a insultée de tous côtés avec une grossièreté sans pareille ! Tu devrais au moins t'en mêler, réagir, m'appuyer... N'es-tu pas un avocat de la défense ?

— À quoi bon, ma chérie, nous allons bientôt partir...

— Ah non ! pas encore cette fausse promesse ! Quand, Nicolas ? Dans la semaine des quatre jeudis ? Me crois-tu assez innocente pour te croire, te sourire et te dire que tout va bien maintenant ?

— Gervaise ! C'est ton état qui te rend agressive !

— Je ne suis pas agressive, Nicolas ! Je suis constamment sur la défensive dans cette maison ! Ce que j'endure est une torture ! Si tu ne réagis pas, si tu ne fais rien pour me disculper de leurs accusations et me sortir d'ici, je vais retourner chez maman jusqu'à mon accouchement !

C'était la première fois qu'elle parlait de le quitter, de partir, de s'éloigner avec ou sans lui de cette maison démentielle. Surpris, étonné de la voir avec autant de caractère et, mettant le tout sur sa grossesse qui n'était pas facile, Nicolas se pencha, l'encercla de ses bras et lui dit :

— Mais je suis là, je t'aime, moi ! Ce n'est qu'un mauvais rêve tout ça, Gervaise. Et tu verras, ça passera quand nous ne serons plus là. Tu n'as pas à retourner chez ta mère, je vais parler à la mienne et plus jamais mes sœurs ne vont t'humilier comme elles l'ont fait.

Gervaise l'écoutait, le regardait, il avait les yeux embués. Pensive, elle croyait percevoir dans ses dires qu'il allait parler à sa mère et, éventuellement, la sortir de ce cachot qui la rendait malade. Elle venait aussi de comprendre qu'elle devrait prendre son mal en patience, fermer les yeux, faire la sourde oreille, lire, écouter de le musique et aller retrouver une certaine joie de vivre de temps à autre chez Jacqueline. Puis, le regardant encore, voyant ses yeux noirs plongés dans les siens, elle comprit qu'il l'aimait. Profondément. Comme depuis toujours. Et ce constat soudain la rassura. Se sentant vaincue une fois de plus, elle l'attira vers elle et posa ses lèvres sur les siennes en lui murmurant :

— Je ferai ce que tu me demandes, Nicolas. Pour leur prouver que l'amour que j'ai pour toi est plus fort que la haine qu'ils éprouvent pour moi. Je t'aime tant...

Et le vase était clos. Une fois encore. Scellé par un simple baiser. Parce que Gervaise Huette-Mirette, devenue dame Nicolas Delval, était éprise de ce bellâtre de mari... à en perdre la raison.

Téléphonant à sa mère pour la rassurer et lui dire que tout se replaçait, cette dernière s'empressa de lui annoncer :

— J'en ai une bonne à t'dire ! Crois-le ou non, mais ta sœur sort *steady* avec le gros Mailloux ! Un *bum* du *bowling* Amherst ! Un planteur de quilles ! Il était accoté avec une bonne femme plus vieille que lui qui l'a crissé dehors à cause de ses caisses de bière. Ben, c'est ta sœur qui prend les restes de celle qui l'a foutu à la porte ! Faut pas avoir d'orgueil ! Y'est même pas beau, y'est juste costaud ! Mais pour Rita, en autant qu'elle ait un homme, elle est pas trop r'gardante de c'côté-là ! Y vont dans les clubs, y vont voir des vues, y prennent un coup ensemble… Mais j'veux pas l'voir chez nous, j'lui ai dit, sinon j'la sacre dehors !

— Maman, sois un peu plus accommodante avec elle… Rita ne trouvera personne si tu l'en empêches sans cesse. Et ce n'est pas un gars éduqué qui va s'intéresser à elle, voyons ! Si elle est bien avec ce Mailloux et s'il est poli envers toi, tu pourrais être plus avenante. Elle se sent si rejetée, la p'tite sœur !

— Rejetée ? Elle n'a qu'à s'aider un peu plus, arrêter de s'habiller comme la chienne à Jacques, aller consulter ta gérante de la pharmacie pour des traitements pour ses boutons… Elle se pense attirante parce qu'elle a de gros seins ! Faut dire que pour Mailloux, c'est peut-être ça qui compte… Mais t'as raison, Gervaise, j'vais tenter de faire un effort pis d'empailler ma fierté, mais quand j'les vois ensemble, c'est quasiment humiliant de dire qu'y sont d'ma parenté ! Y'a juste Lucienne Bigras qui pense un peu comme toi et qui m'demande de comprendre.

— Tu vois ? Je ne suis pas la seule, madame Bigras fait aussi la part des choses.

— Ouais… oublie ça pis dis-moi si ça se déroule bien avec ta grossesse. Ton docteur de l'ouest te suit-il autant que l'docteur Filiatrault l'aurait fait ?

— Oui, le docteur Plante est excellent. Il me suit de près, il est conscient de ma fragilité…

— C'est pas l'mot ! Pis j'pense pas que tu vas avoir une grosse marmaille, toi !

— T'as rien à dire, maman, parce que, pour l'époque, tu en as eu deux seulement. C'était loin d'être une marmaille !

— J'étais pas forte, Gervaise, j'avais mes crampes, j'me tenais à peine sur mes jambes. Pis ton père l'avait molle et plus souvent au repos qu'à l'ouvrage !

— Maman ! Quel vocabulaire ! C'est ça qu'il faudrait que tu corriges, tu es trop spontanée dans ton langage, ça devient vulgaire ! Moi, j'y suis habituée, mais imagine si Nicolas était là.

— J'me r'tiens un peu plus devant lui, mais ça m'fatigue de l'voir avec le nez en l'air comme s'il descendait d'la cuisse de Jupiter !

— Bon, je te laisse maintenant, Jacqueline doit venir cet après-midi avec des romans que sa mère veut me prêter.

— Tu lis des choses sérieuses à présent ? T'es loin du temps où tu lisais juste *Mandrake*, *Blondinette*, pis *Le Fantôme* dans les pages de *La Patrie*.

— Oui, maman, j'avais treize ou quatorze ans à ce moment-là… On évolue, tu sais. Je vais maintenant lire Balzac, Émile Zola et Guy de Maupassant.

— Qui ? C'est qui c'monde-là ?

Avril allait chasser enfin l'hiver qui avait semblé si long à Gervaise. La glace était déjà fondue ou presque dans les rues. C'était encore frisquet, mais c'était prometteur avec ce soleil qui se battait contre les derniers vents du nord. Plus fatiguée que jamais, Gervaise allait entamer son cinquième mois de grossesse. Sans se plaindre à qui que ce soit, elle endurait ses malaises, mais trouvait bizarre de constater que ses nausées s'étaient dissipées. Il était pourtant normal qu'après un certain temps, son état s'habitue un peu plus à ses repas. Tout de même, elle ne sentait plus l'enfant qu'elle portait bouger comme il le faisait assez souvent. Elle en parla à Nicolas qui lui répondit :

— Mais il dort, ce petit. Il est encore fragile. Laisse-le se reposer, Gervaise !

Sur un ton rieur évidemment, car Nicolas avait senti, lui aussi, les petits mouvements répétés de son enfant dans le ventre de sa mère. Néanmoins, cinq jours plus tard, prise de violentes crampes au bas du ventre, elle s'en plaignit à sa belle-mère qui appela le docteur Plante pour lui dire que sa belle-fille n'allait pas bien. Inquiet des propos de madame Delval, le docteur avait demandé à cette dernière de faire venir une ambulance et de diriger Gervaise à l'Hôtel-Dieu où il irait rapidement la rejoindre après ses consultations. Incapable de se lever ou de marcher, Gervaise ne s'opposa pas aux ambulanciers venus la chercher dans sa chambre. Madame Delval aurait souhaité joindre Nicolas, mais son mari lui avait dit :

— Dérange-le pas, il est en réunion avec d'autres avocats de son étude à cette heure-là.

Marcelle Delval n'accompagna pas pour autant sa bru, la sentant entre bonnes mains, mais prévint le docteur que Gervaise était en route et qu'il devrait s'y rendre le plus tôt possible. Le médecin annula ses rendez-vous et, au volant de sa voiture, se dirigea vers l'hôpital qui n'était pas très loin de son bureau. Sur les lieux, il se rendit vite au pavillon de la maternité pour croiser un médecin qui avait examiné Gervaise et qui lui annonça :

— Il va falloir intervenir, docteur Plante, son enfant est mort en elle depuis plusieurs jours. Il va falloir le lui retirer. Je ne l'en ai pas avertie, je vous en laisse le soin, elle est actuellement sous calmants.

Consterné, le docteur Plante se rendit au chevet de sa patiente qui reposait dans une chambre privée pour la trouver quasi inanimée par ce qu'on lui avait injecté. C'est à peine si elle lui avait murmuré :

— Je suis en train de faire une fausse couche, n'est-ce pas ? Je vais le perdre ?

Tentant de la rassurer, il lui annonça qu'on allait la transporter en salle d'accouchement, mais Gervaise, sous l'effet des sédatifs, était déjà semi-inconsciente. Et elle perdit l'enfant qu'on lui retira non sans peine. Un fœtus de presque cinq mois qui était mort dans le ventre de sa mère. On sauva la maman toutefois, ce qui rassura madame Delval qui avait téléphoné à l'hôpital. Elle avait fini par atteindre Nicolas au bureau de ses confrères pour l'avertir de l'état de Gervaise. Sans rien lui dire de plus que de s'y rendre, car le docteur n'avait pas encore avisé la belle-mère de la perte de l'enfant. Nicolas, nerveux, agité, dès qu'arrivé se précipita au chevet de sa bien-aimée qui sommeillait, et le docteur Plante, encore sur les lieux, lui apprit avec ménagement que Gervaise avait perdu l'enfant, qu'il était mort en elle depuis quelques jours avant que les malaises se manifestent. Nicolas, atterré, regardait sa femme et se demandait comment il allait lui apprendre cette triste nouvelle. Le médecin, le voyant dans cet état, lui avait dit :

— Ne vous en faites pas, Nicolas, je vais me charger de le lui annoncer. Et lorsque ce sera fait, vous pourrez revenir dans la chambre et prendre la relève.

— Dites-moi, docteur, vous savez de quel sexe était l'enfant ?

— Vous tenez vraiment à le savoir ?

— Oui, j'insiste, ma femme voudra l'apprendre aussi, j'en suis certain.

— C'était une fille, Nicolas. Et soyez courageux, vous êtes encore jeunes tous les deux, vous pourrez vous reprendre.

Le médecin s'était retiré temporairement, croyant que le sédatif allait avoir l'effet escompté plus longtemps. Nicolas resta donc au chevet de sa femme jusqu'à ce qu'elle sorte de ce lourd sommeil qui l'avait assommée. Se réveillant brusquement et voyant son mari lui tenir la main, les yeux embués, elle lui murmura en sanglotant :

— Je l'ai perdu, n'est-ce pas ? J'ai perdu l'enfant, je ne le sens plus…

— Gervaise, courage, l'important est que tu sois saine et sauve. Il… il était mort avant que tu arrives ici, le bébé. C'est pourquoi tu ne le sentais plus bouger. Mais tu es hors de danger et c'est tout ce qui compte, nous en aurons d'autres, mon amour…

— Non, jamais plus, Nicolas. Ça crève trop le cœur de…

Puis, elle éclata en sanglots au point qu'il dut fermer la porte restée ouverte pour l'infirmière de garde. Revenant près du lit, la soulevant, il la serra dans ses bras, l'embrassa sur le front et lui dit :

— Je t'ai épousée pour toi, Gervaise. D'abord et avant tout. Si le Ciel n'a pas voulu nous donner cet enfant, c'est pour nous éprouver dans notre amour.

Séchant ses larmes, retrouvant un air plus serein, elle lui demanda :

— On t'a dit si c'était un… ou une…

— Oui, mais est-ce bon pour toi de le savoir ? Tu ne préfères pas…

— Non, dis-le-moi, je veux le savoir, il était de quel sexe mon bébé ?

— C'était une fille, Gervaise.

Elle soupira, pressa la main de son mari dans la sienne et lui murmura :

— Une petite fille ! Comme je l'aurais catinée… Et toi aussi…

— Nous en aurons une autre, repose-toi. J'ai averti ta mère et elle viendra te voir ce soir.

Le docteur Plante était entré et Nicolas lui confia qu'il s'était chargé de tout annoncer à sa femme. Le brave médecin, s'approchant de sa patiente, lui dit paternellement :

— Nous allons vous remettre sur pied, petite madame… Et d'ici quelques jours, vous pourrez partir.

Elle le remercia poliment et il sortit, préférant laisser le jeune couple en tête-à-tête en un moment pareil. La chambre était devenue silencieuse comme si Gervaise et Nicolas n'avaient plus rien à se dire, lorsque la jeune femme, faiblement, lui murmura :

— Ce sont eux, les Delval, qui me l'ont fait perdre, cet enfant ! Ton père, ta mère, tes sœurs… Sans le stress qu'ils m'ont tous causé, je l'aurais rendu à terme, ce bébé… C'est de leur faute, Nicolas !

Le soir venu, Nicolas était reparti après avoir tenté en vain de la consoler. Madame Huette et Rita arrivèrent vers huit heures et, apercevant Gervaise dans une grande chambre privée avec deux bouquets de fleurs sur la commode, elles constatèrent que les Delval avaient tout mis en œuvre pour que l'une des leurs soit traitée en vertu du nom qu'elle portait. Madame Huette embrassa sa fille, Rita le fit à son tour et, tirant chacune une chaise, elles attendirent que la malade prenne la parole :

— Merci d'être venues... leur murmura Gervaise.

— Tu t'sens mieux, ma fille ? T'as pas trop mal ?

— Non, ça va, mais je l'ai perdue, maman, j'ai perdu la petite fille que je portais, répondit-elle en pleurant.

— Oui, je sais, Gervaise, Nicolas nous l'a annoncé au bout du fil, mais prends sur toi, l'important, c'est qu'tu sois encore en vie, T'aurais pu y passer, tu sais !

— Qu'importe ! Je serais au moins partie avec elle !

— Non, Gervaise, le bébé n'était plus en vie depuis plusieurs jours. Ce n'est pas une fausse couche, c'est une mort prématurée... J'sais pas trop comment on appelle ça, mais c'est l'bon Dieu qui a décidé de la reprendre.

— Non, maman, c'est ma belle-famille qui me l'a fait perdre. Les Delval ! J'aurais dû partir de là, revenir à la maison et attendre mon accouchement avec toi. Je l'aurais rendu à terme, ce bébé.

— Gervaise ! Tu l'as pas perdu, c'est lui qui t'a quittée. Le bébé est mort dans ton ventre... Cesse de pleurer comme ça, t'en auras d'autres, t'es encore jeune...

— Non, je n'en veux plus, maman... C'est trop triste de les perdre ainsi. Je ne veux plus revivre ça... C'est trop pénible...

— Pénible pour lui aussi, ma fille, Nicolas a aussi perdu son enfant et il semble un peu plus courageux...

— Oui, comme si… J'aime autant ne rien dire, je ne suis pas d'humeur à juger de quoi que ce soit, mais je me comprends…

Pour atténuer l'ambiance de la chambre, Rita s'empressa de lui demander :

— Qui t'a envoyé ces belles fleurs ?

— Les roses viennent de Nicolas et le bouquet assorti, de ma belle-mère.

— Pas si méchante que ça pour t'avoir envoyé de si belles fleurs. T'aurais pu en faire autant, la mère !

— J'ai pas son argent, moi, pis mon cœur de mère, ça vaut plus qu'un bouquet, tu sauras !

Gervaise avait saisi sa main pour lui dire :

— Tu as raison, maman, un bouquet de courtoisie, ça ne vaut pas tout ce que tu fais pour moi chaque jour. Mais en ce qui concerne les enfants, oublie ça, je suis faite comme toi, pas tellement forte, pas apte à devenir mère… Vous n'êtes pas venues en autobus, au moins ?

— Non, Mailloux est en bas, y nous attend, c'est lui qui nous a emmenées dans son *truck*, répondit madame Huette.

— Vous auriez pu le faire monter…

— Non, qu'il attende en bas, reprit la mère. Y'est mal habillé, y fait dur ! Imagine si Nicolas l'avait croisé.

— Y fait pas si dur que ça ! rétorqua Rita. Il a encore ses *overall* sur le dos, mais c'est parce qu'il travaillait dans le garage de son père. Il s'est peigné, il est présentable, il a même mis son imperméable pour cacher ce qu'il a en dessous !

— Ben oui, pis après ! Gervaise le rencontrera bien assez vite, celui-là !

— Nicolas va-t-il revenir te voir après notre départ ? demanda Rita.

— Non, il va revenir demain seulement. Il a un procès en matinée, il viendra immédiatement après.

— Ce qui veut dire que tu vas passer le reste de la soirée seule ?

— Je vais me reposer, Rita, ça vient juste d'arriver ! Quand j'y pense ! Une petite fille qui m'aurait aidée à traverser...

— Traverser quoi ?

— Rien, maman, ce sont les calmants... Vous seriez gentilles de partir et de me laisser seule, j'ai encore le cœur au bord des lèvres.

— T'as raison, on va y aller, on va t'permettre de t'reposer, mais j'vais t'appeler demain matin, ma fille, et si t'as besoin de moi, tu m'fais signe. C'est pas si loin en autobus...

— Merci, maman, mais ça va aller. Merci d'être venue, toi aussi, Rita. L'infirmière va bientôt passer...

— J'viens juste de la voir, ta garde-malade, elle a jeté un regard de travers en voyant qu'on était encore là !

— Ça va, Rita, elle reviendra... Merci encore d'être venues.

— La prochaine fois, si t'es encore ici, j't'apporterai une boîte de chocolats.

La nuit s'était bien passée, Gervaise avait dormi comme un loir dans ce lit blanc et confortable. Le seul fait de ne pas être dans la maison de son beau-père l'avait aidée à amoindrir ses angoisses. En matinée, avant d'aller à ses cours, Jean-René lui avait téléphoné pour lui offrir son support et ses meilleurs sentiments. Ce qui était certes aimable de sa part, mais Gervaise n'en fit pas grand cas. Le neveu était trop semblable à Nicolas. Un Delval pure laine ! Elle l'aimait bien, il était affable, mais elle ne ressentait en aucun cas, pour lui, ce qu'il pouvait ressentir pour elle. Il ne lui avait fait aucun aveu, mais elle avait compris quand même. Il la déshabillait des yeux ! En fin de matinée, avant que Nicolas arrive, Jacqueline était venue avec sa mère, les bras chargés de roses pêche qu'on déposa dans un vase transparent. Une accolade de la part de madame De Querres, une forte étreinte de sa meilleure amie et Gervaise, se retenant pour ne pas trop pleurer, avait tenté, les yeux embués, de leur parler de la perte de son enfant, lorsque Jacqueline lui posa l'index sur la bouche :

— Ne dis rien, nous savons tout, ne te meurtris pas une fois de plus, Gervaise. Tu es vivante et tu te rétablis. Nous parlerons un autre jour de ton tourment si tu veux bien.

— Voyez comme il fait beau dehors ! lui lança la mère de son amie.

— Oui, en effet, c'est le printemps, mais...

Malgré elle, Gervaise s'était mise à pleurer. Jacqueline lui essuya les yeux avec un papier-mouchoir pour ensuite lui demander :

— Est-ce qu'ils vont te garder encore longtemps ici, maintenant ?

— Je n'en sais rien, un jour ou deux encore, j'imagine, mais je ne m'en plains pas...

— Votre moral sera mieux quand vous serez rendue chez vous.

— Vous croyez, madame De Querres ? Avec ceux qui m'attendent dans cette maison ?

La dame se retint d'ajouter un mot de plus, Gervaise venait de lui faire comprendre que son sort était mieux ailleurs que là. Même dans un hôpital. Elles restèrent auprès d'elle jusqu'à ce que Nicolas surgisse. Très bien vêtu, souriant, heureux de faire la connaissance de la mère de Jacqueline, Nicolas s'était à peine approché de sa femme pour l'embrasser sur le front. Comme si elle était à l'hôpital après une extraction d'amygdales! Ce qui avait blessé Gervaise au plus haut point. Elle venait de perdre son enfant et son mari se comportait comme si de rien n'était. Avec son éternel sourire charmeur pour madame De Querres et un autre en coin pour sa meilleure amie. Cher Nicolas! C'était à se demander… Non, elle ne devait pas penser de la sorte. Pas encore. Le moment viendrait bien assez vite…

Les deux femmes quittèrent la chambre après les vœux d'usage et, restée seule avec Nicolas, Gervaise ferma les yeux dès qu'il la regarda:

— Pas heureuse de me voir, ma chérie?

— Bien sûr, mais je suis encore faible, peu encline à sourire…

— Le docteur Plante m'a dit que demain ou après-demain au plus tard, tu serais de retour chez toi.

— Chez moi? répondit-elle, avec un œil à peine ouvert.

Juin s'était manifesté. Gervaise était en pleine forme et complètement remise des sérieux malaises de sa grossesse interrompue. Elle n'avait pas reparlé à Nicolas du bébé qu'ils avaient perdu, de la petite fille qu'elle aurait choyée et qu'elle aurait prénommée Ève, si seulement elle était née. Elle ne voulait rien reprocher à son mari, même si elle sentait que la perte de son enfant ne le dérangeait pas. Sûrement un peu, au début, mais il s'était vite remis à la tâche et avait repris le fil des événements sans trop s'en faire. Tout en vivant encore dans la maison de son père ! Il lui avait promis qu'ils partiraient en juillet, qu'il avait une maison en vue sur la rue Greene. Une autre dans ce même quartier qu'elle ne pouvait supporter. Sur la même rue que madame Drew qui était décédée sans que Nicolas achète sa propriété. Une autre promesse ! Un autre mensonge ! Voilà ce que pensait Gervaise du supposé déménagement dont il parlait rarement, à moins qu'elle ne le questionne. Ses belles-sœurs, toujours indifférentes, n'étaient pas venues la visiter après son retour de l'hôpital. Seul Jean-René s'était déplacé pour lui offrir des sucreries avec une carte de prompt rétablissement. Ce qui était gentil, pas plus. Même s'il s'était montré très affable, très obligeant envers elle. Peut-être était-elle trop revêche envers lui ? Mais, à la fin, un garçon de vingt et un ans qui courtise la femme de son oncle assez ouvertement, c'était quasi insolent. Le neveu de son mari ! Pensons-y ! Le fils de l'une de ses ennemies ! Un Delval ! Elle avait beau être agréable avec lui, voire gentille, elle ne pouvait passer outre le fait qu'il soit de cette famille.

À la mi-juin, alors que Nicolas allait fêter ses trente-sept ans et elle ses vingt-neuf ans, elle accepta d'aller avec son mari célébrer le double événement dans un chic restaurant. Élégante dans une robe blanche rayée de filets d'or, souliers blancs à talons hauts, coiffure au vent, sac à main et gants blancs, elle avait ajouté à ses lobes d'oreilles des pendants d'émail blanc qui lui donnaient fière allure. La regardant descendre l'escalier dans cette tenue vestimentaire, Nicolas lui avait dit :

— Dieu que tu es belle ! Et tu as vite retrouvé ta ligne ! Quel bonheur !

Sa ligne ! Voilà ce qui l'intéressait. Beaucoup plus que le bedon rond qui, il y a si peu de temps, portait l'enfant. Beaucoup plus que le surpoids qui s'était ajouté à ses hanches et à ses joues lors de sa grossesse. Sa ligne ! Sa taille fine ! Ses seins fermes et droits devant elle ! Voilà ce qui intéressait Nicolas ! Que le « paraître » et les regards des autres hommes sur la beauté de sa femme. Ils avaient soupé d'un filet mignon avec sauce au poivre et d'une bouteille de vin de prix et, voulant ajouter un peu de fatuité à sa soirée, il l'invita à danser dans un bar adjacent du restaurant. Elle avait accepté un *slow*, pas davantage. Juste ce qu'il fallait à Nicolas pour lui dire :

— Je t'aime ! Je suis fou de toi ! Tu es encore plus belle avec les ans ! Plus femme que jamais !

Et, faisant la sourde oreille, elle n'avait rien répondu à ces redondances. Elle s'était contentée de humer son eau de toilette en l'embrassant dans le cou et de se coller contre lui... Parce qu'elle l'aimait encore, malgré tout.

À la mi-juillet, le couple décida de partir en vacances. Nicolas, pouvant se permettre quelques jours de répit, avait suggéré à Gervaise un autre voyage à New York. Ce qu'elle avait refusé pour ensuite lui suggérer d'aller passer une semaine ou un peu moins dans une belle auberge du bas du fleuve, pas loin de Rivière-du-Loup, que lui avait recommandée madame De Querres qui y avait séjourné. Nicolas, peu enclin à l'air pur de ce beau coin, comme le prônait sa femme, aurait préféré être plus en vue avec elle sur la *5th Avenue* de New York ou dans la salle à manger du Waldorf Astoria lors des soirées. Mais il n'avait pu détourner Gervaise de son envie de se reposer et de se remplir les poumons de la brise des vents du Saint-Laurent. Elle disait que cet endroit conviendrait mieux à sa longue convalescence qui semblait, pour son mari, interminable. Elle venait à peine de réussir à faire son deuil de l'enfant qu'elle avait perdu, alors que lui l'avait fait depuis longtemps. Il accepta tant bien que mal, et c'est à l'auberge désignée par sa femme qu'il passa ses jours de congé après avoir pris le train pour s'y rendre. Nicolas n'aimait pas conduire de longs parcours, il préférait de beaucoup se faire servir dans le wagon-restaurant du train, en première classe, avec repas et vin. Le lendemain, sur les rives du fleuve, dans une chaise longue, un bon livre à la main, les verres fumés, les cheveux au vent, tenue plus confortable, Gervaise était loin d'être la poupée que Nicolas aurait souhaité promener dans New York. À l'auberge en question, à part eux, il y avait entre autres deux couples… en voyage de noces ! Rien d'intéressant pour l'avocat, trop jeunes pour l'homme mûr de trente-sept ans qu'il était ! Puis, de vieux couples, dont un notaire de Québec avec son épouse. Enfin ! Un homme distingué avec qui se rendre à la salle à manger. Gervaise se contenta d'échanger avec la femme de ce conformiste sur des sujets spirituels qui ne l'intéressaient pas. Nicolas, par contre, parlait de sès procès avec le notaire. Ceux gagnés, naturellement ! Et le vieil homme de s'ébahir devant les récits de l'avocat en vue de Montréal. Mais Gervaise avait été très sobre dans ses tenues vestimentaires, que ce soient celles du jour ou du soir. À la table, avec le notaire et sa femme, elle n'avait porté qu'une jupe, un pull à manches trois quarts garni d'un collier de perles, et n'avait appliqué qu'un léger maquillage. Ce qui avait déplu à Nicolas qui n'avait pas vu le notaire écarquiller les yeux en la voyant entrer. Puis, après cinq longues journées dans cette auberge qui commençait à peser sur le moral de l'avocat, ils plièrent bagage. Heureux de retrouver Montréal, le tribunal, ses procès et ses appartements qui ne lui coûtaient rien, Nicolas n'avait qu'un seul bon souvenir du bas du fleuve, celui de ses trois nuits démentielles de sensualité et d'amour avec Gervaise qui possédait encore, selon lui, le plus beau corps qu'une femme puisse se permettre.

Au mois d'août, monsieur Delval père avisa Nicolas qu'il avait invité à souper un juge de la Cour supérieure et son épouse. Il insista pour que son fils assiste au repas avec sa femme. Ce qui surprit Nicolas qui ne comprenait pas que son père puisse vouloir Gervaise à sa table. Mais il en était ainsi, cette fois. Et Gervaise, qui refusa d'abord l'invitation, finit par accepter pour ne pas déplaire à son mari qui insistait. Il était convenu qu'ils ne seraient que quatre avec les invités, aucune de ses sœurs, pas même le neveu. Trois femmes, trois hommes, et un souper qui pouvait rapporter gros à Nicolas en le rapprochant ainsi de la magistrature et de ses enchaînements. Car, dans sa plus noble fierté, il était bien certain que Nicolas espérait un jour... devenir juge ! Ce que son père n'avait pas réussi malgré ses essais pour y parvenir. Le juge Edmond Lorain semblait l'homme tout désigné pour donner un sérieux coup de pouce au fils Delval. Très distingué, très apprécié de ses confrères, intègre, loyal, il était l'homme le plus juste de sa fonction. Paul-Henri Delval qui l'enviait d'être, à cinquante-neuf ans seulement, à un haut palier de la Cour, ne l'en admirait pas moins. Le recevoir chez lui était tout un honneur, et l'aimable juge avait accepté dans le seul but d'être agréable à ce maître de la toge dont il avait entendu presque toutes les causes lors des années fortes de l'avocat dans ses poursuites. Ils n'étaient pas ce qu'on appelle des amis, mais le juge avait de la considération pour certains collègues de la profession, entre autres Paul-Henri Delval, dont il ne connaissait le fils que de réputation. Le jour tant attendu se présenta et Gervaise, nerveuse, avait demandé à son mari :

— Que dois-je porter pour le souper de ce soir ?

— Ce que tu as de plus chic et de plus sobre, cependant. Pas trop de maquillage, pas trop de bijoux, mais une coiffure dernier cri. Je veux que tu fasses sensation même dans la modestie.

— Tu crois que je serai à la hauteur, Nicolas ? Je ne connais rien aux discussions judiciaires, je n'ai pas le vocabulaire de ta mère…

— Non, tu seras très bien, j'en suis certain. Contente-toi d'être agréable avec sa femme et le tour sera joué.

— Mais ton père ne me regarde même pas, on va s'en rendre compte à table…

— Ne t'en fais pas, tel que je le connais, mon père va faire un effort ce soir pour être aimable. Même avec toi ! Il n'est pas dans son intérêt d'ignorer la femme de son fils qu'il veut élever dans la profession. C'est pour ça qu'il invite le juge. Tu vois ? Malgré tout, mon père est fier de moi, il a confiance en moi et il veut que je réussisse là où il a échoué.

— Tant mieux pour toi, tu le mérites ! Mais ça m'inquiète, ce repas… Si tu me sens mal prise, tu vas venir à mon aide ?

— Ne t'en fais pas, mon amour, je serai juste à côté de toi. Et ces gens-là sont d'une grande simplicité. Ce n'est pas parce qu'on est juge…

— Dis, avant que je l'oublie, comment vais-je l'appeler ? Votre honneur ? Monsieur le juge ?

— Non, Gervaise, juste monsieur ou monsieur Lorain quand le nom s'imposera. C'est un juge que nous recevons ce soir, pas le pape. Donc, sois naturelle et tout ira très bien.

La table avait été montée avec beaucoup d'apparat, elle était presque… cérémonielle ! Imelda, selon les ordres de madame Delval, avait réussi un coup de maître. Tout avait été placé en ordre, monsieur et madame Delval seraient à chaque bout de la table, Nicolas et Gervaise en face du juge et de son épouse. On avait choisi les vins les plus coûteux du cellier, on avait commandé les mets les plus raffinés d'un traiteur de renom, rien n'avait été épargné pour impressionner « Son Honneur » et son épouse lors de ce grandiose souper. Monsieur Delval avait revêtu son complet gris avec chemise blanche et cravate de soie noire. Le regardant, Gervaise avait songé intérieurement : *On dirait un croque-mort !* De son côté, Nicolas avait endossé son habit beige, son préféré, avec une chemise de soie blanche et une cravate à motifs beiges et bruns, ce qui faisait très habillé. Marcelle Delval avait opté pour une robe de dentelle noire avec trois rangs de perles au cou et ses diamants à l'annulaire. Et Gervaise, pour former un beau couple avec Nicolas, avait choisi une robe de soie beige légèrement décolletée sur laquelle pendait un long sautoir en or avec, à l'extrémité, une fleur sertie d'une émeraude. Puis, à ses lobes d'oreilles, des boucles en forme de fleur avec une émeraude en plein centre. Bref, un ensemble de bijoux que Nicolas trouva fort élégant. Pour contenter son mari, elle était allée chez la coiffeuse de Jacqueline faire gonfler sa chevelure afin de la laisser tomber sur ses épaules. Avec une jolie frange qui lui retombait sur l'œil droit. Un savant maquillage, un mascara plus léger, les lèvres orangées, et elle était… sublime ! Aux dires de son mari car, pour elle, ce qu'elle portait était de bon goût, mais plutôt ordinaire. Semblable à ce qu'on pouvait voir sur les mannequins de plâtre des vitrines de magasins.

Vers sept heures, les Lorain arrivèrent dans une somptueuse limousine noire. Avec un chauffeur pour leur ouvrir la portière. Un chauffeur attitré qui reviendrait les chercher sur appel. Paul-Henri s'empressa auprès d'eux, pendant qu'Imelda se chargeait d'être au poste, au cas où madame Lorain aurait eu besoin d'elle pour retirer son étole d'ocelot. Ce qui ne fut pas le cas. Puis, passant au salon, Paul-Henri les présenta d'abord à sa femme, puis à Gervaise et à son fils Nicolas. Le juge Lorain, plus que courtois, avait baisé la main de madame Delval, serré celle de Nicolas, et avait incliné la tête devant Gervaise, en lui disant : *Madame !* d'un ton révérencieux.

Gervaise lui avait souri ainsi qu'à sa femme, et cette dernière, charmante, petite, enrobée, lui avait rendu son sourire. Imelda servit l'apéro, on causa quelque peu et il fut temps de passer à table. Assise en face d'eux, Gervaise les observait. Le juge était bel homme, les tempes grises, les épaules carrées, habillé dernier cri, et madame son épouse, quoique moins jolie que madame Delval, avait belle apparence dans un léger tailleur de lin dont on apercevait la blouse blanche et la chaînette en or qu'elle avait au cou. Le juge, poliment, avait complimenté Nicolas sur son ascension, sur ses procès gagnés dont il avait eu écho, et les trois hommes causèrent un bon moment de la Cour pendant que les femmes, n'osant les interrompre, les regardaient en souriant. Madame Lorain, de son prénom, Simone, rompit un peu leur sujet en demandant à Gervaise :

— Vous n'avez pas encore d'enfant, je crois ?

Gervaise avait tremblé. Cette question lui crevait le cœur… Mais, sage et avertie, elle répondit :

— Non, pas encore. Le Ciel ne l'a pas voulu.

Sans lui dire qu'elle avait perdu son bébé récemment, ce qu'apprécia son beau-père, qui ajouta à son endroit en lui souriant :

— Vous avez encore bien du temps, ma chère.

Il lui avait souri ! L'hypocrite ! Comme s'il éprouvait de l'empathie pour elle. Alors qu'au fond de lui-même… Nicolas avait pressé l'avant-bras de Gervaise comme pour lui dire : *Tu vois, tout se déroule à merveille !* Le souper fut apprécié, les vins davantage, et après le digestif et quelques effets secondaires, la femme du juge demanda à Gervaise :

— Vous êtes issue de ce quartier, madame ?

— Heu… non, un peu plus à l'est, dans Rosemont.

— Oh ! c'est si joli dans ce coin-là ! Vous avez encore vos parents ?

— Ma mère seulement, mon père est décédé il y a quelques années…

— Simone ! Je t'en prie ! Pas trop d'indiscrétions, tu vas finir par ennuyer madame…

— Mais non, monsieur Lorain, pas du tout, répondit Gervaise. Je suis très à l'aise avec ses questions. Votre femme est en droit…

— Non, elle n'est pas en droit ! De rien ! répondit-il en riant. Elle n'est pas avocate et vous n'êtes pas au banc des accusées !

Tous s'esclaffèrent et le juge, de bonne humeur, dit à Gervaise sans omettre de regarder Nicolas :

— Vous êtes très jolie madame, vous êtes un homme chanceux, Nicolas… Quel beau couple vous formez !

— Mais lui aussi est très beau ! s'exclama Simone Lorain.

— Je n'en doute pas, ma chère, mais tu es plus en mesure de juger un homme que moi. Vous voyez, monsieur Delval ? Déformation professionnelle ! J'ai employé le verbe… juger !

Un second rire général, et la soirée s'écoula dans le charme et la distinction. À l'heure de leur départ, le juge baisa une seconde fois la main de madame Delval, sans omettre cette fois d'en faire autant avec celle de Gervaise et de lui dire :

— Heureux de vous avoir rencontrée, madame. Votre présence a rehaussé cette soirée.

Ce que Nicolas avait pu saisir avec une fierté démesurée. Un juge qui trouvait sa femme superbe ! Quel compliment de qualité ! Les Lorain partirent avec le chauffeur revenu les prendre et, ayant refermé la porte, monsieur Delval se frottait les mains d'aise. Regardant Nicolas, il lui dit :

— Je crois que tu l'as impressionné, mon fils, tes propos sur les procès l'ont grandement intéressé.

Puis, sans jeter un œil sur sa belle-fille, retrouvant son naturel, il s'esquiva en compagnie de sa femme pendant que Gervaise et Nicolas regagnaient leurs appartements.

— Tu as été merveilleuse, ma chérie ! Tu t'es sortie de toutes les situations, même des questions indiscrètes de sa femme.

Gervaise accepta les compliments de son mari en lui pressant la paume de la main, mais ce qu'elle avait remarqué et que Nicolas avait ignoré, c'est que le juge et sa femme ne s'étaient adressés qu'à elle durant la soirée, pas une seule fois à sa belle-mère. Ce que cette dernière n'avait sans doute pas apprécié.

Charlotte et Josiane n'avaient pas digéré le fait d'avoir été exclues de ce souper avec le juge et son épouse. Et encore plus outrées que « la veuve » ait été à la table ce soir-là. Privilégiée parce qu'elle était la femme de Nicolas ! Elle, une Delval, que de nom seulement, sans même en avoir le sang dans les veines ! Mais leur mère leur avait demandé de se taire et de cesser de la dénigrer de la sorte, du fait qu'elle était la femme de leur frère et qu'il était logique qu'elle l'accompagne dans tout événement le concernant. Le souper avec le juge inclus ! Josiane priait pour que le mariage de son frère s'effrite et qu'il se débarrasse d'elle avant qu'elle soit enceinte d'un autre enfant. Si seulement elle avait pu lui pousser une plus belle femme que Gervaise dans les bras, mais peine perdue, Nicolas n'avait d'yeux que pour sa femme, sa « beauté fatale » comme il l'appelait parfois dans le creux de son cœur. Gervaise le comblait. Non seulement parce qu'elle était physiquement magnifique, mais parce qu'elle avait un caractère agréable, malléable et qu'elle lui était soumise ou presque.

À la fin du mois d'août, Nicolas était entré à la maison en se précipitant au deuxième pour dire à Gervaise qui écoutait de la musique classique en lisant un roman :

— Chérie ! Tiens-toi bien ! Tu vas être contente ! J'ai acheté une maison !

La jeune femme faillit tomber à la renverse. Le livre sur les genoux, béate, elle le regardait incrédule, se demandant si elle rêvait ou non :

— Ne sois pas étonnée, tu as bien entendu. J'ai fait l'acquisition d'une maison. La mère d'un confrère, une femme qui n'est plus autonome, parlait de la vendre et c'est moi qui en ai hérité. J'ai bâclé la transaction en deux jours, mon père ne le sait pas encore.

— Mon amour ! Quelle bonne nouvelle ! lança Gervaise.

Pour ensuite lui demander timidement :

— Et où se trouve cette maison ?

— Dans notre quartier, Gervaise, mais sur l'avenue Elm, cette fois. Un peu plus loin d'ici, ce qui devrait te plaire. Mais j'aime mieux te prévenir, j'ai acheté un duplex et non une maison familiale. Le second palier est habité par un vieux couple tranquille qui y vit depuis des années. Avec leur entrée privée. Nous aurons le bas pour nous, un grand sept pièces que tu pourras meubler à ton goût. J'ai acheté un duplex parce que le loyer du haut payera presque l'hypothèque chaque mois. Ça ne te dérange pas, n'est-ce pas ?

— Non, Nicolas, rien ne me dérange. L'important est que nous sortions d'ici… Et le fait d'habiter un rez-de-chaussée seulement sera plus facile d'entretien. Je ne te pose plus de questions, je suis certaine que tu as fait un bon choix. Nous l'aurons quand, cette maison ?

— Nous y serons en début d'octobre, le temps requis pour que mon collègue vende les meubles de sa mère et vide les appartements. Ce qui n'est pas loin…

— Pourquoi ne pas aller voir les meubles de sa mère, Nicolas ? Qui sait si certains ne pourraient pas faire notre affaire ? Et ça te ferait épargner davantage…

Toujours prête à l'aider à lui sauver des sous, elle comptait même se priver de meubles neufs pour qu'il soit plus à l'aise dans ses finances. Habituée à ménager quand elle vivait dans l'est avec sa mère, elle n'avait pas perdu cette manie d'épargner le plus possible. Même si son mari avait un coussin très confortable à la banque. Heureux à l'idée de sauver encore plus que prévu, Nicolas invita sa femme à visiter la maison, la semaine suivante, avec le collègue qui lui servirait de guide. Sa mère serait absente en vertu d'une visite médicale. Sur les lieux, Gervaise fut enchantée par les beaux meubles et tapis qui s'offraient à sa vue.

Cette dame avait du goût, rien n'était de piètre qualité. Que du beau, que des meubles de choix. Et des tableaux quelle comptait aussi acheter, tellement ils étaient en harmonie avec le mobilier. Elle suggéra donc à son mari de tout acheter de la dame, à moins qu'elle ne veuille léguer quelques meubles ou toiles de prix à son fils ou à des amies. Il n'en fut rien et le collègue, plus qu'heureux de ne pas avoir à déménager quoi que ce soit de cette maison, sauf les vêtements et les effets personnels de sa mère, fit un très bon prix à Nicolas pour les meubles du salon tout comme pour ceux de la chambre, du vivoir, de la cuisine et de la chambre d'invités. Gervaise comptait bien rentrer là comme dans un hôtel. Elle allait certes regretter le grand lit à baldaquin de leurs ébats, mais elle préférait celui plus ordinaire de la dame à celui qui appartenait à son beau-père. Elle avait peur que l'odeur de cette maison qu'elle allait quitter la suive dans sa nouvelle résidence si elle apportait avec elle le moindre meuble. Pour le fauteuil auquel elle s'était habituée, elle allait en acheter un autre exactement pareil chez Eaton. Elle en avait vu un dans des tons qu'elle préférait. Or, comblée au possible par l'achat de la maison et l'éloignement de ses beaux-parents qui en découlerait, elle s'était empressée de communiquer la bonne nouvelle à Jacqueline qui s'était écriée :

— Bravo ! Je suis si heureuse pour toi, Gervaise ! J'ai eu peur que tu t'en ailles loin, mais sur l'avenue Elm, je peux m'y rendre à pied avec Moka lorsque je le promène. Ce qui est merveilleux, c'est que tu ne verras plus les maisons des Delval, père et filles. Débarrassées de ta vue, sauf quand tu auras à les visiter…

— Pas souvent, compte sur moi ! Que sur insistance de Nicolas et dans les occasions qu'on ne pourra pas éviter. Imagine, Jacqueline ! Seule avec mon mari sous mon toit ! Et seule à longueur de journée à faire ce qui me plaira quand Nicolas sera au travail. Et je pourrai lui préparer des repas, faire le ménage…

— Quoi, pas même une femme de ménage, Gervaise ?

— Non, aucune ! Je m'occuperai de tout moi-même, ce qui me fera faire de l'exercice. Ici, chez mes beaux-parents, il me fallait me promener de long en large pour ne pas figer sur mes jambes. Que moi, mon mari, ma maison… et toi !

— Et ta mère et ta sœur, bien sûr…

— Oui, que j'inviterai quand bon me semblera. Ce sera une nouvelle vie pour moi, Jacqueline. J'ai peine à le croire !

Monsieur Delval n'avait pas été tout à fait fier de cette nouvelle. Et ce, même si Gervaise ne lui plaisait pas. Il s'était habitué à leur présence, à leurs allées et venues… Et depuis la rencontre avec le juge, il s'était rapproché de son fils et quelque peu de sa belle-fille qui demeurait quand même méfiante. Madame Delval était, pour sa part, contente de cet achat. Heureuse surtout pour Gervaise qui allait faire sa vie de couple comme elle le souhaitait. Elle lui avait dit le lendemain de l'annonce de leur déménagement :

— Je suis contente pour vous, Gervaise. C'est comme si votre vie à deux allait commencer maintenant. Il n'était pas normal d'évoluer sous notre toit. Ç'aurait pu finir par mal tourner…

Et elle était sincère, Gervaise le sentait, sa belle-mère ne la détestait pas. Si elle avait été si distante avec elle, c'est qu'elle redoutait les réactions de son mari et de ses filles. Elle n'avait pas été capable de leur faire face, de s'élever contre lui, contre elles… Gervaise le savait et, en elle-même, elle la plaignait. Comment une épouse et mère n'avait-elle pas pu s'imposer à ceux et celles qui dépendaient d'elle ? C'est ce que Marcelle Delval n'avait pas compris. Ses filles étaient trop fortes de tempérament pour qu'elle ait le dessus sur elles. Apprenant que leur frère allait déménager sur l'avenue Elm avec sa femme, Charlotte avait dit à Josiane :

— Enfin ! Débarrassée d'elle ! Encore dans le quartier tout de même…

— Oui, mais assez loin pour qu'on ne lui voie plus la face chaque jour, la garce ! J'aurais même souhaité que Nicolas achète dans l'est pour ne plus la revoir de ma vie, la peste !

— Mais tu aurais aussi perdu ton frère, Josiane…

— Et puis après ? Penses-tu qu'il m'aurait manqué le p'tit gars à sa mère ? Gâté pourri en plus ! Je ne suis pas certaine, mais ça ne me surprendrait pas qu'il ait emprunté de l'argent à papa pour acheter une maison à sa chienne de femme !

— Josiane ! Tu t'exprimes comme une personne de basse classe ! Surveille ton langage ! Ce n'est pas pour elle que je dis ça, mais pour ta dignité que tu massacres en parlant ainsi !

— Oui, je sais, mais quand je pense à elle, c'est plus fort que moi ! Le visage maquillé comme… Ah ! j'arrête ! Ça va me faire encore dire des choses que tu vas me reprocher.

— Bon, c'est mieux, ressaisis-toi un peu. Et pour ce qui est de papa, je serais surprise qu'il ait prêté de l'argent à

Nicolas. Le frère n'est pas dans la rue, tu sais, il en a de collé, ça fait un bon bout de temps qu'il ne paye rien, pas même de loyer… Et papa n'aurait pas levé le petit doigt, sachant qu'elle allait en profiter.

— Oui, tu as raison, il la déteste encore plus que toi et moi, cette… J'arrête encore une fois, mais cesse de me parler d'elle, Charlotte, tu me fais sortir de mes gonds chaque fois!

Octobre était arrivé, les feuilles mortes étaient déjà au sol sur l'avenue Elm et Gervaise, déménagée depuis la veille, s'affairait à tout mettre en place dans «sa maison» qu'elle adorait. Elle avait fait la connaissance de ses locataires, un vieux couple anglophone charmant. Gentils et affables tous les deux, au point que la dame avait souhaité la bienvenue à sa nouvelle propriétaire en lui offrant une tarte aux pommes cuite de ses mains. Les jours suivants, Gervaise s'empressa d'aller avec Jacqueline acheter tout ce qu'il leur fallait pour la salle de bain, pour le ménage qu'elle comptait faire et pour remplir le réfrigérateur vide laissé sur place. Chez le marchand de fruits jusqu'à l'épicier du coin, elles trouvèrent tout ce dont elles avaient besoin. Madame De Querres leur avait même fait une liste pour qu'elles n'oublient rien, elle qui ne se fiait pas à sa fille Jacqueline pour les menus détails et les pressants besoins du couple. Puis, comme Nicolas rencontrait un client ce soir-là, Gervaise fut invitée à souper chez madame De Querres qui avait fait cuire une morue à chair tendre avec des pommes de terre en casserole. Gervaise s'y rendit, mais elle avait hâte de rentrer chez elle le soir. Pour profiter de sa solitude, pour se sentir bien dans sa peau dans cette jolie maison qui lui appartenait. Pour ne plus avoir à craindre les pas de son beau-père et ne pas entendre sa belle-mère chuchoter au téléphone avec ses filles. Seule et heureuse de l'être… Un bon bain chaud, son parfum préféré sur la nuque et les poignets, elle avait endossé une robe de chambre de satin rose pour attendre Nicolas. Et, dès son retour à l'heure du dernier bulletin de nouvelles, elle avait fermé le téléviseur, ouvert la radio et capté à Radio-Canada une musique de détente… passablement enivrante! Et une nuit de plus se déroula dans le lit ordinaire de l'ancienne propriétaire, mais avec la chaleur et la fougue de l'avocat sur le corps parfois passif de sa femme adorée. Parce que Gervaise, bien souvent, préférait se laisser prendre par le loup, plutôt que de l'attaquer de plein fouet.

Le mois de décembre se montra le bout du nez avec ses premières neiges et Gervaise, toujours heureuse avec son mari entre les murs de sa demeure, lui avait demandé un certain soir :

— Qu'allons-nous faire pour Noël, mon chéri ? Où irons-nous ?

— Bien, chez mes parents pour le souper, je suppose.

— Non, je n'y tiens pas, Nicolas, pas cette fois. Je ne veux pas les revoir si tôt après être partie. On peut aller chez maman…

— Non, Gervaise, pas chez ta mère, sa maison me déplaît, ta sœur aussi, et s'il fallait qu'elle invite encore Bigras…

— Alors, que suggères-tu ?

— À toi de décider, moi, je persiste à dire que mes parents…

— Non, Nicolas, et voici ce que nous allons faire, tu iras au souper de tes parents et j'irai seule à celui de ma mère.

— Mais ça ne se fait pas, mon amour ?

— Ah, non ? Ce sera donc un précédent, Nicolas, car il en sera ainsi. Toi chez ta mère, moi chez la mienne… Ce qui ne changera rien quand nous nous retrouverons, tu le sais bien…

— Oui, je présume, mais que dira ma famille…

— Tes sœurs vont s'en réjouir, Nicolas, et ta mère va pousser un long soupir de soulagement. Elle ne sera pas sans cesse sur les dents…

— Et ta mère ?

— Elle sera bien contente que je sois là, monsieur et madame Bigras aussi. De toute façon, ma mère n'est pas à l'aise avec toi, ma sœur non plus. Alors, n'en parlons plus.

Et il en fut ainsi, Gervaise se rendit au souper du 25 décembre chez sa mère avec des présents plein les bras, alors que Nicolas se rendait chez son père avec quelques colis, retrouver ses sœurs, son neveu, sa nièce… Jean-René, voyant que Gervaise ne l'accompagnait pas, lui demanda :

— Ta femme n'est pas avec toi ?

— Non, elle est chez sa mère. Chacun de son côté pour une fois…

— Et plusieurs autres, j'espère, marmonna Josiane d'un air sévère.

Jean-René semblait déçu de ne pas voir sa tante au repas familial. Il ne l'avait pas vue depuis quelques semaines et elle lui manquait… Sentant qu'il allait renchérir sur l'absence de Gervaise, sa mère, aux aguets, lui lança avec un regard à faire peur :

— Jean-René ! S'il te plaît ! Change de sujet !

# CHAPITRE 6

Juin 1959. Deux ans s'étaient presque écoulés depuis que Gervaise et Nicolas avaient emménagé dans leur nouvelle maison. Un bon laps de temps où la routine avait été maîtresse dans leur vie à deux. Pas de divergences d'opinion, pas de problèmes de couple, une entente quasi enviable. Gervaise avait réussi tant bien que mal à espacer de plus en plus ses visites chez ses beaux-parents, sauf dans de grandes occasions où ses apparitions se faisaient brèves. Toujours en froid avec ses belles-sœurs qu'elle n'avait pas revues depuis son départ, elle les ignorait totalement quand elle les croisait dans la maison familiale. Et elles, de leur côté, s'en donnaient à cœur joie de lui rendre la pareille. Pas un mot, pas même une salutation, au point que Nicolas, vexé plus que jamais, écourtait lui aussi ses visites chez sa mère pour éviter d'avoir à les confronter chaque fois. Monsieur Delval avait légèrement tenté de se rapprocher de Gervaise, mais de façon si réservée que la jeune femme n'encourageait pas cette fausse proximité. Elle n'avait pas oublié tout ce qu'il lui avait fait vivre par son attitude dans cette maison, et encore moins le fait qu'il était aussi responsable que ses filles de la perte de son enfant. Bref, elle ne l'avait jamais aimé et, même loin de lui, elle le détestait encore carrément. Madame Delval, devenue plus aimable avec le temps, avait eu le privilège de visiter la maison de son fils. Gervaise lui avait même offert le thé lors de sa venue. Parce qu'elle savait que, enthousiasmée, sa belle-mère allait vanter les mérites de Gervaise en décoration. Elle s'était exclamée plusieurs fois devant son mobilier de salon, sa tapisserie sur les murs du vivoir, ses tableaux de prix, la somptuosité de la cuisine. Ce qui avait fait enrager les sœurs Delval. Le seul fait de savoir Gervaise bien installée les rendait… animales ! Josiane avait même dit à Charlotte :

— On sait bien, avec l'argent de son mari, on peut se payer bien des services. Elle a dû avoir recours à un décorateur, voyons ! Son goût doit être à la hauteur de son instruction !

Et l'aînée de renchérir :

— En tout cas, elle s'est placé les pieds, la veuve ! Un mari avocat, une maison à Westmount, des voyages, une garde-robe inestimable… C'est comme à la loterie, les gens du menu peuple sont toujours plus favorisés que les personnes de la haute société. Et Josiane de répliquer :

— Bien sûr, Charlotte ! Ce sont eux qui achètent les billets de *Sweepstake* ! Moins tu as d'argent, plus tu le risques. Gervaise a misé sur ses charmes, elle ! Et tu vois ? Elle a remporté le gros lot avec Nicolas ! Pas chanceuse, ça ? Ah ! la vache !

Durant ce temps, Nicolas et Gervaise s'apprêtaient à célébrer un autre anniversaire de naissance ensemble. Cette fois, Nicolas avait suggéré d'aller fêter à Sainte-Adèle, dans l'une des plus belles auberges de la localité. Gervaise avait hésité, elle avait entendu dire que cet endroit était presque réservé aux jeunes mariés, mais Nicolas réussit à la convaincre que des gens de tous âges s'y retrouvaient... Surtout pour une fin de semaine ! À moins qu'elle préfère aller à New York... Juste à entendre ce nom, Gervaise accepta d'emblée d'aller à Sainte-Adèle. Elle n'aimait pas New York, c'était bruyant, des klaxons à longueur de journée, des piétons qui se bousculaient sur les trottoirs, des hôtels remplis à craquer... Qu'importe si on y jouait des opéras avec des cantatrices et des ténors célèbres, elle préférait aller les voir à l'auditorium Le Plateau, avec des artistes locaux. Ils se rendirent donc à Sainte-Adèle après avoir fait les réservations pour la fin de semaine seulement, et Gervaise fut ravie par l'ambiance de l'auberge. Il y avait, bien sûr, des jeunes mariés en voyage de noces, mais aussi des gens de leur âge, des couples plus âgés, des veuves en villégiature, des hommes d'affaires qui discutaient de leurs conflits d'intérêts, une grand-mère avec son petit-fils, le seul enfant cependant, et une table à faire rêver le plus gourmand des gourmets.

Le lendemain, ils avaient levé leur verre aux trente-neuf ans de Nicolas et aux trente et un ans de Gervaise. Belle à ravir, plus femme encore, elle était une fois de plus celle qui attirait les regards d'admiration des hommes et ceux d'envie de leurs épouses. Il y avait certes d'autres jolies femmes parmi la clientèle de l'auberge, mais aucune aussi frappante que Gervaise. Et Nicolas, excessivement fier d'elle, s'en rendait compte à chaque instant. Les cheveux flous jusqu'aux épaules, une robe soleil rouge et blanche qui dévoilait plus que de coutume, un maquillage bien appliqué, des anneaux d'or aux lobes d'oreilles, des bracelets multiples, les ongles bien vernis, les jambes nues bronzées par une crème teintée, les pieds manucurés dans des sandales rouges à talons hauts, elle faisait sensation, madame Delval, à la table bien en vue choisie par son mari :

— Je vieillis, ma chérie, l'an prochain, j'aurai…

Elle l'avait interrompu pour lui dire :

— Vivons l'instant présent, Nicolas, ne parlons pas du futur, ça rend anxieux…

Ils avaient joué au *shuffleboard* avec un couple dans la cinquantaine, ils avaient causé avec deux dames dont les enfants étaient mariés, ils avaient partagé la table extérieure avec parasol d'un jeune couple en voyage de noces, lui très beau, elle, plutôt quelconque, et ils avaient passé de charmantes nuits amoureuses dont Nicolas avait la recette. Dans ses bras, Gervaise était au septième ciel. Ils s'aimaient comme la première fois qu'ils avaient fait l'amour ensemble. Mais, selon elle, lorsqu'elle y pensait bien, avec plus d'expérience. Depuis son déménagement, malgré les risques pris à plusieurs reprises, Gervaise n'était pas tombée enceinte une seconde fois. Elle suivait le calendrier, bien sûr, elle était vigilante, mais il aurait suffi de si peu pour qu'elle le devienne. Elle avait même consulté le docteur Plante qui lui avait dit :

— Je ne vois pas d'anomalie, madame. Persistez, ça viendra peut-être.

Étonnée, elle lui avait répondu :

— Mais, je n'y tiens pas, docteur, je suis sur mes gardes. J'aimerais que vous puissiez m'affirmer que j'en suis incapable… Il y a des moyens contraceptifs…

Mais il ne pouvait rien lui affirmer et encore moins lui confirmer, évidemment, et il ne lui avait rien conseillé, incertain que son mari pense tout à fait comme elle. Ce qui était pourtant le cas et davantage, Nicolas ne voulait pas devenir père… à son âge !

Ils étaient revenus enchantés de leur escapade et Nicolas avait repris ses procès alors que Gervaise se tournait les pouces dans sa vaste maison quand ses quelques tâches quotidiennes étaient terminées. Elle avait bien sûr Jacqueline pour la divertir entre ses leçons de piano, mais ce n'était pas suffisant pour meubler tous les temps morts de ses longues journées. Un vendredi de juillet, faisant du lèche-vitrines sur la rue Sainte-Catherine, elle entra chez Eaton et se dirigea au comptoir des produits de beauté où elle essaya quelques crèmes et fragrances que la vendeuse lui suggérait. Puis, de fil en aiguille, Gervaise lui révéla avoir occupé un emploi comme le sien avant son mariage et, surprise, la jeune fille lui avait dit :

— Ça ne vous tenterait pas de reprendre le travail, madame ? On cherche justement une gérante pour le département.

— Heu… non, je n'ai jamais été gérante, simplement vendeuse comme vous l'êtes.

— Oui, mais avec votre expérience antérieure et l'âge que vous venez de me révéler, vous seriez toute désignée pour ce poste.

Au même moment une autre dame, qui avait saisi leurs propos, s'infiltra dans leur conversation et, se présentant comme la responsable de l'étage, lui confirma qu'elle serait très intéressée à la rencontrer si jamais elle changeait d'idée. Gervaise l'informa être mariée à un avocat pour qu'elle saisisse qu'elle n'avait pas à gagner sa vie. Ce que la responsable en chef comprit tout en insistant :

— Il y a des dames qui, même à l'abri dans leurs finances, se meurent d'ennui parfois. Vous avez des enfants ?

Se faisant répondre qu'elle n'en avait pas, qu'elle était libre de son temps, la dame lui remit quand même sa carte au cas où... Ce qui tourmenta Gervaise qui avait une envie folle de reprendre l'emploi qu'elle détenait naguère, non pas pour l'argent que ça lui rapporterait, mais pour le plaisir de rencontrer des gens, de leur suggérer des produits, de leur être utile... Gérante en plus ! Elle y songeait tellement qu'elle se décida d'en parler à Nicolas qui, d'abord contrarié par cette demande, finit par analyser la situation de sa femme qui se morfondait entre ses murs plus souvent qu'autrement. Et Gervaise livra un si vibrant plaidoyer que le pauvre avocat, ému par les invocations de sa femme, finit par lui répondre :

— Aucune Delval ne travaille, Gervaise, ce serait un précédent. Ce qui ne serait pas le premier... Si tu crois toutefois que cet emploi, qui me semble respectable, t'apporterait une joie de vivre, je ne dis pas non. Essayer n'est pas adopter, ma chérie... Si tu en as vraiment envie...

Gervaise était folle de joie. Son mari avait flanché sous le poids de ses arguments. Elle s'était empressée de retourner rencontrer la dame en question et, en deux temps, trois mouvements, madame Nicolas Delval était devenue la nouvelle gérante du rayon des cosmétiques chez Eaton.

Elle en avait averti sa mère qui lui avait répondu :

— Ça s'peut-tu ! Pas avoir besoin d'argent, pis s'trouver une job à plein temps !

Berthe Huette n'avait pu comprendre que sa fille cherchait à reprendre le travail par désennui et non par besoin. Rita avait maugréé :

— Ben moi, si j'avais un homme qui m'faisait vivre comme elle, j'sortirais, j'voyagerais pis j'dépenserais ! J'me fendrais pas l'derrière à l'ouvrage ! Maudite folle !

Jacqueline, de son côté, avait trouvé étrange que Gervaise ne puisse combler sa solitude qu'en allant travailler. Il y avait tellement d'autres issues… Mais elle fit mine de la comprendre et lui promit d'aller la visiter à son comptoir quand elle serait en poste. Pour ce qui était de Nicolas, deux raisons l'avaient incité à ne pas contrer ce désir de sa femme. La première était qu'elle serait en vue constamment et qu'on n'aurait de cesse de la féliciter sur son apparence. Surtout devant lui quand il passerait la voir… La deuxième, c'est qu'il aurait à lui donner moins d'argent pour ses besoins personnels, et ce, même si Gervaise n'était pas dépensière. Sans être pingre, loin de là, Nicolas aimait déposer le plus d'argent possible à la banque. Pour se permettre une retraite dorée quand viendrait son tour… Pour être un homme à l'aise et respecté quand arriverait le jour… Comme son père !

Le restant de l'année se déroula sans que rien ne l'entrave. Il était évident que les sœurs de Nicolas avaient trouvé l'occasion de la descendre quand elles avaient appris que leur belle-sœur retournait travailler. Charlotte avait dit à Josiane :

— Tu vois ? C'est comme ça quand on est née pour un p'tit pain ! Elle est sortie de l'est, mais l'est n'est pas sorti d'elle ! Tu lui offrirais un palace à Londres ou à Paris, qu'elle chercherait encore une chiotte dans un champ de patates !

Et Josiane de répliquer :

— Pas même secrétaire privée, gérante de cosmétiques ! Mais avec une quatrième année, que veux-tu... Nicolas manque d'orgueil de laisser notre nom traîner jusque chez Eaton ! Imagine, Charlotte ! Pas même chez Ogilvy, on ne l'aurait pas engagée ! Quand tu viens du menu peuple... Encore chanceuse qu'on l'ait acceptée chez Eaton, je la verrais plutôt dans un *Woolworth* ! Elle aurait même pu se retrouver dans une pharmacie de la rue Craig, près des *pawn shops,* là où on engage des grimées de son espèce pour vendre des rouges à lèvres !

Mais Gervaise était heureuse à son travail. Elle voyait beaucoup de monde, elle effectuait les achats du département, elle voyageait avec sa patronne pour rencontrer, en Ontario comme en Alberta, des fabricants de crèmes en pot et de savons de beauté parfumés. Elle était reçue chaque fois en grande pompe par les fournisseurs qui voulaient distribuer leurs produits chez Eaton à tout prix. On l'invitait dans les grands restaurants, elle était une « acheteuse » de la plus haute importance pour eux. Le magasin Eaton de Montréal était l'un des plus achalandés pour les produits de beauté. Nicolas, qui se rendait à son comptoir assez fréquemment, était ravi de la voir bien coiffée, maquillée avec soin, vêtue telle une reine sous son sarrau blanc qu'elle gardait entrouvert. Et les jeunes vendeuses s'empressaient ensuite de dire à Gervaise qu'elle avait un superbe mari, qu'il ressemblait à Clark Gable ou à un autre acteur du même genre. Bref, la fierté de Nicolas lui sortait par les oreilles ! Et il déposait dans son compte de banque tout ce qu'il n'avait plus à verser à Gervaise qui se tirait très bien d'affaire avec son assez gros salaire.

Le temps des Fêtes arriva et, comme l'année précédente, Nicolas se rendit chez sa mère pour le souper familial de Noël, alors que Gervaise se rendait chez la sienne, rue Ontario, afin de fêter avec les Bigras, Rita et Mailloux qu'elle rencontrait pour la première fois. Pas beau, mais costaud avec ses biceps et ses pectoraux, il était baraqué, le planteur de quilles ! Vêtu d'une façon quelconque, mais bien rasé, il avait été fort aimable avec Gervaise qui l'avait impressionné et qu'il avait vouvoyée pour ensuite la tutoyer sur insistance de sa part. Ils avaient bien mangé et Ernest Bigras lui avait dit au moment du dessert :

— Comme ça, tu pouvais plus rester à rien faire ! Il fallait que tu r'tournes travailler, Gervaise !

Le regardant en souriant, elle lui avait répondu :

— Ah ! vous savez, la pharmacie Montréal m'a tellement marquée, elle s'est imprégnée en moi… J'y pensais constamment.

Rita qui semblait bouder à force de voir son Mailloux les yeux rivés sur sa sœur aînée, avait ajouté en regardant monsieur Bigras :

— Faut-tu être assez épaisse !

1960 ! Gervaise a trente-deux ans et Nicolas a fêté ses quarante ans. Pour la circonstance, sa mère avait tenu à célébrer son entrée dans la quarantaine dans un chic restaurant. Elle aurait souhaité que Gervaise soit présente, mais cette dernière s'en dispensa, ne voulant pas se retrouver en présence de son beau-père et de ses vilaines belles-sœurs. Elle avait préféré se rendre au cinéma York avec Jacqueline, voir le film *The Story Of Mankind,* dans lequel Hedy Lamarr interprétait Jeanne d'Arc. Nicolas avait été choyé. Son père lui avait remis la somme de quarante dollars en billets américains d'un dollar, en plus d'une paire de billets pour un concert, et un seul billet aller-retour pour un voyage en avion à New York. Parce qu'il ne voulait pas que Gervaise profite du cadeau. Il avait dit sournoisement à son fils, pour se disculper, qu'il s'agissait d'un billet pour un voyage… d'affaires ! Sachant pourtant que Nicolas ne traitait pas avec les États-Unis. Un billet que Nicolas allait vendre à rabais à un collègue qui, lui, s'y rendait souvent. Sans que Gervaise sache rien de la malveillance de son beau-père. Ses sœurs lui offrirent chacune un cadeau, Charlotte lui avait choisi une eau de toilette, et Josiane, pour avoir plus d'effet, lui avait offert un foulard de soie rouge à laisser pendre sur son smoking noir, lors de sorties mondaines. Jean-René, qui s'était joint aux invités, avait été déçu de ne pas voir Gervaise parmi le petit groupe et avait offert à son oncle, avec ses vœux, une plume fontaine en argent solide dans un coffret de velours noir. Nadine était mécontente de voir que ce restaurant, aussi chic fût-il, n'avait pas de crème glacée à l'orange, et c'est son cousin qui la rappela à l'ordre, Josiane ne pouvant le faire. Après tout, elle avait quatorze ans, cette peste ! Assez vieille pour comprendre qu'on ne rechigne pas en public pour un désappointement. Puis, prétextant une supposée rencontre avec un autre étudiant, Jean-René quitta vite les lieux après le plat principal. Il n'en pouvait plus d'endurer sa détestable cousine et de subir le verbiage de sa mère avec sa tante Josiane. En plus d'être vexé de constater que l'oncle Nicolas, comblé par sa proche parenté, semblait se foutre du refus de Gervaise d'être de la soirée. Le neveu, sans un bonsoir ou presque, était parti à cause de ces contrariétés et, surtout, parce que celle qu'il souhaitait voir... brillait par son absence !

L'année 1961 qui allait suivre allait apporter quelques joies, quelques peines et une surprise à Gervaise. Cette surprise se produisit lorsque sa mère, en janvier, lui annonça au bout du fil :

— Rita va se marier. Avec Mailloux !

— Mariée ? Elle ?

— Oui, obligée.

— Que veux-tu dire, maman...

— Ben voyons, Gervaise, obligée, tu sais ce que ça veut dire, non ? En famille, ta p'tite sœur. De c't'agrès-là en plus !

— Non, ce n'est pas possible... Je n'aurais jamais pensé que Rita... Oui, c'est possible, que dis-je, elle a vingt-six ans, elle couche à gauche et à droite... Est-elle amoureuse de lui, au moins ?

— Elle ne l'haït pas, elle dit que c'est un bon diable, mais moi, j'le porte pas trop dans mon cœur, c't'énergumène-là !

— Voyons, maman, il n'est pas si mal, je l'ai rencontré encore une fois à Noël et je le trouve sympathique. Mais dis-moi, il a accepté de se marier, lui qui courait plus d'une fille à la fois ?

— Oui, parce que sa mère est catholique et pratiquante et qu'elle le force à marier celle qu'il a mis en balloune !

— Maman ! Quel terme ! Tu es incorrigible ! Dis « celle qu'il a rendue enceinte ». Polis ton vocabulaire un peu… Nicolas a peut-être le nez en l'air comme tu dis, mais à t'entendre, on ne peut pas lui reprocher de te regarder de travers. Fais attention, voyons !

— Ben, terme ou pas, a va s'marier pis avoir un p'tit, la Rita ! Et j'aurai pas Mailloux dans les jambes, j'ai refusé qu'y viennent s'installer ici après. Surtout pas avec un p'tit braillard qui va m'casser les oreilles. J'ai fait mon temps, j'serai pas sa gardienne ni sa servante. Qu'y s'trouvent un logement !

— Au fait, maman, tu l'appelles sans cesse Mailloux, il doit avoir un prénom ce gars-là ? J'ai oublié de le lui demander lors de notre rencontre aux Fêtes…

— Ben oui, y s'appelle Yvon comme son défunt père, mais tout l'monde l'appelle Mailloux, jamais par son prénom.

— Rita est-elle heureuse à l'idée d'avoir un enfant ?

— J'te dirais que oui… Mais j'pense que le fait de s'marier est plus important que d'avoir un bébé ! Depuis l'temps qu'a s'cherche un mâle !

— Bon, parlons sérieusement, maintenant. Quand vont-ils se marier et quand va-t-elle avoir son enfant ?

— D'après ses calculs et ceux du docteur Filiatrault, ça devrait être en moitié de juillet pour le p'tit et, pour leur mariage, le mois prochain, quelque part en février. Y cherchent une date avec le curé, mais j'pense que samedi le 11 ou le 18, ça devrait leur convenir. Ça va être intime, sa famille pis la mienne. Lui, y'a juste sa mère pis un frère plus jeune que lui, un autre pas bon sans instruction. De notre côté, y va y avoir moi, toi pis Nicolas, monsieur et madame Bigras, pis sa marraine, ta tante Adrienne qu'on voit une fois par cinq ans. On va être juste assez pour meubler les deux premiers bancs de l'église. Le curé leur a demandé de s'marier à sept heures, parce qu'y a un gros mariage les mêmes jours à neuf heures. La fille du marchand de meubles, pis celui des jumeaux Verreault, ça passe ben avant Rita, de gros mariages comme ça !

— Bon, qu'importe, c'est tôt, mais ce sera vite fait. As-tu pensé à une petite réception après leur union ?

— Ben non, pas icitte, voyons ! C'est grand comme ma… Non, j'me r'tiens, j'veux pas parler mal, t'as raison, faut que j'm'améliore… Pis j'ai pas d'argent pour une réception, Gervaise, tu l'sais. Nicolas m'a donné juste deux piastres de plus par semaine sur mon allocation depuis deux ans. On va pas… Non, pas c'mot-là !

— Écoute, maman, je me charge de la réception. Je vais trouver un endroit charmant et discret et je t'en reparlerai. Dis à Rita, quand elle rentrera, que je suis contente pour elle et que je vais lui payer sa robe de mariée. On en a quelques-unes chez Eaton.

— Pas blanche, Gervaise, elle est enceinte. Bleue ou rose, ça conviendrait mieux…

— Elle choisira la couleur qu'elle veut, je vais y aller avec elle, maman. Dans le fond, que tu l'aimes ou pas, je suis contente que Mailloux accepte de l'épouser. Imagine si elle t'était restée sur les bras dans son état ?

— M'en parle pas, ça pourrait m'porter malheur ! Y'est encore capable de changer d'idée, c't'arriéré-là ! Qu'y la marie au plus sacrant pis qu'y l'emmène dans un logement. Y cherche quelque chose actuellement, y pense en trouver un sur la rue Montcalm, un deuxième étage, un petit quatre pièces… C'est là que reste Noëlla, la grosse *waitress* du restaurant. Elle pis son mari déménagent dans un plus grand. Mais, pour Rita, ça va être suffisant… Si tout peut marcher comme sur des roulettes ! J'suis en train d'faire une neuvaine à Sainte-Anne pour que rien cloche d'ici là ! Ah, Gervaise ! J'peux ben avoir des crampes avec des énervements comme ça !

— Ne t'en fais pas maman, tout va bien aller. Je m'occupe de tout sauf du mariage qui est presque réservé. Et pour sa grossesse, le docteur Filiatrault est le médecin qu'il lui faut. Si je l'avais eu, peut-être que…

— Non, Gervaise, dans ton cas, ça aurait rien changé. Va falloir que tu finisses par te mettre dans la tête qu'y était mort sur toi, ton bébé, pas durant la délivrance !

Le soir, après un souper en tête à tête avec Nicolas, Gervaise en profita pour l'affranchir au sujet de sa sœur, de son mariage, de sa grossesse… Et son mari, l'écoutant d'une oreille peu intéressée, lui avait répondu :

— Bien, si elle a trouvé un gars, tant mieux pour elle ! C'est lui que je plains, pas elle ! Imagine, avoir juste une vie à vivre et la passer avec Rita Huette ! Faut le faire !

— Nicolas, je t'en prie, sois indulgent, Rita n'est pas si mauvaise que tu le prétends et elle sera enfin heureuse, ce qui la changera peut-être.

— Tu crois ? J'en doute ! On est comme on naît, pas comme on est, je précise, comme on NAÎT, Gervaise ! On s'améliore parfois, mais dans le fond il n'y a pas grand-chose qui change !

— Bon, passons… Dis-moi, mon chéri, tu vas m'accompagner à ce mariage ?

— Non, Gervaise, cent fois non ! Je te voyais venir… Je ne veux pas revoir ta mère ni ta sœur, pas plus que Bigras et sa femme. Et encore moins le futur que je ne connais pas et sa famille qui doit être… Non, Gervaise, je n'irai pas !

— Pas même pour être avec moi ? Je serais à ton bras…

— N'essaie pas de m'amadouer, on a convenu que, moi dans ma famille, toi dans la tienne. C'est comme ça pour les Fêtes, ça le sera pour tout le reste. Tu n'as même pas assisté au souper de mes quarante ans pour ne pas voir mes sœurs et je n'ai pas insisté, Gervaise. Il va te falloir en faire autant avec le mariage de ta sœur. Chacun sa famille, c'est toi qui l'as établie, cette règle-là ! Dis-leur que j'ai un procès, que je rencontre un client à Ottawa ce matin-là, dis-leur n'importe quoi, mais ne compte pas sur moi pour t'accompagner.

— Je ne peux tout de même pas arriver seule à ce mariage, Nicolas… Pour une fois…

— Non, pas de compromis, Gervaise ! J'en ai fait un pour que tu reprennes le travail, mais une fois n'est pas coutume et, ta famille comme celle du futur, ce n'est pas de mon calibre. Vas-y avec quelqu'un d'autre !

— Avec qui ?

— Pourquoi pas avec ton amie Jacqueline ? Elle accepterait sûrement !

— Nicolas, voyons ! Avec le vocabulaire de ma mère, celui de Rita et de Mailloux, et sans doute de sa famille… Jacqueline a trop de classe pour frayer parmi ce monde-là.

— Moi aussi et tu devrais le savoir. Le monde de l'est, ce n'est pas de mon gabarit !

— Sauf quand ça rapporte pour un procès… Mais, je n'irai pas plus loin, je connais tes relations… Toutefois, Jacqueline, c'est impensable. De plus, elle a un handicap et on ne va pas se gêner pour la questionner… Tu connais ma mère ?

— Que trop ! Alors, c'est bien simple, vas-y avec Jean-René. Je suis certain que mon cher neveu ne passera pas à côté d'une telle opportunité, tu es sa tante préférée.

— Jean-René… Lui, si jeune… Un membre de la famille tout de même…

— Oui, un neveu et pas si jeune, il a eu vingt-cinq ans, il est à la veille d'obtenir son diplôme. Et Jean-René, à son âge, et avec les copains de tous les milieux qu'il fréquente à l'université, sera très à l'aise avec ce monde qu'il apprend à connaître. Tu veux que je lui en glisse un mot ?

— Heu, oui… Mais tu es certain de ne pas changer d'idée ?

— Non, Gervaise, n'y pense même pas. Jean-René ou rien !

Gervaise n'eut pas d'autre choix que de laisser approcher son neveu par son mari. Jean-René se montra plus qu'intéressé à accompagner sa « chère tante » à ce mariage intime. Nicolas n'avait pas eu à insister. Lorsqu'il en fit part à Gervaise le lendemain, elle l'interrompit pour lui dire :

— Oui, je sais, ton neveu m'a déjà téléphoné. Il semblait ravi de me servir d'escorte pour cette journée.

Les jours suivants, étant entrée en contact avec Rita pour d'abord la féliciter, elle apprit que le mariage aurait lieu le 18 février, avant celui des jumeaux Verreault, et elle l'invita au rayon des dames chez Eaton où elle l'attendrait un vendredi soir après ses heures au comptoir. Rita se présenta à l'heure convenue et, passant en revue les robes de qualité sur les cintres des placards à miroirs, elles en dénichèrent deux, une de couleur pêche et l'autre d'un bleu ciel que Rita s'empressa d'essayer. De jolies robes de soie trois quarts, agrémentées de dentelle aux poignets et à l'encolure. Même si les deux étaient du même genre, Rita eut un coup de cœur pour la bleue ciel qui lui allait comme un gant. Une robe assez ample qui camouflerait son début de ventre qui s'ajoutait à ses bourrelets. Dans un rayon plus loin, Gervaise lui choisit un joli caluron de satin bleu avec une courte voilette qui s'en détachait à l'arrière. Un très bel ensemble pour une mariée, en secondes noces, habituellement, mais vu les circonstances… Gervaise lui acheta de jolis souliers à talons cubains pour s'assortir à sa toilette, ainsi qu'un collier avec boucles d'oreilles en perles qu'elle conserverait ensuite, en souvenir de son mariage.

— Je n'aurai pas de bouquets ? s'inquiéta Rita.

— Pas un énorme bouquet, mais un petit arrangement floral que tu tiendras de la main gauche, en prenant le bras de ton mari de la main droite. Je l'ai déjà commandé, il t'est réservé.

Rita était aux anges ! Elle avait embrassé sa grande sœur et lui avait dit :

— Ah, Gervaise! J'sais pas c'que j'aurais fait sans toi! J'ai pas une cenne... Pis t'as tellement de goût! C'est-tu toi qui vas me maquiller le matin même?

— Oui, plus discrètement que ce que je vois en ce moment et je vais ensuite t'apprendre à te maquiller comme une femme qui attend un enfant, non pas comme celle qui travaille dans une manufacture. Tu comprends? Tu auras un mari désormais, tu n'auras plus à tenter de séduire les hommes avec un lourd mascara et des lèvres écarlates. Je vais te transformer, Rita. Avec ton consentement, naturellement.

— Ben, tu l'as déjà! Fais tout c'que tu voudras, Gervaise! Pour une fois qu'on s'occupe de moi, j'vas pas m'en plaindre!

Les achats effectués, Gervaise avait demandé à sa sœur comment serait habillé son futur, et elle lui répondit:

— Ben, y va mettre son habit bleu marin, c'est le seul qu'il a, mais il est propre, presque neuf. Pis y va s'acheter une cravate chez Tie City dans les mêmes tons. On va lui mettre une fleur à la boutonnière, pis monsieur Bigras va s'occuper d'sa tête, les cheveux courts ben en place avec son *Brylcreem,* pis rasé de près, le barbier s'en charge. Je pense qu'y va être beau ce jour-là, parce que dans l'fond, y'est pas laid, Yvon, c'est juste qu'y sait pas comment s'arranger. Lui aussi, tu devrais l'prendre en charge, Gervaise!

— Non, c'est un homme, ce sera mon beau-frère. Pour sa tenue vestimentaire, il n'a qu'à se fier aux vendeurs chez Dupuis ou Bovet, ou demander à monsieur Bigras de le conseiller.

— Oui, t'as raison, le barbier pourrait s'en charger... Pis, de ton côté, Nicolas va t'accompagner ce jour-là?

— Heu… non, Rita, il ne peut pas, il a une cause à plaider à Ottawa.

— Tu vas donc venir seule ? J'préfère ça, y met tout l'monde mal à l'aise, l'avocat !

— Non, je n'irai pas seule, Rita, mon neveu par alliance, Jean-René, va m'accompagner. Un futur avocat, tout comme son oncle Nicolas. Il est jeune, il n'a que vingt-cinq ans et, tu verras, il est très plaisant.

— Pas aussi snob que l'beau-frère, au moins ?

— Non, il est étudiant, il connaît tous les milieux, tu seras à l'aise avec lui… Et Nicolas n'est pas snob, Rita, il est tout simplement distant.

— Gervaise, voyons ! Y s'prend pour un autre, ton mari !

— Oui, mais l'autre comme tu dis, c'est lui !

Le 18 février arriva et, même si l'hiver battait son plein, le froid n'était pas trop intense. Gervaise s'était rendue chez sa mère au chant du coq afin de pouvoir s'occuper d'habiller et de maquiller sa sœur pour son mariage. Madame Huette lui avait servi un petit déjeuner et, revigorée par le café, Gervaise avait, d'une main de maître, fait une femme très jolie de sa sœur qui ne l'était guère. Attrayante coiffure bouffante et non frisée, maquillage de circonstance, vêtue de sa robe bleu ciel, de son caluron à voilette, de ses perles et ses souliers de soie, elle était prête à monter dans la voiture qui la conduirait à l'église sans trop la défraîchir. Madame Huette s'était vêtue de sa robe du dimanche, avec un manteau et un chapeau de bon goût. Elle avait épinglé un bouquet de corsage à sa toilette quasi ordinaire et s'était maquillée elle-même, avec le fond de teint, la poudre et le rouge à lèvres qu'elle gardait dans un tiroir pour les grandes occasions seulement. Il était entendu que Jean-René attendrait sa tante dans le portique de l'église autour de sept heures moins dix. Gervaise, vison sur le dos, avait endossé, en dessous, un tailleur noir brodé de pointes de rubis, ainsi qu'un blouson de soie gris qui laissait deviner ce qu'elle avait de plus joli. Deux pendants d'oreilles en or avec rubis complétaient sa toilette. Naturellement, elle était belle ! Divine, comme allait le penser Jean-René... les yeux fermés ! Tous se retrouvèrent dans les premiers bancs de l'église. Mailloux avait belle allure, sa mère un peu moins, et son jeune frère, en dépit de son habit avec cravate, avait l'air d'un voyou, mais tout se passa bien. Trente minutes plus tard, aux sons de la marche nuptiale jouée à l'orgue par une dame patronnesse de la paroisse, Rita sortait au bras de son mari, heureuse d'être devant Dieu et les hommes, madame Yvon Mailloux. Jean-René, élégamment vêtu, n'avait de cesse de humer le doux parfum de celle qu'il accompagnait. Le même que toujours pourtant, le *Fleurs de Rocailles* de Caron auquel Gervaise restait fidèle. Durant la cérémonie, il la regardait, il lui souriait, il avait même envie de lui prendre la main... Mais il se retint. Les voitures louées et payées par Gervaise étaient à la porte et tous s'y engouffrèrent pour se rendre dans un restaurant non loin qui avait ouvert ses portes plus tôt ce matin-là, afin de recevoir les invités qu'on avait rassemblés dans une salle du fond. On offrit des bouchées assorties, des crudités, des viandes froides, bref, un buffet de choix à tous les invités. Puis, une coupe de champagne pour lever les verres à la santé des mariés, des vins rouges et blancs qu'on servait aux gens, des boissons gazeuses, du thé et du café, pas de spiritueux, c'était le genre d'endroit avec une licence de *beer and wine* seulement. Le jeune frère du marié, choqué de son verre de Coca-Cola, cherchait à obtenir une bière qu'on lui refusa, il n'était pas majeur. Rita apprécia les plats, le gâteau à deux étages avec un petit couple en plâtre sur le dessus, ainsi que les félicitations de tout un chacun. Enchantée aussi par le photographe que Gervaise avait engagé pour un album-souvenir. Les éclairs des *flashs* fusaient souvent et madame Delval, aux côtés de son neveu, se contentait de sourire sans le regarder. Jean-René aurait souhaité former avec elle un couple sur l'une des photos, mais Gervaise, habilement, le tenait éloigné, elle ne voulait en aucun cas se sentir courtisée. Surtout pas le jour du mariage de Rita et devant les autres invités. Madame Huette, qui avait longuement causé avec le futur avocat, lui avait demandé à un certain moment :

— J'peux-tu t'dire tu ? T'es pas mal jeune, pis ça f'rait mieux mon affaire !

Et Jean-René, sourire aux lèvres, lui avait répondu :

— Absolument ! Allez-y, madame Huette ! Je suis encore un étudiant !

Elle l'avait alors tutoyé pour ensuite lui dire :

— Sais-tu que t'es ben plus beau qu'ton oncle, toi ? Pis ben moins frais qu'lui ? Non, j'devrais pas dire ça. C'est parce que Nicolas nous regarde de haut, tu comprends. Et ça fait chier Rita !

Gervaise, qui avait entendu les dernières paroles de sa mère, avait saisi le bras de Jean-René pour l'éloigner d'elle, disant vouloir le présenter à monsieur Bigras. Le jeune homme suivit et, madame Huette, restée seule à sa table, se leva pour s'approcher de madame Mailloux et lui demander :

— Vo't p'tit dernier, y vas-tu encore à l'école ? Y'a pas l'air trop fitté, y sourit pas, on dirait qu'y a pas toute sa tête !

Et cette fois, c'est Rita qui reprit sa mère en lui disant devant sa belle-mère :

— Ben non, maman, arrête de penser ça, Ti-Claude, y'est juste gêné. C'est rare qu'y rencontre du monde qu'y connaît pas !

Madame Mailloux, mécontente des propos de madame Huette, s'était éloignée d'elle en disant à sa bru :

— En tout cas, ta mère est pas gênée, elle ! Me dire ça de mon fils en pleine face !

Le proprio du restaurant avait poussé son *juke box* près d'un bout de plancher resté libre et, après avoir tassé des tables et reculé des chaises, il demanda aux mariés d'ouvrir la danse sur un *slow* de Perry Como intitulé *No Other Love*. Ce qu'ils firent, même si Mailloux ne savait pas mettre un pied devant l'autre. Puis, monsieur et madame Bigras suivirent, et Jean-René en profita pour inviter Gervaise à terminer ce *slow* et à poursuivre avec le suivant, *You'll Never Know,* de Dick Haymes. Cette fois, il put lui saisir la main et l'étreindre dans la sienne sans qu'elle la retire. C'était permis dans une danse. Mais elle sentit vite que le neveu la collait et qu'il avait posé sa joue sur la sienne comme s'il avait envie de l'embrasser dans le cou. Ce qu'il ne fit pas, de peur de la voir se dégager de son emprise. Mais, somme toute, en deux danses, il avait pu sentir le souffle de Gervaise dans son cou, sa superbe poitrine contre la sienne, et son cœur d'étudiant qui battait la chamade. Car Jean-René, avec ses vingt-cinq printemps, était follement épris de la femme de son oncle qui en affichait trente-deux. Ce qui n'était pour lui qu'une mince différence… Pas pour elle. Et pour tout dire, Gervaise ne tentait pas de combler un vide, elle était follement amoureuse de Nicolas. Mais comment le dire à son neveu ? Il ne lui avait fait aucune avance verbale encore, que des accolades, des rapprochements avec ces deux *slows* dansés dans un mariage et des regards qui en disaient long… sans pourtant rien avouer ! À l'heure du dîner, tout était terminé, et Rita et son mari se rendirent chez la mère du marié, alors que Gervaise et Jean-René reprenaient le chemin du retour dans la voiture sport du jeune homme. Madame Huette, laissée seule, retint les Bigras pour qu'ils viennent prendre le digestif chez elle, ainsi que la tante Adrienne, la marraine de Rita, venue seule et qu'on avait laissée un peu pour compte. Aucun voyage de noces n'avait été prévu. Mailloux devait reprendre le travail le lendemain, le *bowling* était très occupé le dimanche. Et comme le logement de Noëlla était vide, Rita, qui avait pris une semaine de vacances, aurait à avoir le cœur à l'ouvrage pour le rendre agréable, Noëlla l'avait laissé dans un tel état… Elle avait même oublié sa robe de chambre de chenille bleue sur le plancher de la chambre. Celle qu'elle portait quand elle recevait des gars, dont le p'tit blond, l'apprenti bijoutier maintenant marié, mais qui appréciait de temps à autre des indécences que sa femme lui refusait. Jean-René avait déposé sa tante chez elle et, lui ouvrant la portière, il lui avait dit :

— Je te regardais souvent, excuse-moi, tu es si belle…

— Tu exagères, Jean-René. À l'université, tu as sûrement de belles compagnes de cours plus jeunes et plus jolies que moi, j'en suis certaine.

— Plus jeunes, oui, jolies, quelques-unes… Mais aucune comme toi, Gervaise ! Et je t'en prie, accepte le compliment, je suis sincère.

La jeune femme accepta le compliment sans rien ajouter, même si les propos de Jean-René lui rappelaient exactement ceux que prononçait Nicolas lorsqu'il la courtisait. Elle se sentait comme au début de sa relation avec son mari. Était-ce possible que le neveu soit la copie conforme de son oncle ? On ne pouvait guère en douter.

Les jours s'écoulèrent et madame Huette, qui n'avait pas voulu de son gendre sous son toit, commença à trouver difficile d'avoir à assumer toutes les responsabilités et dépenses de la maison. S'en plaignant à Gervaise, cette dernière lui avait dit :

— Voyons, maman, ça devrait te coûter moins cher, tu n'as plus Rita à nourrir !

— Ça change rien aux dépenses de la maison, tu sauras ! Les taxes, le téléphone, l'électricité, ça se paye tout ça !

— Mais avec ce que Nicolas te verse et ce que tu as de côté à la banque depuis la mort de papa, tu devrais pouvoir arriver, maman.

— Arriver, arriver… Arriver où ? Je r'joins même pas les deux bouts ! Non, Gervaise, va falloir vendre la maison, j'suis plus capable de la faire marcher seule. J'pourrais m'trouver un p'tit logement pis avoir plus d'argent dans ma sacoche. Un logement comme Rita, j'suis sûre que ton mari pourrait m'payer ça !

— Non, maman, arrête de te fier sur Nicolas, il n'a pas à assumer tes comptes, tes dépenses et maintenant ton loyer !

Il te verse un montant pour t'aider avec la maison, parce qu'elle était aussi à moi, mais si tu la vends, si tu déménages, oublie ça ! Nicolas n'est pas une banque, c'est juste ton gendre ! Et pour ce que tu en penses, pour ce que tu dis de lui, compte-toi chanceuse…

— Non, arrête, je n'ai pas à m'compter chanceuse, il est normal pour une fille qui marie un homme riche de voir au bien-être de sa mère. Si tu veux plus m'aider à régler mes problèmes, j'vas m'adresser à l'assistance sociale ou à la Saint-Vincent-de-Paul ! Y vont avoir le cœur à la bonne place, eux autres !

— Tu déraisonnes, maman, tu dis n'importe quoi… Écoute-moi bien, comme je suis aussi propriétaire en partie de la maison, je vais te racheter ta part et m'occuper des dépenses. Tu pourras y vivre, mais il te faudra verser un loyer comme tu le ferais ailleurs…

— Non, t'héberges ta mère gratuitement ! Ça s'peut-tu demander de l'argent à celle qui t'a mis au monde pis qui t'a nourrie pendant vingt ans sans t'charger une cenne ?

— Maman ! J'étais mariée à dix-sept ans ! Avant, c'était papa qui payait tout et, après, c'est Ti-Gus qui a pris la relève. Tu n'as jamais rien déboursé de ta poche, tu n'as fait que cuisiner tout ce qu'on achetait. Pourquoi deviens-tu si vilaine en vieillissant ?

Madame Huette resta silencieuse un bon moment. Puis, pleurnichant au bout du fil, elle avoua à Gervaise :

— C'est ta sœur… Si elle était pas partie… J'm'ennuie sans elle, j'ai personne à qui parler…

— C'était de leur offrir ton toit, maman, tu ne voulais pas de son mari ! C'est de ta faute si tu es seule, pas la sienne !

— Oui, j'sais, j'le r'grette, mais y'est trop tard, y'ont leur logement astheure. Pis lui, j'suis pas sûre que ça aurait marché aussi bien qu'avec Ti-Gus. Y'a pas l'sourire facile…

— Toi non plus, maman, tu ne l'as même pas regardé ni félicité le jour des noces. Tu l'as ignoré, tu étais distante avec lui…

— Oui, j'sais, mais j'l'aime pas, Gervaise, c'est pas d'ma faute…

— Tu n'aimes personne, maman, pas même Nicolas. Tu n'aimes pas qu'on t'enlève tes filles. Je le sais, madame Bigras m'en a parlé…

— Quoi ? Elle ? J'pensais jamais qu'Lucienne était rapporteuse ! Ben, elle… Grande langue… Attends que j'la voie !

— Non, si tu lui dis quoi que ce soit, tu vas la perdre, maman, et c'est ta seule amie. Tu as juste à te retenir en parlant de tes filles et de leur mari. Jase de ta santé avec elle, pas de tes enfants.

— T'as peut-être raison, moi pis ma grande gueule ! Mais qu'est-ce que tu décides ? Tu l'achètes la maison ou non ?

— Laisse-moi y penser un peu, maman, je vais analyser la situation de plus près et voir s'il ne serait pas plus profitable de vendre. Je vais étudier le marché et te rappeler à ce sujet.

— Bon, ça va, j'attendrai de tes nouvelles, Gervaise. Pis excuse-moi si j'm'emporte avec toi, j'devrais pas, c'est mes crampes qui m'font faire ça ! Tu sais, des pets à longueur…

— Au revoir, maman, je te rappellerai, je vais être en retard à mon travail.

Gervaise avait raccroché avant d'entendre les doléances de sa mère sur ses flatulences. Un sujet que personne n'aimait aborder avec elle, pas même Lucienne Bigras et encore moins Mailloux, son gendre, à qui elle avait parlé de ses intestins qui la forçaient à... manger mou !

Chez le couple Delval, tout marchait rondement en cette fin de printemps. Nicolas, qui avait plusieurs procès en vue, retrouvait avec joie sa douce moitié chaque soir. Ils regardaient ensemble le bulletin de nouvelles, discutaient des sujets de l'heure, parlaient de leurs journées respectives, elle chez Eaton, lui à la Cour. Puis, ils soupaient avec un verre de vin rouge ou blanc pour accompagner soit le bœuf ou le poulet que Gervaise avait préparé. Un charmant couple, un nid douillet et aucune crainte de devenir enceinte puisque, dans ses élans intimes, Nicolas se servait de condoms que le pharmacien lui vendait discrètement, jusqu'à ce que la pilule anticonceptionnelle fasse son apparition et que Gervaise soit parmi les premières à se la faire prescrire. En plein cœur de juin, alors qu'ils atteignaient un chiffre de plus qu'ils allèrent fêter dans un restaurant huppé, ils avaient peu parlé de leurs quarante et un et trente-trois ans qui s'imposaient à eux. Ils avaient plutôt discuté de leur état financier, de leurs projets, de leurs vacances à venir, puis de la mère de Gervaise. Ayant analysé avec Nicolas ce qu'il y aurait de mieux à faire dans son cas, ils en avaient déduit qu'il serait préférable de vendre la maison, de lui verser sa part et de la laisser se loger dans un petit logement de son quartier. Madame Huette n'était plus capable de voir à l'entretien de la maison, côté réparations, et elle allait tomber en ruines si on ne s'en occupait pas... Or, avant d'en arriver à cette catastrophe, ils conclurent de vendre immédiatement et de loger la belle-mère ailleurs. Ce faisant, Nicolas savait que Gervaise allait empocher un bon montant d'argent pour elle après avoir remis à sa mère, la somme qui lui revenait. Quant à Rita, elle n'avait rien à voir dans cette transaction, elle n'avait jamais investi le moindre sou dans cette maison. Gervaise en parla donc à sa mère qui lui répondit que c'était la meilleure solution et que Lucienne Bigras avait, justement, au-dessus du rez-de-chaussée, un beau trois-pièces pour elle. Ce qui lui serait suffisant et peu coûteux, puisque les logis à trois pièces étaient, de toute évidence, les moins chers du quartier à cause des familles nombreuses qui ne pouvaient pas les louer. Rita avait tenté de rallier sa mère à l'idée que Mailloux et elle déménagent sur la rue Ontario pour prendre soin d'elle, mais madame Huette avait refusé. Elle ne voulait pas vivre avec son gendre et sa fille, elle n'aimait pas ce planteur de quilles, buveur de bière, et préférait se tenir loin de lui. Bref, elle voulait vivre sa vie et sortir avec Lucienne, aller au cinéma, manger au restaurant, et non être prise à garder un enfant et, à la longue, qui sait, deux ou trois autres qui suivraient. Le tout fut donc agréé et la maison fut vendue à un assez bon prix malgré les rénovations nécessaires. Madame Huette, contente du montant qu'elle avait à la banque, s'inquiétait à savoir si Nicolas lui verserait encore une petite pension… Gervaise la rassura, il allait poursuivre sa générosité. Fort aise de cet argent qui réglerait son loyer, Berthe Huette avait mis dans la tête de Lucienne Bigras d'aller ensemble en train à Québec voir les monuments, les vieux quartiers et tout ce qu'on leur faisait miroiter. Avec une ou deux nuits à l'hôtel à se faire servir comme des princesses. Lucienne, vendue à l'idée de son amie, en parla à son mari qui accepta

240

de lui payer ce petit voyage, pendant qu'il aurait des têtes à trimer et des barbes à raser. En début juillet, tout était sorti de la maison, le déménagement était fait, quelques meubles de trop vendus à rabais, et madame Huette s'installait dans son petit logement non loin de l'église, en haut du barbier. Juste avant que Rita ait ses premières contractions et qu'elle se rende de justesse à l'hôpital où elle accoucha d'un gros garçon de neuf livres. Sans trop de contractions et de douleurs. *Comme une chatte!* avait dit sa mère à Gervaise. Mailloux, fier de lui, criait sur tous les toits qu'il avait fait un Hercule à sa femme, tellement il était gros et fort, ce bébé. Mais Hercule ou pas, c'est Yvan que Rita choisit comme prénom pour son garçon. Même si son mari s'appelait Yvon. « Yvon et Yvan », finalement! Parce que Rita aimait beaucoup le chanteur Yvan Daniel dont elle possédait tous les disques. Comme Nicolas, il fallait s'y attendre, avait refusé d'être dans les honneurs avec Gervaise pour le baptême, c'est monsieur et madame Bigras qui furent choisis pour être le parrain et la marraine de l'enfant. Au grand dam de madame Huette qui, furieuse, se contenta d'en être la porteuse.

Octobre se pointa, Nicolas travaillait très fort, Gervaise préparait ses ventes d'automne chez Eaton et tout semblait rouler sur des rails lorsque Nicolas reçut, un soir de pluie, un appel de son père qui lui dit:

— J'ai une mauvaise nouvelle pour toi, mon fils, ta mère est gravement malade.

— Maman? Qu'est-ce qu'elle a?

— On ne le sait trop encore, on attend les résultats d'un sérieux examen, mais on craint un cancer quelque part…

Nicolas faillit laisser tomber le récepteur :

— Mais voyons, papa, maman n'a jamais parlé de malaises…

— Ta mère est discrète, mon fils, mais remarque qu'elle maigrissait beaucoup ces derniers mois. Elle se disait à la diète, mais ce n'était pas le cas, elle mangeait peu parce qu'elle ne gardait rien. Le docteur Plante, inquiet, lui a fait passer de sérieux tests, puis cet examen qui va déterminer la cause de ses maux. À son air, j'ai cru comprendre que son état était grave. Et c'est moi qui ai prononcé le mot cancer en le questionnant, avant même qu'il m'en parle. Surpris cependant, il a acquiescé de la tête, avec un : *Mais, on n'en est pas certain encore, monsieur Delval.*

— Pas maman, c'est incroyable ! Elle n'a jamais été malade de sa vie !

— Oui, je sais, une femme forte, une femme en santé, mais avec le temps, les gènes nous jouent de vilains tours. On est fait par les autres, tu sais… Ce mal sournois est courant dans sa famille, souviens-toi de ton grand-père…

— Comment prend-elle la chose ?

— On ne lui a pas encore fait mention de la maladie, mais elle s'en doute bien. Ta mère a vu plusieurs membres de sa famille s'éteindre ainsi. Elle a donc souvenance des symptômes de chacun, de ceux de son père en particulier, mais elle est forte, elle n'en parle pas, elle continue sa lecture quotidienne, elle écoute ses émissions de télévision, elle coud, elle cuisine avec Imelda. Mais elle sort de moins en moins, elle craint d'avoir des nausées en public, je le sens, elle a refusé que j'achète des billets pour un concert des valses de Strauss qu'elle aime tant. C'est tout dire.

— Et qu'en pensent Charlotte et Josiane ?

— Charlotte est dans tous ses états, cette maladie la terrorise, elle n'ose y penser, elle pleurait à chaudes larmes… Quant à Josiane, elle est restée sans voix au bout du fil, elle ne savait que dire… Elle a fini par crier à l'injustice, mais elle n'a pas pleuré. Une plus forte carapace, celle-là.

— Papa, j'entends Gervaise qui met la clef dans la porte. Je te laisse car je veux l'en aviser doucement, elle est très sensible, mais je t'en prie, tiens-moi au courant dès que tu obtiendras des résultats.

Gervaise entra et offrit à son mari son plus joli sourire avec un :

— Bonsoir mon amour, c'est moi !

Mais elle fronça vite les sourcils en voyant Nicolas, le menton appuyé sur ses poings, une larme à la paupière. S'en approchant, elle lui demanda :

— Qu'est-ce qu'il y a, mon chéri ? Une mauvaise journée ? Tu as perdu un procès ? Tu n'es pas malade, au moins ?

— Non, Gervaise, c'est ma mère… Je viens de parler à papa et il m'a annoncé que maman était gravement malade.

— Ta mère ? Qu'est-ce qu'elle peut bien avoir ? Elle, si vigoureuse…

— On ne le sait pas encore, mais elle maigrit à vue d'œil. Ça regarde mal, elle a aussi des vomissements, des vertiges, elle ne sort plus…

— Le docteur Plante s'en occupe, je suppose ?

— Oui, il lui fait passer des tests et, hier, elle a subi un sérieux examen à l'hôpital. On craint le pire, Gervaise, on parle de cancer.

— Oh ! mon Dieu ! Pauvre madame Delval ! Pas ça, pour elle ? Quel horrible mal s'il en est un…

— C'est de famille, tu sais, mon grand-père, sa cousine, un autre cousin, c'est répandu dans la famille du côté de ma mère. Charlotte a déjà peur, j'y pense aussi…

— Mais il n'est pas certain que ce soit encore le cas, Nicolas. Tu dis qu'on en parle, on n'a rien confirmé encore…

— Non, mais d'après mon père, ça ne peut être autre chose. Il la voit chaque jour, lui, il a vu son beau-père partir ainsi.

— Nous allons prier pour elle, mon mari, je vais faire une neuvaine à saint Jude, je vais lui faire brûler des lampions…

— Merci de ces attentions, mais attendons le diagnostic, tu veux bien ? Moi, les pratiques religieuses… Je comprends tes bonnes intentions, Gervaise, mais ça fait lugubre d'en être déjà aux prières.

Elle avait penché la tête, l'avait relevée, puis l'avait serré contre elle et lui avait demandé :

— Tu veux que je te prépare un léger souper avec un verre de vin ?

— Non, je n'ai pas faim, mais va pour le vin, ça va me faire décompresser, je suis très angoissé… Mais mange, toi…

— Je vais le faire, je n'ai pas dîné ce midi, je n'ai pas eu le temps. Je vais préparer des sandwichs au cas où tu retrouverais l'appétit un peu plus tard. Mais je t'apporte le vin, nous en avons un d'ouvert depuis hier soir, le rouge que tu préfères.

— Bonne idée, nous allons le terminer. Viens, embrasse-moi, ma chérie. Dis-moi que tu m'aimes. J'ai besoin de ton étreinte plus que jamais aujourd'hui. Moi, perdre ma mère…

— Allons, Nicolas, ne sois pas si défaitiste, ce n'est pas encore le cas… Et le docteur Plante la soigne si bien. Viens, pose ta tête sur mon épaule et laisse échapper un long soupir. Voilà, comme ça… Et sache que je t'aime de tout mon être, sans avoir à te le redire chaque soir. Le seul fait d'être si bien ensemble…

— Oui, chérie, toi et moi, que nous deux… Avec ma mère si Dieu le veut.

Rita et Mailloux semblaient bien s'entendre, il travaillait au *bowling*, elle avait repris le travail à la manufacture à temps partiel pendant que sa belle-mère gardait le bébé. Que sa belle-mère, car madame Huette avait refusé de s'embarquer dans une pareille corvée. Elle prétextait ses crampes, son éternel mal de ventre pour ne pas être utile à sa fille. Un mal qui ne l'avait pas empêchée d'aller à Québec, tel que planifié avec Lucienne Bigras, et de s'être amusée sans regarder à la dépense. Elle comptait sur la générosité de Nicolas pour faire le plein au manque qui surviendrait à la fin du mois. Gervaise, de son côté, préparait sa campagne de promotion dans ses parfums en vertu de la saison forte qui venait. Nicolas demeurait inquiet, son père n'avait pas encore obtenu la raison première de la maladie de sa femme, qui semblait empirer. On étudiait encore son cas. Pourtant, le livre ouvert de sa famille était là, en plein visage de la médecine. Néanmoins, un certain soir des jours suivants, Paul-Henri Delval reçut enfin le diagnostic qu'il redoutait tant. Marcelle, sa bien-aimée, était atteinte d'un cancer du foie qui, hélas, se répandait. Ne sachant comment le lui annoncer, tentant de mettre des gants blancs pour prononcer ce qu'il appelait « le verdict », sa femme l'avait devancé pour lui dire, dès qu'il avait terminé sa conversation à mots couverts avec le docteur Plante :

— Tu n'as pas à prendre quatre chemins, Paul-Henri. Droit au but ! J'ai un cancer, je le sais. Lequel ?

Malheureux, triste et abattu à la fois, son mari murmura :

— C'est dans le bas du ventre, le foie, les intestins, on ne sait pas trop…

— Non, Paul-Henri, on ne le sait que trop et ce ne sont pas les intestins, c'est le foie, je le sais, je connais les symptômes. J'ai vu mon père partir à petit feu de ce cancer. Ne me raconte pas d'histoires et ne me cache rien, j'y suis préparée. J'aurais aimé passer outre à la destinée des miens, mais je me rends compte que je ne pouvais y échapper. Je te laisse cependant le soin de l'annoncer aux enfants. Non pas que ça me dérangerait de le faire, j'en ai le courage, mais entendre les pleurs de Charlotte et les souffles courts et les hoquets de Josiane, je ne peux pas. Et Nicolas, sensible, émotif… Non, ce serait trop. Avise-les tous les trois et, demain, je leur expliquerai calmement.

Et ce que désirait Marcelle Delval fut accompli par son mari. Le père eut droit à la crise de larmes de Charlotte, aux reproches blasphématoires contre Dieu de Josiane, et au silence entrecoupé de murmures de la part de Nicolas qui semblait le plus accablé des trois. Gervaise fit tout en son pouvoir pour le soutenir, mais il était dévasté. Perdre son père, il aurait pu passer au travers, mais sa mère… Le lendemain, ils eurent tous droit au coup de fil de madame Delval qui les rassura en leur disant que le courage était la meilleure arme contre la maladie. Elle allait certes se battre contre ce mal qui, d'habitude, ne pardonnait pas, mais pas au point de passer des nuits écourtées à cause des mauvais effets secondaires de certains médicaments. À un moment donné, elle le savait, elle allait baisser les bras. Comme son père l'avait fait, comme sa cousine et son cousin l'avaient aussi fait avant elle, au bout de l'espérance. Gervaise avait téléphoné à sa mère pour lui annoncer la triste nouvelle et, madame Huette, étonnée et apeurée à la fois, avait dit à sa fille :

— Mon Dieu ! J'espère que c'est pas c'que j'ai avec mes crampes ! S'il fallait qu'ça m'arrive... Il faut qu'on trouve de quoi j'souffre, le docteur Filiatrault a besoin de s'grouiller !

Pauvre Berthe, elle ne pensait qu'à elle, ayant vite oublié que Marcelle Delval allait être emportée avant ou un peu après l'hiver, selon la virulence de son rongeur interne. Rita était désolée d'apprendre la nouvelle. Elle n'avait jamais rencontré la mère de Nicolas, mais comme Gervaise semblait peinée, elle l'était avec elle. Jean-René, pour sa part, était consterné. Il aimait beaucoup sa grand-mère qui l'avait tant choyé dans sa prime jeunesse. Il ne la voyait pas souvent, mais il ne manquait jamais de l'étreindre quand il la rencontrait. La perdre lui fendait le cœur. Il était injuste qu'elle parte ainsi de cette souffrante maladie après l'avoir cachée assez longtemps, à soixante-neuf ans seulement. Tous étaient désemparés, et la servante Imelda, au chevet de la malade, tentait de la réconforter par un tas de douceurs inhabituelles. Il était évident qu'on allait faire subir des traitements à madame Delval qui poussait des soupirs en disant :

— Ce sera une perte de temps... Pourquoi tenter de prolonger mes souffrances ? C'est un cancer héréditaire. Papa déclinait tout ce qu'on lui proposait, ce qui lui a évité des douleurs inutiles. On meurt du mal que j'ai, on ne survit pas… La science n'en est pas encore là et je prie le Ciel pour que la recherche fasse de grands pas avec les ans. Pour éviter que l'un de mes enfants ou de mes petits-enfants ne puisse vaincre le mal et en mourir à son tour… Ça viendra sans doute un jour… Prochainement, j'espère, pour eux et combien d'autres…

Et monsieur Delval de laisser couler quelques larmes quand il entendait sa femme généreusement penser aux autres et non à elle. Sa Marcelle qui avait été toute sa vie. Celle qu'il avait toujours respectée, jamais trompée. Celle qu'il avait aimée et qu'il aimait encore autant. Nicolas, encore ravagé, avait dû prendre plusieurs jours de congé pour se faire à l'idée que sa mère allait les quitter. Et c'est à force d'appui de la part de Gervaise et du docteur Plante qu'il parvint à alléger quelque peu son chagrin. Mais c'est sa mère qui le remit fermement sur pied en lui disant un jour, d'un ton résolu :

— Arrête de penser à moi, reprends ton travail et occupe-toi de Gervaise ! En ce qui me concerne, les dés sont jetés ! Cesse de te morfondre et retrouve ton courage, Nicolas, ton attitude me fait plus souffrir que le mal qui me ronge !

Ce qui l'avait secoué ! Tellement qu'il retrouva son courage et ses procès et qu'il en arriva, avec l'aide de Gervaise, à composer avec l'inévitable. Il plaida comme il ne l'avait jamais fait, gagnant ses causes l'une après l'autre. Et Gervaise, sans cesse en veille d'une rechute de son mari, le secondait de sa tendresse. Tout en ne négligeant pas ses comptoirs de crèmes et de parfums qui regorgeaient de nouveautés pour les Fêtes qui venaient.

En début de décembre, amaigrie mais toujours en vie, madame Delval avait demandé à Imelda de préparer le souper traditionnel pour recevoir ses enfants à Noël. Gervaise, cette fois, avait accepté d'être de la soirée, sachant que ce serait le dernier Noël de sa belle-mère et qu'il aurait été indécent de s'en abstenir. Quitte à revoir ses belles-sœurs pour une soirée seulement. Ces dernières n'allaient certes pas être aussi acerbes avec elle, vu l'état précaire de leur mère. Du moins, elle l'espérait… Il y avait longtemps, néanmoins, que Gervaise avait eu des nouvelles de Jacqueline. Curieusement, cette dernière ne donnait pas signe de vie, ce qui tracassait Gervaise aux prises avec la maladie de sa belle-mère, la déprime de Nicolas, et son travail qui lui prenait tout son temps. N'ayant guère trouvé les quelques minutes requises pour composer le numéro de téléphone de son amie, elle y pensait souvent cependant et s'apprêtait à confier son embarras à son mari, lorsque, par pure coïncidence, Jacqueline se manifesta au même moment. Enthousiasmée, heureuse de la retrouver, Gervaise lui demanda :

— Mais, où donc étais-tu passée ? Ça fait des lunes que je n'ai pas de tes nouvelles ! J'en parlais justement à Nicolas !

— Je n'avais pas des tiennes non plus, Gervaise, je m'inquiétais, mais je n'osais pas… Je ne m'expliquais pas ce mutisme.

— Mais non, voyons…

Et Gervaise de l'informer de tout ce qui lui était arrivé ces derniers temps. Très affectée par l'état de madame Delval, Jacqueline la pria de lui transmettre ses bons sentiments tout en ajoutant :

— Je vais prier pour elle, Gervaise. C'est une bonne personne ! Maman va aussi invoquer sa sainte patronne, j'en suis certaine. Il paraît qu'elle fait des miracles.

— Et toi, Jacqueline, de ton côté, que s'est-il donc passé ?

— Heu… rien de bien excitant, j'enseigne encore la musique, je lis, je regarde la télévision…

— Allons ! Tant de jours sans m'appeler… Quelque chose d'autre sûrement…

— Oui, Gervaise, et je ne peux plus te le cacher, je suis amoureuse ! J'ai rencontré un homme, le père d'une de mes élèves. Un homme de trente-huit ans, séparé, qui ne vit que pour sa fille. Un homme exceptionnel ! Et j'ai mordu à l'hameçon, nous nous fréquentons depuis deux mois.

— Jacqueline ! Tout ça dit d'un trait ! Quel bonheur ! Et tu me cachais cela ? Pourquoi ?

— Bien, je voulais être sûre de moi, ne pas vendre la peau de l'ours… Tu connais le dicton, n'est-ce pas ? Maintenant que c'est plus solide et même sérieux, je peux t'en parler avec plus de conviction. C'est la première fois que je tombe en amour, Gervaise ! Depuis mon premier petit *chum* à l'école primaire ! Et Gérald est tellement bon pour moi…

— Est-ce que ça va te mener jusqu'au mariage ? Que fait-il dans la vie, ton prince charmant ?

— Il est dentiste, rien de moins, mais serait-il éboueur que ça ne changerait rien. Il n'a pas la tête d'un acteur, il perd ses cheveux, mais il est adorable. Et, entre toi et moi, avec mon handicap…

— Ce dont il ne tient pas compte, si j'en juge par ton engouement.

— Non, ça ne le dérange en rien. Tu sais, quand on fait partie du corps médical d'une façon ou d'une autre, on est plus à l'aise avec les imperfections des gens.

— Tu sembles vraiment amoureuse, Jacqueline ! Ta mère l'aime aussi ?

— Oui, maman le trouve charmant et elle partage mon bonheur. Il vient souvent manger à la maison, et c'est lui qui dépose et reprend Martine le jour de sa leçon de piano.

— Elle a quel âge, cette petite ?

— Onze ans. Polie et très douée pour la musique. C'est la meilleure de mes élèves.

— Sait-elle que ton père et toi ?

— Non, pas encore, Gérald préfère attendre un peu. Ce qui est normal, sa séparation d'avec sa femme ne date que de cinq mois. Comme tu l'auras sans doute deviné, la discrétion s'impose pour le moment.

— Et sa femme, elle est au courant de votre liaison ?

— Non, surtout pas, elle retirerait vite sa fille de mes cours si elle l'apprenait. Non, madame ne sait rien encore. Une gueuse ! Une *trouble maker* selon lui ! Excuse l'anglicisme, mais c'est comme ça qu'il la désigne. Gérald préfère attendre que sa séparation devienne légale.

— Je vois… Mais il est sérieux, au moins ?

— Très sérieux, Jacqueline, il ne jure que par moi !

— Permets-moi et excuse-moi à la fois de cette prochaine question, mais entre amies, le pas a été franchi ?

— Le pas… Ah ! je vois ce que tu veux dire. Oui, c'est fait, Gervaise, et ces moments intimes sont merveilleux entre nous.

— Où pratique-t-il, ton dentiste ? Tout près d'ici ?

— Non, sur la rue Papineau près de Rachel, dans le quartier où il a grandi. Dans l'est, Gervaise !

— Tiens, tiens…

# CHAPITRE 7

Au souper de Noël de madame Delval, on aurait pu entendre une mouche voler tellement l'ambiance était lourde. Comme si les invités se retenaient de peur de déranger la malade qui, elle, se sentait joyeuse malgré le cancer qui la ravageait. Imelda avait mis la table et, cette fois, madame Delval avait demandé à sa fidèle servante de faire cuire une dinde, et non de faire venir des plats préparés. Ce que la brave Imelda fit avec succès, tout en ajoutant au menu des légumes de toutes sortes, des pommes de terre sautées, des canneberges, une énorme salade verte, des pains croûtés à chaque bout de la table et des vins débouchés pour mieux respirer. Marcelle Delval l'avait aidée à placer le tout, même si son mari lui conseillait de ne pas s'épuiser, de rester assise, de ne pas faire d'efforts.

Charlotte était arrivée la première avec des savons parfumés pour sa mère et une cravate rayée pour son père. Puis, Josiane s'amena avec un sourire afin de faire oublier à sa mère la maladie qui la tenaillait. Elle lui avait offert de très beaux carrés de soie, sans oublier de remettre à son père un foulard de laine importé pour ses sorties hivernales. La jeune Nadine avait aussi voulu participer en apportant un bouquet de roses pour la table où un centre de fleurs assorties était déjà en place. Jean-René arriva dans sa voiture sport, après avoir réveillonné chez des amis toute la nuit ou presque. Très élégant, douché on ne savait où, bien rasé avec, sans doute, le rasoir d'un camarade, il avait fière allure et offrit à sa grand-mère un joli bibelot de prix de chez Hemsley qu'elle déposa sur la tablette du foyer. Le même cadeau était également destiné au grand-père. Un cadeau pour la maison quoi ! Puis, enfin, Nicolas et Gervaise firent leur apparition, elle dans son manteau de vison, lui dans un nouveau paletot noir de cachemire dont il venait de faire l'acquisition. Lorsqu'ils entrèrent au salon, madame Delval les accueillit avec un sourire, puis étreignit son fils sur sa poitrine et tendit sa joue à Gervaise qui l'embrassa affectueusement. Les belles-sœurs avaient jeté un coup d'œil sur « l'intruse » sans se passer de remarques à voix basse cette fois. Gervaise, éblouissante dans une robe de satin rouge au décolleté plongeant, avait presque fait tomber Jean-René à la renverse. De longs pendants d'oreilles sertis de rubis et de diamants se dégageaient de sa coiffure floue qui lui donnait un air de star !

Une réelle Paulette Goddard ! Comme si elle l'avait fait exprès ! Chaussée d'escarpins rouges, bagues aux doigts, maquillage bien appliqué, elle avait une taille de guêpe à faire rager d'envie les mannequins de l'heure. Néanmoins, Josiane l'avait vue dans sa splendeur, Charlotte aussi. La première fulminait dans sa tête et songeait : *Ah ! la garce ! Plein la vue ! Taillée au couteau ! Et lui qui semble en être si fier ! Couple maudit, va !* Charlotte, un peu plus indulgente, avait pensé en elle-même : *Elle aurait pu arriver plus distinguée. Par respect pour maman qui dépérit. Mais quand on ne sait pas vivre...* Nadine ne s'était pas empêchée pour autant de dire à sa tante Gervaise que sa robe était très jolie et, Jean-René, sans rien émettre pour sa part, la regardait, ahuri, décontenancé, prêt à commettre des péchés avec elle. Monsieur Delval, de son côté, désagréable mais pas aveugle pour autant, l'avait accueillie en lui disant :

— Ma femme va être ravie de votre présence, elle a besoin de tout son monde autour d'elle en ce moment.

La soirée s'était ensuite déroulée au salon et, pendant que les hommes parlaient procès et politique, Charlotte et Josiane entouraient leur mère de petits soins et d'attentions. Sans adresser la parole à Gervaise de la soirée. En l'ignorant comme si elle avait été une potiche ou une plante verte dans un coin de la pièce. Fort heureusement, Nadine causa avec elle, lui parla de ses études, lui demanda quelques conseils sur ce qu'elle devait commencer à porter comme maquillage avec ses quinze ans qui venaient. Et c'est avec elle que, finalement, Gervaise meubla les heures jusqu'à ce que Nicolas exprime le désir de rentrer à la maison. Madame Delval avait remercié chaleureusement sa bru d'être venue, et elle avait même pressé de sa main osseuse le bout des doigts de Gervaise. Puis, embrassant Nicolas, ce dernier lui demanda :

— Ça va, maman ? Pas trop fatiguée ? Ces longues soirées...

— Non, je me sens bien ce soir, vous êtes tous là, ça me fait chaud au cœur. Et aucune désobligeance de la part de tes sœurs. Il fallait que je sois gravement malade pour voir ça… Et ton père qui ne rouspète pas, qui a le sourire facile, même avec ta femme… C'est mon plus beau Noël à ce jour, Nicolas. Du moins depuis ceux que j'aimais tant lorsque vous étiez des enfants.

— J'ai quand même remarqué que mes sœurs ont encore ignoré ma femme.

— Tu n'y changeras rien, Nicolas, et ça n'a pas d'importance. Gervaise peut fort bien vivre sans leur compagnie, elle a le meilleur de la famille entre les mains. Ne pas fréquenter tes sœurs ne va qu'accroître son bonheur. Tu saisis ? Jean-René et Nadine l'aiment, ce qui va compenser pour celles qui lèvent encore le nez. Dis à Gervaise que, si elle a un soir de libre cette semaine, j'aimerais qu'elle vienne me visiter. Seule.

Le vent s'élevait, la fin de l'année en cours lançait ses dernières froidures et, fort surprise de l'invitation, Gervaise se rendit le soir du 29 décembre chez sa belle-mère à qui elle avait téléphoné et qui se sentait assez bien pour la recevoir. Ayant salué Imelda qui s'était chargée de son manteau, elle croisa son beau-père qui lui dit :

— Bonsoir, ma femme vous attend au salon.

Et elle entra dans la vaste pièce pour y apercevoir madame Delval dans un fauteuil confortable devenu trop grand pour elle. Priant Gervaise de s'asseoir sur une causeuse en face d'elle, elle demanda à Imelda d'apporter du thé chaud et des biscuits aux amandes pour la durée de la visite. Ce que l'aimable domestique s'empressa de faire. Puis, en tête à tête avec sa belle-fille, elle commença par la questionner sur son emploi, sur les derniers produits en vogue, les parfums de Coco Chanel, ceux de Guerlain, puis, avec la tasse de thé dans sa main fragile, elle lui dit en la regardant dans les yeux :

— Je vous ai demandé de venir pour m'excuser, Gervaise, de tout ce que j'ai pu vous faire subir lorsque vous habitiez sous mon toit.

— Madame Delval, non, pas ça, vous n'avez rien à vous reprocher.

— Si, si… je n'ai pas la conscience tranquille. J'aurais pu prendre votre défense maintes fois quand mon mari s'emportait. J'aurais pu remettre mes filles à leur place dès le commencement et j'aurais pu être plus aimable avec vous, plus proche aussi, moins distante. J'espère que le bon Dieu me le pardonnera, mais je veux d'abord recevoir ce pardon de vous, Gervaise, je me sentirais tellement mieux…

Mal à l'aise et les larmes au bord des yeux, Gervaise marmonna :

— Je n'ai rien à vous pardonner, vous êtes une si bonne mère, Nicolas vous aime tellement… Et ce qui vous arrive…

— Non, Gervaise, pardonnez-moi si vous souhaitez que je parte en paix. Autrement, de l'autre côté, le Seigneur aura la tâche de me pardonner doublement.

Gervaise éclata en sanglots et c'est sa belle-mère qui la consola. Puis, lui prenant les mains, elle lui répéta :

— Allez, je vous en prie…

— Je n'ai rien… Mais puisque vous insistez, je vous pardonne, madame Delval. Et je vous aime profondément.

Marcelle laissa retomber sa tête sur l'appui du fauteuil et, poussant un soupir, elle lui avoua avec un sourire :

— Si vous saviez comme vous venez d'alléger un tourment... Moi aussi, je vous aime, Gervaise, vous êtes une épouse exemplaire pour mon fils. Vous le traitez aux petits soins... Je sais tout ce que vous faites pour lui. C'est un grand enfant, vous savez. Ce n'est pas pour rien qu'on l'appelle encore « le p'tit gars à sa mère », je l'ai surprotégé ce garçon. Du fait que j'en avais juste un, probablement... Mais, voyez ce que j'en ai fait, il est un adulte averti dans sa profession, il plaide encore mieux que son père. Plus sérieux que Nicolas comme avocat, ça ne se trouve pas ! Mais comme homme, dès qu'il retire la toge, il redevient un adolescent vulnérable. Il est orgueilleux, fier de sa personne, il remarque tout ce que vous portez, il vous admire, vous êtes sa... Je n'ose le dire...

— Sa poupée, je le sais... Si ça peut lui faire plaisir... Car, l'important, c'est qu'il m'aime. Et ce qui m'attriste le plus, c'est de ne pas avoir été capable de lui donner un enfant.

— Vous l'avez presque fait, Gervaise... Ne vous reprochez rien. Et comme le Ciel n'a pas voulu qu'un autre vienne le remplacer... Mais vous êtes si heureux tous les deux, en couple. Je vous regarde, c'est enviable, il vous aime tant et vous le lui rendez si bien.

— Comme au premier jour, madame Delval, Nicolas est l'homme qui m'était destiné. Et ce grand enfant, comme vous le décrivez, ne me dérange pas. J'aime bien le gâter lorsque j'en ai la chance. Mais, vous savez, il a hérité d'un petit côté de son père, il aime parfois me faire sentir que c'est lui l'homme de la maison. Surtout quand je tente de prendre une décision...

— Alors, faites comme moi, insistez, ils finissent par céder. Et s'ils sont trop têtus, faites-le quand même. Ne perdez pas une seule de vos ambitions à cause d'un époux qui se croit le roi de la maison. Ça n'existe plus de nos jours une telle manipulation. Vous voyez ? Vous êtes retournée travailler ! Pas mal pour une Delval ! ajouta-t-elle en riant légèrement.

La conversation se poursuivit mais, au fil des heures et des tasses de thé, Gervaise se rendit compte que sa belle-mère était épuisée. Le lui laissant savoir, cette dernière lui répondit :

— Oui, je suis fatiguée, mais pas de cette soirée, Gervaise, j'aurais pu continuer toute la nuit… Seulement, mon mal n'en pense pas autant. Il est l'heure de prendre mon médicament, je sens des douleurs qui ne se décrivent pas.

— Pourtant, rien n'y paraît, comment faites-vous ?

— J'ai un seuil de douleur très élevé, je suis capable d'en prendre, mais vient un temps où c'est l'épuisement qui l'emporte sur mon bouclier.

— Prenez-vous de la morphine pour calmer ces…

— Oui, de temps à autre, et ce soir, je vais prendre un cachet de plus. Ah ! cette terrible maladie… Heureusement, pas trop longue dans notre famille, ce qui abrège les souffrances.

— Ne parlez pas comme ça, madame Delval, la science fait de grands pas.

— Sans doute, mais pas pour moi. Vous voulez bien m'aider à sortir de ce fauteuil, je vais sonner Imelda pour qu'elle me ramène à ma chambre.

Gervaise s'empressa d'aider sa belle-mère à se lever. Cette dernière titubait, elle se retenait après la poignée d'une haute étagère vitrée, lorsque sa brave servante s'amena pour lui prendre le bras et la diriger vers sa chambre. Se retournant, madame Delval dit à Gervaise qui suivait de près :

— Venez vite m'embrasser, et merci encore pour ce que je vous ai demandé et que vous m'avez accordé.

— Madame Delval ! Non, ne...

Mais sa belle-mère lui avait mis un index sur la bouche pour ensuite s'élever sur ses pieds quelque peu et déposer un baiser sur sa joue.

Puis, reprenant les petits pas de sa faiblesse, elle suivit Imelda jusqu'à son lit, pendant que Gervaise appelait le taxi qui viendrait la prendre. Au moment de son départ, ayant attendu la voiture avec Imelda qui lui tenait compagnie, elle allait sortir lorsque son beau-père, surgissant on ne savait d'où, lui dit avec un sourire triste :

— Merci d'être venue... Je vous en suis reconnaissant.

Le lendemain, 30 décembre au soir, plus tôt que prévu selon ses médecins, Marcelle Delval rendait l'âme avec, à ses côtés, son Paul-Henri qui lui tenait la main. Elle avait dépéri si vite durant la dernière nuit et la journée, qu'il n'avait pas cru bon d'appeler ses filles pour les entendre hurler et perturber davantage la malade. Seule avec son homme de tant d'années, Marcelle lui avait dit :

— Je m'en vais, Paul-Henri, je le sens, je ne verrai pas l'année nouvelle, mais ne me pleure pas, je vais cesser plus vite de souffrir. Je serai bien, là où m'attendent mon père, ma mère, mon cousin, ma cousine… Ce sont eux qui viennent me chercher.

Elle avait ensuite laissé glisser ses doigts sur la joue de son mari pour éponger les larmes qui tombaient de ses paupières, avant d'ajouter :

— Non, ne pleure surtout pas, ne me rends pas triste, Paul-Henri, je m'en vais si sereinement. Embrasse les enfants, dis-leur que je les ai aimés de tout mon être. Dis à Jean-René et Nadine que je vais les guider de là-haut…

Paul-Henri regardait partout, il entrevit Imelda dans le cadre de la porte et lui fit signe d'avancer. Madame Delval, l'apercevant, lui sourit faiblement et lui dit tout bas :

— Merci pour toutes ces années, tu as été l'une de mes joies de vivre, toi aussi. Ne pleure pas, ma douce amie, prends soin de mon mari maintenant, fais-le bien manger, il dépérit…

Puis, regardant le crucifix de sa chambre avec un regain de piété, pour ensuite exprimer par un rictus une forte douleur qui lui traversait le corps, Marcelle Delval, fermant les yeux, ouvrant la bouche, s'éteignit dans un dernier râle en tenant fermement la main de son mari.

L'an 1962 s'imposa. On fêtait, on chantait partout dans les boîtes de nuit, on célébrait l'arrivée d'une année qu'on voulait plus prospère… Comme chaque fois ! Chez les Delval, il en était tout autrement. On tentait de surmonter un chagrin qu'on avait peine à dissimuler… Charlotte et Josiane avaient été fort indisposées d'apprendre que Gervaise avait passé la soirée avec leur mère la veille de son décès. Elle, l'étrangère, alors que les deux sœurs, à quelques pas de la maison, n'en savaient rien. Et encore plus offusquées d'entendre leur père leur dire qu'il n'avait pas cru bon de les prévenir peu avant sa mort, afin de ne pas la bouleverser dans ses derniers moments… Pour ne pas leur avouer qu'il avait préféré être seul avec sa femme pour un adieu touchant. On avait prévu pour les funérailles quelque chose d'assez intime. Un seul soir au salon mortuaire, un service chanté le lendemain, et le cercueil conservé jusqu'au printemps où on le déposerait enfin en terre dégelée, dans le lot familial que Paul-Henri avait acheté au cimetière. Or, le soir de l'exposition du corps, plusieurs parents et amis des Delval s'étaient présentés afin d'offrir leurs condoléances. Le cercueil était fermé et seule une photo de la défunte avait été placée à côté du coussin de roses rouges de son mari. Charlotte et Josiane, vêtues de noir, mouchoir à la main, recevaient les gens venus apporter leur soutien. Nicolas, écrasé de douleur, restait assis le plus possible, par crainte de vaciller sur ses jambes. Son père lui tenait compagnie et Gervaise, de l'autre côté, le réconfortait au fur et à mesure que les gens lui offraient « leurs sympathies ». Elle avait endossé un tailleur noir très sobre, avec une blouse de soie grise sous le veston. Un rang de perles au cou, légèrement maquillée, elle avait eu le sens du devoir et n'avait rien mis en œuvre pour être vilipendée par la suite. Ce qui n'empêcha pas Jean-René de s'asseoir à côté d'elle pour ne pas qu'elle reste seule quand Nicolas avait à se lever. Monsieur et madame Bigras vinrent offrir leurs respects à Paul-Henri Delval, qui avait fait l'accolade à son vieil ami qu'il ne visitait plus depuis longtemps.

Mais, en de tels moments, les retrouvailles valaient leur pesant d'or. Puis, vers huit heures, on vit apparaître nulle autre que Berthe Huette suivie de Rita, enceinte, et de son mari, Yvon Mailloux, qui n'avait pas bonne mine. Loin d'être embarrassée, Gervaise présenta sa mère à monsieur Delval qui l'accueillit avec chaleur. Puis Rita et son mari qui se contentèrent de lui donner la main en lui offrant leurs condoléances. Gervaise, toutefois, s'abstint de présenter sa parenté à ses deux belles-sœurs, préférant de beaucoup la laisser aux bons soins de Jean-René qui en connaissait tous les membres depuis le mariage de Rita et d'Yvon. Le jeune homme se fit un devoir de les entretenir, de leur parler, de tenter ce qu'il pouvait pour que madame Huette ne soit pas trop bruyante en ce lieu si respectueux. Mais Berthe Huette, quoique discrète, n'en attirait pas moins l'attention avec son manteau de léopard usé, sa robe grise démodée et ses boucles d'oreilles noires trop grosses pour son visage. Sans parler de son maladroit maquillage. Rita, dont le ventre était déjà rond, portait un manteau noir, un ensemble de maternité bleu, la tête frisée, le rouge à lèvres trop épais, et les joues rouges couvertes de boutons d'acné qui se chamaillaient entre eux. Yvon Mailloux était quelconque, mais comme tant d'autres visiteurs, avec une chemise blanche et une cravate sombre, il passait inaperçu parmi les nombreux badauds venus écornifler. Nicolas, qui l'avait vu de loin, avait dit à Gervaise en parlant de lui :

— Je le pensais pire que ça. Pas si mal pour ta sœur qui, elle... Gervaise l'avait interrompu :

— Pas de calomnies ce soir, mon chéri. Ta mère est là qui nous regarde.

Et il s'était remis à pleurer, réalisant une fois de plus que sa mère adorée l'avait quitté. Lorsque les gens se dispersèrent et que tous rentrèrent chez eux, Charlotte, qui véhiculait Josiane et Nadine, dit à sa sœur en cours de route :

— As-tu vu sa mère et sa sœur ? Plus *cheap* que ça, faut les chercher ! As-tu vu son manteau, on dirait que l'animal est mort de peur et qu'elle l'a eu pour trente sous de l'Armée du Salut !

Et Josiane de poursuivre :

— Sa sœur a l'air du diable ! Mal amanchée et enceinte en plus ! Tu vois ? C'est ça, la potée de l'est ! Et son mari, gros habitant, avait les souliers sales de *slush* ! Ça ne pouvait pas se manquer, il porte au moins des 12 de pointure, celui-là ! Je comprends Nicolas de ne pas les fréquenter... Gervaise est mieux qu'eux, faut l'avouer, mais sans Nicolas, elle serait comme eux ! Je me demande comment elle a fait pour être différente, côté *look* ? Son père devait être beau, parce que la mère... As-tu vu ses varices, Charlotte ?

Le lendemain, jour du service funèbre, il n'y avait que les intimes. Et après avoir été mauvaises langues à mettre dans le vinaigre, les sœurs avaient sorti leur mouchoir pour que les gens présents constatent leur douleur. Elles étaient chagrinées, il va sans dire, mais pas au point de pleurer fort en pleine messe au moment de l'élévation.

— Un peu de retenue... avait murmuré leur père.

Il faisait plus froid que la veille et Gervaise, emmitouflée dans son manteau de vison, avait mis sur sa coiffure bouclée une toque de la même fourrure qu'elle n'avait pas encore portée à l'église. Jean-René, à sa droite dans le

264

banc de Nicolas, la regardait souvent de côté pour humer le parfum qui, malgré la froidure, se dégageait de l'intérieur des gants de sa compagne de gauche. Et Charlotte, apercevant son fils dans le banc de Nicolas et Gervaise, avait dit à Josiane d'un air choqué :

— Qu'est-ce qu'il fait encore à côté d'elle, lui ! Attends que je lui parle ! C'est avec sa mère qu'il devrait être !

Nadine, dans le même banc qu'elles, avait rétorqué :

— C'est parce que tante Gervaise est la plus belle ! Ça se voit, non ?

Les mois s'étaient écoulés, l'été était arrivé, on avait pu enterrer le cercueil de madame Delval, et la vie continuait. Imelda, la domestique de tant d'années, voulait s'en aller, trouver un emploi ailleurs, peu encline à être au service de « monsieur » seulement. Josiane l'avait convaincue de ne pas laisser leur père seul, du moins pour l'instant, qu'il avait grandement besoin d'elle pour ses repas, ses lavages et l'entretien de la maison. Mais la corvée était lourde, elle prenait de l'âge, elle aussi, et au temps de madame Delval, sa patronne mettait la main à la pâte et s'impliquait dans tout. Ce qui l'aidait. Elle n'avait pas à tout faire comme ça devenait le cas. On lui proposa d'augmenter ses gages, de réduire ses tâches, d'engager une femme de ménage de l'extérieur, et la pauvre Imelda accepta de rester au service de monsieur Delval jusqu'à ce quelqu'un d'autre prenne la relève. Elle s'imaginait aussi qu'avec le temps une autre dame allait remplacer Marcelle dans le cœur du vieil avocat, mais elle se trompait. Malgré les veuves qui lui tournaient autour, Paul-Henri semblait bien décidé à rester fidèle à la mémoire de sa bien-aimée. Quitte à se fier à ses filles pour des invitations plus fréquentes, des soupers d'apparat, des déjeuners au restaurant… Bref, ce qu'il faisait avec Marcelle durant toutes leurs années ensemble. Mais Charlotte et Josiane n'avaient aucune envie de remplacer leur mère auprès de lui. Surtout Charlotte qui redoutait qu'à titre d'aînée elle en vienne à être obligée… *Non, surtout pas!* pensait-elle intérieurement. Il allait devenir grognon, il allait être malade… Et s'il ne pouvait pas rester seul, pourquoi ne pas se rapprocher de son fils? Nicolas avait aussi des devoirs envers lui, étant le seul garçon de la famille:

— On verra bien… lui disait Josiane.

Pour ensuite ajouter tout bas:

— Pour le moment, ne t'en fais pas, c'est Imelda qui l'a sur les bras!

Nicolas et Gervaise avaient décidé de fêter leurs anniversaires de naissance différemment cette fois. C'est d'ailleurs lui qui en avait eu l'idée. Au moment où il atteignit ses quarante-deux ans et elle, ses trente-quatre ans, ils déclinèrent quelques invitations à les célébrer, car Nicolas avait dit à sa femme quelques jours auparavant:

— Cette fois, ma chérie, c'est à Paris que nous irons fêter tout ça!

— Paris? Pourquoi de telles dépenses? Nos âges n'ont rien de spécial…

— Peut-être bien, mais tu oublies que ça fait une demi-douzaine d'années que nous sommes mariés. Voilà ce qui se souligne, mon amour!

Gervaise était restée sidérée. En effet, elle avait complètement oublié ce détail, elle avait même oublié le jour précis lorsqu'il était passé. Ils en étaient encore à se remettre de la mort de madame Delval, à ce moment-là.

— Déjà ? réussit-elle à prononcer.

— Oui, ma chérie, et je remarque que cet anniversaire, chaque année, passe inaperçu avec toi. Comme s'il n'avait pas d'importance…

— Bien sûr qu'il en a, je ne sais pas pourquoi je m'arrête moins à cet anniversaire qu'à nos jours de fête. C'est peut-être le fait d'avoir été mariée avant, Nicolas, qui me laisse indifférente. Ça m'en ferait tant à compter…

— C'est possible, mais pour moi, c'est important, ça fait six ans que tu es ma femme et que tu me combles. Voilà ce qui se fête, Gervaise.

— Mais tu me gâtes aussi, Nicolas, je suis si heureuse avec toi.

— Alors voilà ce que nous irons célébrer à Paris. Une semaine seulement, je ne peux m'en offrir plus, et je suis certain que chez Eaton, tu peux obtenir un congé à tes frais. Vous n'êtes pas en période forte.

— Oui, ce sera facile, et je suis si contente de partir avec toi. Imagine ! Paris pour un anniversaire de mariage qui sera jumelé à nos fêtes respectives. Nous vieillissons, tu sais…

— Moi, Gervaise, pas toi. La quarantaine, c'est plus difficile à prendre, on sent qu'on fait déjà moins partie des jeunes. Toi, à trente-quatre ans, tu es au sommet de ta forme et de ta beauté. Il faudrait maintenant que le temps s'arrête pour que je puisse te garder toujours ainsi.

— Tu es aussi très bien conservé et tu le sais, Nicolas, les femmes et même les jeunes filles aiment les hommes de quarante ans et plus. C'est l'âge où vous excellez, les mâles !

— Pas sûr de ça, moi… Quand je regarde Jean-René avec ses vingt-six ans, je les lui emprunterais bien. Tu as vu comme il est devenu beau et athlétique ? C'est à cet âge qu'un homme est séduisant, Gervaise, pas où j'en suis rendu… Mais, comme on n'y peut rien…

— Bien, moi, je te préfère tel que tu es. Avec plus de maturité, les épaules encore très carrées, et un peu plus velu… ajouta-t-elle en riant.

Et c'est en première classe, sur un vol d'Air France, que monsieur et madame Delval se rendirent à Paris fêter leurs trois anniversaires regroupés. On les avait traités avec déférence à bord de l'appareil, ils étaient si beaux, si nobles, dans leurs vêtements de voyage. Plusieurs têtes s'étaient tournées sur le passage de Gervaise à l'aéroport de Dorval autant qu'à celui d'Orly. Elle attirait les regards des hommes de tous les âges avec sa silhouette plus mûre, à la Marilyn Monroe. Et les femmes moins bien roulées qu'elle l'enviaient. Quoique, à bord, dans le siège en avant d'eux, une magnifique blonde d'environ vingt-cinq ans n'avait pas échappé aux regards admiratifs de Nicolas. Ce qui avait légèrement contrarié Gervaise. Une jolie blonde qui ressemblait à une jeune actrice et qui voyageait avec un monsieur d'un âge certain. *Tiens ! Une fille avec son sugar daddy !* avait pensé Gervaise dans une médisance gratuite. Pour la première fois, sans le dire à haute voix, la femme de l'avocat avait été jalouse d'une fille aussi belle qu'elle et de presque dix ans sa cadette. À Paris, après une nuit dans un hôtel cinq étoiles, ils étaient allés visiter le Louvre qui avait plus ou moins intéressé Gervaise, elle ne s'y connaissait pas en art et en sculptures célèbres.

Puis, ils étaient allés à Versailles où elle s'était émerveillée devant les splendeurs du château et de ses jardins, ainsi que pour les meubles d'apparat de l'époque, les tentures de velours et la décoration des lieux, car l'histoire tragique des derniers souverains la laissait plutôt froide. Ils mangèrent dans des restaurants huppés où des hommes aux cheveux gris n'avaient d'yeux que pour elle. Sans doute des millionnaires ! Mais c'était Nicolas qui percevait tous ces regards posés sur elle. Gervaise, quoique sublime dans sa robe moulante de soie verte, ne se rendait pas compte des regards des hommes qui la désiraient, elle ne voyait que Nicolas, l'homme qu'elle aimait et qui la rendait si heureuse avec un voyage si grandiose. Ils allèrent au *Moulin Rouge* un soir, se promenèrent sur le boulevard des Italiens le jour, magasinèrent quelque peu et reprirent l'avion le moment venu avec, dans leurs bagages, de beaux vêtements de haute couture pour elle et une ou deux chemises et cravates griffées pour lui. En descendant de l'avion à Dorval, Nicolas pria le chauffeur de la limousine de les conduire chez Birks où, sans le dire à Gervaise, il avait acheté quelques semaines auparavant une bague en or blanc sertie d'un diamant solitaire et étincelant taillé marquise. Une folie ! Une fortune ! Gervaise en avait le souffle coupé et lui avait dit alors qu'il la lui passait au doigt :

— Nicolas, c'est trop ! Une bague d'un tel prix ! C'est insensé, c'est incroyable !

— Pour une femme qui n'a pas de prix, ma chérie. Accepte-la sans rien dire. En la passant à ton doigt, c'est comme si je t'épousais une seconde fois. Tu es si belle, si désirable…

Elle n'avait plus de mots. Il avait tant dépensé pour le voyage et pour cette bague… Où donc prenait-il cet argent ? Il avait dû retirer une forte somme du compte de ses épargnes pour sa retraite dorée. C'était inconcevable ! Elle ne lui reprocha rien, ne voulant pas amoindrir son plaisir à tant lui offrir, mais de retour au travail la semaine suivante, elle n'avait pas porté sa bague, elle en était gênée. Trop belle, trop chère pour elle avec un sarrau blanc sur le dos. C'était assez pour qu'on se demande ce qu'elle faisait derrière un comptoir avec une telle marquise à son doigt !

Contrairement au dicton, *après la pluie, le beau temps*, Nicolas apprit avec désenchantement que la brave Imelda quittait son poste auprès de son père. À son âge avancé, les tâches étaient devenues trop lourdes pour elle. C'était avec regret qu'elle avait donné sa démission à monsieur Delval ; une place moins exigeante l'attendait dans un couvent où elle n'aurait qu'à cuisiner pour les religieuses en perte d'autonomie. Elle n'aurait qu'à les faire bien manger, ne leur donner aucun autre soin, les jeunes sœurs s'en chargeaient. Elle allait être logée, blanchie, nourrie et gratifiée d'un salaire moins élevé que chez madame Delval, mais convenable pour ses besoins. Elle allait partir au début de novembre et Paul-Henri Delval, vieillissant et bourru, se demandait bien qui prendrait la relève. Charlotte avait prétexté une anomalie rénale pour ne pas en prendre soin et encore moins le garder chez elle. Josiane, de son côté, n'y était pas allée par quatre chemins, elle lui avait conseillé de placer une annonce dans les journaux pour trouver une nouvelle domestique ou de s'adresser à Nicolas qui saurait s'en charger. Ayant Nadine à sa charge, elle lui avait affirmé qu'elle n'avait pas de temps à lui consacrer et pas du tout envie de lui offrir le gîte. De plus, comme elle cuisinait mal... Démoralisé et ne trouvant personne pour le prendre en charge sept jours sur sept, le malheureux retraité s'adressa donc à son fils qu'il fit venir chez lui un soir de pluie. Lui demandant de prendre un fauteuil, il lui servit un scotch sans glaçons et déclara fermement, sans détour :

— Nicolas, j'ai besoin que tu t'occupes de moi ! Je ne veux pas vivre seul, je suis trop malade, trop âgé. Il faudrait que tu reviennes vivre ici et prendre la relève d'Imelda qui partira dans quelque temps.

Consterné, s'attendant à tout sauf à cela, Nicolas riposta :

— Mais voyons, papa, j'ai ma maison, ma carrière, ma femme...

— Et puis ? Tu la poursuivras, ta carrière, en vivant avec moi ! Rien ne t'en empêchera ! Ta maison, tu n'auras qu'à la vendre, tu seras logé sans frais ici. Et ta femme reviendra où elle a déjà habité, ce qui ne va pas la désorienter, elle y était avant que vous quittiez. Et comme vous n'avez pas d'enfants...

— Tu n'y penses pas ? Gervaise travaille, elle a un emploi, sa vie à elle, maintenant.

— Comme si elle avait besoin de travailler, Nicolas... Erreur de ta part ! Une Delval ! Elle n'aura qu'à s'occuper de moi et votre vie à deux n'en sera pas perturbée, crois-moi. Je ne suis pas exigeant, demande à la domestique.

— Gervaise n'est pas une domestique, papa, c'est ma femme, ça ne se compare pas. Et s'occuper de toi... elle refusera, c'est certain, elle est très heureuse en ce moment.

— Il te suffira de la convaincre, mon fils. Tu sais encore plaider, non ? Tes sœurs ne veulent rien savoir de moi, je m'en rends compte. Alors, voici ce que je te propose…

Et Paul-Henri Delval de faire miroiter à son fils son héritage au complet ainsi que sa maison, s'il acceptait sa proposition. Il allait déshériter ses sœurs pour tout lui laisser et, de plus, remettre à Gervaise un plus gros salaire que ce qu'elle faisait chez Eaton pour s'occuper de lui. Nicolas, pensif et séduit à la fois, avait répondu :

— Si tu offrais la même chose à Charlotte ? Tu ne crois pas…

— Je ne veux pas d'elle sous mon toit, elle a un caractère de chien, elle ne me traiterait pas bien. Josiane encore moins ! Et je ne tiens pas à te déshériter, toi !

— Mais tu es prêt à déshériter tes filles et tout me laisser ?

— Je le ferai, Nicolas. Nous irons ensemble chez mon notaire. Elles n'en sauront rien, compte sur moi. Et avec ce que je te léguerai, tu n'auras plus à t'en faire pour le reste de tes jours. J'ai des avoirs, d'énormes placements, des actions à la Bourse…

— Je n'en doute pas, papa, mais je serais fort étonné que Gervaise accepte un tel mandat. Elle adore notre maison, elle aime son travail…

— Sois rusé, mon fils, dis-lui que c'est seulement pour un bout de temps. Ne vendez pas la maison immédiatement, fermez-la ou louez-la, ce qui serait plus intelligent. Et, avec le temps, quand elle sera habituée à sa nouvelle vie ici, tu pourras te départir à gros prix de cette résidence secondaire. L'argent va te sortir par les oreilles, mon grand !

Sois juste assez brillant pour gagner ta cause auprès d'elle. Un avocat de ton calibre devrait trouver les mots pour la convaincre, voyons ! Et comme elle fait bien la cuisine…

Sous le coup du charme, se voyant à l'abri de tout souci éventuel avec la fortune et la maison familiale, le « p'tit gars à sa mère » répondit à son père, avant de déposer son verre et reprendre son manteau :

— Je vais faire tout ce que je peux, papa, mais je ne te promets rien. Je ne peux quand même pas la forcer à tout quitter si elle résiste… Mais je vais essayer. J'ai quand même de l'influence sur elle.

Imelda le regarda s'en aller en hochant de la tête, elle pensait à la pauvre Gervaise qui aurait peut-être à revenir vivre sous ce toit encore une fois. Et être aux ordres de ce vieux chenapan qu'elle-même voulait quitter au plus sacrant !

Nicolas laissa passer un jour, puis deux, avant de « plaider » la cause de son père à Gervaise qui, ce soir-là, les pieds dans ses pantoufles de satin, se remettait d'une longue journée. Aux premiers signes gênants de la part de son mari, dès qu'elle fut en mesure de saisir où il voulait en venir, elle releva la tête en sa direction pour lui dire :

— N'y pense pas, Nicolas ! Pas même une seconde ! Jamais je ne retournerai dans la maison de ton père ! Et je ne comprends pas que tu puisses me proposer une telle chose sans broncher !

— Attends, laisse-moi finir !

— Non, j'imagine la suite, et c'est non, non et non ! Je ne veux plus le revoir, ton père, et encore moins habiter avec lui ! Es-tu devenu fou ? Tu as déjà oublié tout ce que j'ai enduré de cet homme, Nicolas ? Comment as-tu pu te prêter à une telle manigance ? Comment as-tu pu te laisser convaincre ? Tu baisses dans mon estime !

— Gervaise, ne t'emporte pas, laisse-moi au moins finir et me rendre jusqu'au bout de la requête. Après, on en discutera.

Gervaise accepta de se taire, de ne pas l'interrompre, et Nicolas lui défila tout ce que son père lui promettait en retour de ce sacrifice. Sa maison, sa richesse, bref, tout ce qu'il possédait. Tout en gardant leur maison qu'ils revendraient plus tard. La sécurité totale pour le retraité qu'il deviendrait à son tour, un jour. Un plaidoyer au je, me, moi, sans tenir compte d'elle qui avait un emploi qu'elle aimait, une vie qui la satisfaisait, une maison qu'elle adorait. Que lui ! Avec elle, bien entendu, mais sûr et certain qu'elle accepterait cet héritage dont ils profiteraient assez tôt avec un père qui vieillissait.

Paul-Henri Delval n'était pourtant que septuagénaire et en très bonne condition physique. Ce à quoi Nicolas ne pensait pas parce que c'était elle, sa femme, qui en aurait la charge, et non lui, qui poursuivrait allègrement sa carrière, ses rencontres avec les clients le soir, ses déplacements improvisés… Comme avant ! Comme dans le temps ! Tout ce à quoi Gervaise songeait pendant qu'il plaidait et croyait, qu'avec son savoir-faire, elle allait se sentir responsable. Oui, responsable de son beau-père et de l'avenir de son époux qu'elle aimait tant… Mais Gervaise, déterminée, sentant presque une certaine duperie de la part de son mari, lui répondit :

— Non, Nicolas, n'y pense pas, je n'irai pas. Je n'ai que faire de son argent, de sa maison, de sa richesse...

— Pas moi! s'exclama-t-il en l'interrompant brusquement. J'ai besoin de sécurité, j'ai besoin de son avoir, de tout ce qu'il a ramassé et si bien placé. Que mes sœurs aillent au diable, tout me reviendra! Et nous pourrions les regarder de haut, Gervaise.

— Non, Nicolas, tu ne m'auras pas avec un semblant de vengeance, je ne veux pas les regarder de haut, je ne veux simplement plus les voir, tes sœurs. Pas plus que ton père! Désormais, c'est toi et moi, personne d'autre. Et si tu m'aimes comme tu le prétends...

— Gervaise! Je t'adore! Mais on ne peut pas laisser passer une chance pareille! Ce ne sera que pour un court laps de temps, pas pour une vie entière. Après être passés chez le notaire, quand le père aura moins sa raison, nous partirons, voyons!

— C'est très vilain ce que tu dis là, Nicolas, très mesquin! Tu prendrais tout ce que ton père possède pour ensuite t'en aller? Et lui?

— Je ne suis pas mesquin, Gervaise, je suis au contraire très consciencieux, très visionnaire. Quand mon père aura besoin de plus de soins, ce qui viendra, il y a des endroits... Tu comprends?

Déçue de son mari pour la toute première fois et accablée par ses propos, Gervaise se leva, ne répondit rien et se dirigea vers la salle de bain pour sa toilette avant la nuit. La suivant à petits pas, inquiet, il la rejoignit et lui dit:

— Serais-tu devenue muette? Tu n'as rien répondu en guise de conclusion.

Se retournant et le fixant droit dans les yeux, elle répondit :
— C'est bien simple, Nicolas, c'est non.

La nuit avait été lamentable pour lui. Il n'avait pas réussi à fermer l'œil. Comment la convaincre ? Un autre stratagème, peut-être ? Il ne pouvait pas laisser s'envoler ce que son père lui offrait. Il adorait Gervaise, mais l'appât du gain faisait aussi partie de ses plus vifs intérêts. Elle, les yeux fermés, épuisée par sa journée, s'était vite envolée au pays des rêves, sans que ces derniers soient perturbés par la discussion de la soirée. Le lendemain, levée tôt, elle partit pour le travail pendant que Nicolas, qui ne plaidait qu'à onze heures, flânait encore au lit. Il ne lui avait pas adressé la parole et, devant cette attitude sans doute planifiée, elle en avait fait autant pour ensuite s'en aller sans le moindre baiser déposé sur sa joue. Avec elle, c'était du donnant, donnant. Gervaise n'était pas sotte et encore moins soumise. Il le croyait peut-être, mais il allait se rendre compte qu'elle avait mûri, elle aussi. Le soir, à peine rentrée, elle avait trouvé une note de sa part qui lui disait qu'il allait être retardé. Retirant son manteau et secouant son parapluie sur le tapis du porche d'entrée, elle courut répondre au téléphone. C'était sa mère qui, sans s'informer si elle la dérangeait, lui disait :
— J't'avais-tu dit que c'était Monique Lepage qui a été couronnée Miss Télévision cette année ? J'suis contente, j'l'aime beaucoup ! C'est elle qui fait Solange dans *La Côte de Sable* à la télévision… Coudon, es-tu là ?
— Oui, maman, je te laissais terminer. Non, je n'en savais rien, je ne regarde pas les téléromans et je n'achète pas les journaux artistiques.

— Voyons ! On a parlé de tout ça au radio pis à télévision !

— Sans doute, mais après le bulletin de nouvelles, j'écoute de la musique.

— On en a même parlé aux nouvelles ! Rien t'intéresse, toi ! Rien te dérange ! Y'aurait l'feu chez ton voisin que tu t'en apercevrais même pas !

— As-tu autre chose d'important à me dire, maman ? Je n'ai pas encore soupé, je viens à peine de rentrer.

— Non, rien, ça vaut pas la peine. Même si j'te disais que ta sœur pis son mari ont vu Vivian Blaine en personne au Théâtre Séville !

— Non, ça ne me dérange pas, je ne sais pas qui elle est. Une actrice ? Une chanteuse ?

— Ah ! Va souper ! J'perds mon temps avec toi ! J'vas appeler Rita !

Quelques jours s'écoulèrent et Nicolas devait donner une réponse à son père, Imelda allait partir dans une semaine tout au plus. Comme tout semblait redevenu normal entre Gervaise et lui, il en profita pour la choyer, lui faire l'amour avec la même ardeur, sinon plus, pour enfin lui demander, la veille de son rendez-vous avec son père :

— Au sujet du déménagement… Tu as bien réfléchi ?

— Oui, Nicolas, et je n'ai pas changé d'idée. Je suis désolée pour toi, mais je n'irai pas vivre dans cette maison qui m'a tant fait souffrir. Quitte à ne plus revoir ton père dans les grandes occasions. N'insiste pas, je t'en prie, la vie va continuer sans lui.

— Pour toi, mais elle ne sera plus la même pour moi. Je perds beaucoup en refusant son offre, Gervaise. Je perds tout ce dont j'ai rêvé…

— Non, c'est faux, puisque son héritage sera divisé et que tu en auras ta juste part. Tu ne pouvais quand même pas le laisser déshériter tes sœurs, ton neveu et ta nièce. Remarque que je ne les aime pas, les vilaines, mais de là à leur faire du mal, j'en serais incapable. Comment pourrais-tu le faire, toi ?

— Bon, puisque c'est comme ça, oublie tout, Gervaise. Je vais aller voir mon père et lui dire qu'il lui faudra trouver une autre solution.

Fâché, ça se voyait, désappointé, encore plus, Nicolas prit son manteau, se dirigea vers la porte et sortit sans dire un mot de plus à sa femme. Restée seule, peinée pour lui, mais à l'aise avec son refus, elle se mit en frais de terminer le dernier chapitre d'un roman de Balzac qu'elle lisait chaque soir. En présence de son père, Nicolas n'eut d'autre choix que de lui avouer :

— Ce sera impossible papa, Gervaise ne veut pas déménager, elle tient à sa maison et à son emploi.

— Et tu n'as pas été capable la faire changer d'idée ! Tout un avocat, toi !

— Gervaise n'est pas une accusée, papa, c'est ma femme. Je lui ai tout étalé et elle a refusé. Je ne suis pas pour entacher ma vie à deux pour t'être serviable.

— Tu me déçois, mon fils, je te croyais plus fort, plus chef de ton couple. Comme c'était le cas pour moi avec ta mère.

— Les temps ont changé depuis, les femmes se laissent moins dominer, papa, elles ont droit à leur opinion, on ne peut les soumettre à notre volonté en claquant des doigts. Gervaise ne veut pas venir, elle n'est pas intéressée à être ta servante et ça se comprend un peu, tu l'as toujours traitée avec mépris.

— Ne reviens pas sur le passé! Elle ne veut pas venir? Qu'elle reste chez elle! Et toi avec elle! Je me débrouillerai autrement!

— Trouvons une solution ensemble, si tu le veux bien…

Monsieur Delval, bourru et mécontent, accepta tant bien que mal d'écouter ce que son fils avait à lui proposer. Or, Nicolas, anticipant le refus définitif de Gervaise, avait entrepris des démarches auprès d'un traiteur et d'une agence ménagère. Le traiteur, livreur au quotidien, allait soumettre son menu à monsieur Delval qui allait choisir ses plats de la semaine. Dîners et soupers qui lui seraient livrés chaque jour. Pour son déjeuner, le père devrait s'arranger, mais pour ses deux rôties coutumières et son café, il n'avait certes besoin de personne. Pour le ménage et l'entretien de son linge, l'agente consultée allait envoyer deux dames qui, en deux jours seulement, allaient vaquer à ces occupations moyennant le tarif de l'agence qui les employait. Une telle entente avait l'heur de plaire au vieil avocat qui allait être heureux de ne pas avoir ces personnes dans les jambes à longueur de semaine. Comme c'était le cas avec Imelda. Et comme le traiteur mentionné était réputé dans la bonne société, nul doute qu'il allait bien manger tout en se versant lui-même son verre de vin. Enclin à l'idée que lui faisait miroiter son fils, il lui avait dit:

— Soit, va de l'avant, réserve tout, je réglerai les paiements au fur et à mesure. Une solution de bon aloi à ce que je vois, mais n'empêche que tu perds une fortune à cause de ta femme, Nicolas. Une femme que la famille n'a même pas approuvée… Tu t'en repentiras, j'en suis certain. Mais comme c'est là ton choix… Néanmoins, s'il te plaît, ne l'emmène plus ici, Gervaise, je ne veux plus la revoir.

— Tu vois, papa ? Rien n'a changé ! Tu ne l'aimes pas plus qu'au premier jour. Et tu étais prêt à bousculer ses habitudes de vie, la soumettre à ta volonté…

— Si elle était venue, j'aurais sans doute fini par l'aimer, je m'y serais même efforcé mais, à partir de maintenant, Nicolas, ne m'en parle plus, elle n'existe plus pour moi.

Entre-temps, Rita avait donné naissance à son second enfant, un autre garçon de huit livres cette fois. Gervaise, heureuse pour elle, lui avait fait parvenir des fleurs à l'hôpital et lui avait rendu visite le lendemain avec sa mère. Mailloux, content de son sort avec deux gars à élever qui prendraient soin de lui plus tard, avait dit à Gervaise :

— Celui-là, on va l'appeler Jean, ta sœur aime ça. Moi, j'voulais l'appeler Horace comme ton père, mais Rita ne veut pas, elle trouve ça démodé.

— Pas seulement démodé, Yvon, mais pas très beau comme prénom. Penses-y ! Horace Mailloux pour un bébé ! Jean, c'est beaucoup plus attrayant.

— Oui, t'as raison, pis y va devenir vite no't… Ti-Jean !

Le baptême allait suivre une semaine plus tard et, cette fois, Berthe Huette ne se laissa pas damer le pion par qui que ce soit. Elle insista pour être la marraine de son petit-fils qu'elle appelait déjà Ti-Jean, et elle gagna sa cause. Le parrain allait être le frère d'Yvon, le jeune voyou un peu fou sur les bords. Tout se passa vite et bien à l'église du quartier, le samedi où l'on baptisa le bébé du gros Mailloux et de

Rita. Quelques parents et amis, dont la tante Adrienne qu'on ignora moins cette fois, monsieur et madame Bigras, deux cousins d'Yvon avec leur femme, sa mère qui ne regardait pas madame Huette depuis qu'elle avait insulté son fils, et Gervaise, venue seule, Nicolas ayant refusé de l'accompagner. Un petit goûter suivait au logis de madame Mailloux. On y servait des sandwichs variés, des boissons gazeuses, de la bière que le jeune parrain ingurgitait cette fois, du vin rouge et blanc, et des gâteaux et biscuits assortis de l'épicerie. Bref, peu élaboré selon les moyens de la veuve Mailloux, mais fort apprécié. Rita s'était emballée devant la bassinette neuve que Gervaise lui avait achetée, l'autre étant usagée, et madame Huette, fière d'être la marraine, s'était presque « cassée comme un clou » dans ses économies pour offrir à son filleul un petit habit de velours bleu qu'il porterait lorsque viendrait l'hiver. Gervaise partit en taxi en fin d'après-midi alors que les autres invités, le jeune parrain surtout, continuaient de boire. Ça parlait déjà plus fort, ça s'engueulait un peu dans un coin. Ce qui fit décamper Berthe Huette qui avait horreur de la chicane. En invitant, encore une fois, Ernest et Lucienne Bigras à venir prendre un petit digestif dans son trois-pièces.

L'automne suivit tout doucement et Nicolas, toujours très pris par ses causes et ses nouveaux clients, travaillait de plus en plus le soir. Toujours épris de sa séduisante femme selon ses dires, Gervaise avait quand même remarqué un certain éloignement de sa part. Non pas physiquement, c'était ce qu'il aimait le plus encore, mais dans leur vie à deux, dans le quotidien, dans les mots doux, les compliments... Ses toilettes excentriques semblaient avoir moins d'effet qu'avant sur lui. Il la trouvait sans doute encore très belle, mais le lui disait moins. Toutefois, rien ne s'étiolait, ils formaient encore un couple très enlacé… au lit ! Était-ce suffisant pour elle cependant ? Il fallait le croire puisqu'elle ne s'en plaignait pas et que sa passion première était encore son obsession pour les crèmes et les parfums qu'elle découvrait. Le sarrau blanc, les comptoirs, la belle apparence, ses multiples bracelets aux poignets, ses colliers à la mode, ses longs pendants d'oreilles, son rouge à lèvres de la dernière cuvée, son alliance. Mais pas son diamant de coupe marquise. Depuis le jour où Nicolas le lui avait offert, elle ne l'avait jamais porté pour aller travailler. Afin de rester au diapason de ses employées qui n'avaient que de petites bagues sans valeur aux doigts, ou pas du tout.

Jean-René avait eu vingt-sept ans en octobre et, dans un an tout au plus, il serait à son tour reçu avocat. Célibataire, aucune amie sérieuse en vue, il résidait encore chez sa mère qui payait tout pour lui, même l'essence de sa voiture sport. Très beau gars, cheveux bruns bien en place, yeux bruns, sourire aux lèvres, athlétique, suave et débordant de sensualité, on pouvait deviner que les filles ne manquaient pas autour de lui. Il préférait cependant la compagnie de ses amis avec lesquels il allait dans les boîtes à chansons voir Pauline Julien ou Claude Léveillée en spectacle. Mais il devait certes s'envoyer en l'air de temps en temps… Un bellâtre de son genre n'était tout de même pas vierge à son âge ! Ce que pensait sa mère sans toutefois s'en informer. Ce que pensait aussi Nicolas qui avait tourné autour du pot sans pour autant rien lui faire avouer.

Gervaise venait de rentrer à la maison après sa journée chez Eaton, lorsque le téléphone sonna. *Pas déjà la mère!* se disait-elle. *J'ai encore mon manteau sur le dos!* Elle l'enleva prestement et prit le récepteur de l'appareil du couloir pour entendre, au bout du fil, Jean-René lui dire :

— Bonsoir, Gervaise, c'est Jean-René. Ça va bien ?

— Oui, très bien, je rentre tout juste de mon travail.

— Dis-moi, je suis dans le coin, je n'ai rien ce soir, puis-je m'inviter à souper avec Nicolas et toi ?

— Nicolas n'est pas là, Jean-René, il va rentrer tard ce soir, il a deux clients à rencontrer et ça devrait être long, selon lui.

— Ah ! quel dommage ! Moi qui pensais décompresser à votre table…

— Écoute, si tu es seul et que tu t'ennuies, tu peux toujours venir, Jean-René. J'ai un pâté au saumon, une salade verte et des bâtonnets de pain à partager. Ça te dirait de te joindre à moi ?

— Bien sûr ! À quelle heure devrais-je arriver ?

— Donne-moi trente minutes, le temps de me changer, j'ai encore mon sarrau et mes vêtements de la journée sur le dos. Je vais mettre le pâté au four et, dans une demi-heure, je serai en mesure de t'ouvrir la porte. Tu aimes le saumon au moins ?

— J'aime tout, Gervaise ! Surtout s'il a été cuit de tes mains.

— Non, c'est un pâté préparé, je n'ai pas le temps de cuisiner, je l'achète du boucher. Mais il est bon, tu verras…

— N'en parlons plus, j'arrive dans trente minutes, pas une seconde de plus, et il me fera plaisir de souper avec toi.

Gervaise n'avait eu que le temps de mettre les couverts sur la table, de placer son pâté au four, de prendre une douche, de s'habiller, de se coiffer et de se maquiller plus convenablement, que déjà son neveu sonnait à la porte. Elle s'empressa de lui ouvrir et Jean-René entra avec un petit bouquet de fleurs des champs acheté au hasard pour elle. Ravie, elle les mit dans un vase qu'elle déposa sur un coin de la table pour qu'il ne leur cache pas la vue et, assis en face d'elle, Jean-René se vit servir une grosse pointe du pâté au saumon, avec une salade jardinière, pour ensuite accepter, versé d'une carafe de cristal, le vin blanc qu'elle lui offrait. Tout en mangeant, il lui avait parlé de ses études, de son quotidien avec les professeurs, de Pauline Julien qui obtenait du succès à la boîte à chansons du *Café Saint-Jacques,* du dernier film de Humphrey Bogart qu'il aimait bien, pour ensuite lui demander:

— Et toi, Gervaise, puis-je connaître tes goûts en musique et en cinéma?

— Je n'en ai pas vraiment, j'aime les concerts symphoniques parce que Nicolas m'y accompagne, mais je ne suis pas friande des vedettes populaires de l'heure. Je les connais, mais je n'achète rien d'eux, j'écoute surtout de la musique classique. Pour ce qui est du cinéma, j'y vais de temps à autre avec Jacqueline mais pour voir des films américains, ce sont ceux qui ont sa préférence.

— Et tes acteurs et actrices préférés?

— Heu… personne en particulier. J'y vais pour le film, on en discute et, parfois, je ne me souviens même plus du nom de l'acteur. Jacqueline aime bien Clark Gable, elle m'en parle sans cesse, mais moi, à part Paulette Goddard, j'en connais peu…

— Tu la connais, celle-là ? Elle n'est pourtant pas de l'heure actuelle…

— Non, je sais, mais je la connais de force, Jean-René, parce qu'on n'a jamais arrêté de me dire que je lui ressemblais. Et après avoir vu ses films, j'admets que c'est quelque peu vrai.

— Ah bon ! je vois… Remarque que je te trouve plus jolie qu'elle.

Gervaise sourit et se leva pour lui servir un dessert. Prévoyant le geste, Jean-René lui avait dit :

— Non, pas de dessert pour moi, Gervaise, je n'aime pas le sucré. Je prendrais bien un autre verre de vin si c'était possible…

— Bien sûr, voyons, sers-toi, la carafe est à côté de toi. Ne te prive pas, je n'en bois qu'un soupçon comme tu as vu, je prends rarement de l'alcool durant la semaine.

— Et tu lis Balzac ! *Le Cousin Pons !* s'écria-t-il, en voyant le roman achevé sur le buffet.

— Oui, parce que Nicolas les dépose sur ma table de chevet, ça vient de sa bibliothèque. Pas mal celui-là, mais il y a des longueurs… J'ai préféré les romans de Guy des Cars, les thèmes étaient plus passionnants.

Déçu de son choix, Jean-René avait simplement répondu :

— Je vois…

Puis, pour la connaître davantage, il se permit de lui demander :

— Comment ça se passait dans ta première union, Gervaise ? Tu étais si jeune… Ton boulanger et toi, c'était le grand amour ?

— Si ça ne te dérange pas, je préférerais ne pas parler de mon passé, Jean-René. Non pas que je n'ai pas été heureuse, loin de là, mais j'ai eu tant de mal à m'en remettre, à envisager à nouveau l'avenir… J'étais si vulnérable…

— Je m'excuse, je tentais de meubler la conversation. Je n'en parlerai plus, Gervaise, je te le promets.

— Aucune offense, mais j'apprécierais que ma vie antérieure ne fasse pas partie de nos propos actuels. Et toi, tes amours ? Ça va ?

— Mes amours ? Je n'en ai pas ! J'ai des amis, on sort, on va dans les boîtes, mais je n'ai pas d'amoureuse. Une fille de temps à autre, mais ce n'est pas ce qu'on appelle de l'amour… Tu me suis ?

— Oui, et je ne serai pas plus indiscrète. Tu vas bientôt porter la toge ?

— Hé oui, pour faire honneur à mon grand-père et à l'oncle Nicolas. Même si ce n'est pas un Delval qui va plaider cette fois-là.

— C'est vrai, j'ai tendance à oublier que tu es un Claveau et non un Delval. On emploie si peu souvent ton nom de famille. Comment se prénommait ton père ?

— Jules, Jules Claveau, et aucun lien de parenté avec le chanteur André Claveau avant que tu me le demandes ! ajouta-t-il en riant.

— Je ne l'aurais pas fait, je ne connais pas ce chanteur dont tu parles.

— Qu'importe, pas d'importance ! D'autant plus que mon grand-père n'aimait pas mon père.

— Tiens ! c'est coutumier de sa part de ne pas aimer ceux et celles qui entrent dans sa famille ?

— Si on veut. Mon père est décédé, lui, mais l'oncle Paul, le mari de Josiane, c'est le grand-père qui l'a fait déguerpir. Faut dire que tante Josiane était sa complice, elle détestait son mari.

— Je vois… Belle famille que celle-là… marmonna-t-elle.

Ne portant pas attention à ce qu'elle avait à peine murmuré, Jean-René, un autre verre de vin à la main, la regardait drôlement et, sans retenue, ne put s'empêcher de lui dire :

— Tu ne peux pas savoir comme tu es belle, Gervaise ! Aucun homme ne te résisterait !

— Allons, sois sérieux, je suis une femme très ordinaire.

— Tu ne te rends même pas compte de ton pouvoir de séduction. Moi, depuis le premier jour où je t'ai vue, je rêve de toi, la nuit. Tes lèvres, tes yeux, ton parfum… Tout m'enivre…

— Jean-René, voyons ! Un peu de retenue, je suis ta tante.

— Et puis ? N'ai-je pas le droit d'être amoureux de la femme de mon oncle ? Jamais je ne t'enlèverais à lui, mais si un jour quelque chose survenait… Je suis fou de toi, Gervaise, je t'aime !

Ce cri d'amour avait été suivi d'un geste inattendu de sa part. Il lui avait saisi la main pour la serrer dans la sienne. Surprise, confuse, elle s'en était dégagée, mais avec peine.

— Pourquoi ne m'aimes-tu pas ? Ne suis-je pas bien de ma personne ? Si seulement tu voulais… Parfois… Ou juste une fois, si tu préfères…

— Jean-René ! Je ne préfère rien et tu deviens indécent avec tes propositions. Je suis la femme de Nicolas, je l'aime, et je ne serai qu'à lui seul toute ma vie. Est-ce assez clair ?

— Oui, mais s'il arrivait…

— S'il arrivait quoi que ce soit, ce ne serait pas toi qui m'en consolerais, tu es trop jeune, je suis une femme accomplie.

— Ce qui ne change rien. Rappelle-toi du roman de… Aide-moi !

— Non, ça suffit, Jean-René, et je te serais reconnaissante de t'en aller. Le vin te monte trop à la tête, tu n'es plus le même depuis ton quatrième verre.

— Je ne t'en aimais pas moins avant d'arriver, le vin m'a juste permis de te dire que je t'aime, Gervaise, tu es la seule femme dont j'aurai envie dans ma vie.

Sur ces mots, Gervaise se leva, lui remit son manteau et lui demanda poliment de s'en aller avant que les effets du vin redoublent ses ardeurs. Comprenant qu'il n'obtiendrait rien de sa chaste tante qu'il chérissait de tout son cœur, Jean-René ouvrit la porte de la maison et, regardant Gervaise avant de refermer, il lui demanda :

— Tu ne me trouves pas beau ? Pas attirant ? Pourtant, les filles…

— Oui, c'est ça, va voir les filles qui, de temps à autre, comme tu disais, tombent sans doute à tes pieds. Et ne t'en fais pas, je ne te tiendrai pas rigueur pour ce soir, je n'en parlerai même pas à Nicolas, il serait si déçu de son neveu quoique, le vin aidant… je comprends.

— Tu ne comprends rien, Gervaise. M'aimes-tu un peu, au moins ?

— Non, pas du tout, Jean-René.

Après son départ, retirant sa jolie robe rouge seyante qui avait fait trembler d'émoi son neveu, Gervaise se défit de son maquillage et endossa un peignoir pour ensuite s'asseoir au salon et tenter d'entrer dans le prologue d'un roman de Zola. Peine perdue, elle n'y parvenait pas. Trop compliqué pour elle ! Puis elle songeait à Jean-René et en vint à se demander quelle femme pourrait être heureuse avec lui. Plus qu'elle avec Nicolas ? Pour ensuite laisser son cœur lui répondre : *Non, ils sont semblables et du même sang. Charnels tout simplement. Que de corps seulement, pas de cœur... C'est de famille.* Ce qui l'avait effrayée. Nicolas était pourtant si attentionné, si avenant, si amoureux, mais... Qu'importait donc ! Toujours éprise de celui qu'elle avait épousé, elle s'empressa de l'accueillir et de l'embrasser dès qu'il rentra en fin de soirée. Crevé, épuisé par ses contrats de la journée, Nicolas lui avait à peine rendu son baiser et, après une douche rapide, il s'était mis au lit sans trop parler. Pour s'endormir sans plus tarder. Gervaise n'avait même pas eu le temps de lui dire que son neveu était venu souper. Étonnée du peu d'enthousiasme de sa part à son endroit, elle reprit le roman délaissé pour tenter d'embarquer dans l'histoire. Puis, distraite, songeant un instant que Nicolas l'aimait moins, qu'il en était peut-être lassé, elle se demandait ce qu'elle avait fait au bon Dieu pour que les hommes, même son mari, ne la désirent que pour ses charmes. Comme si elle n'avait rien d'autre à leur offrir, elle qui n'était pourtant pas, comme on disait dans le temps, un *hot cake* ! Moins charnelle qu'on se l'imaginait. Et il n'en était pas ainsi au temps de son premier mari, le boulanger. Ti-Gus n'avait jamais eu à lui dire qu'elle était désirable et enivrante pour qu'il l'aime. Il en était autrement... Mais elle n'avait que dix-sept ans, sa candeur et son cœur d'enfant. À force de se questionner, laquelle de ses vies à deux avait su combler ses attentes ? Celle d'autrefois ? Celle de maintenant ? Une question à laquelle ses sentiments étaient incapables de répondre. Surtout pas en ce moment où, seule au salon, elle pensait à Nicolas qui, sans sourire, sans un mot ou presque, s'était endormi sans même avoir humé les effluves du nouveau parfum qu'elle tentait d'adopter.

Décembre, ses neiges, ses poudreries imprévues, les sapins déjà illuminés dans les vitrines des magasins, ses comptoirs chez Eaton, ses clientes, les cadeaux emballés pour les maris qui les achetaient pour leur femme, un mois époustouflant pour Gervaise. Mais des ventes surpassant ses prévisions. Parce que madame Delval avait bien entraîné ses vendeuses qui offraient aux clientes des produits peu coûteux jusqu'aux plus chers, pour des cadeaux improvisés. Nicolas, lui, plaidait sans relâche, les procès se succédaient. Il les gagnait tous ou presque ! Et un soir, vers le milieu de ce mois des festivités, Gervaise reçut un appel de Jacqueline, sa grande amie dont elle était sans nouvelles ou presque, depuis le début de son roman d'amour avec le dentiste. Ayant répondu au troisième coup, elle entendit, au bout du fil, une voix faible qui lui murmurait en sanglotant :

— Gervaise, je suis si malheureuse, il m'a quittée...

Sans voix, émue par le ton, Gervaise finit par lui demander timidement :

— Gérald ? Il t'a laissée, Jacqueline ? Ou est-ce toi...

— Non, c'est lui qui m'a quittée. Il l'a fait hier soir en téléphonant d'une boîte publique. Il m'a dit que tout était fini entre nous, de ne plus tenter de le revoir, de l'oublier...

— Mais pourquoi, Jacqueline ?

— Parce qu'il est retourné vivre avec sa femme…, répondit-elle en pleurant.

— Quoi ? Il semblait si épris, si amoureux, tu pensais même…

— Ne va pas plus loin, Gervaise, c'est elle qui l'a détourné de moi. Quand elle a su qu'il était amoureux d'une autre femme, elle a cherché à savoir qui elle était, et lorsqu'elle a appris qu'il s'agissait de moi, elle lui a refusé la séparation légale. Puis elle m'a téléphoné et m'a injuriée à m'en faire pleurer. Elle m'a traitée de vieille fille…

— Qu'importe, tu n'es pas la seule célibataire…

— Pire que ça, Gervaise…

— Quoi ?

— Elle m'a traitée de… de…

Jacqueline pleurait à chaudes larmes…

— De quoi ?

— De chienne de vache d'infirme !

# CHAPITRE 8

Gervaise était passablement secouée d'apprendre que son amie Jacqueline était au seuil de la dépression parce que Gérald l'avait quittée. Elles avaient convenu de se rencontrer quelque part, d'en parler plus longuement, mais la pauvre femme au cœur blessé refusa de sortir, de peur de rencontrer l'épouse de son amant quelque part. Il était clair que la petite Martine avait été retirée de ses cours de piano dès que la femme de Gérald, loin de se douter qu'il s'agissait du professeur de musique de sa fille, avait appris qui était sa rivale. Gervaise tenta de glisser un mot sur les déboires de son amie à son mari mais Nicolas, peu enclin à les écouter, lui avait répondu :

— Non, Gervaise, j'ai assez de mes procès, je ne veux pas entendre ce qui se passe avec ton amie, Jacqueline. Épargne-moi les détails.

— Mais voyons, elle est si malheureuse, tu pourrais au moins prêter l'oreille et me dire ce qu'elle pourrait faire.

— Non, je ne suis pas son avocat. Et il n'y a rien à faire, son amoureux l'a foutue là, ce qui arrive fort souvent. C'est brutal de se faire abandonner de la sorte, mais elle n'est pas la seule. Plusieurs hommes subissent aussi ce sort de la part de leur femme.

— Dis donc, on dirait que ce n'est pas une bonne journée pour te parler... Quelque chose ne va pas ?

— En effet, Gervaise, mais rien qui te concerne. D'ailleurs, pour toi, tout va, tes ventes sont fortes chez Eaton et tu t'en tires avec mérite. Pour moi, cependant, il y a mon père que je visite régulièrement et que je dois aider. Il s'ennuie, il a besoin de réconfort...

— Il a tout ce qu'il lui faut, Nicolas. Ses femmes de ménage, le traiteur, le pharmacien qui lui livre ses médicaments.

— Et sa solitude, Gervaise ! Il est seul, il dépérit...

— On est aussi seul qu'on veut bien l'être... Il a tes sœurs qui habitent de chaque côté de lui. S'il ne les visite pas ou si elles ne se rendent pas chez lui de temps à autre, c'est loin d'être ton problème et le mien.

— Sûrement pas le tien puisque tu as refusé de venir habiter avec lui.

— Ah non ! Tu ne vas pas encore me reprocher ce refus, Nicolas !

— Pas reprocher, mais m'en étonner. Après tout ce que je t'ai donné...

Gervaise bondit de son fauteuil et lui demanda d'un ton ferme :

— Parles-tu de nos voyages, de nos sorties, de tes cadeaux et de ta fameuse bague avec un diamant marquise, Nicolas ? C'est presque de l'intimidation de la façon dont tu le dis, d'amers reproches. Si tel est le cas, je vais tout te remettre ! La bague en premier et je te rembourserai la moitié du voyage à Paris !

— Est-ce que ça va régler le cas, Gervaise ? On n'est tout de même pas pour se quereller pour une simple remarque.

— Une remarque désobligeante ! Une remarque que tu n'aurais pas dû faire. Depuis quelque temps, depuis mon refus d'aller vivre chez ton père, tu n'es plus le même. Tu es déçu, je le sais, mais de là à m'en vouloir indéfiniment... Il a des filles, ton père !

— N'empêche que c'est moi qui m'occupe de lui et non elles.

— Parce qu'elles sont sans-cœur, tes deux sœurs ! Moi aussi, ma mère est seule, et elle ne s'accroche pas à moi pour autant. Elle a réussi à meubler sa vie avec les Bigras et la tante Adrienne de temps en temps. Elle a aussi Rita et ses enfants qui la visitent. Nous sommes peut-être d'une classe inférieure, Nicolas, mais je me rends compte que nous avons le cœur à la bonne place dans ma famille. Ce qui n'est pas le cas dans la tienne !

— Je ne t'ai pas demandé un sermon, j'ai travaillé fort...

— Tu as ce que tu mérites et tu as couru après, Nicolas ! Ton père est un vieux grognon, il obtient tout ce qu'il veut en s'emportant ! De toi, surtout, qui as tellement peur d'être déshérité comme il a menacé de le faire pour tes sœurs. Remarque que ça pourrait arriver, il n'a pas toute sa tête, ton père, il est...

Elle s'était arrêtée, voyant que Nicolas sourcillait drôlement. Mais elle n'avait pas aimé être attaquée de la sorte par ses reproches. Elle faisait tout pour lui, elle était soumise à ses passions et lui rendait tout ce qu'il attendait d'elle dans leurs ardentes relations sexuelles. Ce qu'il aimait par-dessus tout ! Pour tenter de clore la conversation, Nicolas lui dit :

— Tu n'es plus la même depuis que tu travailles, Gervaise. Comme si ce poste de gérante t'était monté à la tête…

— Non, c'est faux, rien ne me monte à la tête, mais cet emploi m'a permis d'avoir confiance en moi, de m'évaluer et de réussir là où je croyais sans cesse échouer. Ce poste m'a rehaussée, en tant que femme. Sans l'avoir accepté, j'en serais encore à faire le ménage, à lire des romans que tu m'imposes et à aller une fois de temps à autre à l'opéra, quand cela te convient. En plus d'être exhibée dans les restaurants huppés parce que ça flatte ton ego. Si tu savais tout ce que j'ai appris avec la maturité qui me gagne. Mais moi, contrairement à toi, je ne te reproche rien, je t'accepte tel que tu es, Nicolas, parce que je t'aime…

— Je t'aime aussi, Gervaise, je n'en aimerai jamais une autre que toi.

— Alors, si c'est le cas, redeviens celui que tu étais et lâche un peu ton père pour t'occuper de ta femme, le soir venu. Tu es presque toujours chez lui et, durant ce temps, c'est moi qui me morfonds seule à la maison. Nous formons un couple, non ?

— Oui, tu as sans doute raison… Excuse-moi, mais ne me reproche pas d'avoir le cœur sur la main avec papa…

— Des reproches, je n'en fais habituellement jamais, c'est à force d'avaler les tiens que je finis par les régurgiter, tu comprends ? Il faut reprendre là où nous en étions, Nicolas, nous n'avons aucune raison de nous égratigner de la sorte.

— Oui, une seule…

— Surtout pas ton père ! lui dit-elle en l'interrompant brusquement.

Gervaise avait téléphoné à Jacqueline afin de la rencontrer chez elle ou au restaurant, selon son choix. Jacqueline avait préféré la recevoir chez elle, la porte de sa chambre fermée, à l'insu de sa mère qui allait sortir et prendre l'air à ce moment-là. En arrivant sur la rue Victoria, voyant de loin les maisons de son beau-père et de ses belles-sœurs, Gervaise eut un haut-le-cœur. Elle monta vite les marches de la demeure de Jacqueline et, au même moment, madame De Querres sortait avec Moka qu'elle allait promener. Apercevant Gervaise, elle s'écria :

— Dieu soit loué ! Enfin, quelqu'un qui en viendra à bout ! Je n'en peux plus, Gervaise, elle va me rendre folle avec ses crises de larmes. Cela fait deux mois que ça dure et perdure. Je vous la laisse, venez-en à bout, je vous en supplie, moi, j'abandonne ! Elle ne s'occupe même plus de son petit chien qu'elle adorait. Moka attend durant des heures à la porte de sa chambre et elle ne lui ouvre pas, alors qu'il dormait avec elle chaque nuit. Tout ça pour un homme, un malappris, un ignominieux personnage ! Faites-lui entendre raison, elle est en train de me rendre malade !

— Allez, madame De Querres, prenez votre temps si ce n'est pas trop froid pour vous, respirez l'air pur, buvez un café quelque part, là où votre petit chien sera admis, je vais voir ce que je peux faire. Je sais qu'elle est bouleversée, mais comme je suis sa seule amie…

— Vous savez qu'elle a annulé toutes ses leçons de piano et renvoyé ses élèves à la maison ? Elle ne donne plus de cours, elle ne fait plus rien…

— Allez, soyez tranquille, je m'en occupe. Je vais faire ce que je peux… Avec l'aide de Dieu.

Gervaise sonna, Jacqueline vint lui ouvrir et se jeta dans ses bras puis, les yeux encore embués, elle demanda à son amie de passer au vivoir puisque sa mère était partie. La cafetière était sur la table, les biscuits au citron et au sucre aussi. Gervaise, plus à l'aise, la regarda et lui demanda :

— Ça fait déjà un bout de temps qu'il est parti, Jacqueline, il faudrait sécher tes larmes et m'expliquer sans pleurer ce qui s'est passé. Je suis ici pour t'aider, non pour te consoler…

— Oui, je sais, je ne devrais pas étirer ma douleur de la sorte, mais chaque fois que j'y pense… Je l'aimais tant, Gervaise !

— Alors, comme ça fait des mois que je ne t'ai pas vue, raconte-moi ce qui est arrivé depuis le jour où tu m'as téléphoné pour m'annoncer que tu étais amoureuse.

— Bon, je me ressaisis et je te raconte. Mais pardonne-moi si, en cours de route, les sanglots viennent d'eux-mêmes. C'est si triste ce qui m'arrive.

Jacqueline, le café à la main, pas coiffée, négligée même, dans un pantalon noir, une blouse défraîchie et ses pantoufles aux pieds, parvint à s'asseoir sur sa jambe gauche avant de commencer :

— J'ai rencontré Gérald quand il venait chercher ou reconduire Martine. Je ne savais pas qu'il était dentiste et encore moins qu'il était séparé. Tu me connais ? Timide comme je le suis, je ne lui aurais jamais demandé ce que faisait madame Bourde durant ce temps.

— Parce que Bourde est son nom ?

— Oui, Gérald Bourde, dentiste de profession. Alors, de fil en aiguille, il me racontait ses journées, prenait son temps pour repartir et en vint un certain soir à m'inviter à souper, attestant qu'il était séparé de sa femme et qu'il avait la garde de leur fille. Une gardienne à la maison prenait soin de la petite jusqu'à son retour lorsqu'elle rentrait de l'école. Et s'il avait des clients en soirée à son cabinet de dentiste, c'était une voisine qui venait veiller avec Martine et la mettre au lit à l'heure convenue.

— Sa femme ne s'occupait pas du tout de sa fille ?

— À peu près pas. Elle venait la chercher à la maison pour un jour ou deux, parfois, mais ce n'était pas coutumier. Elle n'avait pourtant que cette enfant mais, selon Gérald, elle était une mère dénaturée et sans affection aucune. Une femme dure. Je répète ce qu'il a dit, Gervaise, moi, je ne l'ai jamais vue.

— Bon, ça va, continue.

— Nous avons donc commencé à nous fréquenter, Gérald et moi, et il a vite senti que j'étais inexpérimentée, que je ne savais pas comment m'y prendre avec un homme. Alors, peu à peu, il m'a dégourdie en me faisant tomber follement en amour avec lui. Comme je te l'avais mentionné, il n'était pas le plus bel homme de la terre, il perdait ses cheveux, il avait le ventre un peu rond, mais que pouvais-je donc trouver à redire, je suis handicapée. Ce qui ne l'a jamais dérangé, il n'en a jamais parlé, même dans nos moments les plus intimes. C'est moi qui ai insisté pour lui raconter ce qui m'était arrivé, jeune, au moment de la poliomyélite.

— Tu n'as pas cherché à savoir s'il était réellement libre ?

— Si on veut, un peu, oui… Mais je l'ai cru sur parole, il n'était pas du genre à mentir. Il disait attendre sa séparation légale, ce qui était vrai, et qu'après il comptait bien refaire sa vie.

— Avec toi ?

— Il ne me l'a pas dit à ce moment, mais j'ai senti à son regard que c'était ce qu'il envisageait. Il a commencé à venir chez moi, maman l'a rencontré, elle l'aimait bien, elle le trouvait distingué. Mais, voulant vivre ma vie plus privément, nous avons fini par nous rencontrer ailleurs, dans un endroit que nous avions choisi, parce que chez lui, avec sa fille, il était impossible d'avoir un contact plus personnel, tu comprends ?

— Oui, mais tout semblait bien aller…

— Il était sérieux, Gervaise, et il a fini par me dire que dès que le divorce deviendrait possible un jour au pays, il m'épouserait ensuite.

— Sa femme était-elle au courant de votre histoire ?

— Non, il ne lui disait rien car, même loin de lui, elle le surveillait de près. Elle voulait tellement l'accuser d'adultère elle aussi, pour gagner sa cause en Cour et obtenir le plus possible de lui. Parce que, au fond, c'est elle qui l'avait quitté. Pas pour un autre homme, mais parce qu'elle ne l'aimait plus, qu'elle ne ressentait plus rien pour lui. Donc, sans raison aucune, c'était une séparation à l'amiable qui s'annonçait, mais tel n'était pas son but. Avant moi, il n'était sorti qu'une seule fois avec une femme, il avait si peur de Chantal… C'est le prénom de sa femme. Il craignait de se faire voir et c'est pourquoi, avec moi, nous avions un endroit bien secret. Tu sais ce que je veux dire, non ? Ah !

si ma mère savait ça ! Or, au fil de nos rencontres, de nos échanges, nous en étions venus à nous aimer follement. Il me faisait miroiter la vie à deux et il était sincère. Il me parlait du Mexique comme voyage d'amoureux, de sa maison qui deviendrait la nôtre, de sa petite Martine qui m'aimait déjà et qui m'accepterait sous son toit. Bref, tout semblait aller comme sur des roulettes, j'étais aux anges, j'allais enfin avoir une vie à moi, une vie de femme, Gervaise, loin de ma mère, même si je l'aime bien. Mais le destin a voulu...

Jacqueline avait les larmes aux yeux et Gervaise lui proposa de prendre une pause, de se servir un autre café, de... Puis, madame De Querres rentra à moitié gelée en ce mois de janvier, avec Moka qui avait bien hâte de se réchauffer près de sa maîtresse. Le voyant arriver en courant et en jappant, Jacqueline l'avait chassé et sa mère avait dû l'enfermer de nouveau dans une chambre où le caniche jappait, pour ensuite gémir collé contre la porte.

— Pourquoi t'en prends-tu à ton chien, Jacqueline ? Tu l'aimais tant ! demanda Gervaise,

— Parce qu'il m'énerve, parce qu'il jappe, parce que...

— Parce que tu te venges sur lui de ce que t'a fait Gérald, rien d'autre. Ce petit chien devrait t'en consoler, et toi, brimée, bouleversée, tu préfères le faire payer. Tu sais, l'amour d'un petit animal de compagnie, c'est inconditionnel, Jacqueline. Tu lui fais subir ce que Gérald t'a fait subir en le privant brusquement de ta présence et de ton amour. Il ne sait pas pourquoi, lui...

Jacqueline se mit à pleurer et, regardant son amie, répondit :

— Tu as raison, je le fais payer pour ce que l'autre me fait endurer, ce n'est pas juste, je vais regagner sa confiance. Pauvre Moka, il m'est si attaché… Maman! Fais-le sortir de la chambre, je vais le reprendre, il fait pitié, je vais m'en occuper.

Elle essuya ses larmes et, voyant que sa mère pouvait maintenant entendre, elle suggéra à Gervaise de passer à sa salle de musique où, porte fermée, elles seraient à l'abri des oreilles de madame De Querres. Installées de nouveau, plus à l'aise qu'à l'arrivée de sa confidente, Jacqueline, son chien sur un coussin à ses côtés, allait continuer lorsque Gervaise lui demanda:

— Pourquoi ne m'as-tu pas rappelée, Jacqueline? Toutes ces semaines sans nouvelles de toi… Moi, ta meilleure amie.

— Je sais et je t'en demande pardon, mais aveuglée par l'amour de Gérald et voulant en arriver à vivre avec lui le plus tôt possible après sa séparation, il occupait toutes mes pensées. Je m'en excuse mille fois, tu es ma seule amie… J'ai des remords, si tu savais, mais je ne voyais plus que lui, tu comprends? Pourtant, tu aurais pu me conseiller, mais tout est arrivé si brusquement…

— Alors, raconte-moi en détail ce qui s'est produit avant les Fêtes…

— Je ne sais trop par qui, mais Chantal, sa femme, a su que son mari avait une amie sérieuse et, chargeant quelqu'un de le suivre, cette personne a fini par nous surprendre ensemble. De filature en filature, ce traître a fini par découvrir où j'habitais et se rendre compte que j'étais handicapée. Alors, facile pour sa femme de faire le lien. Son mari fréquentait l'éducatrice en musique de sa fille. Sans même sa permission, elle a retiré Martine de mes cours et en a avisé ma mère par téléphone.

Pas même un mot à moi, elle me réservait un appel plus blessant, la malheureuse ! Et, de jour en jour, je sentais que Gérald s'éloignait. L'endroit secret, nous n'y allions plus. Quand je lui demandais pourquoi, il me disait que c'était imprudent, qu'un client ou une cliente de son cabinet pourrait nous apercevoir… Bref, il a coupé du jour au lendemain nos rapprochements personnels, me disant qu'il réservait le meilleur de lui-même pour après le mariage. Je croyais donc que son intention était encore de m'épouser un jour… Mais lorsque je lui parlais de sa rupture définitive d'avec sa femme, peut-être possible, il me disait que tout se tramait doucement… J'avais hâte, j'espérais… Nous étions allés souper ensemble un soir, nous avions bien mangé, nous avions bu du vin et bien ri de quelques anecdotes qu'il me racontait. Puis, il m'a raccompagnée et embrassée discrètement sur le front avant que je rentre chez moi. Il n'avait pas voulu monter, il devait se lever tôt le lendemain… Et moi, sans le savoir, heureuse de ma soirée, je suis remontée chez moi afin de parler à ma mère de mon repas, de ma sortie avec Gérald, sans savoir que c'était la dernière.

Elle s'était remise à pleurer, et Gervaise, faisant mine de ne pas être remuée, lui dit :

— Continue, ne t'arrête pas, c'est maintenant derrière toi.

Jacqueline se moucha, laissa Moka grimper sur ses genoux et se mit à le flatter tout en poursuivant en hoquetant :

— Oui, ma dernière sortie avec lui, Gervaise. Le lendemain, aucune nouvelle, et aucun appel les deux jours suivants. Je tentai maintes fois de le rejoindre à son cabinet, mais sa secrétaire me disait qu'il n'était pas là ou qu'il était occupé avec un patient, et de laisser un message. Ce que je faisais sans qu'il me rappelle. Je finis par m'en prendre à la secrétaire et elle me répondit calmement : *Je lui remets tous vos messages, madame De Querres.* J'étais perplexe, je ne comprenais pas, et c'est à ce moment que ma mère me prévint que la petite ne reviendrait plus à mes cours, que ses leçons avaient été annulées par sa mère. Sa mère ! Alors que c'était son père qui en avait la garde ! Or, enfin, alors que je désespérais, Gérald m'appela un soir pour me dire sans broncher que tout était fini entre nous, qu'il retournait vivre avec sa femme, qu'il risquait de perdre sa maison et la moitié de son avoir parce qu'elle le menaçait de l'accuser d'adultère. Je ne savais que dire, j'étais désespérée, je tentais de lui dire que nous saurions nous débrouiller, mais il me cloua le bec en me disant : *Je pense que je l'aime encore, Jacqueline, c'est la mère de ma fille, nous avons vécu de bons moments ensemble. C'est elle qui est partie et non moi qui l'ai mise à la porte. Il serait plus sage que je continue ma vie avec elle. Tu sais, je t'ai beaucoup aimée, toi aussi...* Enragée, indignée, je lui ai fermé la ligne au nez. Sans même avoir eu le temps de lui dire que sa femme m'avait appelée pour m'injurier. Permets-moi de ne pas me répéter, tu sais ce dont je parle, c'était si méchant de sa part, j'en ai pleuré toute la nuit. J'ai ensuite tenté de rappeler Gérald pour m'excuser d'avoir raccroché, pour tenter de le regagner à ma cause, pour lui rappeler ses promesses, mais le lâche qu'il est n'a jamais voulu prendre l'appareil à son cabinet et encore moins chez lui, où il laissait un répondeur filtrer les appels. Un homme sans couilles, Gervaise ! Pardonne-moi le terme, mais c'est ce que je pense de lui ! Un lâche de la pire espèce qui a cédé au chantage de sa femme de peur de l'affronter en Cour où il aurait pu gagner sa cause, c'est elle qui était partie. Mais il a préféré s'épargner d'avoir à s'y rendre et de défrayer les coûts qui allaient s'ensuivre, et il est retourné avec elle. À mon tour, je l'ai épié, je me suis rendue en taxi non loin de chez lui pour le voir entrer un soir… avec elle ! La garce ! La menteuse ! Elle ne l'aimait pas, j'en suis certaine, mais elle préférait le garder plutôt que de tout perdre. Martine avait retrouvé sa mère ; elle, son Gérald… Et moi, laissée derrière comme une vieille chaussette ! Ah ! le salaud ! Me faire ça, alors que j'avais fondé tant d'espoir sur lui…

— Dis-moi, comment était sa femme ? Quel genre ?

— Plutôt jolie, je dois l'admettre, et élégante. Cheveux blonds assez courts, fourrure sur le dos, bref, mieux que moi physiquement, mais froide et sans l'amour que j'avais pour lui, j'en suis certaine.

— Tu ne dois pas te diminuer ainsi, Jacqueline, tu es une très jolie femme, toi aussi. Et Gérald Bourde n'est pas le seul homme sur terre. Il suffit de regarder un peu autour…

— Non, Gervaise ! Plus jamais un autre homme ne viendra entraver ma quiétude ! J'ai été sotte une fois, je ne le serai pas deux fois ! Et qui te dit que Gérald, à la longue, ne s'est pas lassé lui-même d'une handicapée dans son lit ? Il ne me regardait que dans les yeux lorsque nous faisions l'amour… Parfois, les seins, jamais plus bas, surtout pas les jambes ! Tu vois ? Je ne te cache rien !

— Tu exagères sans doute, c'est la colère qui te fait dire de telles choses. Et ce n'est pas parce que sa femme a été grossière avec toi qu'il faut que tu deviennes complexée et désabusée de toi-même. Un autre homme peut surgir de nulle part…

— Non, je te le répète, jamais un autre, Gervaise ! Je suis encore sous l'effet du choc, je dors à peine la nuit, j'ai annulé toutes mes leçons, je ne prends plus soin de ma personne, il m'a détruite, cet homme. Et je ne vois pas le jour…

— Écoute, Jacqueline, je veux bien t'aider… si tu t'aides un peu ! D'accord, plus d'autres hommes si telle est ta ligne de pensée, mais il va vite falloir que tu t'occupes de toi. Ta coiffeuse, tes boutiques pour tes vêtements, ton maquillage, ta tenue… On retrouve beaucoup plus son équilibre quand on se regarde dans la glace et qu'on se plaît, que si l'on se laisse aller et que le miroir nous retourne une bien vilaine image. Nous allons reprendre là où nous en étions, si tu le veux bien, mais donne-toi une poussée, Jacqueline, retrouve ta fierté et tente d'oublier le plus possible cette aventure qui t'a bouleversée. Parce qu'au fond, malgré la ferveur que tu lui accordais, ta relation avec ce dentiste n'aura été qu'une aventure. Il était sans doute de bonne foi, je n'en sais rien, mais il était encore marié, pas divorcé, donc pas libre. Et s'il a commis une erreur en retournant vivre avec elle, le temps se chargera de la lui faire payer. Il pensera à toi, à ce qui aurait pu survenir et il s'en repentira longtemps.

Essuyant ses yeux embués, Jacqueline, regardant son amie, lui dit :

— Mon Dieu que tu trouves les mots, toi ! Tu as fait moins d'études que moi, mais tu es si renseignée. Le fait d'être mariée doit aider, ma mère me conseillait de consulter un psychologue, mais avec toi, je n'ai besoin de personne d'autre, Gervaise. Je vais faire des efforts, je te le promets. Mais une peine d'amour causée par une rupture, ça ne s'oublie pas du jour au lendemain.

— Nous prendrons le temps qu'il faudra, Jacqueline. Je vais t'aider à tourner la page et peu à peu à oublier. Parce que ton Gérald n'en vaut pas la peine. Ce n'est pas la perte de cet homme qui te blesse le plus, mais ta fierté qui refuse de s'incliner. Le temps est un grand maître, tu sais…

Gervaise avait quitté son amie qui, rassurée quelque peu, avait au moins réparé son lien brisé avec Moka. Ce pauvre petit chien qui ne comprenait pas que sa maîtresse, soudainement, se détache de lui. Comme Gérald s'était détaché d'elle ! Tout comme sa mère qui espérait que la visite de Gervaise remette un peu de plomb dans la tête de sa fille, ainsi que de la souplesse dans son cœur devenu dur. Après le départ de Gervaise, seule avec sa fille, n'osant prononcer un seul mot, c'est Jacqueline qui rompit le silence en disant à sa mère :

— Gervaise vient de me secourir, maman. Elle m'a évité le naufrage. Dieu soit béni ! Quelle généreuse amie !

De retour chez elle, Gervaise avait parlé brièvement de sa journée à Nicolas. Elle lui avait dit être allée chez Jacqueline, mais comme ce dernier ne la questionnait pas sur l'état de son amie, elle se retint de lui révéler quoi que ce soit. Il avait eu une dure journée, une cause qu'il n'avait pas gagnée cette fois, ce qui n'arrangeait rien. Mais usé, écœuré par cet hiver qui était solide cette année, il avait murmuré :

— Ça te dirait d'aller faire un tour à Miami, ma chérie ?

Étonnée, surprise de cet élan soudain, elle avait répondu :

— Heu… oui, si tu peux t'évader, si ton travail te le permet.

— Oui, et le tien ?

— Oui, je pourrais, Nicolas. Voilà qui nous ferait grand bien à tous les deux. Le soleil est réparateur, tu sais…

Il la regardait, comprenant ce qu'elle voulait dire, mais pour éviter d'entrer dans un dialogue redondant, il s'approcha d'elle et lui dit en la prenant dans ses bras :

— Ce chandail gris te va à merveille, il te moule si bien… Et ce gris perle avec tes lèvres pourpres, c'est très excitant pour un homme…

Elle aurait souhaité un compliment de tout autre nature, mais avec Nicolas, ce n'était que cela. Sa tenue, son parfum, ses lèvres, son corps… Ce qui était, malgré tout, un pas si mauvais sort… Surtout quand elle pensait à Jacqueline qui, abandonnée froidement, avait peut-être espéré de Gérald, dans leur intimité, le quart ou le huitième de ce compliment.

L'année 1963 allait continuer d'apporter au monde actuel ses joies et ses peines. Berthe Huette avait encore ses crampes, mais son médecin, après de sérieux examens, lui avait conseillé d'éviter la salade. Il avait pu, selon le suivi et les résultats, en déduire que la salade, les radis, les concombres, les carottes, bref, toutes les crudités, étaient responsables de ses crampes. D'autant plus que Berthe Huette n'achetait que la salade Iceberg, la moins chère, la plus propice à lui être défavorable. Que des légumes bien cuits et moins de pâtes et d'œufs farcis. Ce qui lui avait fait dire à sa fille aînée :

— Il m'enlève tout c'qui coûte pas cher ! Comme si j'avais les moyens de m'acheter du saumon pis du filet mignon ! Avec la p'tite pension de ton mari… Coudon ! Y connaît pas ça, lui, le coût de la vie ? Tout augmente ! Sauf son p'tit maudit versement mensuel ! Parles-y, Gervaise !

Sa sœur Rita téléphonait de temps en temps. Elle ne travaillait pas, évidemment, elle s'occupait de ses enfants. Elle cuisinait, engraissait, allait aux vues avec Mailloux au Champlain ou au Amherst où l'on présentait deux films pour le prix d'un. Jamais dans l'ouest, c'était trop cher ! Pis, une piastre et vingt-cinq pour les loges, ils n'avaient pas ça. Il valait mieux attendre les traductions françaises, car ni elle ni Mailloux ne parlaient un traître mot d'anglais. Les enfants étaient tannants, Rita criait souvent, mais ça n'empêchait pas Mailloux de travailler en vertu d'un troisième, même si Rita lui demandait d'attendre un peu. Et vlan ! elle retomba enceinte en mars, avec une délivrance prévue pour décembre. Vers la fin du dernier mois. Un p'tit Jésus, quoi ! Madame Huette avait dit à son gendre :

— Arrête de faire des p'tits, tu s'ras pus capable de les faire vivre ! Planter des quilles sans récolter de bons *tips*, ta femme va maigrir, mon gars !

Ce qui lui avait fait répondre :

— Ça lui fera pas d'tort, la belle-mère, ça va faire fondre le lard !

Gervaise se déplaçait parfois pour visiter sa mère et en profiter pour revoir Ernest et Lucienne Bigras qui montaient au deuxième se joindre à elles. Le barbier, toujours content de la revoir, lui disait :

— Ça va bien dans ton couple ? Les Delval te font pas trop d'misère ?

Pour éviter de lui avouer qu'elle avait eu des problèmes avec la demande de son beau-père, l'insistance de Nicolas et leurs déboires depuis, elle avait choisi de répondre :

— Ça ne peut pas mieux aller, monsieur Bigras, nous allons passer une semaine à Miami avant la fin de l'hiver.

— Ben, c'est ça! cria madame Huette. D'l'argent pour la Floride, y'en a ton mari, mais pour sa belle-mère, y'en trouve pas!

Passant outre aux lamentations de sa mère, Gervaise demanda à monsieur Bigras:

— Vous avez encore la même clientèle? L'apprenti-bijoutier et sa machine à boules aussi?

— J'en perds, des clients, y'en a qui meurent, Gervaise, mais y'a les p'tits gars qui poussent pis que les parents m'amènent. L'apprenti-bijoutier, lui, y'est parti. La compagnie qui l'engageait a fait faillite. Y'avait déjà un p'tit gars pis sa femme était encore enceinte… Mais j'l'ai perdu de vue, j'ai pas eu d'ses nouvelles depuis six mois. J'imagine qu'y va chez l'barbier dans l'nord d'la ville où y'habite maintenant. Mais tu t'rappelles de Ti-Père, mon client le plus fidèle? Ben y'a levé les pattes, lui aussi! Y'était là le jour où Nicolas t'a vue la première fois.

— Mon Dieu, quelle mémoire, monsieur Bigras! Je ne me souviens pas tellement de votre Ti-Père, mais du jeune bijoutier oui, parce que je l'ai vu plus souvent devant sa machine à boules.

— Ah! le p'tit verrat! Y dépensait presque toutes ses payes là-dedans! Y fallait qu'y déménage pour décrocher. À moins qu'y en ait trouvé une autre ailleurs… Mais, tu sais, les machines à boules, c'est moins populaire qu'avant. La mienne me rapporte presque plus rien!

Heureuse d'avoir revu le barbier et d'avoir quelque peu renoué avec son passé et son quartier, Gervaise prit congé afin de retourner chez elle en taxi et attendre que Nicolas revienne de chez son père. Affairée à choisir les vêtements d'été qu'elle apporterait en Floride, elle se rendit compte que son maillot de bain n'était plus à la mode. La vogue était davantage aux bikinis. Elle se promettait bien d'en trouver un chez Eaton qui saurait la mouler... et plaire ainsi à Nicolas !

Ne voulant laisser sa grande amie trop longtemps seule après l'avoir aidée à retrouver son calme, Gervaise l'invita à aller avec elle au cinéma York, voir le film *Back Street* avec Susan Hayward et John Gavin. Jacqueline accepta, mais Gervaise sentait au bout du fil que le cœur n'y était pas. Elles se retrouvèrent toutefois au cinéma et apprécièrent le film dans lequel Susan Hayward était merveilleuse. Puis, attablées devant une pointe de tarte aux pommes et un café dans un restaurant voisin, Gervaise lui demanda :

— Tu as vraiment aimé le film ? Tu n'avais pas de réactions...

— Oui, je t'ai dit qu'il m'avait plu, sauf que John Gavin n'est pas un de mes acteurs préférés.

— Remarque que c'est elle qui tient le film sur ses épaules et non lui. Elle est extraordinaire...

— En effet, mais j'avais la tête ailleurs, Gervaise.

— Pas encore Gérald ? Ne viens pas me dire que tu ne réussis pas à t'en remettre, Jacqueline ? Il a été si immonde avec toi !

— Facile à dire pour toi, tout va bien, mais quand on vit une peine d'amour...

— J'ai perdu un mari, Jacqueline ! Ce qui est pire qu'une peine d'amour ! Une peine de cœur, une perte de vie soudaine…

— Tu as raison, je m'excuse, j'avais oublié… Mais Gérald n'avait pas à retourner avec sa femme. J'étais là pour le soutenir et, à deux, nous aurions pu surmonter tous les obstacles. Je ne lui pardonne pas de m'avoir abandonnée.

Ce disant, Jacqueline avait à peine retenu quelques larmes. Gervaise, découragée, voyant que tout ce qu'elle avait tenté pour elle n'aboutissait à rien, préféra lentement changer de sujet et la laisser avec sa peine inconsolable. À leur retour, alors qu'elle l'avait déposée chez elle pour continuer jusqu'à la rue Elm en taxi, elle avait senti que quelque chose changeait entre elles. Et pour confirmer ses doutes, le téléphone sonna dès qu'elle entra chez elle. C'était madame De Querres qui, tout bas, sans doute cachée dans le fond d'un placard, lui disait :

— Écoutez, Gervaise, je ne sais plus quoi faire avec elle. Rien n'a changé, elle est dépressive, elle ne mange pas, elle ne pense qu'à lui, elle hurle contre sa femme, elle en veut à la terre entière et elle est très vilaine avec moi. Je ne sais plus quoi penser…

— Vous devriez consulter un psychologue avec elle. Il n'est pas normal de s'emmurer ainsi et de ne songer qu'à cet homme.

— Et à se venger, Gervaise ! Elle m'a même dit qu'elle allait lui briser ses lunettes si elle le croisait ! Je ne la reconnais plus…

— Je m'en suis aperçue, madame De Querres, rien ne la sort temporairement de ses obscures pensées, pas même le cinéma. Ce que je vous conseille et, le plus tôt possible, c'est de consulter, de trouver un spécialiste qui pourrait venir à bout de son dépérissement... J'ai fait ce que j'ai pu, mais en vain, vous le savez...

— Oui, et je vous en sais gré, Gervaise. Mais si vous n'avez pas réussi à lui faire entendre raison, ce n'est pas un spécialiste qui va y parvenir. Surtout pas un homme, elle les a pris en aversion depuis sa rupture d'avec Gérald. Ah! mon Dieu! Avais-je besoin d'un tel souci à mon âge? Heureusement qu'elle s'est rapprochée de son Moka, car je me demande bien ce que j'aurais fait avec son caniche. À mon âge, promener un chien qui marche aussi vite...

La conversation s'était ensuite terminée. Abruptement. Madame De Querres avait raccroché précipitamment. Sans doute découverte dans sa cachette par sa fille aux aguets. Gervaise se prépara un léger souper et, pensant à son amie, elle se dit intérieurement : *Il va me falloir m'éloigner d'elle... Je ne peux pas soutenir une personne qui ne veut pas s'aider. Et comme je sens que ça devient désespéré...* Effectivement, Gervaise s'éloigna de Jacqueline. Elle ne l'appelait plus et l'autre, habituée à être dorlotée, ne téléphonait pas de son côté. D'une journée à une autre, d'une semaine à l'autre, le vide s'installa entre les deux amies. Et Gervaise se disait : *Quand elle réalisera qu'elle est seule, elle reviendra peut-être à de meilleurs sentiments...* Ce qui, pourtant, n'allait pas être le cas. Jacqueline, avec sa peine et ses problèmes, s'était coupée de toute amitié, elle n'endurait que sa mère sur laquelle elle déversait son fiel chaque jour. Espérant croiser Gérald dans un détour... pour lui mettre sa main au visage!

Le moment de partir en voyage approchait. L'hiver céderait bientôt sa place au printemps. Gervaise avait tout empaqueté et bouclé les valises pour elle et Nicolas. La veille du départ, une terrible déception l'assomma lorsque Nicolas lui annonça :

— Écoute, j'ai parlé à Jean-René de notre petit voyage et il aimerait se joindre à nous. Ça ne te dérange pas ?

Interloquée, Gervaise ne savait que répondre. Il était évident que le neveu s'était imposé. Mais comment dire à Nicolas qu'elle ne voulait pas de lui, qu'il avait tenté de la séduire ? Pensive, elle avait répondu sans broncher :

— Bien, je ne sais pas, j'imaginais ce voyage comme une seconde lune de miel à deux. Avec lui dans les parages...

— Seconde lune de miel ? Nous l'avons eue à Paris, ma chérie ! Tout de même ! Nous ne sommes plus de jeunes mariés, nous entamons notre septième année de vie conjugale. Jean-René a tellement travaillé pour être reçu avocat, il a besoin d'un répit, d'un éloignement. Et il est si seul, il n'a pas d'amie de cœur, il n'a que moi... À trois, nous aurons sans doute plus de plaisir. Il est jeune, si agréable ! Tu l'aimes bien, pourtant ?

— Bien sûr, et s'il veut se joindre à nous, qu'il le fasse. Mais j'espère que nous aurons quelques moments à nous rendus sur les lieux. Fais en sorte qu'il ne soit pas sans cesse sur nos talons...

— Beau comme il est, il va sans doute se trouver de jolies filles à la plage, ne t'en fais pas, c'est un garçon qui a du charme. C'est de famille, ajouta-t-il en riant.

Gervaise savait qu'il avait du charme, il l'avait si bien déployé et tenté de s'en servir lors de leur souper, sauf qu'avec une femme avertie, ce n'était pas comme avec une gamine de son âge. Elle souhaitait, elle aussi, qu'il puisse en croiser une qui lui ferait oublier ses longues études en une nuit ou deux, et laisser le champ libre à son couple. Le seul fait de le savoir du voyage l'angoissait. Elle aurait tant voulu que ce déplacement provoque un rapprochement entre elle et son mari. Mais, avec le neveu dans les jambes...

L'avion était entre ciel et terre, Nicolas et Gervaise occupaient les sièges du centre et du hublot. Elle avait choisi le siège du hublot pour ne pas être assise entre les deux, le mollet de son neveu contre le sien. Nicolas avait choisi, à Miami, le côté anglophone de l'endroit, afin de ne pas être avec les vacanciers francophones turbulents et souvent ivres le soir. Il disait à sa femme, il fallait s'en douter, que les Américains avaient plus de classe, plus de retenue, plus de maintien. Et vlan pour les Québécois! Gervaise allait sortir son anglais qu'elle parlait couramment maintenant. Du moins, mieux que Jean-René avec ses études universitaires.

Au luxueux hôtel qu'ils habitaient au bord de la mer, Nicolas et elle avaient hérité de la suite 303, Jean-René, de la chambre 301, juste en face. Gervaise avait refusé de louer une suite à deux chambres, ne tenant pas à avoir son neveu avec eux dans leur intimité. Nicolas avait acquiescé sans trop comprendre... Un tel arrangement aurait fait épargner de l'argent à Jean-René qui, encore au tout début de sa pratique, ne roulait pas sur l'or. Arrivés, installés, ils s'étaient changés pour aller souper à la salle à manger de l'endroit. Nicolas et Jean-René, vêtus décontractés, portaient le pantalon sport, la chemise de soie à manches courtes, et sans cravate. Gervaise, elle, avait néanmoins tenu à se présenter dans une tenue plus élégante, moins dégagée : robe de chiffon rose avec boléro noir, cheveux épars gonflés, maquillage du soir, grosses boucles d'oreilles ovales et noires sur monture dorée, petit sac à main rose, bracelets roses et noirs aux poignets, bas de soie dans des mules à talons hauts teintées rose et noir, elle était éblouissante. Jean-René avait ouvert grands les yeux en la voyant, spectaculaire, s'approcher de la table où il était déjà assis. Nicolas, fier d'elle une fois de plus, se délectait des regards des Américains posés sur cette belle inconnue, et ce, devant les airs hautains de leur femme ou compagne. Gervaise, plus que *star* dans son attitude, avait commandé un Pink Lady comme apéro afin d'harmoniser, on le devinait, son *drink* avec sa toilette. Nicolas avait opté pour un scotch Chivas Regal sans glaçons et Jean-René pour une bière américaine dont il ignorait la marque. Il n'avait pu s'empêcher de dire à Gervaise, devant Nicolas :

— Tu es splendide, ce soir ! Comme d'habitude, devrais-je dire, mais ce que tu portes est vraiment exceptionnel !

Nicolas avait souri, Gervaise lui avait dit *merci*, sans rien ajouter. Comme pour lui faire comprendre qu'elle n'avait pas oublié la tentative de sa dernière visite à la maison. De belles jeunes filles avec leurs parents, dix-sept ou dix-huit ans, regardaient Jean-René avec le désir de se trouver un prince charmant. Mais lui, à presque vingt-sept ans, reluquait davantage les femmes mariées qui, elles aussi, lui envoyaient des œillades. Des femmes dans la trentaine pour la plupart. Mais, quoique jolies, aucune n'arrivait à la cheville de sa tante... par alliance ! Le souper s'éternisa, le vin coula à flots dans les verres, sauf dans celui de Gervaise, et Nicolas, quelque peu enivré, invita sa femme pour un *slow* que le trio de l'endroit venait d'entamer sur la musique de *Some Enchanted Evening,* qu'avait popularisé Gordon MacRae.

Les adolescentes, la plus vieille des deux surtout, dix-huit ans à peine, espéraient que Jean-René regarde dans leur direction pour le suivre sur le plancher de danse, mais il n'en fit rien. Ses yeux étaient rivés sur une femme rousse, assez sculpturale, dans une robe de soleil verte, qui lui fit comprendre avec regret, devinant son désir, que l'homme à ses côtés, son mari sans doute, n'était pas du genre à la partager. Après le *slow,* avant que le trio commence une autre mélodie et que Jean-René se risque à l'inviter à danser, Gervaise leur annonça qu'elle préférait monter, qu'elle était épuisée de sa journée, du voyage, et qu'elle désirait se coucher tôt. Nicolas n'y vit aucun inconvénient et, quittant la table, il se dirigea avec Jean-René vers le bar où la fête se continua pour l'oncle et le neveu. Et ce, jusqu'aux petites heures. Lorsque Nicolas monta se coucher passablement éméché, Gervaise fut réveillée par le bruit qu'il faisait dans le couloir. Le rappelant à l'ordre, elle l'aida à entrer et à s'étendre sur le divan. La tête sur un coussin, Nicolas s'endormit sans même se déshabiller. Gervaise, qui tenait à ce que ses vêtements restent intacts, s'employa à le dévêtir sans qu'il s'aide trop, ouvrant juste les yeux de temps en temps. Les mocassins, les bas, le pantalon et la chemise, le laissant presque nu sur le divan à cuver son vin, pendant qu'elle suspendait soigneusement ses vêtements sur des cintres. Rendue à la chemise, elle tenta de la défroisser un peu avec ses mains et, la retournant, elle sursauta d'étonnement. Sur le col blanc, à deux pouces d'intervalle l'une de l'autre, elle releva deux marques de rouge à lèvres.

Au petit jour, alors qu'elle se maquillait légèrement après avoir pris une douche, elle attendit que son mari sorte de son sommeil et qu'il se plaigne de la gueule de bois. Elle le regardait et se rappelait le moment où il lui avait dit que les francophones étaient bruyants, qu'ils buvaient plus que les Anglais… Comme s'il avait de la classe, lui, couché sur ce divan, les cheveux en broussailles, en sous-vêtement. Il reprit enfin «conscience» et réclama un cachet d'Aspirin afin de contrer le mal de bloc dont il souffrait. Elle lui désigna le flacon sur le comptoir, sans se lever de sa chaise et sans lui verser un verre d'eau. La regardant, il s'avança vers elle et, tentant de l'amadouer avec un baiser, elle le repoussa en lui disant :

— Non pas que je sois jalouse, Nicolas, mais tes baisers, tu devrais les garder pour celle avec qui tu as dansé hier soir.

Éberlué et prétextant ne pas la comprendre, Gervaise lui désigna sa chemise qu'elle avait laissée par terre expressément pour qu'il la voie, en lui disant, pointant le col :

— Ce rouge à lèvres n'est pas à moi. Je ne porte jamais du rouge grenat comme celui-là !

— Bon, que ça ! Tu ne vas pas me faire une scène, j'espère ! Tu es montée te coucher tôt et j'avais envie de m'amuser. Deux Américaines sont arrivées, et Jean-René et moi…

318

— Tu aurais pu te rendre à sa chambre, un coup parti.

— Voyons, Gervaise, qu'une danse ou deux ! Tu vois bien qu'elle l'a fait exprès, celle qui dansait avec moi. Sans doute parce que je refusais ses avances…

— Oui, je sais, c'est courant chez ce genre de femmes. Mais tu aurais pu t'abstenir de danser avec elle.

— Tiens, tiens… et tu viens de me dire que tu n'es pas jalouse ?

— Non, pas jalouse, mais pas bête pour autant. Tu es marié, tu as une femme avec laquelle on va te voir à la plage, je ne tiens pas à être le dindon de la farce, tu comprends ? Cette fille habite sûrement l'hôtel, je vais passer pour une idiote…

— Gervaise, arrête, je n'ai dansé qu'un *slow* ou deux avec elle, puis je me suis rassis, je ne tenais plus sur mes jambes.

— Heureusement pour moi, car plus en forme, tu l'aurais peut-être suivie…

— Non, sobre, je n'aurais même pas dansé avec elle, tu me connais ? Un petit écart, Gervaise, ce n'est pas un péché mortel.

— Et Jean-René, lui ? Dans le même état, j'imagine ?

— Moins saoul, il porte mieux l'alcool que moi, et tout ce que je sais, c'est qu'il a suivi les demoiselles, le neveu. Sachant qu'il était libre, elles ne le lâchaient pas d'un pouce… Je ne sais pas s'il est remonté à sa chambre ou quoi, mais comme il est célibataire et en appétit à son âge, il ne faut pas le blâmer de s'envoyer en l'air. D'ailleurs, ça ne nous regarde pas.

— Non, tu as raison, mais n'empêche qu'il n'est pas trop prudent. Partir avec deux filles qu'il ne connaît pas… Du deux pour un ! Pas très distingué, ton neveu. Assez voyou à ses heures !

Elle avait dit ces mots sans se rendre compte de leur portée. De quel droit pouvait-elle juger Jean-René de son comportement, elle qui l'avait repoussé lors de ses brèves audaces ? Étrange… C'était comme si Gervaise, possessive de son mari, l'était aussi de son neveu à qui, pourtant, elle avait conseillé de séduire « les filles de temps à autre », comme il les désignait. Ce qu'il venait tout simplement de faire la nuit dernière.

Lorsque l'heure d'aller à la plage arriva, Nicolas et Gervaise descendirent les premiers dans des robes de chambre de ratine fournies par l'hôtel. En plein soleil et à une courte distance de la mer, un parasol et des chaises longues les attendaient, avec, dessus, leurs noms et celui du neveu sur chacune. Gervaise retira sa robe de ratine et les mâles, nombreux, purent admirer une femme superbe, taillée au couteau, dans un bikini blanc à pois rouges.

Une vision inattendue ! Nicolas qui n'avait encore rien vu des achats de Gervaise fut le premier ébloui par la splendeur de sa femme sur le sable gris de la plage. Debout, verres fumés sur les yeux, on aurait dit que Gervaise voulait en mettre plein la vue aux autres femmes, espérant attirer ainsi les regards « des compagnes de la veille » de Nicolas et de Jean-René. Le neveu, qui venait d'apparaître, fut lui aussi subjugué par la beauté de sa tante dans cette presque nudité qui dévoilait si bien sa poitrine et ses hanches. La dévorant des yeux derrière ses verres teintés, il était bouche bée et ne réussit à dire à son oncle que ces quelques mots à l'insu de sa femme :

— Je suis courbaturé, elles ont failli me faire crever, ces deux-là… Je sors à peine de leur chambre, elles n'étaient plus là, mais je les vois là-bas sous le parasol vert…

Nicolas avait jeté un coup d'œil furtif sans reconnaître pour autant celle avec qui il avait dansé en titubant, la veille. Gervaise, qui avait fait quelques pas dans le sable, n'avait pas saisi les bouts de phrases de Jean-René que, d'ailleurs, elle ignorait, à cause de sa mauvaise conduite. Puis, de retour dans sa chaise longue, elle s'y reposa pendant que le neveu, pour se remettre de sa nuit, courait jusqu'à la mer pour se rafraîchir les idées. Elle l'avait regardé aller et, malgré la rancœur qu'elle ressentait pour lui, elle ne put s'empêcher de constater qu'il avait un corps d'athlète et qu'il dégageait énormément… *Beau gars, mais pas de tête!* pensait-elle dans sa grogne contre lui. Parce qu'elle était certaine que c'était le neveu qui avait entraîné l'oncle dans leur orgie d'ébriété de la veille.

Ils avaient pris du soleil et Nicolas, rougi par ses rayons, enviait Gervaise qui, avec sa peau mate, avait plutôt bruni. Jean-René, déjà bronzé par des lampes du studio de culture physique qu'il fréquentait, n'avait que fortifié son teint en étant plus souvent à nager dans la mer qu'étendu sur le sable. Il sentait Gervaise distante, elle ne lui parlait guère, elle était même condescendante à certains moments mais, selon lui, il n'avait rien à se reprocher. L'oncle Nicolas était bien assez grand pour répondre lui-même de ses comportements. Lorsque vint l'heure du souper, ils avaient choisi de se rendre dans un restaurant italien de l'avenue la plus achalandée de Miami. Installés dans la voiture louée que

Nicolas conduisait, ils arrivèrent à bon port en moins de douze minutes et un valet se chargea de prendre les clefs de l'auto alors qu'un autre ouvrait la portière de madame pour la laisser descendre. Une table leur avait été réservée et, à leur entrée, plusieurs têtes se tournèrent en leur direction. Il fallait s'y attendre, Gervaise avait choisi de porter une robe soleil bustier d'un rouge écarlate sur sa peau brunie. Une robe évasée qui remontait jusqu'à la cuisse lorsqu'elle croisait les jambes. Les cheveux remontés en un parfait chignon, elle arborait aux lobes d'oreilles de longs pendants d'un blanc immaculé en forme de losanges. Bracelets du même style à ses poignets, sandales rouges à talons hauts et fins, elle fit fureur avec son maquillage un peu plus lourd et ses dents blanches derrière ses lèvres vermeilles. Les hommes n'avaient d'yeux que pour ses seins qui ressortaient du bustier de sa robe légère. Nicolas, s'en apercevant, jubilait devant l'émoi que sa femme suscitait. Comme de coutume, évidemment ! Lui-même était vêtu d'un pantalon de lin beige et d'une très belle chemise à manches courtes avec des motifs floraux de bon goût. Bien coiffé, le sourire invitant, il était évident que certaines femmes de sa génération le trouvaient fort séduisant. Jean-René, pantalon de coton blanc, pieds nus dans ses mocassins blancs, pull d'été à manches courtes de teinte marine, on pouvait admirer ses biceps brunis par le soleil. Cheveux courts et bien coiffés, beau sourire aux filles qu'il croisait des yeux, il s'était quand même émerveillé devant Gervaise qui, selon lui, mettait en boîte à elle seule les plus jolies femmes de l'endroit. *Du ben beau monde !* comme aurait dit Berthe Huette lorsqu'elle croisait des personnes bien mises. On mangea copieusement, mais le vin coula peu ce soir-là. Gervaise ne se permit qu'un verre et demi, Nicolas, pas plus que deux, et Jean-René, plus en forme que l'oncle, termina la bouteille sans sourciller. De retour à leur hôtel, se demandant quoi faire, Gervaise suggéra à Nicolas d'aller se promener avec elle sous les palmiers de la grande avenue. D'un ton qui signifiait qu'elle voulait y aller seule avec lui. Comprenant fort bien qu'il ne serait pas de la promenade, Jean-René se rendit au bar, se commanda une vodka sur glace et, regardant derrière lui, aperçut les deux filles de la veille à la même table. Malgré leurs sourires, il ne se leva pas cette fois, il ne tenait pas à récidiver, d'autant plus qu'il avait peine à se rappeler ce qui s'était passé. Comme s'il avait été « violé » par ces deux filles ! *Pauvre victime !* aurait certes pensé Gervaise, devant le trou de mémoire de son neveu. Mais, au bar, une femme venait tout juste de s'asseoir. Une belle Américaine d'environ quarante ans. Cheveux blonds, bouche sensuelle, la poitrine généreuse et les jambes droites, elle avait demandé à Jean-René :

— *How about having a drink with me ? I hate to sit alone...*

Et le jeune homme, fort bien élevé, plus que poli, glissa de deux tabourets pour se rapprocher de cette belle dame qui semblait s'ennuyer. Seule en Floride, disait-elle, femme d'un pharmacien de Détroit, elle était venue pour se détendre et pour fuir le reste de l'hiver qui persistait dans leurs parages. Sans enfants, charmante dans sa conversation, assez bien éduquée, elle ne lui demanda que son prénom, pas son âge, et elle l'invita à prendre un autre verre à sa chambre. Ce que Jean-René accepta volontiers, se doutant bien que la femme seule, en vacances, allait certes agrémenter... les siennes !

La semaine se termina et, bagages dans la soute de l'avion, les trois passagers parmi tant d'autres regardaient par leur hublot l'avion s'élever dans les airs pour traverser les nuages. Cette fois, Gervaise avait choisi le siège du milieu, laissant le hublot à Jean-René qui en était fort aise. Comblé, il pouvait regarder le ciel et humer, en même temps, le parfum troublant de celle qui, à ses côtés, avait croisé les jambes pour que la sienne ne puisse le toucher. Il avait deviné son manège, en avait souri. Car, pour lui, Gervaise avait tout simplement peur de finir par lui céder. D'où l'éloignement volontaire et apeuré... de sa masculinité.

De retour à Montréal, le quotidien reprenait place. Nicolas se levait pour aller plaider ; elle, pour planifier ses achats pour ses comptoirs de beauté et engager de nouvelles vendeuses. Tout semblait au beau fixe et, n'ayant pas d'appels de la part de Jacqueline sur le répondeur de Nicolas, elle ne jugea pas opportun de l'appeler et de tout recommencer avec elle. Elle passa donc outre et se consacra entièrement à son travail. Jean-René, de son côté, était entré chez lui fort satisfait de ses vacances, mais déçu de l'attitude de Gervaise envers lui. Non pas qu'il aurait voulu la séduire devant son oncle, loin de là, mais il aurait aimé la sentir un peu plus près, plus réceptive, plus aimable. Ce qui n'avait pas été le cas et, blessé dans sa fierté, il préféra ne pas en discuter avec qui que ce soit. Charlotte, le voyant défaire ses valises, lui avait demandé :

— Et puis, ça s'est bien passé à Miami ? Nicolas a pu se détendre ?

— Oui, Gervaise aussi.

— Je ne te parle pas d'elle, je te parle de lui, Jean-René !

— Oui, ton cher frère s'est reposé, moi aussi, regarde mon bronzage, et Gervaise qui faisait aussi partie du voyage a vraiment été comblée avec deux hommes pour elle seule.

— J'imagine ! Deux hommes en moyens ! Deux hommes pour tout lui payer, même ses cornets de crème glacée !

— Non, elle n'en est pas friande, maman, et cesse de la descendre, Gervaise est une femme dépareillée pour Nicolas et charmante avec moi. Je l'aime beaucoup, tu le sais, alors plus tu vas la bafouer, plus je vais la défendre. Même devant grand-père, s'il osait l'apostropher ! Il l'a tellement démolie au temps où elle vivait chez lui.

— N'empêche qu'elle a refusé d'y retourner et que Nicolas n'a pas réussi à la convaincre.

— Ça vient de grand-père, ce ragot-là ? Je comprends qu'elle n'ait pas voulu y retourner, il l'a tellement maltraitée la première fois. Pas juste lui, soit dit en passant... De plus, elle ne lui doit rien, elle n'est pas sa fille ! Pourquoi n'es-tu pas allée vivre avec lui, toi ?

— Parce que je ne le pouvais pas, tu habites encore ici, Jean-René ! En voilà une question !

— Eh bien, si tu changes d'idée, ne te gêne pas, car je compte partir en appartement d'ici un mois. Ça fait longtemps que j'y pense... J'attendais de gagner ma vie et c'est déjà bien en voie. Alors...

— Tu t'en irais et tu me laisserais seule ? répondit sa mère en larmoyant.

— Maman, j'ai vingt-sept ans, il est temps que je fasse ma vie, tu ne crois pas ? Et tu ne seras pas esseulée, Josiane vit à côté de toi. De plus, si tu avais gardé quelques amies… Mais non, tu les as toutes fait fuir avec ton caractère. On finit par récolter ce que l'on sème, maman. Alors, n'en parlons plus et cherche une solution pour meubler le vide si tu en sens un venir. Tu peux retourner chez ton père, tu peux…

— Ne me dis surtout pas quoi faire, je me fous de tes recommandations ! Tu veux partir ? Alors, va-t'en, fais tes valises et fous le camp ! Et ne t'en fais pas pour moi, je saurai bien me débrouiller sans toi ! Tu étais si peu présent…

— Normal, non ? À mon âge, on ne veille pas chaque soir avec sa mère. J'ai des amis, des sorties, des rencontres…

— Tu n'as même pas d'amie sérieuse, tu ne fais que bambocher !

— Des filles, j'en ai plusieurs, mais pas une ! Parce que je n'ai pas encore trouvé celle que je cherche. Et rien ne presse, je commence à peine ma carrière. Nicolas s'est aussi marié sur le tard…

— Oui, et quel désastre ! Avec une fille du bas de la ville, une veuve de l'est… Je n'ai rien à ajouter, tu connais sa mère, sa sœur et son mari, non ?

— Oui, et je n'ai rien à redire, ils ont tous été très aimables avec moi, aussi peu instruits soient-ils. Il m'arrive souvent de penser que les grands cœurs sont ailleurs que dans ce que tu appelles « notre société ». Ce n'est pas grand-père qui serait aussi affable avec un étranger que l'a été madame Huette avec moi.

— Parle surtout pas d'elle ! Quelle femme minable ! Josiane m'a dit que…

— Je t'arrête ! Josiane n'a rien pu te dire, elle ne la connaît pas. Elle l'a vue deux minutes au salon mortuaire, elle ne lui a jamais adressé la parole. C'est une brave personne, madame Huette, elle est d'un naturel qui désarme.

— Qui désarme ? C'est pire, Jean-René, ça nous tue, sa façon de parler ! C'est tout juste si on l'a pas entendu sacrer !

Nicolas, de son côté, était de moins en moins affectueux envers sa femme. Il l'aimait, bien sûr, il le lui disait chaque fois qu'il faisait l'amour avec elle, mais Gervaise sentait que l'ardeur n'était plus la même, que l'engouement avait baissé de quelques crans. Il se plaisait encore à la complimenter, à lui dire qu'elle était magnifique, parce que toute femme de l'acabit de la sienne lui avivait les sens. Il était épris de la beauté, de la sensualité, de la séduction… Mais comme toute bonne chose avait ses limites, Nicolas devenait tout autre en dehors de la chambre à coucher. Il était impatient, il ne lui susurrait plus de mots tendres, il était présent avec la tête ailleurs. Gervaise craignait qu'à la longue ils deviennent un vieux couple. Elle tentait, par des minauderies, de le reconquérir sur le plan du cœur, mais l'avocat affairé qu'il était ne la traitait qu'avec bienveillance, sans les attentions des dernières années. Et ce, depuis qu'elle avait refusé de retourner vivre chez son père. Depuis qu'elle lui avait fait manquer l'héritage qui l'aurait rendu indépendant de fortune. Il n'avait pas oublié cet affront et elle le savait, il le lui reprocherait toute sa vie. Et petit à petit, il le lui ferait peut-être payer par des désappointements inattendus. Comme en ce matin où, le nez dans ses affaires à la banque, il lui avait dit :

— Gervaise, il faudra que ta mère s'arrange avec sa pension du gouvernement. Je n'ai plus envie de lui verser un revenu chaque mois.

Étonnée par ce revirement soudain, mais indépendante et admettant qu'il avait un peu raison, elle répliqua :

— Aucun problème, je lui parlerai et si elle rencontre quelques tracas, je m'en occuperai, Nicolas.

— Avec ce que tu gagnes ? Tu ne vas tout de même pas lui verser une allocation mensuelle. Qu'elle aille vivre avec Rita et son mari, ou qu'elle descende habiter chez les Bigras…

— Tu n'as pas à lui dire quoi faire, Nicolas, elle est assez vieille pour se charger d'elle-même. Tu lui retires son allocation ? C'est ton droit ! Tu n'as pas à payer pour elle ! Le sujet est clos. Je m'en occuperai à ma façon, voilà tout.

Il n'avait pas rouspété, il n'avait rien rétorqué, parce qu'il venait de se débarrasser d'un versement mensuel qui le fatiguait depuis le premier jour. Comment avait-il pu décider de lui verser de l'argent ? Comment cela s'était-il produit ? Ce dont il ne se souvenait plus, c'est qu'il l'avait fait au moment où il était fou à lier de celle qu'il venait d'épouser. Fou de sa Gervaise adorée ! Il aurait décroché la lune pour elle ! D'où la pension versée à sa mère pour l'impressionner.

Gervaise avait attendu quelques jours avant d'appeler sa mère et lui raconter quelques anecdotes de son voyage en Floride.

— Chanceuse ! tu dois être ben bronzée ! Dire que j'ai juste vu Québec dans ma vie ! Quand on est née pour un p'tit pain…

— Oui, je la connais celle-là, maman, mais papa t'a donné tout ce qu'il a pu, les temps étaient durs… Sans oublier Ti-Gus qui t'a gâtée de pâtisseries. Tu n'as même jamais payé un pain grâce à lui !

— Oui, c'était un bon gendre, celui-là. Moins chiant que ton mari actuel ! Moi, les Delval… J'aime mieux pas trop parler.

— Parlant d'eux cependant, je tiens à te dire que Nicolas ne te versera plus d'allocation mensuelle, maman. C'est terminé. Il faudra que tu te débrouilles avec ce que tu reçois du gouvernement et ce que tu as dans tes épargnes à la banque.

À l'autre bout du fil, Berthe Huette faillit s'évanouir :

— Quoi ? J'entends-tu bien ? Y veut plus m'donner une cenne, ton mari ? Y'est plein jusqu'aux oreilles ! Y peut pas faire ça à une pauvre vieille ! T'as pas rouspété, Gervaise ?

— Non, maman, parce que Nicolas n'a pas à le faire, tu n'es pas sa mère.

— Y'en a plus d'mère ! Y lui reste juste moi de c'côté là ! J'le traite comme un fils, j'lui envoie des pâtés chinois…

— Arrête, maman, tu charries un peu trop… Nicolas ne veut plus te verser d'argent et nous n'avons rien à redire, il l'a fait très longtemps. À toi maintenant de vivre selon tes moyens.

— Quels moyens ? Sans sa pension, j'ai pas une cenne, Gervaise ! Je r'joins pas les deux bouts, tu l'sais !

— Maman, tu n'es pas la seule dans ton cas… Tu n'as qu'un tout petit loyer à payer, tu manges peu…

— J'mange déjà mal, parce que j'ai pas assez d'argent ! Va-t-y falloir que j'me nourrisse aux bines, astheure ? J'pète pas assez comme ça ?

— Maman, arrête, laisse-moi terminer, tu me coupes sans arrêt la parole.

— Oui, mais c'est grave c'que tu m'dis-là ! Un avocat, viarge ! Viens pas m'dire que le p'tit montant qu'y m'versait chaque mois va l'rendre plus riche ! Pis toi, sa femme, t'as ton mot à dire, non ? T'as sûrement accès à son compte de banque ! Fais quelque chose, Gervaise, j'tremble juste à l'idée d'être privée de sa p'tite générosité. J'en ai besoin, la pinte de lait a monté d'prix, le beurre aussi ! Pis moi qui voulais aller aux chutes Montmorency avec Lucienne…

— Écoute, maman, si tu es mal prise, c'est moi qui vais t'aider, mais de mon argent, pas du sien. Tu es ma mère, pas la sienne. Alors, voici ce que je te propose. Si tu comptes rester dans ton logement et non aller vivre avec Rita qui te le demande…

— Non, pas avec elle pis son Mailloux ! Pis ses p'tits morveux ! Avec un autre en chemin en plus ! J'suis pas une servante, moi ! J'aime mieux crever que d'aller vivre avec elle pis son gros planteur de mari ! J'la visite pas souvent, ça m'décourage de voir comment c'est pas propre dans son logement ! Y laisse tout traîner, lui, pis elle, a reste écrasée sur son sofa avec son sac de chips sans rien ramasser. A change les couches du p'tit dernier juste quand ça traîne à terre…

— Maman, assez, c'est dégoûtant ce que tu dis ! Parler ainsi de sa propre fille ! Plus un mot et écoute-moi !

Berthe Huette se calma, reprit son souffle et tendit l'oreille au bout du cornet qui était mouillé de ses postillons.

— Bon, ne m'interromps pas, cette fois. Je vais te verser quarante dollars par mois, maman, ce qui devrait t'aider pour ton épicerie. Quand il ne te restera que ton loyer, ne viens pas me dire qu'avec ce que tu reçois, tu ne peux pas arriver.

— Quarante piastres, c'est la moitié de c'qu'y m'donnait, ton mari. Ça va m'aider, c'est sûr, mais c'est pas avec ça que j'vas m'payer des sorties avec madame Bigras. Aux vues une fois par mois, peut-être, mais pas plus loin… Si tu montais jusqu'à cinquante…

— Non, maman, quarante. Je te les donne de mon salaire, il ne faudrait pas ambitionner, je ne suis pas millionnaire.

— Non, mais ton *cheap* de mari, y l'est, lui! Ça vaut-tu la peine de marier un gars riche pis d'tirer le diable par la queue comme tu l'fais? C'est ben beau la Floride, mais c'est pas son livre de banque, ça! C'est dans ça que tu devrais te mettre le nez, Gervaise! Y'est plein aux as, pis y t'donne à peu près rien, faut qu'tu travailles… Si tu savais comme j'l'haïs astheure, ton mari!

— Tiens! T'as déjà changé d'idée? Finis les pâtés chinois que tu avais l'habitude de lui envoyer? Il n'y a pas à dire, maman, à changer ton capot de bord et à calomnier ainsi ton gendre, je pense que sur le plan de la mauvaise langue, mes deux vilaines belles-sœurs n'auraient rien à t'apprendre!

# CHAPITRE 9

Les parterres étaient en fleurs sur la rue Victoria comme sur la rue Elm où Gervaise et Nicolas résidaient. La jeune femme se faisait un plaisir, les fins de semaine, de semer des vivaces et de planter des annuelles pour mettre un peu de couleur sur la façade grise de leur maison. Lorsque juin arriva et que leurs anniversaires de naissance approchèrent, Gervaise s'empressa de demander à son mari :

— Où irons-nous célébrer nos fêtes cette année, mon chéri ?

— Nulle part, Gervaise, je trouve cette coutume dérisoire, maintenant. Il est temps de mettre un frein à cet enfantillage et de simplement s'offrir mutuellement un cadeau les jours venus.

Étonnée, contrariée, Gervaise ne pouvait croire que son mari qui aimait tant cette démonstration annuelle dans un restaurant décide de la supprimer soudainement. La sentant déçue, il ajouta à ses propos :

— D'ailleurs, mes sœurs m'ont invité pour le 14 au soir. On désire me fêter par un petit souper intime auquel mon père et Jean-René assisteront. Ça aura lieu chez Josiane. J'espère qu'il en sera ainsi pour toi dans ta parenté lorsque ton tour viendra.

N'en croyant pas ses oreilles, elle répliqua :

— Non, Nicolas, je fêterai seule mon anniversaire. Je n'ai pas besoin d'un souper de ma mère ni de ma sœur pour souligner quoi que ce soit.

— Bon, comme tu voudras, mais n'en parlons plus, c'est réglé. Une autre tradition d'éliminée. Ce qui ne changera rien à nos échanges de cadeaux coutumiers.

Elle n'avait rien rétorqué, elle s'était retenue de lui dire qu'elle pouvait s'en passer. Non, ça n'allait plus ! Quelque chose avait changé depuis leur retour de la Floride. Autant il s'était montré empressé à Miami pour impressionner les gens, autant il s'était distancé d'elle depuis. Elle ne comprenait pas, ou peut-être comprenait-elle trop bien. Nicolas n'avait qu'une seule jouissance et c'était de la voir désirée par tous les hommes. Il l'aimait belle, sensuelle, provocante, sachant qu'elle n'était qu'à lui, mais voir des mâles en rêver le gratifiait. Même lorsqu'il s'agissait de Jean-René qui salivait dès qu'elle apparaissait. Seul avec elle, cependant, dans leur tour d'ivoire, son attitude changeait subitement. Il lui disait encore qu'elle était belle dès qu'elle arrivait avec quelque chose de neuf sur le dos, mais pas davantage. Il lui faisait encore l'amour avec tendresse, mais pas avec la fougue des premiers temps et encore moins avec cet engouement qu'il y mettait quand elle arborait des dessous affriolants. Il lui faisait l'amour… pour lui ! Pour sa jouissance et non la sienne. Pour vite s'endormir dès qu'il était rassasié, sans s'interroger à savoir s'il l'avait satisfaite ou non. Que lui, avec les seins fermes de Gervaise tour à tour dans une main, pendant que l'autre se baladait sous les draps de satin qu'il avait exigés pour le lit. Et sans le moindre baiser pour sceller leur échange. Les mots tendres des premiers jours s'étaient effacés de son vocabulaire. Son affection démesurée avait été remplacée par des gestes et un langage quasi ordurier. Était-ce le démon du midi ? Elle n'en savait trop rien. Elle n'en croyait rien… puisque tout avait changé chez lui, pas seulement au lit, mais dans leur quotidien. Il affichait parfois un air inquisiteur comme s'il cherchait à atteindre l'inaccessible. Comme un enfant rêveur qui cherche au loin… Comme un adolescent pervers qui, après une grossière indécence, remet son pantalon tombé par terre, en quête, la prochaine fois, d'une plus violente érection. L'éternel insatisfait, aussi bien dans sa vie intime que dans ses rêves les plus impossibles. Gervaise savait que le refus de retourner vivre chez son père avait été l'élément déclencheur de sa distance envers elle, mais elle ne pouvait comprendre qu'il ait pu envisager de laisser déshériter ses sœurs en sa faveur. Au point d'accepter pour lui seul l'entière fortune de son père. Plus elle l'observait, plus elle découvrait en celui qu'elle aimait tant un égocentrique sans pareil. Lui d'abord, elle ensuite, les autres après. Elle n'était pas revenue sur le sujet de leurs anniversaires de naissance, et le 14, lorsque Nicolas fêta ses quarante-trois ans avec son père et ses sœurs, elle le laissa être le centre d'attraction. Elle lui avait offert une eau de toilette, celle qu'il préférait, en plus d'une cravate fort bien choisie. Et quand vint le tour de Gervaise, il lui avait dit le matin avant de partir : *Heureuse fête, ma chéri*e, en lui offrant une breloque en or en forme de lutin, pour ajouter à la gourmette déjà garnie qu'elle possédait. Puis, seule, sans personne autour, sans même Jacqueline qu'elle voyait moins et qui ne s'était pas manifestée, elle célébra ses trente-cinq ans devant un pâté au saumon et un soupçon de vin pour se sentir moins seule. Jean-René avait téléphoné, sans doute pour lui offrir ses vœux mais, devinant que l'appel venait de lui, elle laissa son message tomber dans le répondeur que Nicolas avait fait installer chez lui pour ses affaires. Parce qu'elle était certaine que c'était le neveu qui avait organisé le souper pour Nicolas dans sa famille. Pour briser le moule entre elle et son mari. Pour être avec elle au bout du fil quand viendrait son tour… Comme pour la consoler. *Jeune mufle, va !* avait-elle songé en effaçant ses vœux du répondeur, sans les avoir écoutés. Plus tard, sa mère téléphona et, connaissant son heure habituelle pour l'appeler, elle avait soulevé le récepteur pour l'entendre lui dire :

— Bonne fête, ma fille ! J'espère que tu t'ennuies pas trop toute seule. J'y serais ben allée, mais c'est trop loin pour moi, j'aime pas tellement le boutte où tu restes. En passant, Rita t'fait dire bonne fête, elle aussi, Mailloux itou !

Tout ça d'un trait sans s'informer de Nicolas, parce que Gervaise lui avait dit, quelques jours auparavant, qu'ils ne célébreraient plus ensemble au restaurant, désormais. Ce qui avait fait dire à Berthe Huette :

— Tiens ! Y commence à t'négliger, c't'agrès-là ? Y s'en vient-tu comme son père, coudon ?

Une question que Gervaise, elle-même, se posait depuis un certain temps.

Ça se gâtait entre eux. Terriblement ! Et Gervaise ne savait pas comment aborder la situation qui se présentait. Nicolas était de plus en plus absent, travaillant le soir, rentrant tard. De son côté, fort occupée par le travail, les déplacements, les achats pour le magasin, Gervaise finissait par oublier que leur mariage se détériorait. Ce n'était qu'en rentrant le soir qu'elle se rendait compte que la maison était inerte et silencieuse. Elle écoutait de la musique, Chopin ou Beethoven, selon son humeur, et elle lisait, non pas les romans de Nicolas, mais ceux qu'elle achetait du libraire, plus contemporains, plus faciles à apprécier de sa part. Cependant, elle était malheureuse… Elle sentait que quelque chose d'irréparable se passait dans son couple, elle craignait d'en demander la cause à Nicolas de peur d'avoir à encaisser une réponse qui lui serait défavorable. Elle était pourtant toujours la même, jolie, avenante, amoureuse, c'est lui qu'elle ne reconnaissait plus, c'est lui qui avait changé, qui avait fait basculer la solide régularité établie entre eux. C'est lui qui, tout doucement, éteignait la chandelle… De plus en plus. De façon sinueuse, comme si la faute devait venir d'elle. Elle ferma les yeux, retint son souffle et continua ainsi jusqu'à ce que l'autre année se lève, sans être allée fêter chez sa mère alors que lui trinquait dans sa famille. Rita avait eu son troisième enfant le 27 décembre, « un p'tit Jésus » manqué de justesse qu'elle appela Roland. Un autre garçon que Gervaise combla moins cette fois, sans omettre un bouquet de poinsettias pour sa sœur avec un ourson de peluche blanc pour l'enfant, que le fleuriste livra. Elle était restée seule à Noël et au jour de l'An. Sans avoir monté et garni le sapin, consciente que Nicolas ne serait pas là ou presque. Il rentrait, bien sûr, il l'honorait de temps à autre. Comme pour remplir un devoir inculqué par les liens du mariage. Avec une femme de moins en moins participante, moins soumise, plus passive qu'active.

Un dur hiver 1964, un printemps été, à l'orée de ses trente-six ans, devinant que son mariage était voué à l'échec, Gervaise se décida à affronter cet époux distant qui ne rentrait que tard la nuit ou pas du tout. C'était assez, Gervaise était à bout de sa patience et de sa retenue. Il fallait que ça se réforme ou que ça casse. Elle était incapable de continuer ainsi, de poursuivre une union qui n'avait plus aucun avantage, pas même celui de se retrouver le soir venu. Et elle ne voulait pas poursuivre que pour la forme. S'il ne l'aimait plus, elle voulait qu'il le lui dise et pourquoi. Parce qu'elle, de son côté, l'aimait encore. Juste assez, du moins, pour oublier et pardonner ses absences. Il lui fallait savoir, quitte à le regretter, de peur de constater que c'est ce que Nicolas attendait. Que ça vienne d'elle et non de lui. Pour justifier ses… Elle ne savait pas encore quoi, mais elle se devait de l'apprendre. Jean-René ne s'était pas manifesté depuis l'été dernier. Depuis qu'il avait tenté de lui offrir des vœux qui étaient restés sans réponse. Le neveu sorti de sa vie, Jacqueline envolée dans l'oubli, il ne restait plus à Gervaise que son mari. Si mari il y avait encore… Et sa mère, et Rita, et son emploi. Comme autrefois, mais plus riche de savoir-faire et d'expérience, cette fois. Elle pensait, elle songeait, elle jonglait, et seule à table alors qu'elle ne l'espérait plus ce soir-là, Nicolas se manifesta et vint prendre sa place habituelle en lui demandant comme si de rien n'était :

— Tu n'as rien cuisiné, Gervaise ?

Le moment tant attendu, celui de la confrontation. Gervaise, à ces mots, se leva d'un bond et lui demanda :

— Es-tu bien certain d'habiter encore ici, Nicolas ?

— Qu'est-ce que tu veux dire ?

— Ne joue pas à l'innocent, tu sais très bien où nous en sommes, toi et moi. Il est grandement temps qu'on s'explique.

— Je ne vois pas de quoi tu veux parler, Gervaise.

— Ah non ? Un an ou presque que tu t'es détaché de moi. Sans m'en donner la raison. Je me doute bien que le refus d'aller habiter avec ton père n'a rien arrangé, mais nous sommes quand même allés à Miami ensuite, tout semblait rentré dans l'ordre, non ? Et voilà que, peu à peu, tu t'es éloigné de moi. Je ne te reconnaissais plus, mais je n'osais t'en parler, j'attendais que tu le fasses, que tu aies le cran de me dire ce que j'avais pu faire d'incorrect. Parce que c'est toi, Nicolas, qui as pris tes distances et non moi.

— Tu as fini ? Nous sommes encore ensemble, non ? Je travaille excessivement et tu ne sembles pas le comprendre. J'ai des clients à rencontrer le soir…

— Ce qui a toujours été le cas sans que je m'en plaigne, mais de là à ne pas rentrer de la nuit… Et puis, ton affection a diminué, tes égards également. Il y a quelque chose qui t'embête, Nicolas, et je ne sortirai pas de cette cuisine sans que tu me l'aies dit !

— Je t'honore comme avant, nous faisons encore l'amour…

— Passivement de ma part et sans engouement de la tienne. Où donc est passée celle que tu aimais tant, celle que tu ne te lassais pas de complimenter ? Où donc est celle que tu as trouvée un jour...

— Oui, chez le barbier ! Rien pour en faire un roman, Gervaise.

— Quoi ? Tu oses lever le nez sur notre première rencontre ? Sur ton coup de foudre, sur tout ce que tu as fait pour me conquérir ? Si monsieur Bigras t'entendait...

— Laisse le barbier en dehors de ça, il s'est cru trop important, Bigras. Mon père m'a toujours dit qu'il n'était qu'un homme du peuple qui tentait de jouer les éduqués.

— Laisse surtout ton père en dehors de ça, Nicolas ! Je ne serais pas surprise qu'il y soit pour quelque chose dans ce lent et long virage de ta part. Presque un an, Nicolas, à me laisser me questionner de jour en jour. À me laisser seule à Noël et au jour de l'An, à refuser de célébrer nos anniversaires ensemble... Tu as tout détruit, pierre par pierre, et notre union est devenue un château de cartes. Il te suffirait de souffler...

— Gervaise, ne gâche pas ma journée, j'ai perdu un procès...

— Je me fous de tes pertes ou de tes gains au tribunal, c'est de notre couple qu'il s'agit, de toi et moi... De moi, surtout, victime de ta cruauté mentale.

— Tu n'es plus heureuse avec moi, n'est-ce pas ?

— Je l'étais, Nicolas, pleinement ! Jusqu'à ce que tu démolisses graduellement tout ce que nous avions bâti ensemble.

— Tu exagères, tu jettes le blâme sur moi, tu ne te rends pas compte de tes travers, de ton indifférence envers moi, de ton travail qui a toujours passé avant moi. Les cosmétiques !

Que ça, pour te plaire ! Comme avant ! Comme dans le temps où tu travaillais à la pharmacie Montréal d'où je t'ai sortie.

— Sortie ? Tu m'as suppliée de t'épouser ! Je t'avais dit que je n'étais pas de ton milieu, mais tu étais aveuglé par ma beauté, comme tu disais, par mes charmes, par mes seins, par mon corps…

— Et je le suis encore ! Mais il t'en faut tellement pour être satisfaite. Des mots doux à notre âge, c'est périmé, c'est dépassé. Les cajoleries aussi, Gervaise ! J'ai quarante-trois ans, pas vingt-trois ! Cesse de t'attendre à être câlinée comme une jeunette et agis un peu comme ma mère le faisait avec mon père.

— En femme soumise, en femme qui n'a pas droit de parole, tu veux dire ? En femme qui se pliait à tout, à défaut de ne pouvoir s'accomplir ? Dieu ait son âme, mais ta mère aurait pu avoir une meilleure vie.

— Mon père lui a tout donné ! Comme je l'ai fait pour toi ! Tu étais plus comblée avec ton boulanger ?

Gervaise était sidérée. Comment pouvait-il s'en prendre à son défunt mari sans le moindre respect ? Ce pauvre Auguste…

— Tu sauras, Nicolas, que j'ai été plus heureuse avec Auguste Mirette que je ne l'ai été avec toi.

— Content de le savoir, ça va faciliter les choses. Je suppose qu'il te couvrait de bijoux, ton livreur de pain ?

Piquée au cœur une fois de plus, Gervaise répondit :

— Non, il me couvrait d'amour et de quiétude, Nicolas. Que ça ! Il n'avait pas les moyens de m'acheter des diamants marquise comme tu le fais, mais il m'offrait souvent des fleurs, ce qui me comblait de bonheur. Les fleurs, je les humais chaque soir, tandis que ton diamant, je ne l'ai jamais porté. Ce n'est pas la valeur des choses qui m'impressionne, mais le geste posé avec tendresse, aussi peu coûteux soit-il. Et ne me parle plus d'Auguste, laisse-le en dehors de notre conversation, laisse son âme reposer en paix.

— Ti-Gus, tu veux dire ! C'est comme ça qu'on l'appelait. Auguste, c'était sans doute trop noble pour le quartier de ta mère qui l'a vite embarqué dans la plèbe, ton Mirette !

Gervaise avait cessé de parler. Elle aurait voulu pleurer, lui jeter sa rage au visage, mais elle n'en avait pas la force. À bout de souffle, elle lui demanda :

— Assez tourné autour du pot, Nicolas, comment s'appelle-t-elle ?

— Qui ? Quoi ? Je ne te suis pas…

— Nicolas, sois assez homme pour me dire en pleine face que tu as une autre femme dans ta vie. Ne me prends pas pour une sotte !

— Alors, puisque nous en sommes là, aussi bien en finir. Oui, j'ai quelqu'un… Une autre en vue, Gervaise. J'ai rencontré…

— Je le savais, une femme devine ces choses-là. Et que comptes-tu faire ?

— À toi de décider… Tout peut continuer ainsi si tu fermes les yeux…

— Fermer les yeux ? Me prends-tu pour une idiote, Nicolas ? Te laisser passer des nuits avec ta maîtresse et te servir tes repas quand tu rentrerais certains soirs ?

— Écoute, Gervaise, je ne veux pas te brusquer, je ne veux pas te faire de mal…

— C'est déjà fait ! Depuis un an ou presque. J'ai passé des jours à jongler, à me demander, avec personne pour me répondre… Les dés sont jetés, mais avant de terminer ce pénible dialogue, dis-moi où tu l'as rencontrée, celle qui me remplace.

— Elle ne te remplace pas, Gervaise, elle te succède.

— Quel monstre tu es ! Digne de ton père ! Comme si une femme devait succéder à une autre comme les reines de beauté. Tu n'as toujours pas répondu… Elle est jeune, j'imagine, elle est jolie…

— Pas aussi belle que toi, mais agréable. Elle a vingt-sept ans…

— Tiens, l'âge que j'avais quand tu m'as rencontrée. Décidément ! Tu l'as connue où, cette fille ?

— Elle m'a été involontairement présentée par Jean-René.

— Ah ! j'aurais dû m'en douter ! Ce paria de la société, ce freluquet qui croit que tout tombe à ses pieds…

— Pourquoi le dénigrer de la sorte ? Tu l'aimes bien, pourtant ?

Gervaise, malgré son élan de colère, n'osa divulguer à Nicolas que son neveu avait tenté de la séduire maintes fois. Et elle se demandait ce que ça changerait que de le dénoncer… Qui sait si Nicolas ne serait pas flatté d'apprendre que son neveu désirait ainsi sa femme ? Comme n'importe quel autre homme, d'ailleurs ! La sentant désemparée, Nicolas s'empressa d'ajouter :

— Jean-René a une amie, la fille d'un sénateur. Un soir qu'il rencontrait Lydie au bar du Ritz, il m'a demandé de me joindre à lui, il voulait me la présenter. Or, Lydie est arrivée avec sa sœur aînée, Janie, et c'est à ce moment-là que le déclic s'est fait. Je m'en excuse, Gervaise, mais la vie a de ces surprises…

— Oui, quelle belle surprise ! Quelle trouvaille en plus ! La fille d'un sénateur ! Sans doute très riche, le papa ! Vingt-sept ans, libre et fortunée, évidemment. Tu as fini par trouver ta récolte maintenant que tu n'es plus attiré que par le corps des femmes. La voilà ta sécurité, Nicolas ! Tu n'auras plus à songer à déshériter tes sœurs pour être à l'aise ! Une fille de sénateur ! L'argent parle, n'est-ce pas ? Même chose pour Jean-René ! Delval et parenté ! Un neveu pareil à toi, un opportuniste, un arriviste… En ce qui te concerne, j'avoue que la fille d'un sénateur, c'est certes mieux que la veuve d'un boulanger, non ?

— Tu vois ? C'est toi qui le ramènes sur le tapis, ton défunt mari… Ne deviens pas mesquine, Gervaise, ça ne te ressemble pas…

— C'est toi qui es mesquin, Nicolas ! Avide, sordide, et sans honneur ni cœur ! Tu échafaudes pour mieux détruire ensuite ! Et tu te crois en pleine maturité ! Tes sœurs avaient raison, «enfant gâté par sa mère», s'il en est un. Je te regarde et, soudainement, je ne t'aime plus, Nicolas.

— Voilà qui me rassure, moi non plus, Gervaise.

Il avait soupé seul. D'une omelette aux champignons qu'il avait brassée et cuite dans la poêle de fonte, accompagnée d'un verre de vin blanc. Constatant que Gervaise était au salon devant le bulletin de nouvelles, une tasse de thé à côté d'elle, il la rejoignit pour lui demander :

— Que comptes-tu faire, maintenant ?

— M'en aller, voyons, ou te voir quitter cette maison.

— La première solution serait la meilleure, je crois, la maison est à mon nom.

— J'ai droit à la moitié, l'aurais-tu oublié ? Tu es pourtant avocat…

— Ne cherche pas à me causer d'ennuis, Gervaise, c'est déjà assez difficile comme ça…

— Ah oui ? Pour qui ? Pour toi ? Laisse-moi en douter ! Et à quoi veux-tu en arriver, Nicolas, au divorce ?

— Bien, c'est à envisager… Parce que, Janie, je compte l'épouser.

Gervaise avait reçu cet aveu comme un dard en plein cœur. Non seulement la trompait-il depuis des mois avec une autre, mais son but était de l'épouser. Profiteur, va ! De la pire espèce ! Prêt à voir sa femme qu'il avait adulée partir sans un sou pour que la prochaine prenne la relève. Quel goujat ! Gervaise se ressaisit assez vite cependant et, quoique blessée, elle n'allait pas sombrer dans une peine comme l'avait fait Jacqueline lors de sa rupture. Oh ! que non ! Elle avait plus de cran que son amie, madame Delval, plus d'armes à utiliser pour ne pas tout perdre. Juste à le regarder et elle en était déjà dégoûtée. Elle qui l'avait aimé, pourtant, elle qui avait compté passer sa vie avec lui. Mais, plus avertie qu'à ses premiers pas dans cette famille maudite, elle était résolue à tirer le meilleur parti possible de sa rupture. Dans leur contrat de mariage, Nicolas l'avait avantagée pour une somme de 40 000 $ s'il venait à la quitter. Une somme énorme à laquelle elle s'était opposée naguère, mais il avait insisté… Aveuglément ! Comme il allait s'en

345

mordre les doigts, le scélérat. En plus de la moitié de la maison, la moitié de la valeur des meubles, la moitié de ses possessions, tels sa voiture de luxe, ses bijoux personnels, bref, la moitié de tout, sauf de son compte en banque. Et Nicolas le savait ! Après l'avoir froidement avisé de ses droits, elle lui demanda subrepticement :

— Elle sait que tu es un homme marié, la fille du sénateur ?

— Bien sûr, je ne lui ai rien caché.

— Et elle couchait avec toi quand même ! Pas mieux que ma sœur Rita quand elle travaillait à la manufacture et que tu la montrais du doigt. Une belle salope, ta Janie ! Bien élevée à part ça ! Le mari d'une autre, qu'importe ! Quand on se cherche désespérément un homme ! Comme Rita, Nicolas !

Il était entendu qu'ils n'allaient rien précipiter, que tout se ferait dans l'ordre. Gervaise était déçue de sa rupture, ça allait de soi. Après avoir enterré un homme, voilà qu'elle en perdait un autre. D'une façon moins respectueuse, cette fois. Elle s'était sentie quelque peu coupable de l'échec, elle aurait pu être plus constante dans sa relation, ne pas se laisser emporter par son travail, lui consacrer plus de temps… Puis, elle se lavait les mains de cette histoire : c'est lui qui n'était jamais là le soir, qui rencontrait des clients alors qu'elle lisait ses romans. C'est lui qui avait cherché ailleurs, non pas une autre femme, mais l'argent qu'il avait perdu en ne retournant pas vivre avec son père. À cause d'elle ! Fort heureusement cependant et, elle en remerciait le Ciel, elle n'avait pas eu d'enfant. Sa fille était morte avant de naître… Devenir mère aurait-il pu changer l'état d'âme de son mari ? Bien sûr que non, il n'aimait pas les enfants, il aurait été incapable de composer avec une petite qui aurait désiré jouer à la poupée avec lui. Trop égoïste pour se pencher sur un petit être… Et elle, avec un enfant, aurait été dans l'impossibilité de retourner travailler, de s'accomplir, d'évoluer… Elle serait, de force, retournée chez son beau-père en traînant sa petite avec elle. Avec ce vieux grognon qui leur aurait rendu la vie insupportable… Plus elle y pensait, moins elle était mécontente de sortir de cette famille et de fuir ce quartier qui l'avait rendue si malheureuse. Pas mécontente aussi de quitter cet homme qu'elle avait aimé et qu'elle avait appris à détester. Que sa Janie prenne la relève ! Sa deuxième femme allait hériter d'un mari imbu de lui-même, avec le caractère du paternel en prenant de l'âge. Un mari qui tenterait de la mener par le bout du nez… À moins que la fille du sénateur soit autoritaire et qu'elle le remette vite à sa place.

Gervaise, qui allait avoir trente-six ans, devait maintenant attendre de connaître les intentions de son mari. Pour ensuite divorcer quand elle aurait quitté la rue Elm pour aller vivre ailleurs. Toutefois, il fallait que Nicolas accepte d'avouer son adultère pour divorcer, ce à quoi il n'était pas prêt. Sa réputation allait en prendre un coup… Il préférait s'en remettre à l'échec de son mariage, plaider auprès de la loi privée du Parlement fédéral, mais la loi insistait sur la cause de l'adultère. Avec l'aide de savants confrères, il réussit à faire dissoudre son mariage par un divorce en avouant finalement l'adultère, mais en sauvant la publication de son divorce dans les journaux. Un tour de force qu'il avait réussi grâce à l'apport de confrères véreux qui avaient des influences. Sa réputation était donc épargnée ! De toute façon, on parlait de plus en plus de l'amendement de la loi qui rendrait le divorce légal pas plus tard que dans un an ou deux au Canada. Comme c'était le cas depuis long-temps aux États-Unis… Mais, Nicolas, avide de l'argent du père de sa nouvelle conquête, ne voulait pas attendre une minute de plus et risquer de perdre Janie. De son côté, igno-rante des édits et des lois, Gervaise, toujours à son poste chez Eaton où elle gagnait rondement sa vie, n'attendait que le dénouement de son inévitable rupture. On lui avait proposé la gérance du département des sacs à main et des menus articles de cuir, en plus de celui des cosmétiques. Une promotion qu'elle accepta temporairement, pas trop certaine de terminer sa vie dans l'ouest de la ville, alors que les demandes de gérantes de son calibre fourmillaient dans l'est, même chez Dupuis Frères. Le 18 juin, jour de sa fête, elle reçut un appel de Jean-René auquel elle avait répondu, croyant que c'était sa mère. Prise au piège et quasi muette au bout du fil, il lui avait dit :

— Je te souhaite un heureux jour de fête, Gervaise.

— Merci, Jean-René.

— Tu… tu vas bien ?

— Quelle question ! J'en suis presque au déménage-ment ! Tu sais très bien ce qui se passe ! Nicolas ne te cache rien.

— Non, en effet, mais je veux que tu saches que je ne suis pour rien dans ce qui vous arrive. Je ne l'ai pas influencé, c'est strictement le hasard, Gervaise, je n'ai pas cherché…

— J'aimerais bien te croire, mais…

— Je te le jure sur l'âme de ma grand-mère que j'aimais tant, Gervaise ! Je ne savais même pas que Janie serait avec Lydie, ce soir-là. Et c'est une pure coïncidence que Nicolas ait été là.

— Qu'importe, ça ne change plus rien maintenant. C'est terminé entre nous, tout se concrétise et je vais retourner d'où je viens. Là où j'étais heureuse avant de le connaître.

— Pas trop aigrie ? Pas trop en furie contre moi ? Tu sais, si tu ne me repoussais pas sans cesse, je t'inviterais à souper, je tenterais de t'intéresser, de devenir celui...

— Non, Jean-René, j'ai déjà répondu à cette question une fois, je ne ressens rien pour toi. Je ne te déteste pas, tu as été souvent gentil avec moi alors qu'on m'ignorait dans ta famille, et je t'en remercie. Mais n'allons pas plus loin, gardons un bon souvenir l'un de l'autre et sois heureux avec ta Lydie.

— Je ne la fréquente que pour la forme, Gervaise, pas plus. Je ne l'épouserai pas, elle n'est pas de mon genre. Très belle, éduquée, mais pas au diapason de mes goûts et de mes attentes. Je n'ai pas de plaisir avec elle, c'est une compagne de l'université, elle est devenue comptable agréée, mais pour le reste...

— Pourtant, avec un père sénateur...

— Son père est anglophone, sa mère aussi, les filles et le fils aussi. Ils sont tous bilingues, mais on ne parle pas beaucoup en français dans cette famille. Du moins, pas entre eux. Et moi, les auteurs américains de leur bibliothèque, c'est loin de mes goûts personnels. Va pour Oscar Wilde ou les sœurs Brontë, parce que c'est *british,* mais les autres... Et son père, argent ou pas, je ne l'aime pas. Et je ne cherche pas à me caser pour ma sécurité, je gagne suffisamment d'argent…

— Bon, un très bon point que ton oncle n'a pas en commun avec toi. Pour lui, c'est vraiment autre chose… Comment est-elle, sa Janie ? Agréable ? Fort jolie ?

— Non, Gervaise, sans médire, c'est le jour et la nuit avec toi. Elle est petite et plutôt grassette. Pas trop féminine, elle a le nez épaté de sa mère et les cheveux courts et raides à la nuque. Ce qui ne veut pas dire qu'elle soit laide, mais elle est ordinaire. *The girl next door*, comme on dit, mais pas la plus avantagée de la famille de ce côté-là, Lydie lui est nettement supérieure. Je ne comprends pas Nicolas d'avoir eu le béguin pour elle, quand toi…

— N'ajoute rien, tu ne connais pas encore ton oncle à ce que je vois. Bon, je te remercie de ton appel et de tes vœux, et je te souhaite d'être heureux avec Lydie ou une autre, Jean-René. Mais rien ne presse, tu es encore si jeune…

— Donc, aucune chance de prendre un dernier verre ensemble ?

— Non, je n'ai pas le temps, je travaille beaucoup, je m'en vais à Boston pour faire des achats pour le comptoir, je suis occupée du matin jusqu'au soir. Et j'ai mon déménagement…

— Si tu as besoin d'aide…

— Non, ne te dérange pas, Mailloux va m'aider pour le peu que j'aurai à apporter. Que mes vêtements et mes effets personnels. Merci encore d'avoir téléphoné, je dois raccrocher, le temps file et j'ai un fournisseur à rencontrer.

La conversation se termina sur ce ton et le pauvre Jean-René, le récepteur encore à la main, venait de comprendre qu'il ne réussirait jamais à séduire sa tante. Même avec son corps d'Adonis, ses allusions sensuelles et son sourire enjôleur… Gervaise n'était pas du genre à s'arrêter sur le physique de qui que ce soit, elle préférait de beaucoup sonder le cœur.

N'ayant plus de comptes à rendre à son mari, même s'ils habitaient encore sous le même toit, Gervaise se mit en frais de suivre des leçons de conduite dans le but de se déplacer plus facilement éventuellement. Un cours qu'elle réussit à terminer en quelques semaines et un permis qu'elle obtint avant que les premières feuilles tombent. Nicolas, impuissant, la regardait se débrouiller et n'osait intervenir en rien. Pas plus qu'il ne tentait de l'attirer au lit lorsque l'envie le tenaillait, Gervaise avait pris la chambre d'invités depuis leur décision. Elle voulait être le plus loin possible de lui, après en avoir été si près. Or, de son plein gré, sans attendre l'argent de sa séparation, elle s'acheta une Chevrolet Nova, la plus petite, moins coûteuse que l'originale, mais plus jolie et d'allure sportive. D'un vert feuillage, Nicolas l'avait aperçue devant la porte de la demeure et comprenait, une fois de plus, que Gervaise pouvait tout faire sans son aide.

Avant son départ, avant même d'avoir trouvé où elle irait habiter, Gervaise avait téléphoné à sa mère pour l'informer de sa rupture. Cette dernière, alarmée, s'était écriée :

— De quoi tu vas vivre maintenant ? Pas de mari pour t'entretenir, pis avoir à tout payer de ta sacoche !

— Ne t'inquiète pas, maman, je vais me débrouiller. J'ai un très bon emploi, j'ai maintenant une voiture à moi, je ne crains pas pour l'avenir.

— Mais tu vas rester où si tu pars de là ? Encore dans le même coin, pas par icitte ?

— Je ne sais pas trop encore, mais ce ne sera pas dans Westmount, non merci. Je l'ai trop vu ce quartier. Je cherche, en ce moment, et je te ferai savoir où j'irai quand j'aurai trouvé.

— Ben, ça parle au diable ! Attends que Rita apprenne ça ! Pis, j'peux-tu en parler à Bigras pis à sa femme ?

— Oui, tu le peux, parce qu'il n'y aura pas de retour en arrière. Nicolas et moi, c'est fini, maman. Je redeviens célibataire…

— Comment ça ? Ça va pas aller jusqu'à la séparation, c't'affaire-là ?

— Oui, maman, et un peu plus encore, au divorce. Nous n'attendons que les papiers maintenant. Ce n'est pas qu'une rupture temporaire, je te le répète, c'est une séparation définitive. Un divorce à l'horizon, ma liberté totale…

— Ben, ça parle au diable ! Si j'm'attendais à ça ! Ben, j'te laisse, faut qu'j'appelle Rita, a va tomber su'l'cul avec une nouvelle comme celle-là !

Berthe Huette n'avait même pas demandé à sa fille la cause de leur rupture. Comme si leur histoire d'amour brisée n'avait pas d'importance. Ce qui l'inquiétait, ce n'était que les pertes financières de Gervaise et pas sa peine de cœur s'il y en avait une. Elle craignait tellement que sa fille manque d'argent… pour en manquer à son tour ! Elle téléphona à Rita qui, plus pondérée, avait demandé à sa mère :

— C'est-tu elle qui l'quitte ou lui qui la sacre là ? Pis pourquoi ?

— Heu… sais-tu que j'lui ai pas demandé… Bonne question !

— Ben, la mère, on met pas fin à un mariage pour une chicane de ménage. Y'a sûrement autre chose, c'est moi qui aurais dû l'avoir au bout du fil. Toi, tu penses juste à l'argent…

— T'es pas gênée, pis t'es mal placée pour me dire ça, tu m'donnes jamais une cenne !

— Pour en donner, faut en avoir, la mère. Yvon pis moi, on arrive juste en pas pour rire. Avec trois enfants pis un quatrième qui se manifeste…

— C'est pas vrai ! T'es pas encore en famille, Rita ? T'as pas les moyens pis ton mari non plus, tu viens d'le dire ! Vous êtes déjà tassés comme des sardines dans vot'logement ! Y pourrait pas faire son bonheur lui-même de temps en temps, c'te gros épais-là ? T'es pas une truie, Rita ! Quatre p'tits en ligne, c'est pas intelligent ! Où c'est qu'tu vas l'mettre, celui-là ? Le docteur Filiatrault va t'regarder d'travers quand y va apprendre ça. Y'a beau aimer faire des accouchements, mais y va t'trouver niaiseuse de t'laisser faire de même ! Un au't p'tit ! J'en r'viens pas ! Lucienne va pas m'croire quand j'vas lui dire ça !

— As-tu fini, sa mère, avec tes reproches pis tes conseils ? C'est d'nos affaires, pas des tiennes, ni de Lucienne. Pis nos p'tits, y manquent de rien, tu sauras. C'est pas un d'plus qui va nous crever l'portefeuille !

— C'est déjà fait, ma fille ! Ton mari a même pas une piastre dans la fente à billets d'son *wallet !* Viarge, Rita, sers-toi un peu d'ta tête ! En tout cas, compte pas sur moi ! Allô, allô, t'es-tu encore là ?

La ligne était éteinte, le son l'indiquait. Rita avait raccroché au nez de sa mère. Furieuse, madame Huette s'était écriée :

— Ça prend une effrontée ! Couper sec sa mère pendant qu'a parle encore ! Juste bonne à faire des p'tits, celle-là ! Y'a pas fini d'planter des quilles, Mailloux, le jour, le soir pis les fins d'semaine pour nourrir tant d'bouches avec une paye de pouilleux pas d'*tips* !

Lucienne Bigras ainsi que son mari, Ernest, avaient été désolés d'apprendre la rupture de Gervaise et de Nicolas. Le barbier, songeur, avait dit à madame Huette :

— Pis dire que c'est moi qui ai été l'entremetteur... Y'en était fou, l'avocat, y la voyait dans sa soupe ! En autant qu'elle sorte pas sans une cenne de ce mariage. J'pense qu'est assez intelligente pour lui demander c'qui lui revient ! Faudrait peut-être que j'lui donne un conseil ou deux...

— Oui, appelez-la, Ernest, s'il y en a un qui peut l'aider, c'est ben vous ! J'vous donne son numéro de téléphone.

— Pas à la maison, Berthe, j'veux pas tomber sur lui... Avez-vous celui de chez Eaton ?

— Non, mais en appelant l'opératrice, a devrait vous l'donner...

— Ça va, j'vais m'arranger... J'garde ça pour demain matin, elle doit être moins occupée qu'en plein après-midi.

Le lendemain, dès l'heure de l'ouverture, avec le numéro en main et transféré par la standardiste au département des cosmétiques, Bigras tomba sur une vendeuse qui lui passa Gervaise qui venait d'arriver :

—'Allô, Gervaise, c'est Bigras, j'te dérange-tu ?

— Ah ! bonjour, monsieur Bigras ! Non, vous ne me dérangez pas. J'imagine que ma mère vous a parlé ?

— Oui, pis j'suis mal à l'aise, c'est moi qui vous ai présentés l'un à l'autre dans l'temps...

— Vous n'avez pas à vous en faire voyons, vous aviez juste établi le contact entre nous.

— Pis là ? C'est-tu lui qui t'met à la porte ou toi qui s'en va ?

— On se quitte parce que c'est fini, monsieur Bigras. Je vous raconterai en détail quand je vous verrai, là, je suis mal placée...

— J'imagine, mais faudrait pas que tu t'laisses avoir par lui. T'as droit à bien des choses, tu sais.

— Ne vous en faites pas, je suis bien renseignée et je ne vais pas partir sans avoir obtenu tout ce qui me revient. Et si j'éprouve du mal à m'en sortir toute seule, il y a l'avocat de chez Eaton qui me conseillera sur les moyens à employer. Il est même prêt à me seconder pour que tout soit à mon avantage. Ne vous en faites pas, je ne suis plus la Gervaise d'autrefois, j'ai fait du chemin depuis, j'ai appris...

— J'en doute pas pis j'suis bien content pour toi. Au moins, tu vas t'en tirer avec la part qui t'revient. Tu sais, Nicolas pis son père, avocats tous les deux, c'est à s'méfier...

— Soyez rassuré, je vais m'en sortir avantagée. Sans porter la toge, je connais aussi la loi à force d'en entendre parler.

— Bon, ben, j'vais mieux dormir à soir, en sachant que t'es bien entourée. Donne-moi des nouvelles de temps en temps. Par ta mère, j'apprends rien qui vaille... Elle pis ma femme, ça jacasse, mais ça va pas au fond des choses. J'les connais, j'les ai à longueur de soirée ! C'est pour ça que j'tiens l'coup dans mon salon d'barbier !

— Merci d'avoir appelé, monsieur Bigras, et dormez bien, on ne va pas me bardasser facilement. J'ai du nerf, vous savez !

Elle éclata de rire, Bigras en fit autant, et la conversation se termina sur cette note d'humour, même si Gervaise avait une crotte sur le cœur. C'était lui qui la quittait pour une autre, et non elle pour un autre ! Une gifle, quand on y pensait bien. Après lui avoir donné ses plus belles années… Mais ce qu'elle ignorait, madame Delval, c'est qu'elle était encore plus belle à la fin de son mariage qu'au commencement. Plus femme, plus éblouissante, plus séduisante… sans en tenir compte.

Octobre, tout était réglé ou presque. Tout avait été déposé et, contrairement aux inquiétudes de Bigras, Nicolas ne tenta nullement de s'opposer à la part qui revenait à sa femme. Il avait bien tenté de négocier les 40 000 $ qu'il devait lui verser selon leur contrat de mariage, mais en vain. Gervaise obtint donc la moitié de la valeur de la maison, la moitié de la valeur de sa luxueuse voiture, les 40 000 $ prévus dans le contrat, la moitié des meubles dont il racheta sa part, bref, tout ce à quoi elle avait droit. Sans aucune résistance de son mari qui comptait bien reprendre tout ce qu'il lui versait dans le compte de banque de son actuelle… bien-aimée !

Gervaise avait trouvé un bel appartement meublé dans le quartier Rosemont, là où elle avait toujours rêvé d'habiter. Pas loin de la rue Saint-Denis où les magasins

fusaient à côté de quelques restaurants français qui nais-
saient. Mailloux était venu prendre ses choses et, en deux
voyages, alors que Nicolas était absent, il avait déménagé
sa belle-sœur dans son nouvel appartement, un dimanche
après-midi, pendant que Nicolas était au cinéma avec Janie.
Le soir, en rentrant, il avait trouvé la maison vide sans elle,
terne sans sa présence coutumière et sans l'odeur du suave
parfum qui se dégageait d'elle quand il arrivait. Un bref
sursaut de sa part, un peu de tristesse au cœur car, regardant le lit encore défait de sa chambre, il savait qu'elle
ne serait plus jamais entre ses draps avec son corps de
déesse et que, Janie, avec le sien… Mais l'aisance maté-
rielle qu'il envisageait de sa nouvelle conquête lui faisait
oublier le chagrin qu'il ressentait d'avoir perdu Gervaise.
Jean-René ne fréquentait plus Lydie, il était maintenant au
bras d'une superbe femme de cinq ans son aînée, mère d'un
enfant, qu'il entretenait de son amour physique et de son
argent. Au grand dam de sa mère, la terrible Charlotte, qui
le sermonnait. Parce que la flamme de son fils, prénommée
Claudette, ressemblait étrangement à Gervaise, et qu'elle
n'avait ni l'éducation ni la prestance pour faire partie de
sa famille. Une fille-mère ! Ce qui était pire qu'une veuve
lorsqu'elle y pensait bien ! Josiane, au courant de l'histoire
d'amour de son neveu avec « la poudrée » plus vieille que
lui, avait dit à sa sœur aînée :

— Plus ça change, plus c'est pareil, mais dans le cas
de ton fils, c'est pire encore que dans celui de Nicolas. Il
a un p'tit même pas à lui sur les bras ! T'as laissé faire ça,
Charlotte ?

Nicolas, de son côté, après avoir fait dépouiller la maison de tout ce qui venait de son ex-femme, avait attendu d'avoir le prononcé de son divorce en main avant d'inviter Janie à venir vivre avec lui. Elle hésitait, elle n'était pas mariée, elle avait des principes, c'était peut-être déplacé… Mais ses sœurs l'avaient accueillie avec tellement d'égards qu'elle ne s'était plus sentie mal à l'aise de mettre les pieds dans la résidence de la rue Elm. Paul-Henri Delval, apprenant que la compagne de son fils était la fille d'un sénateur dont il connaissait le nom, l'accueillit avec grâce et bienveillance. Il avait certes remarqué, avec son œil de lynx, qu'elle n'était pas aussi jolie que Gervaise, mais connaissant le désir de son fils d'être rassuré sur son avenir, il se disait qu'elle était la femme toute désignée pour lui. *Si seulement elle pouvait lui donner un enfant,* pensait-il. *Voilà qui en ferait un mari et un père comme je l'ai été…* Il en était encore temps, Janie le désirait ardemment. Mais était-ce aussi le souhait de Nicolas ? Dans la quarantaine ? Restait à voir ! Josiane, aussi vilaine que de coutume avait dit à Charlotte :

— Très cultivée, la demoiselle, mais courte sur pattes, pas tout à fait le genre de Nicolas sur le plan esthétique. Ce qui m'étonne de lui. La Gervaise était peut-être commune, mais avec le p'tit frère, elle formait un beau couple. Celle-là… lui as-tu vu le nez, Charlotte ?

Et l'aînée de lui répondre :

— Qu'importe, elle est digne du nom que nous portons. Et papa l'aime beaucoup, il la trouve charmante. C'est quand même mieux que la poule de mon fils, Josiane ! Je lui ai dit de ne plus se montrer ici tant qu'il sera avec elle. Imagine ! Une autre de la même sorte ! Une chance que maman n'est plus là pour voir ça… Est-ce possible ? Ai-je mérité une telle punition ? Qu'ai-je donc fait de mal, Josiane ?

Gervaise adorait son appartement qu'elle avait meublé et décoré avec goût. Elle aurait pu faire l'acquisition d'une maison avec l'argent récolté par sa rupture, mais à quoi bon… Sa mère aurait insisté pour revenir vivre avec elle, et elle préférait la laisser au second palier du petit triplex des Bigras, là où elle ne la dérangeait pas. À Rosemont, elle était quand même éloignée de sa sœur, et le quartier dans lequel elle avait aménagé, aussi populaire se voulait-il, était d'une coche au-dessus des maisons et appartements des rues Ontario, Sainte-Catherine et Saint-Denis, en bas de la ville. Bien installée, avec un garage pour sa voiture, il ne lui restait qu'à décider de son avenir. Elle se rendit chez Dupuis où l'on cherchait une gérante pour le rayon des cosmétiques, mais le salaire était nettement inférieur à celui qu'elle obtenait présentement. Elle allait refuser lorsque le directeur des départements, en manque de personnel, s'approcha d'elle et, après enquête sur ses compétences, lui offrit d'appuyer le salaire de la maison Eaton si elle acceptait le poste qu'on lui offrait en tant qu'acheteuse et directrice des ventes dans les cosmétiques et les articles de cuir, comme elle le faisait depuis un certain temps. Gervaise leur demanda une fin de semaine de réflexion. Elle était chagrinée de faire un tel coup bas à son employeur actuel, elle leur devait beaucoup, mais elle devait aussi penser à elle. En changeant d'emploi, elle s'éloignerait davantage du clan Delval qui ne saurait où la retrouver et elle quitterait l'ouest de la ville pour s'installer dans l'est où elle se sentait plus à l'aise. Et le monsieur qui l'engageait chez Dupuis était d'une telle gentillesse comparé à ses supérieurs de chez Eaton, tous installés à Toronto, et qu'elle voyait très peu. Elle accepta donc l'emploi de Dupuis Frères et c'est avec regret que ses vendeuses la virent partir pour un nouveau travail. Car elle n'avait dit à personne qu'elle changeait tout simplement de magasin et de patron, elle ne voulait aucun suivi de la part de ceux et celles qui s'informeraient d'elle. Ce faisant, Gervaise allait faire le vide des gens de Westmount à moins que, par mégarde, on vienne magasiner dans l'est de la ville. Loin de Nicolas, elle ne voulait pas qu'il sache où elle habitait ni où elle travaillait. Tout était fini entre eux ? Alors, adieu ! Et elle avait bien averti sa mère et sa sœur : *Bouche cousue, si jamais on vous questionne !* C'était donc, pour l'ex-madame Delval anciennement madame Mirette, une nouvelle vie pour Gervaise Huette qui avait repris son nom de fille, n'ayant plus à porter celui d'un autre. Elle n'était plus veuve ni divorcée, elle était libre de toute attache. Qu'importait l'état civil, elle se sentait maintenant « célibataire ». Du moins, de cœur ! Dans toute la force du mot ! Elle avait invité sa mère, monsieur Bigras et son épouse à venir souper chez elle, et c'est avec joie que le trio avait visité l'appartement de la jeune femme au quatrième étage de l'immeuble en question. Sa mère s'était émerveillée devant l'ameublement, et Lucienne Bigras avait ajouté :

— Tu as beaucoup de goût, Gervaise ! Ça paraît que tu as travaillé dans l'ouest...

Elle lui avait répondu que chez Dupuis les meubles étaient aussi beaux, sauf qu'ils étaient moins chers. Mais Lucienne avait repris :

— Quoi qu'on en dise, entre les magasins de l'ouest et ceux de l'est, il y a toute une différence, ma chère !

Madame Huette, qui avait tendu l'oreille, lui avait répliqué :

— Oui, mais dans l'ouest, on s'fait voler tout rond, tandis qu'icitte, on en a pour son argent !

Un autre hiver s'écoula, un printemps suivit et, par un pur hasard, Gervaise croisa madame De Querres, la mère de Jacqueline, chez Dupuis Frères où elle se rendait souvent. Lui offrant de prendre un café à sa pause, la vieille dame accepta et, attablées toutes deux, Gervaise s'informa de Jacqueline :

— Vous savez, elle n'en mène pas large, murmura la mère. Elle en veut encore à Gérald, elle cherche sans cesse à l'humilier. Elle a vu des psychologues, mais ça n'a rien donné. Elle déteste tellement le dentiste qu'on a eu peur qu'elle lui fasse un mauvais parti à un certain moment. Là, j'ai trouvé une maison de repos à la campagne où elle pourra séjourner, mais ça ne donnera pas grand-chose, elle n'a que l'écume de la vengeance au bord des lèvres.

— Elle ne vous parle jamais de moi, madame De Querres ?

— Non, Gervaise, elle est obsédée par lui. Elle n'a aucune amie, personne ne vient la voir, elle est décourageante pour la visite. La fille de ma cousine a tenté de s'en approcher, de la remettre sur les rails, mais ça s'est terminé par des injures envers sa cousine. Inutile de vous dire qu'elle n'est plus revenue ! Non, il n'y a que moi qui l'endure !

— Elle a encore son petit chien ?

— Moka ? Non, il a trépassé, il était très âgé, vous savez. Ça lui a fait de la peine, mais pas autant que de perdre le dentiste. Elle va très mal vieillir, elle est si aigrie, et je me demande ce qu'elle deviendra quand je ne serai plus là. Il est certain que je lui laisserai tout ce que j'ai, mais qu'en fera-t-elle ? Puisse Dieu m'entendre ! Et vous, Gervaise, que devenez-vous ? Vous travaillez ici, maintenant ?

— Oui... mais n'en parlez à personne, madame De Querres, je ne voudrais pas que ma belle-famille... Vous saviez que j'étais, heu... séparée ?

— Oui, je l'ai appris du pharmacien qui a la langue bien pendue. Jamais je n'aurais pensé, mais bon, à chacun ses raisons. Et vous, vous saviez que Nicolas était remarié ?

— Heu... non. Je savais qu'il fréquentait une autre femme, c'est à cause d'elle que nous avons rompu... Mais non, je n'en savais rien et je n'ai pas cherché à le savoir. Le seul fait de ne plus être de cette famille... Vous comprenez ?

— Bien sûr, Gervaise. Alors, je vous l'apprends, Nicolas s'est remarié civilement dans l'état du Nevada et sa femme, que je n'ai entrevue qu'une fois, semble faire la belle vie en restant à la maison. Je la vois souvent se rendre chez les sœurs de son mari...

— Ils l'ont sans doute mieux acceptée, celle-là, elle est la fille d'un sénateur.

— Bah ! qu'importe, elle n'est pas aussi jolie que vous ! Un beau sourire certes, mais pas très attrayante. Comparée à vous... Je ne comprends pas Nicolas qui, lui, est encore très bel homme.

— Elle est de son rang, madame De Querres, voilà ce qui leur plaît !

— Tout de même, ils n'ont rien de noble, les Delval. Pas même une particule dans leur nom, c'est moi qui en ai une dans le mien !

La vieille dame éclata de rire et Gervaise en fit autant. Néanmoins, après son départ, Gervaise était contente de ne plus entretenir de liens avec elle et sa fille. Ce rapprochement lui avait rappelé de bien vilains souvenirs. Elle imaginait Jacqueline dans sa détresse incurable et se félicitait d'avoir mis un écart entre elles. Jamais elle n'aurait pu supporter la dégénérescence de son amie avec les mauvais moments qu'elle avait elle-même traversés. Tout ce qui venait de Westmount lui donnait un haut-le-cœur ! Elle avait trop souffert dans ce quartier, dans la maison de son beau-père et même dans la sienne, pour avoir au fond du cœur le moindre agréable souvenir. Jacqueline, un certain temps… Mais toute bonne chose a une fin et le destin s'était chargé de dénouer leur solide amitié. À chacune sa route désormais. Jacqueline était incapable de se remettre de sa rupture ? Ce qui n'avait pas été le cas de Gervaise. Ayant demandé si Jacqueline était au courant de sa séparation, madame De Querres avait répondu :

— Heu… oui, mais ça ne l'a pas touchée, elle était trop occupée à chercher à se venger de la sienne.

Ce qui venait de mettre un terme définitif à leur amitié. Pour ce qui était de Jean-René, elle n'avait pas osé demander à madame De Querres ce qu'il devenait, certaine que la vieille dame ne le connaissait pas ou presque. Même s'il avait habité la même rue. Mais, encore par le pharmacien, madame De Querres avait appris que le fils de Charlotte avait quitté « sa poudrée » comme l'appelait sa mère, pour reprendre le lien brisé avec Lydie, la belle-sœur de Nicolas. En effet, lassé des prouesses de sa sensuelle compagne de quelques années son aînée, le jeune avocat avait mis un terme à leur liaison, préférant renouer avec la fille du sénateur, sur les recommandations de son oncle. Ce qui revenait à dire qu'il n'avait cherché que des nuits troublantes et sexuelles avec la fille-mère au corps parfait. Sans doute ce qu'il aurait fait de Gervaise si elle avait eu le malheur de se donner à lui après avoir quitté son mari. L'espace d'une saison seulement… Comme beaucoup d'hommes de son âge, comme Nicolas naguère, même si leur union avait perduré durant plusieurs années. *Des mâles en chaleur, que cela,* s'imaginait Gervaise dans un dernier élan. Tout comme elle le pensait quand elle croisait ce genre d'hommes. Elle les voyait venir de loin ceux qui la déshabillaient du regard. *Jamais plus*, se disait-elle. Pour ensuite soupirer en se disant intérieurement qu'il n'y avait eu que Ti-Gus de franc et d'honnête dans son comportement. Le seul qu'elle avait aimé de tout son être, finalement.

Le temps s'écoula. Le vent avait dispersé le passé. Gervaise ne savait plus ce que devenait Nicolas dans sa seconde vie maritale, et encore moins ce que devenaient les Delval dont aucun n'avait croisé son chemin. Elle avait trente-sept ans et l'année 1965 lui était, à ce jour, bénéfique. Elle travaillait fort, visitait sa mère, allait aussi chez sa sœur, Rita, qui avait eu un quatrième enfant, encore un garçon qu'on baptisa Christian, prénom choisi par Gervaise qui allait en être la marraine, cette fois, en compagnie d'un cousin du côté des Mailloux. Rita et Yvon avaient ensuite déménagé dans un six-pièces de la rue Sanguinet et le planteur de quilles, ayant davantage besoin d'argent avec sa progéniture et sa femme à nourrir, se trouva un emploi comme camionneur et livreur de meubles usagés. Enfin, un bon salaire ! Madame Huette, toujours alerte, allait encore voir son docteur chaque mois ou presque, et revenait avec une nouvelle ordonnance pour ses crampes. Mais comme c'était plus cher lorsque prescrit, elle les jetait bien souvent à la poubelle pour chercher un nouveau produit sur les tablettes à rabais des pharmacies. *Quelque chose de pas cher pour les pets!* demandait-elle au commis.

Par un matin de septembre, alors que Gervaise montait un comptoir de crèmes à main, elle sentit une présence, un souffle, une personne… Relevant la tête, elle aperçut un homme d'un certain âge qui lui souriait. Le scrutant, sourcillant un peu, elle allait s'enquérir de ce qu'il désirait, lorsqu'il lui demanda :

— Vous êtes madame Delval, n'est-ce pas ? Vous ne me reconnaissez pas ?

Le regardant de plus près, elle se risqua…

— Je n'en suis pas certaine, mais ne seriez-vous pas le juge…

— Oui, Edmond Lorain, madame Delval. Je vous ai rencontrée chez votre beau-père un certain soir… C'était lors d'un souper auquel ma femme et moi avions été conviés. Vous étiez là avec Nicolas… C'est bien vous, n'est-ce pas ?

— Oui, oui… Heureuse de vous revoir, monsieur le juge ! Comment va madame ?

— Faites comme la première fois, appelez-moi monsieur Lorain, oubliez le juge, s'il vous plaît ! répliqua-t-il en riant.

— Ça fait déjà si longtemps, monsieur… Lorain, et ce n'est pas si loin à la fois… Quel heureux hasard !

— Vous travaillez ici, madame Delval ? Votre mari se porte bien ?

— Je ne suis plus madame Delval, Nicolas et moi avons divorcé, monsieur le juge, pardon, je veux dire monsieur Lorain ! reprit-elle avec un sourire.

— Vous pouvez m'appeler Edmond, ce sera plus simple, ça vous évitera les convenances, madame… Madame qui… maintenant ?

# CHAPITRE 10

Gervaise était en conversation avec le juge Lorain lorsqu'une dame s'approcha d'eux pour les interrompre et demander si on vendait des crèmes pour la peau sèche. Gervaise s'empressa d'appeler une vendeuse qui vint chercher la cliente pour la diriger vers un comptoir de l'autre côté, voyant que sa patronne était occupée avec un monsieur. Le juge, ayant observé le manège, dit à Gervaise en sourcillant :

— Je vous dérange et je m'en excuse.

— Non, soyez à l'aise, j'ai deux vendeuses, elles ne sont pas là pour rien ! répondit-elle en riant.

Pour ensuite ajouter :

— Et pour répondre à votre question, je ne suis pas madame qui que ce soit, je ne me suis pas remariée et je n'y tiens pas. Je crois que deux fois m'auront suffi ! ajouta-t-elle en riant de bon cœur.

— Deux fois ? À votre âge ? Tenez… vous dînez quelque part ce midi ?

— D'habitude ici, ou pas loin…

— Vous accepteriez qu'on mange ensemble ? Vous connaissez un restaurant dans les parages ?

— Heu… oui, cela dépend de vos goûts, il y a le Da Giovanni pour les mets italiens et le restaurant Electra pour tout qui est des plats assortis. Du foie de veau jusqu'au pâté chinois !

— Si cela vous convient, j'opterais pour le premier, j'aime beaucoup les pâtes et je crois que l'on dit beaucoup de bien de ce restaurant que tout le monde fréquente.

— Et je connais l'hôtesse, c'est une de mes clientes. Alors, si ce restaurant est votre choix, je l'appellerai pour une table vers midi, car c'est bondé pour les dîners.

— Je vous y attendrai, madame, à midi pile.

— Je vous en prie, appelez-moi Gervaise…

— D'accord, si vous me promettez de laisser tomber le monsieur et de m'appeler Edmond comme je vous l'ai demandé.

Gervaise n'avait eu que le temps de se donner un coup de peigne et de brosser son blouson de coton rouge, avant de se rendre au restaurant Da Giovanni où l'attendait le juge assis à une table du fond, la plus en retrait possible selon la demande lors de sa réservation. Il y avait un monde fou, cet endroit était le plus couru en ville, on y mangeait si bien. Leur sauce à spaghetti qu'on brassait dans la vitrine était imbattable ! Assis l'un en face de l'autre, Gervaise se commanda une boisson gazeuse comme breuvage, et le juge opta pour une tasse de thé. Les pâtes leur furent vite servies et la conversation s'engagea :

— Je vous demandais des nouvelles de votre épouse. Elle va bien ?

— Mon épouse est décédée il y a deux ans, Gervaise. Un arrêt soudain du cœur. C'était courant dans sa famille.

— Oh! Je suis désolée! Je ne l'ai rencontrée qu'une fois, mais je l'avais trouvée fort sympathique.

— Merci, voilà pour moi. Et vous, que vous est-il arrivé?

— Une autre question avant, Edmond, puisque vous insistez pour le prénom, vous avez des enfants? Je ne me souviens pas vous avoir entendu en parler lors du souper chez les Delval.

— J'ai un fils unique qui habite Québec. Il est marié et il est père de deux fillettes, ce qui fait de moi un grand-père. Pierre est dans l'enseignement, il n'a pas voulu suivre mes traces. Il a quarante-cinq ans et il dirige une école secondaire. Ce qui vaut mieux que d'être avocat ou juge, croyez-moi! Nous n'avons eu que ce fils, ma femme était frêle de nature...

— Elle en a eu au moins un, moi, j'ai perdu la petite fille que je portais. Donc, pas d'enfant, mais ma sœur en a fait pour moi, elle a quatre fils qui se suivent d'un an et d'un an et demi à peine. Seigneur! Ça prend du courage! Quatre gars à élever! Yvan, Jean, Roland et Christian! Tous avec la même consonance... Mais passons, parlez-moi plutôt de vous. Vous habitez seul depuis...

— Oui, j'ai gardé la maison à laquelle je suis très attaché. J'ai des gens qui viennent pour l'entretien, évidemment, mais j'aurais peine à m'en départir.

— Dans Westmount?

— Non, pas du tout, je n'aime pas tellement ce quartier. J'habite le nord de la ville, sur le boulevard Gouin Ouest, à Saraguay. J'ai un immense terrain et une terrasse qui donne sur le bord de la rivière, mais je vous ai demandé ce qui s'était passé dans votre cas et vous avez détourné…

— Non, pas du tout, c'est qu'en une heure seulement, il faut faire du coq à l'âne, n'est-ce pas ? Nicolas et moi avons mis fin à notre mariage sans nous arracher les cheveux. Ça ne fonctionnait plus entre nous… D'ailleurs, je n'ai jamais été acceptée dans sa famille, je n'étais pas de leur rang, vous comprenez ?

— Que voulez-vous dire ?

— Je suis une fille de l'est, née sur la rue Ontario pour être précise. Tout à fait à l'opposé du quartier cossu de mon mari. Notre rencontre est une longue histoire, mais j'ai été très mal accueillie par mon beau-père qui n'a pas apprécié que son fils épouse une femme de la populace, veuve de surcroît.

— D'où les deux mariages que vous avez mentionnés ?

— Oui, je me suis mariée à dix-sept ans au boulanger de notre quartier qui est venu habiter avec nous. Auguste, qu'on appelait Ti-Gus dans le voisinage, était un vieux garçon de trente ans qui m'a portée sur la main. Il a été un mari formidable, ma mère l'aimait beaucoup… Mais il est mort tragiquement cinq ans plus tard et, dans la même année, j'ai perdu mon père. Je suis donc restée avec ma mère et ma petite sœur dans la maison qu'avait bâtie mon père. Une longue histoire qui risque de ne pas vous intéresser.

— Mais oui, Gervaise, au contraire, je trouve ça très intéressant et je suis stupéfié par cette maturité acquise à un si jeune âge…

— Alors, voilà, Edmond. Je me suis instruite par moi-même. Autodidacte, comme on dit. J'ai appris à bien parler sur le tas en travaillant à la pharmacie Montréal tout de suite après le primaire pour aider ma famille qui en arrachait. Puis, en sautant des étapes, de fil en aiguille, j'ai réussi à refaire ma vie avec Nicolas. Mais c'est lui qui avait insisté pour le mariage et non moi. Imaginez la tête de son père de le voir arriver avec une veuve d'un quartier populaire ! Ses deux sœurs m'ont détestée dès le premier regard ! Ma belle-mère était plus compatissante, mais quand même assez distante... Mais, assez parlé de moi. Je vis maintenant au temps présent, je travaille, j'ai un poste de haut niveau, je gagne bien ma vie et j'habite un appartement à Rosemont.

— Oh ! joli quartier que celui-là !

Le juge avalait son petit dessert et, discrètement, sans qu'il s'en rende compte, Gervaise regarda sa montre. Puis, relevant la tête, elle lui avoua poliment :

— Je suis désolée, mais il va me falloir vous quitter... Je reprends mon comptoir à une heure, j'ai donné rendez-vous à un représentant et je n'aime pas faire attendre les gens.

— Je vous en prie, Gervaise, allez, je vais régler et je partirai ensuite, mon chauffeur viendra me reprendre.

— Vous continuez d'être actif, Edmond ? Juge à temps plein ?

— Oui, pour encore un certain temps... Il faut croire que je suis irremplaçable ! ajouta-t-il en riant.

Puis, se levant en même temps qu'elle, il insista pour régler l'addition en lui disant :

— Voyons, Gervaise, c'était mon invitation... Et je suis un gentleman ! Une femme ne doit payer que lorsqu'elle est seule ou avec une amie, pas accompagnée d'un homme.

— Alors, merci, Edmond, et que les jours à venir vous soient favorables. J'ai été ravie de vous revoir.

— Moi de même, Gervaise, et bon après-midi avec votre représentant et vos clientes.

Elle s'éloigna en souriant et le juge, resté seul, attendant son chauffeur, n'avait pas l'intention de ne faire de cette rencontre qu'une seule occasion. Il allait réitérer, poursuivre l'échange, il en avait envie, mais il ne fallait pas le lui déclarer lors d'un dîner à la sauvette. C'eût été mal placé. Gervaise, regagnant son comptoir, avait été contente de son dîner, de son bout de conversation avec Edmond, mais aucune idée n'avait effleuré sa pensée. Selon elle, c'était une rencontre fortuite, sans suite… Le revoir lui avait fait plaisir, il était bien éduqué et fort charmant, mais rien n'avait chatoyé son esprit. Et lorsque le représentant se présenta avec son catalogue de cosmétiques le plus récent, elle avait quasiment oublié sa rencontre avec Edmond Lorain. Pas lui, cependant…

Une semaine s'écoula et, en début d'octobre 1965, alors que Gervaise entraînait une nouvelle vendeuse dans son rayon d'articles de cuir, une autre vint la prévenir qu'un monsieur la demandait au bout du fil. N'attendant aucun appel, elle en déduisit que c'était un représentant qui voulait prendre un rendez-vous et demanda à la vendeuse, si tel était le cas, de lui demander de la rappeler dans une heure. La vendeuse s'exécuta et revint lui dire que l'homme en question avait précisé que c'était personnel. Intriguée, Gervaise songea à monsieur Bigras… *Pourvu qu'il ne soit rien arrivé à maman,* pensa-t-elle. Prenant le récepteur, elle s'identifia :

— Gervaise Huette à l'appareil.

Et l'interlocuteur au bout du fil de répondre :

— Tiens, je viens d'apprendre que votre nom de famille est Huette, nous n'en avions pas discuté lors de notre dîner.

Reconnaissant la voix, Gervaise s'écria :

— Edmond ! Vous, on ne peut se méprendre, vous avez une voix unique ! En effet, Huette est bien mon nom de famille.

— Comment allez-vous, Gervaise ? Je ne vous dérange pas trop ?

— Heu, non, je suis à entraîner une vendeuse, mais ça lui permettra de retrouver son souffle. C'est long, un *training* de la sorte, et très exigeant. Et je me porte bien, Edmond. Et vous ?

— Oui, tout va bien, sauf que, par mégarde, j'ai oublié de vous réinviter lorsque nous nous sommes rencontrés.

— Allons, ce n'était qu'un dîner inattendu...

— Oui, mais j'aimerais bien vous inviter à un souper attendu si vous daignez l'accepter. Je souhaiterais reprendre la conversation là où nous l'avons laissée. C'était si intéressant... Seriez-vous libre un de ces soirs ?

— C'est possible, le vendredi surtout, vu que je ne travaille jamais le samedi, mais je me demande...

— Ne me refusez pas cette joie. Que diriez-vous si mon chauffeur allait vous prendre après votre travail ? Ou à la maison si vous préférez...

— Je ne refuse pas, je suis surprise tout simplement, mais je crois que chez nous serait plus approprié. Je dois me changer après une dure journée. Les vendredis sont toujours épuisants...

— Alors, voilà qui va vous relaxer. Mon chauffeur pourrait être chez vous vers sept heures si le moment vous convient…

— Oui, je termine à cinq heures, ce qui me donnera le temps de me rendre à la maison et de me préparer.

— Donnez-moi votre adresse et votre numéro de téléphone au cas où un imprévu se présenterait. Je vous donne aussi le mien si un empêchement survenait de votre côté, mais comme je sens que rien ne viendra faire obstacle à cette soirée, le chauffeur sera à votre porte à l'heure précise. Il est très ponctuel ! ajouta-t-il en riant.

Gervaise lui donna ses coordonnées après avoir inscrit le numéro de téléphone du juge sur un carnet à côté de son appareil et, rendez-vous accepté, elle reposa le récepteur pour ensuite se demander si elle avait eu raison d'accepter. Pourquoi s'intéressait-il à elle ? Il était veuf, elle était libre… Mais, cette grande différence d'âge entre eux… Non, elle s'imaginait des choses, elle n'avait rien à craindre de ce côté, il voulait sans doute meubler sa solitude de temps à autre. C'est donc avec cette présomption en tête qu'elle envisagea cette deuxième rencontre avec Edmond Lorain, juge de la Cour d'appel, respecté par tous ses confrères.

Le vendredi soir arrivé, alors que le vent était doux et que les feuilles restaient accrochées à leurs branches, Gervaise s'était préparée pour ce dîner de circonstance. Avec plus d'apparat quand même que lors du dîner sur le pouce au Da Giovanni. Les cheveux bouclés jusqu'aux épaules à la Paulette Goddard, elle avait revêtu un joli tailleur noir et orné d'un collier de perles, sa blouse de soie rouge. Anneaux en or discrets aux lobes d'oreilles, bracelet torsade au poignet et une seule bague en or avec perle à l'annulaire de la main gauche, elle avait chaussé, sur ses bas noirs, des souliers fermés et suédés à talons hauts. Bien maquillée, les lèvres rouges comme sa blouse, le mascara bien appliqué, elle était ravissante à souhait. Ce que le chauffeur venu la chercher remarqua d'un seul coup d'œil en lui ouvrant la portière de la luxueuse voiture qu'il conduisait. Elle tenta d'entamer la conversation avec lui, mais se rendit vite compte qu'il était discret quoique poli. Sans doute une consigne de sa fonction particulière. Il descendit la rue Saint-Denis et se dirigea ensuite vers l'ouest jusqu'à l'Hôtel Windsor de la rue Peel. Un endroit fastueux qu'elle n'avait jamais visité. Le chauffeur lui ouvrit la portière, l'aida à descendre, et Gervaise se présenta dans le hall de l'hôtel où Edmond, très bien vêtu, l'attendait dans un immense fauteuil. Après l'avoir accueillie avec un baisemain, ce qui l'embarrassa quelque peu, il lui prit le coude et la dirigea au vestiaire pour y déposer son imperméable et, ensuite, vers la salle à manger où la somptuosité des lustres et candélabres impressionna l'invitée. Le maître d'hôtel les conduisit à une table où de confortables fauteuils rouges rembourrés allaient les garder à l'aise toute la soirée. Habituée au Ritz-Carlton où elle était allée plusieurs fois avec Nicolas, voilà qu'elle était troublée de se trouver dans cette luxueuse salle à manger avec un juge que plusieurs semblaient reconnaître. *Sans doute un habitué*, songea-t-elle. Embarrassée surtout de voir les gens et les serveurs la regarder. Était-ce leur différence d'âge qui attirait ainsi les regards dont quelques-uns de la part de dames semblaient irrespectueux ? Ou était-ce tout simplement parce qu'elle les dérangeait par son allure qui, quoique sobre, était supérieure à certaines femmes dans leurs robes de paillettes. Dès qu'ils furent installés, Edmond lui dit :

— Vous êtes très en beauté, Gervaise.

L'éternel compliment de la part des hommes ! Par contre, venant de lui, ça sonnait plus distingué, plus franc, plus poli, moins du genre des autres qui, en la complimentant de la sorte, la dévorait des yeux.

— Merci, Edmond, c'est très aimable à vous, mais avec l'automne et ses pluies soudaines, j'ai choisi au hasard sans même savoir où vous m'invitiez.

— Vous n'auriez pu mieux faire. Vous êtes d'une élégance qui se remarque.

— Merci encore, mais vous me gênez… Vous êtes aussi très bien vêtu, le bleu marine vous va très bien.

— Disons que c'est un ton qui s'harmonise avec mes cheveux gris.

— Vous en avez encore si peu… Dieu que c'est beau ici ? Vous y venez souvent ?

— Oui, assez régulièrement, nous y venions au moins une fois par mois, Simone et moi. Et quand on s'habitue à un endroit…

— Simone était le prénom de votre épouse, si je ne m'abuse ?

— Oh ! Excusez-moi ! Nous nous étions pourtant présentés lors du souper chez les Delval ?

— Oui, en tant que monsieur et madame Lorain, sans les prénoms, je crois…

— Bon, maintenant vous les avez. Je vous ai dit que mon fils se prénommait Pierre, et son épouse s'appelle Guylaine.

Pour ce qui est de mes deux petites-filles que j'aime beaucoup, elles se prénomment Brigitte et Noémie. Voilà pour la
famille !

— Vous n'avez ni frères ni sœurs ?

— Oh ! que oui ! Trois frères dont un est décédé et une
sœur, Nicole, qui habite aux États-Unis où son mari s'est
établi il y a longtemps. À Boston plus précisément. Ils ont
quatre enfants… mais j'arrête là. Nous sommes tous dis-
persés, nous ne nous visitons que très rarement… Sauf Nicole
pour qui j'entretiens de bons sentiments.

— Votre père était dans la même profession… Vos frères
aussi ?

— Non, non, je suis issu d'une famille modeste, Gervaise,
mon père était menuisier, ma mère, une brave ménagère, avait
une lourde corvée… Ils sont morts tous les deux. Et mes frères
ont tous des métiers divers. Il n'y a que ma sœur et moi qui
avons fait de hautes études. Elle était infirmière avant son
mariage et je suis devenu avocat et ensuite, juge. Mais j'ai eu
mes petites années de misère… Lorsque j'étudiais, j'habitais
un petit sous-sol pas loin de l'université… Je ne suis pas né
dans la ouate, comme vous pouvez le constater.

— Nous avons au moins ce point en commun, Edmond,
et ça me rassure. Quand je vous parlerai de ma famille, vous
serez mieux en mesure de comprendre et de ne pas juger
comme l'ont fait les Delval.

— Ils semblent vous avoir rendue bien malheureuse, ces
gens-là.

— En effet, mais ne gâchons pas cette soirée, ne parlons
pas d'eux, c'est de ma faute, c'est moi qui les ai ramenés sur
le tapis.

— Vous avez regardé le menu, Gervaise ? Vous avez choisi ?

— Que me conseillez-vous ?

— Le potage jardinière, il est succulent… Moi, j'aime bien le filet mignon aux trois poivres, mais tout est bon ici…

Ne pouvant identifier les sauces et les épices rares de plusieurs mets, Gervaise décida de commander exactement comme Edmond, ce qui lui éviterait de poser des questions au serveur. Après l'apéro, il commanda un châteauneuf-du-pape, histoire de trinquer à leur santé avant l'arrivée des plats. Elle le regardait, il était encore très séduisant pour un homme de sa génération. De beaux traits, un joli sourire, les épaules carrées, pas bedonnant comme tant d'autres… Il faisait son âge, bien sûr, avec ses cheveux gris et ses verres à monture noire pour lire, mais il était si élégant. Il portait une bague chevalière de toute beauté. *Sans doute en or 14 carats !* pensa-t-elle. Puis, potage bien chaud sur leur napperon de dentelle, ils mangèrent en faisant attention, tous deux, de ne rien renverser.

— Vous n'avez pas eu d'enfant de votre premier mariage, Gervaise ? Vous étiez pourtant jeune et en bonne santé, j'imagine…

— Oui, mais je n'y pensais pas, nous avions tant de choses à payer, et je crois que mon premier mari était impuissant puisque je suis devenue enceinte de Nicolas. Qu'importe ! J'ai été heureuse avec Auguste. Il a pris soin de nous, il était plus âgé, donc plus conscient de nos besoins, et mon père l'aimait bien.

— Il travaillait pour quelle compagnie ?

— Il livrait le pain *Pom* et leurs autres produits de son panier, mais on l'appelait le boulanger dans le quartier. Comme on appelait notre voisin, le laitier ! Il en était ainsi… J'étais donc, pour les commères du coin, la femme du boulanger, pour devenir, après son décès, la veuve du boulanger, quand on parlait de moi. Rares étaient ceux qui m'appelaient madame Mirette.

— Parlez-moi de votre mère et de votre sœur, puisque votre père est décédé presque en même temps que votre époux ; je ne voudrais pas raviver de tristes souvenirs.

— Ma mère, Berthe Huette, habite maintenant seule dans un logis que je lui ai trouvé. Juste en haut de chez monsieur Bigras, le barbier, et de sa femme Lucienne, devenue sa grande amie. Pour ce qui est de ma sœur Rita, elle et son mari, Yvon Mailloux, habitent sur la rue Sanguinet. Pas riches, mais du cœur au ventre le beau-frère. Avec une femme et quatre enfants à nourrir… Mais, vous savez, quand on a grandi en mangeant son pain noir, on se contente d'avoir enfin son pain blanc sur la table. Rita n'a jamais été ambitieuse, elle voulait se marier, avoir des enfants, et c'est fait. Ma mère ne s'est pas remariée, elle. En bonne santé, elle a préféré rester seule et se gâter un peu. C'est-à-dire se faire choyer ! ajouta-t-elle en riant.

— Comment avez-vous rencontré Nicolas ?

— Ah ! mon Dieu ! Quelle longue histoire ! Mais je vais vous la résumer.

Et Gervaise de lui raconter comment elle avait connu Nicolas alors qu'elle s'était rendue chez Bigras pour causer un peu. Comment il était revenu à la charge, elle qui ne l'avait même pas remarqué, et ce qui avait suivi. Jusqu'au mariage inattendu de tous. Elle sauta quelques étapes, mais renseigna assez bien Edmond pour qu'il puisse se faire une idée de Nicolas Delval. Le jeune homme avait été attiré par la beauté de la jeune femme, que cela, sans même s'arrêter sur ses autres qualités, sur les épanchements de son cœur, sur sa sincérité, sur tout ce que lui, le juge, découvrait chez Gervaise en causant avec elle. Puis, elle lui parla brièvement de son arrivée chez les Delval, du mépris de ses belles-sœurs pour vite se rendre au divorce, en lui confiant que c'était Nicolas qui, après l'adultère, l'avait quittée pour l'autre, la fille d'un sénateur. Sur ce dernier aveu, le juge avait répliqué :

— Si je comprends bien, Nicolas n'est attiré maintenant que par le pouvoir, l'argent, les titres, la haute société…

— C'est à peu près cela, Edmond. Ce que je n'avais pas, pourtant. Et son père est celui qui le pousse le plus vers ces opportunités. Il espère que son fils sera riche, bien établi, à l'abri de tout souci. C'est ce qu'il lui a légué dans ses gènes et c'est triste… Qu'importe ! J'ai eu de bons moments au début avec Nicolas, nous formions un couple uni et amoureux, nous avons voyagé, mais, avec le recul, je peux vous assurer que ma vie était plus saine avec le boulanger qu'avec l'avocat. Plus saine parce que plus vraie, plus franche, plus honnête… Vous me suivez ?

— Et comment donc ! Vous méritiez pourtant d'être heureuse après votre grande épreuve. Votre mari, votre père… Mais que faites-vous maintenant de vos temps libres ? Vous n'avez personne dans votre vie ?

— Si j'avais quelqu'un dans ma vie, Edmond, je ne serais pas ici ce soir, je serais avec lui.

— Que je suis bête ! Nous venons tout juste de parler d'intégrité. Pardonnez-moi cette indiscrétion. Comme vous voyez, même les juges ne sont pas à l'abri des bévues.

— Ce n'en est pas une, voyons donc, ce n'était qu'une simple question… J'ai poussé un peu fort sur la réponse, excusez-moi. Mais, pour mieux me reprendre, je vous dirai que mon travail est toute ma vie. Je me déplace un peu partout pour des achats : aux États-Unis, à Toronto, à Vancouver ; je suis passionnée de cet emploi qui me comble entièrement. J'y pense même les fins de semaine…

— Aucune sortie ? Aucun passe-temps ?

— Heu… pas vraiment. Dans mes temps libres, je visite ma mère et je vais aussi chez ma sœur, je suis la marraine de son petit dernier. Il m'arrive de me rendre au cinéma lorsque j'entends parler d'un bon film…

— Jamais au théâtre ?

— Non… Nicolas et moi sommes allés à l'opéra une fois ou deux, mais très peu au théâtre. Vous aimez le théâtre ?

— Énormément ! Je suis un habitué du Rideau Vert où je me rends régulièrement. Avec un collègue ou, la plupart du temps, seul. J'aimerais vous faire apprécier ce qu'on y présente. Nos acteurs sont si professionnels. Jean Duceppe que j'ai vu dans *Les Choutes,* et plusieurs autres pièces, Yvette Brind'Amour qui dirige le Rideau Vert en plus, Gilles Pelletier, Françoise Faucher… Que de talent à revendre ! Vous aimeriez être initiée au théâtre ? Je suis certain que vous apprécieriez.

— Heu… oui… Un de ces jours, peut-être.

Gervaise se rendait compte que le juge Edmond Lorain, par cette éventuelle invitation, semblait vouloir la fréquenter, ce à quoi elle n'était pas tout à fait prête. Non pas qu'il n'était pas charmant, mais même libre de toute attache après avoir été mariée deux fois, elle hésitait. Elle ne voulait pas lui déplaire, mais de là à l'encourager à la courtiser, non ! Elle s'apprêtait à mettre les choses au clair, lorsqu'on leur apporta le digestif :

— Gervaise, j'aimerais beaucoup vous revoir, si vous me le permettez. Je suis seul, vous également, et je suis assuré que nous passerions de bons moments ensemble. Ce qui ne vous engagerait en rien, car si après quelques semaines je ne vous plais pas, vous me le dites et je repartirai sans faire de bruit, tel que je suis arrivé. En ce qui me concerne, aucune condition, vous me plaisez énormément, et devenir un compagnon régulier…

Il s'arrêta, il avait cru se rendre compte qu'elle avait sourcillé. Se reprenant, il lui déclara :

— Je crois être trop hâtif, nous n'en sommes qu'à notre deuxième rencontre. Je m'excuse si je vous ai froissée par cette assurance de ma part, par cette quasi-certitude. Vous pourriez y penser…

— Si nous commencions par une pièce de théâtre au Rideau Vert prochainement ?

— Merveilleux ! Voilà ce que je voulais entendre, Gervaise ! Vous jugez très bien les situations, c'est vous qui devriez être au tribunal à ma place !

Il avait ri, elle en avait fait autant et, voyant qu'il se faisait tard, il appela son chauffeur qui vint les prendre pour déposer d'abord Gervaise devant son immeuble et continuer avec monsieur le juge jusqu'au boulevard Gouin, à Saraguay dans l'ouest, à la porte de sa luxueuse résidence de pierres avec pignons. Très heureux de sa soirée, il se disait avoir enfin rencontré celle qui remplacerait Simone dans sa vie, alors que Gervaise, de son côté, en se déshabillant dans sa chambre, se demandait si, aussi aimable fût-il, elle ressentait quoi que ce soit pour lui. Pour ensuite laisser échapper un long soupir… Comme si, encore une fois, quelque chose qu'elle n'avait pas cherché allait bouleverser sa vie tranquille.

Pendant ce temps, sur la rue Elm à Westmount, à deux mois de la période des Fêtes, plus rien n'allait dans le ménage de Janie et Nicolas. Ce dernier, pas du tout amoureux de sa femme, avait reçu, telle une taloche, l'annonce qu'elle était enceinte. Elle lui avait pourtant promis, juré… Elle disait prendre la pilule. Il l'avait apostrophée :

— Comment as-tu pu me faire ça, Janie ! Tu sais très bien que je ne veux pas d'enfant ! J'ai quarante-cinq ans !

— Oui, mais pas moi, et comme il est encore temps, nous en aurons un, Nicolas. Il n'y a pas que toi qui décides ici !

— Voyons donc ! Raisonne ! La paternité à mon âge ! Je ne connais rien aux enfants, je ne suis pas friand des bébés… J'étais même heureux, je te l'ai dit, quand Gervaise avait perdu le sien.

— Comment peux-tu être heureux qu'un petit être soit mort avant de naître ! Décidément, tu n'as pas de cœur, Nicolas Delval. Et là, que ça te plaise ou non, tu seras père dès le printemps prochain. Et je ne le perdrai pas, moi ! Je suis faite solide !

— Oui, ça se voit ! Mais tu m'as trompé, tu m'as menti, tu m'as épousé en me disant que, nous deux seulement, que nos voyages, notre lien… Et tu projetais d'avoir un enfant !

— J'ai tenu le coup pendant un bon bout de temps, mais le « nous deux » et « nos voyages », ça n'a pas duré très longtemps. Je me demande si tu m'as même jamais aimée, Nicolas ! Si tu as oublié ta première femme !

— Ne la mêle pas à notre problème, elle n'est plus là, elle a repris sa vie en main, je n'en entends plus parler…

— Ce qui ne veut pas dire que tu l'as oubliée.

— C'est vrai ! On n'oublie pas ce qui a été, Janie ! Tu devrais le savoir ! Le passé ne meurt pas dès que l'avenir se lève… Mais comme je l'ai quittée pour t'épouser…

— Je me demande encore pourquoi !

— Ah ! Seigneur ! Ne me fais pas sortir de mes gonds ! Tu as un si vilain caractère ! Celui de ton père !

— Tiens, tu n'aimes plus mon père, maintenant ?

— Pas tellement, tu le sais, il est désagréable. Et c'est pour ça que mon neveu a laissé tomber Lydie deux fois ! Il ne voulait pas l'avoir comme beau-père.

— Ton neveu n'est qu'un coureur de jupons ! Une femme n'attend pas l'autre ! Lydie s'est épargné bien des larmes… Quel mauvais garçon que ce Jean-René ! Abominable ! Ta sœur l'a mal élevé ! Et puis, revenons à nous… Tu préfères un garçon ou une fille à dorloter ?

— Ni l'un ni l'autre, et ne joue pas avec ma tolérance, Janie. Tu m'as trompé en arrêtant de prendre la pilule et je ne te le pardonne pas ! Tu as été immonde ! Tu ne m'as même pas consulté !

— Pourquoi ? Pour avoir envie d'être mère ? De mon mari ? Ta mère consultait-elle ton père pour avoir ses enfants ?

Décidément, ça n'allait plus très bien dans le nouveau couple de Nicolas Delval. Non seulement Janie n'était pas jolie, mais elle était désagréable. Il avait longuement causé de ses déboires avec son neveu qui lui avait répondu :

— Tu t'es fait avoir, Nicolas ! Tu la croyais riche parce que son père est sénateur, et il n'a pas le sou. Il n'a que sa pension qui est plutôt mince et sa maison qui vaut moins cher que la tienne.

— Ne tourne pas le fer dans la plaie, Jean-René, Janie est enceinte. Juste au moment où je commençais à songer à la quitter…

— Quoi ? Papa à ton âge ! Elle t'a passé un sapin, ta Janie ! Te voilà dans de beaux draps… Et dire que tu avais Gervaise, une femme aussi belle qu'une déesse, charmante, aimable, sans enfant…

— Je t'en prie, ne sois pas méchant, mon neveu, j'ai bien assez de payer le prix de mes erreurs !

— Moi, avec une femme comme tu avais… Mais, que veux-tu, elle ne s'est pas intéressée à moi, c'était toi qu'elle aimait.

— Tu crois qu'elle aurait été plus heureuse avec toi ? Un infidèle de la pire espèce ! Un chercheur des plaisirs de la chair sans jamais être satisfait !

— Parce que je n'ai jamais rencontré une Gervaise, Nicolas. Si c'eût été le cas, j'aurais été à ses pieds chaque jour… Mais il n'y en avait qu'une comme elle, et tu l'avais ! Te voilà bien pris avec celle qui la remplace… Pas même belle… Vilain caractère…

— Sais-tu que tu es plus odieux que je ne le croyais ?

— Ne l'as-tu pas été, toi, en blessant Gervaise dans son amour-propre pour ensuite la quitter sans pitié ? Pour faire place à Janie dans ta vie parce que tu la croyais riche ! Bien puni, cher oncle… Quand l'argent l'emporte sur les sentiments ! J'ai peut-être des défauts, moi, mais je joue franc jeu et je ne me servirais jamais d'une fille pour être à l'abri des soucis par son père. D'autant plus que le père de Janie vaut moins cher que le tien ! Tu aurais pu enquêter, au moins, tu es avocat ou non ?

— Un avocat n'est pas un détective privé.

— T'aurais dû en engager un, tu ne te serais pas fait fourrer !

Nicolas s'était levé de table, non sans avoir lancé un regard réprobateur à son neveu qui, lui, par l'autre fille du sénateur, ne s'était pas laissé… enfirouaper !

Nicolas avait ensuite rencontré son père pour un autre brin de conversation. Dans un but précis, bien sûr. Sans cesse dans l'insécurité, toujours à l'affût d'une fortune tombée du ciel, il lui avait demandé :

— Tu t'arranges assez bien seul, papa ? Pas besoin d'aide ?

— Bien, avec ce que tu m'as trouvé, les ménagères et le traiteur, je serais mal vu de me plaindre.

— Et si je t'offrais une seconde fois de revenir vivre avec toi ?

— Avec Janie ? Lui en as-tu déjà parlé ?

— Non, je voulais être sûr de ta réponse avant de l'affranchir. Je suis certain qu'elle accepterait, elle n'aurait pas le choix… À la condition que je sois ton unique héritier cependant.

— Pourquoi dis-tu qu'elle n'aurait pas le choix ?

— Parce qu'elle est enceinte, papa. Elle attend un enfant pour le printemps.

— Quoi ? Père à ton âge ? Ne l'avais-tu pas prévenue ?

— Oui, mais elle a passé outre et délaissé la pilule. Elle voulait un enfant de moi et elle l'a fait à mon insu. Elle avait été solidaire depuis notre mariage… Je ne comprends pas, mais elle est enceinte maintenant.

— Alors, si tel est le cas, reste avec elle chez toi, je ne veux pas de bébés dans ma maison, je n'en ai plus l'âge, ça m'impatiente, les petits…

— Mais ça ne dérangerait pas, nous habiterions le haut comme naguère avec Gervaise…

— Tu n'as pas besoin d'argent, Nicolas, tu auras celui de son père plus la part qui te reviendra de moi. Tu n'as rien à craindre.

— Son père n'est pas riche, papa, je le croyais, mais ce n'est pas le cas. À part sa maison et quelques économies…

— L'as-tu mariée dans le seul but d'avoir l'argent de son père, Nicolas ? Elle a aussi une sœur ! Quelle est donc cette idée fixe de vouloir tout avoir pour toi ? Prêt à déshériter tes sœurs une seconde fois ! Que t'arrive-t-il pour agir de la sorte ? Tu gagnes pourtant assez d'argent… Et puis, enfant ou pas, je n'accepterais pas de vivre sous mon propre toit avec Janie. Elle a un très mauvais caractère, je m'en suis rendu compte. Je ne voudrais pas avoir à la supporter…

— Tu es difficile, papa, tu n'aimes jamais les femmes que j'épouse. Tu détestais aussi Gervaise…

— Non, je ne l'acceptais pas parce qu'elle était une roturière, mais elle était, admets-le, plus gentille que ta Janie, plus douce, plus compréhensive…

— Tu aurais dû me dire tout cela dans le temps, papa, et à elle aussi. Elle serait peut-être encore là !

— C'est toi qui l'as quittée, mon fils, je n'y suis pour rien. Et maintenant, Janie qui va être mère ! Ferme les yeux sur tout ce dont tu rêves et assume ton futur rôle parental. Son père n'est peut-être pas fortuné comme tu le croyais, mais il est au moins sénateur, ce qui se place bien dans une conversation.

— Oui, seulement là, papa, parce que sénateur sans un rond, ça ne vaut pas cher pour moi ! Et c'est loin d'être prestigieux d'en être le gendre quand on n'aime plus sa fille.

— Tu es sérieux ? Tu n'aimes plus Janie ?

— L'ai-je seulement déjà aimée ? Tu me connais, papa ! Crois-tu vraiment, juste à la voir, que Janie est une femme pour moi ? Après avoir eu Gervaise sous les yeux chaque jour ?

— Elle était belle, mais de famille sans souche, mon fils…

— Oui, mais elle était présentable. Une roturière comme tu dis, avec un port de reine. Dieu que j'ai des regrets !

— Bien… tu n'as qu'à en faire ton *mea culpa* et offrir tes prières à ta mère. Elle pourra peut-être convaincre le bon Dieu de te pardonner ! Quant à moi, je suis très bien tout seul, j'ai tout ce qu'il me faut, je vaque à mes occupations, tout se passe à merveille. Et le mois prochain, juste avant les Fêtes, je m'en vais en Italie avec maître Bergeron. Tu te souviens de lui ? Il est retraité depuis deux ans et il s'est rapproché de moi. Il est veuf, lui aussi ! Ainsi va la vie, mon garçon. À chacun la sienne.

Edmond Lorain avait téléphoné à Gervaise chez elle, cette fois, pour l'inviter au Rideau Vert, ce qu'elle accepta par politesse pour divertir le juge qui semblait mourir d'ennui. Il passa la prendre avec son chauffeur vers sept heures et, trente minutes plus tard, ils étaient assis dans les bancs de la deuxième rangée, réservés au magistrat depuis des années. Ils assistèrent à la pièce que le juge savoura, mais que Gervaise n'apprécia pas. C'était une pièce de Jean Anouilh, trop classique pour elle, et avec des comédiens qu'elle n'aimait pas. Elle n'en laissa rien paraître, évidemment, mais elle ne put se retenir de lui dire qu'elle préférait l'opéra et le cinéma au théâtre.

— Qu'à cela ne tienne, Gervaise! Nous irons voir *La Bohème* de Puccini, mon préféré, dès qu'on le présentera quelque part. À New York, Vancouver, Toronto… n'importe où!

— Oui, je l'aime beaucoup aussi, quoique *Carmen* de Bizet demeure mon opéra privilégié.

Elle avait voulu faire valoir ses connaissances avec l'opéra le plus connu, même de la part des profanes, et il s'en aperçut. Mais il ne répliqua rien, trop heureux d'être en compagnie de cette fort jolie femme en ce soir frisquet d'automne. Une femme de laquelle se dégageait un parfum ensorcelant. Une femme si belle, si bien habillée, si distinguée… Ils allèrent finir la soirée dans un petit bistrot de la rue Saint-Denis où l'on servait de légers repas et de bons vins et, après cette soirée enchantée pour lui, agréable pour elle, il lui demanda à bord de la voiture qui les ramenait:

— Puis-je vous revoir, Gervaise? Serait-ce trop demander?

— Heu… non, nous pourrions toujours…

— Vous semblez hésitante… Rien ne vous oblige, croyez-le.

— Non, c'est que votre demande m'arrive si soudaine-ment, je ne m'y attendais pas… Je serai toujours ravie de vous accompagner au théâtre ou à l'opéra lorsque vous aurez besoin d'une compagne.

— Non, ce n'est pas ce que je veux dire, Gervaise, je vous demande si je peux vous revoir, vous inviter, bref, vous fréquenter, à moins d'être du genre à être rejeté.

— Voyons, Edmond ! Quelle dépréciation de votre part ? Vous êtes un homme pourvu de si belles qualités !

— J'ai soixante-sept ans, Gervaise… Et vous ?

— Trente-sept, depuis le mois de juin, j'avance moi aussi.

— Ce qui nous donne trente ans de différence… Com-ment puis-je m'imaginer qu'une si jeune femme puisse s'in-téresser à un homme aussi âgé que moi ?

— Vous n'êtes pas si âgé… et je ne suis pas si jeune, je suis en pleine maturité. Et pour clore ce calcul qui ne s'avère pas nécessaire, oui, Edmond, j'accepte que vous me fréquen-tiez. Je crois que nous allons passer de très bons moments ensemble.

Ravi, heureux de cette réponse, il lui prit la main et l'em-brassa du bout des lèvres. Puis, rendus à Rosemont, espé-rant peut-être qu'elle l'inviterait à entrer, elle n'en fit rien et descendit après l'avoir remercié de la soirée, avec son plus joli sourire. Encore sous l'effet du charme, Edmond Lorain continua sa route avec son chauffeur jusqu'à Sara-guay, complètement ébloui de fréquenter, depuis ce soir inoubliable, la plus charmante femme qui soit. Il allait le faire discrètement cependant, sans en parler à son fils Pierre ni à sa sœur Nicole, à qui il écrivait assez régulièrement. Le lendemain, assis dans son fauteuil de magistrat au tribunal, il avait encore en tête le doux visage de Gervaise et fut, sans s'en rendre compte, plus que clément avec les présumés criminels en appel. À la grande surprise de ces derniers et de leurs avocats qui s'attendaient à quelques refus, et encore moins, dans le cas d'un récidiviste, à un pur acquittement.

C'en était fait, le bal était parti et Gervaise, sans l'avoir cherché, fréquentait maintenant le juge Edmond Lorain, un magistrat plus que respectable. Elle n'en avait parlé à personne encore, pas même à sa mère et à sa sœur qui auraient pu trahir ce qu'elle voulait garder secret pour l'instant. De son côté, après deux autres sorties en tête à tête avec Gervaise, le juge avait cru bon d'aviser son fils Pierre qu'il avait une femme dans sa vie. Que cela, sans ajouter qu'elle était jeune et très jolie. Tout en s'abstenant d'en parler à sa sœur pour l'instant. Il tenait à ce que Gervaise soit bien accueillie par son fils et son épouse. Il ne voulait surtout pas qu'elle soit regardée de haut comme cela avait été le cas chez les Delval. Non pour ses origines, loin de là, mais pour son jeune âge, son divorce, son veuvage... Il n'était guère souhaitable que son fils et sa femme puissent croire un seul instant que Gervaise le fréquentait pour son titre et son argent. C'était donc à pas feutrés qu'il désirait introduire Gervaise au sein de sa famille. À commencer par Pierre et son épouse Guylaine, chez qui ils iraient réveillonner à Noël, même s'ils habitaient Québec. Avec un chauffeur de relais, l'autre allait être en congé, ils seraient dans la Vieille Capitale en moins de trois heures et de retour au milieu de la nuit. Gervaise avait hésité, elle craignait la réaction de son fils et de sa bru qui s'attendaient sans doute à rencontrer une dame de l'âge ou presque de leur père. Elle insista pour qu'il leur apprenne qu'elle avait trente-sept ans, qu'elle était divorcée, qu'elle avait été veuve d'un premier mariage… Ce que le juge accepta de faire quelques jours avant de partir pour Québec. Pierre et Guylaine, d'abord surpris d'apprendre l'âge de madame, firent comme si de rien n'était, non sans se regarder tous les deux après le coup de téléphone. Ils étaient soucieux, on s'en doutait bien, mais Guylaine avait dit à son mari :

— Attendons avant de penser quoi que ce soit. Ton père est quand même assez brillant pour ne pas… Et puis, ne jugeons pas d'avance, Pierre. Attendons de la voir, sa compagne, de la connaître…

De son côté, Gervaise avait été obligée de dire à sa mère qu'elle allait passer Noël à Québec dans la parenté d'un homme qu'elle fréquentait depuis quelques mois. Outrée de n'en avoir rien su, Berthe Huette s'était écriée :

— Ben, ça parle au yable ! T'as un nouveau *chum* pis t'en parles pas ! Ni à ta mère ni à ta sœur ! Tu l'as déniché où, l'oiseau rare ?

— Un homme charmant et distingué, maman. Un veuf comme moi.

— T'es pas juste veuve, t'es divorcée, Gervaise ! Pis y'a quel âge, ton cavalier ?

— Bon, ça suffit, arrête avec tes questions, je trouverai le moyen de vous le présenter au jour de l'An. Dis à Rita que je vais lui envoyer un cadeau pour Christian, mon filleul adoré. Pis un p'tit quelque chose pour les autres ! Souhaite-leur de passer un beau Noël. Je t'embrasse, je raccroche, je ne veux pas être en retard à mon travail !

Madame Huette, regardant le récepteur, était muette de consternation. Qui donc avait rencontré Gervaise pour qu'elle se rende jusqu'à Québec avec lui ? Un homme bien, sans doute… Un représentant ? Possible, il y en avait plusieurs de son âge… Il était normal qu'elle refasse sa vie, mais elle trouvait que c'était trop tôt après tout ce qu'elle avait enduré chez les Delval. Elle était libre, indépendante, dans les cosmétiques par-dessus la tête… Quel homme avait donc pu la sortir de sa quiétude pour l'accaparer de la sorte ? Elle s'empressa d'appeler Rita pour lui dire :

— Tu l'croiras pas, ma fille, mais ta sœur s'est embarquée avec un autre homme ! J'sais pas qui encore, mais a s'en va réveillonner dans sa famille à Québec. A va t'envoyer des cadeaux pour les p'tits, mais j'me d'mande bien qui a pu lui tomber dans l'œil aussi vite que ça ! Un veuf à part ça !

Rita, étendue sur son divan avec son p'tit dernier qu'elle tenait d'une seule main, lui répondit très calmement :

— Pourquoi tu t'énerves comme ça, la mère ? Est en âge de décider de sa vie, la grande sœur ! Pis, si a trouvé un bon parti, ça va peut-être l'arrêter de travailler comme une enragée. Ses maudits cosmétiques… C'est tout juste si elle en mange pas ! Ben, j'suis contente pour elle ! Pis elle est pas assez bête pour se laisser avoir par un autre pas bon comme son avocat… Un veuf, tu m'as dit ? Si jeune que ça ? Y'a dû perdre sa femme dans un accident, lui aussi, ça va rappeler des souvenirs à Gervaise. Son Ti-Gus… Bon, j'te laisse, Yvon rentre de bonne heure pis y veut que j'fasse un *stew* pour souper. Faut que j'me grouille !

Ils se fréquentaient maintenant régulièrement. Presque sérieusement. D'une pièce de théâtre au Rideau Vert à un concert à l'auditorium Le Plateau, ils allaient aussi au cinéma, parfois, et ils avaient vu ensemble *The Greatest Story Ever Told*, un film biblique dans lequel Charlton Heston, que le juge aimait bien, jouait le rôle de Jean-Baptiste. Gervaise avait apprécié, mais elle aurait préféré un film d'amour, ce qu'elle n'avait osé dire à son prétendant. Il y avait aussi les sorties dans les grands restaurants. Elle lui avait demandé d'éviter le Ritz-Carlton de peur d'y rencontrer Nicolas ou un membre de sa famille. En novembre, Edmond l'invita à visiter sa maison à Saraguay. Rendue sur les lieux, Gervaise se croyait à la campagne tellement c'était boisé, avec peu de résidences et de magasins en vue. Il lui disait que quelques manoirs ayant appartenu à de riches familles existaient encore dans le coin, mais que, pour les provisions, il fallait une voiture, c'était à quelques milles de sa maison. Elle fut impressionnée par la somptueuse résidence qu'elle aperçut dès qu'elle descendit de la voiture. Majestueuse, toute en pierres avec une entrée de marbre et les deux pignons de chaque côté ; on aurait dit un château ancestral. Il la précéda et, lui ouvrant la porte du portail, elle fut éblouie par la grandeur du hall ainsi que du salon. On aurait dit l'entrée d'un hôtel ! Puis, l'immense cuisine, le vivoir et son bureau avec meubles en acajou... Inutile de dire que le mobilier l'avait laissée sans voix tellement tout était de qualité. Les tentures, les tapis, les tableaux de maîtres sur les murs... Bref, c'était un palais et non une simple résidence. À l'étage, quatre chambres en plus de celle des maîtres, et une seconde salle de bain d'une grandeur comme elle n'en avait encore jamais vu. Décontenancée, mal à l'aise d'être dans cette vaste demeure alors qu'elle n'avait qu'un modeste appartement, elle garda tout de même son calme et le félicita de son bon goût tout en lui demandant :

— C'est ici que vous avez élevé votre fils, Edmond ?

— Oui, jusqu'à ce qu'il décide de partir après avoir obtenu son bac en enseignement.

— Mais, jeune, à quelle école allait-il ?

— Dans un collège privé de Pierrefonds. Comme je n'avais pas de chauffeur à ce moment-là, un taxi le prenait le matin pour le ramener le soir. Car, malheureusement, Simone ne conduisait pas, elle était trop nerveuse pour affronter la route. Vous conduisez, n'est-ce pas, Gervaise ?

— Oui, mais depuis quelque temps seulement… Au moment de ma rupture, car avant, Nicolas refusait qu'une femme soit au volant d'une voiture.

— Quel drôle de personnage, celui-là !

— C'est vraiment merveilleux ici, Edmond, c'est la paix, la liberté totale…

— Oui, et venez voir en arrière, il y a la véranda, le terrain et, juste au bout, deux chaises de bois qui donnent sur la rivière. C'est là que je lisais et que Simone prenait du soleil. Nous n'avions que le bruit de quelques vagues et celui des embarcations à moteur qui, parfois, sillonnaient la rivière.

— On se croirait vraiment à la campagne, c'est magnifique.

— Parlant de campagne, nous avions un chalet à Saint-Sauveur, mais nous l'avons vendu lorsque Pierre est devenu adolescent. Il ne voulait plus passer ses étés dans les Laurentides et nous avions conclu que, sans lui, le chalet devenait inutile.

— Sans doute ! Avec une maison au bord de l'eau comme la vôtre !

— Je vous inviterais bien à souper, mais je n'ai rien dans le réfrigérateur et je suis certain que le chef du restaurant Magnani de la rue Lajeunesse, où j'ai réservé, fait de meilleures escalopes que les miennes !

Ils avaient ri tous les deux et, Gervaise, de retour dans la voiture, s'y sentait plus à l'aise que dans cette grandiose demeure où l'on se demandait où poser les pieds sans salir les planchers. C'était si imposant, si colossal… Une résidence de millionnaire, quoi !

Décembre se présenta, les affaires roulaient à haute vitesse dans les cosmétiques chez Dupuis Frères. Gervaise avait des chiffres de vente enviables. Surtout dans les eaux de toilette et les parfums que ces messieurs achetaient pour leur femme, sur les conseils de Gervaise ou d'une jolie petite vendeuse. Edmond Lorain, de son côté, jugeait en appel des voleurs, des assassins, des contrebandiers, des scélérats de toutes espèces. Ils allèrent une fois de plus au cinéma, ils y prenaient goût et, cette fois, c'est Gervaise qui avait choisi le film. Le juge n'eut donc d'autre choix que de se payer *Send Me No Flowers* avec Doris Day et Rock Hudson, une comédie légère et sentimentale qui l'avait fait sourire, mais qui avait ravi Gervaise. Le 24, après le dernier quart de travail de Gervaise, elle n'avait eu que le temps de se changer et de boucler sa petite valise de rechange, que le chauffeur du juge était à sa porte pour la prendre. Edmond, impeccable, était venu sonner à son appartement et elle l'avait suivi avec un sourire engageant. En cours de route, il lui avait demandé :

— Comme nous réveillonnerons chez mon fils et qu'il sait que nous nous fréquentons sérieusement, ne crois-tu pas qu'il serait temps de nous tutoyer, Gervaise ? Je me vois mal entrer chez lui avec celle que j'aime au... vous ! Tu comprends ?

— Bien sûr, Edmond, je n'y vois pas d'inconvénient... Il est possible que le vous resurgisse de temps à autre, le temps de s'y faire...

— Nous leur expliquerons alors que c'est récent, répondit-il en souriant.

Elle était ravie de cette familiarité qui s'installait subitement. Ils allaient certes mieux se définir comme couple dans le tutoiement que dans le vouvoiement trop solennel. Mais, ce qui l'avait étonnée et comblée à la fois, c'est qu'il avait dit *celle que j'aime* en parlant d'elle. C'était, sans qu'il s'en aperçoive, la première fois qu'il lui disait qu'il l'aimait. Et il l'avait fait sans même s'en rendre compte. Toutefois, aux abords de la maison de Guylaine et Pierre, à Sillery, elle se sentit inconfortable. Cet écart d'âge entre eux la gênait... Pas pour elle, mais aux yeux des autres, surtout de son fils, de sa femme et de ses deux petites-filles en âge de constater la différence. Elle avait tout mis en œuvre cependant pour avoir l'air d'une femme mature. Le chignon au lieu des cheveux flous, un feutre gris à plumes qui descendait sur un côté de la joue, un tailleur sobre et de bon goût dans les tons d'un grenat orné de gris, un sac à main de velours gris, un maquillage un peu plus lourd et un mascara plus noir. Bref, le genre femme fatale comme on en voyait au cinéma, mais dans le mitan de la quarantaine et non de l'âge de son certificat de naissance. Mais, quoi qu'elle fasse, elle était si belle que les compliments allaient certes affluer. Edmond avait été le premier à lui dire qu'elle était ravissante.

C'est Pierre qui était venu leur ouvrir et, souriant, il avait accueilli son père en lui disant :

— J'espère que vous n'avez pas trop mangé, Guylaine a préparé un buffet pour un régiment !

— Et il n'y aura que nous ?

— Oui, papa, et les enfants pour un bout de temps !

Gervaise avait été introduite, présentée au couple par Edmond, et Guylaine, plus observatrice que son mari, avait remarqué que la compagne de son beau-père était d'une élégance… onéreuse. Pierre, sans le dire, la trouva fort jolie, et s'empressa de les diriger vers le salon pour un apéro de circonstance. Les deux fillettes, Brigitte et Noémie, embrassèrent leur grand-père et, timides, dévisagèrent la dame qui leur souriait. Pierre Lorain était bel homme, selon Gervaise, mais sans le charme de son père, sans sa délicatesse, du moins. Poli, respectueux, il avait cependant le verbe franc et l'allure autoritaire du professeur qu'il avait été avant d'être le directeur d'une école secondaire. Assez ferme, il avait avisé à deux reprises ses filles de bien se tenir et de ne pas couper la parole aux invités, surtout pas à leur grand-père. Edmond les avait comblées de cadeaux qui les occupèrent un certain temps. Guylaine, pour sa part, était agréable, passablement jolie, mais peu soucieuse de son apparence. Le genre *plain Jane,* comme disaient les Américains. Les cheveux détachés, un coup de brosse seulement, rien d'un salon de coiffure, elle arborait une blouse bleue, une jupe marine, des souliers noirs à talons plats, un petit rang de perles au cou et deux petits pois de perles comme boucles d'oreilles. Le genre un peu « vieille fille » sur les bords, le genre femme à la maison, aux ordres de son mari et de ses filles, mais tout de même charmante. Elle avait accueilli Gervaise avec beaucoup d'égards, même si cette dernière était de deux ans sa cadette. Le vouvoiement persista de sa part, habituée à vouvoyer son beau-père et, naguère, sa belle-mère. Pierre garda Gervaise au vous, ne voulant pas créer une trop rapide familiarité. Ils prirent l'apéro, mangèrent un peu de tout, acceptèrent les vins blancs et rouges que Pierre avait débouchés, et discutèrent de tout et de rien, surtout de l'hiver qui allait être dur et long une fois de plus. Leur maison était enviable, Sillery était un quartier cossu, les gens étaient de bonne qualité, les résidences plutôt coûteuses, mais aucune ne se comparait, aux yeux de Gervaise, à celle d'Edmond depuis qu'elle l'avait visitée. Guylaine ne questionna pas Gervaise sur ses mariages antérieurs, pas plus que sur le fait qu'elle n'avait pas d'enfant. Elle la questionna sur son travail, sur ses cosmétiques qui, dans le fond, ne l'intéressaient pas, mais Gervaise promit de lui faire parvenir des échantillons de crèmes nouvelles pour le corps et de rouges à lèvres dernier cri. Guylaine la remercia de cette pensée même si, ce soir-là, elle avait à peine effleuré ses lèvres d'un soupçon de rose acheté l'année d'avant. Gervaise ne joua pas les parvenues pour autant, sans toutefois lui faire part de ses modestes origines. L'heure n'était pas à la confidence. Une fois dégênées, les deux petites se mêlèrent davantage à la conversation et Brigitte, l'aînée, dit à sa sœur en pointant du doigt le bras de Gervaise :

— Moi, ce que j'aime le plus, c'est son bracelet avec toutes les choses pendues après !

Elle parlait de sa gourmette, évidemment ! Et Noémie de prendre la relève et de répliquer :

— Moi, c'est sa bague avec la grosse pierre verte que j'aime.

Une bague en or avec une émeraude, un cadeau de Nicolas qu'elle portait encore à l'occasion. Les fillettes n'avaient de cesse de la regarder, de pointer ses souliers, de lui sourire pour que Gervaise le fasse en retour et Pierre, décontenancé, fit signe à sa femme qu'il était temps pour les jeunes demoiselles d'aller se coucher. Ce qu'elles firent sans rouspéter en disant bonsoir à la dame après avoir embrassé leur grand-père. Edmond causa avec son fils du domaine de l'éducation, de la lourde tâche de directeur d'une si grosse école, pendant que Guylaine, assise plus loin avec Gervaise, racontait à cette dernière comment elle et Pierre avaient fait connaissance au moment où ils enseignaient tous les deux dans une école de quartier. Un beau petit roman d'amour ! Ce qui avait tout de même séduit l'invitée. Puis, pour meubler le temps, Guylaine avait fait faire le tour du propriétaire à Gervaise, pendant que le père et le fils étaient restés en tête à tête. Profitant de la situation, Pierre lui avait presque murmuré :

— Elle est très belle, cette femme, papa, et très agréable.

— Oui, je l'aime beaucoup, elle comble ma vie, je n'aurais jamais espéré rencontrer une telle perle.

— Tout de même assez jeune… Ça ne t'embête pas ?

— Du tout ! Gervaise a été mariée deux fois, tu sais…

— Oui, je sais, mais il te faudra prendre garde, papa… Je remarque que tu la tutoies, elle aussi, ça semble être sérieux entre vous deux.

— Mais ça l'est, n'en doute pas ! Et pourquoi prendre garde ?

— Bien, à son âge, elle est encore capable… Faudrait tout de même pas que tu m'arrives avec un p'tit frère ! ajouta-t-il en riant.

Edmond avait souri, mais il n'avait jamais songé à une telle éventualité. Lorsque minuit sonna et qu'on s'échangea des souhaits, Edmond en profita pour leur remettre des présents et en accepter un de leur part. Gervaise, pour les remercier de leur hospitalité, leur avait offert un bouquet de fleurs de porcelaine, un bibelot de valeur qui allait certes trouver sa place en cette demeure. Puis, le juge téléphona à son chauffeur pour qu'il revienne les prendre. Pierre insista pour qu'ils passent la nuit chez eux, ils avaient des chambres d'invités, dont une très grande, mais Edmond refusa, attestant que le retour à Montréal en pleine nuit, sans affluence, allait se faire rapidement. Il en avait été entendu ainsi, mais comme Pierre gesticulait encore, Guylaine le remit sur la bonne voie en lui disant :

— Pierre, n'insiste pas, ton père veut repartir, Gervaise aussi. Dieu que tu tiens tête !

Et Edmond d'ajouter :

— Le digne fils de sa mère, Guylaine. Pareil à elle sur ce point !

Le retour se fit rondement et, à bord de la limousine, tout en tenant la main de sa dulcinée, Edmond ne pouvait s'empêcher de penser à ce que son fils lui avait dit en riant. Curieux cependant que Pierre lui fasse cette remarque, Gervaise et lui n'avaient pas encore été… intimes !

À Montréal, côté Huette, le réveillon de Noël avait eu lieu chez Rita et Yvon, à cause de leur grande cuisine et de leurs quatre enfants, difficiles à trimballer avec leurs *parkas* d'hiver. Yvon avait acheté une caisse de bière Molson et une bouteille de vin blanc pour les dames qui seraient présentes pour le goûter. Rita avait préparé des œufs farcis, des biscuits soda garnis de Paris Pâté, des crudités, des sandwichs au jambon, au fromage et à la dinde, des desserts confectionnés de ses mains… Disons qu'elle s'était levée de son sofa, cette fois, la cadette des Huette ! Sa mère allait venir avec Lucienne car monsieur Bigras, aux prises avec un supposé mal de dos, avait préféré rester à la maison devant sa télévision. Elle avait aussi invité sa belle-mère et sa marraine, la tante Adrienne, qui s'était empressée d'arriver avec des petits pères Noël en chocolat pour les enfants, et une nappe cirée avec des motifs de poinsettias pour Rita, sa filleule. Madame Huette avait acheté des cadeaux pour tout le monde. Pas chers, mais de bon cœur. Son gendre, qu'elle apprenait peu à peu à aimer, avait même eu droit à une bouteille de porto de sa part. Madame Mailloux, pour en mettre plein la vue à Berthe Huette, était arrivée avec des cadeaux achetés à la boutique Au Coin des Petits, dont on connaissait les prix. Madame Bigras, pour sa part, avait apporté un gâteau aux fruits, ce que Rita apprécia. On mangea, on jasa, Rita et son mari firent honneur à la bière, tandis que les femmes vidèrent, à quatre, la bouteille de vin blanc bon marché que Mailloux avait achetée. À un certain moment, Adrienne, qui parlait pourtant peu, s'adressa à Rita :

— Tu sais, ma cousine Fernande, qui habite le nord de la ville ?

— Oui, celle où tu vas souvent… Qu'est-ce qu'elle a, ma tante ?

— Ben, elle a vu ta sœur Gervaise avec un monsieur âgé dans un restaurant pas loin de chez elle. Un restaurant italien où elle mange le midi, une fois par mois, même si c'est assez cher.

— Gervaise ? Est certaine de ça, elle ?

— Ben… oui, elle la connaît, elle l'a vue plusieurs fois quand j'allais chez ta mère avec elle au temps de Ti-Gus Mirette.

— T'as dit avec un homme âgé ? Un représentant du magasin sans doute…

— Pas prête à dire ça, moi, y paraît qu'y lui tenait la main… Ils avaient l'air d'un couple, y semblaient pas parler d'affaires.

— Elle a tout deviné ça, la Fernande ? Juste à les voir ?

— Non, Rita, elle les a observés tout le temps du dîner, elle les avait en face d'elle… Pis, comme elle était toute seule…

Berthe Huette, intriguée, lui demanda :

— Un homme âgé ? Est sûre de ça, ta cousine ?

— Ben… dans la soixantaine, les cheveux gris, ben habillé…

— Coudon ! Ça s'rait-tu avec lui qu'est partie à Québec ?

— A t'en a parlé, d'son *chum*, la mère ? Pis t'as pas demandé son âge ?

— J'suis curieuse, d'habitude… J'ai dû l'faire, j'm'en rappelle plus ! Chose certaine, a m'a pas mentionné qu'y était vieux…

— La soixantaine ! Viarge ! Y doit en avoir de collé si c'est l'cas ! s'écria Rita.

— Non, Rita, c'est pas l'genre de Gervaise de courir après les hommes riches. Tu la connais ? Indépendante comme a l'est ! Avec sa job à gros salaire… Non, c'est pas l'cas, mais j'comprends pas… Où c'est qu'a ben pu l'pêcher, celui-là ?

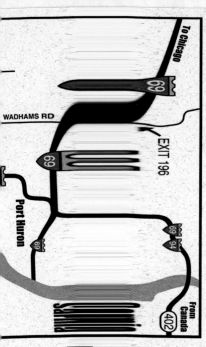

Très attachés l'un à l'autre, Gervaise et Edmond se fréquentaient maintenant assidûment. Pas une journée ne s'écoulait sans que le juge prenne des nouvelles de sa bien-aimée qu'il chérissait et à qui il faisait miroiter des voyages aux quatre coins du monde. Une ébullition qui s'était manifestée depuis qu'ils avaient enfin fait l'amour dans sa vaste maison de Saraguay. Rien n'avait été prévu pourtant, mais par un soir de février 1966, alors qu'elle était allée veiller chez lui et qu'une tempête de neige avait surgi, elle n'avait eu d'autre choix que de passer la nuit dans sa demeure, car le chauffeur était coincé en ville, incapable de se rendre au domicile de son auguste patron avec ces rafales de neige et de vent inattendues qui glaçaient les routes par ce froid très au-dessous de zéro. N'ayant rien apporté avec elle et aux prises avec une robe de chambre trop grande qu'il lui avait prêtée, elle avait fait le tour des chambres d'invités qui manquaient d'ambiance pour lui dire, avec les effets des doigts de cognac ingurgités dans la soirée :

— Je crois que je vais passer la nuit dans ton lit. Les chambres fermées sont froides et, dans tes bras, j'en ai la certitude, je serai réchauffée.

Il n'en croyait pas ses oreilles. Le moment tant rêvé se présentait enfin et le juge, sans questionner davantage, la dirigea jusqu'au grand lit confortable de sa chambre, pour lui en ouvrir gentiment les draps. Gervaise, emmitouflée, s'y glissa et reposa sa tête sur l'oreiller de coton blanc. Edmond, légèrement timide, ayant été chaste depuis si longtemps, s'étendit à ses côtés en lui disant :

— J'attendais ce moment avec tant d'impatience... Tu ne peux savoir à quel point je t'aime, Gervaise.

Elle s'était blottie contre lui, il sentait bon, son haleine était fraîche et ses bras encore musclés lui encerclèrent la taille pour ensuite la libérer de sa robe de chambre en lui disant :

— Tu n'auras pas froid, nue contre mon corps, ma chérie.

Gervaise, telle une chatte cherchant son mâle, se tourna vers lui pour l'embrasser passionnément. Avec plus d'ardeur qu'elle l'avait jamais fait jusqu'à maintenant. Lui, dans son extase, lui caressait affectueusement un sein, avant de descendre l'autre main sur l'épine de son dos. Elle avait frémi, il l'avait senti, et avec tendresse et volupté il l'attira davantage contre lui pour s'introduire en elle avec toute la délicatesse possible. Elle, fébrile, soumise, lui offrit son corps encore ferme en lui caressant la nuque, mais avec retenue. Sans trop gémir de l'accouplement, en étouffant son plaisir dans le creux de l'épaule de son amant. Comblée, et le manifestant par un souffle assez fort, elle le sentit jouir en elle sans qu'il rende un cri de contentement. En se retenant comme elle l'avait fait pour, l'un comme l'autre, ne pas avoir l'air bestial. Puis, dans un repos qui s'imposait, il lui avait murmuré :

— Je t'aime, ma chérie. Tu viens de me rendre si heureux...

Et elle avait répliqué :

— Je t'aime aussi, tu as été merveilleux...

Oui, merveilleux, parce qu'Edmond l'avait aimée avec son cœur beaucoup plus qu'avec son corps. Elle l'avait senti battre à tout rompre, collé contre sa poitrine. Il ne s'était pas, à l'instar de Nicolas, emparé que de sa chair d'un membre à l'autre en lui disant à chaque toucher qu'elle était magnifique. Il n'avait pas, comme l'avocat, oublié la femme pour ne satisfaire que ses sens. Edmond l'avait aimée avec son âme, ses tripes et sa passion. Comme une femme aime être aimée... quand elle aime ! Il y avait eu beaucoup de respect de part et d'autre dans cette relation soudaine et imprévue. Et c'est en cette nuit que Gervaise tomba follement en amour avec lui. Parce qu'il venait de lui prouver qu'elle était, avant tout, une femme entière et non seulement une poupée, comme cela avait été le cas avec l'autre... Il l'avait assouvie avec considération, comme Ti-Gus l'avait fait quand elle était encore vierge... Mais avec plus de doigté que le boulanger, plus de finesse, plus de mots tendres. C'était, somme toute, le rapport sexuel que Gervaise Huette attendait depuis longtemps, la relation intime dont elle avait rêvé, sans pour autant être capable de les décrire. Et c'est pleinement comblée qu'elle se réveilla au petit matin dans les bras de celui qu'elle aimait, alors qu'à ses côtés il sommeillait encore avec un quasi-sourire de bien-être au coin des lèvres.

Il était maintenant temps que la famille de Gervaise rencontre l'homme qui meublait si bien sa vie. Téléphonant à sa mère quelques jours plus tard, elle lui avait dit sans y aller par quatre chemins :

— Maman, je suis amoureuse, j'ai un homme dans ma vie et je l'adore. J'aimerais bien te le présenter…

— Bon, un autre ! Tas pas eu assez d'Nicolas ! Pis, paraît qu'y est pas jeune, celui-là ?

— Qui t'a dit cela ? On nous a vus ensemble ?

— Oui, Fernande, la cousine de ta tante Adrienne. Elle était au même restaurant que vous autres avant les Fêtes. Vous vous teniez la main. Adrienne nous a raconté que sa cousine lui avait dit que ton *chum* avait la soixantaine bien en place.

— C'est vrai, maman, il est dans la soixantaine, mais qu'est-ce que ça change ? L'important, c'est que je l'aime…

— Gervaise ! Il est presque de mon âge ! J'veux ben croire que t'es une femme sérieuse et qu'un Nicolas enfantin t'a déçue, mais t'aurais pu l'choisir de ton âge ou juste un peu plus vieux. Rita n'en revient pas !

— Si c'est comme ça, je vais le garder pour moi, mon prétendant, sans même vous le présenter. Nous vivons un beau roman, lui et moi, vous n'allez pas venir tout gâcher !

— Ben non, Gervaise, j'disais ça comme ça sur mon ton pas mal sec, j'y peux rien, j'parle raide comme ça depuis que j'suis jeune… Tu m'connais, pourtant ! Ton *chum*, ça surprend, mais c'est ta vie, ma fille, pas la mienne ni celle de Rita. On s'habituera. En autant qu'y t'porte sur la main pis qu'tu sois heureuse avec lui… C'est-tu le veuf dont tu m'avais parlé ?

— Qui te l'a dit ? Décidément, je n'ai rien à t'apprendre…

— Ben, si c'est encore le même, c'est toi, voyons ! Sauf que j'sais pas son âge… Pis Fernande qui était seule à une table pas loin d'vous deux a saisi des bouts de conversation. Donc, ça vient d'elle, pis comme c'est pas des commérages, aussi ben nous dire qui c'est, ton homme.

— Oui, il est veuf, je te l'avais dit, j'avais oublié… Tu me connais, jamais je ne sortirais avec un homme marié et encore moins un divorcé. Il y a bien assez de moi…

— Bon, tu comptes nous l'présenter quand ? Tu devais le faire au jour de l'An, pis t'as changé d'idée. On va-tu l'connaître pour la Saint-Valentin ? C'est la semaine prochaine ! Ça tomberait bien, c'est la fête des amoureux !

— Non, nous irons te rencontrer chez Rita samedi qui vient. Dis à ma sœur de n'inviter personne d'autre. Que toi, elle et Yvon, et les petits. Pour une première fois, ce sera bien assez.

— Dis donc, qu'est-ce qui fait dans la vie, ton prétendant ?

— Il est juge, maman.

— Quoi ? J'ai-tu bien entendu ?

— Oui, juge à la Cour supérieure. Presque à la retraite. Un juge respectable, un monsieur, maman, pas n'importe quel prétendant.

— Bâtard ! va falloir être sur not'trente et un, Rita pis moi ! Pis s'forcer pour parler avec la langue ben tournée ! Un juge ! Pis tu l'emmènes chez Rita ? C'est toujours en désordre chez elle… Pourquoi pas chez moi ?

— Parce que tu es à l'étroit et qu'avec tout ce monde…

— Ben oui, j'sais, c'est grand comme ma yeule ! C't'idée aussi d'm'avoir logée dans un trois-pièces. J'peux pas recevoir personne d'autre que Lucienne pis Ernest su'l'coin d'la table !

409

— Demande à Rita et Mailloux de faire un effort, de mettre un peu d'ordre, nous n'allons être là qu'une heure, pas davantage. Le temps de faire connaissance et de causer un peu.

— Y boit-tu d'la bière, ton juge ?

— Non, du vin rouge ou blanc, mais de qualité. Demande à Mailloux de se faire aider à la Régie des alcools, je vais le rembourser.

— Ben, j'te laisse… Avec une pareille nouvelle, faut qu'j'appelle Rita au plus sacrant. Pis va falloir que j'lave ma robe, j'l'ai portée au jour de l'An.

— Alors, à samedi, maman, nous serons chez Rita vers huit heures. Le temps de voir les petits avant qu'ils se couchent.

— Des conseils à nous donner avant d'venir avec lui chez ta sœur ?

— Non, aucun, soyez naturelles, ne jouez pas les grandes dames, mais faites en sorte de parler un peu mieux, de surveiller votre vocabulaire et, surtout, de ne pas sacrer. En un mot, essayez pour une fois d'avoir l'air distinguées !

— Ben, t'es pas gênée, Gervaise ! On est pas mal élevées chez les Huette. Y s'appelle comment ton juge ? Son prénom au moins…

— Edmond, Edmond Lorain.

— Ben, disons que l'prénom, c'est d'son âge ! Pis on l'appelle comment ? Monsieur le juge… Votre Honneur ?

— Juste monsieur, maman. Pas de familiarité en partant. Et si Edmond, pour vous rendre à l'aise, vous demande de l'appeler par son prénom, vous ne le faites pas, Rita et toi, ce serait impoli, déplacé. Et pas de tutoiement, avertis bien Mailloux !

— Bon, encore un autre de la haute société ! T'es pas capable d'en trouver un pareil comme nous autres de temps en temps ? Pourquoi toujours péter plus haut que l'trou, Gervaise ?

Le lendemain, alors qu'elle soupait en compagnie du juge dans un restaurant moyen de l'est de la ville, Gervaise lui avait dit :

— Écoute, Edmond, je veux bien te présenter ma famille, mais c'est à tes risques.

— Pourquoi donc ?

— Parce que ma mère, ma sœur et son mari sont de basse classe. Ils parlent comme ils marchent, tu comprends ? Ils vont peut-être faire des efforts parce qu'ils savent qui tu es…

— Gervaise ! Il ne fallait pas les mettre mal à l'aise de la sorte… M'élever pour les diminuer… Non, tu aurais dû ne rien préciser et laisser aller les choses… Tu sais, quand j'étais juge pour les petites causes, j'ai vu de braves petites gens défiler devant moi et de prétentieux personnages qu'on disait de la haute parce qu'ils s'exprimaient bien. J'ai vu des artistes avec le bec pointu et d'autres, plus populaires, qui parlaient le langage de leur cœur. J'ai vu toutes les classes de la société défiler devant moi et, à mes yeux, aucune n'était plus haute que l'autre. Je vais très bien m'accommoder de ta mère, de ta sœur et de son mari. Être de braves gens, c'est déjà être de haut rang à mes yeux. Que de crapules dans les milieux dits supérieurs… J'ai tout vu, Gervaise, alors ne diminue plus ta famille, je vais l'accepter comme elle est et ta mère n'aura pas à se tourner la langue sept fois avant de s'adresser à moi. Ce n'est pas un reproche, ma chérie, mais ne renie pas d'où tu viens, respecte tes origines… Comme je l'ai fait, moi, en te parlant de ma jeunesse.

— Ce n'était pas pour moi, Edmond, c'était pour toi… Mais, s'il en est ainsi, je te promets de ne plus intervenir entre ma famille et toi, à moins que, trop à l'aise, ma mère devienne un peu vulgaire. La familiarité engendre le mépris, tu sais. Alors, sois tout de même un peu distant, Edmond, ne tente pas de les mettre dans ta manche pour moi, ils le seront bien assez vite quand ils constateront tout ce que tu fais pour moi.

Edmond la regarda avec tendresse et lui avoua :

— Je t'aime tellement, Gervaise… Tu embellis chacune de mes journées.

— Il en va de même pour moi, tu sais. Jamais je n'aurais cru retomber en amour, me lever chaque matin en sachant que j'aime un homme qui me le rend si bien. La vie est généreuse pour moi, Edmond.

— Ce qui n'a pas toujours été le cas… Tu as le pardon facile, la rancœur dans l'entonnoir…

— À quoi bon… Ne vaut-il pas mieux se tourner vers demain que de regarder en arrière ? On ne peut rien effacer du passé… Je ne garde donc en mémoire que les bons moments pour ne plus entrouvrir les yeux sur les mauvais. Le tracas n'arrange rien quand le dégât est fait.

— Comme j'aime ta façon de penser. Quelle bonne personne tu es, Gervaise. J'espère te mériter, c'est le Seigneur qui t'a mis sur ma route.

Ils scellèrent ces tendres aveux d'un doux baiser et, retrouvant son aplomb, Gervaise lui dit :

— Demain, n'apporte pas de fleurs à ma sœur qui nous reçoit, elle ne saura qu'en faire. Nous allons lui apporter une bouteille de vin et une boîte de chocolats, ce qui va davantage les ravir, elle et son mari.

— Et pour ta mère ?

— Rien de ta part, c'est la Saint-Valentin, donc c'est à moi que revient le geste de lui offrir un petit quelque chose. Elle aime les savons parfumés et nous venons tout juste d'en recevoir à l'arôme du lilas, sa fleur préférée.

— D'accord, mais pour ne pas le faire devant eux, permets-moi de t'offrir ce petit cadeau pour souligner la fête des amoureux.

Surprise, embarrassée, Gervaise développa une boîte enrubannée et, soulevant le couvercle, elle y découvrit un écrin de velours avec, à l'intérieur, une bague à diamant unique entouré de rubis scintillants.

Émerveillée, elle allait le remercier lorsqu'il lui dit :

— Quand nous retournerons chez mon fils, je suis certain que les petites vont la préférer à la bague avec l'émeraude qu'elles avaient trouvée belle.

Par cès mots et ce rappel, Gervaise se rendit compte que son bien-aimé ne la désirait qu'à lui, pas même au souvenir d'un autre. Surtout pas avec, à l'annulaire, une émeraude venant de Nicolas.

Le 14 février 1966, la Saint-Valentin allait tomber un lundi, ce qui força le couple à se rendre chez Rita l'avant-veille, le samedi soir tel que prévu, les bras chargés de ce qu'ils avaient acheté pour la famille et, surtout, pour les enfants qui se pendaient déjà aux jupes de Gervaise.

Madame Huette avait choisi de porter une robe dans les tons de beige et brun, la plus jolie de sa garde-robe, et avait fait un détour chez la coiffeuse pour une mise en plis. Elle s'était maquillée légèrement et s'était parée de son collier de pierres du Rhin avec des boucles d'oreilles qui en complétaient l'ensemble. Rita, de son côté, avait réussi à entrer dans sa robe noire en taffetas et avait laissé pendre, sur sa poitrine, un sautoir de perles avec une poire de cristal au bout, que les petits tentaient de lui arracher du cou quand elle se penchait. Elle s'était coiffée elle-même, mais avait assez bien réussi ce tour de force avec ses rouleaux bien placés. Chaussée de chaussures à talons hauts pour une fois, et non de ses pantoufles de laine, elle avait passé la journée à mettre de l'ordre dans la maison, à épousseter, à même cirer le prélart de son plancher de cuisine pour que « le juge de Gervaise », comme elle le désignait, n'ait rien à redire. Mailloux avait endossé son complet gris, une chemise blanche avec une cravate grise rayée blanche et il avait ciré ses souliers au point qu'ils reluisaient de propreté. Bien rasé, les ongles nettoyés, il s'engageait à garder les enfants tranquilles, au moins durant l'heure de la grande visite. Gervaise s'était empressée de présenter le juge en tant qu'Edmond Lorain, sans parler de sa fonction ni de son titre. Madame Huette qui l'avait regardé de près, l'avait trouvé bel homme, et enviait presque sa fille d'être au bras d'un homme de cet âge... fait davantage pour elle ! Elle s'efforça d'être polie, de surveiller son vocabulaire, de lui donner la main en lui disant :

— Chus ben contente de vous rencontrer. Donnez-moi vite vot' *coat,* j'vais l'accrocher.

Rita, pour sa part, lui avait répondu, après que le juge lui ait dit :

— Heureux de vous connaître, madame. Vous avez de très beaux enfants.

— Heu, merci ! beaux, mais tannants ! C'est un honneur de vous recevoir, monsieur le juge ! Faites comme chez vous, prenez le fauteuil qui vous plaira. Yvon va vous servir dans pas grand temps.

C'était cordial, c'était même gentil de sa part, mais Rita n'avait pu s'empêcher de l'appeler « monsieur le juge » tellement elle était impressionnée. Mais c'était d'un naturel si frappant qu'Edmond fut charmé par leur façon colorée de s'exprimer. Mailloux lui avait donné la main en lui disant tout simplement : « Enchanté », et Edmond l'avait félicité d'avoir fait autant d'enfants en si peu de temps.

— C'est avec des gens comme vous qu'on va envisager l'avenir du Canada. Des hommes qui suivront nos traces quand nous serons partis. Continuez…

Un petit discours qui avait plu à Yvon et Rita, même si Berthe Huette trouvait qu'ils en avaient déjà un de trop sur les bras ! Gervaise, dans une robe d'un rouge écarlate, était moulée comme une actrice de cinéma dans un film sensuel. De longues tiges d'or pendaient à ses lobes d'oreilles et, les cheveux flottant sur les épaules, le maquillage parfait, ses souliers rouges à talons aiguilles et sa démarche voluptueuse avaient même fait tordre le cou de son beau-frère qui la regardait se diriger vers la cuisine.

— Vous avez un fils qui habite à Québec, monsieur Lorain ?

— En effet, madame Huette. Je n'ai pas contribué à la patrie comme votre gendre avec un seul enfant, mais c'est à la grâce de Dieu, n'est-ce pas ? Il habite Québec, à Sillery pour être plus précis, et Gervaise et moi y sommes allés à Noël.

— Oui, j'sais ! l'interrompit-elle. Elle cache rien à sa mère, vous savez ! Nous sommes proches toutes les deux. Rita aussi, mais comme Gervaise est ma plus vieille... Pis, elle a été si éprouvée...

Entendant ces paroles, Gervaise, qui revenait avec des cœurs en chocolat pour les petits, lui dit comme pour l'interrompre :

— Edmond est au courant de tout cela, maman. Inutile de se répéter... Nous sommes ici pour prendre un verre, faire connaissance.

Le juge avait accepté un seul verre de vin, il buvait rarement en dehors des repas. Gervaise l'avait accompagné tout en se permettant un autre demi-verre, sans doute pour camoufler sa nervosité. Car, on pouvait l'imaginer, elle n'était guère à l'aise chez Rita avec sa mère, sa sœur, son beau-frère... et un prétendant distingué. Elle craignait à chaque instant une bévue de la part de sa mère et espérait de tout son cœur qu'elle ne lui parle pas de « maladie » ou de tout autre sujet se rapportant aux médecins. Mais, Dieu merci, il n'en fut rien et Berthe Huette se comporta raisonnablement, en parlant moins que de coutume et en laissant plutôt Rita commettre des gaffes en s'enfargeant dans le vocabulaire qu'elle tentait d'emprunter pour épater « le juge ». Yvon, qui parlait peu, avait dit à Edmond, comme si de rien n'était :

— Mon jeune frère a fait deux fois d'la prison, mais c'est pas devant vous qu'y a passé pour ses procès. Un p'tit verrat aux doigts longs ! Y'est en train d'faire mourir ma mère avec ses vols à l'étalage. Rendu à son âge, y pourrait s'forcer à devenir un honnête homme, vous trouvez pas ?

— Ah ! vous savez… Des méfaits se commettent à tout âge…

— C'est ça, l'pire, y'est comme mon oncle Firmin, le frère de ma mère. À soixante ans, y volait encore des *lighters* dans les Woolworth pis ailleurs ! Y'est mort astheure, tant mieux pour lui pis pour les commerces ! Y'en a qui comprennent jamais, vous avez raison. Pis, lui…

— Yvon, c'est assez, arrête de descendre ta famille, monsieur le juge est pas icitte pour entendre parler de procès, y'est en congé, y'est en visite ! de lui crier Rita.

Edmond avait souri et, après avoir grignoté quelques biscottes au fromage pour terminer son vin, il accepta le café instantané que madame Huette lui offrait. Il s'amusa ensuite avec les petits gars qui rôdaient autour de lui. Surtout Jean, le deuxième, qui, plus hardi que les autres, avait décidé de grimper sur ses genoux, s'y asseoir et jouer avec la montre de poche du juge dont la chaînette sortait de la veste de son complet trois-pièces. Une heure et quinze plus tard, pas plus, Gervaise et Edmond prirent congé de leurs hôtes tout en les remerciant de ces bons moments passés en leur compagnie. Les voyant partir, Berthe avait dit au magistrat :

— Si jamais vous passez dans mon boutte, gênez-vous pas pis arrêtez ! J'ai toujours un pâté chinois de congelé dans l'frigidaire. Vous allez voir, y'est pas battable ! Nicolas l'aimait…

Elle s'était arrêtée sec, sentant qu'elle venait de gaffer. Gervaise l'avait regardée hébétée et, pour camoufler sa bévue, madame Huette avait ajouté :

— J'voulais dire que j'en fais cuire régulièrement pour Rita pis sa famille. Mailloux aime bien ça…

Le gendre, pas plus brillant qu'il ne le fallait, lui rétorqua :

— Faudrait peut-être que j'y goûte avant de dire ça, la belle-mère. Y sont où, Rita ? J'en ai jamais vu un dans l'frigidaire ! Pis, moi, dans la mangeaille, rien m'échappe !

Ils étaient de retour, Gervaise semblait soucieuse et Edmond Lorain, qui avait vu toutes ces têtes dans les fenêtres pour regarder la limousine et le chauffeur venir les chercher, lui avait dit :

— Allons, Gervaise, cesse de t'en faire ainsi, ils ont été charmants, ils ont de beaux enfants et ta mère est d'un naturel…

— Déconcertant ! Et c'est bien ce qui me décourage, Edmond ! Pas moyen de la monter d'un seul cran, même devant quelqu'un d'aussi bien que toi, qu'elle ne connaît pas. La reine d'Angleterre viendrait…

— Gervaise… Elle n'a pas appris, elle n'a pas eu ta chance et, à son âge… Mais elle est polie et avenante, c'est déjà beaucoup. Et tu craignais qu'elle me parle de ses maladies ? Pourquoi ?

— Tu le sauras bien assez vite, Edmond ! Et ça, c'est si tu crois que suis encore la femme pour toi. Je t'ai tout mis devant les yeux ce soir, je n'aurai plus à m'inquiéter de le faire, c'est fait !

— Les petits ont été gentils, j'en avais même un sur les genoux. Que d'innocence dans ces regards de chérubins ! Et tu as vu comme ils ont apprécié les p'tits cœurs en chocolat ? Ta sœur a fait son possible pour bien nous recevoir, ton beau-frère aussi. Ils étaient bien vêtus, très présentables, alors... Pour répondre à ta question, oui, tu es la femme pour moi, ma chérie. Plus que jamais ! Je préfère même tes origines modestes à celles de ces fausses mondaines que l'on côtoie trop souvent. Faudra-t-il que je te le redise maintes fois ? Je t'adore, Gervaise, tu combles ma vie.

Rassurée, sans être fière pour autant de sa famille, Gervaise lui offrit un sourire et se pencha de côté pour l'embrasser sur la joue. Pas fière de sa famille, mais pas honteuse quand même. Elle avait été élevée parmi eux, elle avait grandi avec ses parents, elle avait été mariée à Ti-Gus qui n'avait pas un dictionnaire au bout de la langue. Elle avait eu la chance de s'en sortir, d'évoluer, de s'épanouir d'elle-même... Elle devait en remercier le Ciel et non jeter la pierre à ceux et celles de sa famille qui n'avaient pas eu cette possibilité. De bonnes personnes qu'elle devait accepter et respecter. Comme au temps où, avant son ascension, elle était dans la dérision, comme ceux et celles de sa parenté qui disaient « une » autobus et non « un » autobus. Ou « une grosse » avion quand ils partaient en voyage. Appuyée contre l'épaule d'Edmond dans la limousine qui les ramenait à la maison, ce dernier lui murmura à l'oreille :

— Si tu es en mesure d'obtenir un congé de dix jours en mars, nous irons en Italie. Nous verrons Rome, Florence, Venise... Crois-tu que ce soit possible ?

Éblouie, elle lui avait répondu :

— Oui, mars est un mois plutôt tranquille, aucune fête en vue. Il y a Pâques, bien sûr, mais c'est moins fort dans notre département. C'est au mois de mai, pour la fête des Mères, que nous allons être achalandés. Et toi, tu peux te libérer, mon chéri ?

— Puisque je te l'offre ! Je me libère quand je veux, Gervaise, je n'ai aucun compte à rendre. Quand ce n'est pas moi qui préside un appel, c'est un autre. Et, à quelques années de ma retraite…

Durant ce temps, chez les Mailloux, pendant que Rita lavait sa vaisselle et que sa mère l'aidait à ranger les victuailles et à coucher ensuite les enfants, Yvon avait dit à sa belle-mère :

— Très aimable, monsieur le juge. Pis y forment un beau couple, elle pis lui.

— Ben, moi, de c'côté-là…

— Qu'est-ce que vous voulez dire, la belle-mère ?

— Y'est bien trop vieux pour elle ! Y fitterait plus avec moi !

— Ça, c'est vous qui l'dites ! Moi, j'penserais pas que l'juge…

— Yvon ! Ta yeule ! Commence pas à t'astiner avec ma mère ! lui cria Rita de la cuisine.

Revenant au salon, pour clore la discussion, Rita leur lança d'un trait :

— Y forment un couple formidable ! C'est un bel homme pis elle, une sacrée belle femme ! Y vont bien ensemble !

— J'parlais d'âge, Rita ! Trente ans de différence…

— Pis après ? Gervaise n'est plus une poulette, a va avoir trente-huit ans au mois d'juin ! C'est une femme mûre, la mère ! Avec deux mariages derrière elle en plus ! Pis lui, y'a l'air d'un homme dans la cinquantaine, y'est pas courbé, y'a pas d'rides ou presque, y fait mâle...

— Exagère pas ! Bigras pis lui...

— Ça s'compare pas, sa mère ! Bigras avec son gros ventre pis ses pattes croches ! Voyons donc ! A pouvait pas mieux tomber, la sœur ! Un juge, à part ça ! Un homme avec les poches pleines sans parler d'son compte de banque ! Chanceuse en pas pour rire, la Gervaise ! Deux riches de suite, sauf que l'premier, c'était un pas bon ! Un chiche, le Nicolas ! Y'avait même coupé ton allocation, la mère !

— Oui, parles-en pas, j'l'ai encore su'l cœur ! L'écœurant...

— Tandis que monsieur le juge, monsieur Lorain, j'devrais dire, y semble être lousse, y lui achète des bijoux, y va la gâter en grand, la Gervaise ! As-tu vu la bague qu'y lui a donnée ? Pis, ça fait juste commencer... Tu vas voir, ça va aller loin c'te fréquentation-là !

— Ben, que l'bon Dieu t'entende, Rita, a mérite ben ça après avoir été si éprouvée. Ti-Gus qui lève les pattes pis Nicolas qui la laisse se faire insulter par ses vaches de sœurs. Sans parler de son père, l'avocat, que Bigras peut plus sentir astheure qu'y a vu l'aut'côté d'la médaille ! Ah ! l'enfant d'ch... J'me r'tiens ! Traiter Gervaise comme...

— Arrête, la mère, c'est fini tout ça. Est plus là, Gervaise, a vit une belle histoire avec un veuf comme elle, pis ben mieux qu'son Nicolas ! Pis, plus a va être à l'aise, plus a va gâter Christian, son filleul. Et par conséquent, la mère du p'tit, moi !

— C'est ça ! Pis moi, Rita ? Dans mon p'tit logement où j'me pile sur les pieds tellement j'tourne en rond ?

— T'as pas à t'plaindre, la mère ! Gervaise t'en paye presque le loyer avec c'qu'a t'donne chaque mois ! Arrête de chialer, t'as rien à faire de tes journées. Si au moins tu venais m'aider avec les p'tits…

— Non, pas à mon âge, pas avec ma maladie. Tu sais, le docteur Filiatrault…

— Non, pas ça ! Va la reconduire, Yvon, j'veux pas entendre c'qui va suivre ! J'ai ben assez d'mes varices aux cuisses qui m'font mal, sans qu'a m'revienne avec ses crampes !

Le mois de mars avait surgi avec ses dernières neiges, son temps plus doux, ses journées plus longues, et Gervaise et Edmond poursuivaient leur beau roman d'amour. Le voyage avait été préparé avec minutie et, en milieu de la troisième semaine, ils s'envolaient tous les deux pour l'Italie en commençant par Rome où ils allaient atterrir. Gervaise était enchantée ! Un voyage de ce prix en première classe ! Traitée comme une grande dame par les hôtesses, repas servi, le vin à volonté, le cognac pour Edmond à la fin du repas, le siège confortable avec les appuie-têtes en se tenant la main tous les deux. Ils auraient aimé voir le pape Paul VI de plus près, mais ils avaient pu l'apercevoir au balcon, bénissant la foule. De là, ils se rendirent à Florence où ils apprécièrent la tranquillité de la ville, puis à Venise où un gondolier leur fit visiter les coins les plus romantiques. Les journées étaient incomparables et les nuits, insurpassables, tellement ils avaient l'impression de rêver l'un contre l'autre en tentant de s'échanger des mots d'amour… en italien ! Ils en arrivèrent au jour du retour et, à bord de l'avion entre ciel et terre, Edmond, lui prenant la main, lui demanda alors que le bruit des moteurs étouffait ses mots pour les autres passagers :

— Veux-tu devenir ma femme, Gervaise ? Acceptes-tu de m'épouser ?

Elle avait ouvert les yeux, elle avait regardé partout avant de le fixer, elle avait cru rêver qu'il venait de lui faire cette demande. Il la regarda de nouveau et ajouta :

— Accepte, deviens ma femme, nous sommes faits l'un pour l'autre, nous allons être heureux ensemble.

Ne sachant quoi répondre, encore sous l'effet du choc face à la réalité, le souffle coupé, elle tenta de retrouver son calme avant de murmurer :

— Si tôt ? Nous nous connaissons à peine…

Il avait souri pour ensuite répliquer plus ouvertement :

— Tu vois ? Tu t'y attendais un peu plus tard… Alors, pourquoi pas plus tôt ! Pourquoi perdre ce temps qui nous est précieux… À mon âge, Gervaise, les fréquentations ne peuvent perdurer, je n'en suis plus à…

— Chut ! ne dis plus rien, j'accepte, Edmond. Oui, je désire devenir ta femme. Je t'aime !

Et le sujet fut clos par un baiser qui étonna les hôtesses qui se demandaient pourquoi un tel geste d'affection en plein vol. Qu'avait-elle pu lui dire ou vice versa pour qu'ils s'embrassent avec une telle ardeur devant les passagers autour d'eux ? Edmond aurait voulu leur crier sa joie, son bonheur, mais il s'en abstint et se contenta de redire à Gervaise, à peine remise de son émoi :

— Je te rendrai heureuse, tu verras, je te comblerai de bonheur.

— Sans te demander ce que je pourrais t'apporter en retour ?

— Que ton amour, Gervaise ! Que ton cœur plus grand que l'univers !

De retour à Montréal, lui à ses occupations à la Cour, elle chez Dupuis Frères dans le rayon qu'elle dirigeait, ils n'avaient encore dévoilé à personne leur plan matrimonial qui devait avoir lieu, selon lui, avant l'été. Un soir, alors qu'ils prenaient un repas chez Gervaise où elle l'avait invité, elle lui avait demandé :

— Que dirais-tu, Edmond, si j'arrivais en blonde ! Une nouvelle tête, une nouvelle vie, une nouvelle femme ?

— Que tu sois blonde, rousse ou noire, ne changera rien à celle que j'aime, mais je ne compte pas me refaire une nouvelle vie avec toi, Gervaise, je veux juste poursuivre celle que nous vivons ensemble présentement. Par contre, si par coquetterie tu veux une autre tête pour te faire plaisir…

— Non, c'était pour te plaire, je me disais qu'un changement…

— Alors, si tu voulais le faire pour moi, oublie ça, je te préfère telle que tu es. Naturelle comme je t'ai connue… Ne change rien, ma chérie, tu es une si jolie brunette.

— Alors, n'en parlons plus, tu as raison, je cherche à plaire et je gâche parfois les choses. C'était une suggestion de mon coiffeur.

— Bien sûr, ils prêchent pour leur paroisse, les coiffeurs ! Mais, dis-lui que ton futur mari t'aime telle que tu es et qu'il se contente de te faire de jolies coiffures. Au fait, il faudrait discuter d'une date pour le mariage.

— Tu veux vraiment que ce soit avant l'été ?

— Oui, pourquoi ? Ça ne te plaît pas ?

— Heu… oui, mais après mon anniversaire en juin me conviendrait mieux. J'aurais un an de plus, toi aussi…

— Ça changerait quoi ?

— Ça changerait le fait que je quitterais mon emploi avec plus de courtoisie envers eux. La fête des Mères serait passée, la fête des Pères aussi… Et je n'aurais pas à me préoccuper de tous les achats pour l'automne, une autre que j'entraînerais d'ici là pourrait s'en charger.

— Chère Gervaise ! Dévouée et intègre à ce point ! En passe de se marier et songer à ceux et celles qui vont prendre la relève. Plus fidèle à son employeur que toi, il faudrait la chercher longtemps. Mais je t'admire pour cette loyauté dont tu fais preuve. Alors, soit ! Ce sera en juillet ! Il y a cinq samedis en ce mois, cette année. Choisis lequel t'irait le mieux et je ferai le reste.

— Mais je suis divorcée, le mariage civil n'est pas permis ici…

— Je sais et j'ai tout prévu, choisis juste une date et je m'occupe du reste.

— Bien, en deuxième semaine du mois si possible, après la Confédération et avant les trop grandes chaleurs. Qu'en penses-tu ?

— Ton choix se veut le mien, Gervaise. C'est donc en juillet, le 9 plus précisément, que tu deviendras madame Edmond Lorain pour le meilleur et pour le pire.

— Ce sera pour le meilleur, il n'y a rien de «pire» en toi! Tu es irréprochable, Edmond. Tu n'as que de bonnes intentions. Je remercie Dieu chaque soir d'être tombée sur un homme comme toi.

— Ne le remercie pas trop fort, c'est assez pour qu'il nous insuffle un empêchement! ajouta-t-il en riant. Dis, tu veux savoir ce que j'ai planifié pour notre union?

— Bien, si ce n'est pas trop tôt, si tu as eu le temps d'y songer, tu sembles si préparé...

— Je propose et tu disposes, ma chérie. Si le scénario ne te convient pas, tu me le dis et on le modifie sur-le-champ.

— Alors, vas-y, je t'écoute, Edmond.

— Bon, voilà. Comme nous nous marierons civilement, nous irons dans l'état du Vermont pour le faire. Pas loin d'ici, juste passé les douanes, juste pour dire qu'on est aux États-Unis. J'ai un confrère qui habite dans ce coin-là et qui se fera un plaisir de nous accueillir le moment venu. Comme je suis connu et que je n'ai pas l'intention d'inviter qui que ce soit de la confrérie à mon mariage, j'ai pensé à un mariage intime et discret assez tôt le matin. Que nous deux et des témoins qui nous attendront là-bas. Nous pourrions nous marier secrète-ment le matin et demander à Pierre et Guylaine, à Québec, de s'occuper d'une petite réception en fin d'après-midi. De faire venir un traiteur dans leur grande salle à manger pour les quelques invités que nous aurons. Jusque-là, est-ce que ça te va?

— Oui, absolument, je veux que ce soit très intime, Edmond. Le mariage seul aurait été suffisant... Québec, c'est plutôt loin à partir du Vermont, pourquoi pas dans ta grande maison?

— Non, pas chez moi, je veux la garder intacte pour toi. Et Pierre et Guylaine seront ravis d'être quelque peu complices de notre bonheur. Et ne t'en fais pas pour la distance avec le confort de la limousine… Nous arrêterons manger quelque part au retour et, ensuite, en moins de deux heures et demie, nous serons à Sillery.

— Puisque tu le dis, je te crois. Et qui donc sera là ?

— Nous allons tout de même avoir quelques invités, nous n'avons rien à cacher. De ton côté, ta mère, ta sœur, son mari, leurs enfants. De mon côté, Guylaine et Pierre, évidemment, et ma sœur Nicole, qui viendra sûrement de Boston pour une telle occasion. Pas plus, pas moins ! Qu'est-ce que tu en dis ?

— Oui, ça me semble assez discret, sauf que les petits de ma sœur, il ne faut pas y penser, ils sont bruyants, ils sont dérangeants, et Rita et son mari ne vont pas apprécier la journée avec quatre enfants à surveiller. Je leur trouverai une gardienne.

— Comme tu voudras ! C'est vrai que ta sœur et son époux, avec leur marmaille à trimbaler à Québec… Est-ce que j'oublie quelqu'un, Gervaise ?

— Oui, et si tu le permets, j'aimerais qu'un autre couple s'ajoute, si ton fils et sa femme n'y voient pas d'inconvénient. Je souhaiterais que monsieur et madame Bigras soient présents. Ils ont été tellement bons pour moi et pour ma mère…

— Le barbier dont tu me parles souvent ! Bien sûr, n'hésitons pas !

— Voilà qui leur fera plaisir. Monsieur Bigras a été comme un père pour moi, il m'a bien protégée depuis que mon père et mon premier mari…

— Si ce n'est que cela de plus, tout est sous contrôle, Gervaise ! Tu es certaine que mon canevas te plaît ? Que tu n'avais pas d'autres idées en tête ?

— Non, et pour ce qui est de mon côté, je me charge de les loger à l'hôtel pour la nuit qui va suivre. Ils viendront en voiture, mais à la fin d'une longue journée…

— Bonne idée, d'autant plus que je veux qu'on nous fête en fin d'après-midi pour nous donner à tous le temps d'arriver. Et comme tu seras ma femme depuis le matin, c'est moi, dès lors ton mari, qui va défrayer le coût de leurs chambres d'hôtel.

Gervaise était émue et folle de joie à la fois. Elle allait se marier tel qu'elle l'avait désiré. Sans laisser de but en blanc son employeur qui l'apprécierait grandement. Puis, elle allait quitter une fois de plus l'emploi qu'elle aimait pour se consacrer à l'homme qu'elle adorait. Madame Edmond Lorain, épouse de juge ! Elle ne le croyait pas encore quand, intérieurement, elle y songeait.

Le juge attendit quelques semaines avant d'appeler son fils un dimanche soir, certain de le trouver à la maison.

— Pierre ! C'est ton père ! Tout va bien ?

— Bonsoir, papa, oui tout va bien, quel bon vent t'amène au bout du fil ?

— Je devrais téléphoner plus souvent, tu en serais moins surpris…

— Remarque que je devrais en faire autant, papa, Guylaine me le reproche parfois.

— Bon, écoute, j'ai une nouvelle à t'annoncer, je me remarie, mon fils. Avec Gervaise ! Avec celle qui me comble depuis…

— Depuis peu, papa… N'est-ce pas un peu trop vite ? Tu la connais bien, cette femme ?

— Fie-toi à mon jugement, mon fils, je me trompe rarement. Et tu l'as vue ? N'est-elle pas magnifique, cette femme ?

— Heu… oui, mais c'est si soudain… Si je m'attendais à cela…

Guylaine, pas loin de Pierre, venait de comprendre ce dont il s'agissait. Regardant son mari et certaine que son beau-père allait l'entendre, elle s'écria :

— Moi, ça ne me surprend pas ! Vous sembliez tellement l'aimer lorsque vous êtes venu ici, monsieur Lorain. Et c'est votre vie…

Pierre lança un regard réprobateur à sa femme, pour ensuite s'enquérir de nouveau :

— Tu as pesé le pour et le contre ? Elle est plus jeune que moi, papa, plus jeune que Guylaine, tu as trente ans de plus qu'elle… N'y a-t-il pas un fossé de génération qui te gêne ?

— Non, je l'aime, elle m'aime, et nous nous fréquentons assidûment depuis bientôt un an. À mon âge, on n'attend pas, Pierre, on agit quand en sent que le moment est propice. Entre nous, le beurre a fondu dans la poêle, tu comprends ? Comme il s'agira d'un mariage civil, nous nous rendrons dans le Vermont, tôt le matin, chez un confrère qui habite pas loin. Il nous servira de témoin avec un copain, je ne sais trop. Mais j'aurais une faveur à te demander…

— Laquelle, papa ? Je t'écoute.

— Accepterais-tu de nous préparer une petite réception l'après-midi même dans ta vaste maison ? Avec les bons soins d'un traiteur, bien entendu. Nous arriverions en fin de journée avec quelques invités qui suivront ou qui nous auront précédés.

— Heu… non, ça ne me dérange pas, ça me fait même plaisir, et je suis certain que Guylaine sera d'accord avec cette idée, mais tu comptes te marier quand ?

— Le samedi 9 juillet qui vient ! Je voulais que ce soit plus tôt, mais Gervaise a refusé, elle veut être loyale avec son employeur et ne pas le laisser sans avoir entraîné une gérante pour la remplacer.

— J'admets qu'elle est de bonne foi… Ne pense pas mal, papa, je l'aime bien, Gervaise, mais en si peu de temps…

— Je te répète qu'on n'a pas de temps à perdre pour être heureux à mon âge. Et comme Gervaise déborde de maturité et qu'elle a deux mariages derrière elle, ça en fait une personne fiable et responsable. Nous sommes allés en Italie ensemble et ce fut merveilleux. Je ne t'en ai pas avisé, c'était dix jours, pas plus, j'ai même oublié de faire parvenir des cartes postales.

— Qui sera présent à cette réception dont tu parles, papa ?

— Ta femme et toi, tes filles, ta tante Nicole si elle accepte de venir et, du côté de Gervaise, sa mère, sa sœur, son mari, plus un autre couple auquel Gervaise tient beaucoup. Comme tu peux voir, nous serons une douzaine de personnes et j'apprécierais quelques photos que tu prendras toi-même lors de la petite réunion. Je ne veux aucun photographe professionnel sur les lieux… Donc, j'arrange tout avec un traiteur et tu n'auras qu'à nous fournir ta maison pour la petite réception. Aucun inconvénient ?

— Non, Guylaine et moi n'avions pas l'intention d'aller à l'extérieur, cette année. Un repos bien mérité, notre piscine et des petites sorties avec les filles, mais là, avec un mariage, nous aurons un grand événement dans la famille. Je vois Guylaine sourire... Je suis certain qu'elle approuve ton choix, papa, elle a beaucoup aimé Gervaise lors de leur rencontre.

— Je n'en doute pas et remercie-la pour moi ! Tu as une femme épatante, ce qui en fait une bru incomparable ! Alors, mon fils, je m'occupe de tout en vertu de ce jour, et n'oublie pas, tout est à ma charge. Et comme j'aurai un an de plus le 28 avril, passe tout droit pour mon anniversaire. Gervaise aura elle aussi un an de plus en juin, nous serons donc tous les deux d'un an plus vieux quand nous nous unirons.

Ils avaient raccroché et, Pierre Lorain, perplexe, avait regardé sa femme pour ensuite lui demander :

— Qu'est-ce que tu penses de ça, toi ? Il la marie, Guylaine ! Je vais avoir une belle-mère plus jeune que moi ! Je me demande ce que maman pense de tout ça, de l'autre côté...

— Ta mère sera contente pour lui, elle ne veut que son bien-être, tu le sais, et Gervaise saura le rendre heureux, je le sens. Cesse de parler d'âge et parle de couple, ils se conviennent tous les deux. C'est une femme charmante, pas une opportuniste... Tu vois, elle ne veut même pas quitter son emploi avant d'avoir une remplaçante ! Une profiteuse se serait vite mariée à l'insu de nous tous, Pierre. Ce qui n'est pas le genre de Gervaise au cas où tu y aurais songé un instant.

— Ouais… tu as raison, j'y ai pensé un peu, je m'en repens déjà… Mais le père remarié, ça me fait drôle. Je croyais qu'il allait vendre, vivre dans un luxueux appartement, s'entourer de bons amis et voyager tout simplement.

— Tu avais juste oublié qu'à soixante-sept ans, on a encore le cœur à la tendresse, mon amour. Et encore assez fort en pulsations pour s'éprendre d'une autre femme.

Gervaise, téléphone à la main, allait à son tour répandre la nouvelle dans sa famille, en commençant par sa mère, bien entendu :

— Oui, allô, qui est là ?

— C'est moi, maman, Gervaise.

— Ben, ça parle au yable ! J'viens juste de raccrocher avec ta tante Adrienne, pis a m'parlait d'toi ! C'est ben pour dire…

— Écoute, maman, j'ai une grande nouvelle à t'apprendre.

— Pas encore un voyage ? Y t'emmène où, c'te fois-là ?

— Aux États-Unis, maman, mais juste en juillet ! On se marie, Edmond et moi.

— J'ai… j'ai-tu ben entendu ? Tu l'maries, Gervaise ? À son âge !

— On ne reviendra pas sur ce sujet, si tu veux bien.

— T'as pas peur qu'y t'reste sur les bras ? C'est à c't'âge-là que les hommes pètent des crises du cœur ou qu'y paralysent !

— Maman ! Je t'annonce une bonne nouvelle ! Tu n'auras qu'à la répandre ! J'épouse Edmond le 9 juilllet, tôt le matin, dans le Vermont, parce que c'est un mariage civil. Par contre, en fin d'après-midi, il y aura une réception chez son fils à Québec et tu es invitée avec Rita, Yvon et les Bigras. Tu peux tous leur annoncer ! Ça va garder ton cornet de téléphone chaud pour un bout de temps !

— Oui, j'vais l'faire, mais comment veux-tu qu'j'aille à tes noces, Gervaise ! J'ai rien à m'mettre su'l dos, j'ai juste une robe du dimanche, pis tout l'monde l'a vue ! J'suis dans mes *dusters* à longueur de journée !

— Maman, arrête de te plaindre sans arrêt. D'ici juillet, tu trouveras bien le temps d'aller t'acheter une robe et une nouvelle sacoche d'été. Je te fournirai l'argent !

— Mais, qui c'est qui va garder les enfants de Rita ?

— On va s'arranger avec ça, occupe-toi juste de toi. Avertis Lucienne et son mari, ça va être très intime. Ça va se passer chez son fils, à Sillery…

— Où ?

— À Québec, si tu aimes mieux, ça va être plus facile de t'en rappeler. Un mariage discret aux États et une réception l'après-midi, mais tu n'en parles à personne d'autre qu'à ceux mentionnés. Pas même à Adrienne ou à sa cousine, elles ne sont pas invitées. Es-tu capable de garder ta langue jusque-là, maman ?

— Ben, voyons, comme si j'étais une commère ! Dis plutôt ça à Rita !

— Non, Rita et son mari, ça va être bouche cousue, j'en suis certaine. Je vais d'ailleurs l'appeler ce soir, mais tu peux lui annoncer la nouvelle en raccrochant avec moi, si tu veux…

— C'est c'que j'vais faire, c't'affaire ! A va tomber d'sa chaise, ta grosse sœur ! Mariée avec un juge ! Aie ! Tu les prends pas dans les *bowlings*, tes maris ? Un avocat pis un juge après ! Si ton père voit ça du ciel, ça va l'impressionner en viarge !

— Bon, je te laisse, je dois recevoir des représentants…

— Dis-moi pas qu'tu continues d'travailler avec une nouvelle comme celle-là ? C'est sûrement pas lui qui t'oblige !

— Non, je ne veux pas les quitter abruptement, maman… Je suis consciente de mon devoir.

— Tu veux pas les quitter ab… Comment t'as dit ça, Gervaise ?

Le printemps parvint à se montrer le bout du nez et Gervaise, étant allée à New York pour des achats, était revenue enchantée de quelques produits nouveaux pour la fête des Mères. Dans ses moments libres, elle avait magasiné et c'est dans une boutique de la *5th Avenue* qu'elle avait trouvé l'ensemble idéal pour son troisième mariage. Une jolie robe trois-quarts en mousseline et dentelle coquille d'œuf, avec un chapeau à large rebord encerclé de rubans pour s'agencer à sa robe. Elle avait même pu coordonner un sac à main de la même teinte que son ensemble. Dans un magasin de chaussures, elle avait déniché des escarpins de soie à talons hauts de teinte beige, qui allaient convenir pour son mariage. Bref, elle serait toute de beige pâle vêtue, et seuls sa jolie chevelure brune et son maquillage allaient ressortir de ses vêtements. Elle avait, chez elle, des gants courts de dentelle beige qu'elle allait porter. Il ne lui resterait plus qu'à commander un petit bouquet de roses pêche pour terminer sa toilette. Donc, sans le dire à Edmond, elle était fin prête pour le grand jour qui arriverait assez vite maintenant. Elle avait averti sa famille ainsi que monsieur et madame Bigras de ne pas faire parvenir de cadeaux, que seule leur présence était requise. Le juge en avait fait autant de son côté, mais sa sœur Nicole, qui se promettait bien de venir avec la plus vieille de ses filles, Fanny, avait refusé d'arriver les mains vides. Quand le juge lui apprit son remariage avec une femme de trente-sept ans, elle n'avait passé aucune remarque. Elle aimait tant son frère qu'elle n'aurait pas voulu le contrarier alors qu'il lui parlait de sa chance d'avoir trouvé la femme de ses rêves. Elle lui faisait confiance. Ses enfants, ses filles surtout, trouvaient que la mariée était bien jeune comparée à l'oncle Edmond, mais Nicole les fit taire. Leur oncle était assez responsable pour trouver la personne qui lui convenait, qu'importait l'âge. Mais, au fond d'elle même, elle avait hâte de rencontrer sa future belle-sœur, histoire de voir si elle était du genre à se marier par intérêt ou par amour. Edmond avait dit à sa future avoir de beaux smokings dans les tons de brun ou de noir pour la cérémonie, et Gervaise lui conseilla le noir qui allait mieux avec ses cheveux gris. Avec une cravate de soie à délicats motifs dans les tons de beige et de noir qu'elle avait choisie avec lui. C'était plus fort qu'elle ! Dans le domaine de la mode, il fallait qu'elle s'implique, que tout soit parfait, que tout s'agence, qu'on les regarde avec fierté… Comme elle le faisait avec les clientes qui lui demandaient des conseils sur leurs tenues vestimentaires à venir, après avoir acheté un fond de teint nouveau ou un rouge à lèvres d'une couleur inusitée. Gervaise avait un goût indiscutable ! Elle pouvait dire à n'importe qui, homme ou femme, ce qui leur allait ou pas. Pour sa mère, elle l'avait aidée à choisir, chez Dupuis, une robe de coton léger rose pâle, avec une mante aussi longue que la robe dans un ton fuchsia. Ce qui allait à merveille à Berthe Huette qui avait même accepté de bon cœur les boucles d'oreilles en aurores boréales que sa fille lui avait offertes pour aller avec son bouquet de corsage. Rita, pour sa part, lui avait dit qu'elle s'arrangerait seule pour sa toilette et qu'Yvon avait déjà un bel habit, celui porté pour les baptêmes de ses enfants. Donc, tout se mettait bien en place et, à Québec, Guylaine et Pierre s'affairaient aussi à tout organiser pour ce samedi, 9 juillet, qui s'ajoutait au calendrier de leurs activités.

En avril, le 28 plus précisément, et pour la première fois, Gervaise avait insisté pour souligner l'anniversaire de naissance du juge, en tête-à-tête dans un restaurant. À la condition qu'elle règle l'addition, mais il refusa carrément, lui suggérant plutôt de lui offrir un petit cadeau de ses comptoirs, rien de plus. Elle fit donc contre mauvaise fortune bon cœur et offrit à son bien-aimé une eau de toilette citronnée qu'elle venait d'acquérir ainsi que des éponges à bain de la même fragrance, ce qui l'enchanta. Pour une fois, elle lui avait obéi à la lettre. Ils fêtèrent avec un bourgogne de qualité et un rôti de bœuf comme seul le Ritz-Carlton pouvait en offrir. Ils avaient pris un risque, Nicolas aurait pu s'y trouver ou, encore, Jean-René, mais comme c'était un jeudi, il était peu probable de les croiser. Ce qui avait rendu Gervaise tout de même nerveuse, chaque fois que des clients entraient. Ouf! Ils l'avaient échappé belle! Personne en vue des connaissances du juge ou d'elle qui aurait pu rencontrer des collègues de Nicolas, naguère... Non, personne d'autre que des étrangers, des touristes et eux seuls, ce soir-là, à célébrer discrètement les soixante-huit ans du futur marié. La semaine suivante, avant la fête des Mères, Gervaise avait eu la surprise de croiser à nouveau madame De Querres au magasin, alors qu'elle s'apprêtait à prendre sa pause de trente minutes. Cette dernière, ravie de retrouver Gervaise, lui demanda si elle pouvait se joindre à elle pour un café et, par gratitude, au nom de bons moments passés chez elle, elle accepta de se rendre à la cantine avec la mère de son ancienne amie. On devait certes s'attendre à ce que Gervaise ne lui parle pas de son prochain mariage ni de sa fréquentation avec un juge. Ce qui resta dans le tiroir secret de la jeune femme. Madame De Querres, installée devant son café, commença par lui annoncer :

— Je vis maintenant dans ce quartier, dans un beau logement de la rue Saint-Denis, près des magasins, près de tout, ce qui fait mon affaire, car je n'ai plus de voiture, je l'ai vendue, je suis trop âgée pour conduire maintenant.

— Vous avez donc vendu votre belle maison de Westmount ?

— Il le fallait, Gervaise, je n'avais plus d'argent, la banque ne me prêtait plus... Jacqueline m'a presque ruinée avec sa maladie qui se poursuit.

— Qu'est-ce qu'elle a ? Rien de grave, j'espère ? Son handicap ?

— Non, rien de physique, toujours le même drame, sa peine d'amour qui n'a jamais cessé de croître, son esprit de vengeance...

— Vous n'êtes pas sérieuse ? Elle ne s'est jamais remise de la perte de son amoureux ? Est-ce possible ?

— Jamais, Gervaise ! Et elle est présentement dans une maison de repos qui me coûte cher chaque mois. Voilà pourquoi j'ai vendu. Sans l'argent récolté de la vente de ma maison, je n'aurais plus été capable de payer cet hôpital privé, les médecins, les soins... On la maintient sur des pilules et des injections qui la dépriment davantage. Elle ne retrouvera jamais plus sa tête, c'est ce qui m'attriste... On parle de plus en plus d'étatiser le régime de santé, j'espère que ce sera fait avant de ne plus pouvoir subvenir à ses besoins.

— Qu'est-il advenu de son petit chien ?

— Moka ? Je croyais vous l'avoir dit... Ah ! le pauvre ! Il a fini par mourir, il était âgé. Mais Jacqueline l'avait oublié depuis longtemps... Quand on lui en parlait, quand on le nommait, elle croyait qu'on discutait d'une pâtisserie... C'est tout dire !

— Vous pensez qu'on devrait aller la visiter ? Moi, du moins ?

— Non, ne vous donnez pas cette peine, vous en avez déjà beaucoup fait pour elle. De toute façon, ça ne ferait que la rendre plus nerveuse si elle vous reconnaissait, et ils ont déjà assez de problèmes avec elle... Une vie gâchée pour un homme ! Pas croyable, Gervaise, mais c'est ce qui est arrivé. Pauvre elle !

— Oui, pauvre elle, avec son talent de pianiste, les leçons qu'elle donnait, sa vie tranquille, sa candeur, le cinéma, la bonne amie que j'étais pour elle...

— Tout ça s'est envolé, n'y pensez plus, mais je m'inquiète à savoir ce qu'il adviendra de ma fille quand je ne serai plus là...

— N'y pensez pas, madame De Querres. De la façon dont vous en parlez, qui sait si ce n'est pas elle qui partira la première.

— Possible, sa santé n'est pas reluisante, elle a un problème rénal, sa maladie infantile n'aide pas, vous savez… Ah! si seulement le bon Dieu venait la chercher avant moi…

— Je vais prier pour vous, madame De Querres, vous êtes une si brave mère.

— Pour changer de sujet, vous saviez que votre ex-mari, Nicolas, était devenu papa?

— Heu… non, je ne suis en rapport avec personne de Westmount depuis que j'en suis partie. Personne de sa famille, surtout.

— Bien moi, j'ai encore des nouvelles du quartier par Gertie Witfield, une amie de la rue Victoria qui me téléphone et qui me rapporte ce qui se passe. J'y ai vécu si longtemps. Or, sans vous ennuyer avec le passé, laissez-moi vous dire que, pour un homme qui ne voulait pas d'enfant, votre ex-mari a été bien servi, sa femme a donné naissance à des jumeaux! Il paraît qu'il en rageait, qu'il était hors de lui! Sans le manifester à sa femme, bien entendu. Imaginez! Deux au lieu d'un! Et pas faciles, ils ne font pas leurs nuits… De plus, comme son mariage bat de l'aile avec Janie, rien pour lui redonner son élan et sa bonne humeur. Il doit se mordre les doigts de vous avoir quittée, Gervaise, vous étiez son paradis sur terre et il était trop bête pour s'en rendre compte.

Comme Gervaise n'avait pas envie de répliquer quoi que ce soit à la dame peu discrète qu'était madame De Querres, cette dernière continua:

— Et votre nièce, la fille de Josiane…

— Nadine ? Que lui est-il arrivé ?

— Une vraie dévergondée ! Elle fréquente un homme marié de plus de trente ans, un plombier qui était venu à la maison déboucher un évier. En âge d'aimer les hommes, elle lui a donné rendez-vous ailleurs et il s'y est rendu, vous comprenez bien. Vous connaissez ce genre d'homme n'est-ce pas ? Un père de famille de trois enfants avec, dans son lit, une fille à l'aise jeune et jolie. De quoi se vanter ! Or, elle le fréquente et sa mère qui l'a appris a voulu la mettre à la porte, mais la petite lui résiste. Elle est jolie, Nadine, vous devriez la voir… Sa mère est en furie, elle a menacé le plombier de le dénoncer à sa femme, mais peine perdue, cette dernière sait qu'il la trompe, Nadine n'est pas la première dans ses filets. C'est un séducteur, m'a dit madame Witfield qui l'a déjà engagé pour des tuyaux crevés. Un bel homme qui sait comment s'y prendre avec les femmes… Et avec une gamine comme Nadine, ce fut un jeu d'enfant. Un compliment ou deux bien placés et c'était dans le sac, elle a tellement manqué d'affection, cette petite. Or, elle sort encore avec lui, elle a délaissé les études, elle fume et boit de la bière comme lui. Elle l'aime à la folie et Josiane s'arrache les cheveux à tenter de lui faire entendre raison !

Gervaise n'avait rien dit, mais au fond d'elle même, après avoir plaint Nadine de son sort, une pensée avait surgi pour sa mère : *La voilà bien châtiée, la mégère ! Après Charlotte, à son tour d'être blessée dans son amour-propre. Je ne lui ai rien souhaité de semblable, mais le bon Dieu s'en est chargé !* Puis, retrouvant son air naturel, elle avait enfin demandé à la visiteuse :

— Aucune nouvelle de son neveu, Jean-René ?

— Le fils de Charlotte ? Je l'ai vu quelques fois avant de déménager. Bel homme que celui-là, plus beau que son oncle Nicolas. Il venait faire son tour de temps en temps au volant d'une voiture sport noire et rouge. Toujours bien vêtu, il attire les filles comme le sucre attire les mouches ! Il n'est pas marié, m'a dit mon amie qui le connaît mieux que moi, et il n'en a pas l'intention. Il voyage, il travaille moins que les autres et dépense au fur et à mesure l'argent qu'il fait. Le genre *That's Life...* comme le chante Frank Sinatra !

Gervaise avait éclaté de rire avec la comparaison. Elle se demandait bien pourquoi elle s'était informée de lui. Était-ce le fait de lui avoir tant résisté ? Avait-elle ressenti quelque chose pour lui sans l'admettre ? Elle seule pouvait répondre, mais le sachant don Juan comme madame De Querres le décrivait, il était certain qu'elle n'aurait été qu'une proie de plus entre ses mains. Mais c'était plus fort qu'elle, les avances du jeune homme étaient encore présentes dans sa tête. Imprégnées parmi ses mauvais souvenirs... Ou peut-être ses bons ? Mais, comme elle avait laissé passer le train...

— Monsieur Delval se porte encore bien, madame De Querres ?

— Lui ? Increvable ! Jamais de bonne humeur, selon Gertie Witfield. Il la salue à peine quand il la croise. Un vieux bouc, me dit-elle, quand elle parle de lui. Et si Nicolas attend après sa mort pour avoir son héritage, il va attendre encore longtemps, parce que le vieux semble fait fort !

— Oh ! mon Dieu ! j'ai pris ma pause plus longtemps que prévu, vous m'excusez, madame De Querres ?

— Bien sûr, allez, Gervaise. On se reverra sûrement, j'habite le quartier maintenant.

— Ce sera avec plaisir et, pour Jacqueline, ça me fait tellement de peine... Je vais prier pour elle.

Gervaise avait regagné son comptoir et, après avoir vu ses vendeuses fort occupées, elle s'était empressée auprès d'une grand-mère qui cherchait un parfum pour la plus jeune de ses filles, devenue mère à son tour.

— Ce sera aussi son dimanche, madame. Que me conseillez-vous ?

Gervaise lui vendit une crème de qualité pour les mains ainsi que des savons légèrement parfumés, pour ne pas irriter les mains potelées de son bébé. La dame partit heureuse, et restée seule à regarnir un coussin vide de ses parfums, Gervaise songeait à Nicolas et ne pouvait que sourire en l'imaginant avec deux jumeaux dans les bras. À presque quarante-six ans ! Lui qui avait fait semblant d'être content quand elle portait sa petite fille... Un autre que le Ciel venait de punir pour son égocentrisme. D'autant plus qu'il n'était pas amoureux de sa femme qui le malmenait. Décidément, le purgatoire qu'elle avait subi avec les Delval devenait peu à peu un enfer pour chacun d'eux. Et ce n'était pas elle qui allait prier... pour les sortir du feu !

Edmond l'avait appelée le 17 juin pour lui dire :

— C'est ton anniversaire, demain, ma chérie... À mon tour de te choyer !

— Oh non ! c'est trop près de notre union... Ce n'est pas nécessaire.

— Voyons, Gervaise, un souper quelque part, un bon vin... Ne t'oppose pas à ma joie... Tu l'as fait pour moi, toi !

— Bon, que puis-je dire, si tu y tiens... D'autant plus que c'est samedi, demain, jour de congé pour moi. Nous serions allés souper au restaurant de toute façon.

— Tu vois ? Nous ferons donc d'une pierre deux coups !

— Je veux bien, mais pas de cadeau, Edmond, j'ai déjà tout ce qu'il me faut.

— Bon, j'y penserai, on verra bien. Mais, au fait, as-tu réussi à mettre fin au bail de ton appartement ?

— Aucun problème de ce côté, Edmond, le proprié-taire a déjà une locataire pour prendre ma place. Une enseignante qui s'installe dans Rosemont pour enseigner à l'école du coin. Une bonne personne ! Chanceux le pro-prio... Une femme seule et discrète.

— Une fois de plus pour lui, tant mieux, c'est mérité ! Alors, à demain. J'envoie mon chauffeur te prendre vers sept heures, ça te convient ?

— Oui, mais pas au Ritz, cette fois, je crains les ren-contres un samedi... Et je ne suis pas à l'aise dans ces salles à manger d'hôtel. On y fait des rencontres fortuites...

— J'ai tout prévu et nous irons chez Magnani, notre restaurant italien de la rue Lajeunesse. Cet endroit te convient ?

— Oui, à merveille, on y mange si bien. Alors, à demain, Edmond, j'ai hâte d'être avec toi, je m'ennuie, tu sais...

— Et moi donc ! Bientôt, nous ne nous quitterons plus, ma chérie.

Ils étaient heureux à faire des projets tous les deux. Ils sentaient, chacun de leur côté, le désir de s'appartenir… Ils s'aimaient.

Au moment où Gervaise se préparait à se faire belle pour le souper du soir, Rita rentrait de ses courses, pendant que son mari changeait la couche du p'tit dernier. Essoufflée, elle lui avait dit :

— J'ai fini par trouver ! Grâce à une vendeuse aussi grosse que moi ! Pas de tons clairs, qu'a m'a dit, même si c'est pour aller à un mariage en plein été. Les couleurs pâles, ça grossit. Elle m'a fait essayer un ensemble en coton bleu marin avec une p'tite bordure blanche au collet pis aux poignets. Le haut est lousse, la jupe un peu plus étroite, mais pas trop serrée. C'est pas mal beau, Yvon, on dirait qu'ça m'enlève vingt livres su'l derrière ! R'garde ! Trouves-tu ça beau ?

Il jeta un coup d'œil et répondit :

— Oui, c'est beau, mais t'as ben fait de t'fier à elle, parce que tes goûts…

— J'en ai pas trop, je l'sais, mais j'voulais m'débrouiller toute seule, j'voulais pas qu'Gervaise mette son nez dans mes affaires.

— T'as-tu acheté d'autres choses ?

— Un p'tit chapeau rond comme celui du pape avec une voilette qui m'tombe su'l front. Pour la sacoche, j'en ai une que ta mère m'a donnée à ma fête. Est neuve, a va faire l'affaire, est en paille blanche comme les bordures de mon ensemble. Bon, on est prêts ! J'ai des souliers blancs, j'ai un collier bleu et blanc avec des pastilles, pis des boucles d'oreilles à clips pour le *matcher* ! Y t'restera plus qu'à mettre du gaz dans ton char, Yvon !

Chez Magnani, la soirée s'écoulait paisiblement avec quelques autres tables occupées, mais pas achalandé comme endroit. Gervaise était belle comme de coutume. Un pull blanc très moulant sous une veste de coton rouge, une jupe ample, des sandales à talons hauts, des anneaux d'or aux lobes d'oreilles, deux bracelets rouge et blanc encerclant son poignet, une bague *cocktail* plaquée or à l'annulaire de la main droite et un savant maquillage qui mettait en évidence ses yeux pétillants. Ils avaient bien mangé, ils avaient bu un Valpolicella, elle s'était laissée tenter par un dessert léger aux fruits, et il lui avait offert, dans un écrin de velours noir, un bracelet en or 14 carats composé de trois chaînettes soudées pour son poignet gauche, dénudé d'ornements. Elle en avait été ravie, mais elle l'avait réprimandé, elle lui avait pourtant défendu… Mais il lui avait posé l'index sur ses lèvres rouges, pour ensuite lui murmurer :

— J'ai fait graver sur le fermoir : *Je t'aime.* Oserais-tu le refuser, mon adorée ?

# CHAPITRE 12

Le matin du 9 juilllet 1966 se leva et Gervaise, fébrile et anxieuse depuis la veille, sortit de son lit au moment où le jour pointait. Un peu avant le lever du soleil tellement elle était agitée par la journée qui allait suivre. Edmond, pour sa part, avait passé la nuit chez lui, suivant ainsi la tradition de ne pas voir la robe de la mariée avant l'événement. Trois jours plus tôt, il avait emmené Gervaise au cinéma visionner le film *Piège pour Cendrillon,* avec Hubert Noël et Dany Carrel, sachant que cette histoire légère allait détendre sa bien-aimée qui était nerveuse à l'approche du grand jour. Edmond préférait de beaucoup le cinéma français, un compromis que sa future allait accepter de temps à autre, sans pour autant négliger les films américains. Mais elle avait plus ou moins aimé le film… Ce matin-là, plus heureux que nerveux, Edmond avait pris un petit déjeuner et, avec le chauffeur attitré, il se rendit chez elle afin de la quérir pour se rendre dans le Vermont. Estomaqué devant la splendeur de sa toilette, il l'avait serrée contre lui sans trop froisser son ensemble et l'avait escortée jusqu'à la limousine en lui disant:

— C'est en ce jour que débute le plus beau roman d'amour qui soit ! Le nôtre !

Émue, la larme au coin de l'œil, elle lui avait répondu :

— Enfin, le bonheur, la vie à deux rêvée... Je n'ai presque pas dormi de la nuit, mon chéri.

Libre depuis une semaine, Gervaise avait quitté son emploi sans trop en donner la raison. Sans même leur dire qu'elle allait se marier pour ne pas que madame De Querres, s'enquérant d'elle, répande la nouvelle. Ses patrons lui étaient reconnaissants d'avoir entraîné une gérante pour prendre la relève et terminé presque tous les achats en vue de la saison automnale qui allait suivre. On lui souhaita bonne chance, on la remercia chaleureusement, on lui offrit même des fleurs, et plusieurs de ses vendeuses qui lui étaient fidèles avaient le cœur gros le jour de son départ. On s'interrogeait encore de la cause réelle de sa démission, mais Gervaise resta muette, préférant leur dire et redire qu'elle partait parce qu'elle était épuisée par la lourde tâche qui lui incombait, et qu'elle voulait graduellement changer d'emploi. Quelques maisons de cosmétiques lui offrirent un poste de consultante à temps partiel, et Gervaise leur répondit qu'elle y songerait plus tard après quelques mois de réflexion, tout en prenant leurs cartes professionnelles pour la déposer dans son sac à main. Et voilà qu'elle était à quelques heures de devenir madame Edmond Lorain dans un lieu que ni elle ni lui ne connaissaient. Elle se voyait vivre de belles années avec lui... Ils n'avaient pas planifié de voyage de noces, ils revenaient à peine de l'Italie, mais Edmond lui avait annoncé que, l'hiver venu, ils iraient passer un mois à Hawaii pour fuir les rigueurs de l'hiver et que ce déplacement servirait en quelque sorte de voyage de noces. Dans les mois qui allaient suivre leur mariage, monsieur le juge aurait beaucoup de pain sur la planche. Plusieurs grands procès allaient se rendre jusqu'à lui, sans parler des réunions avec ses confrères et d'un colloque prévu en automne à Ottawa, avec d'autres juges. Dans l'avant-midi du jour tant attendu, Nicole, la sœur du juge, était arrivée de Boston avec sa fille Fanny. À la grande surprise de Pierre et Guylaine, en pleins préparatifs pour la réception de l'après-midi. Ils les accueillirent tout de même chaleureusement, et ces dernières mirent la main à la pâte pour les aider dans la préparation de quelques mets auxquels Guylaine tenait. Heureuse de revoir Pierre, son neveu, Nicole anticipait le moment de connaître sa nouvelle belle-sœur qu'elle ne verrait, hélas, qu'après la cérémonie, en fin d'après-midi seulement. Mais Guylaine l'avait rassurée en lui disant :

— Vous allez voir, elle est adorable !

Durant ce temps, la limousine avait dépassé les lignes américaines et atteint le Vermont. Le chauffeur avait vite repéré l'adresse du collègue d'Edmond qui les attendait avec un large sourire. Il les pria d'entrer et ne put s'empêcher de remarquer la beauté de la future mariée. Il la savait jeune, mais il ne se doutait pas qu'elle soit si belle. Gervaise se montra charmante avec son épouse et le frère de cette dernière qui allaient les accompagner pour le prononcé des vœux. En moins de trente minutes, tout était terminé, les papiers signés, le baiser échangé et Gervaise sortait de cet endroit, aussi froid qu'un presbytère, au bras de son nouveau mari. Éprise, joyeuse, elle était aussi radieuse qu'une enfant qui vient de communier pour la première fois ! Elle était enfin madame Edmond Lorain ! Son cœur battait à tout rompre. Un mariage vite conclu, mais une vie qui allait être longue et belle, se disaient les nouveaux mariés. Ce qui avait fait dire au juge à son collègue :

— Je me demande quand ils vont amender les lois au Canada… On a l'air d'arriérés comparés à vous !

L'autre, devenu citoyen américain depuis peu, avait dit à sa femme en anglais :

— *You see, honey ? We live in the best country on earth !*

Gervaise, regardant son diamant, n'en revenait pas. Il était si gros, énorme même… Au moins trois carats ! Ce qui avait fait l'envie de la femme du collègue qui commençait à la regarder comme une opportuniste. Voyant qu'elle avait changé d'air, Gervaise insista pour repartir, prétextant le long voyage jusqu'à Québec. Après les remerciements d'usage, ils s'enfilèrent rapidement dans la limousine et repartirent, collés l'un sur l'autre, comme ils étaient arrivés. Non, pas tout à fait ! Ils étaient maintenant mariés !

En début d'après-midi, les Huette et le couple Bigras, les cinq dans la même voiture, étaient en route pour Québec. Ils arrêteraient dans un *snack bar* à Drummondville pour un *hot dog* ou deux, et poursuivraient leur route jusqu'à Sillery, dont Mailloux avait les indications sur une carte routière. Madame Huette aurait souhaité être présente pour les vœux, mais Gervaise lui avait dit :

— Pas question ! Que nous deux ! C'est aux États-Unis, maman !

La mère avait insisté :

— Je me ferai petite… La limousine est si grande…

Mais Gervaise lui avait tenu tête :

— Pas d'exception ! Que pour la réception seulement.

Ce que désirait Berthe, au fond, ce n'était pas d'être témoin de leur mariage, mais de faire rager Lucienne Bigras et Rita, en étant privilégiée et non elles. Dans la limousine à part ça ! Mais, ballon crevé, elle n'eut d'autre choix que de se tasser sur Lucienne dans la voiture de son gendre, qui sentait l'essence malgré le petit sapin vert accroché au miroir et qui ne dégageait plus rien. Or, plus tôt que prévu, un peu avant trois heures, c'était toute la parenté, les Bigras inclus, qui attendaient que les mariés arrivent pour commencer la fête. Deux heures plus tard, un moteur de voiture s'éteignait devant la demeure et les petites à la fenêtre s'écrièrent :

— Ils arrivent, maman ! Grand-père est là, papa !

Le juge entra le premier pour ensuite livrer le passage à Gervaise qui suivait de très près. Toutes les têtes se tournèrent, Gervaise était éblouissante ! Plus belle qu'imaginée dans cette toilette coquille d'œuf qui la mettait en valeur ! La marche nuptiale jouait en sourdine sur le tourne-disque de Pierre, et Gervaise et Edmond en suivaient la cadence. Nicole, la sœur du juge, avait dit à sa fille Fanny :

— *She's gorgeous !*

Et la fille de répondre :

— *Gee ! A real movie star ! Isn't she beautiful ?*

Parce que la mère et la fille s'exprimaient plus souvent en anglais qu'en français, ce qu'il fallait comprendre, elles vivaient à Boston. Gervaise s'était tournée vers son mari pour lui offrir son plus joli sourire et il lui avait murmuré en lui prenant la main :

— Tu es si belle ! Quel merveilleux cadeau du Ciel ! Je t'aime tant…

Et le bal, comme on pouvait dire, allait commencer.

Madame Huette était impressionnée par la maison du fils Lorain. Les meubles étaient de si grande qualité, les tentures, les tableaux, et leurs deux fillettes étaient si polies, si distinguées. La plus vieille avait même tiré un fauteuil de velours vert pour l'offrir à Rita qui n'en revenait pas de sa gentillesse. Les invités avaient déjà fait connaissance, les Huette étaient ceux qui parlaient le moins, mais Lucienne Bigras, sortant son français des beaux jours, était déjà en grande conversation avec Guylaine dans un coin du salon.

— R'garde-la ! avait dit Berthe à sa fille. Toujours la première à s'mettre en évidence, la Bigras ! Comme si elle était plus importante que nous autres, la mère pis la sœur de la mariée ! Edmond ne quittait guère sa femme dont il était très fier, et Nicole avait appris en quelques bribes de conversation à la connaître. Elle sentait que cette femme, aussi ravissante et aussi jeune fût-elle, serait une épouse des plus attentionnées pour son frère qu'elle admirait. Elle avait vite décelé la grande simplicité de Gervaise derrière ses apparats de duchesse. Une femme simple et tout à fait charmante qui avait été dotée, tout bonnement, d'une beauté exceptionnelle. Jolie, bien tournée, attrayante à souhait… Et Nicole, dans la cinquantaine déjà comptée, n'était nullement jalouse de sa belle-sœur pour autant.

Fanny, cependant, encore dans la belle vingtaine, enviait le tour de taille et l'allure plus que princière de sa nouvelle tante. Elle ne comprenait pas, cependant, qu'une telle beauté puisse être la fille de Berthe Huette, et encore moins la sœur de Rita Mailloux qui, malgré sa toilette bleu marine, affichait des bourrelets aux hanches et des boutons sous son fond de teint qui n'avait aidé en rien. Mais elle se tut… préférant admirer la femme de son oncle et ne pas porter de jugement sur sa famille. Yvon, ne sachant pas trop quoi faire de ses mains, avait constamment une bière à sa portée pour camoufler son embarras. Pierre lui avait causé un peu, Edmond aussi, mais c'était Bigras qui avait pris la relève auprès de lui, le sentant seul dans son coin. Rita, moins gênée, jasait avec Guylaine de ses enfants, de ses quatre fistons, et se plaignait de n'avoir pas eu de fille. Elle enviait Guylaine d'en avoir deux et, en riant, lui avait dit :

— Je vous en échangerais bien une contre un de mes gars !

Bref, la réception se déroula sans anicroche. Madame Huette avait à peine causé avec Guylaine et Nicole, gênée par leur vocabulaire. Pierre, occupé à servir les invités malgré les bons soins des traiteurs, ne s'était engagé que dans un seul dialogue avec monsieur Bigras sur son métier de barbier. Et le vieux, content d'être apprécié, lui avait raconté avoir connu Gervaise étant jeune, son père avec, son premier mari aussi… Gervaise, ayant entendu prononcer le nom de Ti-Gus par monsieur Bigras, vint interrompre la conversation pour dire à Pierre :

— Venez, j'ai quelque chose à vous demander concernant votre père…

Pour lui révéler, un peu plus loin, qu'elle n'avait tenu qu'à le tirer d'embarras avec Bigras. Pierre, contrarié, lui avait répondu :

— Mais, c'était très intéressant ce qu'il me disait, il me racontait votre vie, Gervaise ! Mon père ne m'avait pas encore dit que… Mais elle s'en éloigna avec un *chut* en désignant sa mère qui aurait pu intervenir et la mettre mal à l'aise. Berthe Huette, fière de sa toilette, disait à Rita qu'elle n'avait rien à envier à la sœur du juge qui portait une robe bien ordinaire pour un mariage. En effet, peu coquette de nature, Nicole portait une robe qu'elle avait sûrement dans sa garde-robe depuis longtemps. Sa fille, plus jeune et plus à la mode, était séduisante dans sa jupe noire moulante avec un petit veston blanc qui faisait ressortir sa poitrine. Ce qui n'avait pas échappé à Mailloux qui la regardait souvent en la comparant à sa femme, et il se demandait pourquoi Rita n'était pas taillée comme Fanny ou sa sœur Gervaise. En oubliant que, coup sur coup, il lui avait fait quatre enfants ! Si Rita avait su ce qu'il pensait en regardant Fanny se dandiner devant lui inconsciemment, elle l'aurait transpercé du regard, l'écœurant !

Le soir venu, un peu après huit heures, Gervaise et Edmond éprouvèrent le besoin de mettre un terme à la réception. Une suite les attendait au Château Frontenac où le chauffeur les conduirait sur appel. Les Huette et les Bigras se retrouvèrent au Wandlyn Inn de Sainte-Foy où Gervaise avait réservé trois chambres confortables pour eux, et Nicole et sa fille seraient les invitées de Guylaine et Pierre pour la nuit. Les mariés partirent les premiers et les autres suivirent, non sans avoir remercié Guylaine et Pierre de leur amabilité. Madame Huette, pour ne pas être en reste avec madame Bigras, avait dit à Guylaine :

— Vous aviez un bon lunch pis le vin blanc, c'était pas d'la piquette ! Vous savez recevoir, vous autres ! Ma fille est tombée dans une saprée bonne famille, j'suis ben contente pour elle !

Rita remercia à sa manière, Mailloux tendit la main à Pierre, les Bigras remercièrent chaleureusement le couple et saluèrent poliment Nicole et sa fille, ce que les autres n'avaient pas fait. Et Mailloux sortit le dernier pour se rendre à la voiture, non sans avoir jeté un dernier regard sur le bout de cuisse de Fanny qui surgissait de sa jupe fendue sur le côté. Les Huette arrivèrent à l'hôtel et se dirigèrent à leurs chambres respectives pour y déposer leurs effets et ensuite redescendre au bar où les attendait Yvon, avec une bière à la main.

— T'en n'as pas assez eu ? lui cria Rita. Une chance qu'on couche icitte, parce que c'est pas toi qui aurais chauffé jusqu'à Montréal !

Madame Huette la pria d'être indulgente, que c'était jour de fête, et Rita se calma en commandant un club soda sur glace pendant que les Bigras demandèrent un Coca Cola et que Berthe, un peu pompette, y alla d'un dernier verre de vin blanc. Se remémorant la journée, elle avait dit à son amie, Lucienne :

— J'te dis qu'était belle en maudit, la Gervaise !

— Une réelle beauté ! s'exclama Bigras.

Pendant que sa femme approuvait de la tête, non sans ajouter :

— Ben, avec l'argent qu'elle a… Ça aide à s'tenir en *shape*…

— Non, non, répliqua Mailloux. On est comme on est ! J'en connais qui ont du foin pis qui font dur en tabar… Excusez, faut pas que j'sacre, c'est un endroit public icitte.

— Oui, fais attention, Yvon, faut pas s'faire mal juger, le fils du juge vient peut-être manger icitte des fois… murmura Rita.

— Ça m'surprendrait ! cria madame Huette. Y'est plutôt du genre à rester chez lui avec sa femme pis ses enfants. As-tu vu leur maison pis leur piscine, Rita ? Pis les meubles et les statues de marbre dans l'passage ?

— C'est beau, mais faut pas exagérer, la mère. Y sont pas les seuls à avoir une maison comme ça à Québec ! C'est bien entretenu…

— Non, pas seulement entretenu, c'est propre, Rita ! C'qui est pas ton cas dans ton logement !

— J'ai quatre enfants sur les bras, sa mère !

— Oui, pis un sac de chips pis des pinottes dans chaque main !

Nicole, restée chez son neveu, vantait les mérites de la nouvelle mariée à Guylaine :

— Elle est très élégante et très distinguée, comme tu le disais, j'espère qu'elle va aimer la nappe de dentelle que j'ai achetée pour leur cadeau.

— Bien sûr, Gervaise sait apprécier toute chose, chaque geste, elle est si reconnaissante.

— Ça veut dire quoi ça, en anglais, Guylaine ? demanda Fanny.

— *Grateful!* Pour tout ce qu'on fait pour elle. Ton oncle va être *very happy* avec elle ! ajouta-t-elle en riant. Elle a de la classe…

— Oui, un peu plus que sa famille, osa Nicole, en regardant Guylaine.

— J'en conviens, je ne les connaissais pas, mais ils font leur possible. Gervaise est d'un milieu modeste, elle ne l'a pas caché, elle a appris à devenir une adulte en sortant de l'école, voilà pourquoi elle a fait de si grands pas. C'est une autodidacte, une *self-taught*, Fanny ! Elle en est à son troisième mariage, il faut en tenir compte.

— Qu'est-ce qui est arrivé avec les deux autres ? questionna Fanny.

— Son premier mari, un boulanger, est mort dans un accident, elle l'avait marié à dix-sept ans seulement, et le deuxième, un avocat, l'a quittée pour une autre. Elle n'a pas été chanceuse, la pauvre… C'est pourquoi elle mérite d'être heureuse avec Edmond.

— L'avocat l'a laissée pour une autre ? Plus belle qu'elle ?

— Non, plus riche, Fanny… D'après ce que nous a confié Gervaise, c'est tout ce que l'on sait. Qu'importe ! Qu'ils soient heureux tous les deux ! Ton père le mérite aussi, Pierre !

Pour clore le sujet, Fanny avait demandé à son cousin :

— Dis-moi, est-ce qu'il y a de beaux gars à Québec qui aimeraient sortir avec une Américaine ? Tu connaîtrais pas un jeune *teacher* à ton école ?

Les nouveaux mariés avaient regagné leur suite au Château Frontenac et Gervaise, troquant son ensemble coquille d'œuf contre une robe plus légère mais griffée, refit son maquillage et embrassa son mari sur le front avant de lui demander :

— Un souper en bas ou à la chambre, Edmond ?

— J'opterais plus pour la salle à manger, tu es si resplendissante ! Et, entre toi et moi, gardons la chambre à coucher pour notre nuit de noces, mon adorée !

Elle avait souri, ils étaient descendus prendre un léger repas arrosé d'un vin choisi et, après avoir conversé longuement, il lui avait dit :

— J'ai peine à croire que tu sois ma femme, Gervaise ! S'il avait fallu que tu changes d'idée…

— Voyons, Edmond, pourquoi l'aurais-je fait ?

— Pour un plus jeune, plus beau, plus en forme…

— Grand fou ! C'est toi que j'aime, nul autre, Edmond Lorain. Et j'ai hâte de me retrouver dans ta grande maison avec toi.

— Pas ma… notre grande maison, Gervaise ! Tout ce que je possède est à toi désormais. Et tu vas vite changer de voiture, la tienne laisse à désirer. J'ai vu des Mercedes de toute beauté…

— Oui, une autre fois, mon chéri… Si nous montions maintenant ? Un bon bain chaud, un digestif et ce grand lit que j'ai entrevu…

Il la regarda tendrement, étreignit sa main dans la sienne et murmura pour la centième fois en quelques semaines :

— Si tu savais comme je t'aime !

Ils étaient dans leur vaste maison depuis plus de neuf mois maintenant. L'année 1967 s'était levée en toute quiétude. Presque un an à s'aimer comme au premier jour de leur rencontre. Edmond faisait tout ce qu'il pouvait pour la rendre heureuse et elle le lui rendait bien. Gervaise avait invité sa mère, sa sœur, Mailloux et les Bigras à venir la visiter après s'être installée dans cette maison qu'elle avait entièrement redécorée à son goût et madame Huette, en entrant, avait dit à sa fille :

— Gervaise ! Bâtard ! C'est pas une maison, c'est un château !

Le juge avait entendu la remarque, aussi poissarde fût-elle, avec le franc-parler et le juron de sa belle-mère, et il en avait souri. Gervaise un peu moins, cependant. Toutefois, Rita avait été à la hauteur, elle n'avait rien dit de désagréable et était restée bouche bée devant tant de splendeur. Mailloux, moins introverti cette fois, avait dit à sa belle-sœur :

— Ouais… tout un palais ! Mais y'a pas grand magasins dans l'boutte ! J'ai eu d'la misère à trouver la place, c'est en plein bois ou presque !

— Écoute, Yvon, on n'est pas sur la rue Ontario, à Saraguay !

— J'veux ben l'croire, mais tu dois t'ennuyer en joual vert quand ton mari travaille !

— Yvon a pas tort, de reprendre la mère. Pas d'voisins, pas un chat dans l'coin… La première maison qu'on a vue est pas mal loin. Qu'est-ce que tu fais de tes journées, Gervaise ?

— Berthe ! Arrête de crier après elle ! lui dit Lucienne. Gervaise nous invite pour nous faire visiter sa maison et vous n'arrêtez pas d'l'achaler avec vos remarques pis vos questions désagréables. C'est loin d'être poli, ça !

— Ben, madame Bigras qui nous fait la morale ! On aura tout vu…

Le barbier, resté à l'écart pour admirer des toiles sur le mur, sortit de son mutisme pour dire aux invités :

— Un peu de retenue et de respect, on n'est pas dans un bingo ici, on est chez Gervaise ! Au fait, ton mari n'est pas là aujourd'hui ?

— Oui, il va descendre dans quelques minutes, il a envoyé son chauffeur acheter de la bière pour Yvon et des liqueurs douces pour les autres. C'est rare qu'on a ça à la maison.

— Qu'est-ce que vous buvez ? Juste de l'eau ? demanda Rita.

— Non, Edmond préfère les spiritueux et l'eau Perrier pour se détendre, et moi, un peu de vin ou un doigt de crème de menthe avec soda, le soir.

— Mais quand t'as soif ? Quand y fait chaud ? insista sa sœur.

— Nous préférons les jus de fruits aux liqueurs douces, et l'eau d'Évian importée qui vient d'arriver sur le marché et qu'Edmond achète régulièrement, c'est plus sain pour la santé. Vous devriez essayer ça.

— Pas mal plus chère que l'eau d'la champlure, ça ! Pis, les p'tits sont habitués au Pepsi pis à l'Orange Crush. J'pense pas qu'y aimeraient tes jus *fancy* qu'on trouve pas partout.

Le juge fit son apparition au même moment, s'excusant de son retard, et les invités, mal à l'aise avec lui, se contentèrent de vanter les mérites de la demeure et de son emplacement. Hypocritement ! Eux qui avaient dénigré l'endroit quelques minutes plus tôt. Mailloux surtout ! Mais il retrouva vite sa bonne humeur lorsque Edmond lui tendit une bière avec un verre de cristal pour la verser.

— Pas nécessaire, j'la bois à bouteille, ça salit moins d'verres !

Rita s'empressa d'accepter un Coca Cola très froid et madame Huette en fit autant. Lucienne préféra un Seven Up et monsieur Bigras, une bière, mais avec un verre. Puis, après avoir jasé de tout et de rien, madame Huette demanda à son gendre :

— C'est bien beau ici, mais ça vous empêchera pas, j'espère, de venir manger un pâté chinois chez moi.

— Pas du tout, madame Huette, nous irons avec plaisir, Gervaise et moi. Vous cuisinez très bien à ce qu'on m'a dit.

Surexcitée par le compliment de son gendre, elle avait répliqué :

— C'est c'que j'fais d'mieux ! Même Gervaise cuisine pas bien comme moi ! Ni Rita ! Elles n'ont pas hérité ce talent de leur mère, ces deux-là !

Le juge, qui s'adressait à sa belle-mère avec un «madame Huette» et qui se laissait vouvoyer par elle, n'avait pas encore permis à Rita et Mailloux de le tutoyer. Comme le lui avait conseillé Gervaise, il les tenait à distance, peu enclin à être familier avec eux.

— Comment vont vos enfants, Rita ? Il faudra les emmener la prochaine fois, je leur montrerai comment couper des bûches de bois.

— Non, surtout pas, des plans pour qu'y s'coupent les doigts !

— Bien non, je blaguais, je leur donnerai une scie en caoutchouc, ce ne sera qu'un jeu... Comment va celui qui était sans cesse sur mes genoux, le p'tit noir avec un sourire enjôleur ?

— Vous parlez de Ti-Jean ? Y s'porte bien, c'est le moins tannant des quatre. Toi, ton Christian, Gervaise, y'est pas du monde ! On lui donne des ours en peluche et y trouve le moyen d'les éventrer pis d'sortir toutes les guenilles qui les rembourrent ! Y'a même fait ça avec la poupée d'chiffon d'la p'tite voisine !

Edmond s'entretint avec monsieur Bigras qui, plus cultivé que les autres, lui parla de politique quelque peu et le questionna ensuite sur son voyage à Hawaii :

— Y paraît qu'c'est beau par là ! Du soleil tout l'temps !

— Oui, mais il leur arrive d'avoir des ouragans... Faut bien choisir la saison quand on s'y rend. Mais ça nous a fait tellement de bien, c'était notre voyage de noces...

— Oui, on l'sait, a nous a raconté tout ça ! trancha madame Huette. Pendant qu'on gelait comme des rats dans nos logements mal chauffés, celui d'Rita plus spécialement !

Ils partirent et, restés seuls, Gervaise avait dit à Edmond :

— Tu voulais que je les invite, c'est fait ! Mais je ne compte pas les recevoir souvent. Nous irons plutôt les visiter, ça empêchera ma mère de se faire de la bile d'envie jusqu'à la vésicule !

Il avait éclaté de rire, et elle avait souri. Oui, madame Huette enviait sa fille d'être dans un tel confort alors qu'elle, en âge d'être la femme du juge, croupissait de misère dans son trois-pièces à ce qu'elle disait. Ce qui ne l'empêchait pas, grâce aux largesses du juge et de sa fille, d'aller «aux vues» chaque semaine avec Lucienne et de se payer des repas complets au restaurant Electra, une à deux fois par mois. Bigras, plus à l'aise à cause de son travail régulier, avait dit à sa femme lorsque l'automne survint:

— J'ai pas les moyens d'aller à Hawaii comme Gervaise pis le juge, mais on pourrait peut-être aller passer une p'tite semaine en Floride, cet hiver.

Folle de joie, Lucienne en avait fait part à Berthe qui s'était écriée:

— C'est ça, sacrez vot'camp pis laissez-moi toute seule! On sait ben, y fait d'l'argent ton mari, tandis que moi... Pas grave, Rita va rester icitte, elle aussi. Pis on ira aux vues ensemble.

— Bien, vas-y Berthe, Ernest et moi, on ira au cinéma en Floride quand il pleuvra. Y'a des théâtres partout aux États! Pis des bien plus grands qu'ici! J'ai vu ça sur les pamphlets qu'Ernest m'a rapportés de l'agence de voyages. Tu devrais voir la mer... Ça semble de toute beauté! Pis not'balcon va donner sur l'océan d'après nos plans. On va entendre le bruit des vagues d'la chambre! J'te dis qu'y m'gâte en sapristi, mon mari!

Gervaise et Edmond, souvent à la maison, passaient leurs soirées à regarder la télévision, à cuisiner ensemble, à faire des courses au «centre d'achats» de Roxboro, à aller au cinéma à Dorval, à vivre comme un couple heureux, sans que rien vienne entraver leur vie à deux. Edmond se demandait toutefois si Gervaise ne s'ennuyait pas dans cette vaste demeure quand il n'était pas là pour lui tenir compagnie. Ils avaient passé les Fêtes ensemble, sans se rendre à Québec cette fois. Ils figuraient qu'ils avaient assez festoyé avec le mariage et tous ces gens rencontrés au cours de l'événement. Nicole les avait invités à Boston, mais le juge avait décliné. Ils n'étaient allés que chez madame Huette, la veille du jour de l'An, afin de goûter à ses tourtières et remettre des cadeaux à Rita, à son mari et aux enfants. Puis, alors que le froid persistait en mars, Edmond avait demandé à sa femme un certain soir :

— Que fais-tu de tes journées ? J'espère qu'elles ne sont pas aussi monotones que celles que tu as traversées quand tu vivais avec Nicolas.

— Edmond, voyons, ça ne se compare pas. Je t'aime et je t'attends chaque soir avec un plaisir renouvelé. Ce qui n'était pas le cas... Et je t'en prie, cesse de comparer, ne me parle plus de lui ni du passé... Je suis si heureuse avec toi.

— Je le sens et je m'excuse si je t'ai contrariée... Tu aimes ta nouvelle voiture ?

— Bien sûr, une Mercedes-Benz ! Qui ne voudrait pas rouler dans une telle automobile. Sauf que ça me gêne de descendre en ville dans cette voiture, on me prend pour une millionnaire... Surtout quand je vais chez Rita sur la rue Sanguinet où tant de familles pauvres habitent.

— Oui, je sais, mais si tu le voulais, je pourrais t'offrir une seconde voiture, moins luxueuse cette fois, que tu utiliserais selon ton bon plaisir. Dans les produits de Chevrolet, peut-être ?

— Je ne dirais pas non, ça pourrait aider de temps à autre. Et j'ai toujours peur de me faire voler la Mercedes quand je stationne sur la rue, elle attire les regards, bien sûr, et elle attise les voleurs. J'ai toujours peur de la stationner près d'un coin de rue où des voyous se tiennent en groupe.

— Bah! n'y pense pas, nous sommes assurés contre tout, Gervaise, les accidents comme le vol. Tu sais, j'y pense, l'Expo 67 va ouvrir ses portes bientôt, ça te dirait d'avoir un passeport pour aller tout visiter?

— Non, pas vraiment, nous irons de temps en temps, Edmond. Nous visiterons quelques pavillons, mais de là à nous mettre en ligne pour justifier notre présence... Et ne compte pas sur moi pour utiliser le métro, je n'aime pas me retrouver parmi la foule.

— Aucun risque de ce côté, mon chauffeur privé va nous conduire quand nous irons.

En effet, l'Expo allait ouvrir ses portes au monde entier et Gervaise, curieuse comme tout le monde, avait hâte d'y faire une visite ou deux. Le maire Drapeau avait été si éloquent dans son dernier discours concernant l'événement.

Par un soir de la fin de mars, alors qu'ils se dirigeaient chez madame Huette pour la saluer, le juge se permit un détour afin d'explorer l'endroit où Gervaise avait grandi, rue Ontario. Quelle ne fut pas leur surprise de voir que la maison que monsieur Huette avait bâtie de ses mains était à vendre. Étonnée, Gervaise lui avait dit:

— En autant que ce soit de braves gens avec des enfants qui l'achètent...

— Tu as été heureuse ici, Gervaise?

— Oui, je l'admets, avec mon père, ma mère, ma petite sœur et...

— Tu peux m'en parler, voyons… Ton premier mari, celui qu'on appelait Ti-Gus… Le boulanger…

— Oui, avec lui aussi, même si je n'étais encore qu'une enfant. Imagine ! j'avais à peine dix-sept ans ! L'âge où l'on étudie, où l'on pense à son avenir… Et moi, j'avais déjà un mari.

— On peut la visiter cette maison. Pourquoi n'entrons-nous pas ?

— Pour déranger le propriétaire et lui faire perdre son temps ? Non, Edmond, soyons plus charitables, continuons, ma mère nous attend.

— Non, non, j'insiste, je veux voir un peu l'intérieur. J'enlèverai mes bottes, nous ne salirons pas…

Il persévéra tellement que Gervaise finit par plier et le suivre alors qu'il sonnait à la porte. Un homme dans la trentaine avec une petite accrochée à son pantalon vint ouvrir.

— On peut visiter, demanda le juge ?

Voyant que les visiteurs n'étaient pas du genre à habiter ce quartier, l'homme hésita, mais Gervaise le rassura :

— Nous ne prendrons pas beaucoup de votre temps, monsieur, c'est que j'ai grandi dans cette maison et que mon mari voudrait y jeter un coup d'œil… Vous acceptez ?

— Bien, dans ce cas-là, entrez, faites comme chez vous ! J'suis tout seul avec ma fille, ma femme est partie faire des commissions.

Edmond et Gervaise se déchaussèrent, entrèrent, et cette dernière voyant que rien n'avait changé, que tout était encore comme dans son temps, avait senti un frisson de nostalgie lui parcourir l'échine. Elle revoyait sa chambre qui était celle du couple maintenant, celle de Rita occupée par la petite fille, la cuisine avec un nouveau poêle et un prélart neuf, rien de plus… Edmond s'informa à savoir pourquoi il la vendait, et l'homme lui déclara qu'il retournait vivre avec sa famille sur la terre de son père, à Saint-Césaire. Le vieux était décédé… Il raconta un peu son histoire et, en sortant de la maison, après l'avoir remercié de sa gentillesse, Edmond, pensif, avait regardé Gervaise pour lui dire :

— J'y retourne, je l'achète, je la veux cette maison, Gervaise.

— Bien voyons donc, pour quoi faire ? Je n'en ai pas envie…

— Écoute, un bon geste ne fera de mal à personne, je l'achète pour y loger Rita et sa famille. Ses enfants seront mieux ici que dans leur logement.

— Rita ? Et si elle ne veut pas revenir ?

— Alors, j'y logerai ta mère, Gervaise ! Je l'achète, ce n'est rien pour moi, ce qu'il demande pour cette maison. Je l'achèterais même si personne de ta famille en voulait. C'est ici que tu as grandi, c'est très cher à mon cœur…

— Edmond, sois raisonnable. Ne te laisse pas avoir par les sentiments…

Il ne l'entendait plus, il n'écoutait que son bon cœur et sonna de nouveau à la porte donnant sur le trottoir. L'homme vint ouvrir une seconde fois et le juge, sans le laisser parler, lui déclara :

— Je l'achète votre maison, monsieur, enlevez la pancarte, nous irons chez mon notaire dès demain si vous le voulez et je vous donnerai ce que vous m'en demandez. Comptant !

Le proprio, la bouche ouverte, n'en croyait pas ses oreilles. Trois semaines qu'elle était à vendre, personne ne s'était montré intéressé, et voilà que cet homme aux cheveux gris accompagné d'une jolie femme venait de l'acheter sans même s'informer du mode de chauffage, du coût de l'électricité, de rien ! Il ne sut quoi dire et, après avoir signé avec Edmond une promesse d'achat et de vente, il avait dit à son épouse, à son retour de ses achats sur la rue Sainte-Catherine :

— C'est vendu, ma femme ! Un homme riche ! Sans même *barguiner* ! On passe chez le notaire demain ou après-demain ! C'est sûrement pas pour lui, y roule en Mercedes ! C'est peut-être un investisseur, mais ça change rien. C'est vendu, le croirais-tu ? Sa femme a habité ici quand elle était jeune. Ben, ça parle au diable ! Vendue, la maison ! T'iras faire brûler un lampion à saint Jude, j'lui en ai promis un ! J'croyais not'cause désespérée !

Edmond avait contacté son notaire et, après avoir invité le jeune père à le rencontrer à l'endroit convenu, il avait signé les papiers avec lui. L'homme comptait déménager avant que le mois s'éteigne et avait même promis à monsieur Lorain de faire un ménage avant de partir, de laisser la maison bien propre. Puis, avant que tout soit fait, Edmond et Gervaise s'étaient rendus chez Rita, un samedi, alors que Mailloux était avec elle :

— Dites donc, ça vous dirait de déménager ? demanda le juge, vous semblez à l'étroit, ici !

— J'aimerais bien ça, mais pour aller où ? Personne ne voudra nous louer avec quatre enfants pis mon mari qui vient de perdre sa job. Y va retourner au *bowling* pour nettoyer les allées en attendant et le pire, c'est que l'propriétaire nous menace d'augmenter le loyer! Ah lui! l'enfant d'c...

Elle s'était retenue et le juge, compatissant, lui avait dit :

— Ça vous plairait de posséder votre propre maison, Rita ?

— Vous voulez rire ? On n'a même pas une cenne en banque !

— Non, je suis sérieux, vous aimiez la maison dans laquelle vous avez grandi ?

— Sur la rue Ontario ? Bien sûr que j'aimais ça, c'était l'bon temps ! J'ai jamais oublié le quartier, toi non plus Gervaise, j'en gagerais ma chemise !

— Non, en effet, j'ai beaucoup aimé la maison de notre enfance.

— Alors, reprit le juge, elle est à vous et à votre mari, Rita. Je viens de l'acheter. Elle était à vendre, je l'ai vue en passant et je l'ai achetée. Le mois prochain, si vous vous grouillez, vous êtes dedans. Finis les embêtements, vous serez chez vous !

— Ben voyons donc... On sera pas plus riches là-bas qu'icitte ! On r'joint à peine les deux bouts !

— Ne vous en faites pas, vous n'aurez pas de loyer à payer, je l'ai achetée pour vous la donner ! Ce sera votre maison, pas celle d'un autre.

Mailloux et Rita se regardaient, ils avaient peine à croire ce qu'ils entendaient... Émus, mais encore méfiants devant Gervaise, Rita avait demandé à sa sœur :

— C'est vrai, tout ça, Gervaise ? Je ne rêve pas ?

— Non, c'est vrai et c'était l'idée d'Edmond. Moi, je ne serais jamais repassée par là. C'est lui qui m'a demandé de lui faire visiter le quartier où j'avais grandi, et comme la maison était à vendre... C'est drôle, c'est comme si papa lui avait indiqué quel chemin prendre. Je suis certaine que papa pis Ti-Gus... J'en ai des frissons juste à y penser, Rita, mais ces deux-là et le bon Dieu y sont pour quelque chose. Faudra les remercier...

Rita essuyait quelques larmes, alors que Christian pleurait de la voir pleurer et que Jean, attiré par Edmond, voulait se faire prendre. Les deux autres, plus sages, allaient maintenant à la petite école. Yvon, heureux mais songeur à la fois, avait dit au juge :

— Si seulement j'avais un autre emploi... Laveur d'allées de quilles depuis la perte de mon autre job, ça va pas mettre grand-chose sur la table, ça !

— Dites donc, ça vous plairait d'être concierge dans un immeuble ?

— Concierge ? Oui, peut-être, j'ai jamais fait ça...

— Bien, vous allez l'apprendre, Yvon, on en cherche justement un à la Cour municipale où j'ai des contacts. L'emploi est à vous si vous le voulez... De là, vous pourrez aller partout par la suite, les bons concierges sont difficiles à trouver. Celui qui est en place pourrait tout vous apprendre. Il se retire, il est devenu trop vieux pour le travail à assumer. Ça prend de bons bras, il ne les a plus, il a été très malade au printemps.

C'était la joie entière au sein du couple. Rita ne savait comment remercier son beau-frère ainsi que sa sœur qui était sans doute pour quelque chose dans cette démarche. Puis, embrassant le juge sur la joue, elle demanda à Ti-Jean d'en faire autant avant de dire à Mailloux :

— J'en r'viens pas ! Ça s'peut pas ! On va être chez nous, mon grand ! Plus personne pour nous faire ch… Non, j'm'excuse, c'est l'emportement ! Merci encore, merci pour nos enfants !

Berthe Huette, ayant appris la nouvelle, était très heureuse pour Rita tout en se demandant pourquoi on n'avait pas pensé à elle. Sans lui dire qu'elle était le deuxième choix de son mari advenant un refus de Rita, Gervaise lui fit comprendre que la maison était trop grande pour une femme seule. Ce à quoi Berthe avait rétorqué :

— Ben voyons, qu'est-ce que tu dis là ? J'l'ai habitée toute seule, la maison, quand Rita a sacré l'camp avec Mailloux ! C'est pas si grand, on s'cogne pas sur les murs en s'tournant d'bord dans c'te maison-là ! C'est pas comme icitte…

— Maman ! Tu serais triste de partir d'ici pour te retrouver dans quelque chose de plus grand. Pense à l'entretien, tu t'en plaignais ! Pense à Lucienne et à Ernest ! Qu'est-ce que tu ferais sans eux que tu visites chaque soir ou presque ? Avec qui jouerais-tu au paquet voleur ? T'as toujours ton jeu de cartes dans ta poche de tablier quand tu descends chez eux…

— Ouais, t'as raison, j'serais ben mal prise sans eux autres en bas d'chez moi ! Si j'tombais malade, si j'avais des ennuis d'santé… Pis, Rita a plus besoin d'espace que moi avec ses quatre garçons. J'vais arrêter d'penser juste à moi pour une fois, j'suis contente pour elle. Aie ! une maison payée à leur âge ! J'vas l'dire vite à Lucienne ! Ça va lui en boucher un coin, elle arrête pas de jouer avec mes nerfs avec son p'tit voyage en Floride ! Quand a va s'rendre compte qu'on est d'une famille plus riche qu'elle… J'l'aime bien, mais a s'prend pour une autre, des fois ! Une chance qu'Ernest est pas comme elle ! J'l'appelle, Gervaise ! Pis, après, j'vas téléphoner à Rita pour la féliciter pis l'encourager. J'vas même lui offrir un coup d'main pour déménager. J'sais mieux qu'elle comment paqueter d'la vaisselle, moi !

— Ils partent quand pour la Floride, les Bigras ? Si ça continue, l'hiver va être fini…

— Ben, c'est justement pour cette raison, ça coûte moins cher à la fin de mars. Ils s'en vont la semaine prochaine. Y va peut-être commencer à faire beau icitte, mais pas pour se baigner comme y vont l'faire là-bas.

— Ça te tenterait d'aller en Floride avec Ernest et Lucienne, maman ?

— Ben oui, mais avec quoi ? J'ai rien d'côté, j'arrive juste…

— Ne t'en fais pas, je vais demander à monsieur Bigras s'il accepte que tu sois du voyage et je te paye tout ça, maman. Tu en as fait beaucoup pour moi et t'en remettre un peu me fera plaisir.

— Ben voyons, Gervaise ! Tu peux pas faire ça avec l'argent de ton mari…

— J'ai des sous, moi aussi, mais Edmond sera heureux de te payer ce p'tit voyage, il a le cœur sur la main comme ce n'est pas possible. Et il t'aime beaucoup, maman.

— Moi aussi, mais ça m'gêne en maudit d'accepter un tel cadeau. J'ai même pas d'costume de bain à me mettre sur le dos…

— Je vais y voir, maman. Laisse-moi d'abord parler à Ernest et je te rappellerai ce soir, quand ce sera fait.

Et, comme convenu, Gervaise rappela sa mère le soir pour lui dire que les Bigras étaient plus qu'heureux de l'avoir avec eux pour leur voyage, ce qui réduirait le coût de la chambre d'hôtel avec deux lits. On allait les séparer par une couverture tendue sur une corde pour que Berthe soit plus à l'aise… Mais Gervaise creva leur ballon en leur disant que sa mère aurait sa propre unité de motel qu'elle lui réserverait au même endroit. Elle ne tenait pas à ce que sa mère, pudique sur les bords, ait à partager la chambre de monsieur Bigras qui, de plus, ronflait quand il dormait. Et comme Berthe pétait… Madame Huette fit donc partie du voyage avec un maillot de bain, des vêtements d'été neufs, de l'argent pour dépenser, l'avion et le motel payés. Gervaise et Edmond n'avaient rien ménagé pour la rendre confortable, et tout ce que Berthe eut à apporter… c'est un jeu de cartes qu'elle glissa dans sa sacoche !

L'été se présenta. Rita était installée dans sa maison avec son mari et ses enfants, Yvon avait commencé à travailler comme concierge à la Cour municipale, un travail payant qu'il adorait. Il apprenait vite, il était poli, affable, dévoué, bref, toutes les qualités requises pour un poste comme le sien. C'était donc le bonheur total au sein de la famille Mailloux sur la rue Ontario où d'anciens voisins les avaient accueillis avec joie. Madame Huette avait fait un beau voyage en Floride avec Ernest et Lucienne, ils avaient joué aux cartes le soir, profité du soleil l'après-midi, magasiné quelque peu, mangé dans des restaurants de l'endroit. Gervaise avait tout prévu et sa mère était partie avec pas mal de dollars américains dans son portefeuille. Un voyage dont elle allait se souvenir longtemps. Entre-temps, le juge avait eu soixante-neuf ans et Gervaise avait discrètement fêté, en juin, ses trente-neuf ans, chez Magnani avec lui. Très à l'aise dans sa spacieuse maison, elle avait engagé deux bonnes pour l'entretien, deux cousines qui faisaient des ménages ensemble, ce qui lui évitait cette pénible corvée. Elle cuisinait le soir pour son mari, elle allait au cinéma avec lui, ils avaient vu le film *Arabesque,* avec Gregory Peck et Sophia Loren, que Gervaise avait aimé. À cause de Gregory Peck qu'elle trouvait fort bel homme. Comme Edmond s'était rendu compte qu'elle n'aimait pas le théâtre, il avait annulé son abonnement annuel pour se consacrer aux concerts et au cinéma afin de plaire à sa femme. Ils étaient allés à l'Expo 67 deux ou trois fois visiter quelques pavillons. Edmond avait aimé celui de la France et Gervaise avait préféré celui des États-Unis. «La grosse boule», comme elle l'appelait. Ils s'aimaient comme des enfants. Avec des mots gentils, des gamineries, de la tendresse, des sorties, de la candeur, de l'entrain... Sans avoir besoin de visiteurs, ils se suffisaient, ils se sentaient nombreux... à deux ! Et leur vie de couple allait bon train.

En septembre, alors que le juge siégeait en Cour d'appel et qu'il s'apprêtait ensuite à rentrer chez lui, quelle ne fut pas sa surprise de croiser, dans un couloir, Paul-Henri Delval, son ami d'antan, l'avocat retraité, qui était venu déposer des papiers pour Nicolas qui plaidait à Trois-Rivières ce jour-là. Reconnaissant son supposé vieil ami, Paul-Henri s'était écrié :

— Monsieur le juge ! Quelle belle surprise ! J'ai pensé à vous fort souvent ! Que devenez-vous ?

— Mais je siège encore, mon ami. Et vous ?

— Oh ! la retraite depuis longtemps, j'avance de plus en plus en âge... J'ai perdu ma femme, vous savez...

— Oh ! j'en suis désolé, monsieur Delval. J'ai perdu aussi la mienne, il y a quelques années.

— Nous avons donc vécu un deuil bien cruel tous les deux. De telles épouses ! Ah ! que la vie est injuste !

— C'est la loi du Tout-Puissant, Paul-Henri. Toutefois, je me suis remarié, il y a plus d'un an. J'ai fait le saut une seconde fois et je ne le regrette pas, j'ai une femme extraordinaire encore une fois.

— Je vous en félicite. Je n'ai pas eu cette chance de rencontrer. Et puis, comme je suis plus âgé que vous, le veuvage me convient davantage. Dites donc, ce sont les nominations de juges l'année prochaine ? Croyez-vous que Nicolas aurait une chance, cette fois ? Avec un bon mot de votre part aux ministres, bien entendu. Il est si sérieux, il a quarante-sept ans maintenant, ce n'est plus un jeune homme...

— C'est à y penser, Paul-Henri. Il suffisait peut-être de vous rencontrer par hasard...

— Dites, pourquoi ne viendriez-vous pas souper à la maison et constater de vous-même ce qu'est devenu Nicolas ? J'ai aussi un petit-fils qui est avocat, mais il est bien jeune celui-là, le début de la trentaine seulement.

— Aller souper me serait difficile... Tiens ! pourquoi pas une petite visite en soirée ? Un verre pris entre amis ? Je pourrais vous présenter mon épouse.

— Quelle joie ce serait pour nous de la connaître ! Vous accepteriez ?

— Laissez-moi en parler d'abord avec elle avant de m'engager avec vous pour un soir précis. Vous savez, les femmes ont parfois des sorties entre elles dont nous ne savons rien, nous, les hommes. Mais je vous rappellerai si vous me redonnez vos coordonnées. Une requête cependant, j'aimerais que votre famille entière soit là, pas seulement Nicolas. Vos filles que je ne connais pas, les enfants de vos filles…

— Justement, Jean-René est le fils de l'une d'elles ! Soit ! Je les inviterai tous à cette rencontre, ils habitent tout près, nous avons envahi Westmount, comme vous le savez. C'est tout juste si je n'en suis pas le député ! s'exclama-t-il en riant.

Paul-Henri Delval redonna son numéro de téléphone au juge qui l'inscrivit dans son carnet en lui promettant de le rappeler dès qu'il aurait consulté sa femme. Ils se quittèrent sur une poignée de main, et le juge, juge, tenant le haut du pavé, se permit une réflexion à Paul-Henri :

— Faites un peu d'exercice, ne vous laissez pas aller, je remarque que vous courbez.

Une observation désobligeante qui n'avait pas plu au vieil avocat, mais qu'il allait vite essuyer du revers de la main, du moment que le juge Lorain puisse influencer la magistrature et autres en faveur de Nicolas.

Le soir, en compagnie de Gervaise qui venait de servir le thé au salon après avoir soupé dans la salle à manger, Edmond, prenant mille précautions, lui déclara :

— Tu ne devineras jamais qui j'ai rencontré aujourd'hui au palais de justice !

— Non, quelqu'un que je connais ?

— Et comment donc ! Paul-Henri Delval, ton ex-beau-père !

— Mais il ne pratique plus, que faisait-il là ?

— Il était allé porter des documents pour Nicolas. Nous avons causé longuement, il m'a parlé du décès de sa femme, je lui ai annoncé la mort de la mienne, qu'il avait connue, et je lui ai parlé de mon remariage et de mon bonheur actuel.

— Tu n'as pas mentionné mon nom, Edmond ?

— Mais non, voyons, je lui réserve plutôt la surprise...

— Que veux-tu dire ?

— Bien, Delval m'a invité à la maison pour un souper, mais j'ai plutôt opté pour un verre en soirée. Il désire me présenter une fois de plus son Nicolas pour la magistrature l'année prochaine. Comme si je ne le connaissais pas, cet abruti ! Il tient aussi à rencontrer la nouvelle madame Lorain...

— Il n'en est pas question, Edmond ! Jamais je ne me présenterai là !

— Il le faut, Gervaise, c'est une occasion unique de leur montrer ce que tu es devenue après avoir été tant méprisée.

— Non ! Je n'ai pas l'esprit vengeur, je ne veux faire de mal à personne. Qu'ils vivent en paix, je le suis, moi, maintenant. Non, Edmond, jamais je ne franchirai le seuil de cette maison. Tu t'imagines l'effet que ça produirait quand Nicolas me verrait à ton bras ?

— Oui, je l'imagine, et c'est justement ce que j'anticipe de voir, Gervaise. Ces gens ont été ignobles avec toi, Nicolas le premier ! Il fallait que le temps se charge de les punir de leurs gestes et leurs vilains propos, et cette rencontre serait...

— Non, ce ne serait qu'une vengeance, rien de plus. Je ne veux pas…

— Pas une vengeance, Gervaise, mais une juste pénitence. Crois-moi, je suis juge, et les condamnations sont parfois plus sévères que celle-là. C'est le Ciel qui l'a remis sur ma route, Delval, et l'idée a germé… Il faut qu'ils sachent tous que celle qu'ils ont répudiée après l'avoir traitée comme une traînée est maintenant au-dessus de tout ce qu'ils entrevoyaient pour elle. Ses sœurs devaient te souhaiter de retourner dans la plèbe, comme elles le disaient, de revivre avec ta mère dont elles se moquaient. Je ne suis pas méchant, tu le sais, je suis un homme affable, un juge même trop bonasse, mais j'ai le sens de la justice, et ce qu'ils t'ont fait, mon adorée, ils doivent le payer. Que moralement ! Visuellement seulement ! Mais ça va leur démontrer que, sortie de cette famille de névrosés, une femme peut avoir un meilleur sort que celui qu'on lui souhaitait. Fais-le, Gervaise, accompagne-moi, je t'en conjure, c'est sans doute ton père et ton premier mari qui, de l'au-delà, ont planifié cette rencontre pour ensuite me conjurer d'accepter l'invitation… au moment où j'allais refuser.

— Mais, ça ne se fait pas, Edmond, je ne suis pas pour arriver là sans qu'ils sachent à quoi s'attendre ? Imagine…

— Ils veulent rencontrer la nouvelle madame Edmond Lorain ? Ils la verront ! Et, mieux encore, tu arriveras après moi, trente minutes plus tard, alors que le chauffeur te déposera. J'aurai eu le temps de leur montrer, en photos, notre maison de Saraguay…

— Qui sera là ? Que Nicolas et son père ?

— Heu, oui… Et peut-être le petit-fils, avocat lui aussi.

Edmond n'avait pas osé lui dire que toute la famille Delval serait présente, car Gervaise aurait refusé de s'y rendre, pour ne pas revoir ses ex-belles-sœurs dont elle avait gardé une si vilaine image. Songeuse, quelque peu nerveuse, mais sentant que la revanche serait chère à son cœur pour l'homme qui l'avait brusquement quittée et humiliée, elle accepta d'y retourner, en femme de juge, avec le plus d'irrévérence possible dans le regard. Afin de lui démontrer, ainsi qu'à son fieffé Jean-René, qu'elle avait trouvé après eux un bonheur qui les outrepassait tous deux. L'oncle comme le neveu !

Edmond avait attendu une autre journée avant de fixer un rendez-vous pour le vendredi soir, le 6 octobre, si la date convenait aux Delval. Ce qui fut accepté par Paul-Henri qui s'était écrié :

— J'ai parlé de votre venue à Nicolas, à mon petit-fils et à mes filles, et le ravissement a été total. Connaître votre femme sera un atout de plus pour elles, mes filles n'ayant pas eu le privilège de rencontrer votre première femme... Je m'excuse d'en raviver le souvenir.

— Ne vous excusez pas, c'est la vie, Paul-Henri, et je suis peiné de ne pas revoir la vôtre qui avait été charmante. Un fait cependant, je vais arriver sans mon épouse, le chauffeur viendra la déposer un peu plus tard, le temps de vous la présenter et de prendre une consommation. Elle doit aller chez sa mère juste avant, elle arrivera donc tardivement, ce qui nous aura permis de parler de magistrature avec Nicolas.

Paul-Henri jubilait ! Il était d'ores et déjà certain que son fils adoré serait promu juge ! Ce qu'il s'empressa de lui dévoiler au bout du fil. Nicolas, ravi de sa réaction, lui avait tout de même dit :

— Ne sois pas si emballé d'avance, papa, il y a d'autres candidats et d'autres juges qui influencent, pas seulement lui.

— Oui, je sais, mais le juge Lorain est le plus respecté et les autres ne jurent que par lui quand vient le temps de se prononcer. Et comme on doit nommer trois nouveaux juges... C'est presque dans le sac, Nicolas !

Gervaise, encore songeuse, avait dit à son mari, sachant que le rendez-vous était pris :

— Savent-ils que c'est moi qui suis ton épouse ?

— Bien sûr que non, Paul-Henri n'aurait pas eu l'indélicatesse de me demander ton prénom. Ils attendent madame Lorain !

— Tu aurais pu lui dire qui j'étais, ce qui aurait atténué la stupeur...

— Gervaise, ne me déçois pas ! J'ai tout organisé maintenant !

Voyant que son mari avait froncé les sourcils, ce qui n'était pas bon signe, elle préféra se taire. N'avait-il pas organisé le mariage aussi ? Edmond était du genre à prendre les rênes quand il s'agissait de foncer... Déformation professionnelle, sans doute, mais elle était nerveuse, voire agitée...

— Ces gens ont été misérables envers toi ! Ils t'ont traitée avec mépris, avec dédain, ils ont dénigré ta mère, ta sœur... Ils t'ont fait vivre un enfer, Gervaise, et tu voudrais qu'on les épargne ? Nicolas, même s'il disait t'aimer au début de votre union, n'a pas hésité à se défaire de toi quand il a rencontré la fille d'un sénateur, c'est toi-même qui me l'as dit !

— Oui, c'est vrai, du jour au lendemain ou presque... Mais il a été puni, le sénateur n'a pas d'argent et sa Janie lui fait la vie dure... Elle lui a donné des jumeaux, lui qui ne voulait pas d'enfant...

— Je ne veux pas le punir davantage, Gervaise, pas plus que je ne veux les condamner à payer pour ce qu'ils ont fait, je veux seulement qu'ils voient ce que tu es devenue sans eux, ce que nous avons accompli ensemble. Je veux que ce soit toi, cette fois, qui les regardes de haut !

— Je ne peux pas faire ça, ce n'est pas dans ma nature...

— Tu n'auras pas à lever la tête, Gervaise, tu n'auras qu'à les regarder tour à tour dans les yeux et ils vont comprendre. Tu fais comme si de rien n'était, tu ne parles presque pas, tu ne les questionnes pas, tu réponds à leurs questions, pas plus. Et avec condescendance si tu le peux...

— Ce n'est pas dans mes habitudes...

— Laisse faire tes habitudes ! Quand tu seras là et que tout ce qu'ils t'ont fait te reviendra en mémoire, tu agiras peut-être autrement. Je leur présente ma femme, celle que j'aime... Que le destin se charge du reste ! Je ne suis pas là pour les juger...

— Non, je sais, mais je me demande si ce que tu t'apprêtes à faire n'est pas pire...

— Gervaise ! Pas un mot de plus ! Laisse ton défunt père te guider !

Le soir du 6 octobre se présenta et, vers sept heures, Edmond se fit déposer chez les Delval pendant que Gervaise attendait chez elle que le chauffeur revienne la prendre un peu plus tard, pour qu'elle rejoigne son mari. Dès que le juge entra, ce fut le triomphe ! Ils étaient tous là ! Il y avait même Nadine qui avait décidé de suivre sa mère pour boire du vin, n'ayant pas son plombier à voir, ce soir-là. Edmond Lorain les scruta tous des yeux, il reconnut Nicolas qui avait quelque peu vieilli, grossi même, plus bedonnant que son père. Puis, à ses côtés, une femme pas jolie, les lunettes sur le nez, mal habillée, les souliers à talons plats, pas même coiffée... Janie, sa femme ! Les deux sœurs, Charlotte et Josiane, avaient pris place à la grande table pas loin d'où le juge serait assis, tout en laissant un fauteuil de libre pour... madame ! Ils ne devaient prendre qu'un verre pourtant, mais Paul-Henri avait décidé d'impressionner madame Lorain en leur offrant des bouchées du traiteur ainsi que des desserts variés que les sœurs de Nicolas avaient apportés. Le juge, en entrant, les avait vite repérées, les vilaines. Deux femmes bien mises, pas laides, pas belles, mais présentables. L'une plus ronde que l'autre, la plus jeune des deux... Josiane, comme l'avait présentée son père au magistrat. Charlotte, plus discrète, s'était contentée de le saluer avec respect et, à ses côtés, Jean-René, très bel homme du début de la trentaine, lui avait offert son plus joli sourire. Comme il le faisait pour tous, homme ou femme, quand il reniflait une bonne affaire. Trop jeune pour la candidature, il se disait que le juge Lorain était homme à connaître, que son nom se placerait bien dans ses futures conversations. Nicolas était nerveux, il appréhendait le moment où le juge parlerait de sa candidature, mais il n'en fut rien et, après trente minutes, il commençait à regarder son père d'un air découragé. Le juge avait plutôt décidé de leur en mettre plein la vue en faisant circuler des photos de sa superbe maison de Saraguay ! Josiane s'était enthousiasmée, elle n'avait pas tari d'éloges pour l'endroit, la grande véranda et le bord de l'eau tout près, où deux chaises attendaient... Charlotte avait aussi été admirative, mais sans autant d'exclamations que sa sœur cadette. Sans le dire cependant, elle trouvait que le juge était fort bel homme. Plus élégant, plus jeune, quoique plus vieux que la première fois où elle l'avait aperçu de sa fenêtre. Le juge parla du décès de Simone, de la peine de son fils unique, Pierre, puis de ses petites-filles qu'il aimait beaucoup et qui grandissaient à vue d'œil. Sans le montrer, Nicolas s'impatientait, le juge ne parlait pas du sujet qu'il anticipait depuis son arrivée. Pire, il l'ignorait ! Il s'adressait plus souvent à son père ou à Jean-René qu'à lui, ce qui le dérangeait. Nicolas avait certes tenté de parler de procès, de causes en appel, afin de remettre le juge sur les rails de sa fonction, mais ce dernier, plus habile que lui, avait choisi de répondre :

— Ne me parlez pas de sentences ce soir, Nicolas, ça risquerait d'ennuyer ces dames...

Puis, s'adressant à Charlotte, il lui demanda :

— Vous avez voyagé beaucoup ? Vous avez vu l'Italie ! Ma femme et moi sommes allés nous reposer à Hawaii et ce fut le paradis sur terre.

— Heu... non, je ne voyage pas beaucoup, j'ai vu Paris, il y a quelque temps...

— Et vous, Josiane, vous avez visité des pays ? Avec votre fille ?

Et c'est Nadine qui répondit :

— Non, monsieur, ma mère ne quitte pas la maison, elle me surveille ! À mon âge ! Elle serait mieux de voyager, n'est-ce pas ?

Josiane afficha un sourire, comme s'il s'agissait d'une blague, pour ensuite répondre :

— Mon mari et moi avions visité la Belgique lors d'un voyage…

— Votre voyage de noces, maman ! Que celui-là ! Sois franche !

Cette fois, Josiane l'avait trouvée moins drôle et, la regardant, elle lui dit devant toute la famille :

— Tu devrais savoir, à ton âge, qu'il est impoli d'interrompre, Nadine ! N'est-ce pas, monsieur le juge ?

— Oui, à moins que ce ne soit pour préciser un point dans le même sujet de conversation. Ce qu'elle a fait et qu'on entend souvent dans les plaidoyers entre avocats. Les spécifications !

Enfin, il avait prononcé le mot « plaidoyer », ce qui laissait croire à Paul-Henri et Nicolas que le juge Lorain allait s'ouvrir sur sa fonction et la nomination des nouveaux juges l'année prochaine. Mais, très sérieux, il avait regardé sa montre pour ajouter :

— Mon épouse sera ici d'un moment à l'autre. J'irai lui ouvrir, si vous le permettez, et je reviendrai vous la présenter, ce qui sera moins embarrassant pour elle que d'arriver seule devant la famille entière.

— Comme il vous plaira, monsieur Lorain, de répondre Paul-Henri. Vous êtes le maître ici, ce soir ! ajouta-t-il, pour être encore plus lèche-cul pour son fils unique !

On sonna à la porte et Edmond s'empressa d'aller ouvrir. C'était Gervaise! Emmitouflée dans un vison blanc des plus coûteux. Une dame de service s'était emparée du manteau de madame pour le déposer sur un cintre et Edmond, la regardant des pieds à la tête, la trouva magnifique! Pour ne pas avoir l'air trop jeune à ses côtés, Gervaise s'était fait faire par son coiffeur un chignon qui reposait sur sa nuque. Puis, maquillée avec soin, le rouge à lèvres orangé, le mascara bien appliqué, elle avait revêtu une robe satinée fort moulante et décolletée. Dans les tons de pêche pour mettre en valeur son bronzage entretenu depuis l'été. De longues boucles d'oreilles, en cristal de roche, avec quelques perles ovales sur les tiges, pendaient à ses lobes. Pas de collier, que sa poitrine ferme quelque peu dévoilée. À son poignet, un bracelet de filets d'or de deux pouces de largeur et, à son doigt, le diamant solitaire de trois carats avec lequel le juge l'avait mariée. Dans son autre main, à l'auriculaire, une bague plus délicate sertie de diamants et de petites opales pour s'agencer à sa robe. Elle était remarquable! Jamais le juge ne l'avait vue si belle, si désirable! Il était certain que Gervaise, prise au piège du coup bas du juge, avait tout mis en œuvre pour être à la hauteur de ce qu'il attendait d'elle. Les jambes parfaites, les souliers de satin pêche à talons hauts, il lui offrit son bras pour entrer avec elle dans la salle à manger où sept personnes tournèrent la tête pour la voir apparaître. Et ce fut le silence total! On venait de la reconnaître et on était paralysé par sa présence. On aurait pu entendre une mouche voler… Paul-Henri, mine de rien, s'approcha d'elle pour lui dire comme si elle était une étrangère: *Enchanté!* après que le juge eut annoncé:

— Je vous présente mon épouse, Gervaise Huette Lorain.

Pour qu'on sache qu'il s'agissait bien d'elle. En chair et en os ! Dans la salle à manger qu'elle avait tant détestée et qui lui répugnait encore. Constatant la consternation qu'elle venait de semer au sein du groupe, Gervaise retrouva son aplomb pour jouer le jeu prévu par son mari. Elle avait entendu des *Enchantée* par ci, des *Enchanté* par-là, Nicolas et Jean-René s'étaient levés… les femmes étaient restées assises. Elle prit place sur le fauteuil qu'on lui avait réservé juste à côté de Josiane et, sans la regarder, Gervaise avait dit à son beau-père :

— Rien n'a changé ici, vous êtes très conservateur, monsieur Delval.

Puis, se tournant vers son mari, elle lui dit :

— Tu vois, Edmond ? C'est une horloge comme celle-là, mais plus grosse, de plain-pied, que j'aimerais trouver pour notre grand salon !

On lui versa un verre de vin blanc duquel elle ne but qu'une gorgée puis, tel que scénarisé par son mari, elle regarda les convives l'un après l'autre, avec un sourire parfois gentil, parfois narquois. Elle avait dit à Nadine en la regardant :

— Tu as beaucoup changé, tu es devenue une très jolie jeune femme…

Cette dernière, éblouie par la beauté de Gervaise, avait réussi à balbutier… *Merci, ma t…*, pour s'arrêter au dernier mot de son bout de phrase. Gervaise, la sentant embarrassée, lui dit :

— Tu peux prononcer le mot tante, je l'ai été, Nadine, et tu l'es encore dans mon cœur. Je pense à toi souvent.

Janie, la femme de Nicolas, prise de stupeur devant l'ex-femme de son mari, qu'elle avait reconnue grâce à son prénom et à la familiarité qu'elle avait employée avec Nadine, avait froissé de sa main nerveuse la manche de veston de Nicolas. Ce dernier, ne pouvant soutenir le regard de Gervaise lorsqu'elle posa les yeux sur lui, avait lâchement baissé les siens. Jean-René, pour sa part, avait soutenu le regard de Gervaise avec un sourire qui en disait long. Il la trouvait encore si belle, si voluptueuse… Il se disait que, dans la trentaine, il aurait peut-être eu des chances d'être enfin désiré par celle qu'il avait sans cesse sollicitée si Nicolas l'avait gardée. Mais Gervaise passa au suivant, après s'être montrée ravie du regard de revoir le neveu qui avait tout de même été le seul à l'avoir acceptée dans cette famille diabolique lors de son arrivée. Elle n'avait rien oublié… Le juge, satisfait de la prestation de Gervaise, content de l'étonnement de chacun, de leur admiration, de leur…

On ne pouvait décrire ce qu'ils ressentaient tellement ils avaient été pris à la gorge par cette vision inattendue. Gervaise, assise sur le bout du fauteuil, le dos bien droit, le buste en évidence, avait repris son verre pour en déguster une autre gorgée et demander à Josiane si elle avait des nouvelles de madame De Querres. Cette dernière, bégayant, lui répondit :

— Non je ne la vois que rarement, sa fille également…

Et Nadine, une fois de plus de préciser :

— Ça se comprend, elle a vendu, elle a déménagé, sa fille était hospitalisée ou en convalescence… je ne sais trop, mais c'est une autre famille qui habite là.

Edmond, pour détendre un peu l'assistance, avait dit :

— Je vois que vous connaissez tous ma femme, je vous en réservais la surprise, cependant. Gervaise et moi nous sommes rencontrés par pur hasard chez Dupuis où elle gérait deux départements. Quelle heureuse coïncidence ! Nous avons pris un café ensemble et le destin a fait le reste. Elle était libre, moi aussi… De toute façon, comme vous la connaissez déjà, inutile de vous en parler davantage, n'est-ce pas, chérie ?

— À moins qu'on ne m'ait complètement oubliée, ce qui me surprendrait…, ajouta-t-elle, en regardant Nicolas.

Voyant la scène, Janie s'était levée pour se diriger vers le vestiaire où se trouvaient les manteaux, pour attendre son mari. Nicolas, mal à l'aise de l'attitude de sa femme devant le juge, avait dit à ce dernier :

— Il faut l'excuser, elle n'est pas bien ces temps-ci…

— Qu'importe, lui répondit le juge. Quand on quitte la table, on s'en excuse habituellement.

La remarque lui était arrivée en plein visage comme une gifle ! Il était sûr que le geste posé par sa femme allait nuire à son éventuelle candidature. Janie, par son impudence soudaine, avait insulté le juge, un homme de prestige venu les rencontrer. Dieu qu'il détesta sa petite peste de femme ce soir-là ! Et ne sachant où poser les yeux, il regarda furtivement Gervaise en songeant qu'à trente-neuf ans, plus sublime encore qu'à trente ans, elle aurait été celle qu'il aurait dû avoir à ses côtés indéfiniment… Pour sa carrière comme pour son orgueil ! Mais, sentant qu'il la regardait désespérément, Gervaise avait tourné les yeux vers Jean-René pour lui demander subrepticement :

— Le travail, ça va ? Toujours célibataire à ce que je vois ?

— Heu… oui, tu… vous savez…

Il ne savait plus s'il devait la tutoyer ou la vouvoyer. Il opta pour le vous et continua :

— J'ai beaucoup de clients, ça va de ce côté et, comme vous me connaissez bien, ma vie intime laisse à désirer. Je n'ai pas eu l'heureux hasard de votre mari, encore… J'attends, un jour viendra, n'est-ce pas monsieur Lorain ?

— Oui, Jean-René, tout vient à point à qui sait attendre.

Sur ces mots, le juge regarda l'horloge du salon et avisa Gervaise qu'il était temps de rentrer, que le chauffeur était sans doute à la porte avec la limousine. Les sœurs Delval n'en croyaient pas leurs oreilles ! *La limousine ! Pour elle ! Pour la veuve du boulanger qui avait réussi à entortiller dans ses filets un juge plus vieux qu'elle ! Ah, la garce !* pensaient-elles, tout en lui souriant comme si elle était une convive appréciée. Pour que Nicolas ne soit pas puni par le comportement de sa femme. Pour sauver la face ! Pour que leur frère devienne juge et qu'il se débarrasse de cette emmerdante Janie qui désirait un autre enfant !

Madame Edmond Lorain, altière, se leva et se dirigea vers l'entrée où la dame de service lui remit son vison que le juge l'aida à endosser. Jean-René l'avait suivie des yeux… Elle était plus séduisante que jamais ! Il en salivait, le jeune avocat ! Mais comme elle ne serait jamais à lui… Il regardait Nicolas avec mine de lui dire : *T'as fait une maudite belle erreur ! Regarde ce qu'elle est devenue ! Je parle de sa beauté…* Nicolas l'avait bien observée et, constatant qu'elle était mieux conservée que lui, il camouflait derrière une patère son ventre rond… qui le précédait ! Gervaise, manteau sur le dos, un bras sous celui de son mari, leur avait dit :

— Je ne ferai pas le tour avec la main tendue, vous êtes trop nombreux, mais je vous remercie de l'accueil, monsieur Delval, ainsi que du bon vin auquel j'ai fait honneur. Un Saint-Véran, je crois ? J'ai bien lu ?

— Oui, madame Lorain, c'est le meilleur, celui que je préfère. Il est doux et suave à la fois. Vous ne le connaissiez pas ?

— Non, mon mari a sa réserve de châteauneuf-du-pape ainsi que celle de grands vins importés de tous les pays dans son cellier. Mais il faudrait bien ajouter celui-là, Edmond, pour le dessert seulement. Il a bon goût…

Tout ça pour ne pas avoir à saluer les deux sœurs qui la regardaient avec envie dans ce vison sans prix ! Elle offrit un dernier sourire quasi complice à Jean-René qui avait vite compris qu'elle venait de jouer sa meilleure carte. Elle avait redit à Nadine qu'elle était fort jolie, puis elle était sortie sans un mot de plus à l'endroit de Nicolas ni à son beau-père, en guise de conclusion. Nadine, à la fenêtre, souleva le coin du rideau pour voir le chauffeur en livrée leur ouvrir la portière. En extase devant le geste, elle avait dit à sa mère devant sa tante Charlotte :

— Je n'ai jamais vu de femme aussi belle ! Une reine ! Elle me fait penser à la Cléopâtre interprétée par Elizabeth Taylor !

— Charrie pas, Nadine, elle est juste maquillée comme Cléopâtre ! Trop maquillée ! Les paupières noires et grasses ! Pour tous les jours, en 1967… Regarde ! Ta tante Charlotte m'approuve de la tête ! Une fille de rien ! Tu l'as entendue parler de notre vin de table comme s'il n'était bon que pour un dessert ? Plus vache que dans le temps !

Mais Nadine, faisant la sourde oreille à leur mépris, ajouta :

— Je ne comprends pas qu'elle ne soit plus de la famille… Surtout quand je vois l'oncle Nicolas avec…

— Nadine ! S'il te plaît ! Un peu de respect ! s'écria sa mère.

— Bien quoi, personne ne m'entend, il n'y a que toi et tante Charlotte… Vous l'aimez, je suppose, la Janie ? Menteuses !


Paul-Henri, décontenancé, déboussolé, regardait son fils sans pouvoir ajouter un seul mot. Nicolas, outré, lui avait dit :

— Il n'a pas parlé un seul instant de ma candidature, papa. Et tu ne l'as pas entraîné sur le sujet. Il ne semble pas m'apprécier, c'était semblable la première fois qu'il est venu… Jamais je ne serai juge, il ne plaidera pas pour moi…

— Je lui parlerai, Nicolas.

— Il fallait le faire ce soir, papa, il était là pour ça !

— Oui, mais avec Gervaise, si je m'attendais à cela, moi…

— C'est à se demander si la rencontre n'a pas été orchestrée. Et pourquoi a-t-elle accepté de venir sachant qu'elle avait toujours été indésirable dans cette famille ?

— Sans doute pour nous le rappeler, mon fils, pour nous montrer ce qu'elle était devenue… Le juge était sans doute au courant de notre attitude envers elle.

491

— C'est toi qui as été le plus abominable avec elle, papa !

— Non, c'est toi, Nicolas. Tu étais marié avec elle. C'est toi qui l'as balancée pour ensuite divorcer et te marier avec Janie croyant que son père était riche. Ne me blâme pas pour ce que tu as fait ! Une fille de ta classe, selon toi ! Tu te souviens de ton emballement pour Janie, Nicolas ? Et elle t'a donné des jumeaux pour finir le plat ! C'était ton choix !

— Ah ! Celle-là ! Ne me parle pas d'elle, papa ! Elle m'a fait honte ! Elle n'a pas aidé ma cause ! Le juge était offensé, c'est ce qui a précipité son départ.

— Bien oui, sans manières, ta femme, sans retenue… Loin d'un comportement digne de son rang… Une fille de sénateur, pourtant !

Dans la limousine qui les ramenait à Saraguay, alors que Gervaise retrouvait peu à peu son calme, Edmond lui avait dit :

— Tu as été merveilleuse, ma chérie. À la hauteur…

— Je crois plutôt avoir été odieuse en agissant de la sorte. J'ai senti un vif malaise chez Nicolas.

— Tu ne leur as rien reproché, Gervaise, tu n'as été que présente en tant que mon épouse. Pourquoi t'en vouloir ?

— Nicolas était déchiré… Je le sentais, ça m'a émue.

— N'as-tu pas senti un déchirement, toi, quand il t'a quittée pour une autre ? Il disait t'aimer…

— Oui, tu as raison, Edmond, je m'en fais peut-être trop, mais comme il n'est pas dans ma nature…

— Tu étais altière, tu étais femme de juge devant eux, ils en ont eu plein la vue. Ses sœurs en bavaient ! Ce sont elles, les deux laides, qui t'ont fait tant de misère ?

— Elles m'ont surtout méprisée, Edmond. Et souvent humiliée. Elles me rappelaient sans cesse que je n'étais pas de leur monde, que j'étais la veuve d'un boulanger…

— Et, ce soir, tu es arrivée en femme de juge ! Ton père doit être fier de toi, et si ta mère le savait…

— Non, je ne compte rien lui dire. Ce qui s'est passé est entre toi, moi et eux. Si mon père y est pour quelque chose, merci mon Dieu, il m'aura aidée à tenir le coup. J'étais très embarrassée à mon arrivée, tu ne m'avais pas dit que toute la famille serait réunie.

— Non, parce que tu aurais fait marche arrière. Sur place, tu n'as pas eu d'autre choix que de les affronter, ces vipères ! Et Paul-Henri qui s'efforçait d'être aimable… Quel répugnant personnage ! Tout pour que son fils accède à la magistrature…

— Sera-t-il nommé juge, Edmond ? Vas-tu appuyer sa candidature ? Vas-tu tenter d'influencer les ministres ?

— Non, Gervaise, parce qu'au moment où cela va se produire, je serai retraité. Je compte me retirer au début de janvier. J'ai fait mon temps, je veux passer des jours heureux auprès de toi, voyager, nous amuser, prendre la vie du bon côté. De toute façon, que je sois là ou pas, Nicolas ne sera pas choisi, il n'est pas dans les bonnes grâces de mes collègues. Nicolas n'a pas la compétence ni l'empathie qu'il faut pour traiter des cas particuliers. C'est un homme sans âme, sans émotion, sans charité chrétienne. Il ne travaille que pour l'argent que ça lui rapporte. Il plaide pour des riches seulement, il dédaigne les pauvres, les assistés sociaux et les cas payés par le gouvernement. Et dans la fonction d'un juge, il faut être juste et équitable. Se pencher autant sur la misère que sur l'opulence. Savoir faire la différence, s'attendrir devant la veuve et l'orphelin… Ce qu'il n'a jamais fait, sa réputation le précède et, à l'instar de son père qui était semblable à lui, il restera avocat toute sa vie. Tout comme son neveu et sa Cadillac décapotable. Une famille de gens qui ne sont à l'aise qu'avec ceux qui le sont, tu comprends le jeu de mots ? Très éloignés des épreuves des autres, de la classe moyenne, d'une société qui n'est pas la leur… Tu le sais, tu en as fait partie, Gervaise, et ils te l'ont fait comprendre. Juste à voir le visage de ses sœurs, je les aurais humiliées davantage à ta place.

— Ne t'en fais pas, elles n'ont rien eu à dire pour que je sente le mépris qu'elles avaient encore pour moi. Imagine ! Épouse de juge et pas n'importe lequel, le plus respecté de la Cour supérieure, Edmond. N'était-ce pas assez comme punition pour elles ?

— Oui, tu as raison, et Nicolas n'est pas à plaindre avec sa femme sans manières. Il a ce qu'il mérite…

— Ne lui jette pas trop la pierre, mon chéri, souviens-toi que, sans lui, tu ne m'aurais jamais connue…

— Nous ne lui devons rien Gervaise, c'est le Ciel qui nous a réunis. Le bon Dieu l'aurait fait d'une manière ou d'une autre. Nous étions destinés l'un à l'autre… Nicolas ou pas, le Seigneur m'aurait envoyé chez Dupuis ce jour-là et, en te voyant, sans savoir qui tu étais, je t'aurais courtisée… Un seul regard et je t'aimais ! Qui donc m'a envoyé à ton comptoir, ce jour-là ? Ton père, ton boulanger, ma défunte femme ? Qui sait ? À moins que ce ne soit Dieu seul qui ait conçu tout ça, sans même nous consulter !

Elle se collait contre lui et, emmaillotée dans son vison blanc, elle l'entrouvrit pour mieux s'en rapprocher et sceller sa mise en scène de la soirée par un ardent baiser. Parce que, sans le lui avouer, Gervaise n'était pas tout à fait contrariée… d'avoir pu se venger.

# ÉPILOGUE

Fin avril 1968, le juge venait de fêter, très discrètement, ses soixante-dix ans. Son fils Pierre, aurait souhaité les souligner à Québec avec sa famille mais, peu fier d'être septuagénaire, Edmond Lorain avait décliné l'offre, avisant son fils, que juge ou pas, en tant qu'humain, il acceptait mal de tomber dans cette décennie qu'on retrouvait assez fréquemment dans la rubrique nécrologique du journal. La famille s'était donc inclinée devant sa décision et Gervaise n'avait pas insisté, sachant que bientôt, à son tour, elle allait afficher un chiffre rond au calendrier, ce qui la dérangeait excessivement. Le juge, sur les instances de sa femme, avait quand même souligné cet an de plus pour lui dans un bistrot du boulevard Gouin, avec une demi-bouteille de vin, un repas de moindre qualité et un morceau de gâteau maison. Gervaise lui avait offert, pour cet anniversaire, la dernière version du dictionnaire Robert ainsi qu'un pull à carreaux tricoté pour les soirs de mai, quand il irait s'allonger dans sa chaise près de la rivière.

Edmond avait pris sa retraite en janvier, tel que planifié, et on l'avait grandement soulignée au sein de la magistrature. Un dîner d'apparat, un discours de sa part, d'autres de quelques collègues, des poignées de main des fonctionnaires, ses cartables sous le bras, et un dernier parcours en limousine jusqu'à sa demeure car, dès le lendemain, elle ne serait plus à sa disposition. Le chauffeur, presque toujours le même depuis plusieurs années, avait les larmes aux yeux en le déposant à sa porte. Il avait apprécié ses années au service du juge Lorain, le plus agréable de la Cour, selon les autres chauffeurs. Edmond devrait donc conduire lui-même sa voiture désormais ou se payer des taxis. Le juge, peu habitué au volant, s'était dit que Gervaise leur servirait de conductrice lorsqu'ils auraient à se rendre au «centre d'achats», et qu'il ne conduirait lui-même qu'en de rares occasions, comme pour aller chez son barbier ou visiter son médecin de famille. Sa démission, sous forme de retraite, avait certes circulé de bouche à oreille, mais Paul-Henri Delval l'avait appris par un entrefilet dans le journal. Il préférait que Nicolas n'en sache rien pour l'instant, ça allait tellement mal pour lui en ce moment. Janie lui faisait des crises de jalousie, elle le menaçait de partir avec les jumeaux, ce à quoi il ne s'opposait pas trop.

— Laisse-la partir, ça va te défaire d'elle ! lui avait dit Josiane. Et les enfants, tu les verras quand tu voudras. Tu connais la loi de la séparation, non ? Mon ex-mari a vu Nadine quand il le désirait, c'était l'entente. Pour ensuite ne plus en éprouver le besoin quand elle est devenue adolescente. Il trouvait que je l'avais mal élevée... Qu'elle n'était bonne qu'à nous causer du trouble. Et maintenant qu'il la sait en amour avec un plombier, un homme marié, il l'a reniée, elle ne fait plus partie de sa vie. Il en est ainsi quand le partage n'existe plus dans un couple, mais c'est encore mieux que d'endurer une vie à deux sans amour. Comme la tienne et la mienne, mon p'tit frère !

Nicolas n'avait guère eu besoin de ses conseils, il avait déjà décidé de divorcer lorsque la loi serait passée, avant que Janie lui joue le tour de se retrouver encore enceinte. Libre comme le vent dès que leur désunion serait prononcée, il se promettait de vivre seul, de se débrouiller comme son père, avec cependant la toge de juge sur le dos. Tout allait se réaliser pour lui, sauf… la toge ! Quand il apprit par un confrère la retraite du juge Lorain à la fin de janvier, il faillit tomber à la renverse. Il téléphona à son père pour lui dire :

— Tu sais ce que je viens d'apprendre, papa ? Le juge Lorain a pris sa retraite ! Il ne sera plus en poste pour les candidatures en avril ! C'est épouvantable…

— Oui, je sais, je l'ai lu dans les journaux, Nicolas, ça m'a renversé…

— Et tu ne m'en as même pas parlé, papa ? Pourquoi ? Tu avais peur de ma réaction ? Mon chien est mort pour la magistrature, tu le sais ! Sans son coup de pouce, c'en est fini pour moi, les autres candidats sont plus solides. Nous sommes huit ou neuf en lice et on n'en nommera que trois… Ah ! le vieux crétin ! Je suis certain qu'il le savait quand il est venu nous visiter… Et dire qu'on l'a reçu comme un roi alors que son but était de nous écœurer en nous présentant sa femme, Gervaise ! Des représailles, rien de plus… Elle avait dû lui dire comment elle avait été traitée dans notre famille.

— C'est possible, Nicolas, mais qu'y pouvons-nous maintenant ? Je me fais vieux, j'ai des douleurs à l'estomac, les froids de l'hiver vont finir par avoir raison de mon cœur...

Et plus Paul-Henri tentait d'attendrir son fils sur son propre sort, plus ce dernier voyait le poste de juge lui échapper à tout jamais. Sans écouter les doléances de son père, il avait raccroché dans un geste de rage. Quelques jours plus tard, Janie quittait Nicolas avec ses jumeaux en lui disant de s'arranger avec ses avocats, ce à quoi il avait répliqué :

— Tes avocats ! Un ne te suffit pas ? Crois-tu avoir ce qu'il faut pour les payer, ces avocats-là ?

— Oui, sinon mon père va s'en charger !

— Ah oui ? Avec quoi ? Avec l'argent de sa maison hypothéquée quand il la vendra ? Il n'a qu'un titre derrière lui, ton père, pas un traître sou à la banque ! Décampe, Janie ! Bon débarras !

Et le mariage prit fin encore plus cruellement que lors de son divorce d'avec Gervaise. Sans même embrasser ses enfants !

Jean-René, de son côté, souriait de la précarité de son oncle Nicolas. Il savait que, sans l'intervention du juge Lorain, il n'avait presque plus de chance d'être nommé lors des candidatures. De plus, le sentant seul, au lieu de l'appuyer, il s'en éloigna peu à peu... Parce qu'il avait constaté que l'oncle Nicolas ne pensait qu'à lui, qu'à sa personne, pas même à ses enfants. Et aussi intraitable fût-il, Jean-René avait le culte de la famille. En son for intérieur, il revoyait

Gervaise qui avait fait le bonheur de Nicolas et qu'il avait humiliée en la quittant. Et il voyait maintenant Janie s'en aller avec deux jumeaux sur les bras et le mépris d'un mari qui ne l'avait jamais aimée. Il revoyait les Delval au complet, son grand-père pour lequel il n'avait aucun respect, sa mère qu'il ne fréquentait guère, sa tante Josiane qu'il détestait par-dessus tout et sa cousine Nadine, pour laquelle il éprouvait une certaine sympathie tout en lui reprochant d'être encore aux pieds de son vulgaire plombier alors qu'il aurait pu la présenter à quelques confrères. Finalement, il avait honte d'être de cette famille et fort heureux de ne pas en porter le nom. Mais il songeait encore à sa grand-mère, Marcelle, qui l'avait tant choyé étant jeune et qu'il avait sentie, toute sa vie, sous la domination de son vilain mari... Et Jean-René, éloigné de sa famille de plus en plus, se disait qu'un jour ce serait lui le juge tant convoité de la famille, le seul qui réussirait à en obtenir la toge. Parce qu'il ne portait pas le nom maudit des deux premiers, que tout le monde l'ai-mait, qu'il avait le don de se faire des amis, de séduire par son sourire et de se pencher sur les affligés autant que sur les mieux nantis quand venait le temps de choisir des causes. Somme toute, avec deux prédécesseurs, deux avocats ratés de sa famille qui avaient échoué, il n'allait pas en être ainsi pour lui. Très observateur, il allait éviter... leurs erreurs ! Et sur le plan intime, célibataire endurci, il allait attendre toute sa vie de rencontrer le sosie de Gervaise, celle qu'il aurait voulu aimer. En vain cependant, et en se consolant dans les bras de femmes voluptueuses de trente-cinq ans et plus... de temps en temps !

Gervaise était retournée chez Dupuis afin d'avouer à ses compagnes et ses patrons la réelle raison de sa démission, en leur montrant l'alliance que le juge, son mari, lui avait offerte en l'épousant. L'une des vendeuses parmi les plus fidèles, après l'avoir chaudement félicitée, lui avait dit :

— Une dame âgée est venue, elle m'a dit de t'annoncer que sa fille était décédée… Une dame Querre, ou Guerre, ou quelque chose du genre.

Gervaise avait compris que c'était madame De Querres qui était venue sans doute lui dire que Jacqueline avait été la première à partir et, pensant à cette brave mère, Gervaise, même sous le coup du choc, avait été soulagée pour elle. Peinée pour Jacqueline, se promettant de prier pour elle, bien sûr, mais heureuse pour sa pauvre mère qui allait maintenant finir sa vie dans la quiétude. Jacqueline ! Partie si jeune ! Emportée par son handicap ou son mal de vivre ? Par la poliomyélite de sa jeunesse ou par sa peine d'amour inconsolable ? Rentrée chez elle, chagrinée, elle l'avait remise aux bons soins de son père en le priant : *Veille sur elle, papa, elle n'a pas eu de père et elle en aurait tant eu besoin… Veille sur elle comme sur ta propre fille, c'est une belle âme que l'au-delà reçoit.* Puis, les jours suivants, elle avait tenté de joindre madame De Querres pour lui venir en aide, mais en vain. La mère de Jacqueline n'habitait plus rue Saint-Denis, elle était partie sans laisser d'adresse. Elle tenta de retracer la prénommée Gertie de la rue Victoria, mais quel était donc son nom de famille ? Gervaise ne l'avait pas noté… et l'avait oublié. Elle aurait pu l'apprendre en téléphonant à Nadine, mais elle n'osa pas composer son numéro de téléphone, de peur de tomber sur Josiane. Malgré tous ses efforts, Gervaise dut baisser les bras et abandonner ses recherches. Sans jamais savoir, au fil des ans, où se trouvait madame De Querres. Mais Jacqueline, sa seule amie au temps de ses années difficiles, était gravée dans sa mémoire. Si seulement elle avait su où elle reposait, elle serait allée déposer des fleurs sur sa tombe. À défaut de l'apprendre, elle lui fit chanter des messes et pria le Seigneur de la rendre heureuse dans sa vie immortelle.

Le mois de mai s'achevait à son tour et Edmond avait dit à Gervaise, un matin, en déjeunant sur la vaste véranda :

— Je ne veux pas de refus de ta part, promets-le-moi…

— Comment promettre sans savoir ce que tu vas me demander, mon chéri ?

Il sourit, elle avait raison, il le savait, et il y alla avec précaution :

— Écoute, tu vas avoir quarante ans en juin et comme c'est un tournant important dans la vie d'une femme, j'aurais souhaité les célébrer ici avec des membres de ta famille et de la mienne.

— Tournant important ? Néfaste, tu veux dire ! Comme si je tenais à les fêter ! Quarante ans ! Voyons, Edmond ! Quadragénaire ! Quelle femme souhaite un si pénible virage dans sa vie ? J'aurais voulu avoir trente-cinq ans jusqu'à la fin de mes jours, arrêter l'horloge du temps, figer mon âge à tout jamais à ce moment…

— Mais les pendules sonnent les heures pour tout le monde, Gervaise, pour toi comme pour moi… Le calendrier tourne ses pages… Et comme j'ai trente ans de plus que toi…

— Tu as pourtant refusé qu'on te fête, toi, lorsque c'était ton tour.

— Ça ne se compare pas, on ne fête pas quelqu'un de vieux.

— Et tu crois qu'il n'y a que toi qui vieillis ! Moi aussi, j'avance !

— Gervaise ! Je les prendrais bien tes quarante ans ! Donne-les-moi, si tu ne sais qu'en faire… Je ferais l'échange sans hésiter ! Fais-moi plaisir, laisse-moi te fêter sur notre belle terrasse. Avec juste quelques personnes que tu aimes… Et je te promets que c'est la dernière fois que je le ferai, tu passeras tous tes autres anniversaires sans être importunée par moi. Laisse-moi juste souligner celui-ci qui m'est cher…

Sachant qu'elle ne réussirait pas à le faire changer d'idée, qu'Edmond avait la tête dure, elle lui demanda :

— Qui comptes-tu recevoir pour cette occasion ?

— Bien, ta mère, ta sœur et ton beau-frère, leurs enfants, Pierre et Guylaine, leurs deux filles, et Nicole si elle peut venir avec Fanny ou une autre.

— Tout ce monde ? Il y en aura autant qu'à notre mariage, si ça continue !

— J'ai oublié de te demander si je pouvais inviter monsieur et madame Bigras…

— Tant qu'à y être, pourquoi pas ? Mais je veux que tu les préviennes tous d'arriver les mains vides. Sans le moindre cadeau. Qu'une simple réunion familiale avec prétexte. Je comptais les inviter au courant de l'été, mais pas tous ensemble, plus individuellement… Mais comme tu t'es mis en tête… D'accord, vas-y, je vais l'accepter cette fête en mon honneur qui ne me plaît pas. Pour te faire plaisir, Edmond, que pour toi !

Il avait souri, sachant qu'il l'emportait toujours sur elle dans de tels débats. Buté, cabochard... il savait qu'il avait ce défaut, mais ça l'avait toujours si bien servi :

— Tu verras, tu en seras heureuse lorsque ce sera passé. Tu auras l'impression d'être encore jeune, avec un pendule arrêté... D'ailleurs, tu seras la plus jeune du groupe...

— Non, Edmond... Rita et Mailloux sont plus jeunes que moi.

— C'est vrai, mais de si peu... Alors, j'organise tout ! Sans tambour ni trompette, je te le jure !

— Ne jure de rien, monsieur le juge, la bible n'est pas là, le tribunal est clos. Et, avec moi, combien de parjures... ajouta-t-elle en riant.

Deux jours plus tard, alors que le ciel était clément et que le soleil tentait de réchauffer les habitants de la Terre, du moins à Saraguay, Gervaise descendit au bord de l'eau en plein après-midi avec le roman *La faute de l'abbé Mouret,* d'Émile Zola, auteur qu'elle avait enfin réussi à apprécier. Le signet encore en place à la page soixante-cinq, elle allait reprendre sa lecture là où elle l'avait laissée, lorsque ses yeux s'évadèrent des pages pour se poser sur l'eau de la rivière qui éclaboussait de ses légères vagues les roches non loin d'elle. Regardant au loin, puis baissant les paupières quelques instants, elle revit comme dans un rêve, comme dans un livre d'images, sa petite enfance défiler dans son cœur. Ce temps où elle allait au primaire avec les bas percés que sa mère raccommodait lorsqu'elle s'en apercevait. Ce temps où on l'accusait d'avoir des poux dans la crinière. Elle revoyait sa mère avec son thé des bois et son peigne fin en trouver quelques-uns, venant de cheveux blonds, pas les siens de sa crinière brune. Les poux des autres qu'elle attrapait ! Ce temps où elle avait été souvent la risée de sa classe parce qu'elle était parmi les dernières quand arrivait la notification verbale des rangs à la fin du mois. La vingtième sur vingt-cinq, lisait son père en regardant son bulletin, pour ensuite la consoler en lui disant :

— Bah ! c'est pas grave ma p'tite soie, y'en a cinq de pires que toi !

Elle se revoyait aussi en communiante, avec la robe usagée d'une petite voisine portée l'année précédente et un voile de tulle blanc confectionné sur le moulin à coudre de sa tante Adrienne, non sans avoir reçu un chapelet de nacre blanc, cadeau de sa marraine ! Et, dans sa chambre, un beau crucifix de bois rosé que son père avait accroché au-dessus de sa porte. Que de souvenirs, mais que de pauvreté… Assise dans sa chaise longue, méditant quelque peu, elle s'enveloppa de la courtepointe qu'elle avait apportée parce que le vent s'était élevé. Elle se revoyait, gamine, à douze ans, avec son premier petit *chum* qui l'avait trouvée bien jolie. Il lui avait pris la main un soir et elle lui avait dit : *Non, ce n'est pas bien !* Un refus qui ne l'empêcha pas de recevoir son premier baiser, cette fois-là. Puis, son premier emploi de fin de semaine à l'âge de quinze ans chez un quincaillier, à corder du *stock* sur les tablettes. Avec, à ses trousses, le propriétaire qui semblait avoir les doigts longs. Ce qui valut au commerçant la perte de sa fidèle employée, monsieur Huette l'ayant retirée de là, sans omettre de menacer ce vieux cochon qui reluquait les jeunes filles.

Enfin, la rue Ontario de sa jeunesse, ses commerces de troisième ordre, sauf le restaurant du coin qui vendait de bons cornets *Mell'o'Roll*. Les magasins de vêtements où sa mère, Berthe, s'habillait à rabais et à crédit. Puis, à la maison, la soupe aux pois de plusieurs repas, le baloney, le boudin, la saucisse de porc, les œufs dans la sauce blanche, le pâté chinois, le macaroni au fromage, le gâteau aux biscuits *Village* que sa mère faisait dans de grosses boîtes de fer blanc, le pouding chômeur, les carrés aux dattes, bref, tous les repas et desserts réguliers de ces familles infortunées. Avec du steak dans la ronde *délicatisé* une fois par mois ! Mais elle avait toujours le ventre plein, et sa petite sœur Rita n'avait manqué ni de lait, ni de pain, ni de biscuits *Whippet*, durant ces années-là. Elle ne se souvenait pas d'avoir eu des amies. Quelques-unes peut-être, au temps de l'école, mais qu'elle voyait à la récréation seulement. Car monsieur Huette ne lui permettait pas de sortir le soir, il y avait trop de *bums,* selon lui, dans le quartier. Quand elle allait au cinéma, c'était avec sa mère ou son père, jamais seule. Elle se souvenait d'une fois où sa tante Adrienne l'avait emmenée voir le film *Les cloches de Sainte-Marie,* avec Ingrid Bergman et Bing Crosby. Un peu avant sa rencontre avec Ti-Gus. Elle s'en souvenait encore, à la sortie du film, elle avait rêvé un instant de devenir religieuse comme celle qu'elle venait de voir à l'écran. Parce que Ingrid Bergman était si jolie habillée en sœur et qu'elle croyait l'être autant qu'elle… Mais son destin se dessinait autrement, le boulanger du quartier n'était pas loin dans les parages. Le brave Auguste, dit Ti-Gus, livrait le pain chez eux chaque matin. Parfois, quand elle avait quelques sous de plus, sa mère achetait des *cupcakes* au *coconut* ou un gâteau éponge qu'elle recouvrait ensuite de fraises et de crème pour en faire un shortcake pour elle et Rita. Gervaise n'était pas friande de sucreries, ça donnait des boutons, disait-on. Or, à force de voir Auguste chaque matin, cet homme gentil, poli, affable, quoique beaucoup trop vieux pour elle, la jeune fille timide qu'elle était en vint à l'apprécier. Et lorsqu'il l'invita à aller au cinéma, après en avoir parlé avec son père qui aimait bien Ti-Gus Mirette, elle avait accepté. Au Théâtre Champlain, cette fois, où ils avaient vu deux films pour le prix d'un, dont *Vainqueur du destin,* avec Gary Cooper. Un titre qui allait être bénéfique à Auguste Mirette qui, ce soir-là, lui prit la main sans qu'elle la retire.

De là, ses dix-sept ans révolus, sa fréquentation sérieuse avec Ti-Gus et son mariage précipité parce que son père aimait bien cet homme qui allait vivre avec eux et payer la moitié de leurs dépenses mensuelles. Mais, sous le coup du charme, Gervaise devait admettre qu'elle avait aimé Ti-Gus qui n'était ni beau ni laid, ni jeune ni vieux, il lui faisait penser à son père. Un homme avec du cœur au ventre, du courage, un bon emploi, et en pleine forme, à trente ans, pour la sortir le soir, que ce soit pour aller au parc Lafontaine ou faire de longues promenades dans les sentiers du mont Royal. Et tel que prémédité, le mariage survint... avec sa stricte parenté. Ti-Gus, lui, n'en avait pas. Toute de blanc vêtue, Gervaise portait une robe achetée de la jeune madame Chartier qui s'était mariée l'année précédente. Et enfin, de retour chez elle avec son mari qui partagea sa chambre et à qui elle se donna une première fois avec un peu de réticence.

Pour ensuite recommencer avec plus d'aisance, Ti-Gus ayant été délicat avec elle, bienveillant, protecteur et pas du tout brutal, comme certains maris des romans à vingt cennes qu'elle achetait de temps en temps.

Dans les vagues de l'eau qu'elle regardait encore, elle revit ces cinq années qui s'écoulèrent avec Ti-Gus, son père et sa mère, Rita qui mangeait et grossissait, et un emploi qu'elle avait décroché à la pharmacie Montréal comme caissière. Pas trop instruite, Gervaise savait tout de même lire, écrire correctement et compter ! Intelligente à souhait, elle fut si appréciée qu'elle monta graduellement jusqu'au poste de vendeuse dans les cosmétiques… De là, sa première histoire d'amour avec le maquillage, les parfums, les savons, les crèmes à mains, les rouges à lèvres, les fonds de teint… Une découverte ! Elle avait tout appris sur le tas, avec une gérante sévère et exigeante mais qui aimait lui enseigner les rudiments de son métier. Madame Mirette était, disait-elle, sa meilleure élève.

Dans sa chaise longue, ce jour-là, Gervaise Lorain, épouse de juge, femme à l'aise pour ne pas dire riche comme Crésus, se rappelait sa prime jeunesse, ses efforts pour gagner son pain… Même si Ti-Gus le fournissait pour rien ! Cinq années où la famille Huette remontait lentement la pente dans cette maison construite planche par planche par son père aidé de Mirette, assez habile de ses mains. Jusqu'au jour du fatal accident, jusqu'au jour de la chute de son mari d'un toit avoisinant, jusqu'au moment où, en plein travail à la pharmacie, on vienne lui apprendre sans réserve que Ti-Gus était mort sur le coup, sans gémir, sans souffrir. Elle avait presque perdu connaissance dans les bras de sa gérante, puis, assise sur une chaise de bois derrière un comptoir isolé, elle avait pleuré, séché ses larmes, encore pleuré… Elle l'avait aimé, son mari ! Éperdument ! Fidèlement ! Il était l'homme de sa vie, son bienfaiteur, le soutien de ses jeunes années, le défenseur de la famille, le bras droit de son père… Elle avait pleuré comme ce n'était pas possible et toute la paroisse avait pleuré avec elle. Et, dès le lendemain des funérailles ou presque, elle était devenue la veuve du boulanger, la veuve de Mirette, la plus jeune veuve de son quartier. La veuve par-ci, la veuve par-là… Pour finalement devenir dans la bouche de tous les paroissiens, la veuve du boulanger, un surnom qui allait lui coller à la peau dans le quartier. Puis dans la même année survint la mort de son père adoré. C'en était trop ! Gervaise avait encore tant pleuré, tant prié pour lui… Le voile noir sur les yeux, le chapelet de sa première communion entre les mains, elle regardait dans le cercueil le corps inerte de son père qui l'avait si bien guidée. De son défunt père qu'elle ne parviendrait pas à oublier… Parce que, tout compte fait, sans l'avouer, Gervaise était beaucoup plus près de son père que de sa mère. Elle l'aimait davantage, parce qu'il était doux et plutôt timide, et que sa mère vociférait comme Rita, sans respect pour le voisinage. Elle avait aimé tendrement son père parce qu'elle lui ressemblait… aux dires de sa mère qui lui répétait souvent :

— Pareille comme son père, celle-là ! Pas capable de se défendre ! Fine comme une mouche, douce comme de la soie, mais qui s'laisse manger la laine su'l dos et piler sur les pieds tout l'temps !

Retrouvant son roman, Gervaise oublia son passé puisque le reste n'était que de l'histoire. Ses années de veuvage, sa rencontre avec Nicolas, son second mariage, ses années infernales… Mais aussi ses bons moments avec lui alors qu'il l'aimait passionnément… Parce qu'elle était belle et attirante et que, mâle en chaleur, il ne convoitait que sa bouche, ses seins, ses hanches, ses jambes… Puis, la fin brutale de leur union. Quittée froidement sans trop d'explications. Non, il ne fallait pas qu'elle revive ce tourment alors que la vie lui était si généreuse maintenant. Mais qui aurait pu prédire au temps de sa longue tristesse que Gervaise Huette-Mirette, la veuve du boulanger, allait épouser un avocat pour ensuite devenir la femme d'un juge ? Ni elle, ni son père ni sa mère. Personne ! Que le bon Dieu dans le grand livre de ses secrets. Reprenant son roman une troisième fois, elle le rouvrit à la page soixante-cinq où, *dans un cabriolet, l'abbé Mouret tournait la tête avec une certaine inquiétude…* Plongée de nouveau dans l'histoire de ce prêtre… pour tenter d'oublier la sienne.

Le 18 juin 1968 se leva, affublant Gervaise d'un an de plus, l'âge qu'elle redoutait… Quarante ans ! Ce chiffre qui la déprimait, cette décennie qui la démoralisait… Mais qu'y pouvait-elle ? Toutes les belles d'autrefois y avaient fait face pour ensuite se plaindre de vieillir davantage, jusqu'à ce que la sagesse leur indique du doigt qu'elles devaient apprendre à mieux vivre leur troisième âge avant que la mort ne les célèbre. Se rendant chez la coiffeuse, les yeux derrière ses verres fumés, elle lui avait recommandé : *Gonflez mes cheveux et laissez-les retomber sur mes épaules, je veux paraître jeune aujourd'hui.*

De retour à la maison, elle s'était employée à s'offrir le plus savant maquillage qui soit! Durant une heure ou plus devant son miroir. Avec des produits dernier cri provenant d'une boutique de cosmétiques importés de la rue Peel. Et quelle réussite! Paulette Goddard n'aurait pu mieux faire! Enfilant une robe légère et évasée en coton froissé de teinte rose, elle l'avait cintrée à la taille d'un cordon tressé de soie blanche. Parée de longues boucles d'oreilles estivales blanches en forme de grappes de raisin, elle avait mis à son poignet droit de multiples bracelets durs dans les tons de rose et blanc mêlés les uns aux autres. À son doigt, son diamant de trois carats. Chaussée de sandales roses à talons hauts, avec des petites courroies blanches sur le dessus des orteils, elle était fort élégante pour recevoir les invités. Et jeune d'allure, ça allait de soi! On aurait dit une débutante dans un film d'Alain Resnais. Comme Olga Georges-Picot dans *Je t'aime, je t'aime*, de ce célèbre réalisateur. Edmond, qui avait aperçu Gervaise de la véranda, lui avait dit:

— Je ne t'ai jamais vue aussi jolie, ma chérie. Comment craindre la quarantaine quand on a l'air d'entamer à peine la trentaine?

— Oui, savant camouflage! Un truc de femme, Edmond, mais j'ai quand même la vérité en pleine face!

— Tu ne l'as pas en plein visage, toutefois, je ne t'ai jamais vue aussi resplendissante! Comme si le temps n'avait pas d'emprise sur toi.

Flattée par les propos de son mari, elle en vint à se trouver fort chanceuse d'avoir conservé sa taille, sans le moindre accroc, sans la plus petite faille. Les jambes, les bras, le cou... tout était encore en place et peu enclin à dévaler la pente. *Remercie le bon Dieu !* lui aurait dit son père, pour atténuer l'orgueil qui l'habitait un peu trop. Un péché parmi les sept capitaux, *le pire !* selon sa mère. C'est donc avec ces idées positives en tête que Gervaise, dans un soupir, on ne savait trop de quelle nature, accepta le fait d'avoir… quarante ans !

Seule avec Edmond, attendant que les visiteurs arrivent de tous côtés, Gervaise ne put s'empêcher de lui dire combien elle l'aimait. Il en était de même pour lui, évidemment, et il le lui avoua par un baiser qui se voulait encore plus ardent que le premier de leur rencontre. Elle le regardait, droit, altier, debout, la carrure en vue, les cheveux gris et blancs, le visage à peine ridé, la main aussi habile que d'habitude, en train de nouer sa cravate de soie. Elle lui avait dit qu'il n'était pas nécessaire de la porter, que c'était l'été et qu'en juin… Rien n'y fit, juge un jour, juge toujours. Mais, aussi têtu fût-il, Gervaise était certaine qu'elle allait vivre beaucoup d'années merveilleuses avec lui. Un long parcours à deux… Ce qui allait être le cas sans qu'elle le sache.

Vers une heure, les premiers à se présenter furent les Mailloux et leurs quatre enfants sur les genoux de leur mère, de Berthe et des Bigras, tous dans la même voiture. Yvon, en embrassant sa belle-sœur et en lui offrant ses souhaits, lui avait dit :

— Un peu plus pis j'apportais mon costume de bain !

Gervaise, souriante, lui avait répondu de ne pas se fier aux apparences, que l'eau était encore très froide en juin et que l'été n'arriverait que dans quelques jours.

— C'est moi qui ferme le printemps ! avait-elle dit à monsieur Bigras qui se réjouissait, lui aussi, des bienfaits de la nature.

Même s'ils avaient été avisés de n'en rien faire, Gervaise se rendit compte qu'ils avaient apporté des cadeaux, ce qu'elle leur reprocha vivement. Sa mère lui dit, alors :

— Ben, écoute donc ! On n'a pas quarante ans tout l'temps ! Juste une fois, ma fille ! Et ça vaut un cadeau c't'âge-là ! Quand on devient mûre, on mérite d'être gâtée !

Mûre ! Oui, voilà comment elle se sentait, mais comme elle avait vu son mari sourciller en entendant ce terme de sa belle-mère, elle avait passé outre, pour dire à Rita :

— Viens au bord de l'eau, emmène les enfants, venez les p'tits, mais on devra les surveiller, c'est vite creux après les roches... Cet après-midi, on leur trempera les pieds à l'eau si le soleil est encore plus chaud.

Les enfants suivirent en lançant des cris de joie et, en courant, Ti-Jean ne se priva pas pour passer cavalièrement sa main dans les cheveux d'Edmond et lui dire :

— J'vais revenir, ça va pas être long !

Trente minutes plus tard, Guylaine et Pierre arrivaient avec leurs deux filles et, une fois de plus, ils vantèrent les mérites du vaste terrain du juge et la vue magnifique sur la rivière. Là où Pierre avait grandi... Ils avaient, eux aussi, un colis à la main et la plus jeune des deux filles en avait aussi un qu'elle cachait dans son dos ou presque. Ce qui valut à Guylaine de douces remontrances de sa nouvelle belle-mère. Enfin, un taxi s'arrêta et Nicole, encore accompagnée de Fanny, déposa un cadeau sur la table de bois rond du parterre. Gervaise avait vu le geste, mais préféra se taire cette fois. Personne n'avait obéi à son mari, ils étaient tous arrivés avec un présent dans les mains. Que pouvait-elle donc y faire ? Il ne manquait que le gâteau. Ce qu'elle aurait plus tard, mais dont elle ne se doutait pas. Avec le chiffre 40 bien en vue sur le glaçage, mais… sans chandelles ! Le juge avait au moins eu cette délicatesse.

Tout se déroulait à l'extérieur où une grande table avait été montée par un traiteur. Une dame, sur place, s'occupait de déposer le buffet commandé par le juge ainsi que le vin de son cellier et, dans une glacière, des boissons gazeuses pour les enfants. Les filles de Pierre et Guylaine s'occupèrent des quatre garçons des Mailloux. Elles jouaient à cache-cache avec eux ainsi qu'à plusieurs autres jeux avec des boules et des tableaux. Bref, ils s'amusaient ferme avec ces deux filles plus grandes qu'eux qui connaissaient tellement de choses qu'ils n'avaient pas encore apprises à l'école. On jouait aussi au jeu des devinettes et c'était Ti-Jean, le préféré du juge, qui se montrait le plus savant. Nicole était arrivée vêtue d'une robe de coton beige, avec des verres fumés sur le bout du nez, des souliers blancs à talons plats, aucun bijou sauf son alliance à son annulaire. Fanny, au grand désarroi de Mailloux, portait un pantalon blanc ce jour-là. Avec, néanmoins, un pull bleu pâle moulant qui faisait ressortir sa poitrine. Ce qu'Yvon ne quittait pas des yeux. Pierre était décontracté dans ses vêtements, et Guylaine, son épouse, avait enfilé une jupe de coton rouge avec une blouse blanche des plus sobres. Deux pois blancs aux lobes d'oreilles et des sandales blanches aux pieds, sans talons et fort usées. Il était évident qu'à part Fanny avec ses vingt-six ans, sa poitrine généreuse et sa démarche *sexy,* c'était Gervaise qui était la plus séduisante. Parce que tout ce qu'elle portait était griffé et que sa coiffure excédait de beaucoup la queue de cheval de sa nièce américaine. Les Bigras, fidèles à eux-mêmes, portaient des vêtements d'été dans les tons marine et madame Huette, ainsi que Rita, des robes d'été bien ordinaires, l'une dans le mauve et l'autre dans le bleu. Deux robes achetées à rabais au même magasin et sur le même présentoir, c'était certain. Quand vint le temps des cadeaux, Gervaise ouvrit ceux de la famille de son gendre pour y découvrir, de la part des petites filles, des roses pêche dans un cellophane transparent. Quatre roses qu'elle s'empressa de mettre au frais dans un vase de cristal. Puis, de la part de Pierre et Guylaine, qui ne savaient quoi lui offrir, une bouteille de vin de grand prix, quelque chose qu'elle ne connaissait pas mais qui venait d'Europe. Madame Huette, Rita et son mari s'étaient cotisés pour lui acheter une figurine de porcelaine à la boutique Au Petit Versailles de la rue Sainte-Catherine. Une figurine représentant une jolie dame avec un panier de fleurs sous le bras. Un bibelot de valeur que Gervaise apprécia grandement. Pour une fois, sa famille ne lui était pas arrivée avec un cadeau apte à la mettre dans l'embarras. Les Bigras lui avaient offert une nappe d'été transparente et dentelée, pour sa table de la véranda quand elle était débarrassée. Et Nicole et Fanny, venues de loin, lui avaient offert un collier et des boucles d'oreilles en nacre de perle, parsemé de fleurs teintées. Ce qu'elle porterait sûrement avec ses vêtements d'été, prochainement. Les cadeaux déballés, les invités assis autour de la table ainsi que les petits sur une autre table qui leur était réservée, se rassasiaient des plats froids que la dame avait installés au moment du repas. Le juge, au bout de la table, sa femme à ses côtés, avait dit à tout le monde :

— Je lève mon verre au bonheur de ma femme en ce jour de son anniversaire !

Tous avaient frappé leurs verres l'un contre l'autre, même les petits avec les leurs en plastique. Puis, se tournant vers Gervaise, il lui avait remis une enveloppe contenant une carte de souhaits signée avec amour et un certificat du magasin Ogilvy pour des achats de quatre mille dollars en vêtements ou autres articles. Étonnée et fort surprise, elle l'avait regardé, et il avait enchaîné humblement :

— Je n'ai ajouté que deux zéros à ton âge, ma chérie. Pas pour te narguer, crois-moi, pour être original.

Heureuse de ce cadeau aussi inattendu que généreux, elle l'embrassa devant tous, en se promettant bien d'aller renouveler sa garde-robe d'automne en vertu des voyages planifiés. Edmond, ravi de la sentir comblée, n'avait plus fait allusion à l'âge de sa femme, respectant ainsi sa discrétion et davantage sa répulsion… d'être quadragénaire !

Le soleil planait dans le jardin où de multiples fleurs s'entrecroisaient. Gervaise allait d'un invité à l'autre, leur redisant son bonheur d'être mariée à Edmond. Elle leur parla du voyage qu'ils devaient effectuer à l'automne au Japon, d'un autre l'hiver prochain en Jamaïque, d'un autre dans les Rocheuses en été, et d'un autre et d'un autre… La Russie comme le Danemark, la Suisse comme la Grèce. Comme si, après avoir tant travaillé, le juge voulait que sa retraite lui permette de visiter le monde entier. Avec une femme superbe pour l'accompagner. On allait d'un compliment à un autre, les gens causaient entre eux, Rita disait à Guylaine qu'elle ne détesterait pas avoir un cinquième enfant et Mailloux acquiesçait tout en reluquant le pull de la nièce de sa belle-sœur. Edmond et Gervaise se déplaçaient d'une table de jardin à une autre, causaient de tout et de rien. Devant les chaises occupées par Ernest et Lucienne Bigras qui terminaient leur vin, le juge leur parla du bien-être d'être retraité lorsque Gervaise, quoiqu'intéressée, tendit l'oreille de côté pour écouter Nicole s'adresser à sa mère :

— Votre santé est bonne, madame Huette ?

Et entendre Berthe s'en rapprocher pour lui répondre :

— Oui, si on veut, mais à vous qui avez été garde-malade, j'peux ben l'dire, j'souffre d'une drôle de maladie depuis longtemps, j'ai des crampes qui m'font…

— Maman !

Gervaise l'avait arrêtée juste à temps.

Suivez les Éditions Logiques sur le Web :
www.edlogiques.com

Cet ouvrage a été composé en Times 13/16
et achevé d'imprimer en août 2014 sur les presses de
Marquis imprimeur, Québec, Canada.

certifié        procédé        100 % post-        archives        énergie
           sans chlore     consommation   permanentes   biogaz

Imprimé sur du papier 100 % postconsommation, traité sans chlore,
accrédité Éco-Logo et fait à partir de biogaz.